SYSTEMSTURZ: WIEDERGEBURT DER APOKALYPSE

von Kaz Hunter

Aus dem Englischen von Stephan Waba

CONTENTS

1. DER ANFANG VOM ENDE

[Mitteilung über den Systemsturz]

Prolog einer zerstörten Welt

Der Himmel verdunkelte sich plötzlich und brach wie eine Flutwelle der Verzweiflung über die einst so lebendige Stadt herein. Angst und Verwirrung verbreiteten sich in den Straßen, als die Leute begriffen, was passiert war: Sie waren der Gnade eines mächtigen Wesens namens [Admin] ausgeliefert.

Die Stimme des [Admins] donnerte durch die nun trostlosen Straßen einer jeden Stadt und verkündete seine Absicht, eine Apokalypse zu entfesseln und die Welt in ein riesiges Schlachtfeld zu verwandeln. Gebäude stürzten ein und Rauch erfüllte die Luft, als Monster und Dämonen aus den Tiefen der Dungeons auftauchten und das Land heimsuchten.

Die Welt, wie man sie gekannt hatte, war verschwunden

und war durch eine grausame, unbarmherzige Landschaft voller Dungeons, Gräben und gefährlicher Kreaturen ersetzt worden. Die Menschen hatten keine andere Wahl, als sich anzupassen oder unterzugehen. Der [Admin] hatte ein System eingeführt, das die Überlebenden mit einzigartigen Fähigkeiten ausstattete, die es ihnen ermöglichten, durch Levelaufstieg stärker zu werden, während sie sich den tödlichen Herausforderungen stellten, die sie erwarteten.

Die Leute lernten, sich ihre neuen Kräfte zunutze zu machen, und stiegen zu Fähigkeiten auf, die vor der Ankunft des [Admins] als unmöglich gegolten hätten. Einige erlangten die Macht, die Elemente zu kontrollieren, während andere unglaubliche körperliche und geistige Eigenschaften entwickelten. Mit jedem Level, das sie erreichten, wurden sie zur letzten Bastion der Hoffnung für die Menschheit, zu den seltenen Helden, die sich gegen die abscheulichen Bedrohungen behaupten konnten, die nun die Erde beherrschten.

Tod und Zerstörung wurden zum Alltag, und viele verloren ihr Leben auf ihrer Suche nach Macht und Überleben.

Doch trotz des Chaos und der Verzweiflung gab es auch einen Hoffnungsschimmer. Es kursierten Geschichten über einige wenige, die es geschafft hatten, den Widrigkeiten zu trotzen und in dieser neuen Welt zu überleben. Diese seltenen Helden, die die Dungeons und Gräben bezwangen und unglaubliche Kräfte entfalteten, wurden zu lebenden

Legenden.

Als die Jahre vergingen und die Überlebenden darum kämpften, sich an ihre neue Lebenswirklichkeit anzupassen, wurden diese Helden zu Symbolen der Hoffnung, zu strahlenden Leuchtfeuern, an die sich die Menschen in der Dunkelheit klammerten. Selbst als die menschliche Spezies dem Aussterben entgegenging, hieß es, dass diese Helden in der Lage wären, den [Admin] herauszufordern und dem Alptraum, der über ihre Welt hereingebrochen war, ein Ende zu setzen.

Dies war kein Glücksspiel – es war ein grausames Spiel ums Überleben, und wer immer sich bewährte, wurde mit einer Macht belohnt, die er sich nie hätte vorstellen können. Am Rande der Katastrophe blieben nur die Stärksten übrig.

[Mitteilung über den Systemsturz]

Die entscheidende Schlacht

Die heulenden Winde des Mount Everest, die jedem gewöhnlichen Menschen Haut und Knochen durchgefroren hätten, waren ein Zeugnis für die Kraft derer, die gekommen waren. Ich stand inmitten einer Gruppe von zehn Überlebenden, allesamt vom Rang S, als wir uns gegen das harsche Wetter zur Wehr setzten. Die zerklüfteten Felsen unter unseren Füßen waren mit Schnee bedeckt, und die Sterne über uns waren stumme Zeugen unserer Ankunft und der entscheidenden Schlacht. Der Schnee glühte in einem himmlischen Licht und tauchte uns in seinen Glanz, als wir unseren Aufstieg begannen. Ich kannte nicht alle diese Helden persönlich, aber ich kannte ihre Namen.

Vor zwanzig Jahren war eine neue Welt angebrochen – **Systemsturz**. Die Welt, die wir einst gekannt hatten, war nicht mehr als eine ferne Erinnerung. Sie war durch die verhängnisvolle Ankunft des Systems, das die Welt in Stücke gerissen hatte, für immer verändert worden. Dungeons hatten sich aus dem Boden erhoben, Spalten hatten sich aufgetan und Monster hatten die Erde durchstreift, um den Mut der stärksten Überlebenden auf die Probe zu stellen.

Deshalb waren wir hier, auf dem Gipfel des Mount Everest, wo angeblich der [Admin] der neuen Welt seinen Sitz haben sollte. Der [Admin], der diese Welt zur Hölle gemacht hatte, war nun bereit, denjenigen einen Wunsch zu erfüllen, die mutig genug waren, sich den Prüfungen zu stellen und sie zu überwinden. Ich hatte jedoch nicht vor, mir irgendetwas zu wünschen, und die anderen auch nicht. Wir sind gekommen, um das alles zu beenden.

Die Irrungen und Wirrungen der letzten zwei Jahrzehnte hatten uns zu diesem Ziel geführt. Wir alle sind Überlebende, jeder mit einzigartigen Fähigkeiten. Wir waren an diesen Ort gekommen, an dem es hieß, dass der [Admin] der neuen Welt auf uns wartete. Es war offensichtlich, dass der Mount Everest zu einem außergewöhnlichen Schlachtfeld geworden war, das der [Admin] sorgfältig für diese letzte Begegnung vorbereitet hatte.

Ethan, einer der letzten Überlebenden aus seinem Teil der Welt, blickte auf den tückischen Weg, der vor ihm lag, und stellte fest: „Das ist es also, was?“ Ivy, eine weitere Überlebende, antwortete mit einem Nicken: „Vermutlich ja.“ Obwohl die meisten von uns Fremde waren, folgten wir alle dem Ruf, mächtig zu sein, denn jeder von uns hatte die Ränge der neuen Welt erklommen, um hier sein zu können. Um mehr für unsere Leute herauszuholen als endloses Spielen und Töten.

Ich, Nick Vandal, schritt inmitten der Gruppe der Mitglieder des Rang S. Ich strahlte Zuversicht aus, und nach außen hin war meine Gelassenheit unerschütterlich. Wir hatten uns vor unserem Aufstieg versammelt, um so viele Vorkehrungen wie möglich zu treffen. Jeder von uns hatte sich gefragt, was uns in dem vor uns liegenden Gelände erwarten würde. Dies sollte das Ende sein, bevor wir dem [Admin] gegenüberstehen würden. Würden wir zum Abschluss auf einen weiteren Dungeon im Rang S treffen? Oder auf etwas, das einen scharfen Verstand erforderte, wie ein tödliches Rätsellabyrinth, bevor wir endlich den Puppenspieler zu Gesicht bekommen würden? Die Versuche, den [Admin] zu finden, hatten uns weitergebracht, als je zuvor irgendjemand versucht hatte. Alles für die Möglichkeit, den **Systemsturz** zu beenden, und wir wussten nicht, was für Kreaturen oder Monster uns erwarten würden. Wir konnten uns lediglich auf das Schlimmste vorbereiten und auf das Beste hoffen.

Selene kam auf mich zu, als ihr auffiel, dass ich langsamer wurde. „Alles in Ordnung, Nick?“, fragte sie besorgt.

„Ich denke bloß nach“, antwortete ich und war in Gedanken schon bei dem, was kommen würde. „Aufregend, nicht wahr?“

Selene lächelte: „Nach all den Jahren können wir endlich eine neue Welt einläuten. Was wünschst du dir denn?“

Meine Schritte wurden schwer, als ich an die Kämpfe dachte, die ich in den letzten zwei Jahrzehnten ausgefochten hatte. „Keine Ahnung“, antwortete ich schließlich. „Ich traue der Sache einfach nicht.“

„Es war eine Schlacht nach der anderen. Können wir jemals wieder so werden, wie es war? Können wir jemals damit aufhören?“

Als der Mond und die Sterne über uns zu verblassen begannen, hüllte uns die Dunkelheit ein. Wir konnten die Umrisse der anderen nur dank unserer verbesserten Körper erkennen. Einige konnten in der Dunkelheit sehen, andere besaßen Wärmesicht.

Ich hingegen musste mich auf mein Gedächtnis und meine grundlegenden Sinne verlassen. Plötzlich erschien eine Nachricht im Sichtfeld aller.

[Mitteilung über den Systemsturz]

Jetzt beginnt die zehnte Runde

Die Nachricht wurde mit Entsetzen aufgenommen, und irgendjemand rief: „Die zehnte? Aber es sollten doch nur neun sein! Das sollte doch der letzte Kampf sein! Wie viele Runden gibt es denn noch?"

Spannung lag in der Luft, als jeder von uns seine Waffen – von Schwertern über Bögen bis hin zu Äxten – fest umklammerte und ungeduldig auf die nächste Meldung wartete. Eiskalte Angst strömte durch meine Adern und ließ mich instinktiv zurückweichen. Ich hatte es bereits geahnt. Dem [Admin] durfte man niemals trauen.

Während wir uns vorbereiteten, hallte die spöttische Stimme des [Admins] durch die Luft: „Sieh an, sieh an, wer es an die Spitze geschafft hat. Der Beste der Besten, zumindest glaubt ihr das. Ich muss sagen, ich bin ziemlich beeindruckt. Aber jetzt ... jetzt beginnt die wahre Herausforderung. Ich hoffe, ihr seid bereit."

Wir tauschten angespannte Blicke aus und umfassten unsere Waffen noch fester. Der Wind tobte mit eisigen Klauen um uns herum. Er versuchte, seine kalten Finger in unsere vom Wind zerzausten Kleider und Rüstungen zu versenken. Aber er konnte uns nicht von unserem wachsenden Unbehagen abbringen. Der Boden unter unseren Füßen erbebte, und ich konnte das leise, unheimliche Lachen des [Admin] hören, das sich über unsere Versuche lustig machte, unerschütterlich und entschlossen zu bleiben.

Jeder Muskel in meinem Körper spannte sich an, bereit, jeden Augenblick zu reagieren. Ich hatte jahrelang trainiert, um meine Fähigkeiten und meine Kraft als Schwertkämpfer zu verbessern. Ich wusste, dass ich mich auf jedes Quäntchen meiner Kraft verlassen musste, um das zu überwinden, was der [Admin] für uns auf Lager hatte. Mein Herz brannte mit der gestählten Hitze der Wut. Angeheizt und abgehärtet durch das, was wir in den letzten zwei Jahrzehnten ertragen mussten, und zur Erinnerung an die vielen Toten zur schärfsten Klinge geschmiedet.

Ich atmete tief ein, und meine Umgebung wurde schärfer – ich nahm jede Einzelheit mit scharfem Blick wahr. Das leise Knirschen des Schnees unter unseren Stiefeln, das unheimliche Heulen des Windes, der um uns herumpeitschte und flackernde Schatten warf, und das gleichmäßige Atmen meiner Kameraden. Ich war nun mehr als bereit.

Und dann erschien die Nachricht vor aller Augen.

[Mitteilung über den Systemsturz]
Titel: Es kann nur einen geben!

Bade im Ruhm der Götter oder stirb in den Fängen des Vergessens! Ein grausamer Scherz, ein köstliches Spiel beginnt, getaucht in das purpurne Versprechen von

Blutvergießen. Gib auf, oder erhebe deine Waffe. Töte oder werde getötet. Das ist ein Tanz des Überlebens, eine Jagd in den Schatten. Trage die Krone des einsamen Siegers und sonne dich in göttlicher Macht.

Die Bühne ist bereitet. Nur einer von euch wird in gottgleicher Macht schwelgen und sich seine tiefsten Sehnsüchte erfüllen. Doch der Weg zum Ruhm ist mit den Leichen der Gefallenen übersät.

Bedingungen: Erweist euch der gottähnlichen Macht und der Erfüllung eurer tiefsten Sehnsüchte als würdig. Aber zuerst kann nur einer von euch übrigbleiben. Ein Wettstreit! Vernichtet euch gegenseitig. Beweist euch im Kampf. Der Letzte unter euch wird meine Macht teilen. Derjenige, der den letzten von euch tötet, bekommt einen Wunsch gewährt.

Erfreut euch an diesem blutigen Spektakel. Nun lasst die Spiele beginnen.

Wir Überlebenden sahen uns alle an, und in unseren Augen spiegelte sich das Gewicht der Entscheidung wider, die vor uns lag. Einen Augenblick lang sah es so aus, als würde die Dunkelheit die anderen verzehren und unsere Gruppe in einem verzweifelten Kampf um die Macht gegeneinander aufbringen. Doch stattdessen blieben wir standhaft, vereint in unserer Entschlossenheit.

„Ich weigere mich", erklärte ich mit fester und trotziger Stimme. Dann hob ich meine Waffe und richtete sie gegen den unsichtbaren [Admin]. „Wir sind deinetwegen gekommen. Wir wollen uns zurückholen, was du uns gestohlen hast. Was du der Welt gestohlen hast."

Die anderen folgten meinem Beispiel und hielten ihre Waffen hoch, als Symbol unserer Einigkeit gegen den tyrannischen [Admin]. Und schon begann die ganze Welt zu erbeben und sich zu bewegen. Ein donnerndes Grollen hallte um uns herum und drohte, alles zu verschlingen.

Das Lachen des [Admin] erfüllte die Luft, kalt und unheimlich. „Nun gut. Wenn ihr nicht gegeneinander kämpfen wollt, müsst ihr stattdessen mit meinem Zorn rechnen. Eine Kreatur, mit der ich die Macht teile, wird den Rest erledigen." Und mit diesen Worten begann der Berg zu schwanken, der Boden vor uns spaltete sich und riss auf. Schnee stürzte in Lawinen von den Gipfeln um uns herum, aber wir blieben unbeeindruckt, als eine grässliche Abscheulichkeit aus den Tiefen des Mount Everest auftauchte.

Vor uns stand eine monströse Kreatur. Ein schrecklicher Anblick mit tentakelartigen Anhängseln, die sich in der Luft schlängelten und die höchsten Bäume, die wir kannten, in den Schatten stellten. Seine Form bewegte und veränderte sich, als ob das Gefüge der Wirklichkeit darum kämpfte, es festzuhalten. Wir wussten, dass wir es mit etwas zu tun hatten, das unser Vorstellungsvermögen bei weitem überstieg, einem äußeren Gott von unermesslicher Macht und Heimtücke.

Als der Kampf begann, setzten wir unsere ganze

Kraft ein und brachten jedes Quäntchen unserer übermenschlichen Fähigkeiten an ihre Grenzen, während wir uns der unergründlichen Macht eines eldritischen Gottes stellten. Als Schwertkämpfer schickte ich Bögen aus knisternder Elektrizität durch meine Klinge und versuchte, die Kreatur zu durchbohren, während Luna, die Eiskaiserin, eisige Scherben herbeirief, die auf die Abscheulichkeit zustürzten. Scharfe Waffen klirrten gegen die sich ständig verschiebende Masse, während James, der Kampfgott, mit unvergleichlicher Geschwindigkeit verschlungene Kampfmanöver ausführte.

„Zurück! Ihr kommt meiner Beschwörung bloß in die Quere", befahl Aria.

Daraufhin begann Aria, die Beschwörerin, mit ihrer Beschwörungsformel. Sie ließ sich von den Mythen und Legenden unserer Welt beflügeln und schnitzte eine Öffnung, die zwischen den Träumen lag. Der Löwe von Nemea, ein Tier, das in den Überlieferungen für seine ungezähmte Kraft und Unbesiegbarkeit gepriesen wurde, erschien in einer Explosion aus schimmerndem goldenem Licht. Seine Muskeln spannten sich unter dem goldenen Fell, sein Brüllen war eine wahre Machtdemonstration.

Unnachgiebig und trotzig stürzte sich der Löwe auf das eldritische Monster. Es war ein beeindruckender Anblick – die Verkörperung von roher Kraft und urgewaltiger Erhabenheit. Eine Naturgewalt, die sich auf ein Wesen jenseits aller Vorstellungskraft stürzte, eine unberechenbare

Kreatur, die direkt aus den tiefsten, unaussprechlichsten Albträumen der Menschheit stammte.

Doch der Schrecken des Unbekannten erwies sich als gewaltiger als die Macht eines Mythos. Ein dunkles Anhängsel, schwärzer als die Leere selbst, peitschte hervor und umschlang den Löwen mitten in seinem Schlag. Die Luft verzerrte sich, als ob die Wirklichkeit selbst zu zerreißen drohte. Der Löwe brüllte, gefangen im unerbittlichen Griff des urzeitlichen Monsters, und kämpfte gegen seinen drohenden Untergang an.

Und dann, das Lachen. Ein Geräusch, das so bösartig und seltsam falsch war, dass es sich anfühlte wie eine Verletzung der Vernunft selbst. Es hallte über das Schlachtfeld, scharf und schrill, wie Kreide auf einer Tafel. Das Geräusch jagte mir eine Gänsehaut über den Rücken und ließ mir das Blut in den Adern gefrieren.

Mit einer ebenso beiläufigen wie furchterregenden Bewegung zog das eldritische Monster den Löwen in sein monströses Maul. Das mächtige Brüllen des Löwen verstummte und wurde durch das nasse, grausame Geräusch von zerfetztem Fleisch und splitternden Knochen ersetzt. Es war ein grausames Schauspiel, das bei allen, die es miterlebten, einen üblen Geschmack im Mund hinterließ. Der einst stolze Löwe von Nemea war nur noch ein grässliches Festmahl für das unaussprechliche Grauen, das unter den dunklen Ranken des eldritischen Gottes lauerte.

„Ist das die Grenze deiner Macht?", spottete das Monster

mit tiefer Stimme.

„Aus dem Weg“, rief Aria.

Mit entschlossener Miene rief sie eine weitere ihrer mächtigen Beschwörungen herbei. Diesmal war es eine riesengroße, sagenumwobene Bestie, der Leviathan, der auf ihren Befehl hin ausbrach. Seine schiere Größe überragte alles um ihn herum, und die Erde bebte unter dem Gewicht der mächtigen, schlangenartigen Kreatur. Das uralte Seeungeheuer fletschte seine Zähne und stürzte sich mit einer Grausamkeit auf das dunkle Wesen, die mit den Kräften der Natur wetteiferte.

Doch der Ältere Gott blieb ungerührt, denn die Kräfteverhältnisse in diesem Kampf waren erschreckend klar. Mit einem Schnipsen seines monströsen Tentakels umschlang er den wütenden Leviathan. Eine unheimliche Stille legte sich über das Schlachtfeld, als die Zuschauer beobachteten, wie das gigantische Seeungeheuer, ein Wesen von unbeschreiblicher Macht, von dem tintenfarbenen Anhängsel des Älteren Gottes mit Leichtigkeit vom Boden aufgehoben wurde.

Dann kam das ekelerregende Knirschen. Dieses Geräusch war so unglaublich grausam, dass es durch die betäubte Stille hallte und sich in das Gedächtnis eines jeden Zeugen einprägte. Der einst mächtige Leviathan war in zwei Hälften zerrissen, wie wenn ein Kind einen Stock entzweibrach, und seine Lebenskraft war im Bruchteil einer Sekunde ausgelöscht.

„Du bist schwach, Mensch. Deine Geschöpfe sind nichts als Spielzeuge für mich."

In einem letzten, verzweifelten Versuch beschwor Aria eine Armee ätherischer Wesen herauf, geisterhafte Krieger aus einer längst vergangenen Zeit, deren geisterhafte Formen im unheimlichen Schein des Schlachtfelds schimmerten. Es war ein beeindruckender Anblick, eine Flut von gespenstischen Soldaten, jeder eine grimmige Erscheinung seines einst lebenden Selbst. Sie stürmten auf den eldritischen Gott zu, eine furchteinflößende Welle geisterhafter Macht, ein letzter Versuch, das monströse Wesen zu bezwingen.

Dieser jedoch beobachtete sie nur. Seine unzähligen Augen funkelten mit einer fremdartigen Bosheit, die einem das Blut in den Adern gefrieren ließ. Als die gespenstische Armee vorstürmte, antwortete die Kreatur mit einem verheerenden Strom aus dunkler Energie. Eine Welle unbändiger, bösartiger Kraft brach aus seiner Gestalt hervor und fegte über das Schlachtfeld wie eine Seuche aus Schatten und Tod.

Die Geisterarmee hatte keine Chance. In dem Augenblick, in dem die tödliche Welle auf sie traf, begann sie schon, sie zu zerfressen. Ihre geisterhaften Gestalten lösten sich unter dem Ansturm auf, ihre geballte Macht verlöschte wie eine Kerze im Wind und wurde zu bloßen Manafäden.

Der eldritische Gott ließ es dabei jedoch nicht

bewenden. Der tödliche Strahl aus dunkler Energie raste die flüchtigen Verbindungen zwischen Aria und ihren Beschwörungen hinauf, wie eine rachsüchtige Schlange, die sich an ihrem Schöpfer verbiss. Durch die Wucht der Energie wurde Aria zurückgeschleudert und ihr Körper schlug mit einem schmerzhaften Knirschen auf dem harten, felsigen Boden auf. Ihr Körper lag verstümmelt und zerbrochen da, ein Zeugnis der schieren Macht des Älteren Gottes. Ihr Blut befleckte den Boden um sie herum und drang in die Risse in der Erde ein, ein grimmiger Vorbote ihres Schicksals.

Dann folgte der Zerfall. Derselbe dunkle Strahl, der ihre Gespensterarmee in ein Nichts verwandelt hatte, erfasste auch Aria. Ihr Körper begann zu zerbröckeln, löste sich auf und hinterließ nichts als Staub. Alle Spuren der furchterregenden Beschwörerin, die es gewagt hatte, einen Gott herauszufordern, waren nur noch Nebelschwaden im Wind. Ihre Schreie hallten wider, bevor auch sie zum Schweigen gebracht wurden.

[Mitteilung über den Systemsturz]

Titel: Es kann nur einen geben!

Update: Aria, die Beschwörerin, ist gefallen. Acht weitere müssen ausgelöscht werden, bevor ein Sieger ausgerufen werden kann. Lasst das göttliche Blutbad beginnen.

Als Ethan, der Herrscher über die Schwerkraft, Zeuge der Vernichtung seiner Kameradin wurde, entbrannte eine Wut, die seine Adern in Flammen setzte. Seine Augen leuchteten mit einer tödlichen Entschlossenheit und seine Stimme war ein trompetendes Gebrüll, das alle hören konnten: „Das endet hier und jetzt!"

Zum Pech aller Anwesenden wurde er das nächste Opfer des Monsters. Ethan mühte sich nach Kräften, die Anziehungskraft um die eldritische Gottheit in den Griff zu bekommen, versuchte, sie unter ihrem eigenen erdrückenden Gewicht zu begraben. Seine Muskeln spannten sich an, seine Adern traten hervor und Schweiß, vermischt mit Blut, rann über sein Gesicht. Seine Stimme hallte von einem kehligen Schrei wider, der die Angst vor dem Verlust verriet.

In einer grausamen Wendung des Schicksals machte sich das Wesen Ethans Kraft zu eigen. Die Schwerkraft schnellte plötzlich in die Höhe und schleuderte Ethan in die Luft, bevor er von einer unheilvollen Welle dunkler Energie verschlungen wurde. Ein schreckliches Geräusch hallte über das Feld, als die unsichtbare Kraft seinen Körper verdrehte, Knochen brachen und Blut floss. Seine Organe wurden zusammengedrückt, sein Körper wurde unter dem überwältigenden Druck auf grausame Weise zusammengepresst, als wäre er den bodenlosen Tiefen des Ozeans ausgesetzt, und dann war es vorbei. Er stürzte zurück auf die Erde – verstümmelt, leblos und ein gespenstischer Ausdruck der schrecklichen Herrschaft des Gottes.

[Mitteilung über den Systemsturz]

Titel: Es kann nur einen geben!

Update: Ethan, der Herrscher der Schwerkraft, ist gefallen. Sieben weitere müssen sterben, bevor ein Sieger erklärt werden kann.

James, der Kampfgott, war bei dieser Katastrophe nicht nur Zuschauer. Er hat den Geist des legendären Wukong in sich aufgenommen, sein Körper loderte mit einem himmlischen Feuer, das dem des Affenkönigs glich. Seine Fäuste, flammende Kugeln des göttlichen Zorns, verkörperten den flammenden Stab, den Wukong einst geschwungen hatte. Er nutzte die Kampfkraft, die ihm von Geburt an innewohnte, und beschwor eine innere Kraft, die seine Aura mit himmlischem, feurigem Chakra erfüllte.

Die Flammen um seine Fäuste flackerten heller, versengten die Luft und tauchten das Schlachtfeld in ein gewaltiges Spektrum aus Purpur und Gold. Jeder Schlag, den er auf den eldritischen Gott ausführte, glich einem Kometen, der über den Nachthimmel raste, und seine Angriffe waren so wild und unerbittlich wie sein Geist.

Doch aus der Gestalt der monströsen Gottheit entsprangen Geschöpfe des Grauens. Es waren nicht einfach nur geisterhafte Wölfe, sondern Fenrire, Gottesfresser, die von der gleichen abgrundtiefen Energie umhüllt waren, die der ältere Gott ausstrahlte. Ätherische Reißzähne, die in der Lage waren, Göttliches zu zerfleischen, funkelten unter dem unheilvollen Schein ihres Schöpfers.

Mit dem Jagdinstinkt eines Rudels umzingelten sie

den Kampfgott, und ihre ungezähmten Blicke spiegelten seine flammende Silhouette wider. Die geisterhaften Fenrire stürzten sich auf James und fletschten ihre ätherischen Zähne. Trotz seiner Beweglichkeit und seiner heftigen Gegenangriffe sahen die albtraumhaften Geschöpfe jede seiner Bewegungen voraus und trieben ihn wie ein Lamm zur Schlachtbank.

Und dann ging das Blutbad erst so richtig los. Die monströse Gottheit erfreute sich an ihrem grässlichen Vergnügen, als die Fenrire mit ihrem gnadenlosen Festmahl begannen. James' Schreie hallten durch das Land, eine schaurige Melodie zur Symphonie des grotesken Vergnügens des älteren Gottes. Die göttlichen Flammen, die einst seine Fäuste umhüllt hatten, erloschen mit jedem geisterhaften Biss und löschten die leuchtende Aura aus, die in ihm wohnte.

Der einst so mächtige Kampfgott war nur noch ein Aas. Wukongs Geist und seine Kampfkünste waren von den monströsen Fenriren verschlungen worden. Wie geistige Aasfresser hatten sie sich nicht nur von seiner körperlichen Gestalt, sondern auch von seiner göttlichen Essenz ernährt, und ihre gespenstischen Körper pulsierten mit jedem Bissen der Göttlichkeit, den sie verzehrt hatten.

Das gnadenlose Fressen hörte nicht auf, bis von dem wilden James nur noch eine blutige, verkohlte Schale übrig war.

Wir anderen konnten nichts tun, um ihm zu helfen.

Die eldritische Bestie sorgte dafür, dass wir nicht zu ihm vordringen konnten, und setzte uns mit Tentakeln und seinen Schergen zu.

[Mitteilung über den Systemsturz]

Titel: Es kann nur einen geben!

Update: James, der Kampfgott, ist gefallen. Das Blut von sechs weiteren muss den Boden beflecken, bevor ein Sieger verkündet werden kann.

Angesichts der unergründlichen Macht des eldritischen Gottes verwandelte sich das Schlachtfeld in eine Szene aus Dantes Inferno. Die Champions Damian, Ivy, Hector, Ellie und Luna stellten sich vereint gegen das eldritische Monster und bewiesen ihre hervorragende Zusammenarbeit, aber das schien die Bestie nur noch mehr zu belustigen.

Damian, der Leerenwandler, beschwor eine Matrix aus Portalen um das Wesen herum, um es in einem verschlungenen Labyrinth aus unendlicher Leere zu verstricken. Gleichzeitig schuf Ivy, die Zeitenweberin, ein Spinnennetz aus Zeitschlössern, die alle Zwischenräume zwischen Damians Leere abdeckten und miteinander verknüpften. Diese mächtige Kombination hatten sie in der Vergangenheit bereits erfolgreich eingesetzt. Ein Käfig, der das eldritische Ungeheuer in Raum und Zeit bannen würde. Der eldritische Gott ließ sich jedoch nicht so leicht unterkriegen.

Mit einem bösartigen Lachen verdrehte er Ivys Zeitfallen und schleuderte die klebrigen Netze der Zeit stattdessen auf Damian. In einer schrecklichen Wendung des Schicksals zerriss die Zeit um den Leerenwandler. Falten zogen sich über sein Gesicht, sein Haar wurde grau und brüchig. Die Muskeln verkümmerten und die Knochen wurden schwächer, sodass er sich zusammenkrümmte. Jeder Atemzug raubte ihm seine Vitalität. Und dann, in einem grausamen Höhepunkt, löste sich Damian in eine Staubwolke auf und verschwand aus dem Leben. Ivy schrie vor Entsetzen und Schmerz auf, als ihr ihre eigene Kraft entrissen wurde.

Hector, der Erdenschüttler, nutzte den verheerenden Niedergang seiner Verbündeten und rief die Macht der Erde an, indem er ein robustes Gefängnis aus Felsen schuf, um die Gottheit zu bändigen. Ellie, die Telepathin, setzte einen gewaltigen psychischen Angriff ein, um den Gott abzulenken, aber die Kreatur ließ sich nicht beirren. Sie nutzte den verbleibenden Teil der Macht des Leerenwandlers, indem sie die Leere dazu verwendete, die entstandene Felsformation umzugestalten. Der Boden unter Hector rumpelte, öffnete sich und riss ihn mit sich in den Abgrund. Ellies Angriff wurde von dem eldritischen Gott zurückgeworfen und dadurch sogar noch verstärkt. Die Wucht des geistigen Angriffs überwältigte ihre Sinne, und sie fiel zu Boden und hielt sich vor Schmerzen den Kopf, während ihre Augen und Nase zu bluten begannen.

Währenddessen nutzte Luna, die Eiskaiserin, die Zeit, um einen Schneesturm aus tödlichen Eissplittern zu erzeugen und auf die Gottheit zu richten. Aber das Schicksal und der eldritische Gott hatten einen grausamen Sinn für Humor. Der gefangene Hektor, der blind für die Außenwelt war und noch immer in der Leere feststeckte, die von seinem eigenen irdenen Gefängnis umgeben war, schleuderte versehentlich einen Angriff auf Luna zurück. Ein Stachel spießte sie auf und riss sie von den Füßen, während ihr Blut aus dem Mund quoll. Hektor erging es nicht besser, als ein Schauer aus gefrorenen Geschossen seinen Weg in das irdene Gefängnis der Leere fand.

Nachdem sich der gespenstische Staub der besiegten Champions gelegt hatte, sah sich Ivy dem eldritischen Gott gegenüber. Ihre Gefährten waren gefallen und hatten ihre Kräfte auf schreckliche Art und Weise gegeneinander eingesetzt. Der unversehrte Gott begegnete Ivys entsetztem Blick mit einem niederträchtigen Lächeln auf seinem Gesicht. Bevor sie überhaupt reagieren konnte, schlug der eldritische Gott mit einem seiner Tentakel nach ihr und durchbohrte mit Leichtigkeit Ivys Brust.

[Mitteilung über den Systemsturz]

Titel: Es kann nur einen geben!

Update: Luna, die Eiskaiserin, Hector, der Erdenschüttler, Damian, der Leerenwandler, Ivy, die Zeitenweberin, und Ellie, die Telepathin sind gefallen. Es braucht nur noch das Blut eines weiteren, damit ein Sieger erklärt werden kann.

Ich stand nicht untätig herum und wartete. Und das, obwohl ich damit rechnete, genauso mühelos umgebracht zu werden wie die anderen. Ich holte mit einem schnellen, kraftvollen Schwung aus. Meine Blitzklinge knisterte vor Energie. Die Klinge zerriss die Luft, die Atmosphäre war aufgeladen mit kanalisierter Energie. Der eldritische Gott, der für einen Augenblick unvorbereitet war, brüllte vor Überraschung und Schmerz auf, als die Klinge in einen Teil seines Körpers schnitt und der vermeintlich unverwundbaren Kreatur ein paar Tropfen Blut entlockte. Es zischte und knisterte, als das Blut zu Boden fiel.

Während der Gott sich von dem Angriff erholte, grinste ich, denn ich glaubte, den Schlüssel zum Sieg über die Bestie gefunden zu haben. Doch mein Triumph war nur von kurzer Dauer. Der eldritische Gott, erzürnt über seine Verwundung, schlug mit einer Welle dunkler Energie zurück, die mich quer über das Schlachtfeld schleuderte und in den Schnee stürzen ließ. Mein Körper zuckte heftig, als meine eigene Elektrizität durch mich hindurchfloss und mich zurückwarf. Ich brach auf dem Schlachtfeld zusammen, Rauch stieg aus meiner zerschundenen Gestalt auf und der Tod zerrte an den Rändern meines Bewusstseins.

Als Selene, die Lichtbringerin, mich fallen sah, eilte sie an meine Seite. Der eldritische Gott, der ihre Annäherung wahrgenommen hatte, versuchte, mich mit einem Sperrfeuer aus dunklen Ranken zu bezwingen. Selene, mit entschlossenem Blick, entfaltete einen mächtigen

Lichtschild, der sie und mich einhüllte, die Ranken zurückwarf und uns für einen Augenblick vor dem Zorn des eldritischen Gottes schützte.

Der Schild wies überall Risse auf, also kniete Selene schnell neben mir nieder, ihre Hände glühten mit dem warmen, heilenden Licht ihrer Macht. Dann legte sie ihre Hände auf meinen geschundenen und verkohlten Körper und konzentrierte ihre Energie darauf, meine Verletzungen zu heilen und mich wiederzubeleben. Langsam kehrte das Leben in meine Augen zurück, ich atmete tief und schaudernd ein, und meine Verletzungen begannen zu heilen.

„Danke für die Hilfe", hustete ich.

„Danke mir noch nicht", antwortete Selene mit drängender Stimme. „Es sind nur noch wir beide übrig und wir müssen diesem Monster Einhalt gebieten."

Ich hustete erneut und hatte Mühe, mich aufzusetzen, als der Ältere Gott sich in unsere Richtung wandte. „Ich glaube nicht, dass wir das können. Nicht ohne eine Art Wunder."

„So ein Wunder habe ich schon lange nicht mehr gesehen." Sie ließ die Schultern hängen. „Dann war's das wohl", murmelte sie, bevor sie mich wieder ansah.

„Also, was denkst du, Nick? Meinst du, die Sache mit dem Wunsch war tatsächlich wahr?"

Sie wartete nicht auf meine Antwort.

„Du wirst jetzt der letzte sein, der noch steht, Nick."

„Was?" Ich blickte sie verdutzt an, dann wurde mir ganz flau im Magen, als ich ihren entschlossenen Gesichtsausdruck sah. „Selene, tu mir das jetzt nicht an. Dieser sogenannte 'Wunsch' ist eine riesige Lüge ... Er ist ein Höllenloch, das dem Sieger dieser Schlacht jede Hoffnung rauben soll. Geschaffen, um alle Leute im Rang S auf der Erde auszulöschen."

Selene machte keine Anstalten, auf mich zuzugehen. Stattdessen legte sie die nackte Klinge eines ihrer Schwerter an ihren Hals, sah mir in die Augen und legte meine teilweise verkohlte, aber immer noch heilende Hand auf ihre.

„Warte, nicht ...!"

Ihre Kraft pulsierte durch mich und lähmte meine Nerven, sodass ich das Schwert nicht von ihrem Hals wegziehen konnte. „Du warst schon immer ein sentimentaler Narr und ich weiß schon, was ich mir wünsche. Aber in diesem Leben bekomme ich das nicht mehr." Dabei legte sie ihre Hand fester auf meine. „Ich hoffe für uns alle, dass es klappt." Ihre Lippen spitzten sich. „Nutze den Wunsch ..."

Mit der anderen Hand schlug sie mit dem Handrücken auf meine, die die Klinge bedeckte, und stürzte zu Boden,

wobei sie den frischen Schnee mit ihrem Lebenssaft befleckte.

Und aus irgendeinem Grund lächelte sie.

Die Welt bebte und zitterte weiter.

Ich starrte in den schwarzen Abgrund des eldritischen Gottes über mir und in das kreischende Lachen des [Admins], als ein letzter Angriff auf mich niederging. Ein wortloser Schrei der Wut zerriss meine Kehle.

Dieses gottverdammte System!

„Komm runter, du Mistkerl! Komm runter, damit ich dich in Stücke reißen kann! Ich habe bloß einen Wunsch. Dich zu töten. Ich werde alles tun, was nötig ist, um dir den Garaus zu machen!“ Aber ich war einfach nicht stark genug.

Macht prasselte auf mich nieder, Splitter durchbohrten meinen Körper. Trotzdem bewegte ich mich vorwärts, Blut strömte aus jeder Wunde, mein Atem war schwer und mühsam. Und dann wurde alles plötzlich leise. War ich tot? War es endlich vorbei?

[Mitteilung über den Systemsturz]

Titel: Es kann nur einen geben!

Update: Selene, die Lichtbringerin, ist gefallen.

Der Sieg ist errungen! Wunsch erfüllt!

Zurück zum Tutorial. Beginn der Quest „Bezwinge den

Administrator“.

Die Erfüllung deines innersten Wunsches ist jetzt zum Greifen nah. Ein Wunsch, der in der Stille der Verzweiflung geboren worden ist, wird gewährt! Dein Weg ist vorgezeichnet, hinein in den gähnenden Abgrund der Apokalypse, wo der Puppenspieler, der dieses grausame Schauspiel veranstaltet, zusieht.

Reset des Tutorials: Eingeleitet. Erhebe dich, einsamer Überlebender. Deine Quest zur Rache steht an!

„Sieht ganz so aus, als bekäme ich doch noch die Gelegenheit, dich zu Fall zu bringen.“

2. WIEDERGEBURT GESTERN

Als ich wieder zu Bewusstsein kam, spürte ich, wie der kalte Beton gegen meinen Körper drückte. Langsam öffnete ich die Augen und fand mich auf dem Times Square wieder – einem Ort, der schon vor Jahren ausgelöscht worden war. Ich blinzelte und fragte mich, ob ich nur träumte.

„Hey Kumpel, alles in Ordnung?“ Ein zerzaust aussehender Obdachloser war auf mich zugekommen und versuchte, mich aus meiner Benommenheit wachzurütteln.

„Welches Datum haben wir heute?“, erkundigte ich mich.

Der Mann wirkte einen Moment lang verdutzt, und ich fragte mich, ob er die Antwort überhaupt kannte. „Heute ist der dritte Februar, Mann.“

Ich musterte ihn aufmerksam, mein Blick war von Mitleid und Vertrautheit geprägt, bevor ich mich zum Gehen wandte. Obdachlosigkeit war mir nur zu gut

bekannt. Schließlich würden die meisten Leute nach der bevorstehenden Apokalypse am vierten Februar genauso aussehen wie dieser Mann, oder wie die Überlebenden es nennen würden: „4-2“ – eine Anspielung auf die japanische Zahl 42, die für den Tod stand.

„Hey, Alter!“ rief ich dem Mann zu, der mich wachgerüttelt hatte. Als Zeichen der Dankbarkeit beschloss ich, ihm zu helfen. „Nimm das, mach dich frisch und kauf dir, was du brauchst. Ich wünsche dir einen schönen Tag.“

Ohne zu zählen, leerte ich mein Portemonnaie und überreichte dem verblüfften Mann ein paar hundert Dollar. Dann setzte ich meinen Weg fort, wohl wissend, dass das Papiergeld in einem Tag wertlos werden würde. Ich hoffte, dass er es bis dahin ausgegeben hätte. Mit Blick auf meine kaputte Armbanduhr schmiedete ich in Gedanken einen Plan für den Tag, während die Leute um mich herumwuselten.

Als ich mich zum Gehen wandte, ließ mich mein Spiegelbild in einem nahegelegenen Fenster innehalten.

„War ich früher auch so?“, grübelte ich.

Ich wirkte schlaksig und fast zerbrechlich; meine Haut war ungebräunt. Lange Haare fielen mir schlaff über die Stirn und den Kragen. Ich war mit einer marineblauen Jacke und einer schwarzen Cargohose bekleidet.

Trotz meines Aussehens trug ich immer noch den Ausdruck eines Überlebenden der Apokalypse.

Diesen abgehärteten Blick, den man sonst nur bei Kriegsveteranen oder ausgebrannten Polizisten kurz vor der Pensionierung findet. Nur war er in den Augen eines Einundzwanzigjährigen zu sehen. Ich zupfte an meinen Stirnfransen, um meinen Blick zu verbergen.

Während ich mein Spiegelbild begutachtete, ging mir wieder eine Nachricht durch den Kopf.

[Systembenachrichtigung]

[Mitteilung über den Systemsturz]

Einzigartige Klasse gewährt – Einsamer Überlebender

Die unberechenbaren Launen des Schicksals haben dich begünstigt. Du bist als letzter Überlebender auserwählt worden. Halte dich bereit, Überlebender, denn die kommenden Prüfungen bergen zahlreiche Gefahren.

Herzlichen Glückwunsch zur Erlangung der einzigartigen Klasse: Einsamer Überlebender!

Mögen dich die Fähigkeiten Ausdauer, Widerstandsfähigkeit und Anpassung auf deinem Weg begleiten. Denke daran, dass die Kraft des Einsamen Überlebenden aus dem Kampf erwächst. Nimm die Entbehrungen an, denn nur durch sie wirst du deine wahre Stärke zum Vorschein bringen.

Du kehrst zum Ausgangspunkt des Tutorials zurück, um deine Reise von neuem zu beginnen. Als Einsamer Überlebender stellst du dich den Widrigkeiten und gestaltest dein Schicksal mit deinen eigenen Händen.

Bedingungen: Zuweisung der einzigartigen Klasse „Einsamer Überlebender". Deine Reise beginnt von neuem, aber dieses Mal begleiten dich die Echos deiner

vergangenen Kämpfe.

Erhaltene passive Fähigkeiten:

Unbeugsamer Wille: Einsame Überlebende sind geistig gestärkt gegen außergewöhnlichen Stress und mildern so die Auswirkungen von Angst, Verwirrung und anderen lähmenden Zuständen auf ihre Leistung.

Zähe Vitalität: Sie haben eine verbesserte Fähigkeit zur Regeneration und erholen sich schneller von Verletzungen und Erschöpfung.

[Mitteilung über den Systemsturz]

Titel: Rückkehr zum Tutorial?

Du bist aus dem grausamen Spiel des Überlebens als der Einsame Überlebende hervorgegangen. Nun beginnt der Kreislauf von Neuem. Es ist an der Zeit, mit dem Wissen und der Kraft, die du erlangt hast, wieder von vorn zu beginnen.

Kehre zum Anfängertutorial zurück und erlebe den Beginn deiner Reise noch einmal. Deine vergangenen Kämpfe haben dich zu dem Überlebenden gemacht, der du heute bist. Nutze dies zu deinem Vorteil.

Hinweis: Wenn du dich für die Rückkehr entscheidest, springt das System an den Beginn des Anfängertutorials. Die Lektionen, die du hier lernst, dienen dir als Sprungbrett für deine kommenden Prüfungen.

Bedingungen: Wenn du dich für die Rückkehr entscheidest, beginnt deine Reise mit dem Anfängertutorial. Nutze diese Gelegenheit, um deine neu erworbenen Fähigkeiten als Einsamer Überlebender zu verbessern und dich auf die kommenden Herausforderungen vorzubereiten.

Jetzt hast du die Wahl. Stelle dich dem Vertrauten und werde stärker als zuvor. Nimmst du diese Herausforderung an, Einsamer Überlebender?

Du hast eine Quest erhalten.

1. Bezwinge den Administrator – Rang-SSS

Töte den gottgleichen Administrator, der den Betrieb des **Systemsturzes** leitet und überwacht, um die Kontrolle des Systems über die Welt und ihre Bewohner zu schwächen. Um dies zu erreichen, musst du die Kraft erlangen, die fast absolute Macht zu überwinden und die notwendigen Fähigkeiten zu erwerben, um den Administrator zu stellen und zu besiegen. Mach dich darauf gefasst, dass du es mit den beschworenen eldritischen Wesen, niederen Göttern und Kräften, die die Realität verzerren, zu tun bekommen wirst.

Ich fragte mich, ob Selene sich das zusätzlich zu meinem Wunsch gewünscht hatte, um das System auszunutzen, bevor der [Admin] ihr Einhalt gebieten konnte.

„Nein, es kann doch nicht sein, dass dieser Mistkerl keine Sicherheitsvorkehrungen gegen Entscheidungen getroffen hat, die seine Macht und Kontrolle über das System untergraben", überlegte ich. Es wäre ein Fehler, die nächsten Stunden auszulassen und direkt in das Tutorial zu wechseln. Zumal ich mich relativ leicht vorbereiten und meine letzten ruhigen Augenblicke genießen konnte.

Zwei Jahrzehnte hatten bewiesen, dass der [Admin], während alle anderen in Gefahr geschwebt hatten, schwer

zu fassen war und seine wahre Identität nie preisgegeben hatte. Das konnte bloß eines von zwei Dingen bedeuten: Entweder war der Systemsturz gehackt worden und es gab ein Schlupfloch, das der [Admin] nicht kannte, oder es gab ein anderes Wesen, das genauso mächtig war wie der [Admin].

Meine Gedanken wurden durch das Knurren meines Magens unterbrochen. Ich blickte mich um und nahm den Anblick von Cafés, Fastfood-Läden und Diners wahr. Dann wurde mir schlagartig klar: Wenn das hier vor zwanzig Jahren war, hieß das …

„Diese Pizzeria gibt es vielleicht noch!“

Ich beschloss, mir meine Planungen und Intrigen für später aufzuheben. Es gab Orte, die ich besuchen musste, bevor sie für immer verloren gehen würden. Die Zeit drängte, und ich hatte ein kleines Zeitfenster, das ich nutzen musste.

*****

Das hier war New York, eine schillernde Metropole, berühmt für den Broadway, gestellte Touristenfotos, eine einzigartige Art von Pizza und den teuersten Käsetoast der Welt. Die Nacht war bereits hereingebrochen, als ich endlich am Times Square ankam.

Ich schlenderte durch die ahnungslose Menge, bekleidet mit meiner robustesten Kleidung – einer schwarzen Jacke, Jeans, Stiefeln mit Stahlkappen und einem Seesack, den ich

mir über eine Schulter gehängt hatte. Die Uhr zeigte 23:59 Uhr.

Mein früheres Ich hätte dieses Vorgehen möglicherweise für selbstmörderisch gehalten, nachdem ich wusste, was bald passieren würde. Sich in einer Gegend mit einer der höchsten Opferzahlen im Westen aufzuhalten, wenn dort das Chaos ausbricht, erschien mir nicht gerade ratsam, aber ...

„Aber ich habe es satt, bloß zu überleben", gelobte ich. Je größer das Risiko, desto größer die Belohnung. Ich war entschlossen, diesen Grundsatz auf die Probe zu stellen. Ich wollte unbedingt gewinnen.

Sobald die Uhr Mitternacht schlug, erleuchteten Sternschnuppen den Himmel – winzig und unbedeutend im Vergleich zu den Ereignissen, die sich weltweit abspielten. Der Boden erbebte, und jede Werbetafel erlosch.

„Was zum Teufel ist hier los?", fragten einige. Verwirrtes Gemurmel brach aus, aber viele gingen weiter, ohne Notiz von den Ereignissen zu nehmen, die Augen starr auf ihre Handys gerichtet.

Da flackerten die Werbetafeln wieder auf und zeigten eine Nachricht an, die ich bisher nur in Aufzeichnungen des historischen Ereignisses gesehen hatte.

[Mitteilung über den Systemsturz]

Titel: Der unvermeidliche Untergang naht! Teil I

Meine lieben Erdbewohner, ich grüße euch alle herzlich. Ich bin euer bescheidener Administrator, der damit beauftragt ist, unser bevorstehendes bedeutendes Ereignis in die Wege zu leiten. Während die zarten Zeiger der Zeit ihren unerbittlichen Marsch fortsetzen, stehen wir an der Schwelle eines bahnbrechenden Wandels – einer Umwälzung von erschütterndem Ausmaß.

Der bevorstehende Systemsturz ist nahe, ein Schauspiel, getränkt von einer Flut aus kosmischem Feuer und Schwefel. Ein atemberaubendes Ballett der Zerstörung und Wiedergeburt, ein Tanz des Göttlichen und des Sterblichen, bei dem das Gewöhnliche erlischt.

Bitte habt während dieser kurzen Übergangszeit Geduld. Die Welt, wie ihr sie kennt, wird sich bald wandeln, vom Chaos überzogen und mit den leuchtenden Farben von Überleben, Kampf und Tod besprenkelt.

Ich versichere euch, dass dieses Ereignis nicht zu übersehen sein wird. Aber keine Angst, denn als euer Administrator weise ich euch Begleiter zu, die euch mit Anstand und Taktgefühl durch die bevorstehenden Umwälzungen begleiten werden.

Lehnt euch also zurück, schnallt euch an und freut euch auf die aufregende Darbietung des **Systemsturzes**. Ich kann es kaum erwarten, euch alle in der neuen Weltordnung willkommen zu heißen.

Bis dahin, genießt die Ruhe vor dem Sturm …

„Was soll das denn für ein Scherz sein?“, fragte eine Stimme aus der Menge. „Ist das Notrufsystem gehackt worden oder was?“

Ich holte tief Luft, als die Nachricht weiterging.

[Mitteilung über den Systemsturz]

Titel: Der unvermeidliche Untergang naht! Teil II

Ah, das leise Flüstern der Angst und die inbrünstigen Ausrufe des Unglaubens erreichen meine Ohren. Meine lieben Erdbewohner, eure Sorgen sind nicht unbegründet. Ich sehe, dass eure Herzen vor Angst pochen und eure Gedanken von Furcht und Klagen erfüllt sind. Der gewaltige Umbruch, der bevorsteht, das Kommen einer neuen Ordnung, bedeutet tatsächlich einiges an Aufarbeitung.

Keine Angst, liebe Einwohner, eure Anliegen sind nicht auf taube Ohren gestoßen. Mehr als jeder andere verstehe ich als Administrator die enorme Tragweite des Übergangs, vor dem ihr nun alle steht. Das Ausmaß und die Veränderungen, die auf alle zukommen. Um euch auf eurem Weg zum Außergewöhnlichen zu unterstützen, gewähre ich euch eine Gnadenfrist. Das Tutorial, von dem ich gesprochen habe, soll euch helfen, diesen bevorstehenden Umbruch zu bewältigen. Betrachtet es als eure Taufe in das eindrucksvolle Feuer des **Systemsturzes**.

Bevor die Achterbahn der Herausforderungen wirklich beginnt, bevor sich die guten Zeiten in ihrer ganzen unberechenbaren Herrlichkeit entfalten, möchte ich euch euren ersten Begleiter vorstellen. Er ist euer Leuchtfeuer in dem Sturm, der euch erwartet, ein Hirte, der euch durch die bevorstehende Einöde der neuen Welt führt. Seine Begleitung ist euer erster Halt, ein Funke des Wissens in der allumfassenden Dunkelheit.

Ab hier überlasse ich eurem Begleiter das Ruder. Hört gut auf seine Worte, liebe Erdlinge, denn sie werden eure Rettungsleine in dem Wirbel sein, der nun folgen wird. Haltet euch fest, die eigentliche Reise beginnt bald.

Bis dahin genießt die Süße eurer letzten vertrauten Momente, denn schon bald werdet ihr die bitteren Trauben eines unbekannten Jahrgangs verkosten.

„Und schon geht's los", murmelte ich und spürte, wie mein Blutdruck in die Höhe schoss. Selbst das Wissen, dass es kommen würde, änderte nichts an den Gefühlen, die das Ende der Welt mit sich brachte. Ich schloss meine Augen und ließ den Lärm und die Explosionen über mich hinwegziehen. Selbst dann noch flackerte die Dunkelheit hinter meinen Augenlidern rot auf, als die Reklametafeln in gleißendem Licht aufleuchteten.

„[Ähem. Der [Admin] schickt mich]", ertönte ein Echo, gefolgt von dem Geräusch, dass jemand ein Mikrofon richtig einstellte. **„[Können mich alle von euch hören?]"**

Da tauchte ein gelber Smiley in der Luft auf. Seine Stimme war jung und kindlich. Gleichzeitig drehte sich die Menge um und starrte ihn an, als er sich in der Mitte des Platzes erhob. Er wirkte so harmlos und verspielt.

Meine Augen verengten sich.

„[Man nennt mich Zagrid! Ich bin ein Bot und euer neuer Begleiter! Gleich beginnt das Tutorial. Ich schlage vor, ihr fangt schon mal an ...]"

Plötzlich schleuderte jemand eine Bierflasche nach Zagrid. Die Flasche zerschellte beim Aufprall. Der Bot wirbelte herum und seine punktförmigen Augen leuchteten laserrot. Ohne zu zögern, nahm er den Verursacher ins Visier – einen grinsenden Mann, der einen Ziegelstein in der Hand hielt. „**[Ah, was für ein lebhaftes Völkchen wir hier doch haben! Wie ich sehe, hat einer von euch eine einzigartige Verwendung für eine Getränkeflasche für sich entdeckt. Dann möchte ich euch doch mal zeigen, was es mit den Folgen in dieser neuen Weltordnung auf sich hat.]**"

Zagrid schoss wie eine Kanonenkugel auf ihn zu. Der kugelförmige Bot prallte auf sein Gesicht und löschte alles oberhalb seines Halses aus.

Erschrockenes Keuchen und empörte Rufe ertönten, und der Bot kehrte in die Mitte zurück, nun blutverschmiert. „**[Bitte keine Unterbrechungen. Jede Störung des Tutorials wird umgehend beseitigt]**“, verkündete er mit derselben fröhlichen Stimme. „**[Hier geht es ums Überleben, und Ziegelsteine werden nicht ausreichen, um euch zu retten.]**"

Das schien die Menge nur noch mehr zu erzürnen und veranlasste einige Polizisten, ihre Waffen zu ziehen und das Feuer zu eröffnen.

„**[Ich wollte das eigentlich nicht tun. Bedauerlich, aber notwendig.]**“ Zagrids Stimme verriet keine wirklichen Gefühle. Der Roboter setzte sich in Bewegung, ein mechanischer Dämon, der auf die ahnungslose Bevölkerung losgelassen wurde. Er stürmte vorwärts, ein Wirbel aus unnachgiebigem Metall, und begann mit der gnadenlosen Beseitigung von „Störungen“. Das Lächeln auf seiner chromgelben Oberfläche war mit Blut, Fleisch und Knochensplittern verschmiert.

Polizisten, Rettungskräfte und mutige Zivilisten, die versuchten, sich zu wehren, ereilte dasselbe Schicksal: Sie alle wurden als „Störer“ eingestuft und unterlagen Zagrids Gewalt. Die Geschwindigkeit des Roboters war enorm, seine Präzision eiskalt. Er schlängelte sich durch die aufgebrachte Menge und brach mit stumpfer Gewalt jede Form von Widerstand. Die Luft war erfüllt von Schreien und dem Geräusch zermalmender Knochen und Blutspritzer. Eine einst friedliche Kreuzung war zu einem wahren Blutbad geworden.

Die von Zagrid Erschlagenen lagen mehr oder weniger übel zugerichtet da, ihre Körper waren zerfetzt und ihre Gliedmaßen wie weggeworfene Spielzeuge verstreut. Es war ein Schauspiel der Rücksichtslosigkeit, das ein blutgetränktes Wandgemälde auf die kalten Straßen der Stadt malte.

„[Das ist eure letzte Warnung. Wenn ihr noch einmal stört, beginnt das Tutorial ohne weitere Anleitung“], warnte Zagrid, „[Und ihr wollt doch nicht weiter gezüchtigt werden]“.

Nach Zagrids Gemetzel wurde es mucksmäuschenstill. **„[Ausgezeichnet. Der Systemsturz ist endlich eingeleitet worden. Freut euch, Menschen! Morgen im Morgengrauen erwartet euch euer erster ganzer Tag in einer brandneuen Welt. Wer sich schnell anpasst, wird überleben. Wer**

aller fälschlicherweise an seinen alten Werten und seiner Gesellschaft festhält, wird untergehen.]"

Verwirrtes Gemurmel erfüllte die Luft, und mehr als eine verzweifelte Stimme rief um Hilfe. Aber ich wusste, dass keine Polizei, kein Sondereinsatzkommando und kein Militär den Leuten zu Hilfe kommen würde. Nicht, wenn ihnen ihr Leben lieb war, nach dem, was gerade passiert war. Ich wusste, dass sich das Gleiche wahrscheinlich in der ganzen Stadt, im Bundesstaat und sogar auf der ganzen Welt wiederholen würde.

Plötzlich begannen die Leichen, die der Begleiter rücksichtslos zerlegt hatte und die jetzt als leblose Hüllen auf dem Asphalt lagen, sich zu bewegen. Ihre verkrümmten Gliedmaßen zuckten, verdrehten sich und knickten ein oder sie richteten ihre verstümmelten Körper wieder auf. Ihre Augen, die kein Gefühl mehr hatten, leuchteten in einem unheimlichen, unwirklichen Licht. Ich ahnte schon, was kommen würde.

Während Zagrid noch zu Ende sprach, begannen die Leute, die er umgebracht hatte, zu zucken, ihre Körper verrenkten sich, während sie sich aufrichteten, mit strahlend weißen Augen. **„[Ihr habt Action- und Superheldenfilme wirklich geliebt, stimmt's? Aber einige von euch müssen doch gespürt haben, dass diese Welt von innen verrottet?]"**, fragte der Bot.

„Spar dir dein Verkaufsgeschwätz. Du willst doch nur, dass sich alle gegenseitig an die Gurgel gehen, egal ob es sich um eine Mom aus der Arbeiterklasse oder einen Milliardär handelt“, starrte ich den Bot mit giftigem Blick an.

„[Jetzt ist eure Gelegenheit, das Leben zu leben, das ihr immer wolltet! Besiegt diese Zombies und ihr erhaltet eine Belohnung!“]

Auf dem Boden bildeten sich schwarze Pfützen, aus denen **Zombies** hervorkamen.

„[Das Tutorial hat begonnen. Rüstet euch mit einer beliebigen Waffe aus und besiegt die Zombies, um eine Belohnung zu erhalten. Bestimmte Stellen fügen mehr Schaden zu als andere. Vernichtet hier alle Zombies, um 'Die erste Täuschung durch den [Admin]' abzuschließen“], erklärte Zagrid.

[Mitteilung über den Systemsturz]

Titel: Die erste Täuschung durch den [Admin]

Zielsetzung: Besiegt die Horde der Untoten

Einzelheiten: Das sind weder eure Freunde, noch eure Nachbarn, noch eure Lieben. Es sind nichts weiter als Monster, die es zu bezwingen gilt und deren einziges Ziel euer Tod ist. Bewaffnet euch mit allem, was ihr finden könnt. Jeder Schlag muss sitzen. Die „Schwachstellen“ sind euer Schlüssel zum Überleben. Schaltet alle Untoten in eurer Nähe aus, um die Quest abzuschließen.

[Zagrids Anmerkung]: Willkommen in deiner neuen Wirklichkeit! Das ist kein Test. Das ist kein Traum. Das ist jetzt euer Leben, so hart und brutal es auch sein mag. Hier gelten die alten Gesetze eurer Gesellschaft nicht mehr. Hier heißt es: Töten oder getötet werden. Lasst euch nicht von der Illusion der Wahlfreiheit täuschen. Um zu überleben, müsst ihr euch anpassen, und um euch anzupassen, müsst ihr kämpfen.

Zagrid hatte nicht die wiederbelebten Menschen als Zombies bezeichnet, sondern diese Kreaturen, die jetzt aus den schwarzen Pfützen aufstiegen, ihre Haut war verwest und ihre Bewegungen waren träge. Plötzlich stürzte sich einer von ihnen wie ein Wolf auf seine Beute und versenkte seine Zähne in einem Menschen.

In Panik versuchten die Leute zu fliehen, aber es gelang ihnen nicht. „Was ist das?" Sie hämmerten an Türen und Fenster, aber keine ließ sich öffnen. Es gab keinen Weg ins Innere der Gebäude oder aus ihnen heraus.

„[Kommt schon, ihr könnt nicht einfach fliehen! Wo bleibt denn da der Spaß? Habt ihr die Meldung nicht gesehen? Ihr müsst kämpfen!]", spöttelte Zagrid. **„[Alle, ich wiederhole, alle müssen am Tutorial teilnehmen. Und es gibt einen besonderen Preis für denjenigen, der als Erster Blut vergießt!"]**

Ich griff in meinen Seesack und holte ein robustes, schweres Brecheisen heraus. Dann machte ich einen Satz nach vorne, schwang es wie einen Baseballschläger und traf mit dem schweren Eisen die Rippen eines Zombies. Er kam aus dem Gleichgewicht und ich zerschmetterte seinen Kopf mit einem weiteren Schlag. Das hätte ich eigentlich als erstes vorgehabt, aber in meinem geschwächten, jüngeren Körper war ich nicht sofort davon überzeugt, dass ich seinen Schädel mit einem Schlag zerschmettern würde können.

<Du hast einen Zombie umgebracht.>

Die Nachricht erschien wie in einem Videospiel in meinem Blickfeld. Trotz ihrer Stärke und der Tatsache, dass sie keinen Schmerz empfinden konnten, waren die Zombies genauso verwundbar wie jeder andere menschliche Körper. Die Leute um mich herum starrten entsetzt auf die Untoten, immer noch außerstande, die neue Wirklichkeit zu begreifen. Nur eine Handvoll erkannte, was ich tat und begann, meinem Beispiel zu folgen, als ich in Aktion trat. Instinktiv schnappten sie sich alles, was sie finden konnten: Stühle eines Cafés, Tischbeine, Stangen, Ziegelsteine, Rohre, alles, was in Reichweite war und sich als Waffe verwenden ließ.

Leider gab es für diejenigen, die nicht aufstanden und kämpften, egal ob Mann, Frau oder Kind, nur ein Ende. Der Albtraum würde erst enden, wenn sie selbst einen Zombie besiegt und ihre Profile freigeschaltet hätten. So nannte ich die Sammlung der Werte und übernatürlichen Fähigkeiten einer Person in **Systemsturz**.

Irgendwann, nachdem sich meine Muskeln aufgewärmt hatten und ich mehr Vertrauen in meine Fähigkeiten hatte, holte ich einen Baseballschläger aus Alu aus meinem Seesack und warf das Brecheisen beiseite, das eigentlich gar nicht meinem Stil entsprach. Ich stürmte auf die Zombiehorde zu, und mein Zorn auf [Admin] beflügelte mich bei jedem Schritt. Ich zertrümmerte die Kniescheiben des ersten Zombies, verpasste einem anderen, der sich auf mich stürzte, einen Aufwärtshaken und drehte mich dann in einem weiten Bogen.

Dann wirbelte ich in einem weiten Bogen herum und ließ den Schläger mit voller Wucht auf den Zombie niedersausen, sodass er ein morsches Schlüsselbein durchbrach und sich im Brustbein des Zombies verfing. Ich hielt den Schläger fest umklammert, machte eine Drehung und versetzte der Kreatur einen Rückwärtskick im Taekwondo-Stil in den Magen, der meine Waffe befreite und den verletzten Zombie in Sekundenbruchteilen zurück in die Horde schleuderte.

Mir ging es gut, aber mein Körper fühlte sich immer noch schwach und unwillig an, trotz meiner geschärften Sinne und schnellen Reflexe. Es boten sich unzählige Gelegenheiten zum Zuschlagen, aber meine körperlichen Grenzen schränkten mein Handeln ein. Die magischen Fähigkeiten und die Spezialausrüstung, die ich noch vor wenigen Stunden besessen hatte, waren verschwunden und ließen mich ratlos zurück.

„Ich reagiere rechtzeitig, aber mein Körper hält nicht mit“, dachte ich und knirschte mit den Zähnen. Das bisschen, das ich noch tun konnte, schrieb ich meiner Klasse Einsamer Überlebender zu.

Trotzdem hielt ich durch und der Rhythmus meiner Bewegungen wurde fast zu meiner zweiten Natur. Es war wie ein Tanz, ein tödlicher noch dazu, als ich von einem Angriff zum nächsten überging. Die Schaulustigen, die sich noch nicht ins Getümmel gestürzt hatten, waren wie gebannt von meinen schnellen und zielsicheren Bewegungen.

Ich hatte dieses Leben schon einmal gelebt, als sich die Überlebenden noch nicht zu Gruppen zusammengeschlossen hatten, und ich war fest entschlossen, es wieder zu tun.

Übrig blieben lediglich die wiederbelebten Leichen, die früher Leute gewesen waren und sich nun auf die Lebenden stürzten und sich an ihnen festkrallten. Einige der Überlebenden zögerten, die Zombies anzugreifen, die immer noch wie ihre ehemaligen Freunde und Familienangehörigen aussahen, aber ich hegte keine derartigen Bedenken.

Während ich kämpfte, war die Luft erfüllt vom Geruch verwesenden Fleisches und dem Klang verängstigter Schreie, was eine unheimliche Atmosphäre schuf. Die kalte, harte Oberfläche des Bodens unter meinen Füßen und der kühle Wind, der durch die umkämpften Straßen wehte, verstärkten das Gefühl des Grauens noch.

Mein Zorn und meine Entschlossenheit trieben mich vorwärts. Ich stürzte mich in die Schlacht, meinen Baseballschläger aus Aluminium stets griffbereit. Mit einem kräftigen Seitwärtsschwung zertrümmerte ich die Kniescheiben eines Zombies und schleuderte ihn beiseite. Ohne zu zögern, trat ich einem anderen Zombie in den Magen und wirbelte herum, um ihm mit einem Rückhandschlag das morsche Schlüsselbein zu brechen.

Als ich weiterkämpfte, spürte ich, wie mein Körper allmählich reaktionsschneller wurde, da sich mein jüngerer Körper an die Kampfkraft anpasste, die mein Geist begriffen hatte. Es war ein Gemetzel, und ich war unerbittlich.

Als das Blutbad abklang, betrachtete ich die Szenerie. Der einst so belebte Times Square war zu einem Ort der Finsternis geworden. Verwesende Leichen von Untoten lagen in der Gegend herum, während ein paar benommene Menschen verloren und mutlos umherirrten. Das war eine deutliche Erinnerung an die Vergänglichkeit des Lebens, eine Tatsache, die ich nur zu gut kannte. Aber es haben viel mehr überlebt, als ich in Erinnerung hatte.

Ich konnte nicht umhin, mich zu fragen, ob meine Anwesenheit dazu beigetragen hatte, dass so viele es überstanden hatten. Ich hatte mich mit der Leichtigkeit eines erfahrenen Kämpfers bewegt und mehr als meinen Anteil an Zombies zu Fall gebracht. Aber als ich mich umsah, fragte ich mich, wie viele noch auftauchen würden, um ihren Platz einzunehmen.

Und noch etwas wusste ich. Das Tutorial endete nicht mit dem Sieg über die Zombies. Ich wusste, dass sie weiter spawnen würden, bis jeder wirklich mindestens einen

Zombie erledigt hatte. Während des Tutorials spawnen fünf Zombies pro Person, wobei jeder nur einen umbringen muss.

Dass das Tutorial beendet war, bedeutete, dass alle, die überlebt hatten, ihren ersten Kill geschafft hatten. Aber was bedeutete das für das große Ganze? Ich wurde das Gefühl nicht los, dass wir alle nur Unterhaltung für [Admin] waren und dass unser Überleben nicht mehr als Entertainment war.

Als ich dort stand und die Situation auf mich wirken ließ, wusste ich, dass die wahre Prüfung erst noch bevorstand. Die Welt hatte sich verändert, und es lag an mir und den anderen Überlebenden, sich anzupassen oder unterzugehen.

Auf der ganzen Welt wurden alle, die sich weigerten, am **Systemsturz** teilzunehmen, ausgelöscht und die Tutorien würden schließlich enden. Die Spieler standen nun beieinander und sahen sich ihre Menüs und Werte an.

Ich öffnete mein eigenes Menü und warf einen Blick auf meine Werte. Fast alles war zurückgesetzt worden. Fast.

STATUS	
Name	Nick Vandal
Gesamtwertung	F-
Klasse	Einsamer Überlebender – Die Launen des Schicksals haben

	dich begünstigt. Du hast die klassenspezifischen Fähigkeiten „Unbeugsamer Wille“ (mildert die Auswirkungen von Stress und anderen geistigen Zuständen) und „Zähe Vitalität“ (ermöglich t schnelle Heilung und Erholung von Müdigkeit) erworben. Diese Fähigkeiten werden nicht auf deine Gesamtzahl an Fähigkeiten angerechnet.
Titel	[keiner]
WERTE	
Stärke	F- (10.3)
Beweglichkeit	F-(11.4)
Ausdauer	F+(17.3)
Mana	G (2)
Gesamt	41
FREIGESCHALTETE FÄHIGKEITEN (0/7)	

1. [Leer]	
2. [Leer]	
3. [Leer]	
4. [Leer]	
5. [Leer]	
6. [Leer]	
7. [Leer]	
AUSRÜSTUNG	[Derzeit keine Sets]
Schläger aus Aluminium	[Leer]
Stiefel mit Stahlkappe	[Leer]
Jeans	[Leer]
Jacke	[Leer]
[Leer]	[Leer]
QUESTS	
1. Bezwinge den Administrator	
Rang	SSS+
Ziel	Besiege den [Admin], der die absolute Kontrolle über **Systemsturz** ausübt. Um das zu schaffen, musst du seine

	ungeheure Macht überwinden, dir die nötigen Fähigkeiten aneignen und dich mit eldritischen Wesen, niederen Göttern und ihren Fähigkeiten auseinandersetzen, die die Wirklichkeit verändern.
2. Die erste Täuschung durch den [Admin]	ABGESCHLOSSEN
Rang	F
Ziel	Besiege die Horde der Untoten im Startgebiet des Tutorial.
ERRUNGENSCHAFTEN:	
1. [Leer] 2. [Leer] 3. [Leer] 4. [Leer] 5. [Leer]	
AKTUELLER STANDORT	New York City – Times Square

ZUGEHÖRIGKEITEN	(keine)

[„Ich sehe, dass ihr eure Menüs freigeschaltet habt! Viele eurer Optionen bleiben bis zu einem späteren Zeitpunkt GESPERRT oder LEER."] Damit meldete sich Zagrid wieder zu Wort. **[„Dies ist eine Schlüsselfunktion von Systemsturz. Eignet sie euch schnell an und macht euch gut damit vertraut."]**

Ich schaltete Zagrids Erklärungen aus. Die Begleiter des Tutorials sagten eine Menge, aber sie verschwiegen noch mehr.

Menschen konnten nun ihre Körperkraft, ihre Geschwindigkeit und sogar ihr Aussehen verbessern, wenn sie das wollten. Darüber hinaus konnten sie auch einzigartige Kräfte und Eigenschaften freischalten, genau wie Superhelden und Sagenwesen.

Je anspruchsvoller die Aufgaben, desto größer die Belohnungen. Quests oder Missionen hatten Schwierigkeitsgrade, die von F auf der niedrigsten bis A auf der höchsten Stufe reichten.

Warum gab es keinen Schwierigkeitsgrad G? Und weshalb gab es keine Aussicht auf Wiedergutmachung? Nach den Maßstäben des Systems wären alle, die nicht einmal das Tutorial bestanden hatten, durchgefallen und würden nicht an der neuen Welt teilhaben können.

Darüber dachte ich nach, als ich mir die Werte und Ränge der anderen Spieler ansah und mir klar wurde, dass es Jahre dauern würde, bis jemand den schwer zu erlangenden Rang S erreichen würde. Bei meinem ersten Versuch in diesem Tutorial hatte es sich für mich wie ein Spiel angefühlt, aber das war es nicht und diese Einstellung konnte einen umbringen.

Es gab Magie, es gab Überlieferungen, aber es gab keine zweiten Chancen oder Respawns.

Meine Augen suchten die grausige Szene um mich herum ab – Leichen und Blutflecken übersäten die Straßen, Bürgersteige und Fenster. Leblose Körper lehnten an Autotüren, die sich nicht öffnen ließen. Ich fragte mich ... wie hatte ich mir das alles nur wünschen können?

3. SCHÖNE NEUE WELT

Entgegen dem Eindruck, den Zagrid erweckt hat, umfasste das Tutorial mehr als nur das Abschlachten von Zombies und Menschen, die zu Zombies geworden sind, für alle, die sich nicht über den Startpunkt hinaustrauten. Die Startzone beherbergte schwächere Monster, mit denen neue Spieler fertig werden mussten, und Einschränkungen verhinderten Kämpfe zwischen Spielern.

Das Besiegen von Zombies brachte den Spielern „Punkte" ein. Doch mit der Zeit und dem Zusammenwachsen der Gebiete wurde diese Terminologie aus Spielen immer veralteter. Wie in jedem gut durchdachten Spiel wurden die Herausforderungen immer größer und die Spieler mussten sich anpassen, um zu überleben.

Diese Punkte waren keine einfache Lösung, und ihr Einfluss auf die Wirklichkeit war begrenzt. Sie konnten zwar die körperlichen Eigenschaften eines Menschen verbessern, aber man konnte sie nicht einfach in einen gewünschten Slot stecken, um sofort Veränderungen zu erzielen. Man konnte diese Punkte mit den Hormonen und Steroiden eines Bodybuilders vergleichen, der damit sein jahrelanges Training verbesserte. Auch mit den Punkten konnte man in der Zukunft größere Erfolge erzielen. Es waren jedoch die „möglichen Verbesserungen", die die Punkte so wertvoll machten. Bestimmte Fähigkeiten erforderten körperliche und/oder geistige Eigenschaften, um ihr volles Potenzial zu entfalten, und deshalb war es wichtig, die Punkte in den richtigen Eigenschaften zu platzieren. Die Ergebnisse hingen von der jeweiligen Person ab.

Durch das Besiegen von Monstern konnte derselbe Bodybuilder einen kräftigen Körperbau und die Stärke eines Bodybuilders erlangen, aber seine „möglichen Verbesserungen" stiegen bei Gegnern mit höherem Schwierigkeitsgrad. Ebenso konnte jemand, der früher bloß gelenkig gewesen war, durch die geschickte Verteilung seiner Punkte Turnübungen auf olympischem Niveau vollbringen. Diese Punkte konnten jedoch niemanden übermenschlich machen oder die Gesetze der Physik außer Kraft setzen. Dazu brauchte man eine Fähigkeit mit den erforderlichen Eigenschaften und der Möglichkeit, ihre volle Kraft zu entfalten.

„[Der Systemsturz hat eure lästige Abhängigkeit von der Technik freundlicherweise überwunden. Wir haben das Zeitalter der Magie eingeläutet; ist das nicht aufregend? Freut euch! Wir haben euer Leben interessant gemacht"], verkündete Zagrid mit einer solchen Begeisterung, dass ich das Ding am liebsten auf den Asphalt geknallt hätte. Diese jungenhafte Stimme ging mir auf den Geist.

„[Für die unglücklichen, ungebildeten Seelen, die immer noch Schwierigkeiten haben, Zugriff zu erhalten, tippt einfach mit eurer führenden Hand seitlich an eure Schläfen. Das ist so einfach wie blinzeln, wirklich. Eurem Menü ist nun eine schicke Diashow hinzugefügt worden. Ich nenne sie Zagrids Profitipps. Gern geschehen]“. Schnell checkte ich meinen Status und tippte auf meine Schläfe in der Nähe meines linken Auges, um mein Menü aufzurufen. Es war eine sehr offensichtliche Bewegung, und ich ließ es so aussehen, als würde ich nur herumspielen, damit Zagrid nicht erfuhr, dass ich bereits mit dem Menü vertraut war, falls jede meiner Bewegungen überwacht wurde. Langsam bewegte ich mich zum Hauptbildschirm und erkundete dabei verschiedene Einstellungen.

[Mitteilung über den Systemsturz]

Titel: Zagrids Profitipps – Das System
in den Griff bekommen

Sei gegrüßt, Spieler! Hier ist Zagrid, euer freundlicher Begleiter in der grausamen Welt von **Systemsturz**. Wir wollen uns nun in die Feinheiten von Werten, Status, Quests, Fähigkeiten, Magie und unserem einzigartigen Rangsystem vertiefen. Bist du bereit, dich fürs Überleben zu rüsten? Wahrscheinlich nicht, aber lass uns loslegen!

Werte: In **Systemsturz** machen die Zahlen den Mann – oder die Frau! Die Werte stehen für deine körperlichen und magischen Fähigkeiten. Behalte **Stärke**, **Beweglichkeit**,

Ausdauer und **Mana** im Auge – diese Zahlen bestimmen, wie gut du in Kämpfen und Prüfungen abschneidest. Möchtest du weiterhin am Leben bleiben? Dann arbeite besser an diesen Zahlen und steigere sie.

Status: Statusanzeigen, deine neuen besten Freunde! Hier siehst du zuverlässig, wie es um deine Werte, Fähigkeiten, Ausrüstung und Quests bestellt ist. Behalte die Statusanzeige stets im Auge, sonst irrst du mit verbundenen Augen durch ein Minenfeld. Aber kein Stress.

Quests: Quests sind dein neuer Boss – anspruchsvoll, lohnend und unausweichlich. Sie werden vom System oder von deinen Mitstreitern gestellt. Überlebe sie und du wirst mit Stat-Punkten, schicken Klamotten oder neuen Fähigkeiten belohnt. Wenn du sie allerdings links liegen lässt, wirst du dein Dasein in der Gosse fristen müssen.

Fähigkeiten: Fähigkeiten sind die Cheatcodes für dein Überleben. Manche sind wie anhängliche Liebhaber, die immer da sind, um zu helfen, während andere deine volle Aufmerksamkeit benötigen, um zu glänzen. Nimm sie mit auf eine Spritztour. Schließlich gibt es kein zweites Leben, für das du deine Experimente aufheben kannst.

Magie: Magie, ein hübsches Wort für „dein **Mana** verbrennen, um coole und zerstörerische Dinge anzustellen“. Ob du deine Feinde mit Zaubern bearbeitest oder mit Heil- und Unterstützungszaubern die gute Hexe spielst – das alles gehört zum Tagesgeschäft. Du möchtest kosmische Macht? Dann bist du hier genau richtig.

Das Ranglistensystem G-SSS: In **Systemsturz** ordnen wir Werte auf einer Skala von G-SSS an. Hier findest du deinen Crashkurs über die Rangfolge:

- Rang G: Werte unter 10. Willkommen, Anfänger!

- Rang F: Werte zwischen 10 und 19. Besser, aber noch nicht ganz da.

- Rang E: Werte zwischen 20 und 29. Glückwunsch, du bist durchschnittlich!

- Rang D: Werte zwischen 30 und 39. Das klingt doch schon mal gut!

- Rang C: Werte zwischen 40 und 49. Solide Leistung!

- Rang B: Werte zwischen 50 und 59. Du bist keine Lachnummer mehr!

- Rang A: Werte zwischen 60 und 69. Jetzt wird's ernst.

- Rang S: Werte zwischen 70 und 100. Die Elite! Gut gemacht, Angeber.

- Rang SS: Werte über 100. Sieht aus, als wäre jemand im Fitnessstudio gewesen.

- Rang SSS: Alle Grenzen gesprengt. Du bist kein Mensch mehr.

So, das ist also deine Kurzanleitung, um den **Systemsturz** zu überleben. Stell dich auf Wachstum ein, fordere deine Grenzen heraus und vielleicht, aber nur vielleicht, überlebst du einen weiteren Tag. Viel Glück, du wirst es brauchen!

„**[So, nachdem ihr euch alles durchgelesen habt, findet ihr hier einige Angaben über euch. Wir haben alles ziemlich einfach für euch gehalten.]**“ Zagrid bewegte sich nach unten und verunsicherte damit die Leute, die ihm am nächsten standen. „**[Lasst mich von meinen Folien ablesen, zuerst eure Stärke ...]**“.

Ich blendete die Teile der Erklärung aus, die ich bereits kannte.

Dies waren die drei grundlegenden Werte oder Eigenschaften, die zu Beginn von **Systemsturz** freigeschaltet werden. Der vierte Wert, **Mana**, war nicht gewährleistet. Je nachdem, welche Missionen, Dungeons oder Quests man absolvierte, konnten sogar versteckte Eigenschaften freigeschaltet werden.

Was waren nun aber die Vorteile von all dem?

Jede Fähigkeit war mit einer Eigenschaft verknüpft. Magische Fähigkeiten hingen zum Beispiel von **Mana** ab, während körperliche Fähigkeiten an Ausdauer, Stärke und Beweglichkeit geknüpft waren. Obwohl die Welt sich zu wandeln schien und Regeln wie in einem Spiel eingeführt worden waren, war sie eigentlich kein Spiel. Die angeborene Geschicklichkeit eines Menschen wurde durch das System nicht beeinflusst. Es gab zwar Fähigkeiten, die man erlernen konnte, um ein Handwerksmeister zu werden, aber wer angeborene Geschicklichkeit besaß, konnte die gleichen Ergebnisse durch ihre eigenen Fähigkeiten erreichen.

Das bedeutete, dass jemand mit natürlichem Talent, ein Genie, viel mächtiger sein würde als jemand mit den gleichen Werten, der nicht so begabt war.

Das warf eine Frage auf, auf die ich nicht sicher war, wie ich sie beantworten sollte. Beweglichkeit bezog sich auf die Reaktionszeit und nicht auf die Geschwindigkeit, die von der Stärke der Muskeln abhing. Grob gesagt, war sie der Vorteil, den man hatte, um Dinge schneller wahrzunehmen und darauf zu reagieren, gemessen in Millisekunden. Schließlich war man nur so schnell, wie die eigenen Nerven Signale vom Gehirn zum Körper leiten konnten.

Allerdings spürte ich immer noch eine ähnliche Reaktionszeit, als ich gegen die Zombiehorde gekämpft habe. Sie entsprach meiner Reaktionszeit auf meinem Höhepunkt in der anderen Zeitlinie, doch meine Beweglichkeit war wie bei jedem Anfänger, wenn auch etwas höher als der Durchschnitt.

„Heißt das, ich kann meine Grundlage über den Stand von früher hinaus verbessern?“, fragte ich mich und freute mich über die Möglichkeiten.

Ich ballte meine Hände zu Fäusten. Meine Kraft fühlte sich immer noch gleich an, warum also war meine Beweglichkeit augenscheinlich so hoch?

Ich dachte daran, dass der [Admin] dafür gesorgt hatte, dass der Maximalwert der Werte bei 100,0 lag, egal unter welchen Umständen, und dachte an die Klasse SSS.

Aber was, wenn meine anfängliche Beweglichkeit, die eines Veteranen, bereits die Grundlage war? Vielleicht hatte ich bereits einen Teil meiner Möglichkeiten, die in diesem Wert begründet waren, ausgeschöpft? Das würde ich herausfinden müssen. Wie viel schneller würde meine Wahrnehmung werden, wenn sie wie üblich im Level aufsteigen würde? Während ich über diese Frage grübelte, wurde mir klar, dass das System weitaus komplexer war, als wir alle anfangs gedacht hatten. Meine Gedanken schweiften zu meinen verlorenen Kameraden – James und Selene – und denen, die ich zurückgelassen hatte.

„Ich habe jetzt keine Zeit, Detektiv zu spielen", murmelte ich und war entschlossen, mich auf die anstehende Aufgabe zu konzentrieren. Mit diesen Worten bahnte ich mir einen Weg durch die Menschenmassen, um unerwünschte Aufmerksamkeit zu vermeiden.

Ich wusste, dass überall auf der Welt die Leute bald ausgemerzt werden würden und die anfängliche Leichtigkeit dieses neuen Lebens schnell verschwinden würde. Es war an der Zeit, schnell zu handeln und mit möglichst geringem Risiko große Erfolge zu erzielen.

„[Schon gut, schon gut, meine kleinen Abenteurer, Zeit, die Tränen zu trocknen!]" Zagrid bewegte sich durch die Menge, seine Stimme dröhnte und hatte einen Hauch von gezwungener Fröhlichkeit. **„[Zeit für eine wohlverdiente Pause. Höre ich da einen erleichterten Seufzer? Gut, denn ihr habt richtig gehört. Wir schalten in den freien Spielmodus! Wie aufregend!]"**

Die Gespräche verstummten, als Zagrid fortfuhr: **„[Dies**

ist eure Zeit, um zu zeigen, was ihr draufhabt, eure Gelegenheit, ein Gefühl für die brandneue Welt zu bekommen, in der wir leben. Kein Händchenhalten, keine Begleiter, nur die pure, ungefilterte Freiheit. Also husch, husch! Durchstreift die Länder, steckt eure Zehen in das Unbekannte, nur keine Scheu!]"

„[Durchstöbert eure Stadt, vielleicht findet ihr eine Schatztruhe mit Nebenquests, die auf euch wartet. Eine wahre Goldgrube an Erfahrung und Belohnungen! Außerdem, wer steht nicht auf ein gutes altes Rätsel oder eine muntere Monsterjagd?]", fügte der Bot mit einem Hauch von Begeisterung hinzu, der schon fast unheimlich war.

„[Und macht euch keine Sorgen wegen irgendwelcher Besitzansprüche. Wenn ihr mutig genug seid, könnt ihr euch alles nehmen. Stellt euch Dungeons vor, die voller Geheimnisse und Schätze stecken. Sie warten nur darauf, von mutigen Entdeckern wie euch erkundet zu werden. Ruinen, Höhlen, Wälder, Städte ... Systemsturz liegt euch zu Füßen!]"

„[Aber denkt daran, Leute.]" Zagrids Stimme wurde leiser und schärfer: **„[Das ist immer noch Systemsturz und nicht der Nachmittagstee bei eurer Oma. Jede Entscheidung hat Folgen. Jede Abzweigung ist eine Herausforderung. Jeder Sieg hat seinen Preis. Bleibt auf der Hut und bewahrt euren Verstand. Wenn es hart auf hart kommt, kommen bloß die Harten weiter.]"**

„[Das ist eure freie Zeit, aber fühlt euch nicht zu wohl. Es ist gefährlich, allein loszuziehen! Nutzt eure Zeit weise, denn wir haben uns gerade erst aufgewärmt.]“

„[Oh, und keine Angst, dass ihr etwas verpassen könntet – ich verspreche euch, das werdet ihr nicht. Wenn es Zeit für die nächste vergnügliche Unternehmung ist, erfahrt ihr es als Erste. Also lehnt euch zurück, entspannt euch und genießt die Ruhe vor dem Sturm. Ihr werdet euch nach diesen friedlichen Momenten sehnen, wenn erst einmal das richtige Spiel begonnen hat.]“

„[Vertraut mir, Zagrid hält euch den Rücken frei.]“

Den Rest habe ich mir nicht angehört. Während ich mich von der Menge entfernte, dachte ich über meine Möglichkeiten nach. Wie konnte ich bloß stark genug werden, um in dieser neuen Welt nicht nur zu überleben, sondern auch voranzukommen? Vorsichtig bahnte ich mir einen Weg durch eine schwach beleuchtete Gasse, meine Sinne in höchster Alarmbereitschaft.

Ich wusste eines ganz sicher – ich würde alleine losziehen und meine Klasse als Einsamer Überlebender würde mir dabei helfen. Während ich die Menge nach möglichen Bedrohungen oder Möglichkeiten absuchte, wurde ich das Gefühl nicht los, dass sich etwas Großes ankündigte.

James, das war ein guter Mann gewesen. Ich wünschte,

seine Fäuste hätten in unserem letzten Kampf gegen den [Admin] und den Älteren Gott mehr bewirkt. Der Blick in seinen Augen, als er erkannt hatte, dass wir nicht gewinnen würden, hatte einen gequälten und gebrochenen Mann offenbart. Ich fragte mich, welche Geister James antrieben und vermutete, dass er schon vor langer Zeit zerbrochen war. Der James meiner Zeitlinie hatte jede wache Minute damit verbracht, irgendjemandem zu helfen, oft auf Kosten seiner selbst.

Er hatte studiert, um Arzt zu werden, und gehofft, zur Zeit des **Systemsturzes** Ärzten ohne Grenzen beitreten zu können. Aber am Ende war er ein klein wenig zu geschickt für die Leute um ihn herum, und er hinterließ viele tote Kameraden, die er nicht retten hatte können. Jahre später erzählte er mir, dass diese Verluste unwissentlich etwas in ihm freigesetzt hatten, das ihn in Bezug auf seinen Status, wenn nicht sogar in Bezug auf seinen Geist, stärker gemacht hatte.

Der Grund, warum James es bis zum Ende geschafft hatte, lag in den Menschen, die zu Zombies geworden waren und die ich ebenfalls zur Strecke gebracht hatte. Sie hatten sein anfängliches Wachstum vorangetrieben. Ich war mir nicht sicher, ob mir das auch helfen würde, aber ich war bereit, es wenigstens zu versuchen.

Um mich herum liefen die Leute wie benommen umher und zeigten die unterschiedlichsten Gefühlsregungen in ihren Gesichtern.

Ich, der ich die Ansammlung von Menschen, die zu Zombies geworden waren, im Alleingang vernichtet hatte, hatte sie über eine einfache Tatsache im Unklaren gelassen: Das Umbringen von Menschen brachte auch Punkte und Gegenstände ein. Zu diesem Zeitpunkt im Spiel gab es zwar noch keine Gegenstände, für die es sich lohnte, jemanden umzubringen, aber es gab Erfahrung, wenn man andere besiegte – nein, ich musste ehrlich sein – wenn man sie umbrachte.

Den meisten Leuten war ich schon weit voraus. Ich hatte 2,0 **Mana**, während alle anderen mit 0,5 angefangen hatten, gerade genug, um ein Tröpfchen von Magie in sich zu spüren. Ich checkte meine Benachrichtigungen, immer noch auf der Hut, dass [Admin] irgendwie jeden meiner Schritte beobachtete.

Tatsächlich gab es einen verräterischen Ordner mit dem Titel [Erfahrung aus dem Tutorial], in dem jede einzelne Tötung und die damit verbundene Erfahrung aufgezeichnet worden war. Jede Tötung eines Menschen, der zu einem Zombie geworden war, wurde als menschliche Tötung aufgeführt.

[Mitteilung über den Systemsturz]

Titel: Erfahrung aus dem Tutorial

Achtung Spieler Nick Vandal

Update der Zähler für Erfahrung aus dem Tutorial und für

getötete Gegner:

Die Zähler für Erfahrung im Tutorial und für getötete Gegner wurden deaktiviert.

Aktiviere nun die automatische Stat-Verteilung:

Du hast nun die Möglichkeit, die automatische Stat-Verteilung entlang der natürlichen Entwicklungspfade zu aktivieren. Wähle diese Funktion für eine verbesserte Entwicklung deiner Fähigkeiten.

Bestätigt. Aktiviert.

Ich schaltete die eine Funktion aus und entschied mich für die andere. Natürliches Wachstum war wichtiger als die künstliche Aufblähung eines Werts gegenüber einem anderen, der nicht mit den Bedürfnissen des Körpers übereinstimmte.

Die Art und Weise, wie James in seiner Erfahrung aufgestiegen war, war neuartig gewesen. Je mehr er nicht retten konnte, desto stärker war er geworden. Und je mehr „Leute" ich nicht vor den Zombies retten konnte, desto mehr Erfahrung gewann ich durch ihren Tod. Ganz zu schweigen davon, dass auch die Zombies durch das Töten von Leuten stärker wurden und ich mehr Erfahrung sammelte, wenn ich sie tötete. Aus irgendeinem Grund waren während des Tutorials bei James' Versuchen, Leben zu retten, die Punkte von Leuten übertragen worden, wenn sie unter seiner Obhut ums Leben gekommen waren, oder sogar, wenn er bloß versucht hatte, sie zu retten. Das hatte er mir einmal gebeichtet, von seinem Gewissen belastet. Ich hatte nicht gewusst, was ich sagen sollte und hatte nur verständnislos genickt.

Jetzt, wo ich selbst vom Verlust von Menschenleben profitiert hatte, stieg fast Übelkeit irgendwo tief in mir auf, aber die unterdrückte ich. Ich würde mich nicht noch einmal vom [Admin] erpressen oder gar ausnutzen lassen. Ich war zurückgekommen, um Macht zu erlangen, und ich würde mich nicht für irgendetwas schlecht oder schuldig fühlen, worauf ich keinen Einfluss hatte. Vor allem, weil das gesamte Tutorial darauf ausgelegt war, zur Unterhaltung heftige Gemütsbewegungen hervorzurufen. Es spielte für mich keine Rolle, ob diese Leute noch zurechnungsfähig waren oder nicht – ich hatte schon genug davon gesehen, wie das System aufgebaut war, um zu wissen, dass der Tod unumkehrbar war.

Ich wollte jedoch nicht auf die gleiche Weise wie James vorgehen; das war viel zu unwirtschaftlich. Die Zahl der Leute, die ich töten müsste, würde in die Hunderte gehen, wenn ich nennenswerte Erfolge erzielen wollte.

Ich hätte jeden am Times Square töten müssen, um auf Rang D aufzusteigen. Ein paar Starke hatte ich zwar zurückgelassen, aber ich hatte auch keine Lust, auf irgendjemanden zuzugehen und nach seinen Werten zu fragen. Außerdem war das nicht der Weg, den ich gehen wollte.

Die nächste Überlebende, der ich nahegestanden hatte, war Aria gewesen. Sie hatte ich ein paar Jahre später kennengelernt und sie war Teil einer Gilde gewesen. Aber ihren Weg zu gehen, wäre für mich nie in Frage gekommen. Mein Stil passte nicht gut zu anderen Spielern. Ich hatte immer das Gefühl, dass ich es besser machen hätte können, aber ich hatte noch nie die Werte besessen, um alleine loszuziehen, weshalb ich stets das Gefühl hatte, ich hätte eine Einschränkung gehabt.

Ich dachte an Selene, die letzte Person an meiner Seite, die es mir erst ermöglicht hatte, den [Admin] zu besiegen. Sie war einfallsreich und schien ein Händchen fürs Überleben gehabt zu haben. Wir hatten während unserer gemeinsamen Zeit ein Band geknüpft, das ich nicht ganz erklären konnte. Aber ich wusste, dass ich meinen eigenen Weg gehen musste und dass ein Zusammenschluss mit Selene vielleicht auch nicht die beste Lösung war.

Erinnerungen folgten, die Klinge an ihrem Hals und ihre Hand über meiner, die die Klinge nach vorne schob. Ich runzelte die Stirn, als ich an sie dachte. Ja, sie hatte mich gezwungen, ihr das Leben zu nehmen, aber sie hatte mir auch in vielerlei Hinsicht geholfen.

„Sie ist mit einem Lächeln auf dem Gesicht gestorben; vielleicht ist das ja genau das, was sie wollte", überlegte ich und atmete langsam aus. Wenn ich sie wiedersehen wollte, musste ich einen Weg finden, mich bei ihr zu revanchieren.

Selenes Zugang zur Macht hatte darin bestanden, ihre angeborenen Fähigkeiten und ihre Kampfkünste zu nutzen, um alles andere, was das System bot, zu verbessern. Sie hatte keine Angst vor dem Tod gehabt, wenn es darum gegangen war, sich an jemandem für eine vermeintliche Kränkung zu rächen, die man ihr angetan hatte. Allerdings setzte ich bereits meine ganze Entschlossenheit gegen den [Admin] ein.

„Dann mache ich es wie Selene", räumte ich ein.

Ich würde alles geben, was ich hatte. Wenn der [Admin] tatsächlich ein besonderes Augenmerk auf mich richtete und mein Vorwissen durchkreuzen wollte, musste ich ihn überlisten, indem ich so schlau wie möglich war. Solange kein Teil des Systems meine Gedanken lesen konnte, war ich sicher, und noch sicherer, wenn der [Admin] nicht wusste, dass ich in der Zeit zurückgereist war. Ich fragte mich, ob jemand oder etwas Anderes mir diesen Wunsch wohl gewährt hatte.

Im Augenblick war ich so sicher, wie es eben ging, zumindest hoffte ich das.

Als ich den Times Square verließ, erregte etwas meine Aufmerksamkeit. Ein Mann mittleren Alters mit silbernem Haar und einem grauen Geschäftsanzug musterte mich neugierig. Obwohl er genauso erschöpft wirkte wie alle anderen, stand er aufrecht und selbstbewusst da. Ich spürte, wie seine Blicke mich verfolgten, als ich mich auf den Weg zur 34th Street, Penn Station, machte und versuchte, nicht aufzufallen, indem ich alleine ging.

Ich musste zugeben, dass es nicht die klügste Entscheidung war, alleine loszuziehen. „Aber das ist allemal besser, als jedem auf die Nase zu binden, was ich in Zukunft vorhabe“, murmelte ich vor mich hin. Ich hatte den letzten normalen Tag der Welt nicht damit verbracht, mir meine Lieblingsspeisen der letzten zwanzig Jahre zu gönnen. Ich wusste, dass ich die bestmöglichen Waffen brauchte, um weiterzumachen, und deshalb machte ich mich auf den Weg zu einem Dungeon.

Als ich durch die trostlosen, zerstörten Straßen lief, die mit Blut und Leichen übersät waren, wich ich den Trümmern und Toten mit einem gleichmütigen Gesichtsausdruck aus. Rauch und Brandgeruch von beschädigten Fahrzeugen erfüllten die Luft und erschwerten das Atmen.

Die beißende Mischung reizte meine Augen und der stechende Rauch blieb mir im Hals stecken, sodass ich eine schwarze OP-Maske hervorzog und aufsetzte. Eine Handvoll verwirrter Leute irrte ziellos umher, und ich spürte ihre Blicke auf mir, als ich entschlossen weiterging.

„Hey Nick! Ist das nicht Nick?“, hörte ich jemanden rufen. Ich drehte mich um und erblickte eine Gruppe mir irgendwie bekannter Jungen und Mädchen, die genauso mitgenommen aussahen wie alle anderen.

Es schienen Studenten zu sein, also warum sprachen sie mich überhaupt an? Dann dämmerte es mir: Ich war zu diesem Zeitpunkt Student gewesen und diese Leute waren aus meinem Jahrgang.

Ein größerer, einigermaßen attraktiver Kerl mit kantigem Kinn und kurzen, blonden Haaren kam auf mich zu. Er sah aus wie jemand, der in einem Footballtrikot ganz gut ausgesehen hätte. „Hey Mann, ich hätte dich fast nicht erkannt, aber es gibt nicht viele Leute mit diesem Outfit. Ich bin froh, dass es dir gut geht. Du bist nie wieder aufgetaucht."

Ich schwieg, weil ich nicht wusste, wovon er sprach, und auch nicht, wie sie hießen. Wie sollte ich diesem Typen, den ich nie wieder gesehen hatte und der deshalb wahrscheinlich nicht überlebt hatte, erklären, dass ich keinen blassen Schimmer hatte, wovon er sprach? Gleichzeitig wollte ich sie aber auch nicht vor den Kopf stoßen. Sie könnten sich ja vielleicht noch als nützlich erweisen.

„Ich habe keine Ahnung, wovon du redest", antwortete ich und runzelte die Stirn. „So wie der Tag heute gelaufen ist, habe ich irgendwie alles vergessen. Erinnere mich doch noch mal daran."

„Warte, wirklich? Das ist ja echt heftig, Mann. Hättest du nicht einfach sagen können, dass du nichts mehr mit uns zu tun haben wolltest?" Der Blonde runzelte besorgt die Stirn; seine blauen Augen waren voller Sorge. Er schien kein schlechter Kerl zu sein.

Ich beschloss, einfach mitzuspielen.

Um überzeugend zu wirken, fasste ich mir an den

Hinterkopf und antwortete: „Nein, im Ernst, mir hat da was ziemlich zugesetzt, aber mehr kann ich dazu wirklich nicht sagen." Der Gesichtsausdruck des Blonden wurde sanfter und er fragte: „Das ist ja echt ätzend. Möchtest du dich uns anschließen?"

„Wo wollt ihr denn hin?", fragte ich, neugierig auf ihre Pläne.

„Im Augenblick weiß ich das noch nicht genau, aber wir werden mehr wissen, sobald wir uns endlich irgendwo niedergelassen haben", antwortete er und verlagerte sein Gewicht von einem Fuß auf den anderen.

„Gut, lass mich darüber nachdenken. Wie war noch mal dein Name?", fragte ich und blieb dabei höflich. In meinem Kopf spürte ich, wie die Uhr mit jeder Sekunde, die verging, tickte.

„Verdammt, du hast wohl wirklich einen heftigen Schlag auf den Kopf abbekommen oder was? Ich bin Jason Strauss", stellte er sich mit einem kurzen Lachen vor. „Und du bist Nick Vandal. Nach dem Baseballschläger zu urteilen, den du da mit dir rumschleppst, bist du gar nicht so mies beieinander, aber es ist doch allemal besser, in einer Gruppe unterwegs zu sein, oder? Das macht das Ganze einfacher." Er schenkte mir ein beruhigendes Lächeln.

Ich neigte meinen Kopf zur Seite und ließ mir meine Strähnen in die Stirn fallen. Dabei musterte ich die Gruppe und erkannte drei Jungs und vier Mädchen. Mit mir in der

Gruppe würde sich alles ausgleichen, und ich konnte den Reiz daran erkennen.

Es war ganz natürlich, dass man sich in einer Gruppe sicher fühlte, vor allem, wenn man sich untereinander vertraut war, wie zum Beispiel in der Familie, unter Arbeitskollegen oder Kollegen. Das war ein wesentlicher Bestandteil der Gesellschaft, der sich auch nach dem **Systemsturz** nicht geändert hat.

Während ich darüber nachdachte, antwortete eines der Mädchen einem schlaksigen Typen, dem ich nicht viel Aufmerksamkeit geschenkt hatte: „Also, wir ziehen mit unserem Freund hier los!“ Sie deutete auf mich und rückte näher heran.

„Oder du sagst ihm einfach, er soll sich verpissen. Warum bist du so nett?“ Ein anderes Mädchen schimpfte mit ihrem Begleiter und starrte den schlaksigen Kerl an. Ich stellte fest, dass es einen Wettbewerb um die besser aussehenden Leute gab. In einer gesetzlosen Welt, in der man sich mit Gewalt nehmen konnte, was man wollte, und in der es keine Polizei oder Sicherheitskräfte gab, die einen aufspüren konnten, gab es nicht nur einen Mangel an Gefahren, sondern auch an Leuten, die sich mit den fähigsten oder den schönsten Leuten zusammentun wollten ... oder mit beidem.

Ich stammte nicht aus New York City, und so wie Jason aussah, er ebenfalls nicht. Ein zusammengewürfelter Haufen von Collegestudenten, zwanzig Jahre jünger als ich, versammelte sich um mich und warf mir seltsame Blicke und schüchternes Lächeln zu. Ich hielt den Fluch zurück, den ich ausstoßen wollte, und gab vor, dass ich mich wohler fühlte, als das tatsächlich der Fall war.

Dann klopfte mir jemand auf die Schulter.

4. DARUNTER VERBORGEN

Als ich mich umdrehte, sah ich einen Mann mittleren Alters, der mit mir das Tutorial am Times Square begonnen hatte. Seine Haare waren überwiegend zurückgekämmt und hingen an den Seiten seiner Stirn herunter. Er wirkte etwas atemlos und trug ein schweres Brecheisen aus Stahl bei sich, das dem ähnelte, das ich anfangs benutzt hatte.

„Was zum Teufel!“, rief eines meiner Gruppenmitglieder aus.

„Wo kommt der denn her?“, fügte ein anderer hinzu.

„Ich wollte euch nicht erschrecken“, meinte der Fremde. „Aber ich war der Meinung, dass wir vielleicht viel mehr erreichen können, wenn wir uns zusammenschließen. Übrigens, ich heiße David.“

Ich schnalzte verärgert mit der Zunge. „Noch ein Nachzügler.“ Einer der Kerle aus der Gruppe der Studentinnen – ein schlaksiger Typ in Schlabberhose und zerknittertem Kapuzenpulli – sah das als Gelegenheit, sich zu uns zu gesellen und schloss sich David an.

„Je mehr, desto besser, oder?", sagte David. „Was wollt ihr denn mit so vielen Puppen anstellen, wenn ihr in Schwierigkeiten geratet?" Er warf einen Blick in Richtung der Mädchen, und die Studenten spürten unwillkürlich, dass er eine größere Gefahr für die Frauen darstellte als der vermeintliche Ärger, von dem er sprach.

„Ts. Was wollt ihr?" fragte ich laut und warf einen kurzen Blick in ihre Richtung. Das schien sie auf unterschiedliche Weise zu verärgern. Der Kapuzenmann hörte auf, die Mädchen anzustarren und fletschte die Zähne.

David hingegen warf mir einen kalten Blick zu. „Hältst du dich für so stark?" Er zog die Schultern hoch und versuchte, mich einzuschüchtern. Ich war nicht im Geringsten verunsichert, obwohl ich das in der Vergangenheit vielleicht gewesen wäre, wenn der Typ tatsächlich älter als ich gewesen wäre. Nachdem ich zwei Jahrzehnte in der Hölle verbracht hatte, konnte mich nichts mehr erschüttern.

Ich hatte schon echte Monster gesehen.

Auch ich selbst gehörte zu ihnen.

Zumindest für mich war das Verhalten von David und dem Kapuzenmann die geringste meiner Sorgen. Aber so wie sich einige Studenten hinter mir zusammenkauerten, gefiel ihnen die Situation ganz und gar nicht.

Und sie hatten völlig Recht, beunruhigt zu sein. Ich erinnerte mich daran, wie ich einmal Menschen in die Quere gekommen war, die gerade ihre niederen Instinkte getestet hatten. Zwischen „Kampf“ und „Flucht“ gab es immer Leute, die den „Kampf“ ein bisschen mehr genossen. Nach dem Sieg über die Zombies waren manche Leute immer noch berauscht von der Freude über einen Kampf auf Leben und Tod.

„Ich schlage vor, keine überstürzten Handlungen zu unternehmen“, stellte ich in trügerisch ruhigem Tonfall fest. Dabei hielt ich Davids Blick unverwandt fest. Mit einem lässigen Achselzucken wandte ich den Blick ab, wobei die Lässigkeit dieser Geste die eisige Warnung in meinen Augen verbarg. „Wir leben in einer gefährlichen Welt, und es ist unklug, das Schicksal herauszufordern. Das Ungewisse lehrt uns: 'Der Frosch im Brunnen weiß nichts vom Meer', wie das alte Sprichwort sagt.“

David schnaubte und ein paar der anderen Studenten taten es ihm gleich.

Innerlich kämpfte ich mit meinem Temperament und bemühte mich, einen kühlen Kopf zu bewahren. Außerdem war es das Letzte, was ich wollte, mich auf einen Konflikt einzulassen – nicht in diesem Augenblick. Ich entschied mich stattdessen für einen taktvolleren Weg.

„David, unsere Gemüter mögen hochkochen, das kann

ich ja verstehen", meinte ich in einem sachlichen und zugleich einfühlsamen Ton. „Ich kann nachvollziehen, dass du enttäuscht bist, aber lass uns nicht vergessen, dass wir alle gemeinsam in dieser Situation gefangen sind. Unser Überleben hängt von unserer Geschlossenheit ab. Wir müssen unsere Meinungsverschiedenheiten beiseitelegen und uns auf das Wesentliche konzentrieren – einen sicheren Ort zu finden, bevor es dunkel wird."

Die unterschwellige Schärfe in meiner Stimme, die Wahl meiner Worte, all das vermittelte einen Hauch von Bedrohung, eine unausgesprochene Warnung. Wenn Davids Leichtsinn unser gemeinsames Überleben gefährdete, würde er die Folgen zu spüren bekommen, die er möglicherweise gar nicht mehr bereuen würde können.

David rümpfte die Nase, aber er schien über meine Worte nachzudenken. Nach einem Augenblick stieß er einen grimmigen Seufzer aus und lockerte seinen Griff um das Brecheisen. „Gut. Aber ich behalte dich im Auge."

Ich kniff die Augen zusammen und fühlte meinen Zorn aufflammen. „Ihr habt euch entschieden, euch mit mir zusammenzutun, nicht andersherum. Wenn dir das nicht schmeckt, such dir eine andere Gruppe." Ich holte tief Luft und schloss die Augen.

„Also gut, Waffenstillstand", erwiderte er und ließ sein Brecheisen weiter sinken.

Ich nickte, schwieg und bedeutete den anderen, mir zu

folgen. Ich traute David nicht, aber ich war froh, dass wir einen Kampf vermieden hatten. Diese Leute sollten nicht sehen, wie rücksichtslos ich wirklich war. Die Welt war ein Schlachtfeld und es schien kein Ende in Sicht zu sein. Aber ich wusste, dass ich weitermachen musste, egal welche Hindernisse sich mir in den Weg stellten. Deshalb musste ich die Sache klug angehen und mich nicht aus der Ruhe bringen lassen. In der Zwischenzeit und auf lange Sicht war es einfacher, wenn niemand sah, wie ich ihn ausschaltete, wenn das notwendig sein sollte.

„Wo willst du eigentlich hin?“, erkundigte sich Jason und keuchte leicht, als er versuchte, mit meinem schnellen Tempo mitzuhalten.

„Zum Grand Terminal Central“, antwortete ich lässig und deutete damit an, dass mein eigentliches Ziel ganz in der Nähe lag.

„Wirklich? Meinst du, dass hier überhaupt noch Züge fahren? Denn lass mich dir sagen, Alter, das tun sie nicht“, wandte einer der Jungs ein. Er verstummte jedoch schnell, als ich nicht antwortete, und murrte dabei vor sich hin. „Eigentlich kommen wir gerade von dort drüben. Wir sind in dem Gebäude festgesessen, als das Tutorial stattgefunden hat.“

Während sie mir weiter folgten, fragte sich die Gruppe, wohin ich sie führen würde und was sie dort wohl vorfinden würden. Aber sie blieben mir trotzdem immer dicht auf den Fersen. Irgendwie schien es beruhigend zu sein, in meiner

Nähe zu sein.

Obwohl ich schwieg und auf Fragen nur mit einem unverbindlichen Brummen antwortete, begleiteten sie mich weiter. Ich war auf dem Weg zu einem Dungeon, den einige Überlebende beim ersten Mal verpasst hatten, und selbst dann hatte es niemand geschafft, ihn vollständig einzunehmen. Viele bedauerten, dass sie ihn nicht schon früher gefunden hatten, da es dort einige Belohnungen zu holen gab.

Im Nachhinein betrachtet, lag das wahrscheinlich am [Admin]. **Systemsturz** hatte am 4. Februar begonnen, und der Bahnhof in der Nähe der 42. Straße verbarg einen geschickt versteckten Dungeon. Als wir den Bahnhof erreichten, ein schönes Gebäude mit Säulen im griechischen Stil und verschiedenen Statuen auf dem Dach, hielt ich inne. Wir standen unter der Uhr, die ebenfalls mit Statuen versehen war, und auf dem Schild darunter stand: „Grand Central Terminal“.

„Warum sind wir eigentlich hier?“ Jason stellte die Frage, die allen auf der Seele zu liegen schien. Ich lief weiter dicht an der Mauer entlang und strich mit den Fingern über die Ziegelsteine. New York war immer so hell; wenn alle Reklametafeln und Lichter ausgeschaltet waren, wirkte es wie eine andere Stadt – gedämpft, trostlos. Es war auch sonst niemand zu sehen.

Ich wanderte weiter, klopfte mit den Fingern an die Wand und folgte dem Takt eines bekannten Liedes.

Schließlich hatte ich das Gefühl, auf etwas Anderes als Beton zu treffen; ich hielt an und klopfte mit den Fingerknöcheln gegen das Gebäude.

„Hmm, das ist seltsam“, murmelte ich und tat so, als wäre ich überrascht, nicht nur dem [Admin] zuliebe, sondern auch zugunsten der anderen. Sie taten es mir gleich und klopften an der gleichen Stelle gegen die Wand. Ein hohles, hölzernes Geräusch ertönte, und ich drückte gegen den Stein. Dieser gab leicht nach und enthüllte eine verborgene Treppe, die in die Dunkelheit hinabführte.

[Mitteilung über den Systemsturz]

Achtung Abenteurer!

Versteckter Dungeon entdeckt: Grand Central Station

Im Inneren der Grand Central Station befindet sich ein geheimnisvoller versteckter Dungeon. Wagemutige können seine Tiefen auf der Suche nach wertvoller Ausrüstung, seltenen Gegenständen und Statusverbesserungen erkunden. Aber sei gewarnt, denn die Monster, die dort lauern, sind viel stärker als die, die du draußen findest. Sei vorsichtig und bereite dich auf gewaltige Herausforderungen vor.

Alle an Bord des Zuges ins Abenteuer!

Die Nachricht erschien im Blickfeld aller und löste in der Gruppe eine Mischung aus Aufregung und Besorgnis aus.

„Ist das wirklich wahr?“

„Was machen wir jetzt?"

„Könnte das eine Art geheime Basis sein, in der wir bleiben können?"

„Wer hat diese Schreckensnachricht geschrieben? War das dieser lächelnde Mistkerl?"

Das Stimmengewirr machte es schwer, zu unterscheiden, wer was sagte. Ich spähte in die Dunkelheit hinunter, das leise Geräusch von tropfendem Wasser und der Geruch von feuchter Erde erfüllten meine Sinne.

„Hey, bist du sicher, dass wir ihm folgen sollten?", flüsterte eines der Mädchen und bemühte sich redlich, nicht von mir gehört zu werden.

Ich wandte mich der Gruppe zu.

Ich war fest entschlossen, stärker zu werden, und ich wollte nicht zulassen, dass irgendjemand mich dabei zurückhalten würde. Bewegen, folgen oder aus dem Weg gehen, das mussten die Leute um mich herum verstehen.

„Ich zwinge euch nicht, mir zu folgen", erklärte ich entschlossen und sah meinen Gefährten in die Augen. „Ich übernehme auch keine Verantwortung, wenn euch etwas zustößt. Jeder von uns muss für sich selbst entscheiden, was das Beste für ihn ist. Aber ich lasse mich von keinem von euch runterziehen, und wenn ihr mir folgt und nicht mithalten könnt, lasse ich euch zurück."

Ohne auf eine Antwort zu warten, stieg ich in die bedrohlichen Tiefen des Dungeons hinab. Meine Schritte hallten in der Dunkelheit wider, eine rhythmische Sinfonie der Entschlossenheit. Je weiter ich vordrang, desto mehr wurde der faulige Blutgeruch, der die Straßen oben erfüllt hatte, von der kühlen, muffigen Luft des Untergrunds abgelöst. Eine Gänsehaut kroch meine Arme hinauf, aber ich hieß das Gefühl willkommen.

Die anderen folgten mir, und als sich die Tür schloss, wurden wir nicht in Dunkelheit gehüllt, sondern in ein hellblaues Licht, das von einer unbekannten Quelle ausging. Dieser Ort wirkte trügerisch einfach; der Boden war aus Granit und erinnerte an ein altes Schloss, doch an verschiedenen Stellen waren Sandhügel verteilt.

„Sieht ganz so aus, als könnte man das hier als Stützpunkt benutzen“, meinte Jason, als wir einen Haufen rostiger Schwerter an einer Wand entdeckten. Die Jungs und Mädels eilten herbei und warfen ihr seltsames Sammelsurium aus Eisenwaren, Sportgeräten und sogar einem Ziegelstein weg, um eine richtige Waffe in die Hände zu bekommen.

„Ich vermute, das ist ein Entermesser“, stellte einer der Jungs fest und untersuchte ein Schwert. Einen Augenblick später, als er es in der Hand hielt, informierte ihn das System über seinen richtigen Namen. „Oh, das ist ein [Henkerschwert aus dem 18. Jahrhundert].“

„Ist es überhaupt wichtig, zu wissen, wie das Ding heißt? Endlich haben wir etwas, mit dem wir richtig zuschlagen können“, antwortete ein anderer aus der Gruppe.

[Kreisch!]

Ihr Streit wurde von einem hohen Heulen unterbrochen, als sich eine riesige Fledermaus auf die Gruppe stürzte und mit ihren rot glühenden Augen Linien in die Luft zeichnete, während sie angriff.

Ich warf der Kreatur einen trägen Blick zu, schob meinen rechten Fuß zurück, um mich in Position zu bringen, und holte mit meinem Schläger zu einem Homerun aus, der die Fledermaus mitten ins Gesicht traf. Sie zerbarst in einer Wolke aus lila Staub.

[Du hast einen Mothkin umgebracht.]

„Wir sollten etwas Schädlingsbekämpfung betreiben“, schlug ich vor und blieb bei meinem bewährten Schläger. Ich war zu sehr daran gewöhnt, eine Waffe mit beiden Händen zu führen und wollte nichts riskieren, indem ich ein einhändiges Schwert in die Hand nahm.

Weitere Fledermäuse stiegen vom Dach herab, aber die Gruppe der Studenten stellte sich der Herausforderung. Ein paar blieben zurück, aber das machte mir gar nichts aus. Wenn ihnen etwas zustieß, waren sie dafür selbst verantwortlich. Ich griff an und testete meine Beweglichkeit und meine Wahrnehmung, indem ich versuchte, den Mothkin mit einzelnen Treffern zu töten, indem ich meinen Schläger in weiten Bögen und steilen Winkeln schwang.

Das war zwar keine besonders wirksame Art, Monster auszuschalten, aber es sah beeindruckend und elegant aus. Noch wichtiger war, dass ich dabei feststellen konnte, dass meine Reaktionszeit fast so schnell war wie vor meiner Zeitreise. Es fühlte sich fast so an wie die Fähigkeit [Zeitdehnung], aber das war es nicht. Das war lediglich das Ergebnis meiner natürlichen Kampfinstinkte und meiner Erfahrung. Sie hatten sich übertragen. Ich besaß keine [Fähigkeit] ... oder?

„Aber alle meine **[Fähigkeit]**-Slots sind doch leer ...“ murmelte ich, als ein Trio von Fledermäusen an mir vorbeischoss und sich herumdrehte, um mir in den Rücken zu fallen. Ich versetzte einer Fledermaus einen Rückwärtskick und verpasste einer anderen Fledermaus einen Schlag auf den räudigen Kopf, um sicherzugehen.

Dem Angriff der Letzten wich ich aus, bückte mich, sprang nach hinten und führte einen Fahrradtritt aus. Die Stärke des Schlags überraschte selbst mich, denn der unglückliche Mothkin wurde auf das Dach geschleudert, wo er zu Staub zerfiel.

Als wären sie von mir eingeschüchtert, begannen die anderen Mothkin, sich mehr auf die anderen zu konzentrieren und machten einen großen Bogen um mich. Ich beobachtete das Geschehen und stützte mich mit beiden

Händen auf meinen Schläger, als wäre er ein Stock.

Die Mädels waren besser als die Jungs und schlugen die Kreaturen mit mehreren Schlägen nieder. Jason kämpfte, während er sein Schwert mit wenig Technik schwang und sich auf Verzweiflung und rohe Kraft verließ. Doch selbst bei ihm reichte manchmal ein einziger Schlag.

Der Kampf gegen die Monster war heftig, aber bald schrumpfte ihre Zahl. Es fühlte sich an, als hätten wir eine Stunde lang gekämpft, aber in Wirklichkeit waren es kaum zehn Minuten gewesen. Mir fiel auf, dass die fallen gelassene Beute immer noch auf dem Boden lag, wie Edelsteine funkelte und ein himmlisches Licht in den Dungeon warf. Überraschenderweise hatte sie niemand eingefordert.

„Warum holt niemand seine Beute ab?", fragte ich schließlich, verblüfft über ihre Untätigkeit.

Die Gruppe sah mich überrascht an.

„Ich dachte, du würdest die Sachen haben wollen, also habe ich darauf verzichtet. Außerdem haben wir Erfahrungspunkte gesammelt, das reicht uns", gab Jason kleinlaut zu. „Und weißt du … du führst uns irgendwie und ich wollte vermeiden, dass du uns im Stich lässt."

Ich seufzte genervt. „Dieser Ort gehört mir nicht, ich habe ihn nur gefunden. Die Grundregel lautet: Wenn du etwas getötet hast, nimmst du alles, was es abwirft. Ist das so schwer zu verstehen?"

„Oh, zum Glück, ich dachte schon, du würdest dir die hier nehmen", seufzte Willow erleichtert. Ich hätte ihnen ihre Beute leicht mit Gewalt abnehmen können, aber ich hatte nicht vor, meine Mitmenschen zu überfallen, wenn es nicht sein musste. Und wenn sie bereit waren, an meiner Seite zu kämpfen, verdienten sie auch die Belohnung, die sie erhielten.

Zum Glück war noch nichts außergewöhnlich Seltenes abgefallen. Ich hatte am eigenen Leib erfahren, wie die menschliche Natur und die Gier ihr hässliches Haupt erheben konnten, sobald eine wertvolle Fähigkeit oder ein Gegenstand auftauchte. Aus Freunden wurden schnell Feinde, oder besonders gesittete Gruppen lösten sich auf, oder Leute duellierten sich bis zum Tod, um eine begehrte Fähigkeit oder Spezialwaffe zu erhalten.

Im **Systemsturz** wurden die Punkte proportional zu den eigenen Anstrengungen verteilt, es gab also keinen Bonus für den letzten Treffer, bei dem derjenige, der ein Monster tötete, eine beträchtliche Belohnung erhielt.

Ich ging näher an Jason heran und begutachtete die Beute seines Monsters. Es war ein Smaragdkristall mit einem weißen Plus darin.

„Hier steht [Gesundheit des Hippokrates]", informierte mich Jason.

Ich war schwer beeindruckt. Es war gar nicht so

schlecht, diese Fähigkeit zu erwerben. Solange man gesunde Nahrung zu sich nahm, erhielt man die Kraft der Regeneration. Für jemanden, der gerade erst angefangen hatte, war das ein großer Vorteil.

„Lass deine Nahrung deine Medizin sein", sinnierte ich und zog einen Blick auf mich. Andere hatten auch einige kleinere Fähigkeiten und Manaverstärkungen erhalten, aber das hier war zweifellos der beste Fund des Dungeons bisher.

„Wenn das so ist, wenn wir gerade erst anfangen, frage ich mich, was es in **Systemsturz** noch so alles gibt. Ich bin sogar schon ein bisschen aufgeregt", meinte May und blätterte in ihrem Menü. Alle um sie herum stimmten ihr zu und ich musste mich fragen, ob ich jemals so unbedarft gewesen war.

Ich beobachtete, wie sie über ihre Fähigkeiten sprachen. Die Jungs prahlten mit ihrer gesteigerten Stärke, während die Mädels auf ihr schnelleres Wachstum von Mana hinwiesen. Ich fragte mich, wie lange es wohl dauern würde, bis der Reiz des Neuen nachlassen und die Wirklichkeit des **Systemsturzes** Einzug halten würde.

Dem [Admin] ging es ausschließlich um Unterhaltung.

Wenn das bedeutete, die Teilnehmer gut versorgen, bevor sie den Löwen zum Fraß vorgeworfen wurden, dann war das genau das, was der [Admin] mit seinem **Systemsturz** erreichen wollte.

Ich schüttelte meine Gedanken ab und begann wieder loszulaufen. Auf der anderen Seite des Raumes befand sich ein Eingangstor mit Rolltreppen, die nach unten zum Bahnsteig führten.

„Wo willst du hin, Nick?“, rief May mir zu.

„Wir sind an einer Bahnstation. Also nehme ich einen Zug“, antwortete ich und meine Schritte hallten durch den schummrigen Dungeon.

5. RICHTIGE VORBEREITUNG

„Was meinst du damit, dass du einen Zug nehmen möchtest?", fragte May mit verwirrter Miene.

Ich zog die Stirn in Falten und war verwundert über ihr Unverständnis. Für mich war das ganz klar. „Ich fahre mit dem Zug", wiederholte ich, ohne eine weitere Erklärung abzugeben.

„Hey, Nick, hast du neue Fähigkeiten entdeckt?", meldete sich Keith zu Wort und lenkte das Gespräch in eine andere Richtung.

Ich zögerte, bevor ich antwortete: „Ich habe ein paar Werte für das Kämpfen bekommen, aber die Fähigkeiten passen noch nicht zu meinem Profil." Ich zucke mit den Schultern: „Vielleicht begrenzt das System die Fähigkeiten, die wir so früh im Tutorial erlangen?"

Keiths Augen weiteten sich vor Überraschung. „Aber du hast die Mothkin doch so mühelos besiegt. Hast du

MMA oder so gemacht? Warum hast du nicht die andere **[Fähigkeit]** genommen, das ist doch besser als gar keine Fähigkeit, oder?“

„Ich habe etwas Kampferfahrung“, antwortete ich ausweichend. In Wahrheit wollte ich meine Fähigkeiten so weit wie möglich einschränken. Ich musste meine Grenzen durchbrechen, und das würde ich nur schaffen, wenn ich mich auf einige wenige Fähigkeiten konzentrierte. Am Anfang gab es nur wenige Hinweise darauf, wie Fähigkeiten wirkten und welche Zusammenwirkungen sie erzeugen konnten. Die meisten Spieler waren der Meinung, dass sie Hunderte von Fähigkeiten anhäufen sollten, um sich in den frühen Phasen von **Systemsturz** einen entscheidenden Vorteil zu verschaffen.

Als mein Ziel feststand, den Rang SSS zu erreichen, entschied ich mich bewusst dafür, die Anzahl der erworbenen Fähigkeiten zu begrenzen. Selene hatte herausgefunden, dass der Erwerb von zu vielen Fähigkeitsfragmenten das eigene Potenzial schmälert, die Kontrolle beeinträchtigt und somit zu einer unterdurchschnittlichen Fähigkeit führt, da die Obergrenze für mögliche Erfolge gesenkt wird.

Es gab noch eine weitere Kategorie von Fähigkeiten, die von einigen **als [passive Fähigkeiten]** bezeichnet wurden, wie beispielsweise Widerstand gegen Gifte, Elektrizität oder andere Zauber, die den Status beeinflussten. Ich fand es angemessener, sie in meinem Fall **[Eigenschaften]** zu nennen. Diese Eigenschaften waren Teil des Systems, aber nicht uneingeschränkt zu erreichen.

In der Vergangenheit bin ich auf eine Fähigkeit wie **[Leuchtfeuer]** gestoßen, die es mir ermöglicht hatte, Norden zu orten und zu vertrauten Orten zurückzufinden. Das war zwar nützlich gewesen, aber in einer Welt, die an Dantes Inferno erinnert hatte, war es mir vor allem darum gegangen, Fähigkeiten zu erwerben, die mein Überleben nicht nur in der Gegenwart, sondern auch auf lange Sicht sichern würden. Wenn ich den [Admin] besiegen wollte, musste ich alle meine Grenzen durchbrechen und mein volles Potenzial ausschöpfen.

Würde ich Selenes Beispiel folgen, würde ich mich auf ein bestimmtes Gebiet spezialisieren, mit dem Hintergedanken, dass meine Fähigkeiten ihre Obergrenze überschreiten könnten, zumal ich nicht unbedingt mit einer übermäßigen Hürde zu rechnen hätte, wie das bei mehreren Fähigkeiten der Fall gewesen wäre. Aria hatte oft erwähnt, dass ich, wenn ich ihre Beschwörung des **[Phönix]** erlernt hätte, in der Lage gewesen wäre, Leute von der Schwelle des Todes zurückzuholen.

In Anbetracht meines langfristigen Ziels richtete ich meinen Fokus in der Zwischenzeit auf das Schwert. Ich beschloss, mich auf das zu konzentrieren, was ich bereits kannte, und trainierte eher meinen Körper als meine Fähigkeiten in diesem speziellen Bereich.

Ich fand mich mit der Tatsache ab, dass ich meine

Zeit nicht damit verbringen musste, mir neue Kombos aus den [Fähigkeiten] auszudenken, die ich erwerben würde, so wie Selene, die sich immer wieder Notizen in ein kleines Notizbuch geschrieben hatte, wie sie noch ein bisschen stärker werden könnte. Diese Frau hätte wahrscheinlich einen Universitätskurs über [Fähigkeiten] geben können.

„Wie ich schon gesagt habe, zwinge ich niemanden, mir zu folgen. Ihr müsst eure eigenen Entscheidungen treffen“, erklärte ich noch einmal laut und deutlich.

Der Boden, auf dem wir standen, war noch unerforscht, aber der Gedanke, tiefer ins Unbekannte vorzudringen, weckte ein natürliches Gefühl der Gefahr gegenüber dem, was in der Tiefe lauerte. Ihre Möglichkeiten waren klar: Sie konnten mir auf eigene Gefahr folgen oder mit ihrer Gruppe unter Jason in der Nähe der Oberfläche bleiben, nachdem sie bereits genug Level mit der Horde Mothkins erreicht hatten, um sich die Rückkehr ein wenig zu erleichtern.

„Ich begleite dich“, stellte May fest und ihr Blick suchte meinen. Ihre Lippen wurden fester, aber ihre Hände zitterten leicht und verrieten ihre Besorgnis. Aber ich sah auch ihre unerschütterliche Entschlossenheit. Diesen Typus erkannte ich – eine traurige Tatsache, die in dieser Welt oft anzutreffen war. Sie wollte aus eigener Kraft stärker werden. Sie wusste, dass sie das musste, und sie wusste, dass sie noch nicht stark genug war, um das zu schaffen.

May hatte mich genau beobachtet, während ich gekämpft hatte. Ich hatte meinen Schläger mehr wie ein

Schwert als ein einfaches stumpfes Instrument benutzt. Meine Bewegungen und Entscheidungen hatten eine gewisse Raffinesse aufgewiesen. Obwohl ich nicht viel preisgegeben hatte, schienen meine eindringlichen Augen eine gewisse Zielstrebigkeit zu enthalten.

„Wenn ich ihm folge, kann ich von ihm lernen und stärker werden“, sagte sie zu sich selbst. Die Gruppe, mit der sie zusammen war, war nicht schlecht, aber May wusste, dass sie sich nicht darauf verlassen konnte, dass sie und vor allem Willow sie vor Schaden bewahren würden.

„Ich würde auch gerne mitkommen“, meldete sich einer der Jungs zu Wort. Ich dachte daran, dass ich mir seinen Namen merken sollte. Es war Alvin.

Es war leicht zu erkennen, dass es etwas Einzigartiges an mir gab, das ihn reizte, und das ihn glauben ließ, dass es sich lohnen würde, mir zu folgen. Und auch wenn die Möglichkeit bestand, dass es nicht so sein würde, hielt er mich für eine bessere Wahl als Jason, wenn es darum ging, die Welt nach dem **Systemsturz** zu verstehen und zu überleben.

„Echt jetzt? Ihr beide? Dann muss ich wohl auch mit“, rief Willow und trat ebenfalls vor. Ich wartete, ob noch jemand folgen wollte, aber niemand meldete sich. Also drehte ich mich um und begann, auf den maroden Rolltreppen weiter nach unten zu fahren.

„Hey, Nick! Ich hoffe, wir sehen uns alle wieder!“, rief

Jason mir hinterher. „Passt da draußen auf euch auf. Und noch einmal: Es ist nicht zu spät, um umzukehren. Ich habe es dir ja schon gesagt: Die Züge fahren nicht mehr!"

Ohne mich umzudrehen, hob ich einfach eine Hand zum Abschied und murmelte zu mir selbst: „Ich hoffe, er schafft es."

Dann schlossen wir uns zu einer Gruppe zusammen.

[Mitteilung über den Systemsturz]

Titel: Gruppensystem freigeschaltet!

Gruppensystem enthüllt!

Achtung Abenteurer!

Aufregende Neuigkeiten! Ihr habt das versteckte Feature freigeschaltet: Das Gruppensystem! Schließt euch mit bis zu vier Gefährten zusammen, um euch Unterstützung auf eurem Weg durch die gefahrvolle Welt von **Systemsturz** zu holen. Aber seid gewarnt: Gewöhnt euch nicht zu sehr an eure Gruppenmitglieder, denn die Risiken sind groß und der Tod ist eine ständige Bedrohung.

Mit dem Gruppensystem könnt ihr eine Gruppe von Abenteurern zusammenstellen und gemeinsam auf Entdeckungsreise gehen, um eure Kräfte zu bündeln und die Herausforderungen gemeinsam zu bewältigen, die vor euch liegen. Die gesammelte Erfahrung und die Verbesserung der Werte werden unter den Gruppenmitgliedern aufgeteilt, damit alle gemeinsam stärker werden.

Gruppenanführer: Nick Vandal

Gruppenmitglied 1: May

Gruppenmitglied 2: Alvin

Gruppenmitglied 3: Willow

Anmerkung an den Anführer: Alvin, May und Willow verfügen über ungenutztes Potenzial, sind aber noch nicht kampferprobt. Mit dem richtigen Training und der richtigen Anleitung können Alvins Einfallsreichtum, Mays Anpassungsfähigkeit und Willows magische Begabung zu wertvollen Stärken ausgebaut werden. Ermutige sie zu wachsen, biete ihnen Möglichkeiten zur Entwicklung ihrer Fähigkeiten und fördere ihren Zusammenhalt. Führe sie mit Umsicht und dem Glauben an ihr Potenzial. Gemeinsam könnt ihr Herausforderungen meistern und euch zu einem großartigen Team entwickeln. Viel Glück auf deinem Weg.

„Ha." Ich grinste. „Nicht völlig nutzlos also." Das System hatte im Laufe der Jahre einige Veränderungen erfahren und das Gruppensystem war nach der ersten Version verschwunden.

Damit setzten wir unseren Abstieg fort, während das Licht beim Hinabsteigen immer schwächer wurde. Jeder von uns wählte eine andere Rolltreppe, um hinunter zu gelangen, und das war wahrscheinlich unsere Rettung.

„Wusch!"

Eine weitere Gruppe von Mothkin erschien, als wir die Treppe hinunterfuhren, und ihre leuchtenden lila Augen verrieten ihre Position. Meine neu zusammengestellte Gruppe schrie auf, und irgendjemand schwang ein Schwert. Ich spürte den Luftzug und duckte mich unbewusst.

„Pass auf, wo du hinschlägst! Hau auf die Käfer. Nicht

mich!“, bellte ich, bevor ich die Treppe hinuntersprintete. Ein weiterer Mothkin tauchte vor mir auf und ich schmetterte ihn zurück, ohne mich darum zu kümmern, ihn zu erledigen. Mit einem Satz landete ich auf dem Boden und holte mit einem Tritt aus.

Die Treppe war alles andere als ein idealer Schauplatz für den Kampf, aber da jeder von uns eine andere Rolltreppe gewählt hatte, kamen wir mit nur geringem Schaden davon. Willow schaffte es sogar, eine der Motten zu erlegen, indem sie sie mit ihrem Schwert aufspießte.

„Die hier verpufft nicht so wie die anderen dort oben“, erklärte sie und beäugte sie misstrauisch.

„Oh“, antwortete ich und schaute genauer hin. „Das sieht nicht wie ein Mothkin aus. Lass mich mal nachsehen, was es ist ...“ Ich öffnete mein Benachrichtigungsfeld, um zu sehen, welche Kreatur ich erlegt hatte, obwohl ich eine ziemlich gute Vermutung hatte.

[Du hast eine Ashwing Motte getötet]

„Das ist eine Ashwing Motte“, informierte ich sie. Ich konnte aber nicht erwähnen, dass diese Viecher dafür bekannt waren, die Lebenskraft ihrer Opfer direkt anzugreifen und ihnen die Energie abzusaugen. Das hätte ich zwar tun können, aber ich hätte nicht erklären können, woher ich das wusste.

„Warte, wie hast du das angestellt?“, fragte Alvin. „Hast

du Zugang zu irgendwelchen versteckten Funktionen?“

„Alle Kills werden als Benachrichtigungen angezeigt, nicht wahr? Ich habe mir gerade den Benachrichtigungsverlauf angesehen. Das kann jeder nachvollziehen.“ Damit suchte ich nach der Ashwing Motte, die ich umgebracht hatte, und hob sie an ihrer steifen Antenne auf. Ihr Körper zuckte noch immer in der Totenstarre, und ich unterdrückte den unbegründeten Drang, sie noch einmal zu erschlagen. Wenn das System etwas für tot erklärt hatte, dann war es das auch.

Wir befanden uns jetzt in einem Flur, der von quadratischen LEDs an der Decke beleuchtet wurde. Er besaß keinerlei Ähnlichkeit mit dem Grand Central Terminal, aber als **[Versteckter Dungeon]** war er auch gar nicht dafür gedacht, Teil davon zu sein.

Wir folgten dem L-förmigen Korridor, der sich zu einer geräumigen Etage öffnete. Zu unserer Überraschung entdeckten wir einen kleinen Laden in einer Nische in der Wand.

[Mitteilung über den Systemsturz]

Titel: Ein Ort zum Ausruhen

„Glückwunsch! Du hast eine Safe Zone betreten.“

Die folgenden Hinweise beziehen sich auf die Funktionen dieser Zone:

Safe Zones sind Zufluchtsorte inmitten der Hektik und bieten eine vorübergehende Pause von den Gefahren, die da draußen lauern.

In Safe Zones wird von Kämpfen zwischen den Nutzern abgeraten und feindliche Wesen von außerhalb können sie nicht betreten.

Safe Zones bieten Zugang zu wichtigen Ressourcen wie Nahrung, Wasser, medizinischer Versorgung und sogar möglichen Waffen.

Alle Gegenstände, die du in einer Safe Zone findest, sind kostenlos und sollen den Überlebenden auf ihrer Reise helfen. Übermäßiges Horten wird jedoch verfolgt und kann zu Strafen führen.

Safe Zones können als vorübergehende Stützpunkte dienen, um sich neu zu gruppieren, Strategien zu entwickeln, sich auszuruhen oder zu erholen.

Wenn du eine Safe Zone verlässt, bist du den Gefahren der Welt ausgesetzt. Bereite dich vor dem Verlassen ausreichend vor.

Denke daran: Safe Zones sind nicht von Dauer. Sie werden irgendwann deaktiviert, und dann ist die vorherige Sicherheit nicht mehr gewährleistet.

Nutze diese Safe Zone mit Bedacht, um deine Überlebenschancen zu vergrößern.

Plötzlich meldete sich Zagrids Stimme wie über eine Gegensprechanlage und klang künstlich fröhlich. **„[Glückwunsch, Abenteurer, ihr seid auf eine Safe Zone gestoßen!]“** Die Stimme hallte wider und ließ alle innehalten und sich umschauen.

„[Seht euch doch mal dieses Schmuckstück an: ein Supermarkt in seiner ganzen modernen, makellosen

Pracht!]", verkündete Zagrid mit einem Hauch von Stolz in seinem künstlichen Ton. „**[Betrachtet nur die klaren Linien, die blitzblanken Regale und den erfrischenden Geruch von Neuem. Ein Zufluchtsort inmitten des Chaos, nicht wahr?]**"

„**[Aber hört gut zu, Leute!]**", meldete sich Zagrid wieder zu Wort: „**[Alles hier gehört euch, ihr könnt es haben. Ganz recht, ihr habt richtig gehört. Kostenlose Vorräte! Ist das nicht die beste Nachricht, die ihr heute erhalten habt?]**"

Die Worte des Bots klangen scharf, als er fortfuhr: „**[Aber denkt daran: Völlerei ist eine Sünde. Also, wenn wir schon mal dabei sind, seid bitte aufmerksam. Wir sollten unsere Manieren nicht vergessen, oder?]**"

Nachdem der Bot seine Botschaft beendet hatte, sahen wir uns alle im Laden um. Er war elegant und modern, eine Symphonie aus Glas und Stahl. Helle, energiesparende Lichter beleuchteten reihenweise die ordentlich aufgereihten Produkte: Lebensmittel, Wasser, Erste-Hilfe-Kästen und sogar einfache Waffen. Im Gegensatz zu dem schmutzigen U-Bahn-Terminal sah der Laden so aus, als wäre er vom **Systemsturz** völlig unberührt geblieben.

May war in Gedanken versunken und murmelte: „Mann, ich wünschte wirklich, wir könnten jetzt nach oben zurückgehen und Jason und seine Gruppe rufen, aber ich habe keine Lust, noch einmal in einen Hinterhalt zu geraten. Da hinten wäre ich fast draufgegangen." Als ob sie auf ein Wunder hoffte, holte sie ihr Handy heraus, aber sie hatte keinen Empfang, genau wie ich geahnt hatte.

Ich sah mich im Laden um und holte dann einen tragbaren Kocher heraus. Nachdem ich ihn angemacht hatte, stellte ich einen mittelgroßen Suppentopf darauf und füllte ihn bis zur Hälfte mit Wasser.

„Kochst du das für Instant-Ramen?“, erkundigte sich Willow, eine Packung Nudeln in der Hand. „Lass uns teilen.“

Ich hatte mich für den Tag schon satt gegessen, aber ich brauchte noch etwas Energie. „Das hier nicht.“ Als das Wasser kochte, warf ich die tote Ashwing Motte hinein, die ich mitgebracht hatte.

„Igitt, das wirst du doch nicht etwa essen?“ Willow zuckte angewidert zusammen. „Das musst du nicht. Ich teile mit dir! Sei doch nicht so widerlich.“

„Ich möchte ein Experiment durchführen. Du kannst dir gerne dein eigenes Wasser für die Ramen kochen.“

Ich war mir über mein Ziel nicht sicher, aber ich hatte gelernt, dass das Abkochen von Lebewesen meist etwas Nützliches hervorbrachte. Nachdem ich die **Ashwing Motte** zehn Minuten lang gekocht hatte, färbte sich das Wasser tiefviolett.

[Mitteilung über den Systemsturz]

Titel: Essenzgewinnung erfolgreich!

Achtung Nick Vandal

Du hast erfolgreich die Essenz der **Ashwing Motte**

destilliert. Das Ergebnis ist eine halbe Dosis.

Nur die Hälfte? Ich erinnerte mich daran, dass Alkohol den Zutaten mehr Geschmack entlocken konnte. Ich fand eine Flasche billigen Wodka im Regal, öffnete sie und goss sie in den Topf.

„Wenn das bei Tomatensoße klappt, sollte es auch bei den Kreaturen eines Dungeons funktionieren", dachte ich.

Zehn weitere Minuten vergingen, und eine weitere Nachricht erschien.

[[Mitteilung über den Systemsturz]

Titel: Essenzgewinnung erfolgreich!

Achtung Nick Vandal,

Herzlichen Glückwunsch! Du hast eine bemerkenswerte Leistung in den Gefilden von **Systemsturz** vollbracht. Durch deine unermüdliche Entschlossenheit und deine Fähigkeiten hast du erfolgreich die gesamte Essenz der **Ashwing Motte** destilliert und damit eine volle Dosis ihrer mächtigen Kraft erhalten.

Durch die Nutzung der wahren Essenz dieser furchterregenden Kreatur verfügt jede Waffe, die mit der Essenz der **Ashwing Motte** getränkt wurde, über eine einzigartige Fähigkeit. Indem sie dem Gegner das Leben entzieht, verschafft sie dir einen zwar unmerklichen, aber wirkungsvollen Vorteil im Kampf.

Nutze diese neu entdeckte Quelle der Stärke und setze sie weise ein. Die Essenz der **Ashwing Motte** hat dir ein mächtiges Werkzeug in die Hand gegeben, mit dem du den Kampf in den tückischen Tiefen von **Systemsturz** zu deinen

Gunsten entscheiden kannst.

[[Mitteilung über den Systemsturz]

Titel: Essenzlehrling:

Achtung Nick Vandal

Du hast die bemerkenswerte Leistung vollbracht, die Essenz der **Ashwing Motte** zu destillieren und bist damit in das Reich der Essenzgewinnung eingetreten. Du hast den Titel „Essenzlehrling" erhalten. Als Zeichen für diese Leistung hast du einen kleinen, aber dauerhaften Bonus erhalten. Deine Vitalität wurde auf unmerkliche Weise gesteigert, was dir eine höhere Widerstandsfähigkeit und Ausdauer verleiht.

„Wie schön. Allerdings hätte ich die Wirkung der Errungenschaft auch ohne den Rest genossen." Damit warf ich den Rest des Mottenkörpers in einen nahegelegenen Mülleimer und goss die konzentrierte Lösung vorsichtig in eine leere Wasserflasche. Dann träufelte ich etwas davon auf meinen Baseballschläger aus Metall. Die silberne 28-Zoll-Metallstange leuchtete in einem leichten Rotton und saugte die Essenz wie ein Schwamm auf, bevor sie sich wieder zurückbildete.

Ich beschloss, noch mehr auf den Schläger zu gießen und erinnerte mich daran, dass das System dazu ermutigte, Experimente anzustellen. Vielleicht würde ich keine Erfolgsmeldung bekommen, nachdem ich die ganze Flasche geleert hatte, aber das war in Ordnung, ich konnte eine andere **Ashwing Motte** fangen, falls ich die Prozedur noch einmal wiederholen musste.

Nachdem ich die Hälfte der Flasche aufgebraucht hatte, färbte sich der Schläger zum Glück lila.

[Mitteilung über den Systemsturz]

Titel: Essenzinfusion erfolgreich!

Achtung Nick Vandal,

Dein Baseballschläger aus Aluminium wurde erfolgreich mit der mächtigen Essenz der **Ashwing Motte** getränkt, die ihm die bemerkenswerte Eigenschaft [Siphon] für alle Angriffe verleiht..

Ich wusste sehr wohl, wie mächtig die Eigenschaft [Siphon] bei manchen Gegenständen sein konnte. Aber auf diesem Level war eine einfache Waffe, die mit dieser Fähigkeit ausgestattet war, eine billige Imitation der echten Fähigkeit, vor allem auf meinem Level. Im besten Fall konnte ich meine Feinde jetzt schneller ermüden, und ein Volltreffer konnte sie in Ohnmacht fallen lassen.

Wer die Fähigkeit [Siphon] beherrschte, konnte nicht nur jemandem die Lebenskraft entziehen, sondern auch seine eigene Vitalität damit auffüllen. Es war nicht nur die heilende Wirkung, sondern auch die erneuernde Wirkung der Ausdauer von [Siphon], die fast jeden Kampf zu meinen Gunsten drehen konnte.

Auf höheren Levels war mir ein meisterlich gefertigtes Schwert bekannt, das mit der Fähigkeit **[Siphon]** ausgestattet worden war. Sobald sein Besitzer verwundet worden war, und die Verteidigungsbereitschaft des Gegners nachließ, konnte der Besitzer der Klinge mit einem einzigen Schlag zustoßen, und der Träger wurde geheilt und war wieder gesund, da [Siphon] die gesamte Energie des Gegners aus ihm heraussaugte.

„Und, was hat das nun gebracht?" May blickte mich neugierig und gebannt an. „Das, was du da gerade gemacht hast."

Ich gab ihr eine kurze Erklärung.

„Wenn ich also diese Essenz über meine Klinge gieße, wird mein Schwert dann noch gefährlicher?"

„Ja."

„Dann lass mich doch welche von dir kaufen."

Ich war verblüfft. Ich hatte vor, die Essenz an jeden zu verkaufen, der sie haben wollte, aber die Tatsache, dass May das von selbst angeboten hat, überraschte mich.

„Nun, ich habe darüber nachgedacht, aber eine einseitige Beziehung, in der wir nur auf dich angewiesen sind, wird auf Dauer nicht klappen. Und wenn man etwas umsonst bekommt, weiß man es auch nicht so sehr zu schätzen."

„Verstehe. Was hast du denn zu bieten?" Ich wollte eigentlich nur einen Bruchteil eines ihrer Stat-Punkte verlangen, aber da May das Angebot gemacht hatte, die

Essenz zu kaufen, wollte ich sehen, was sie hatte.

„Wir können doch tauschen, oder?“ Ihr Blick schweifte ab, als sie durch die Menüs blätterte, bevor ihre Augen aufleuchteten. „Dieses Interface ist sehr benutzerfreundlich, wenn man sich erst einmal zurechtgefunden hat.“ Dann richtete sich ihr Blick wieder auf mich. „Kann ich dir ein paar [Geschicklichkeits-]Punkte anbieten?“

Ich hob meine Hände und schüttelte den Kopf. „Die Punkte scheinen leicht zu tauschen zu sein, aber du solltest ihren Wert nicht unterschätzen.“

„Woher weißt du das?“, fragte sie und wölbte die Stirn.

Ich zuckte mit den Schultern. „In gewisser Weise ist das logisch, aber ich gehe ehrlich gesagt davon aus, dass es ähnlich ist wie bei Rollenspielen und vielen der Spiele, die ich online gespielt habe. Wenn ich so darüber nachdenke, dann glaube ich, dass sowohl der [Admin] als auch Zagrid vieles von dem, was hier vor sich geht, an unsere Spielmechanik angelehnt haben, damit wir uns schnell anpassen können.“

Sie nickte und folgte meinem Gedankengang, also fuhr ich fort. „Je weiter wir kommen, desto schwieriger werden diese Punkte zu erreichen und desto wichtiger werden sie auf lange Sicht.“

[Mitteilung über den Systemsturz]

Titel: Handelsfunktion freigeschaltet!

Sei gegrüßt, Abenteurer! Wir freuen uns, dir mitteilen

zu können, dass die Handelsfunktion im System für dich freigeschaltet worden ist. Mit dieser neuen Funktion kannst du verschiedene Rohstoffe, Gegenstände, Ausrüstung, Werte und Fähigkeiten tauschen.

Wähle mit Bedacht und bedenke die möglichen langfristigen Auswirkungen eines jeden Handels.

Denke daran, dass Handel ein mächtiges Werkzeug sein kann, um deine Schwächen zu stärken und Herausforderungen zu meistern. Arbeitet zusammen, verhandelt und macht einen für beide Seiten vorteilhaften Tausch, um eure Leistungsfähigkeit voll auszuschöpfen.

May schüttelte den Kopf: „Warum hat dieser mörderische Bot gar nichts darüber erzählt?"

Ich schnaubte. „Du hast Recht, das hätte der Begleiter des Tutorials erwähnen müssen." Ich sprach das Wort Begleiter fast wie ein Schimpfwort aus.

„Bäh, dieser Zagrid ist wirklich der Schlimmste." May nickte. „Aber du hast Recht, warum hat er das nicht erwähnt?"

Ich grinste leicht. „Denk doch mal nach. Warum hat er das nicht getan? Diese Führer, diese 'Begleiter' sind doch nicht wirklich hier, um uns zu helfen."

Bevor sie antworten konnte, rief Willow. „Hey, das Essen ist fertig!"

In der Ecke des Ladens, auf dem schmalen runden Tisch, stellte sie vier Tassen Instant-Ramen bereit. Alvin saß bereits auf einem Hocker, Einweg-Essstäbchen aus Holz in der Hand.

Der Anblick weckte nostalgische Erinnerungen an die gemeinsamen Mahlzeiten am Lagerfeuer mit Ogerfleisch und knusprigen Lavaechsenbeinen mit meinen früheren Gefährten.

„Ich habe auch was für euch gemacht. Manche von uns haben eben Manieren“, schnauzte Willow mich an, als ich mich setzte. Unbeeindruckt setzte ich mich zu ihnen und nahm einen kleinen Bissen von den Nudeln mit Hühnergeschmack.

„Wisst ihr, das ist wie ein Traum für mich“, bemerkte Alvin. „Ich gehe in einen Laden, es ist niemand da und ich kann mir alles, was ich möchte, umsonst mitnehmen.“

„Ja, das fühlt sich viel zu einfach an. Ich habe das Gefühl, dass wir den Haken noch früh genug zu spüren bekommen, wenn wir weitermachen“, meinte May und schlürfte langsam die Nudeln hinunter, um jeden Bissen zu genießen.

Auch ich versuchte, mit etwas Anstand zu essen, denn es war mir ein bisschen peinlich, wie ich am Tag meiner Rückkehr das frisch zubereitete Essen gestürmt hatte. Ich hatte empörte Blicke geerntet und einige andere Gäste wollten mich sogar aus meiner Lieblingspizzeria rauswerfen lassen.

Sie hatten ja nicht wissen können, dass sich die Welt im

Grunde auf ihr Ende zubewegt hatte und Manieren weniger wichtig waren, als das Essen zu essen, während es noch vor einem stand, dachte ich bei mir.

„Übrigens, warum hast du die Motte gekocht?“, fragte Alvin.

„Sie hat mir zwar keine Suppe eingebracht, aber das hier“, antwortete ich und hielt die Wasserflasche mit der darin befindlichen lilafarbenen Essenz hoch. „May wollte sie mir abkaufen, aber ich habe mich dagegen entschieden.“

„Was bewirkt sie?“, grübelte Alvin.

„Sieh selbst“, erklärte ich und reichte ihm die Flasche, damit er sie untersuchen und sich vom System über ihre Wirkung informieren lassen konnte.

Alvin runzelte die Stirn. „Ja, das ist schon gut, aber einen Punkt dafür zu bezahlen? Ganz schön happig.“

Ich lachte. „Nein, ihr werdet dafür keinen Punkt bezahlen. Ich mache nichts umsonst, aber dieses Mal mache ich eine Ausnahme. Ich investiere in mich selbst, indem ich in euch investiere, denn wenn ihr mir folgen wollt, müsst ihr Schaden anrichten.“

Werte oder Handel erwähnte ich mit keinem Wort.

Stattdessen fuhr ich fort: „Die Essenz, die ich euch heute überreiche, macht eure Waffen noch gefährlicher. Sie verbessert ihre Fähigkeiten und ermöglicht es euch, im

Kampf mehr Schaden zu verursachen, indem ihr den Effekt **[Siphon]** anwendet."

Alvins Augen weiteten sich, als er das Fläschchen entgegennahm und es mit einer Mischung aus Neugierde und Aufregung betrachtete. „Wie funktioniert das?", fragte er, weil er unbedingt wissen wollte, wie diese neue Möglichkeit vonstattenging.

Ich erklärte ihm: „Um die Essenz anzuwenden, öffne das Fläschchen und trage vorsichtig eine kleine Menge auf die Oberfläche deiner Klinge auf. Die Essenz durchdringt deine Waffe und verleiht ihr die entsprechende Eigenschaft, in diesem Fall **[Siphon]**."

May beobachtete unser Gespräch mit wachsendem Interesse. „Aber wie wirkt die Essenz auf die Waffe? Ist das ein vorübergehender Effekt oder eine dauerhafte Verstärkung?"

Ich nickte auf ihre Frage hin. „Die Essenz bewirkt eine dauerhafte Verbesserung deiner Waffe. Einmal aufgetragen, geht sie eine Verbindung mit der Klinge ein und verleiht ihr in diesem Fall den Effekt **[Siphon].** Diese Verstärkung wird zu einem Teil deiner Waffe."

Willow, die schweigend zugesehen hatte, meldete sich schließlich zu Wort. „Was ist, wenn wir die Essenz später wieder entfernen wollen? Können wir unsere Waffen wieder in ihren ursprünglichen Zustand zurückversetzen?"

Ich schüttelte den Kopf und erklärte: „Wenn die Essenz einmal aufgetragen ist, ist sie dauerhaft."

May runzelte noch einmal die Stirn. „Woher weißt du das alles?"

Ich musste schnell nachdenken. Wenn sie lange genug überlebten und ich einen Weg fand, ihnen meine Geschichte zu erzählen, ohne dass der [Admin] mithörte, würde ich das tun. Für den Moment ... schmückte ich das Ganze ein wenig aus.

„Da ich der Erste war, der die Essenz der Ashwing Motte entdeckt hat, hat mir das System einen Haufen Informationen über diese Substanz zur Verfügung gestellt und darüber, was sie bewirken kann und was nicht."

Alvins Augen weiteten sich, als er das Fläschchen betrachtete, das ich ihm überreicht hatte. „Lass uns mal einen Schritt zurückgehen. Der **[Siphon]**-Effekt? Was bewirkt der genau?"

„Wenn deine Waffe einen Feind trifft, fügt sie ihm nicht nur Schaden zu, sondern entzieht ihm auch einen Teil seiner Lebenskraft und leitet sie zu dir zurück", erklärte ich. „So füllst du deine eigene Energie wieder auf und kannst im Kampf durchhalten und mit neuer Vitalität zurückschlagen."

Mays Gesichtsausdruck erhellte sich schlagartig. „Also wie eine natürliche Verbindung, bei der du mit jedem Schlag die Energie zurückbekommst, die du verbraucht hast, und die dich vielleicht auch noch heilt?“

„Ja. Im Grunde stimmt das“, bestätigte ich, beeindruckt von ihrem Verständnis. „Mit diesem **[Siphon]**-Effekt kannst du dich auf eine Art und Weise verausgaben, wie du das sonst nicht könntest.“

Willow, die Pragmatikerin, mischte sich mit einem verschmitzten Lächeln ein. „Ich habe zwar keine magischen Fähigkeiten wie Nick, aber ich habe Ramen! Und glaubt mir, das Zeug ist auf seine Art auch ziemlich magisch.“

6. GELEGENHEITSWAFFEN

In den **[Versteckten Dungeons]** der Bahnhöfe stieg der Schwierigkeitsgrad, je weiter ich mich vom Startpunkt entfernte, wobei das einfachste Level im Keller lag. Gewöhnlich fand man in der Nähe des Eingangs eine einfache Waffe wie ein Brecheisen, aber die eigentliche Herausforderung lag im Einfallsreichtum und im scharfsinnigen Nachdenken, während man sich im **[Versteckten Dungeon]** befand.

Normalerweise waren die notwendigen Vorbereitungen und die Angst vor dem Unbekannten Grund genug, einen **[Versteckten Dungeon]** nicht zu betreten.

Zu diesem Zeitpunkt befanden sich Alvin, Willow, May und ich auf dem zweiten Level des Dungeons. Unsere Schritte hallten in dem schwach beleuchteten Raum wider und das flackernde Licht strengte unsere Augen an.

Alvin beobachtete mich mit zusammengekniffenen Augen, während ich mit geübter Leichtigkeit voranging und meine Schritte leiser waren als die der anderen. Er glaubte nicht, dass meine Entdeckungen reiner Zufall waren. Ich hoffte um seinetwillen, dass er es dabei bewenden lassen würde.

Meine Kampferfahrung, meine Experimente und meine unheimliche Ruhe ließen Alvin vermuten, dass ich eine Art Instinkt, vielleicht sogar einen sechsten Sinn besaß. Gleichzeitig fühlte er sich auch auf unerklärliche Weise sicher, solange er sah, dass ich mich gut schlug.

Alvin wollte nicht die zweite Geige nach mir spielen, nicht, wenn er so schnell stärker wurde. **Systemsturz** sollte die Welt sein, in der er sich neu erfand.

Bei diesem Gedanken beschleunigte Alvin plötzlich seinen Schritt und umklammerte den Griff seines Schwertes fester. Er hatte eine **Ashwing Motte** ausgekocht und sein Schwert mit etwas von der Essenz der Motte verstärkt, was ihm eine schwache Eigenschaft **[Siphon]** verlieh. Aus den Augenwinkeln sah er eine Bewegung – etwas schlängelte sich in der Dunkelheit, etwas Feuchtes und Glänzendes, das am Rande seiner Sicht zwischen den blinkenden Lichtern verharrte.

Verunsichert rief Alvin: „Komm raus!“

Das war ein Fehler gewesen. Die Kreatur stürmte vorwärts und Alvin sah nur noch einen grauen Fleck. Etwas kam mit aufgerissenem Maul auf ihn zu, und er konnte sein Schwert gerade noch rechtzeitig hochreißen, um einen Abwehrhieb auszuführen.

„Alvin!", hörte ich May rufen, als er zu Boden ging. Ein unscharfer Schatten streifte mein Blickfeld, Wind streifte mein Gesicht, gefolgt von einem lauten Aufprall.

„Zurück!", rief ich, und bevor Alvin aufstehen konnte, packte ich ihn am Kragen seines Kapuzenpullis und zerrte ihn kurzerhand von der Bedrohung weg.

„Das ist ein **[Subway Tausendfüßler]**!" Alvins Dankbarkeit für seine Rettung schien zu schwinden, als er die erleichterten Blicke sah, die die Mädchen mir zuwarfen. Offenbar konnte sein Ego die Tatsache nicht ertragen, dass sie seinen Fähigkeiten nicht vertrauten, um sie zu beschützen.

„Also gut, jetzt haben wir einen Namen für das Monster, aber was hat es damit auf sich?" Willows Frage lenkte uns wieder auf die drängende Angelegenheit zurück. Kurzerhand ordneten wir uns in einer Rautenformation an, bereit, die Kreatur in der U-Bahn zu bekämpfen. Der **Subway Tausendfüßler** war so lang wie ein Eisenbahnwaggon und sein Körper war mit dicken, metallischen Chitinplatten gepanzert, die dem Stahl der Eisenbahnschienen ähnelten. Mehrere Beinpaare mit Klauen, die wie verdrehte Schienenstücke aussahen, bewegten sich bedrohlich auf dem Bahnsteig. Seine leuchtenden Augen, die in einem unheimlichen Blau pulsierten, hoben sich von dem kohleähnlichen Körper ab und ließen ihn noch unheimlicher erscheinen.

Die Kreaturen im **Systemsturz** schienen einer Regel der unnatürlichen Anpassung und bizarren Vergrößerung zu gehorchen. Eine Idee, die vielleicht aus der Tiefsee abgeleitet ist, bei dem sich Kreaturen, die in den Abgründen der Ozeane leben, zu monströsen Versionen ihrer Gegenstücke in seichteren Gewässern entwickeln. In dieser Welt hatten alle Lebewesen, nicht nur die Menschen, eine ähnlich drastische Verwandlung durchgemacht, als ob sie in einem Schmelztiegel der Schöpfung gelebt hätten und daraus außerordentlich mächtig geworden wären.

„Tausendfüßler sind giftige Kreaturen. Ihre Bisse, oder in diesem Fall vielleicht Stiche, können einen vergiften. Ich habe keine Ahnung, wie sich das auf einen von uns auswirken wird. Lasst euch also auf keinen Fall von ihm berühren oder in die Haut stechen“, warnte ich und beobachtete, wie der monströse Tausendfüßler uns mit berechnender Absicht taxierte. Als ich ihn vorhin mit meinem Schläger mit einem kräftigen Hieb getroffen hatte, war der Schaden kaum spürbar gewesen. Sein gepanzerter Körper erwies sich als größere Herausforderung als erwartet.

[Mitteilung über den Systemsturz]

Warnung: Haltbarkeit der Waffe beeinträchtigt!

Die Haltbarkeit deiner Waffe hat sich erheblich verringert.
Wartung erforderlich, um ein Versagen der Waffe zu verhindern.

Warnung: Unwirksame Eigenschaft und Fähigkeit verwendet!

Der Subway Tausendfüßler kann dunklen Eigenschaften widerstehen. Die Fähigkeit **[Siphon]** war wirkungslos und unzureichend.

„Nun, wir haben auch noch ein paar andere Probleme. Er ist widerstandsfähig gegenüber dunklen Eigenschaften, und anscheinend gehört **[Siphon]** auch dazu", räumte ich ein.

In meinem früheren Leben hatte ich gelernt, dass alle Geschöpfe im **Systemsturz** nach verschiedenen Grundeigenschaften eingeteilt werden konnten. Manche besaßen nur eine einzige Eigenschaft, während andere eine Kombination davon aufwiesen. Die wichtigsten Elemente waren Wasser, Erde, Feuer, Luft, Dunkelheit und Licht. In manchen Regionen waren Dunkelheit und Licht die wichtigsten Eigenschaften gegenüber den normalen Attributen der Elemente.

Meine Fähigkeit [Siphon] stammte beispielsweise von einer dunklen Kreatur, einer Ashwing Motte. Daher war sie von Natur aus mit der Eigenschaft Dunkelheit ausgestattet. Dummerweise steckte ich in der Zwickmühle. Der **Subway Tausendfüßler** vor mir teilte diese dunkle Eigenschaft, sodass er gegen unsere Angriffe unempfindlich war.

„Also", fragte Willow. „Du hast doch einen Plan für dieses Ding, oder?"

„Nun, er ist giftig. Unsere Waffen können nur bis zu einem gewissen Grad mit ätzenden Substanzen umgehen“, erklärte ich. „Ich bin gewarnt worden, als meine Waffe mit seiner Haut in Berührung gekommen ist.“

Jede Entscheidung zog Folgen nach sich. Das hier war kein Videospiel, bei dem wir die Haltbarkeit unserer Ausrüstung mit einem hübschen Balken auf einem übersichtlichen Display im Auge behalten konnten. Nein, die Haltbarkeitsanzeige erinnerte uns eindringlich an das Gift des Tausendfüßlers und dessen tödliche Auswirkungen. Meine früheren Erfahrungen mit robusterer, hochwertigerer Ausrüstung hatten mich übermütig werden lassen. Ich hatte die anfänglichen Überlebenskämpfe längst vergessen, ebenso wie die richtige Wartung meiner Waffen. Jetzt musste ich für meinen Fehler büßen.

„Na toll. Wir haben es also geschafft, unsere Schwerter zu verbessern, indem wir sie mit der Essenz der Ashwing Motte durchtränkt haben. Tolle Idee, Nick“, spuckte Alvin aus und sein Tonfall triefte vor Sarkasmus.

„Alvin, lass den Quatsch. Wir alle haben uns dafür entschieden, unsere Waffen mit der Essenz zu behandeln. Nick hat uns nicht dazu gezwungen“, warf Willow mit entschlossenem, aber müdem Ton ein.

Ich schwieg und nahm seinen Spott hin. Schließlich war das allein mein Fehler gewesen. Aber wir waren noch lange nicht in Sicherheit und mussten aus der Reichweite des

Tausendfüßlers fliehen.

Das brachte mich auf eine Idee.

Ohne auf Alvins Stichelei zu reagieren, kramte ich in meiner Tasche und holte etwas Dörrfleisch heraus, das ich im Supermarkt gekauft hatte. „Rückzug!“, befahl ich und schleuderte es in Richtung des Tausendfüßlers. Das Tier starrte auf den vorbeifliegenden Leckerbissen und stürzte sich auf ihn, wodurch es kurzzeitig abgelenkt war.

Wir nutzten die Gelegenheit zur überstürzten Flucht. Es dauerte nicht lange, bis wir in der Ferne das vertraute Licht der Sicherheitszone des Supermarktes sahen.

Alvin schwieg.

Sein Blick war auf meinen Schläger aus Aluminium gerichtet und er verglich dessen offensichtliche Widerstandsfähigkeit mit ihren schnell abgenutzten Schwertern.

„Danke, schätze ich“, murmelte er schließlich, seine Stimme kaum hörbar, als wir die sichere Schwelle des Ladens erreichten.

„Wir sollten unsere Strategie überdenken, jetzt, wo wir wissen, dass es die Tausendfüßler gibt“, meinte Willow. Ich war ihr wirklich dankbar dafür. Obwohl das Gruppensystem mich als Anführer ansah, wollte ich dennoch keineswegs autoritär vorgehen. Ich hoffte, dass die anderen ihren Beitrag und ihre Ideen einbringen würden, damit sie sich als Teil des Teams fühlten und merkten, dass ihre Meinung von Bedeutung war. Allerdings wollte Alvin unbedingt mehr und ich wollte auch nicht mit einem Schwert im Rücken enden.

Ein nasses, klatschendes Geräusch auf dem Bürgersteig ließ uns zurückschrecken. Der Tausendfüßler war uns gefolgt. Und er war nicht allein. Er hatte zahlreiche Gefährten mitgebracht, die allesamt uns Menschen musterten. In aller Eile drängten wir zurück in den Supermarkt und verbarrikadierten die Tür mit den klapprigen Stühlen.

Nach unserem Rückzug aus dem Freien verschwendeten die Subway Tausendfüßler keine Zeit, um uns zu zeigen, dass sie uns unerbittlich jagen würden. Man hätte meinen sollen, dass unsere Safe Zone, der Tante-Emma-Laden, der Zufluchtsort sein würde, den wir dringend brauchten – unempfindlich gegen ihre Angriffe. Aber diese Illusion wurde jäh zerstört, als ihre mächtigen Schwänze gegen die Fassade schlugen und die Vibrationen im Laden widerhallten. Der Schutzschild der Safe Zone hielt sie zurück, aber ihr unerbittlicher Angriff begann, die Statik unseres sicheren Rückzugsortes zu beschädigen. Wir brauchten einen Plan, und zwar schnell. Ich hatte keine Angst, dass sie eindringen würden, aber ich machte mir Sorgen, dass sie etwas zum Einsturz bringen oder beschädigen könnten.

„Was sollen wir bloß unternehmen? Was sollen wir tun?“ Mays Stimme spiegelte ihre wachsende Unruhe wider.

Daraufhin eilte ich in den hinteren Teil des Ladens, wo ich den Campingkocher gefunden hatte. Jetzt hatte ich mehrere Kanister mit Kerosin im Visier. Ich schnappte mir diese und eine Packung Waschlappen aus einem nahe gelegenen Gang und ergänzte meine Beute mit Klebeband und ein paar Flaschen Bier aus einem der Kühlschränke.

„Nick, was hast du vor?“, fragte May und verfolgte mit großen Augen meine fieberhaften Bewegungen. Sie beobachtete, wie ich alles in die Toilette des Ladens schleppte und war neugierig.

Ich schenkte ihrer Frage vorerst keine Beachtung, sondern lehnte die Bierflaschen schräg gegen das Waschbecken und öffnete die Verschlüsse mit einer geübten Handbewegung. Den Großteil des Bieres leerte ich in den Abfluss, bevor ich die Flaschen wieder mit Kerosin füllte. Im Beisein von May begann ich mit einem Waschlappen das herzustellen, von dem ich hoffte, dass es unsere Rettung sein würde.

„Fertig“, erklärte ich und reichte May einen fertigen Molotow-Cocktail. „Das wird in Zukunft schneller gehen. Feuerzeuge liegen neben dem Tresen.“

[Mitteilung über den Systemsturz]

Titel: Dem Anhang hinzugefügt

Rezept gerettet: Molotow-Cocktail!

Von nun an kannst du dieses Rezept mit deinem Mana und den folgenden Zutaten im Handumdrehen herstellen:

- Flasche (1x)

- Entflammbare Flüssigkeit (1x)

- Stoffstreifen (1x)

- Zündquelle (1x)

„Seit wann weißt du, wie man einen Molotow-Cocktail macht?“, rief Willow hinter ihrer Deckung.

Ich beachtete ihre Frage nicht und machte weiter, um einen kleinen Vorrat anzuhäufen. „Ich helfe dir“, bot May an und musterte mich genau, bevor sie meine Bewegungen nachmachte. Ich konnte sehen, dass sie über eine beeindruckende **Geschicklichkeit** verfügte und mit mir mithalten konnte. In der Zwischenzeit versuchten Alvin und Willow, die Tausendfüßler durch die Fenster des Ladens anzugreifen und schleuderten alle möglichen behelfsmäßigen Wurfgeschosse auf sie.

In Situationen wie dieser war ich in meinem Element. Das Pochen meines Herzens, der Adrenalinstoß, das Gefühl der Taubheit in den Fingern, die eine Waffe ergriffen. Das alles war seltsam beruhigend. Es war mir vertraut. Es war mehr wie das Leben, das ich die letzten zwanzig Jahre gekannt hatte.

Als ich die brennenden Molotowcocktails durch die

leicht geöffneten Fenster schleuderte, traf ich genau ins Schwarze. Eine brennende Flasche krachte in einen Tausendfüßler, prallte an seinem gehärteten Chitin ab, doch die entzündete Flüssigkeit blieb an ihm haften, erinnerte mich an griechisches Feuer und setzte das Ungetüm in Flammen. Es kreischte, ein alptraumhaftes Geräusch, das von den Wänden des Bahnhofs widerhallte. Mein nächster Molotow traf genau in die weichen Augen eines der anderen Monster.

Obwohl sie den Schild nicht durchdringen konnten, wurde die Außenseite des Ladens von sechs gewaltigen, eisengrauen Tausendfüßlern unerbittlich angegriffen. Ihre schiere Größe überragte den ganzen Bahnhof, und so wie ich sie kennengelernt hatte, hatten sie nicht die Absicht zu gehen. Zur Not würden sie eben einfach auf uns warten.

„Nichts, was dieser Schläger nicht in Ordnung bringen könnte“, murmelte ich vor mich hin, denn ich wusste, dass die Flammen zwar nützlich waren, aber nicht ausreichen würden, um das Ganze hier zu beenden. Meine Waffe war vielleicht nicht das, was sie hätte sein können, aber sie reichte allemal aus, um den Job zu erledigen.

Durch die Fenster drang beißender Rauch in unsere Safe Zone, aber das feurige Inferno der Molotows eröffnete uns eine günstige Gelegenheit. Ich trat aus der schützenden Barriere der Safe Zone heraus, meinen Schläger in der einen Hand, einen weiteren feurigen Cocktail in der anderen.

Ein Tausendfüßler zischte, eine gutturale Warnung,

und entblößte seine rasiermesserscharfen Reißzähne. Ohne zu zögern, schleuderte ich die brennende Flasche in sein klaffendes Maul und schloss es mit einem kräftigen Schwung meines Schlägers. Die Kreatur zuckte vor Schmerzen, ihre Eingeweide entzündeten sich und das Tier stieß giftigen Rauch aus. Ich hielt mir ein nasses Tuch über den Mund, um mich vor den giftigen Dämpfen zu schützen, und lief weiter, als hinter mir ein lauter Aufschrei ertönte.

„Angriff!" Alvins Stimme hallte wider, ein verzweifelter Kriegsschrei, der mehr dazu diente, seine eigenen Nerven zu stählen, als uns anzuspornen.

Ich konzentrierte mich auf die drohende Gefahr und griff zwei der riesigen Tausendfüßler gleichzeitig an. Wendig sprang ich zwischen ihnen hindurch und zielte auf ihr verbranntes, geschwächtes Fleisch. Sie schreckten vor mir zurück, aber es war zwecklos. Ich nutzte jedes Mittel, das mir zur Verfügung stand. Das Feuer hatte sie aufgeweicht und ich führte einen tödlichen Schlag aus, der das Außenskelett des einen zerschmetterte, bevor ich mich dem anderen zuwandte.

Sobald sie bewegungsunfähig waren, zertrümmerte ich gnadenlos ihre Köpfe, bevor ich mich dem nächsten Tausendfüßler zuwandte. Wir machten weiter, bis alle Tausendfüßler auf die gleiche Weise vernichtet worden waren.

[Mitteilung über den Systemsturz]

Titel: Errungenschaft freigeschaltet:
Höllischer Kammerjäger

Herzlichen Glückwunsch, Überlebender! Dein feuriger Angriff hat den Schwarm Tausendfüßler ausgelöscht.

Diese Leistung verleiht dir die passive Fähigkeit: Versengender Schlag – Verstärkt die Wirkung deines ersten Feuerangriffs auf einen beliebigen Feind. Erleuchte den Pfad des Überlebens!

[Mitteilung über den Systemsturz]

Titel: Du hast eine Fähigkeit erlangt

Neu erworbene Fähigkeit: Widerstandsfähigkeit gegen Gifte!

Wenn du dich verschiedenen Giften aussetzt, erhöht sich die Widerstandsfähigkeit deines Körpers dagegen.

Möchtest du diese Fähigkeit annehmen? Ja/Nein?

Schwer atmend und schweißgebadet ballte ich meine Hand und starrte auf die Meldung über die neue Fähigkeit. In meinem früheren Leben hatte ich überhaupt keine Ahnung gehabt, dass ich eine Fähigkeit unter die Lupe nehmen konnte, bevor ich sie annahm. In der Vergangenheit war die erste passive Eigenschaft, die ich eifrig angenommen hatte, die Fähigkeit **[Leuchtfeuer]** gewesen. Die hatte sich als nützlich erwiesen, aber als ich gegen den [Admin] angetreten war und vernichtend gegen den eldritischen Gott verloren hatte, war es nicht die Fähigkeit **[Leuchtfeuer]** gewesen, die mich gerettet hatte. Keine der Fähigkeiten, die ich gehabt hatte, war stark genug gewesen, um wirklich etwas auszurichten. Ich wollte ein anderes Ergebnis.

Eine meiner Kernstrategien war diesmal, die Anzahl der Fähigkeiten, die ich einsetzte, bewusst zu begrenzen. Indem ich mich in der Anfangsphase einschränkte, vermied ich es, mir die gängigsten Fähigkeiten anzueignen. Ich interessierte mich mehr für die Fähigkeiten auf höherem Level, und indem ich nur einige wenige auswählte, konnte ich diese Fähigkeiten über die Grenzen hinaus steigern, die ich in meinem letzten Leben gekannt hatte. Ganz zu schweigen davon, dass laut Selene sogar synergetische Fähigkeiten möglich waren, die man aber erst auf höheren Leveln erlangen konnte. Bis man das herausfand, hatten die meisten Spieler ihr Potenzial für eine Vielzahl gängiger Fähigkeiten bereits ausgeschöpft. Dieser Ansatz war entscheidend für mein eigentliches Ziel – die Grenzen der gewöhnlichen Ränge zu durchbrechen und in den Rang SSS aufzusteigen, ein Level, das noch niemand erreicht hatte. Dieses Mal würde ich es schaffen. Ich wollte nicht nur den **Systemsturz** überleben – ich hatte vor, den [Admin] zu vernichten.

Das lenkte meine Aufmerksamkeit wieder auf die Meldung vor mir. Sie war einfach nicht gut genug für das, was ich brauchte.

„Ich denke nicht", murmelte ich, als ich die Fähigkeit verwarf. Ich hatte bereits eine klare Vorstellung davon, welche Fähigkeiten ich wollte und wie ich sie erlangen konnte. **Widerstand gegen Gift** war gut, aber es war auch ziemlich gewöhnlich. Vielleicht wäre ich in Versuchung geraten, wenn es so etwas wie ***Aufhebung* von Giften** gewesen wäre, aber nein danke. Ich wollte meine Zeit nicht mit etwas verschwenden, das weniger als die bestmögliche Verteidigung bot.

Darüber lohnte es sich nicht mehr weiter nachzudenken.

Ich tippte auf meine linke Schläfe und sah mir meine aktuellen Werte an.

STATUS	
Name	Nick Vandal
Gesamtwertung	F
Klasse	Einsamer Überlebender – Die Launen des Schicksals haben dich begünstigt. Du hast die klassenspezifischen Fähigkeiten „Unbeugsamer Wille“ (mildert die Auswirkungen von Stress und anderen geistigen

	Zuständen) und „Zähe Vitalität“ (ermö glicht schnelle Heilung und Erholung von Müdigkeit) erworben. Diese Fähigkeiten werden nicht auf deine Gesamtzahl an Fähigkeiten angerechnet.
Titel	[None]
WERTE	
Stärke	F- (13.1)
Beweglichkeit	F-(12.2)
Ausdauer	F+(18.7)
Mana	G (4.4)
Gesamt	48.4
FREIGESCHALTETE FÄHIGKEITEN (0/7)	
1. [Leer]	
2. [Leer]	
3. [Leer]	

4. [Leer]	
5. [Leer]	
6. [Leer]	
7. [Leer]	
AUSRÜSTUNG	[Derzeit keine Sets]
Schläger aus Aluminium	[Leer]
Stiefel mit Stahlkappe	[Leer]
Jeans	[Leer]
Jacke	[Leer]
[Leer]	[Leer]
QUESTS	
1. Bezwinge den Administrator	
Rang	SSS+
Ziel	Besiege den [Admin], der die absolute Kontrolle über **Systemsturz** ausübt. Um das zu schaffen, musst du seine ungeheure Macht überwinden, dir

	die nötigen Fähigkeiten aneignen und dich mit eldritischen Wesen, niederen Göttern und ihren Fähigkeiten auseinandersetzen, die die Wirklichkeit verändern.
2. Die erste Täuschung durch den [Admin]	ABGESCHLOSSEN
Rang	F
Ziel	Besiege die Horde der Untoten im Startgebiet des Tutorial.
ERRUNGENSCHAFTEN:	
1. [Essenzlehrling] Deine Vitalität wurde auf unmerkliche Weise gesteigert, was dir eine höhere Widerstandsfähigkeit und Ausdauer verleiht. 2. [Höllischer Kammerjäger] Verstärkt die Wirkung deines ersten Feuerangriffs auf einen beliebigen Feind.	

3. [Leer] 4. [Leer] 5. [Leer]	
Rezeptliste	Molotow-Cocktail – 1 Flasche, brennbare Flüssigkeit, Stoffstreifen, Zündquelle
AKTUELLER STANDORT	New York City – Hauptbahnhof – Safe Zone
ZUGEHÖRIGKEITEN	In einer Gruppe – Ich, Alvin, May, Willow

Der Fortschritt, den ich bis jetzt erreicht hatte, gab mir ein zufriedenes Gefühl. Die passiven Vergünstigungen, die ich durch die Klasse Einsamer Überlebender erhalten hatte, hatten mir geholfen, mich weiterzuentwickeln und mein Tempo beizubehalten, während die zahlreichen Erfolge mich allmählich zu einem echten Gegner machten. Aber es gab ein unbestreitbares Problem: Meine Waffe war am Ende ihrer Kräfte.

Mein verschlissener Schläger aus Aluminium hatte

unzählige Kämpfe überstanden, mit Rissen und Dellen als Beweis. Aber jetzt ging ihm langsam die Puste aus. Der Kampf mit den Tausendfüßlern hatte ihm den Rest gegeben und ich würde bald etwas Anderes zum Kämpfen brauchen.

„Irgendwo hier müsste es doch ein Breitschwert geben", murmelte ich und ließ meinen Blick über die Umgebung schweifen.

Dieser Schläger war eine vielseitige Waffe, die ich bei Bedarf mit beiden Händen führen konnte. Aber ich wusste, dass im Kampf ums Überleben alles eine Waffe sein konnte, und ich selbst musste die tödlichste von allen sein. Also holte ich mir eine Rolle Klebeband aus dem Laden und wickelte es fest um den Schläger. Das war zwar nur eine vorübergehende Lösung, aber sie würde für ein paar weitere Kämpfe ausreichen.

Ein Grinsen überzog mein Gesicht, als ich mich an einen seltsamen Augenblick aus meiner Vergangenheit erinnerte, in dem es um Tennisbälle und einen Kerzenständer gegangen war. Der Schläger war eine meiner besseren Entscheidungen gewesen, wenn man bedachte, welche Möglichkeiten ich hatte, was ich als Waffe benutzen konnte. Ich musste unbedingt stärker werden und meine Ausrüstung musste dem gerecht werden.

Als ich von Rang F auf E aufgestiegen war, war mir klar, dass der Weg zum Levelaufstieg nur noch steiler werden würde. Auch wenn Zagrid alle über die Ränge informiert hatte, verstand niemand so recht, was das bedeutete, bis er die höheren Ränge selbst gesehen hatte. Ich hatte den Vorteil, dass ich das schon alles kannte. Viele legten großen Wert auf den Rang, aber ich wusste, dass die praktische Bedeutung der Ränge auch von der Situation abhing. Selbst jemand auf Rang E konnte unter idealen Bedingungen theoretisch jemanden auf Rang A zu Fall bringen. Aber Theorie und Praxis stimmten selten überein.

Hinzu kamen die verschiedenen Fähigkeiten, Attribute, elementaren Vorteile und einzigartigen Artefakte, die **Systemsturz** mit sich brachte. Glücklicherweise waren die **Subway Tausendfüßler** lediglich widerstandsfähig und hatten keine besondere Neigung zu dunklen [Fähigkeiten] wie **[Siphon]**. Es gab bekannte Kreaturen, die diese Neigung aufwiesen. In unserem Fall hätten sich unsere Waffen gegen uns wenden können, und **[Siphon]** hätte sich nach außen statt nach innen gerichtet. So verzwickt und unberechenbar war der **Systemsturz**.

Aber die eigentliche Herausforderung im Systemsturz war der [Admin], eine Macht, die kein Sterblicher erreichen konnte. Um eine echte Aussicht auf Erfolg gegen den [Admin] zu haben, musste ich die Grenzen der bloßen Menschlichkeit überschreiten. Ich musste selbst zu einem Gott werden. Als ob meine Entschlossenheit verspottet werden sollte, schallte plötzlich ein hohles Lachen durch den Dungeon.

7. GRENZENLOSES WACHSTUM

Das Gelächter durch den Dungeon schien von überall gleichzeitig zu kommen. Das Geräusch ließ drei Mitglieder unserer Gruppe zusammenzucken. Aus den Überresten der erschlagenen Viecher sammelte sich eine schwarze Masse auf dem Boden und bildete schließlich einen fleischartigen Ball. Im Nu verwandelte ein Lichtblitz den Ball in eine schwebende Kugel, die ein sanftes, sonnenblumengelbes Licht ausstrahlte. Es war Zagrid.

„**[Seid gegrüßt, Abenteurer! Wie hat euch mein kleiner Streich gefallen?]**“ Seine Stimme war jugendlich und fröhlich. Ich kämpfte gegen den Drang an, ihm meinen Baseballschläger ins sein grinsendes Gesicht zu rammen. Ich hatte gedacht, es handle sich um eine Wanderhexe oder eine körperlose Banshee, die da erschienen war, und hätte fast mein Leben verloren, als ich sie angegriffen hatte.

Waren diese Wesen schon immer so gewesen? Oder hatte ich das vorher einfach nicht bemerkt – hatte mein Verhalten sie auf irgendeine Weise beeinflusst? „**[Keine**

Antwort? Keine Rückmeldung? Nicht einmal ein 'Das war gut!' oder gar ein 'Bitte tu das nicht nochmal, Zagrid!']" Seine Stimme klang wirklich traurig, und die Mädchen in der Gruppe machten aus den Augenwinkeln mitfühlende Mienen.

Ich biss mir auf die Zunge. „Warum bist du hier?", fragte ich, auch wenn ich die Antwort längst kannte.

„[Nun, Nick Vandal, du gehörst zu den ersten Leuten, die in ein schwierigeres Gebiet aufsteigen! Du bist derzeit ein Spieler auf Rang F in einem Versteckten Dungeon. Wenn du noch einmal wissen möchtest, wie die Ranglisten funktionieren, kannst du dir den Profitipp ansehen, den ich in deinem Profil installiert habe]", erklärte Zagrid und wandte sich auch an die anderen.

„Und? Dann habe ich eben einen Versteckten Dungeon gefunden. Ich glaube kaum, dass du persönlich hier bist, um mir dazu zu gratulieren."

„[Du hast recht!]" Zagrid wippte in der Luft auf und ab. **„[Gemäß unseren Richtlinien bist du einer der wenigen, die für einen Bonus in Frage kommen! Welche Fähigkeit würdest du gerne freischalten? Vergiss nicht, dass ich dir nur Fähigkeiten gewähren kann, die Rang D nicht überschreiten.]"**

„Warte, was meinst du mit 'einer der wenigen'? Sollte nicht jeder diesen Bonus erhalten können?" Willow runzelte die Augenbrauen.

Zagrid neigte seinen Kopf um 30 Grad zur Seite und warf ihr einen fragenden Blick zu. „**[Warum sollte das so sein? Das wäre doch albern, oder?]**"

„Nun, das wäre doch nur fair, oder?" Willow verschränkte ihre Arme.

Zagrid drehte sich um die eigene Achse, als würde er die Augen verdrehen. „**[Es wäre doch kein Bonus, wenn wir ihn allen zukommen lassen würden, oder, Willow Stevenson?]**"

„Ich meine, die Welt ist doch schon im Aufruhr. Warum sollte man es allen noch schwerer machen?", beharrte Willow. „Du hast doch bereits ein Spiel aus dem Ganzen gemacht, sollte es da nicht auch Regeln und Normen geben?"

Zagrids Lachen ertönte wieder, dasselbe Lachen, das seine Ankunft begleitet hatte. „**[Die Welt war doch bereits in Aufruhr! Wie kommst du darauf, dass der Systemsturz in irgendeiner Hinsicht gerecht ist? Eure Welt war doch schon vorher ungerecht …]**"

Das brachte alle zum Schweigen, und Zagrid sprach weiter.

„**[Und war sie selbst davor wirklich gerecht? Nein. Wir haben sie doch nur so verändert, dass alles interessanter geworden ist. Und es wird immer interessanter, wenn alle eine gewisse Aussicht auf Erfolg haben. Was jetzt zählt, ist einzig euer Verstand. Ist dir denn gar nicht aufgefallen,**

dass deine [Stärke] niedriger war als die der meisten deiner männlichen Mitstreiter? Oder dass deine hohe wissenschaftliche Begabung dir umgekehrt ein hohes Maß an [Mana] beschert hat? Du gehörst zu den wenigen Leuten, die es nicht einmal freischalten mussten. Du hattest von Anfang an einen Vorteil. Ist das denn fair?]"

Ein Schatten fiel auf Zagrids Gesicht und ließ es ziemlich einschüchternd erscheinen. Obwohl er kaum größer als eine Bowlingkugel war, trat Willow unbewusst einen Schritt zurück.

„Man sollte nie mit diesen Kreaturen streiten", murmelte ich, um Willow dazu zu bringen, es sein zu lassen.

Dann wandte ich mich an Zagrid: „Was für Fähigkeiten hast du denn anzubieten?", fragte ich stattdessen. Der Bot wandte seinen Blick von Willow ab.

„[Oh, richtig. Im Gegensatz zu euch Leuten habe ich noch eine Aufgabe zu erledigen]", antwortete Zagrid. **„[Wie wäre es mit einer gewissen [Neigung zu Feuer] oder [Glut]? Deine Vorführung mit den Molotowcocktails war ziemlich beeindruckend. Ich persönlich mag Pyromanen und das könnte sehr gut zu deiner Errungenschaft passen, die du erhalten hast. Überraschender Napalm ist ziemlich beeindruckend]".**

Diese Fähigkeiten waren zwar schwach, aber möglicherweise doch nützlich. Eine Neigung zu Feuer würde das Erlernen von Feuerzaubern erleichtern, während Glut ein Zauber war, der kleine Flammen erzeugen konnte. Wenn ich meine Karten richtig ausspielte, konnte ich Glut zu Feuerball aufleveln, aber ich brauchte dringend etwas Anderes, und ich hatte den Blick auf das Endspiel gerichtet.

Ich musste mir eine Möglichkeit überlegen, wie ich das beste Ergebnis erzielen konnte, ohne zu verraten, wie viel ich bereits über das System wusste.

Zagrid musterte mich eingehend. Vorsicht war geboten.

„Ich kann bei Bedarf Feuer erzeugen. Welche anderen Fähigkeiten gibt es?"

„[Sehr gut. Betrachte [Fähigkeiten] als Superkräfte jeglicher Art. Fliegen kann ich dir auf Rang D nicht geben, aber vielleicht so etwas wie [Schweben], mit dem du dein Gewicht aufheben und in der Luft treiben kannst. Verstehst du nun?]"

Ich sah eine Gelegenheit.

„Ich glaube, ich verstehe, was du meinst. Gibt es denn zum Beispiel Fähigkeiten, die andere Fähigkeiten aufheben?", fragte ich unschuldig und hoffte, dass es klappen würde. Falls Zagrid misstrauisch wurde, ließ er sich nichts anmerken.

„[Natürlich gibt es die! In deinen Unterlagen steht ja etwa, dass du Widerstand gegen Gifte nicht erworben hast. Diese Fähigkeit kann nicht nur schwache Gifte aufheben,

sondern auch die Fähigkeiten von Spielern, die über Gift verfügen, abwehren. Sag mal, warum hast du die eigentlich nicht ausgerüstet?]"

Alvin, der diese Fähigkeit erworben hatte, schielte auf meinen Rücken. Das Verhör durch den Bot bestärkte Alvin nur in seiner Annahme, dass ich ihnen etwas Entscheidendes verheimlichte.

„Und wenn ich mich in ein Monster verwandelt hätte? Dann hätte ich genau genommen auch Widerstand gegen Gift entwickelt", antwortete ich. „Ich habe der ganzen Sache nicht getraut."

Zagrid hielt kurz inne, bevor er auf den Boden knallte und ein fröhliches Lachen ausstieß.

„[Hahahaha! Meine Güte, was bist du doch für ein Zyniker! Sollten wir so ein Feature wirklich einbauen? Vielleicht machen wir das ja tatsächlich. Ich nenne es das Vandalenmanöver.]" Dann tauchte Zagrid neben mir auf. **„[Aber nein. Du wärst ein Mensch geblieben. Schade. Hab das nächste Mal ein bisschen mehr Vertrauen. Was für eine Fähigkeit wünschst du dir denn?]"**

„Ich möchte etwas, das Magie aufheben kann. Es muss nicht viel sein. Wie wäre es mit **Widerstand gegen Magie**? Etwas, das wächst. Es muss ja nicht unbedingt besonders stark sein." Am liebsten wäre ich zusammengezuckt, weil ich mich so bescheuert anhörte.

Es folgte eine angespannte Stille. Die anderen drei blickten mich erstaunt an. Ich war mir nicht sicher, ob ihr Erstaunen daran lag, dass ich ihren Erwartungen nicht entsprach, oder daran, dass ich so locker mit dem Bot umging.

„[Bist du sicher, dass du nicht lieber ein Schwert möchtest?]“ Zagrid, der vorher sehr zuvorkommend gewesen war, begann plötzlich abzulenken.

Ich zuckte mit den Schultern. „Ein Schwert kann ich überall finden. Die Jungs haben eins am Eingang gefunden. Wie schwer kann das schon sein?“

„[Da bist du aber sehr zuversichtlich. Neugierig, tatsächlich. Aber du hast Recht. Es gibt eine solche Fähigkeit, und sie kann so abgeschwächt werden, dass sie für jemanden wie dich geeignet ist]“, gab Zagrid widerwillig zu.

„Das ist also die Fähigkeit, die ich gerne hätte?“, erkundigte ich mich.

Da tauchte eine kleine Kugel auf und fiel mir zu Füßen. Ich fing sie mit schnellen Reflexen auf. Die Kugel schien aus Glas zu sein, in dem Rauch eingeschlossen war.

Ich drehte sie zwischen Daumen und Zeigefinger. „Hm. Schick.“ Wenigstens war es keine Pille oder Süßigkeit, die ich schlucken musste.

[Kugel des Widerstandes gegen Magie – Entwicklung: Du erhältst die Fähigkeit, entsprechend der Stärke dieser Fähigkeit Mana zu neutralisieren. Zerbrich die Kugel, um die Fähigkeit zu erlangen.]

Wie unterschied sich Widerstand gegen Magie nun von Widerstand gegen Gift? Widerstand gegen Magie deckte ein breites Spektrum ab, während Widerstand gegen Gifte sich lediglich auf einen Aspekt konzentrierte. Zwei Gründe machten diese Fähigkeit so unverzichtbar. Der erste war, dass es eine Fähigkeit war, die sich weiterentwickelte. Das heißt, sie wuchs mit jedem Level, das ich erreichte. Da es sich um eine dynamische Fähigkeit handelte, verbrauchte sie außerdem nicht so viel von meinem Potenzial, um die Engpässe zu überwinden, wenn ich im Rang aufstieg.

Das war das Problem, wenn man so früh Fähigkeiten bekam. Wenn man im Rang aufstieg, mussten auch die Fähigkeiten in den Rang hochgestuft werden. Die zweite wichtige Eigenschaft dieser Fähigkeit war, dass sie passiv war, also immer aktiv – sie schuf quasi eine unsichtbare Rüstung, die schädliche magische Angriffe gegen mich abwehrte. Das heißt, ich besaß eine Fähigkeit, die sowohl als Warnsystem als auch als Schutz dienen konnte. Einen solchen Schutz gab es auf diesem Level so gut wie gar nicht. Aber es war ein Anfang. Außerdem war dieser Mechanismus in der Anfangsphase des neuen Weltsystems noch gar nicht eingeführt worden, weil die Magie sich langsamer verbreitete. Doch ich wusste, dass sie sich durchsetzen würde, und wenn ich jetzt damit anfing, würde meine Fähigkeit bis dahin mächtig sein.

Kurzerhand zerschlug ich die Kugel und erlangte die Fähigkeit.

[Mitteilung über den Systemsturz]

Titel: Du hast einen Bonus erhalten

Erworbene Fähigkeit: Widerstand gegen Magie

Typ: Wachstum

Verwendete Fähigkeitenslots: 1

Aktueller Widerstand gegen Magie: 1.00/????

Diese Fähigkeit hebt den Schaden und die Auswirkungen von magischen Angriffen auf. Mit steigendem Level der Fähigkeit wird deine Fähigkeit, Magie zu widerstehen, immer besser. Ihre Grenze? Nur die Zeit und deine Entschlossenheit werden das zeigen.

Möchtest du diese Fähigkeit annehmen? Ja/Nein?

Die anderen drei sahen mir zu, wie ich die neue Fähigkeit erwarb.

„[Damit habe ich alles gesagt, was ihr für den Moment wissen müsst.]“ Zagrids metallischer Ton hallte in dem Raum zwischen uns wider. **„[Ihr habt Werkzeuge und ein paar Anleitungen bekommen. Der Rest liegt in eurer Hand. Der Weg zum Überleben … oder vielleicht zum Untergang hängt von eurem Handeln ab.]“**

Seine mechanischen Augen funkelten, und in seinen

Worten lag ein Hauch von Witz: **„[Vielleicht wird der Dungeon für euch das Sprungbrett zu wahrer Größe, oder ihr werdet zum Sprungbrett für den Dungeon. Ein etwas gruseliger Gedanke, aber es ist nur fair, dass beide Möglichkeiten in Betracht gezogen werden.]“**

Mit einer schnellen Drehung schoss der Bot nach oben und prallte gegen eine der Oberlichter vor dem Supermarkt. Ein Funke entzündete sich und das Licht begann unregelmäßig zu flackern und warf unruhige Schatten auf unsere Gesichter.

„[Denkt daran, in dieser neuen Welt ist alles ständig im Wandel. Lernt, euch anzupassen, oder geht unter.]“ Die Stimme des Bots hallte noch einen Moment lang nach, bevor sie vom Summen des beschädigten Lichts übertönt wurde. **„[Bis zum nächsten Mal, Menschen!]“**

„Hast du gewusst, dass das passieren würde?“, warf Alvin mir vor.

Ich war versucht, überrascht zu tun ... aber ich war nicht sehr gut im Schauspielern und er würde mich sofort durchschauen. Also wandte ich mich ihm zu und beschloss, dass eine teilweise Wahrheit die beste Lösung war. „So tödlich dieser Ort und unsere Welt auch geworden sind, du vergisst immer wieder, dass vieles davon auf Spielmechanismen basiert. Wenn mir also ein Trick oder eine Idee einfällt, die ich beim Spielen benutzt habe, warum soll ich dann nicht danach fragen?“ Ich zuckte mit den Schultern: „Als Zagrid das Vandalenmanöver erwähnt hat, ist mir klargeworden, dass, wenn er so etwas wirklich erschaffen kann, vielleicht auch andere ausgefallene Dinge erschaffen oder erwähnt werden könnten. Also habe ich es einfach ausprobiert. Ich versuche doch bloß zu tun, was ich kann, damit ich nicht sterbe."

Alvin schnaubte: „Wie praktisch, für dich."

Na, das läuft ja wunderbar, dachte ich.

Es wäre eher unvorteilhaft, sie mir jetzt vom Hals zu schaffen. Aber ich hatte auch nicht vor, mich vor ihnen zu rechtfertigen. Wenn nötig, würde ich schon mit ihnen fertig werden.

Ihre widerspenstigen und misstrauischen Blicke waren zwar lästig. Aber ich hatte schon Schlimmeres erlebt. Zum Beispiel von einem aufgebrachten Windmagier von einer Klippe geschleudert zu werden, weil er geglaubt hatte, dass jemand geschummelt hatte? Was wäre, wenn sie auf ein Teleportationsfeld getreten wären und in der Unterwelt oder in einem dunklen See gelandet wären, verwirrt und verloren?

Ich runzelte die Stirn, als ich mich an diese schreckliche Erfahrung erinnerte. Allein dass ich das überlebt hatte, war für mich Grund genug, um zu verstehen, wie wertvoll Fähigkeiten wie **[Leuchtfeuer]** außerhalb des Kampfes sein konnten. Zum Glück verfügte ich nun über mehr Vorwissen und Erfahrung, um mich zurechtzufinden.

In diesem Sinne blickte ich vorwärts und meine Gedanken schweiften unwillkürlich zu den Unruhen in der Welt. Draußen herrschte Anarchie, und meine Begleiter hatten keinen Grund anzunehmen, dass ich sie beschützen würde, nur, weil wir einst Freunde an der Universität gewesen waren.

Aus meiner Sicht waren zwanzig Jahre vergangen, seit ich ihnen das letzte Mal begegnet war. Als wir tiefer in den Bahnhof eindrangen, stießen wir auf einige **Skelettspinnen**, die waagerecht an uns vorbeizogen und sich an Säulen und Wänden festhielten, ohne jemals die Decke oder den Boden zu erreichen.

Sie waren zwar klein und zahlenmäßig stark vertreten, aber ihre geradlinige Flugbahn durch die Luft machte sie zu einer leichten Beute, die ich mit meinen Reflexen gut einschätzen konnte. Der Siphoneffekt unserer Waffen erwies sich als nützlich gegen diese Kreaturen, und jede **Skelettspinne**, die wir trafen, wurde so träge, dass wir sie erledigen konnten.

Obwohl meine Muskeln mit meiner Erfahrung mithalten konnten, blieb meine gefühlte **Beweglichkeit** unverändert.

„Ich spüre den Unterschied nicht wirklich", murmelte ich.

Andererseits fühlte sich meine wachsende Stärke so an,

als hätte ich einige der lästigen Zwänge der Schwerkraft abgeworfen, als würden mich die schweren Ketten nicht mehr belasten. Ich stellte fest, dass meine Gefährten mutiger wurden, höher sprangen, ausgefeiltere Bewegungen mit ihren Schwertern ausprobierten und aufgeregter wirkten.

Ich hatte beobachtet, dass Alvin durchaus in der Lage war, auf sich selbst aufzupassen, aber seine mangelhaften Fähigkeiten mit dem Schwert waren offensichtlich. Er glich seine ungeschickten Bewegungen durch seine verbesserte Beweglichkeit und Stärke aus. Ich stellte fest, dass er auch immer wieder einen Blick auf mich warf, was mich dazu zwang, einen Teil meiner Aufmerksamkeit auf ihn zu richten, da meine geschärfte Wahrnehmung eine leichte Feindseligkeit in ihm wahrnahm.

Ich war nicht so leichtsinnig zu glauben, dass er keine Dummheiten machen würde.

Willow war genauso fähig, aber die verbrachte die meiste Zeit damit, ihren Mitstreitern, vor allem May, den Rücken zu decken. Das besagte Mädchen keuchte schwer und weigerte sich, aufzugeben. Ihre Geschicklichkeit verschaffte ihr einen Vorteil im Nahkampf, aber wenn die Monster wie Pfeile an ihr vorbeischossen, hatte sie Mühe, rechtzeitig zu reagieren.

Wir überwanden auch diese Herausforderungen und erreichten schließlich das letzte Level des Dungeons. Hier befand sich der Bahnsteig, aber die Lichter beleuchteten nur die Fußgängerbereiche. Die Gleise und die Tunnel, in die sie führten, waren in Dunkelheit gehüllt.

Wie im ersten Level des Dungeons gab es in der Nähe des Eingangs Waffen, die wir benutzen konnten. Diesmal waren sie jedoch nicht alle gleich. Meine Augen leuchteten auf, als ich endlich eine Waffe fand, zu der ich mich hingezogen fühlte. Schneller als alle anderen eilte ich hin und hob sie auf.

[Mitteilung über den Systemsturz]

Titel: Namentlich bekannter Gegenstand erlangt

Name: [Die verfluchte Walküre]

Typ: Dänisches Zweihänderschwert

Besondere Eigenschaft: Verflucht – In der Waffe steckt eine einzigartige magische Aura. Die genaue Art des Fluchs ist unbekannt, weitere Analysen sind erforderlich.

Hinweis: Der Träger des Schwertes kann durch den Fluch unbekannte Nebenwirkungen erfahren.

Haftungsausschluss: Du hast einen Namentlich bekannten Gegenstand erworben. Dieser Gegenstand ist im **Systemsturz** einzigartig. Im Gegensatz zu gewöhnlichen irdischen Gegenständen, die geplündert oder benutzt wurden, ist dieser Gegenstand speziell für den Einsatz im Rahmen in **Systemsturz** gedacht. Gehe vorsichtig vor und informiere dich über die Auswirkungen von Namentlich bekannten Gegenständen.

Ein dänisches Zweihänderschwert. Ich packte den Griff und hob das Schwert leicht an, als wäre es eine Feder, und schwang die fast anderthalb Meter lange Klinge mit Leichtigkeit. Die Parierstange war gekrümmt und die Klinge war schlank. Als ich es aus der Scheide zog, stellte ich fest, dass der glänzende Stahl zweischneidig und auf beiden Seiten äußerst scharf war.

Sie sah brandneu aus, was mich angesichts ihres Namens verwunderte. Welchen Fluch trug sie in sich? Verfluchte Waffen brachten selten, wenn überhaupt, einen Vorteil für den Träger. Ich setzte meine Fähigkeit Widerstand gegen Magie ein und stellte fest, dass das Schwert tatsächlich eine Art von Magie enthielt. Aber ich konnte sie nur schwächen, nicht aber untersuchen.

Ich grinste. Das war wie geschaffen für mich. Zu diesem frühen Zeitpunkt würde der Fluch leichter zu handhaben sein, und ich konnte die ständige Wirkung des Fluchs nutzen, um meinen Widerstand gegen Magie zu stärken. Für mich war das eine Win-Win-Situation.

Ich warf meinen Schläger, der überraschenderweise so lange durchgehalten hatte, neben den Haufen mit den Waffen. Ich brauchte ihn nicht mehr mit mir herumzutragen und befestigte die Scheide meines neuen Schwertes an meiner Hüfte.

Willow wählte einen Speer aus, den sie bei ihrer Statur mühelos hochheben konnte. Es war eine Glefe, etwa einen halben Meter größer als sie, mit einer gebogenen, schwarzen Klinge.

Alvin wählte ein Marineschwert, das etwas länger war als sein bisheriges Schwert. Einhändige Schwerter schienen ihm besser zu liegen.

May wählte ein Paar Dao, chinesische Zwillingsschwerter, die sie sich auf den Rücken hängte. In Anbetracht ihrer freigeschalteten Geschicklichkeit nickte ich insgeheim zustimmend angesichts ihrer Wahl. Die Schwerter würden gut zu ihrer wendigen Kampfweise passen.

Unmittelbar danach erbebte die Erde wie auf ein unsichtbares Zeichen hin, nachdem wir alle unsere neuen Waffen zusammengesucht hatten, und noch bevor einer von uns etwas sagen konnte. Aus der Ferne ertönte ein Geräusch, das an einen alten, dampfbetriebenen Zug erinnerte, der über hölzerne Schienen tuckerte. Die Pfeiler des Bahnhofs krümmten sich nach außen und der Boden neigte sich, sodass alles in Richtung der eindringenden Dunkelheit rutschte.

Da wir uns an nichts festhalten konnten, rutschten wir vier unserem baldigen Untergang entgegen.

„Was zum Teufel?!", rief Alvin, der sich vor Angst nicht mehr beherrschen konnte.

„Geht es allen gut?", rief Willow.

„Nur knapp!", stieß May hervor.

Während ich mich an den schrägen Bahnsteig klammerte, murmelte ich vor mich hin: „Ein Tod ohne

Monster, aber durch einen tiefen Sturz oder einen Zusammenstoß mit einem Zug. Versucht der [Admin] an uns am Ende Isekai, wo wir uns doch schon in einer Welt befinden, von der wir so wenig wissen?“

Ich musste lachen. „Das ist ein Zug, kein Truck.“ Das musste der [Admin] noch besser hinkriegen.

Ich raste den Bahnsteig entlang und schaffte es, mich an einem Pfeiler festzuhalten. Meine Begleiter folgten mir gerade noch rechtzeitig, als unter uns dunkelgelbe Balken sichtbar wurden.

Der Bahnsteig kippte weiter, bis wir uns mit den Armen über dem Kopf an den Stützen festhielten und unsere Füße nun senkrecht zu den Gleisen standen. Das Dach des entgegenkommenden Zuges befand sich unter uns und spuckte Rauch aus, der in unsere Augen stach und unsere Sicht behinderte.

Hätten wir uns nicht beeilt, wäre die Höhe für jeden von uns zu gewaltig gewesen, um sich sicher fallen zu lassen, selbst mit unserer verbesserten Kraft.

Es wäre eine erbärmliche Art zu sterben gewesen. Immerhin besaßen unsere Körper noch menschliche Züge. Es würde noch einige Zeit dauern, bis einer von uns mehr als das wäre.

Als ich spürte, wie der Nervenkitzel der Gefahr meinen Puls in die Höhe trieb, konnte ich nicht anders, als zu grinsen.

Ich ließ die Säule los und stürzte an der fassungslosen May vorbei.

„Der Zug ist da!", rief ich, als ich in der Dunkelheit unter uns verschwand. Mein Tonfall verriet: Wollt ihr mir nicht Gesellschaft leisten?

Im Nachhinein betrachtet hätte ich wohl nicht den Eindruck erwecken sollen, dass wir an Bord willkommen waren.

8. GEGEN DIE HORDE

Als ich in meinem letzten Leben im Dungeon gelandet war, hatte ich mir bei der Landung den Knöchel verstaucht und eine Reihe äußerst fantasievoller Flüche ausgestoßen, die Aria, die bei mir gewesen war, nie vergessen hatte. Zum Glück hatte sie meinen Knöchel geheilt, und ich hatte weitergehen können.

Dieses Mal schaffte ich es jedoch, unverletzt zu landen, und legte mich flach auf das kalte Dach des Zuges, um nicht vom Wind nach hinten geblasen zu werden. Hinter mir nahm ich die Schreie meiner Teamkollegen wahr, die mir gefolgt waren, als sie auf dem Dach des Zuges landeten.

„Ich hoffe, dass keiner von ihnen tot ist, und wenn doch, dann ist es hoffentlich Alvin", gluckste ich.

Der Zug verschwand im Tunnel, und der Wind rauschte in meinen Ohren, während mich vollkommene Dunkelheit umgab, eine Dunkelheit, die nur von gelegentlichem fahlen Licht an den feuchten Steinwänden durchbrochen wurde.

Die Luft wurde noch kühler, und ein moschusartiger Geruch, wie Ozon nach Regen, durchströmte meine Sinne.

Der Zug begann abzubremsen und wurde mit leichtem Ruckeln langsamer. Ein weiterer Bahnsteig kam in Sicht, der wie eine Mischung aus einem verwüsteten Bahnhof und einer Höhle aussah. Ich sprang aus dem Zug, bevor er ganz zum Stehen gekommen war, und ersparte mir die letzten Stöße, als die automatischen Bremsen den Zug ruckartig zum Stehen brachten.

Auf unebenem Boden setzte ich auf und fing mein Gleichgewicht mit einer Reihe von kleinen Schritten auf, ein Trick, den ich einmal beim Wandern gelernt hatte. Kleine Schritte halfen, den Schwung des Körpers aufzufangen, um nicht zu stürzen, während das Festhalten am eigenen Schwerpunkt zu einem Sturz führen konnte.

Nach dem Geräusch aufschlagender Körper und einer Reihe bitterer Flüche zu urteilen, verfügten nicht alle über dieses Wissen.

Der Bahnsteig, auf dem wir gelandet waren, wurde nicht von elektrischen Lichtern erhellt, sondern von Fackeln mit blauen Flammen, die alles grell beleuchteten. Wir kamen zu einem Laden an der Wand, einem Supermarkt, der in eine der Mauern eingelassen war. Im Inneren war es dunkel, die Fenster und Wände hatten Risse. Zwischen den rissigen Fliesenböden und in Nischen an den Wänden wucherte Unkraut. Ein starker Gegensatz zu unserer ersten Safe Zone. Im Gegensatz zu der schützenden Zuflucht, die wir zuvor gefunden hatten, gab es hier keinen schimmernden Schutzschild oder tröstende Sicherheit. Die Fenster waren zersplittert und ihre Scherben funkelten bedrohlich in dem schwachen Licht.

Ich war sofort hellwach und zog mein Schwert aus der Scheide. Die anderen drei kamen auf mich zu, nachdem sie ihre Verletzungen untersucht hatten, und zogen ebenfalls ihre Waffen.

„Kannst du uns mal verraten, was das alles sollte?“ Alvin knirschte mit den Zähnen, weil er wollte, dass ich endlich mit der Sprache herausrücke. „Ich habe es langsam satt, dass du uns so an der Nase herumführst.“

Ein Hauch von Verärgerung schlich sich in meine Stimme, als ich mich an die Gruppe wandte. „Oh“, erwiderte ich und begegnete kurz Alvins Blick, bevor ich meinen Blick wieder über die unheimlich ruhige Gegend schweifen ließ. „Ich schleppe euch also alle mit mir herum, was?“

Während die Worte in der Luft hingen, nahm ich mir einen Augenblick Zeit, um mein Handeln zu erklären, und mein Blick wurde strenger. „Der Wandladen, an dem wir gerade vorbeigekommen sind. Er wurde von etwas ausgelöscht – etwas, dem ich nicht begegnen möchte. Die Tausendfüßler, denen wir begegnet sind, haben uns schon mehr als genug zugesetzt. Ich werde jedenfalls nicht hierbleiben, um festzustellen, was eine solche Verwüstung anrichten kann. Wenn ihr euch entschließt, mir zu folgen, solltet ihr wissen, dass mir das Überleben wichtiger ist als alles andere.“

Dann fuhr ich fort. „Liegt es daran, dass ich mich euch nicht aufdränge? Oder mich fürsorglich zeige?“

„Nein …“, mischte sich May ein. „Aber … es kommt mir so vor, als würdest du uns einfach mitschleppen“, bemerkte sie behutsam.

„Habe ich von euch denn etwa verlangt, dass ihr mir nachlauft?“, fragte ich und meine Worte hallten in der kalten Stille nach. Dann wandte ich mich Willow zu, die als Einzige noch nicht ihre Gedanken geäußert hatte. „Was ist mit dir?“

„Ich habe meine eigenen Gedanken“, murmelte Willow. Die anderen beiden, die offensichtlich erwartet hatten, dass sie ihnen Recht geben würde, sahen sie leicht überrascht an.

„Was? Er hat doch immer wieder betont, dass es unsere Entscheidung ist, ihm zu folgen. Soll ich etwa lügen und behaupten, dass er uns nicht gewarnt hat? Einiges von dem, was er getan hat, hat so ausgesehen, als würde er die Führung übernehmen, aber das war in einer gefährlichen Situation, auf die ich nicht vorbereitet war. Ich glaube kaum, dass es angemessen ist, das als Aufforderung von Nick zu betrachten, den Dungeon mit ihm zu erkunden.“

Ich blinzelte überrascht. Willows Ehrlichkeit war beeindruckend, sie stellte sich gegen ihre Altersgenossen und war völlig unvoreingenommen. Ich hatte den Mund geöffnet, um etwas zu erwidern, da zuckte ein Windhauch durch die Gegend, der mir die Nackenhaare aufstellte. Die begleitenden Klänge waren unüberhörbar.

„Was war das für ein Geräusch?", wunderte sich May. „Das ist wunderschön."

„Ruhe", zischte ich den anderen zu und meine Fingerknöchel traten weiß hervor, als ich mein Schwert umklammerte. Eine **[Bahnschabe]** war auf dem Vormarsch, und ich konnte sie einfach nicht ausfindig machen.

Die Schabe war eine metallische Kakerlake, deren dicker Panzer wie eine rostige Schiene beschaffen war, grob und scharf. Ihr Körper war nicht giftig, aber der scheuernde Panzer konnte ein Opfer bei lebendigem Leibe häuten, während sie herumhüpfte und sich bewegte. Wenn die Schabe sich bewegte, knirschten Teile des Metallpanzers aneinander und gaben ein unheimliches mechanisches Surren von sich, das fast musikalisch klang, um ihre ahnungslose Beute anzulocken.

Ich verzog das Gesicht und erinnerte mich an eine frühere Begegnung mit einer **Bahnschabe**. Ich hatte Phantomschmerzen im Nacken und an den Unterarmen, wo mich ihr Metallkörper in einem Vergessenen Dungeon geschnitten hatte.

„Warum sollte ich leise sein?", wandte Alvin ein, ohne meine Warnung zu beachten. „Ich höre bestimmt nicht auf dich ..."

Die bimmelnden Töne erklangen erneut, diesmal vom Boden aus. Ich lehnte mich zurück und schützte mich mit meinem Schwert, als die **[Bahnschabe]** aus einem Spalt im rissigen Boden schoss und der Stahl meiner Klinge gegen den metallischen Körper des Insekts prallte.

Ich wich zur Seite, und das Geräusch hörte auf. Dann drehte ich mich mit einer schnellen Bewegung um die eigene Achse und setzte mein Schwert an einer Schwachstelle des Panzers an. Ich schlug ein zweites Mal zu, so schnell, dass es wie ein Ebenbild meines ersten Angriffs aussah, und trennte einen Großteil des Körpers ab.

[Zisch!]

Die Bahnschabe ähnelte einer gepanzerten Kakerlake, groß und derb, mit einem gewölbten Kopf, der seltsam mechanisch aussah. Zwei gelbe Schlitze dienten als wachsame Augen, und das Maul zeigte eine bedrohliche Reihe von gezackten, metallischen Zähnen, die an verrostetes Altmetall erinnerten.

„Was zum Teufel ist das für ein Ding? Es ist eklig!", flüsterte Willow.

Das wirst du gleich herausfinden, hätte ich am liebsten gesagt, aber ein Kampf ist kein Ort für kluge Worte. Also sagte ich laut: „Bleibt lieber zurück."

Alvin sträubte sich gegen meinen befehlenden Ton.

„Ach, leck mich doch …“

Er stürmte blitzschnell nach vorne, und die Bahnschabe versteifte sich und ging frontal auf seinen Angriff los. Wäre ich nicht dazwischen gegangen, wäre er auf der Stelle tot gewesen.

Mitten im Sprint schleuderte ich einen losen Kieselstein in Richtung des kolossalen Insekts. Er traf mit einem schallenden Klirren auf den gepanzerten Panzer des Tieres und schreckte es auf. Die **Bahnschabe** reagierte mit beängstigender Geschwindigkeit, die eindeutig auf Magie zurückzuführen war. Das Biest stürzte sich auf uns und **zielte vor allem auf mich.**

[Du hast dich gegen einen Zauber gewehrt].

Ich wusste, dass die Schabe eine verborgene, mächtige Fähigkeit besaß, die einzigartig für ihre Art war: die Fähigkeit, Lähmungen hervorzurufen. Ihre Vorderbeine waren mit speziellen Giftstacheln ausgestattet, die ihrer Beute ein betäubendes Gift verabreichen konnten. Diese Lähmung breitete sich schnell aus und machte das Opfer zu einem hilflosen Ziel. Da ich dem Monster schon einmal begegnet war, hatte ich gelernt, ihm auszuweichen.

Als die **Bahnschabe** auf mich zukam, machte ich ihre Zickzack-Bewegung mit und schwang mein Schwert im Rhythmus ihrer unberechenbaren Bewegungen. Die Kreatur tanzte in einem eigenartigen Rhythmus, der von dem, was von ihrem Panzer übriggeblieben war, ausging, und zuckte in unvorhersehbaren Kurven, während sie sich mit ihren giftigen Stacheln auf meinen Hals stürzte.

„Netter Versuch", murmelte ich mit einem schiefen Grinsen.

In Erwartung ihrer nächsten Bewegung sprang ich vor und versetzte ihr mit meinem linken Fuß einen kräftigen Tritt nach oben gegen ihren entblößten Unterleib. Die Kreatur reagierte mit einem überraschten, hohen Schrei und strampelte verwirrt mit ihren vielen Beinen. Trotz seiner hektischen Bewegungen war das Tier am Boden festgenagelt, und war nicht in der Lage, sich zu befreien.

Während es zappelte, nutzte ich meine Gelegenheit und holte mit meinem Schwert in einem schnellen Bogen zum Schlag aus. Mit einem befriedigenden Knirschen durchtrennte die Klinge den gepanzerten Hals des Ungetüms. Es war das zweite Mal, dass ich es geschafft hatte, einen erfolgreichen Angriff zu landen. Dieses Mal hat es geklappt.

[Du hast eine Bahnschabe umgebracht].

Der Todeskampf der Schabe war verstörend: Ihr Panzer krümmte sich auf dem Boden, es ertönten schräge Töne und ihre giftigen Stacheln zuckten wie lebendig. Als die Tiere spürten, dass eines von ihnen starb, wurde die Plattform von einem melodischen Chor bedrohlicher Geräusche erfüllt. Die **Bahnschaben,** die äußerst empfindlich auf die Todesgeräusche ihrer eigenen Art reagieren, erhoben sich auf das verhängnisvolle Signal hin.

„Lass uns eins klarstellen, Alvin. Ich habe euch geraten, zurückzubleiben. Ich habe nicht gesagt, dass das eine Anweisung ist“, fuhr ich ihn mit beißendem Sarkasmus an. Ich hatte ihn schon langsam satt.

Aber wir hatten keine Zeit für müßiges Geschwätz. Der Geruch ihres gefallenen Kameraden versetzte die verbliebenen **Bahnschaben** in einen Rausch und trieb sie mit einer bösartigen Entschlossenheit auf uns zu, die eher an einen Schwarm rachsüchtiger Hornissen als an vorsichtige Raubtiere erinnerte.

Die Plattform begann mit einem beunruhigenden Chor aus schabendem Chitin und musikalischen Noten zu summen, als immer mehr Schaben nach oben schwärmten.

„Sie graben sich von unten ein“, verkündete May und richtete ihren Blick auf das Labyrinth aus Rissen im Boden der Plattform.

„Sie kommen schnell hoch“, antwortete ich, „aber nicht tausendfüßlerschnell, das kriegen wir schon hin.“

Ich runzelte die Stirn, schwieg aber. Ich war mir nicht sicher, wie meine Gruppe mit der ankommenden Welle von Monstern umgehen sollte.

Die harschen Geräusche von aufeinanderprallenden Panzern wurden zu einer Symphonie, die bedrohlich unter uns und um uns herum widerhallte, während der Schwarm der **Bahnschaben** vorrückte. Das Geräusch war verstörend, voll von Krach und Zorn. Ein Klagelied von Tod und Krieg. Ich war mir nicht sicher, ob die anderen nicht umdrehen und weglaufen würden.

„Haltet die Stellung, erledigt die, die euch am nächsten sind, und zielt auf ihre Hinterteile direkt unter dem Panzer. Das ist die Schwachstelle!“, befahl ich und durchschnitt eine ankommende Kakerlake mit einem schnellen Schwung meines Schwertes. Ich wusste, dass ich es bereuen würde, mehr Informationen als nötig weiterzugeben. Sie waren ja nicht blöd. Aber das Überleben hatte Vorrang.

Zu meiner Rechten versuchte Alvin, sich zu behaupten. Er schwenkte ungeschickt sein Entermesser und versuchte, sich aufzuspielen. „Ein ganz normaler Tag im Büro, was?“, höhnte er und seine Worte grenzen an Ungehorsam.

Willow, die zu meiner Linken stand, war ein Leuchtturm der stummen Unterstützung, in ihren Augen funkelte die Angst, aber in ihrem Gesicht stand der Wunsch zu leben. Ihr Schwert war ein Ausdruck ihrer Verzweiflung, jede Bewegung wurde von einem fast hörbaren Einatmen begleitet. „Es sind so viele …“, keuchte sie; ihre Stimme war kaum zu hören in dem kreischenden Chaos.

Währenddessen kämpfte May verzweifelt hinter uns, wobei ihre beiden Dao-Schwerter eher ein Hindernis als eine Hilfe waren. „Wir schaffen das!“, rief sie und ihre Stimme bebte leicht, als sie versuchte, die Kakerlaken in Schach zu halten.

Alvin, der in seiner eigenen ruhmreichen Vorstellung versunken war, ließ seine Flanke offen. Plötzlich stürzte sich eine Kakerlake auf ihn und schlitzte ihm das Bein auf. „Alvin, zu deiner Rechten!“, warnte ich und eilte herbei, um die Kakerlake abzufangen, bevor sie weiteren Schaden anrichten konnte. Er antwortete nur mit einem grimmigen Grunzen, als seine Fähigkeit **Widerstand gegen Gift** ihre Wirkung entfaltete.

In der Zwischenzeit geriet Willow ins Wanken, als eine **Bahnschabe** auf sie zustürzte. Ihre Waffe blieb im Panzer einer anderen Kakerlake stecken und sie war schutzlos. Als ich die drohende Gefahr erkannte, bewegte ich mich, ohne nachzudenken, durch den Schwarm und schlug auf die Kakerlake ein, die sie bedrohte. Unsere Blicke trafen sich und sie nickte und murmelte leise ein „Danke“.

„Verdammt … sie lassen nicht locker. Ich wünschte, der **[Siphon]** würde hier funktionieren“, ächzte Alvin und seine Energie schwankte, als er eine weitere Kakerlake zur Seite schlug.

„Wir sind noch nicht fertig“, schoss May zurück, die darum kämpfte, die Kontrolle über ihre beiden Waffen zu behalten.

„Sammelt euch jetzt!“, befahl ich. Wir mussten uns zusammenschließen, und vor allem musste ich sie durch die nächsten Minuten bringen und brauchte das Mindestmaß an

Deckung, das sie mir gewähren konnten.

„Rücken an Rücken! Wir stellen uns hier auf!“, befahl ich, und gemeinsam zogen wir uns zurück und bildeten einen engen Kreis. Jeder von uns war angeschlagen, schweißgebadet und außer Atem.

„Letzter Vorstoß, Leute“, rief ich und hielt mein Schwert in Bereitschaft. „Auf mein Zeichen!“

Mit einem wilden Schrei stürzte ich mich in die unerbittliche Flut der **Bahnschaben** und versuchte, eine Lücke zu schaffen, durch die die anderen hindurchkommen konnten. Willow, Alvin und May folgten mir dicht auf den Fersen und versuchten, die Kakerlaken in Schach zu halten, aber die Tiere waren unerbittlich und kamen mit jeder Sekunde näher.

„Alvin, jetzt!“, befahl ich und mähte eine Kakerlake nieder, die sich auf Mays ungeschützte Seite stürzte. Alvin reagierte und holte sofort mit seinem Säbel aus. Aber er war zu langsam, seine Klinge streifte die Schabe nur knapp.

„Verdammt noch mal, Alvin!“, knurrte ich und rammte mein Schwert in eine weitere Kakerlake, deren Panzer unter der Wucht knirschte. Ich wirbelte herum und schlitzte ein weiteres Tier auf, als es sich auf Willow stürzte, die Mühe hatte, sich zu behaupten.

May hielt sich wacker, ihre Dao-Schwerter schnitten durch die Luft, aber ihr fehlte die nötige Genauigkeit, ihre

Schwünge waren zu wild, zu unkontrolliert. Ich ertappte mich dabei, wie ich ständig ihre Flanke beobachtete, um Kakerlaken auszuschalten, die versuchten, einen Vorteil aus ihren leichtsinnigen Angriffen zu ziehen.

Wohin ich auch schaute, es kamen immer mehr Kakerlaken. Alvin war zu überheblich, zu sehr von seinen eigenen Fähigkeiten überzeugt, um die Gefahr zu erkennen. Willow war zu zaghaft, ihr Schwert zitterte, und May war zu begierig, ihre Schläge waren unkontrolliert.

Da holte ich tief Luft und brüllte wie wild: „Genug!"

Ich besaß nicht umsonst die Klasse des Einsamen Überlebenden, und dank meiner zähen Vitalität und meines Unbeugsamen Willens konnte ich den Kampf aufrechterhalten.

Dann stürzte ich mich auf die Horde, mein Schwert war ein Wirbel aus Stichen und Hieben. Ich bewegte mich schnell und zielsicher, und jeder meiner Angriffe tötete eine **Bahnschabe**. Chitinstücke fielen zu Boden und wurden von den Körpern der Kakerlaken abgetrennt, die unter meinem Ansturm zu Boden gingen. Mit jeder getöteten Schabe ertönten weitere Totenklagen und verklangen.

Ich spürte es. Die Summe meiner Fähigkeiten und das Wissen, das ich in einem anderen Leben besessen hatte, floss durch meine Glieder und meinen Geist. Es war fast meditativ, als würde ich mich in meiner eigenen Zeitblase befinden.

Irgendwann fingen die anderen an, sich meinem Tempo anzupassen, und wir bezwangen die Masse der Horde, ein Tier nach dem anderen.

Irgendwann war es dann vorbei.

„Das ... das war nicht einfach", gab Alvin zähneknirschend zu, während er versuchte, zu Atem zu kommen.

Willow hatte eine Schnittwunde am Arm, Alvin einen Bluterguss an der Wange und May blutete aus einer flachen Wunde an ihrem Bein, aber sie lebten und waren größtenteils unverletzt.

„Das war ... richtig heftig", stieß Willow aus und ließ sich zu Boden sinken.

Alvin grummelte etwas vor sich hin und zog genervt seine Klinge aus der Scheide.

May blickte mich an, ihr Gesicht war blass, aber ihre Augen waren voller Feuer. „Nächstes Mal mache ich es besser", versprach sie und umklammerte ihre Schwerter fester.

Alvin lehnte sich gegen eine Wand. „Ich schätze, das waren dann wohl alle?"

Ich seufzte und bereitete mich im Geiste darauf vor, für den Rest des Dungeons den Großteil der Arbeit selbst zu erledigen.

9. DIE ZUKUNFT IM BLICK

Als ich inmitten der toten **Bahnschaben** stand, atmete ich tief durch und erlaubte mir, mich nach dem Kampf endlich zu entspannen.

„Irgendetwas stimmt nicht mit dir", warf Alvin ein und verengte seine Augen. „Niemand sollte so gelassen sein wie du, es sei denn, er ist nicht ganz dicht."

Ich zuckte nur mit den Schultern. Mir war schon klar, dass mein ruhiges Verhalten angesichts des ganzen Chaos im **Systemsturz** mich verdächtig erscheinen lassen könnte. Obwohl ich Alvins Misstrauen verstand, war ich nicht bereit, eine Erklärung abzugeben.

„Habe ich auch nur irgendwen von euch gezwungen, mir zu folgen?", erwiderte ich. „Ich kann mich nicht erinnern, dass ich euch einen friedlichen Ausflug mit einem behaglichen Ausklang versprochen habe. Ich habe euch nicht versprochen, dass wir am Lagerfeuer sitzen, heiße Schokolade trinken und Marshmallows futtern würden, oder? Ich habe euch gewarnt, dass ihr sterben könntet, wenn ihr mir folgt. Ihr habt schon selbst Leute auf der Straße sterben sehen. Diese Welt ist nicht die Welt, die ihr gewohnt seid. Passt euch an oder ihr werdet getötet."

Daraufhin sagte niemand etwas. Ihr Schweigen sprach Bände; wahrscheinlich waren sie es nicht gewohnt, so deutliche Worte zu hören.

„Siehst du?", brach Alvin schließlich sein Schweigen. „Das ist genau das, wovon ich rede. Du bist viel zu gelassen. Passt euch an oder ihr werdet getötet? Wer redet denn überhaupt so? Du bist mit dem **System** verbunden, nicht wahr? Deshalb hast du von dem geheimen Tunnel gewusst und dich mit einem Baseballschläger verteidigt, als die anderen zu Schwertern gegriffen haben, und ich wette, deshalb hast du auch nicht **[Widerstand gegen Gift]** gewählt. Du weißt doch etwas."

Er hatte nicht ganz unrecht, und seine teilweise richtige Vermutung verblüffte mich. Es gab tatsächlich Leute, die vom System bevorzugt wurden: Beta Tester, die schon Monate vor dem **Systemsturz** verschwunden waren. Sie waren in eine andere Welt gebracht worden. Die Gunst des Systems bedeutete aber nicht, dass sie leichtes Spiel hatten. Sie gewannen zwar ein wenig Wissen und Erfahrung, aber die Wahrheit war wesentlich vielschichtiger, als Alvin es sich vorstellen konnte.

„Ich versichere dir, ich habe nichts mit dem System zu tun." Ich runzelte die Stirn. „Nur die Schwachen würden sich auf die Seite von etwas stellen, das unsere Welt in ein verdammtes Spiel verwandelt hat“, erwiderte ich. „Aber warum sollte ich einen Fähigkeitenslot für **[Widerstand gegen Gift]** verschwenden, wenn ich auch Gegenmittel finden kann?“

Alvin öffnete sein Menü. „Was meinst du mit verschwenden? Die Anzahl der Fähigkeiten, die wir erwerben können, ist unbegrenzt.“

„Warte“, unterbrach ich ihn, „bist du dir da so sicher?“

Ihr fassungsloses Schweigen bestätigte meinen Verdacht. „Und um deine Frage zu beantworten: Ich weiß auch nicht, was vor uns liegt. Ich bereite mich lediglich auf das Schlimmste vor und hoffe auf das Beste.“ Dabei verdrehte ich ein wenig die Wahrheit.

„Hm, was meinst du mit den Fähigkeitenslots? Worauf willst du hinaus, Nick?“, murmelte May und kickte Chitinreste durch die Gegend. Eine abgetrennte Antenne der **Bahnschabe** glitt mit einem trockenen Rascheln davon.

„Das ist der Haken an der Sache“, antwortete ich.

„Was meinst du?“, fragte Willow mit gerunzelter Stirn.

„Also“, begann ich und ging in die Hocke, um einen Splitter des Schienenpanzers aufzuheben, den ich in der Hand drehte, „Unbegrenzte Fähigkeiten sind nicht gerade ein Segen. Es gibt vielmehr eine … Art Drosselung. Ich vermute, dass das **System** jeden dazu ermutigt, seine Fähigkeiten am Anfang schnell aufzubrauchen."

„Eine Drosselung?", fragte Alvin zweifelnd nach.

Ich nickte und warf den Panzersplitter beiseite. „Stellt euch das so vor: Jede Fähigkeit, die ihr erlernt, jede Fähigkeit, die ihr erwerbt, verbraucht einen Teil eurer Entwicklungsmöglichkeiten. Das **System** gleicht alles aus. Je mehr Fähigkeiten man in diese 'unbegrenzten Slots' stopft, desto weniger mächtig können sie werden. Das ist wie bei einer Internetverbindung: Jedes Mal, wenn du ein neues Fenster öffnest, verbrauchst du mehr Bandbreite."

„Du behauptest also", begann May und runzelte die Stirn, „je mehr Fähigkeiten wir lernen, desto schwächer werden sie?"

„So ungefähr. Desto schwächer sind sie letztendlich", bestätigte ich. „Man kann hundert verschiedene Fähigkeiten haben, aber am Ende landen sie alle auf einem niedrigeren Rang. Anstatt ein Tausendsassa zu sein, der gar nichts richtig kann, ist es da nicht besser, nur einige wenige besonders gut zu beherrschen?" Ich hätte ihnen von Synergien erzählen können, aber sie waren bereits misstrauisch.

Ich konnte sehen, wie sich in ihren Köpfen die Zahnräder drehten, als sie die Informationen verarbeiteten. „Deshalb bist du also so wählerisch bei den Fähigkeiten", murmelte Willow und ihr dämmerte die Erkenntnis. „Du willst also nicht in allem 'durchschnittlich' sein."

„Nein“, antwortete ich entschlossen und begegnete ihrem Blick, „ich habe vor, jede Grenze zu durchbrechen.“

Alvin starrte mich an. „Dann musst du also etwas wissen. Woher hättest du das sonst alles erfahren?“

Ich wandte mich an Alvin, dessen Anschuldigung in der Luft hing.

„Wissen hat nicht nur mit Geheimnissen und verborgenen Wahrheiten zu tun, Alvin“, antwortete ich ruhig und begegnete seinem Blick. „Es geht auch um Wahrnehmungen, Beobachtungen und Schlussfolgerungen. Ich habe unsere Lage genau wie du genau analysiert und das, was ich weiß, aus den Informationen, auf die wir gestoßen sind, und aus dem, was das **System** uns gibt, zusammengesetzt.“

„Jeder Kampf, jeder Schritt nach vorne, jede Begegnung hier bietet etwas, aus dem wir lernen können. Und nein, ich verfüge über kein Insiderwissen oder eine geheime Quelle. Ich habe nur auf die Muster geachtet und daraus gelernt, genau wie du das auch hättest tun können. Wenn du nicht so sehr damit beschäftigt gewesen wärst, dich so aufzuspielen.“

Es folgte eine Pause, in der ich meine Worte sacken ließ, dann fügte ich mit fester Stimme hinzu: „Außerdem, wenn du denkst, dass ich über so eine Art Insiderwissen verfüge, warum untergräbst du dann, was ich sage? Warum solltest du dich mit einer ‘vermeintlichen’ Quelle von Wissen über das **System** anlegen? Bist du wirklich so bescheuert? Soll ich dich jetzt einfach hier zurücklassen? Warum bist du hier, wenn du mich so sehr hasst? Ich mache das alles nicht, um zu beweisen, wer der härteste Hund ist. Für so einen Scheiß könnte ich draufgehen." Ich starrte Alvin an. „Oder verursachen, dass *ihr* draufgeht."

Ich seufzte und rieb mir den Nacken: „Ich bin vielleicht kein Superhirn, aber ich habe genug Grips, um zu begreifen, dass sich diese Welt verändert. Um zu überleben, muss man sich anpassen, und zwar lieber früher als später", fügte ich hinzu, wobei meine Stimme müde war und in der hohlen Höhle widerhallte. „Keiner von uns ist ein Pionier, der neue Naturgesetze aufdeckt, aber wir wissen genug. Wir haben genug Verstand, um zwischen klugen und törichten Handlungen zu unterscheiden."

Ob sie mir nun glaubten oder nicht, spielte keine Rolle. Wir mussten weiter. Also packte ich mein Schwert fester und bereitete mich auf die letzte Herausforderung vor und gab das Tempo vor, als wir die Gleise entlanggingen.

Es dauerte nicht lange, bis eine weitere **Bahnschabe** aus einem Versteck in einem Spalt im Boden hervorsprang. Sie kam direkt auf mich zu, und ich stürzte mich geradewegs auf sie und rammte ihr mein Schwert in eines ihrer Augen. Ich drang mit meinem Schwert tief ein und riss das Tier zu Boden.

Sein Körper krümmte sich und es versuchte, in seinen letzten Augenblicken um sich zu schlagen, aber ich wich den Angriffen aus und drosch mit ungeheurer Wucht auf seinen Kopf ein. Staub wirbelte an der Einschlagstelle auf, und ich schlug zur Sicherheit noch einmal zu, wobei ich den Kopf komplett zerschmetterte und die Augen der Kakerlake herausspringen ließ.

Eine Systemmeldung meldete mir, dass sie tot war, und ich lauschte, um zu sehen, ob ihr Todeslied noch mehr von ihnen anlockte.

Ich musste immer wieder an Selenes Worte denken: Erwarte, dass alles, was schiefgehen kann, auch schiefgehen wird. Angesichts ihrer überwältigenden Macht erschien mir das paradox. Sie war eine Paladine, eine der furchtbarsten Kämpferinnen, die ich je gesehen hatte, und doch war sie darauf trainiert worden, mit dem Schlimmsten zu rechnen.

Und sie war nicht nur mächtig gewesen, sondern auch eine unbarmherzige, pragmatische Überlebenskünstlerin. Niemandem, der so lange überlebt hatte, war dies nur gelungen, weil er von anderen beschützt worden war. Man musste kämpfen, sich einen Weg durch jede Herausforderung bahnen, die die Welt einem stellte. Das hatte sie verstanden. Es waren ihre Worte, die mich für die brutale Wirklichkeit dieser neuen Welt gewappnet haben. Es waren auch ihre Worte, die mich in diesem Augenblick antrieben.

Als ich einen Blick auf das Trio warf, regte sich in mir ein leichtes Gefühl der Schuld. Hatte ich zu viel von ihnen erwartet? Verglichen mit dem, wie es mir in der ersten Zeitlinie ergangen war, machten sie sich gar nicht so schlecht. Allein die Tatsache, dass sie noch am Leben waren, war eine Anerkennung für die bisherigen Leistungen.

„Vielen Dank dafür", meint May und rümpft die Nase beim Anblick der zertrümmerten **Bahnschabe**, aus deren Mund Blut und andere Flüssigkeiten quollen.

„Kein Problem." Ich nickte ihr zu und ließ meine Gedanken zu unserer Umgebung schweifen. Das dritte Level des **Versteckten Dungeons** war einzigartig gestaltet und bot die Möglichkeit, nützliche Ressourcen zu sammeln.

Ich ließ die **Bahnschabe** hinter mir und führte unsere Gruppe die Gleise entlang. Die dritte Etage des **Versteckten Dungeons** unterschied sich grundlegend von den vorherigen Ebenen. Sie hatte einen eigentümlichen Stil, der an die U-Bahn des 18. oder frühen 19.

Jahrhunderts erinnerte. Das Gebäude wirkte alt, statt Kacheln herrschten geschichtsträchtige Ziegel vor, und es herrschte eine Stille, die jedes Geräusch zu verschlucken schien. Die behauenen Steinwände wurden von verrosteten Schienen unterbrochen, aber irgendwie wirkte alles fast größer als die ersten beiden Stockwerke. Sogar die Luft roch anders, schwer mit einem muffigen Geruch von Staub, Zeit und altem Papier.

Spinnweben bedeckten jeden Winkel und jedes Versteck. Im schwachen Licht der Kronleuchter, die bedrohlich über uns hingen, wirkten sie besonders dicht.

Der Anblick der sich ausbreitenden Spinnweben ließ mich innerlich fluchen.

„Sieht aus, als wären wir hier nicht allein“, murmelte May und ließ ihren Blick durch den Raum schweifen. „Noch mehr Ungeziefer.“

„Kein Witz“, verzog Alvin das Gesicht. „Denkt daran, wir müssen zusammenhalten.“

Ich verstärkte meinen Griff um das Schwert. „Gut. Lasst uns vorsichtig vorgehen und vermeiden, in Spinnennetze zu treten.“

Als wir voranschritten, wurde die Stille bloß von unseren Schritten und dem entfernten Geräusch von Wasser, das von der Decke auf die rostigen Schienen tropfte, unterbrochen. Plötzlich hallte ein Rascheln durch den höhlenartigen Raum. Aus dem Augenwinkel erkannte ich eine Bewegung. **Stationsspinnen**.

Mein Körper bewegte sich wie von selbst, als sie auf uns zuhuschten. Ich schwang mein Schwert und schlitzte eine Spinne auf, die mir zu nahe gekommen war. Sie stieß einen Schrei aus und zuckte am Boden, bevor sie verstarb. Da stürzte sich eine andere Spinne auf mich, aber ich wirbelte herum, durchstach sie in der Luft und schlug sie zu Boden. Bevor sie sich erholen konnte, wurde sie von Willow erledigt.

„Ich hasse Spinnen“, murmelte Willow mit blassem Gesicht.

„Bleib einfach in Bewegung“, riet ich und schüttelte die Spinnendärme von meiner Klinge. „Und bleib wachsam. Wir sind hier noch nicht fertig.“

Wir wagen uns weiter in die dritte Etage. Nachdem wir die Sicherheit der Gleise verlassen hatten, betraten wir einen schmutzigen, gekachelten Bahnsteig, der mit alten, verrosteten Bänken gesäumt war. Um uns herum wurden die Spinnweben immer dichter. Ein paar der flackernden Lichter der Gleise leuchteten auf uns herab und warfen lange Schatten, die sich an den Rändern unserer Sicht zu bewegen schienen.

Alte Plakate mit verblassten Bildern und unleserlichen Worten waren über die baufälligen Bahnhofswände verstreut. Ab und zu entdeckten wir eine mächtige Spinne, die auf einem Plakat hockte und deren Augen im Halbdunkel bedrohlich funkelten.

Mit Spinnweben überzogene Koffer, Überbleibsel längst vergangener Reisen, lagen wahllos auf dem Bahnsteig verstreut. Ihr Anblick, unberührt und doch mit jahrhundertealtem Staub und Spinnweben zugedeckt, wirkte seltsam fehl am Platz.

Alvin grummelte und durchschnitt das dichte Netz, das uns den Weg versperrte. „Wie viele von diesen Dingern gibt es hier eigentlich?“

Seine Frage wurde von einer entnervend riesigen

Stationsspinne beantwortet, die aus den Schatten über ihm herabkam und direkt auf seiner Schulter landete. Mit einem Schrei schlug er nach der Kreatur und sein Schwert traf sie mit einem lauten Knall.

Die Spinne wurde abgeworfen und in der Luft in zwei Hälften geteilt. „Zu viele!", erwiderte er und erschauderte sichtlich.

„Weniger jammern, öfter zuschlagen", erwiderte ich, während mein Blick von einer anderen Spinne abgelenkt wurde. Sie war riesig, fast so groß wie ein kleiner Hund, aber nach den **Bahnschaben** beeindruckte mich das kaum. Ein schneller Schnitt, ein kräftiger Stoß, und die Kreatur sackte zusammen und stieß ein ersticktes Zischen aus, bevor sie verstummte.

Wir kämpften uns weiter in den verlassenen Bahnhof vor.

Gerade als die Überreste der letzten Spinne zu Boden gefallen waren, stürzte eine weitere **Stationsspinne** von einem Strang ihres Netzes herab. Sie war größer als die anderen und ihr Hinterleib wies ein ungewöhnliches Muster auf: Das charakteristische graue Chitin war durch funkelnde, juwelenartige Steine ersetzt worden. Ich wich dem ersten Angriff des Tieres aus und schlug es mit einem schnellen Schnitt, gefolgt von einem kräftigen Stoß, zu Boden.

Als es regungslos dalag, kniete ich mich hin, beeindruckt von den glitzernden Steinen, die seinen

Unterleib zierten. Mein Schwert durchschlug das Chitin ohne großen Widerstand und enthüllte schimmernde Splitter aus tiefblauem Gestein. Sie strahlten ein schwaches Leuchten aus und warfen einen ätherischen Schein auf meine Haut.

„Saphirtränen“, murmelte ich und hielt einen der Splitter in das flackernde Licht. Die anderen versammelten sich um mich und waren neugierig.

„Was?“, fragte Alvin mit großen, interessierten Augen.

„**Saphirtränen**“, wiederholte ich. „Seltene Mineralien. Der Legende nach sind das die kristallisierten Tränen einer Göttin, die für die Sorgen der Sterblichen vergossen worden sind. Sie werden wegen ihrer magischen Eigenschaften geschätzt und sind unglaublich wertvoll. Deshalb werden sie von den **Stationsspinnen** auch gehortet.“

[Mitteilung über den Systemsturz]

Titel: Seltenes Handwerksmaterial entdeckt

Gegenstandsbezeichnung: **Saphirtränen**

Einzelheiten:

Saphirtränen sind seltene Mineralien, die nur in den Tiefen der **Versteckten Dungeons** zu finden sind. Diese kristallinen Mineralien strahlen ein schwaches Leuchten aus und ihr tiefblauer Farbton erinnert an Manapfützen.

Diese Steine sind einzigartig und besitzen magische Eigenschaften, die die Eigenschaften verschiedener Ausrüstungsgegenstände verbessern können, wenn sie in die Herstellung auf allen Ebenen verwendet werde.

May unterbrach meine Untersuchung und kramte in ihrem Rucksack, um ein Set mit Messern und Schleifsteinen herauszuholen. „Ich möchte dir einen Handel vorschlagen“, bot sie mir an und legte einen Stein und eine kleine Flasche Öl vor mich hin. „Ich schärfe eines dieser Messer für dich im Tausch gegen das, was auch immer du hier drin entdeckst.“

Ich zog eine Augenbraue hoch und antwortete: „Kein schlechter Deal. Wie hast du vor, das Messer zu schärfen?“

„Das kostet extra“, antwortete May und ein verschmitztes Lächeln schlich sich auf ihr Gesicht. „Aber ich habe mir gedacht, ich könnte es mit einer dieser **Saphirtränen** versuchen.“

Ich nickte zustimmend. „Schwerter sind sehr pflegebedürftig. Du könntest ein Vermögen machen, wenn du solche Dienste anbietest.“

Ich wog Mays Vorschlag sorgfältig ab, meine Neugierde war geweckt. Ihr Einfallsreichtum und ihre Anpassungsfähigkeit erregten mein Interesse, und zum ersten Mal kam mir der Gedanke, dass sie vielleicht eine Begleiterin für die Zukunft sein könnte.

Wir einigten uns, und mit neuem Elan machte ich mich auf die weiteren Herausforderungen gefasst, die der Versteckte Dungeon in der U-Bahn zweifelsohne bereithalten würde.

Als May mir die Edelsteine abnahm, funkelten ihre Augen mit einer Mischung aus Begeisterung und Entschlossenheit. Sie fügte sie der Ölmischung hinzu, die sie zuvor eifrig gerührt hatte. Es dauerte nicht lange, bis sich die Saphirtränen vollständig aufgelöst hatten und die Flüssigkeit sich in eine strahlende, schimmernde Lösung verwandelt hatte. Dann fummelte sie daran herum und begann zu murmeln.

Nach einer gefühlten Ewigkeit des Wanderns durch den trostlosen Bahnhof ertönte Mays Stimme, ein jubelnder Ton in der düsteren Stille. „Es ist vollbracht!", verkündete sie und hielt uns die **Azurglanzlösung** hin.

Wir setzten uns in Bewegung und May begann, etwas von der Lösung aufzutragen, gefolgt vom rhythmischen Kratzen des Steins auf dem Metall und der allmählichen Verwandlung der Klinge in eine schimmernde Waffe.

„Wir müssen mal anhalten. Ich muss nur noch das letzte Stück zu Ende bringen", bat May.

Wir fanden einen Lagerplatz zwischen den mit Spinnweben überzogenen Bänken und den verrosteten Koffern und machten eine Pause, um uns zu erholen und uns auf das vorzubereiten, was vor uns lag. May trug sorgfältig eine weitere Schicht der **Azurglanzlösung** auf mehrere Messer auf. Die leuchtende Substanz verband sich mit dem Stahl und erzeugte einen fesselnden Strudel aus blauen Mustern.

Als sie mir die Messer reichte, konnte ich das Mana in der Klinge spüren.

[Mitteilung über den Systemsturz]

Titel: Gegenstand verbessert

Du hast ein **Azurglanzmesser** erhalten.

Das **Azurglanzmesser** ist eine einzigartige Waffe, die mit Azurglanz verstärkt ist. Es verfügt über eine Manaschneide, die normale Rüstungen überwindet und mit der Kraft des Azurglanz durch Verteidigungen schneidet.

[Mitteilung über den Systemsturz]

Titel: Rezepte freigeschaltet

Rezept freigeschaltet: **Azurglanzmesser**

Um ein Azurglanzmesser herzustellen, benötigst du folgende Zutaten

Azurglanzlösung

Beliebiges Messer (x1)

Wetzstein (x1)

Rezept freigeschaltet: **Azurglanzlösung**

Um **Azurglanzlösung** herzustellen, benötigst du

Saphirträne (x1)

Öl (1 Fläschchen)

„Gut gemacht, May. Aber jetzt müssen wir weiter", drängte ich und steckte das frisch geschärfte **Azurglanzmesser** in eine Scheide. „Wer weiß, was dieser verlassene Ort noch für Überraschungen für uns bereithält."

„Ich könnte noch ein paar von diesen Messern gebrauchen. Wie viele kannst du herstellen?", fragte ich May, als wir uns in Bewegung setzten und meine Augen nach Bedrohungen und **Stationsspinnen** absuchten.

May schien von meiner Bitte überrascht zu sein. „Ich habe zwar nicht den gesamten Vorrat an Öl und Messern aus dem Laden mitgenommen, aber ich kann dir noch eins machen." Die genaue Anzahl ließ sie offen, aber es lag nicht in meiner Natur, mich über Einzelheiten zu ereifern.

Gemeinsam bewegten wir uns durch den verwinkelten dritten Stock des Dungeons. Die Dunkelheit wurde nur durch das vereinzelte Licht maroder Installationen und den unheimlichen blauen Schimmer unserer neuen Waffen unterbrochen. Die Luft wurde immer dicker und muffiger. Jeder Atemzug war schwerer als der letzte.

Das erinnerte mich daran, dass meine Gruppe, obwohl meine eigene Ausdauer über der Norm lag, nicht über dieselben Boni verfügte.

Das widerhallende Klirren ihrer schweren Schritte ließ erahnen, wie schwer sie es hatten, mitzuhalten.

„Ich suche nach einem geeigneten Rastplatz“, teilte ich ihnen mit, als die drei langsam zurückfielen.

Auf dem Weg durch das düstere Labyrinth des dritten Stocks stießen wir auf eine unscheinbare Tür mit der Aufschrift „Nur für Mitarbeiter“. Die Farbe blätterte ab und der Messingknauf war angeschlagen, sodass ich überrascht war, dass sie sich überhaupt öffnen ließ. Als ich sie aufstieß, kam ein alter Aufenthaltsraum zum Vorschein. Ein ziemlich verstaubter Rückzugsort, der in den Eingeweiden des **Versteckten Dungeons** verborgen lag.

Der Raum war mit ein paar abgenutzten Sofas, einem staubigen Couchtisch und alten Postern, die von den Wänden abblätterten, ausgestattet. An einer Wand lehnte ein Kühlschrank, und in der Ecke befand sich ein kleines Bad. Obwohl der Raum ziemlich heruntergekommen war, freuten wir uns über diesen Anblick.

[Mitteilung über den Systemsturz]

Titel: Betreten der Safe Zone –
Aufenthaltsraum für Mitarbeiter

Du hast eine Safe Zone betreten. Monster können Safe Zones nicht betreten. Hier kannst du dich ohne Gefahr ausruhen, Nahrung zu dir nehmen und dich erholen. Die Vorteile der Safe Zone erlöschen, sobald du in diesem Bereich irgendwelche gewalttätigen Handlungen durchführst.

10.

SPINNENKÖNIGIN

Die **Safe Zone,** die uns für die Nacht Unterschlupf und Ruhe gewährt hatte, war mittlerweile von dem dumpfen Stöhnen meiner erschöpften Kameraden erfüllt.

Ich hatte die letzte Wache übernommen und schickte mich an, sie zu wecken.

„Raus aus den Federn!", rief ich und rüttelte jeden meiner Begleiter wach. Alvin stöhnte und zog sich die Jacke über den Kopf, während May zu mir aufblinzelte und unbewusst nach ihrem Messer griff. Willow war überraschenderweise schon wach und suchte mit ihren großen Augen den Raum ab.

Während sie alle streckten und gähnten und versuchten, die letzten Überbleibsel ihres Schlafes abzuschütteln, durchstöberte ich den hinteren Teil des Aufenthaltsraums. Unter den staubbedeckten Trümmern fand ich einen Vorrat an alten Kaffeedosen und ein paar Wasserflaschen, ein vergessener Vorrat der ehemaligen

Angestellten.

„Jackpot“, murmelte ich, schüttete den Kaffee in einen Topf und stellte ihn auf den Herd, den ich schon zuvor benutzt hatte. Das Aroma war abgestanden und erdig, und es war offensichtlich, dass der Kaffee seine Blütezeit bereits hinter sich hatte. Trotzdem kochte ich ihn mit etwas Wasser, das ich gefunden hatte, und goss ihn in ein paar alte Tassen.

Wie zu erwarten war, schmeckte der Kaffee schrecklich. Alt, verdünnt und bitter. Aber als wir die Tassen herumreichten und jeder von uns wegen des Geschmacks das Gesicht verzog, weckte uns das heiße Getränk auf und verdrängte die Müdigkeit.

„Gott, das schmeckt wie Dreck“, schimpfte May und schob ihren Becher nach ein paar Schlucken beiseite. Aber ihre Augen waren wach, und sie hielt ihr Messer fest in der Hand.

„Ich hatte schon Schlimmeres“, meinte Alvin achselzuckend und zwang sich, mehr zu trinken.

Willow lächelte nur und gab keinen Kommentar ab, während sie an ihrem heißen Getränk nippte.

Ein Lächeln breitete sich auf meinem Gesicht aus und wurde noch breiter: „Wartet bloß, bis ihr den Hauptgang seht.“ Ihre neugierigen Blicke folgten meiner Geste in Richtung eines Tellers, auf dem sich Fleischscheiben türmten, nichts Anderes als **Bahnschaben**, die ich zubereitet hatte, während sie noch geschlafen hatten. Ihre Reaktionen – Entsetzen, Ekel und neugieriger Widerwille – waren zugegebenermaßen sehr unterhaltsam.

„Aber es gibt nicht bloß Gourmetkakerlaken", versicherte ich und holte eine Schachtel mit trockenen Crackern, mehrere Dosen mit Schweinefleisch und Bohnen und ein Glas mit gewürzten Pfirsichen hervor, das wie durch ein Wunder noch versiegelt und unverdorben war. Als ich das Glas öffnete, gab es ein zufriedenstellendes „Plopp" von sich und verströmte den süßen, säuerlichen Duft von eingemachtem Obst.

„Ein Frühstück für Sieger". Der bittere Kaffee, das seltsam würzige Fleisch der **Bahnschaben** und die übermäßig süßen Pfirsiche waren eine seltsame Mischung, aber in der grellen Industriebeleuchtung der Safe Zone war sie genau richtig.

Weil wir so hungrig waren, schmeckte uns alles vorzüglich. Trotz der seltsamen Umstände versammelten wir uns um unseren behelfsmäßigen Esstisch und stürzten uns mit einer Leidenschaft auf unser seltsames Frühstück. Sogar die gebratene Kakerlake hatte einen seltsamen Reiz – oder vielleicht war es einfach die Tatsache, dass wir zu hungrig waren, um wählerisch zu sein.

„Denkt daran", meinte ich und sah, wie sich ihr anfängliches Stirnrunzeln in ein nachdenkliches Nicken verwandelte, während sie kauten. „Sogar eine **Bahnschabe** kann einen Zweck erfüllen, wenn man weiß, wie man sie zu nutzen hat. Stellt euch einfach vor, dass es ein Hummer ist, dann geht sie leichter runter."

Gerade als wir einpacken wollten, durchbrach Alvin die angenehme Stille. „Übrigens, was diese **Azurglanzmesser** angeht ... Die sind doch mit Mana durchtränkt, oder? Kannst du mir mal erklären, wie Mana funktioniert? Ich hatte gedacht, das wäre nur was für Zauberer im Märchen und für meinen Geisterbeschwörer bei seinen Beutezügen."

Ich blickte jeden von ihnen an und ihre Mienen spiegelten einen unterschiedlichen Grad an Neugier wider. Dann atmete ich tief durch, denn ich wusste, dass wir gleich in einen der komplizierteren Bereiche unserer aktuellen Lebenswirklichkeit eintauchen würden.

Ich hielt inne, die Reste meines bitteren Kaffees lenkten mich für einen Augenblick ab. Ich hatte zwar ungefähr eine Ahnung von Mana, aber es war nicht einfach, das Ganze in Worte zu fassen.

„**Mana** ist eine Form von Energie", begann ich und versuchte, es mit einfachen Worten zu erklären. „Und wie jede Form von Energie kann es verändert und für verschiedene Zwecke eingesetzt werden. In diesem Fall können wir damit unter anderem unsere Waffen verbessern. Aber Mana vollständig zu verstehen, ist ... kompliziert. Es ist nicht nur eine Vorstellung aus dem Märchen oder aus einem Videospiel. Das **System** hat es in etwas verwandelt, das auf eine Art und Weise funktioniert, die mein bewusstes Gehirn nur schwer begreifen kann, aber mein Unterbewusstsein *weiß* es einfach."

„Es ist schwer zu erklären", gestand ich. „Aber es ist nicht etwas, das wie Stärke oder Geschicklichkeit zunimmt. Es ist wesentlich komplizierter, schwer fassbar und hat eine gewisse geistige Komponente, für die ich kaum Worte finde."

May unterbrach mich, wobei ihre Hand unbewusst zum Griff ihres eigenen **Azurglanzmessers** wanderte: „**Stärke** und **Geschicklichkeit** sind etwas Körperliches, aber vielleicht ist **Mana** etwas Anderes ... Vielleicht hat das ja etwas mit unserem geistigen Zustand zu tun oder mit etwas, das sich nicht so einfach in Zahlen ausdrücken lässt?"

Willow, die sich gegen ihren Speer lehnte, nickte. „Das leuchtet ein. Das **System** hat mir einen Speer zur Verfügung gestellt, aber ich musste erst lernen, ihn zu benutzen. Es war wie ein Instinkt, der geschärft werden musste."

Alvin betrachtete nachdenklich sein Schwert. „Es geht also nicht um unmittelbares Wissen, sondern darum, zu lernen, das, was uns gegeben wurde, wirksam einzusetzen?"

„Das kann man so sagen", antwortete ich und ein Grinsen umspielte meine Mundwinkel. Ich hatte zwar Vorbehalte gegenüber der Gruppe gehegt, aber meine Begleiter hatten sich letztendlich als gar nicht so schlecht entpuppt. **Mana** war gar nicht so einfach zu begreifen. Es war eine Form von Energie, etwas Ursprüngliches und Tiefgründiges, aber nicht nur auf das Leben beschränkt. Es gab Mana in der Luft, in den Steinen und sogar im Wasser.

Am Anfang half mir die Meditation. Jeder Überlebende zapfte sein **Mana** anders an. Ich ahnte, dass es mit der Perspektive und den Erfahrungen zu tun hatte, und deshalb fiel es mir auch so verdammt schwer, es diesen drei zu erklären.

Ich dachte einen Augenblick lang nach und begann dann: „Stellt euch **Mana** als einen Sinn vor, der dem Sehen oder Hören nicht unähnlich ist, aber nicht so direkt. Es ist ein Instinkt, ein Gefühl tief im Inneren, ein sechster Sinn, wenn ihr so wollt. Es ist, als ob ... überall um einen herum mögliche Macht lauert, die nur darauf wartet, dass man sie ergreift. Für mich ist das wie pulsierende Energie, die durch meine Adern fließt. Je mehr man sich diesem Gefühl aussetzt, desto mehr stellt man sich darauf ein. Bis es einem zur zweiten Natur wird, wie Fahrradfahren oder Autofahren."

Ich nahm eines der **Azurglanzmesser** zur Hand, dessen stählerne Oberfläche das schwache Licht im Raum reflektierte. Meine Finger schlossen sich um den Griff und ich begann, **Mana** zu kanalisieren, indem ich einen Teil meines **Manas** in die Klinge leitete.

Allmählich begann das azurblaue Muster des Messers zu schimmern. Mit einem kräftigen Schubs meines Willens begann es zu pulsieren und hellte sich dann zu einem gleichmäßigen blauen Leuchten auf. Das schwache Licht im Raum wurde immer heller, je mehr die von Mana durchdrungene Klinge leuchtete. Das blaue Licht spiegelte sich in unseren Gesichtern wider und warf seltsame Schatten an die Wände.

„Heilige Scheiße", murmelte Alvin und starrte mit großen Augen auf die leuchtende Klinge. „Das ist ... wow." Der Rest der Gruppe verstummte, eine Mischung aus Ehrfurcht und Überraschung stand auf ihren Gesichtern.

Ohne meine Konzentration zu unterbrechen, griff ich nach einem herumliegenden Stück Baustahl. Mit einer raschen, mühelosen Bewegung zog ich das Messer über das raue Metall. Das **Azurglanzmesser** schnitt durch den Betonstahl so leicht wie eine Schere durch Papier und hinterließ einen sauberen, glatten Schnitt.

Ich sah meine Teamkollegen an, die ihre Augen vor Ehrfurcht weit aufgerissen hatten, und nickte. „So viel Potenzial steckt in **Mana**."

„Verrätst du uns jetzt, wie genau du das hinbekommen hast?", fragte May und sah zu, wie das Glühen des Messers verblasste, als ich mein Mana freisetzte.

„Nein, auf keinen Fall", antwortete ich und begegnete Mays fragendem Blick mit einem spielerischen Lächeln. Ihre Augen funkelten ein wenig verärgert, aber sie nahm es schließlich widerwillig hin. Schließlich hatte jeder von uns seine Geheimnisse in dieser unbekannten Welt.

Nach meiner Vorführung beendeten wir unsere Mahlzeit, räumten auf und verstauten unsere Sachen. Wir machten uns in der kleinen Mitarbeitertoilette frisch und wechselten uns am Waschbecken ab. Das Wasser war kalt und nicht besonders sauber, aber es war immerhin Wasser. Mir war nur allzu bewusst, dass fließendes Wasser ein Luxus war, verglichen mit den Gefahren, die außerhalb der Safe Zone lauerten. Vor allem, weil Zagrid erwähnt hatte, dass dies das „Zeitalter der Magie“ sein würde, in dem Jahrhunderte menschlicher Technologie überwunden würden.

Nachdem wir uns erfrischt hatten, begannen wir mit den Vorbereitungen für den kommenden Tag. Die Ausrüstung wurde auf Vollständigkeit überprüft, Waffen wurden bereitgelegt und mit einem letzten Blick in die Runde waren wir bereit.

„Also gut, Leute, es wird Zeit, aufzubrechen. Wir haben lange genug geruht“, verkündete ich und unterbrach die Stille. Einige nickten zustimmend. Gemeinsam verließen wir die **Safe Zone** der Mitarbeiterlounge und begaben uns erneut in die Tunnel des unterirdischen Bahnhofs, der der **Versteckte Dungeon** war.

Alvin hielt die Tür auf und wir anderen wagten uns zurück in den Dungeon.

Je weiter wir gingen, desto urtümlicher wirkte die Umgebung. Es war wie eine Umkehrung der Zeit, es sah mehr nach 18. Jahrhundert als nach 19. Jahrhundert aus. Eisengeschmiedete Bänke und alte Gaslampen aus Messing und Kupfer reflektierten das Licht in dem Steintunnel.

Aber wir waren nicht allein und es dauerte nicht lange,

bis die Spinnweben wieder dichter wurden. **Stationsspinnen** lauerten in den Schatten, ihre glänzenden **Saphirtränen** waren der einzige Anhaltspunkt in der Dunkelheit. Wir griffen sie mit neuer Lebenskraft an, und unsere verbesserten Waffen durchschlugen sie mühelos.

„Denkt daran: Zielt auf den Bauch!“, erinnerte ich meine Gruppe, als wir uns mit den Kreaturen anlegten. Eine Spinne nach der anderen fiel und hinterließ wertvolle **Saphirtränen**.

„Ich habe noch eine!“, verkündete Willow aufgeregt. Die Spitze ihres Speers schimmerte blau, während sie mit der anderen Hand eine **Saphirträne** hochhielt.

„Gut gemacht, weiter so“, ermutigte ich sie und suchte die Gegend nach weiteren Bedrohungen ab.

Zu viert bahnten wir uns einen Weg durch die mit Spinnweben verseuchten Tunnel. Das Echo unserer Schritte hallte in einem stakkatoartigen Rhythmus aus den Tiefen der unterirdischen Anlagen zu uns zurück. Nach einiger Zeit legte sich eine dünne Nebelschicht über den Boden, sodass die Sicht etwas erschwert wurde. Die mit Gas beleuchteten Laternen wurden immer seltener und lagen immer weiter auseinander.

Auf unserem weiteren Weg wurden wir von den **Stationsspinnen** umschwärmt. Je schwächer das Licht wurde, desto größer wurden sie und lauerten in den dichten Spinnennetzen, die die Decke und die Wände bedeckten. Wir wehrten uns und unsere **azurglänzenden Waffen** durchschlugen die gepanzerten Körper der **Stationsspinnen** mit einer Leichtigkeit, die sonst nicht möglich gewesen wäre. Das blaue Leuchten der Waffen vermischte sich mit dem Grün des Spinnenblutes, und unsere Waffen waren fast ein Ersatz für das schwache Licht der Gaslampen.

Schließlich erreichten wir einen ausgedehnten Raum, dessen Aufbau entfernt an eine alte Schalterhalle erinnerte. Reihen von hölzernen Schaltern waren mit Staub bedeckt und die Farbe blätterte in Flocken ab. In der Ecke stand der verrostete Rumpf eines alten Fahrkartenautomaten, dessen Display schon lange kaputt war und an dessen Seite sich ein Paneel gelöst hatte, sodass Rädchen, Zahnräder und Federn sichtbar wurden.

Hinter den Schaltern standen Gestalten in alten Eisenbahneruniformen. Aus der Ferne sah das Ganze aus wie eine Postkarte aus dem Alltag eines Bahnhofs aus dem 18. Jahrhundert, ein in der Zeit eingefrorenes Bild. Als wir uns näherten, wurde das Gefühl des Unbehagens immer stärker. Ich hoffte inständig, dass es sich um **Kaufleute** handelte, aber ich ahnte das Schlimmste und vermutete, dass es sich um eine weitere Falle des **Systemsturzes** handelte.

Plötzlich hielt ausgerechnet Alvin inne und hielt uns mit einer ausgestreckten Hand auf. Seine Augen waren auf die Gestalten gerichtet, nur ein scharfes Einatmen war zu hören.

„Wartet ... das sind keine Menschen", flüsterte er, seine Stimme war kaum zu hören, weil sich in der Ferne Spinnen bewegten. Plötzlich waren Geräusche zu hören, und die Gestalten bewegten sich, ihre Körper drehten sich mit einer schrecklichen, mechanischen Langsamkeit auf uns zu.

Die Szene spielte sich in Zeitlupe ab; unsere Sinne wurden durch das Adrenalin, das durch unsere Adern floss, überreizt. Ein ohrenbetäubendes Kreischen erfüllte den höhlenartigen Raum, als die Spinnenkönigin von oben herabkam und mit ihrer mächtigen Gestalt ihre Verwandten in den Schatten stellte. Ihre spindeldürren Beine streckten sich wie skelettartige Finger aus und jede Spitze endete in einer scharfen, glänzenden Spitze.

Ich konnte nur nach oben starren und zusehen, wie sich das reinweiße Netz hypnotisch bewegte, während die **Spinnenkönigin** mit räuberischer Anmut auf uns herabkam.

Dann fiel mir noch etwas auf. Die in Zuguniformen gekleideten Figuren wurden in einer grotesken Nachahmung des Lebens wie Marionetten an einer Schnur in der Luft gehalten. Ihre Gliedmaßen schaukelten unter dem gewaltigen Einfluss der monströsen Spinne, und ihre Gliedmaßen wurden mit Strängen aus **Spinnenseide** in Position gehalten. Ihre Körper waren bizarr aufgebläht, ihre Bäuche unnatürlich aufgetrieben. Grimmige Marionetten, die nach den Launen der **Spinnenkönigin** tanzten. Diese Körper waren jedoch keine Marionetten. Sie waren Inkubatoren. Aufgedunsen mit Spinneneiern.

Im schwachen Licht konnten wir sehen, wie die Seidenfäden mit einem ekelerregenden Eigenleben pulsierten und die Königin mit den untoten Wirten verbanden. Ihre vielen Augen leuchteten in einem unheilvollen Licht, als sie uns bemerkte, ihre Unterkiefer klapperten erwartungsvoll und Speichel tropfte auf den Boden. Der Raum füllte sich mit dem Kreischen und dem grausamen Kratzen der Bewegungen ihrer Schergen.

[Mitteilung über den Systemsturz]

Titel: Begegnung mit dem Endgegner

Spinnenmatrone – Lament

Die düstere Herrin der dritten Etage, die Spinnenmatrone – Lament, hat sich gezeigt. Diese furchterregende Gegnerin herrscht in den mit Spinnweben übersäten Schatten des verlassenen Bahnhofs und lenkt ihre unzähligen Nachkommen mit eisernem Willen. Sie benutzt ihre vielen Leben sowohl als Schild als auch als Klinge. Fürchte dich nicht vor ihrem Gift, sondern vor der schieren Kraft ihrer unnachgiebigen Entschlossenheit und der überwältigenden Zahl, die ihr zur Verfügung steht.

Sie bewacht das uralte Gewölbe dieser verwinkelten Unterwelt, in der die Erinnerung der Menschheit an die Zeit verloren gegangen ist. In dieser Dunkelheit gedeiht Lament. Sie ist allein für **Systemsturz** und als Herausforderung für die Würdigen da.

[Weitere Informationen]

Nähere dich Lament mit äußerster Vorsicht. Sogar die Wände haben Augen, und hinter jedem Schatten kann sich eine Bedrohung verbergen. Nähere dich ihren Marionetten auf eigene Gefahr.

Das lähmende Entsetzen in den Gesichtern von Alvin, Willow und May war im Halbdunkel des Dungeons deutlich zu sehen. Ihr Atem ging stoßweise und sie bewegten sich nur noch langsam.

[Mitteilung über den Systemsturz]

Titel: Passive Fähigkeit aktiviert

Statusupdate: Furcht widerstanden

Deine Fähigkeit „Unbeugsamer Wille“ hat den Statuseffekt „Angst“, der von der Kreatur „Spinnenmatrone – Lament“ verursacht wurde, erfolgreich aufgehoben. Diese Fähigkeit stärkt deine geistige Entschlossenheit und schützt dich vor psychischer Manipulation.

[Erinnerung]

Du bist ein Einsamer Überlebender. Deine geistige Widerstandskraft übertrifft alles Gewöhnliche und ermöglicht es dir, Wege zu beschreiten, die niemand sonst gehen kann.

Sobald der **Unbezwingbare Wille** eingesetzt hatte, schien es, als hätte eine schützende Barriere meinen Geist in einen Mantel beruhigender Klarheit gehüllt, frei von der Angst, die die anderen gänzlich verschlungen hatte. Ich war wie die Kälte eines jahrtausendealten Gletschers, die mich gefühllos gegenüber der Situation machte, die eigentlich an den Grundfesten meiner Vernunft hätte zerren müssen. Meine Hände waren ruhig, mein Herz schlug gleichmäßig.

Mein Verstand war kristallklar und fokussiert, als ich gegen die monströse Königin antrat.

11. DIE PARTY IST VORBEI

Sobald die Meldung verblasst war, wusste ich, dass der Rest meiner Gruppe außer Gefecht gesetzt war. Sie würden mir nicht helfen können, und wenn ich mir das mächtige Monster so ansah, war ich mir nicht sicher, ob das wirklich so schlimm war. Ich bezweifelte, dass sie mir gegen etwas wie die **Spinnenkönigin** helfen konnten.

Wenn überhaupt, würden sie vielleicht am Leben bleiben, wenn sie nur als Zuschauer am Rande stehen würden.

Mit meinem **Azurglanzmesser** in der Hand schritt ich vorwärts, bereit, dem Monster entgegenzutreten, und ein beträchtlicher Teil von mir war mehr als bereit. Ich freute mich schon richtig darauf.

Als sich die **Spinnenkönigin** vor mir aufbaute, musste ich dafür sorgen, dass ihre Aufmerksamkeit bei mir blieb und sich nicht auf meine Verbündeten richtete. Zielsicher stürmte ich direkt auf die mächtige Spinne zu. Das

Azurglanzmesser schnitt durch die mächtigen pulsierenden Seidenstränge, die die Königin mir entgegenschoss. Die Klinge durchtrennte sie auf eine Weise, die eine normale Waffe nicht geschafft hätte. Das Messer, das mit meinem **Mana** und meiner Willenskraft durchtränkt war, summte mit äußerster Genauigkeit und Kraft und hinterließ eine Spur aus strahlend blauem Licht.

Die **Spinnenkönigin** schlug zurück und hieb mit ihren mächtigen Gliedmaßen mit beängstigender Geschwindigkeit nach mir. Aber ich war bereit, meine Beweglichkeit wurde durch die Kraft, die mich durchströmte, und die Denkweise, die die Welt um mich herum verlangsamen ließ, noch verstärkt. Ich wich ihren Angriffen aus, meine eigene Klinge tanzte mit tödlicher Treffsicherheit, als ich ihre Gliedmaßen durchtrennte, eine nach der anderen. Jeder erfolgreiche Treffer zwang sie zum Rückzug, und jede Verletzung, die ich ihr zufügte, zeugte von meinem Können.

Ihr Schrei hallte durch den Raum, als sie zurückwich und an der Wand hochkletterte, um aus meiner unmittelbaren Reichweite zu verschwinden. In diesem Augenblick erwachten die ehemals bewegungslosen Gestalten um den Fahrkartenschalter herum zum Leben, ihre Bewegungen waren auf unheimliche Weise aufeinander abgestimmt. Kalt und berechnend beobachtete ich, wie sich diese Marionetten mit einer unbeholfenen Anmut bewegten und ihre Körper auf unsichtbaren Fäden dahinglitten.

Plötzlich griffen sie an. Ohne Rücksicht auf

Hindernisse stürzten sie sich auf mich, ihre grässlichen Gestalten leuchteten schaurig im Dämmerlicht. Und dann explodierten sie. Jede Figur zerbarst, ein Schauer aus Blut und kleineren Spinnen. Der Anblick war so widerlich, dass es selbst den härtesten Kriegern den Magen umgedreht hätte. Doch die eigentliche Gefahr ging von dem Schwarm winziger Kreaturen aus, die sich aus dem Gemetzel erhoben.

Sie wimmelten auf mich zu, ein Meer aus leuchtenden Augen und unzähligen Beinen. Meine Gegner hatten sich gewaltig vermehrt, und jeder von ihnen war gierig auf mein Blut. Wie bei vielen Tieren und Insekten in der Wirklichkeit sollten die Jungtiere einen besonders kräftigen Biss haben, und diese frisch geschlüpften Spinnen bildeten da keine Ausnahme. Aber ich war noch nicht bereit, aufzugeben. Noch nicht. Mein Griff um mein Messer wurde fester, meine Entschlossenheit nahm zu. Ich war auf all das vorbereitet, was kommen würde. Sie wollten einen Kampf, und ich war mehr als bereit, ihn den auch zu liefern.

Der Schwarm winziger Spinnen bewegte sich wie ein einziges Tier, ein unheimliches Ballett aus panzerartigen Körpern und schimmernden Augen. Schnell verschaffte ich mir einen Überblick über meine Situation und überlegte mir eine Strategie. Im schummrigen Licht des Raumes sah ich eine Gaslampe, die noch schwach flackerte und auf einem der hölzernen Tresen thronte. In meinem Kopf formte sich ein Plan.

Ich begann zu rennen, meine Stiefel knallten auf

die abgenutzten Granitblöcke der U-Bahn-Station. Hinter mir hörte ich einen Haufen Spinnen, die mit ihren winzigen Körpern und Beinchen einen Gegenpol zu meinen dahinlaufenden Stiefeln bildeten. Wenn sie es alle schaffen würden, zu mir vorzudringen, hätte ich keine Aussicht, sie alle abzuwehren.

Das Ziel befand sich ganz in meiner Nähe. Die Gaslampe über dem Tresen war alt und verrostet, das Rohr, das sie mir Gas versorgte, hing kaum noch an der Konstruktion. Ich stieß mit dem Azurglanzmesser dagegen und ließ Funken sprühen. Das Gas begann zu zischen und erfüllte die Luft mit einem üblen Geruch. Ich sauste vorbei.

Als die Spinnen näherkamen, wirbelte ich herum und schleuderte die azurblaue Klinge, die mit meinem **Mana** durchtränkt war, gegen die hölzerne Sockelleiste in der Nähe der undichten Gasleitung. Sie landete mit einem dumpfen Aufprall und schlug in der Holzkonstruktion ein.

Die Energie meines Manas vermischte sich mit dem austretenden Gas und das Ergebnis war sofort sichtbar. Ein Schwall blauer Flammen schoss nach außen, wanderte den Weg des austretenden Gases entlang und verschlang den Tresen. Der Raum wurde von einem donnernden Knall und einer Hitzewelle erfüllt, die alles überrollte. Ich sprintete schneller, um den Ausläufern der Explosion auszuweichen.

Viele der Spinnen, die zu nah an der Explosion gestanden hatten, wurden auf der Stelle verbrannt, ihre winzigen Körper gingen in Rauch auf. Die weiter Entfernten waren orientierungslos, da ihre Sinne durch den plötzlichen Wechsel von Temperatur und Licht überfordert waren.

Das verschaffte mir die Ablenkung, die ich gebraucht hatte.

Ich stürmte nach vorne und zog das **Azurglanzmesser** aus dem verkohlten Holzsockel und war froh, dass es noch brauchbar war. Erleichtert stürzte ich mich wieder ins Getümmel. Ich kämpfte mich durch die benommenen Spinnen, und mit jedem Hieb meiner Klinge wurden die winzigen Körper in mehrere Teile zerlegt.

Die Explosion der Gaslampe hatte mir zwar einen kurzen Vorteil verschafft, aber ich wusste, dass dieser nicht von Dauer sein würde. Die verbliebenen Spinnen hatten sich bereits neu gruppiert und ließen sich von der feurigen Katastrophe nicht abschrecken, sondern verfolgten mich unerbittlich. Als das Echo der Explosion verklungen war und sich der Rauch verzogen hatte, wurde die **Spinnenmatrone – Lament** – wieder sichtbar.

Ich wusste, dass es noch lange nicht vorbei war, aber für den Moment war die Lage wieder einigermaßen ausgeglichen, wenn auch nur leicht. Da der Spinnenschwarm kleiner geworden war und **Lament** für einen Augenblick außer Gefecht gesetzt war, hatte ich mir eine Verschnaufpause verschafft, in der ich mir eine Strategie für die nächste Phase dieses brutalen Kampfes überlegen konnte.

Ohne einen weiteren Atemzug zu verschwenden, setzte ich mich in Bewegung. Meine Stiefel liefen knirschend über die verkohlten Überreste der Spinnen, als ich durch den Raum huschte, ohne meinen Blick von der **Spinnenkönigin** abzuwenden. Ich konnte sehen, wie ihre Kiefer arbeiteten, ihre vielen Beine zuckten, Zeichen ihrer wachsenden Ungeduld. Sie war bereit zuzuschlagen.

Genau wie ich vermutet hatte, stürzte sie sich auf mich. Mit einer Geschwindigkeit, die ihrer Größe nicht gerecht wurde, stürzte sie sich von ihrer erhöhten Sitzstange und schlug mit ihren Vorderbeinen nach meinem Oberkörper. Ich war bereit für sie. Mein Körper bewegte sich im Einklang mit meinen Gedanken und meine Beweglichkeit ermöglichte es mir, mich ihr zu entziehen. Der Boden, auf dem ich eben noch gestanden hatte, zerbrach unter ihrem Gewicht, und die Wucht ihres Angriffs wirbelte Mörtel und Ziegelsteine auf.

Für einen Augenblick war die **Spinnenkönigin** verwundbar. Es war ein kleines Zeitfenster, das ein anderer zu diesem frühen Zeitpunkt des Tutorials nicht hätte ausnutzen können.

Aber ich wollte nicht, dass sie sich davon wieder erholte. Also schlug ich zurück, wobei sich mein **Azurglanzmesser** blitzschnell bewegte. Ich zielte auf ihre entblößte Unterseite und versuchte, tief zuzustechen. Meine Klinge durchschlug ihr Außenskelett, blaue Energie prasselte auf ihre Haut und grüner Geifer lief meinen Arm hinunter.

Ihr Kreischen erfüllte den Raum, das Geräusch war schrecklich und knirschte in meinen Ohren. Aber es war das Geräusch des Sieges, ein Beweis dafür, dass ich sie zermürbt hatte und ich würde nicht nachlassen, ich würde ihr keine Gelegenheit geben, wieder auf die Beine zu kommen.

Ich griff weiter an und wich jedem Gegenschlag der **Spinnenkönigin** aus. Dabei zielte ich auf ihre Beine und trennte erst eines, dann das andere ab. Jeder Schnitt war äußerst treffsicher und ich nutzte die kurzen Pausen zwischen ihren eigenen Angriffen. Jeder Erfolg brachte mich dem Sieg näher, jedes abgetrennte Glied ein Schlag gegen sie.

Doch die **Spinnenkönigin** war unverwüstlich. Von Minute zu Minute konnte ich sehen, wie sie sich anpasste und ihre Verluste wettmachte. Ihre Angriffe wurden unberechenbarer, weniger vorhersehbar, aber nicht weniger gefährlich. Mein Körper schmerzte vor Anstrengung, weil ich mich ständig bewegte, auswich und konterte.

Ich zwang mich, weiterzumachen.

[Mitteilung über den Systemsturz]

Titel: Passive Fähigkeit aktiviert

Zähe Vitalität ist eine Fähigkeit des Einsamen Überlebenden. Diese Fähigkeit steigert Vitalität und Ausdauer, sodass der Besitzer über Rückschläge hinweg den Kampf fortsetzen kann, um weit über die Erschöpfung der Grenzen hinaus zu überleben.

Ich atmete ein wenig leichter. Dies war mein Kampf. Mein Kampf, den ich gewinnen musste. Und ich würde alles tun, was nötig war. Genau das, was ein Überlebender eben so tat.

Das Leben pulsierte in mir und erfüllte mich mit neuer Energie. Ich spürte, wie meine Verletzungen zusammenwuchsen, wie meine Muskeln ihre Lebenskraft zurückerlangten und wie jeder Atemzug mir mehr Kraft gab. Es war, als wäre die Zeit zurückgedreht worden, sodass ich mich fast wieder in dem Zustand befand, in dem ich gewesen war, bevor der Kampf begonnen hatte.

Dann geschah es. Der Raum veränderte sich und der Boden unter meinen Füßen erbebte. Von der Decke fielen eisenbeschlagene Tore herab, die mich vom Rest der Gruppe trennten und mich mit der **Spinnenkönigin** einsperrten.

Keiner von uns beiden würde entkommen können.

Nachdem das Echo der fallenden Tore in der Stille verklungen war, hob ich die Schultern und stellte mich der **Spinnenkönigin – Lament**. Die Vorfreude in ihren Augen war genauso groß wie meine eigene. Mit meinem Azurglanzmesser in der Hand war ich bereit für den bevorstehenden Kampf. Ich war konzentrierter als je zuvor, meine Sinne nahmen jede Bewegung der **Spinnenkönigin** wahr, jedes Zucken ihrer verstümmelten Gliedmaßen. Inmitten dieses Durcheinanders herrschte eine seltsame Ruhe, die Welt war auf mich und das Monster vor mir reduziert.

Ihre verbliebenen Beine wankten. Ich wusste, dass ein Angriff bevorstand, ich war in einer besseren Lage und die Zeit war nicht auf ihrer Seite. Wie ich vermutet hatte, verschwendete die **Spinnenkönigin** keine Zeit. Sie stürzte sich wieder auf mich, ihre Bewegungen waren langsamer, aber dafür von einer Verzweiflung getragen, die vorher nicht da gewesen war. Sie war verwundet, ja, aber sie kämpfte wie ein Tier, das in die Enge getrieben worden war, und war deshalb nicht weniger gefährlich.

Aber ich hatte keine Angst. Mit dem **Azurglanzmesser** erwiderte ich den Angriff und trennte mühelos ein weiteres Glied der **Spinnenkönigin** ab.

Die **Spinnenkönigin** wich zurück und an ihrer Stelle kam eine Reihe von **Stationsspinnen** von der Decke herunter, um mich anzugreifen. Die beseitigte ich genauso schnell. Ihre unzähligen Augen starrten mich an, ihr Blick war eine unausgesprochene Herausforderung. Sie würde nicht nachgeben, denn wir wussten beide, dass nur einer von uns diesen Showdown überleben würde.

Aber sie hatte nicht mehr viel, was sie mir entgegenhalten konnte, während ich mehr als genug hatte, da meine passive Fähigkeit auf Hochtouren lief.

Mit einem erneuten Brüllen stürzte ich mich auf sie und zielte auf ihre Augen. Die **Spinnenkönigin** schlug zurück und hieb mit ihren verbliebenen Gliedmaßen nach mir, um mich zu durchbohren. Aber ich war schneller und stärker. Ich wich aus und kam nah genug heran, um immer wieder nach ihr zu hauen.

Da zeigten sich Risse auf ihrem Chitinpanzer.

Lament mochte die furchterregende Herrin des dritten Stocks sein, aber ich wollte nicht zu ihrer Beute gemacht werden. Der **Unbezwingbare Wille** verlieh mir die Macht, das Raubtier zu sein. Der Jäger. Und was mich betraf, war **Lament** nur ein Sprungbrett, um meine Grenzen zu überschreiten.

Ich war unerbittlich. Ich begegnete den verzweifelten Angriffen der **Spinnenkönigin** mit unnachgiebiger Entschlossenheit. Ihre Gestalt überragte mich, wie ein drohender Schatten, der mich verschlingen wollte. Aber das reichte nicht. Ich war ihr zu weit voraus. Jeden Angriff, jeden Hieb, den sie machte, erwiderte ich mit einem eigenen Angriff. Meine Bewegungen waren schnell und tödlich, meine Reflexe geschärft durch die unzähligen Kämpfe, die ich bereits bestritten hatte.

Lament zitterte, als ich einen Schlag nach dem anderen landete, und ihre einst mächtige Gestalt war durch meinen unerbittlichen Angriff schwer angeschlagen und gezeichnet. Der Klang ihrer kreischenden Wut war Musik in meinen Ohren und trieb mich an, noch härter und schneller zuzuschlagen.

Doch sie gab nicht nach. Sie wehrte sich mit der gleichen

Leidenschaft wie ich, ihre Augen waren hasserfüllt und ihr Körper bewegte sich mit einem primitiven Zorn. Aber ich ließ mich nicht beirren. Meine Zähe Vitalität war immer noch aktiv und erneuerte meine Energie mit jedem Atemzug.

Die beiden passiven Fähigkeiten der **Einsamen Überlebenden** waren eine mächtige, sich gegenseitig verstärkende Einheit, aber noch wichtiger war, dass ich einen Auslöser gefunden hatte, um diese beiden passiven Fähigkeiten zu verstärken, der weit über das hinausging, was in der ursprünglichen Beschreibung angegeben war. Die beiden Fähigkeiten arbeiteten nicht nur zusammen, sondern mein jüngerer Körper passte sich auch an das „Töten oder getötet werden“ an, so wie ich das aus meinem früheren Leben kannte. Das war das beste Beispiel dafür, wie man lernte, das Potenzial einer Fähigkeit auf hohem Level auszuschöpfen und sie in einem Kampf auf Leben und Tod zu nutzen … Dieser Kampf berauschte mich.

Ich überlebte nicht nur, ich blühte förmlich auf. Jede Narbe, jede Wunde war ein Ehrenabzeichen und ein Beweis für meine Entschlossenheit. Mein Leben, mein Überleben, war kein Zufall, und heute war meine Herausforderung die **Spinnenkönigin**, aber eines Tages würde es der [Admin] sein.

Die **Spinnenkönigin** stürzte sich wieder auf mich, ihre Gestalt war ein Fleck aus Chitin und scheppernder Raserei. Aber ich war bereit. Meine Klinge begegnete ihrem Angriff und durchtrennte ihre verbliebenen Gliedmaßen mit einer Grausamkeit, die aus der schieren Not des Überlebens geboren war. Dann sah ich meine Gelegenheit. Eine kleine Pause in ihren Bewegungen, ein Hauch von Erschöpfung in ihren zahlreichen Augen. Ich stürzte mich auf sie, meine Klinge zielte auf ihre verletzliche Unterseite. Aber sie war schneller, drehte sich und wich meinem Angriff aus. Ich biss die Zähne zusammen, holte mit meiner Waffe aus, und anstatt mich zu entfernen, ging ich direkt wieder auf sie los, um sie zu erledigen.

Was dann folgte, war ein Schwall grüner Galle, als das **Azurglanzmesser** ihren Unterleib von einer Seite zur anderen aufriss. Ihr Schrei hallte durch die Kammer, als sie mit vor Schreck geweiteten Augen zu Boden ging. Ich riss die Klinge zurück und trat nach hinten, als der Körper des Monsters zu Boden sackte. Meine Brust hob sich vor Anstrengung, und mein Körper war von Schweiß und Spinnenspeichel überzogen. Die **Spinnenkönigin – Lament** – lag besiegt zu meinen Füßen, ihre Gestalt zuckte im Angesicht des Todes.

Als sie ihren letzten Atemzug tat, wurde es ganz still im Raum. Das einzige Geräusch war das Keuchen meines Atems und das Pochen meines Herzens. Ich sah mich um und nahm den Anblick meines Sieges in mich auf. Meine Teamkameraden hinter den eisenbeschlagenen Toren konnten nur mit großen Augen staunend und fassungslos zuschauen.

[Mitteilung über den Systemsturz]

Titel: Endgegner besiegt

Die gnadenlose Herrin des dritten Stockwerks des **Versteckten Dungeons (Grand Central Station)**, die **Spinnenkönigin – Lament**, wurde besiegt.

Du hast dich der Spinnenmatrone in ihrer Höhle gestellt und bist siegreich daraus hervorgegangen. Du hast das Geflüster in den Spinnweben zum Schweigen gebracht und die zahlreichen Augen, die dich aus den Schatten heraus beobachtet hatten, zum Verstummen gebracht. Du hast dir den Titel „Spinnentöter" verdient, der dir die folgende Fähigkeit verleiht: **„Netzwanderer"**. Nachdem du unzählige Spinnen bekämpft hast, die unter der Kontrolle der Spinnenmatrone gestanden sind, hast du gelernt, dich ungehindert durch Spinnweben zu bewegen, sodass du beim Durchqueren von Spinnweben keine Geschwindigkeitseinbußen hinnehmen musst.

Plötzlich begann sich ein Teil des Bodens unter dem Körper der Spinnenkönigin zu verschieben und senkte sich langsam, um einen verborgenen Gang nach unten zu öffnen. Aus der Tiefe drang ein sanftes Licht, das einladend wirkte, aber auch eine bedrohliche Vorahnung vermittelte.

Von der anderen Seite des Gitters riefen meine Teamkollegen nach mir.

„Nick!" Willows Stimme durchbrach das Echo, ihre großen Augen spiegelten ihre Angst wider.

„Kann man dieses Tor irgendwie öffnen?", meldete sich Alvin zu Wort und ließ seinen Blick über das Tor schweifen, verzweifelt auf der Suche nach einem Mechanismus, der eine Öffnung ermöglichen könnte. „Oder es vielleicht hochziehen?"

Trotz ihrer Bemühungen war die Lage eindeutig. Das Metalltor war unnachgiebig, eine eiskalte und unerschütterliche Grenze, die während meines Kampfes mit der **Spinnenkönigin** gezogen wurde. Es hatte eine klare Trennlinie zwischen uns gezogen, und keine noch so große Kraft oder Wille konnte daran etwas ändern.

„Das ist doch nicht möglich ..." Alvins Stimme schwankte und brach ab, als er auf das gewaltige Hindernis starrte. „Wir können diese Reise nicht fortsetzen."

Willows Stimme war entschlossen, doch sie enthielt auch einen nicht zu überhörenden Unterton der Sorge: „Du musst einen Ausweg finden, Nick."

Ich schüttelte den Kopf, den Blick auf die abwärts führende Treppe gerichtet. Jetzt war es offensichtlich. Die Niederlage der **Spinnenkönigin** war nicht nur ein Triumph, sondern zeigte auch, dass sich unsere Wege trennten. Ich war nun allein, und es schien, dass ich dazu bestimmt war. „Ich komme schon klar. Ihr solltet ohne mich zurück an die Oberfläche gehen. Mein einziger Weg nach vorne führt hier durch."

Ein Schatten der Bestürzung legte sich über Alvins Gesicht. „Warte mal ... du willst hier unten bleiben ... allein?"

„Genau“, bekräftigte ich und war fest entschlossen. „Ich sehe keine andere Möglichkeit und ehrlich gesagt, hatte ich ohnehin vor, weiterzugehen.“

Ihre Reaktionen waren erwartungsgemäß und doch befremdlich. Eine Mischung aus Bestürzung und Ungläubigkeit überkam sie, vielleicht aus dem Gefühl heraus, zurückgelassen worden zu sein, oder aus echter Angst um mein Wohlergehen. Doch all das konnte mich nicht von meinem Weg abbringen.

„Nick“, Willows Stimme erbebte leicht, als sie versuchte, mit mir zu sprechen. „Wir vertrauen auf deine Stärke, aber es ist zu riskant für dich, allein hier unten zu bleiben.“

Alvin pflichtete ihr bei, sein Tonfall klang besorgt. „Sei doch nicht so überheblich, dass du das ganz alleine versuchst. Was ist, wenn du verletzt wirst oder Schlimmeres? Wir können uns nicht leisten, dich zu verlieren.“

Ein Lächeln zupfte an meinen Mundwinkeln. „Ich habe nicht vor, diesen Dungeon allein zu erkunden. Er ist Teil von etwas Größerem. Ich kann jetzt nicht kneifen.“

Als nächstes meldete sich May zu Wort und ihre Augen spiegelten das Unbehagen wider, das sie zu verbergen versuchte. „Zusammen sind wir sicherer. Wir können uns etwas einfallen lassen. Bitte erzwinge das nicht.“

„In Anbetracht der jüngsten Entwicklungen …“ Ich deutete auf den leblosen Rumpf der Spinnenkönigin, der sie zuvor mit lähmender Angst erfüllt hatte. „… kann ich nicht riskieren, euch noch mehr in Gefahr zu bringen. Ich werde euer Leben nicht aufs Spiel setzen.“

„Unser Leben aufs Spiel setzen? Was bist du? Ein Babysitter?“, spuckte Alvin in einem bissigen Tonfall. „Hast du das etwa die ganze Zeit gemacht?“

Ich nickte mit der gleichen Heftigkeit wie er. „Ja, und wenn wir so weitermachen, wird uns das teuer zu stehen kommen. Es ist Zeit, dass sich unsere Wege trennen. Ihr drei solltet wieder nach oben zurückkehren und versuchen, näher an der Oberfläche aufzuleveln, wo es für euch sicherer ist, allein zu kämpfen.“

„Warte, was?“, warf Willow ein; ihr Tonfall war ungläubig. „Du willst, dass wir dich zurücklassen und zurück an die Oberfläche gehen?“

Ich nickte; meine Entschlossenheit war unerschütterlich. „Das ist richtig. Es geht nicht mehr darum, was wir wollen. Es geht darum, was getan werden muss.“

„Aber wir sind ein Team, Nick“, fügte Alvin hinzu, dessen Enttäuschung sich in seinen Worten widerspiegelte. „Wir halten zusammen und stellen uns gemeinsam den Herausforderungen. Hatten wir das nicht vereinbart?“

„Das war früher“, antwortete ich und mein Blick fiel auf die erschlagene Spinnenkönigin. „Bevor dies hier zu einem Spiel auf Leben und Tod geworden ist. Ich kann nicht der Grund dafür sein, dass ihr euer Leben vergeudet.“

Alvins Gesicht verhärtete sich und seine Augen verengten sich. „Und du glaubst, wir können dich einfach hierlassen? In diesem gottverlassenen Dungeon?“

„Das müsst ihr“, erwiderte ich mit einem rauen Ton in der Stimme. „Es geht nicht mehr darum, was wir wollen, Alvin. Es geht ums Überleben, deines, meines und das aller anderen.“

„Du bist wirklich unvernünftig“, murmelte Willow, und die Panik in ihren Augen war unüberhörbar. „Das bist nicht du, Nick.“

„Vielleicht nicht“, zuckte ich mit den Schultern. „Aber es ist mein Ich, das jetzt gebraucht wird, um unser aller willen.“

„Schlägst du ernsthaft vor, dass wir dich im Stich lassen und an die Oberfläche zurückkehren?“, meldete sich May zu Wort, ihre Stimme war leiser als zuvor.

„Jemanden im Stich zu lassen bedeutet, ihn gegen seinen Willen in einer schlimmen Situation zurückzulassen“, antwortete ich barsch. Als ich die Blicke der beiden sah, versuchte ich, meinen Tonfall zu mäßigen. „Das hier ist keine derartige Situation. Dies ist eine Entscheidung. Meine

Entscheidung, und ich bitte euch, diese zu respektieren. Das **System** drängt uns alle dazu, stärker zu werden.“

Ich deutete auf die Treppe: „Ich entscheide mich dafür, da runter zu gehen und an meine Grenzen zu gehen. Ich möchte nicht nur stärker werden, um zu überleben, sondern auch, um sicherzustellen, dass die Menschheit eine Perspektive hat, denn überlegt doch mal logisch. Wie viele Leute würden das überleben, was wir gerade erlebt haben? Was meint ihr, wer zuerst sterben wird? Die Kinder? Ältere Menschen? Ihr habt vielleicht noch nicht darüber nachgedacht, aber ich schon. Ich treibe mich selbst an, weil ich weiß, dass in den nächsten Wochen Millionen sterben könnten. Ich werde stärker, weil da draußen ein heilloses Chaos ausbrechen wird und vielleicht nur die Starken und Rücksichtslosen übrigbleiben, wenn die Angst unter den Überlebenden um sich greift.“

Es folgte ein Schweigen, das von Spannung geprägt war. Ihre Mienen waren ein wahres Kaleidoskop an Gefühlen – Angst, Enttäuschung und Verwirrung spielten sich in einem stillen, stürmischen Ballett ab.

„Gut“, begann Alvin schließlich mit angespannter Stimme. „Aber wenn du von diesem verdammten Ort abhaust, solltest du uns besser suchen.“

„Alvin …“, begann Willow, aber er unterbrach sie mit einer Handbewegung.

„Nein, er hat Recht, Willow. Wir können nicht

hierbleiben und wir können ihm nicht helfen, wenn er uns nicht lässt." In Alvins Stimme lag eine stählerne Entschlossenheit. „Wir gehen wieder nach oben. Wir versuchen, uns einen Reim auf die Sache zu machen. Warten auf Nick."

Das Trio wandte sich zum Gehen; ihre Schultern hingen mit einer Schwere herab, die wenig mit körperlicher Erschöpfung zu tun hatte.

„Bleib … am Leben, Nick", verabschiedete sich May. „Wir warten auf dich."

[Mitteilung über den Systemsturz]

Titel: Gruppe aufgelöst

Alvin, May und Willow haben die Gruppe verlassen.

Ihr teilt keine Erfahrung mehr. Eure individuellen Gewinne können sich durch die direkte Aufnahme der gesamten Erfahrungspunkte erhöhen, aber das Risiko von Begegnungen nimmt durch den Verlust der Unterstützung der Gruppe ebenfalls zu. Gehe mit äußerster Vorsicht vor.

Und damit machten sie sich wieder auf den Weg nach oben, während ihre Gestalten langsam von der Dunkelheit des Tunnels verschluckt wurden. Allein im **Versteckten Dungeon** wandte ich mich dem neu entdeckten Durchgang zu und bereitete mich auf das vor, was vor mir lag.

12. ZUGFAHRT

Nachdem sich meine Gruppe aufgelöst hatte und die anderen zurück an die Oberfläche gegangen waren, fühlte ich eine Mischung aus Freiheit und etwas Anderem, das ich nicht genau benennen konnte. Sie waren jetzt zwar in Sicherheit, was wichtig war, denn die nächste Phase des **Versteckten Dungeons** traute ich ihnen einfach nicht zu. Sie verfügten nicht über dieselben Fähigkeiten wie ich, und das machte sich bemerkbar.

„Sie kommen schon klar", murmelte ich, als ich die Spinnenleichen betrachtete und mich der Öffnung im Boden näherte. Der absteigende Gang war eine Wendeltreppe, die in der Dunkelheit verschwand. Die gealterten und verwitterten Stahlstufen zeugten vom Zahn der Zeit. Das verrostete Geländer war zwar bedenklich, aber ich musste mich nicht darauf stützen. Die Treppe war trotz ihres offensichtlichen Alters stabil und standfest und bot einen sicheren Weg nach unten.

Jeder Schritt nach unten hallte an den Steinwänden wider. Mein Abstieg folgte einem gleichförmigen Rhythmus. Schritt, Schritt, Drehung, Schritt, Schritt, Drehung. Das flackernde Licht der wenigen gezielt angebrachten Lampen diente nur dazu, meine unmittelbare Umgebung zu erhellen, während die tiefe Dunkelheit dahinter unangetastet und unergründlich blieb. Da es in diesem trostlosen Treppenhaus keinerlei Anhaltspunkte für Zeit oder Entfernung gab, verzerrte sich meine Wahrnehmung, und die Minuten wurden zu Stunden.

Ich ging weiter.

Schließlich kam der spiralförmige Abstieg zum Stillstand und ich befand mich auf einer breiten betonierten Plattform, die das Ende des Treppenhauses darstellte. Vor mir erhob sich eine gewaltige Metalltür, die mehr eine Barriere als eine Tür war, wie eine überdimensionale Feuerschutzwand. Es war eine makellose Oberfläche aus Messing und Stahl, mit Ausnahme eines überdimensionalen runden Griffs in der Mitte. Der Griff schien wie ein einsames Auge jede meiner Bewegungen zu verfolgen, sein Blick war so kalt und unnachgiebig wie die Tür, die er zierte.

Auf der anderen Seite erwartete mich der vierte Stock des **Versteckten Dungeons**.

Ich packte die Klinke und drückte sie mit einer kräftigen Drehung auf. Die Tür öffnete sich mit einem leisen, knirschenden Knarren, als sie widerwillig aufschwang. Ein muffiger Luftzug traf mich mit voller Wucht, als ich die Tür aufstieß und die nächste Herausforderung enthüllte, der ich mich stellen musste.

Der vierte Stock des **Versteckten Dungeons** unterschied sich von seinen Vorgängern. Nachdem ich durch die Tür getreten war, dominierte immer noch das Thema Bahnhof und ich stand auf einem heruntergekommenen Bahnsteig. Der Bahnsteig erstreckte sich vor mir, flankiert von zahlreichen Gleisen, die in den Schatten verschwanden. In der Mitte des Bahnsteigs befand sich ein erhöhtes Podest, das Herzstück dieser Herausforderung.

Der Sockel enthielt eine aufwändige Karte mit kleinen Eisenbahnschienen, die sich in einem komplexen Streckennetz übereinander schlängeln und kreuzen. Der Schauplatz war eine apokalyptische Stadt im Miniaturformat, in der jede Einzelheit sorgfältig ausgearbeitet war. Winzige, verzweifelte Bewohner winkten mit ihren Miniaturhänden und kauerten sich in Angst zusammen, als der überlebensgroße Schatten einer fantastischen Bestie über ihnen auftauchte.

Die maßstabsgetreuen Gebäude standen in Flammen und das orangefarbene Flackern der Flammen warf einen unheimlichen Schein auf die Modellstadt. Sogar von meinem Aussichtspunkt aus konnte ich feststellen, mit welchem Detailreichtum das winzige Monster gestaltet worden war – eine groteske Kreatur, die in der Stadt ihr Unwesen zu treiben schien.

Über die Miniaturschienen waren Metallfiguren verstreut, die wie Zugwaggons aussahen und deren Detailgrad beeindruckend realistisch war. Um den Sockel herum befanden sich zehn Hebel, in die Zahlen eingraviert waren, die eine Reihenfolge andeuteten.

[Mitteilung über den Systemsturz]

Titel: Neues Rätsel – Hüter der Durchfahrt

Die Herausforderung ist erfolgreich abgeschlossen, wenn alle Züge ihr jeweiliges Ziel sicher erreicht haben. Bewege die Züge entlang der Gleise, um den Weg nach vorne freizumachen.

Ich machte mich gleich ans Werk. Jedes Ziehen und Drehen des Hebels löste mechanische Geräusche aus, wie das zufriedenstellende Klacken von ineinandergreifenden Zahnrädern, das Zischen von abgelassenem Druck und das leise Kratzen von Metallfiguren, die sich auf den Steinschienen bewegten.

Ein Gleisabschnitt schwenkte mit einem bestimmenden „Klick!“ in die richtige Position, und das Zugmodell erwachte zum Leben. Die Fahrt begann mit einem tuckernden Geräusch, als sich der kleine Zug in Bewegung setzte.

Ohne einen Augenblick zu verlieren, griff ich nach dem zweiten Hebel und schob ihn nach oben. Ein weiterer Weg bildete sich, als sich die Gleisstücke neu anordneten. Der zweite Zug setzte sich mit einem klirrenden Geräusch in Bewegung.

Beim dritten Hebel passierte etwas. Meine Aufmerksamkeit wurde vom nächsten Zug abgelenkt und zurück auf die detailreiche Miniaturstadt gezogen, als etwas Erstaunliches geschah – die Stadt schien zum Leben zu erwachen. Die winzigen Zivilisten, die vorher unbeweglich gewesen waren, fingen an, sich wie in einem Rausch zu bewegen. Ihre lauten Schreie waren kaum zu hören, als die ungeheure Kreatur, die ihre Stadt heimsuchte, losbrüllte. Die Modellstadt wurde ins Chaos gestürzt, und das Monster, das nun lebendig war, begann mit einem wahren Massaker.

Es war trotz seiner winzigen Größe genauso furchteinflößend wie seine großen Vorbilder, vielleicht sogar noch erschreckender, wenn man den hohen Detailgrad berücksichtigte. Sein ausgemergelter Körper mit dem grauen Fell, der grausige Skelettkopf mit den hohlen, glühenden Augen und das Geweih – all das machte ihn zu einem blutrünstigen Monster. Die Bestie streifte durch die Straßen der Modellstadt und löste bei jeder Bewegung Panik unter den kleinen Leuten aus.

Ich versuchte, mit meinem Azurglanzmesser zuzustechen, um das Monster außer Gefecht zu setzen, aber ich stieß auf eine Absperrung zwischen mir und dem Modell der Stadt. Ein Schild hielt mich auf. Ich wäre nicht in der Lage gewesen, einzugreifen.

In meiner Verzweiflung, zu helfen, widmete ich meine Aufmerksamkeit wieder den Hebeln und meine Hände glitten mit einem Gefühl von neuer Dringlichkeit über sie.

Der Augenblick der Erkenntnis ließ ein Gefühl der Dringlichkeit in mir aufkommen. Die Aufgabe bestand nicht nur darin, die Gleise richtig zusammenzubauen, sondern auch darin, die Züge an ihr Ziel zu bringen und gleichzeitig der verängstigten Miniaturbevölkerung eine Fluchtmöglichkeit zu bieten. Dies war kein gewöhnliches Rätsel, sondern ein echter Test in Sachen Strategie, Geschwindigkeit und Überleben.

Mit einem tiefen Atemzug betätigte ich den fünften statt des vierten Hebels, als das Schienennetz gerade noch rechtzeitig einrastete, damit einige der fliehenden kleinen Leute entkommen konnten, bevor das Monster sie erreichen konnte. Der nächste Zug raste davon und ließ das Ungeheuer zurück, das sich auf die winzigen Gebäude stürzte und sie auf die Straße krachen ließ. Ich zuckte zusammen, während sich das Monster auf die eingeschlossenen Zivilisten stürzte und weitere schrille Schreie hervorrief.

Meine Hände hüpften von Hebel zu Hebel und versuchten, dem Ungeheuer einen Schritt voraus zu sein, während ich das Schienennetz der Miniaturstadt bediente. Die winzigen Züge tuckerten über die Schienen, schlängelten sich durch die endzeitliche Stadt und hielten an jedem kleinen Bahnhof, um die Fahrgäste aufzunehmen, bevor sie ihre endlose Fahrt in Sicherheit fortsetzten.

Mit jeder erfolgreichen Abfahrt verringerte sich das Ausmaß der Katastrophe in der Modellstadt. Ich fühlte Erleichterung, als ich sah, wie ein Zug nach dem anderen die Modellstadt verließ und die kleinen Gesichter an die Waggonfenster gepresst auf das Chaos zurückblickten, dem sie entkommen waren.

Aber mein Gefühl des Sieges war nur von kurzer Dauer. Trotz meiner Bemühungen konnten nicht alle Bürger rechtzeitig entkommen. Das Monster war trotz seiner Größe eine unerbittliche, hungrige Bestie, die die Straßen mit grausamer Freude heimsuchte. Hin und wieder gelang es der Kreatur, eine Gruppe kleiner Leute zu finden, die es nicht geschafft hatten zu fliehen, oder die ich nicht rechtzeitig evakuieren konnte. Der daraus resultierende Sprühnebel aus roten Partikeln ließ mich zurückweichen.

Als ich den letzten Hebel erreichte, pochte mein Herz, und meine Handflächen waren schweißnass. Der letzte Zug rumpelte los und ließ die Kulisse der sterbenden Kleinstadt hinter sich. Die Mienen der Bewohner wechselten von Entsetzen zu Erleichterung, als sie den Albtraum hinter sich gelassen hatten. Die verbliebenen Bürger strömten zum Bahnhof, ihre winzigen Gestalten waren inmitten des feurigen Rauchs und des Chaos kaum zu erkennen. Bald hatte das Monster sie eingeholt. Die Straßen färbten sich rot und unzählige Schreie erfüllten den Raum.

Ich konnte sie zwar nicht alle retten, aber immerhin viele.

Es folgte eine tödliche Stille.

[Mitteilung über den Systemsturz]

Titel: Abschluss der Herausforderung

– Hüter der Durchfahrt

Bewertung: Erfolg!

Überlebensrate: 70%+

Herzlichen Glückwunsch! Du hast die Herausforderung „Hüter der Durchfahrt" erfolgreich abgeschlossen. Mit einer Überlebensrate von 70% oder mehr hast du nicht nur alle Züge an ihr Ziel gebracht, sondern auch eine große Anzahl von Bürgern aus der Miniaturstadt gerettet.

Als Belohnung für dein strategisches Denken, deine schnellen Entscheidungen und dein offensichtliches Mitgefühl erhältst du ein „Zugticket".

In diesem Augenblick erwachte ein uralter Fahrkartenautomat neben der kleinen Modellstadt zum Leben. Mit einem Klicken und Surren spuckte er ein goldenes Ticket aus, das ich mir schnappte.

Gerade als ich das goldene Ticket in den Händen hielt, hörte ich ein leises Rumpeln von einem Ende des Bahnsteigs. Ich schaute gerade noch rechtzeitig auf, um zu sehen, wie ein großer, antik aussehender Zug in den Bahnhof einfuhr. Seine Oberfläche war aus poliertem Metall und er hatte leuchtende Laternen. Die großen Räder kamen knarrend zum Stehen, und der Dampf wogte über den Bahnsteig und verschluckte mich für einen Augenblick. Im Gegensatz zum Rest des Bahnsteigs sah dieser Zug sehr gepflegt aus und spiegelte viele der Merkmale wider, die ich in der Miniaturstadt gesehen hatte.

Jeder der Waggons war mit polierten Messingbeschlägen ausgestattet und der Innenraum, den man durch die Glasfenster sehen konnte, war mit roten Samtsitzen und luxuriösen Annehmlichkeiten ausgestattet. Die Türen öffneten sich mit einem Zischen und luden mich ein, einzusteigen. Immer noch mit dem **Zugticket** in der Hand, betrat ich den Zug und gab mein Ticket am Eingang ab. Ich sah mich um, halb in der Erwartung, dass das Ungeheuer oder die verwüstete Stadt mir folgen würden, aber die Türen glitten zu und schlossen mich ein.

Um meine Gedanken zu ordnen, lief ich den schmalen Gang entlang und fand ein leeres Abteil. Die Sitze waren plüschig und mit einem satten burgunderroten Samt gepolstert, der zu den Vorhängen passte, die die Fenster umrahmten. Das sanfte Licht eines Kronleuchters erfüllte das Abteil mit einem goldenen Schimmer.

Ich verstaute das **Azurglanzmesser** wieder in seiner Scheide. Dann ließ ich mich in den Sitz fallen und lehnte mich zurück, als der Zug sich in Bewegung setzte. Bis zur nächsten Herausforderung war noch Zeit, und die wollte ich nutzen, um meine Ausdauer wiederzuerlangen.

Doch sobald der Zug an Fahrt aufgenommen hatte, erlaubte ich mir nicht, mich zu sehr entspannen. Ich wusste, dass noch mehr Herausforderungen auf mich warten und dass der **Versteckte Dungeon** mehr als nur meine Kampffähigkeiten auf die Probe stellen würde. Als der Zug durch die vierte Etage raste, begann sich das Innere des

Waggons auf beunruhigende Weise zu verändern und zu verformen.

Anstelle des sanften Gleitens eines herkömmlichen Zuges fühlte man sich wie in einer Achterbahn, mit plötzlichen, scharfen Kurven, die jegliche Orientierung zunichtemachten. Böden wurden zu Wänden, Wände zu Decken und Decken zu Böden, als sich die Schwerkraft komplett umkehrte.

Völlig unvorbereitet wurde ich herumgeschleudert und versuchte, mich inmitten des Taumels zurechtzufinden. Schnelle Reflexe kamen mir zu Hilfe, als ich das **Azurglanzmesser** und ein Ersatzmesser in den umgedrehten Boden des Zuges rammte und mich nach oben zog, während mein Körper in der Luft hing.

„Das ist gar nicht so schlecht", murmelte ich vor mich hin, während ich meine Umgebung absuchte und meinen nächsten Schritt plante.

In diesem Moment weckte das durch die Schwerkraft verursachte Durcheinander ein Nest von **Bahnschaben** aus ihren Schlupfwinkeln im Waggon. Im Gegensatz zu mir hatten sie nicht die gleichen Probleme, sich in der der Schwerkraft trotzenden Umgebung zurechtzufinden.

„Das hat mir gerade noch gefehlt", brummte ich und betrachtete die gereizten Kreaturen, die über und unter mir herumkrabbelten.

Ihre glänzenden, in Segmente unterteilten Körper bewegten sich mit einer Geschwindigkeit, mit der ich nicht mithalten konnte. Sie huschten über die Sitze, über die Wände und die Decke. Mehrere Augenpaare richteten sich auf mich. Monströse Kakerlaken, die alle hinter mir her waren.

Ich seufzte und machte mich bereit, indem ich das **Azurglanzmesser** aus dem Boden zog, während ich das andere Messer an Ort und Stelle behielt, um mich festzuhalten. Die **Bahnschaben** reagierten mit aggressiven Tönen und ihr Klagelied erfüllte die Luft, als sie näher heranrückten. In diesem von der Schwerkraft geprägten Albtraum waren sie im Vorteil. Aber ich war nicht gewillt, kampflos aufzugeben.

Der Zug ruckelte noch einmal, und die Schwerkraft wurde erneut durcheinandergewirbelt, wodurch ich aus dem Gleichgewicht geriet. Trotzdem nutzte ich den Schwung, um mich auf die entgegenkommende Horde von Schädlingen zu stürzen. Ich schlug mit dem **Azurglanzmesser** zu und durchtrennte die nächstgelegene **Bahnschabe** und stach dann in die nächste. Sie quiekte und schlug heftig um sich, bevor ihr Gesang verstummte und sich ihre Beine nach innen krümmten.

Die anderen wichen nicht zurück, sondern griffen aufgebracht an. Ich schlug zurück und wehrte ihre unerbittlichen Angriffe ab. Jeder Treffer, den ich landete, war ein Kampf, jeder Fehlschlag ein Risiko. Trotz ihrer Anzahl und der unübersichtlichen Umgebung fand ich einen Weg nach vorne. Ich stieß mich von Sitz zu Sitz und nutzte das verankerte Metall, um mich zu sichern. Zielstrebig schlug ich zu und wich aus und bewegte mich mit wachsender Zuversicht durch den verwinkelten Waggon.

Nachdem die letzte **Bahnschabe** gefallen war, verkeilte ich mich schwer atmend auf einem Sitz und meine Muskeln schmerzten von der Anstrengung. Ich wischte mir über die Stirn und verschmierte mir dabei Dreck über mein Gesicht.

Die Zugfahrt war eine Prüfung gewesen, ein unerwarteter Kampf an einem unvorhersehbaren Ort. Aber ich hatte überlebt, und das war das Wichtigste. Während sich die Schwerkraft langsam wieder normalisierte, nahm ich mir einen Augenblick Zeit, um mich auszuruhen und meine Kräfte für die nächste Herausforderung zu sammeln. Es war die richtige Entscheidung gewesen, mich von den anderen zu trennen. Hier hätten sie unmöglich überlebt.

Kaum war ich wieder zu Atem gekommen, verlangsamte der Zug seine Fahrt und kam zum Stehen. Die Türen öffneten sich und gaben den Blick auf die unheimlich vertraute Miniaturstadt frei, die jetzt zu einem lebendigen Gebilde herangewachsen war. Sofort fielen mir der Gestank von Rauch und die fernen Schreie der wenigen verbliebenen Einwohner auf. Sie war genauso, wie ich sie im Miniaturmodell gesehen hatte, bis hin zu dem riesigen Monster, das in der Stadt sein Unwesen trieb.

13. VERLASSENE BEHARRLICHKEIT

Ich stieg aus dem Zug und betrat den Bahnsteig, der in die Stadt führte. Die hoch aufragenden Gebäude ringsum standen in Flammen und der Rauch vermischte sich mit der Luft zu einem dunstigen dunklen Vorhang. Die Schreie der verbliebenen Einwohner hallten durch die ansonsten leeren Straßen.

Vor mir starrte ich auf das gigantische Monster. Ein kolossaler Albtraum war zum Leben erweckt worden. Er überragte die Gebäude, seine skelettartige Gestalt und sein Geweih wurden von den Flammen erleuchtet, die die Gebäude unter ihm verzehrten. Er war gefräßig und unbarmherzig, als er hinter denjenigen her war, die sich noch in der Stadt aufhielten. All jene, die ich nicht hatte evakuieren können. Er hatte mich noch nicht bemerkt.

Das Ungeheuer stand wie ein skelettartiger Wächter inmitten der brennenden und rauchgefüllten Stadt. Als es triumphierend in den Himmel brüllte, begann sein Körper zu schrumpfen, bis die brennenden Gebäude ihn vor meinen

Augen verbargen.

[Mitteilung über den Systemsturz]

Titel: Versteckter Endgegner – Gharos, der **Wendigo**

Titel: Neue Herausforderung – **Wendigos** Albtraum

Inmitten der verkohlten Überreste der Stadt nimmt ein furchterregendes Monster Gestalt an, das überlebensgroß ist und nach Verwüstung stinkt. Der Verlassene **Wendigo**, Gharos, ist eine Kreatur aus vergessenen Legenden, gebadet in Angst und Trauer. Sein hohler, durchdringender Blick ist eine eisige Leere, aus der die Schreie der Verdammten widerhallen. Du bist das Einzige, was zwischen dieser Abscheulichkeit und den verletzlichen Leben derer steht, die vom System entführt worden waren. Sie schreien nach einem Retter und klammern sich gerade noch an den Strohhalm des Überlebens.

Ich holte tief Luft und meine Finger schlossen sich fester um den Griff des **Azurglanzmessers**. Der heulende Wind trug das kehlige Knurren des **Wendigos** heran, eine grimmige Begleitung zum knisternden Feuer.

Der Rauch bildete einen dichten Schleier, der die Sicht erschwerte. Die Glut tanzte auf unsichtbaren Luftzügen, glühende Funken inmitten der aschebeladenen Luft. Schnell duckte ich mich in eine Gasse, mein Herz pochte und alle Sinne waren auf die monströse Anwesenheit des **Wendigo** eingestellt.

Ich bewegte mich schnell und versuchte, mich eng an die Gebäude zu schmiegen, um die Aufmerksamkeit des **Wendigos** nicht auf mich zu ziehen. Die dichte Rauchwolke verbarg meine Bewegungen und ich huschte von einer Stelle zur anderen, während meine Sinne in höchster Alarmbereitschaft waren und ich versuchte, Gharos aufzuspüren. Schnell duckte ich mich in eine Gasse, als der **Wendigo** ein paar Straßen weiter zu meiner Linken aufbrüllte.

In den Tiefen der Gasse fand ich eine zusammengekauerte Masse von Bürgern. Die Angst hatte ihnen grimmige Masken auf die Gesichter gemalt, und ihre zitternden Körper waren dicht aneinandergedrängt, in dem vergeblichen Versuch, inmitten dieser Unordnung Trost zu finden. Dies waren die Überlebenden, die ich nicht hatte retten können. Zumindest diejenigen, die noch nicht ums Leben gekommen waren.

„Hier könnt ihr nicht bleiben, ihr werdet sterben. Schnell, folgt mir“, drängte ich und versuchte, meine Stimme gegen das Gebrüll des **Wendigo** zu behaupten. „Bleibt unten, bewegt euch rasch. Der Zug, mit dem ich gekommen bin, ist ganz in der Nähe.“ Ich deutete auf den schattigen Weg, der in relative Sicherheit führte, und hoffte inständig, dass wir es unbemerkt dorthin schaffen würden. Uns lief die Zeit davon, und jede Sekunde zählte. Der **Wendigo** hatte sie noch nicht aufgespürt, aber das würde er, wenn das Feuer sie nicht vorher erwischte.

Eine der Personen in der Gruppe, eine Frau mit auffallend blauen Augen, warf mir einen misstrauischen

Blick zu. Sie hielt ein Kind schützend umschlungen, ihr Körper war angespannt und abwehrbereit.

„Bist du dir da sicher? Wir sitzen hier schon so lange fest“, erklärte sie mit zitternder Stimme, während die Geräusche der brennenden Stadt zu hören waren. „Warum sollten wir dir vertrauen?“

Vertrauen. Ich senkte mich zu ihr hinunter auf ihr Level, mein Blick war unverwandt und unnachgiebig.

„Ich kann eure Angst ja verstehen“, gab ich zu, „aber wenn ihr hierbleibt, bringt euch dieses Ding um. Ich kann euch durch die Stadt führen, weg von dem Wendigo und in Sicherheit. Das ist eure **einzige** Chance.“

Die Gruppe tauschte besorgte Blicke aus. Ein älterer Mann, der von den harten Linien eines Lebens voller Kämpfe gezeichnet war, brummte schließlich zustimmend.

„Leben ist die bessere Wahl“, murmelte er und sein wettergegerbtes Gesicht war von Niedergeschlagenheit gezeichnet. „Wir folgen dir, Fremder.“

„Bleibt zusammen und haltet euch an die Schatten“, wies ich sie an und erhob mich. „Und um Himmels willen, seid leise und haltet euch die Hand vor den Mund, um euch vor dem Rauch zu schützen. Das Letzte, was wir brauchen, ist, dass der **Wendigo** aufgrund eines Hustenanfalls mitbekommt, dass ihr hier seid.“

Ich bereitete sie darauf vor, gemeinsam weiterzugehen, auch wenn uns jeder Atemzug in der Kehle stecken blieb. Der erstickende Rauch stach uns in die Augen und jeder Schritt in Richtung Sicherheit war nur noch ein langsames Kriechen.

„Mom, ich habe Angst ..." Das Flüstern eines Kindes drang aus der zusammengedrängten Gruppe hervor, seine Finger umklammerten den Saum des ausgefransten Rocks seiner Mutter. Sein Mund und seine Nase waren in ein Stück Stoff eingehüllt, das sie von ihrem Rock gerissen hatte.

„Ich weiß, Schatz", flüsterte sie zurück und zog ihn näher zu sich. „Aber wir müssen tapfer sein, in Ordnung? Wir müssen dem Mann in Sicherheit folgen."

Nachdem alle wussten, was zu tun war, machten sie sich einer nach dem anderen auf den Weg. Schweigend wie Schatten bewegten sie sich durch das lodernde Labyrinth, das einst ihre Stadt gewesen war.

Die Stille wurde jäh durch eine strauchelnde Gestalt, den älteren Mann, unterbrochen. Sein Fuß blieb an einem versteckten Trümmerteil hängen, sodass er mit einem lauten Aufprall gegen ein geparktes Auto geschleudert wurde. Die Alarmanlage des Wagens heulte auf, ein lauter Alarm, der zwischen den Gebäuden der Stadt zu hören war.

Alle Köpfe drehten sich zu dem monströsen **Wendigo** um. Er war mehr als drei Meter groß und sein Blick war auf die Ursache der Störung gerichtet. Die Kreatur bewegte sich mit einer Geschwindigkeit, die angesichts ihrer gewaltigen Größe eigentlich unmöglich gewesen sein sollte. Sie sprang praktisch einen ganzen Straßenzug weit und landete mit einer rücksichtslosen, räuberischen Kraft auf dem unglücklichen Mann. Die Knochenkrallen bohrten sich in das Fleisch des Mannes und das Monster begann zu fressen.

Die Schreie, die folgten, waren zum Heulen. Selbst für jemanden wie mich, der schon das Schlimmste erlebt hatte.

Ein erstickter Schrei entwich den Lippen der Frau. Ich forderte die Gruppe auf, weiterzugehen. Ihre Augen waren weit aufgerissen, erfüllt von einem Schrecken, der sie für Jahre prägen würde. Die übrigen Bürger taumelten zurück; ihre Flucht war für einen Moment vergessen.

Ich konnte das nicht zulassen, ich konnte sie nicht sterben lassen.

Der Zorn trieb mich an. Er strömte durch meine Adern, heiß und ungezähmt. „Los! Sofort!", brüllte ich die Gruppe an, wobei mein Blick den **Wendigo** nicht aus den Augen ließ. „Lauft zum Zug!"

Einen Moment lang zögerten sie fassungslos, dann rannten sie los und ihre Schritte hallten in der Stille, die das unerwartete Verstummen der Alarmanlage hinterlassen hatte.

Ich blieb zurück, mein **Azurglanzmesser** schimmerte in

dem höllischen Licht und mein Herz pochte in meiner Brust wie eine Kriegstrommel. Ich stellte mich dem monströsen **Wendigo** entgegen und mein Blick traf seine hohlen Augen. Es stieß einen markerschütternden Schrei aus und öffnete sein längliches Maul, in dem sich furchterregende, scharfe und verwachsene Zähne befanden.

Angesichts der gewaltigen Größe des Monsters musste ich vorsichtig sein.

Der **Wendigo** verfolgte mich, sein riesiger Kopf drehte sich geschmeidig, sein raubtierhafter Blick ließ nicht von mir ab, und dann stürzte er sich auf mich, so wie er das auch bei dem älteren Mann getan hatte. Hätte der **Wendigo** seine volle Stärke entfaltet, hätte ich nie versucht, ihn zu bekämpfen, aber bei einer Herausforderung, die so früh im Tutorial stattfand, musste die Stärke des **Wendigos** an die Umstände angepasst werden.

Das bedeutete, dass seine Stärke eine Herausforderung für mich sein würde, aber nicht überwältigend.

Der erste Zusammenstoß war schnell und heftig. Sobald er sich auf mich gestürzt hatte, war ich auch schon in Bewegung und zielte auf den Unterkörper des **Wendigos**, aber so schnell wie ich war, war er auch. Der **Wendigo** schlug mit einer monströsen Klaue nach mir, und ich konnte gerade noch rechtzeitig ausweichen. Mit zusammengebissenen Zähnen stand ich auf, als ich einen stechenden Schmerz in meiner Schulter spürte, wo das Monster mich gestreift hatte.

Ich hatte Glück, dass es mich nicht einfach gepackt hatte, sonst hätte es mir sicher den Arm abgerissen.

Immer wieder stürmte ich auf den **Wendigo** zu und versuchte, das monströse Biest zu treffen. Der Kampf war alles andere als einfach. Jedes Mal, wenn ich nahe genug herangekommen war, um zuzuschlagen, hieb es mit seinen rasiermesserscharfen Klauen nach mir oder versuchte, mit seinem Knochengeweih auf mich zuzustürmen, um mich aufzuspießen. Ich musste nicht nur schnell sein, sondern auch ständig in Bewegung bleiben. Der **Wendigo** war ein Koloss, aber ich hatte schon Schlimmeres erlebt.

Trotz seiner Größe und Stärke war der **Wendigo** nicht unbesiegbar. Sein unerbittliches Angriffsmuster ließ kurze, aber ausnutzbare Zeitfenster zu. Ich beobachtete sein Muster und passte den Zeitpunkt meines Angriffs an. Als sich der **Wendigo** auf mich stürzte, wich ich im letzten Moment aus und stach mit meinem **Azurglanzmesser** nach oben in seinen Unterleib.

Ein markerschütterndes Heulen hallte durch die brennende Stadt, als der **Wendigo** zurücktaumelte. In seiner momentanen Verwirrung nutzte ich meinen Vorteil und schlug mit dem **Azurglanzmesser** nach ihm. Ich versuchte gar nicht, ihn umzubringen, das war im Augenblick auch gar nicht möglich, aber jeder Schlag sollte ihn verwunden und verlangsamen.

Der **Wendigo** erwiderte den Angriff mit neuer Wut. Er

schlug in schneller Folge zu. Ich versuchte auszuweichen, war aber etwas zu langsam. Als seine Klauen in meinen Arm schnitten, spürte ich ein brennendes Gefühl. Ich schenkte dem Schmerz keine Beachtung und kämpfte weiter, wobei ich mich darauf konzentrierte, den Alptraum zu Fall zu bringen.

Ich war vorsichtig und griff an, wo ich konnte. Ich wollte vermeiden, noch mehr Schaden zu nehmen. Der **Wendigo** wurde langsamer, seine Angriffe wurden unkoordinierter. Er brüllte vor Enttäuschung und stürzte sich ein letztes Mal auf mich. Ich war bereit. Als er näherkam, rollte ich mich unter seinem ausgestreckten Arm hindurch und stach nach oben in einen weichen Punkt zwischen Schultergelenk und Oberkörper.

Der **Wendigo** taumelte zurück und schüttelte sich heftig vor dem Schock, sein ohrenbetäubendes Schmerzensgebrüll hallte nach, sein ganzer Zorn war unerbittlich auf mich gerichtet. Ich holte tief Luft und bereitete mich auf den nächsten Schritt meines Plans vor. Er schrie auf und neigte dabei seine Brust, wodurch eine seiner einzigen wirklichen Schwachstellen zum Vorschein kam.

Mit meinem **Mana** hielt ich das leuchtende **Azurglanzmesser** vor mich hin. Mein Ziel war die Brust des **Wendigos**, um sein monströses Herz zu treffen. Aber der **Wendigo** war trotz seiner Schmerzen schneller, als ich erwartet hatte. Er fegte mich mit einer schnellen Bewegung seiner Klauenhand aus der Luft.

Ich wurde durch die Luft geschleudert und prallte gegen die Seite eines nahegelegenen Gebäudes. Schmerzen schossen durch meinen Körper, als ich spürte, wie meine Rippen durch den Aufprall brachen.

Hustend rappelte ich mich wieder auf und versuchte, den lähmenden Schmerz abzuschütteln. Meine Sicht war verschwommen, eine Mischung aus Schmerz und Orientierungslosigkeit. Ich biss die Zähne zusammen und versuchte, mich aufzurichten. Jetzt durfte ich nicht verlieren. Ich konnte sehen, dass das **Azurglanzmesser** aus meinem Griff geschleudert worden war und nun einige Schritte entfernt lag, sein blaues Licht flackerte und verlor immer mehr Mana.

Der **Wendigo** erholte sich von seinem Taumel und seine glühenden Augen richteten sich wieder auf mich. Ich konnte das Aufflackern von Vorfreude, Triumph und Hunger in seinem Blick sehen, als er sich auf mich zubewegte. Er schnupperte an der Luft, als ob er meinen geschwächten Zustand auskostete. Als ob er sagen wollte, dass es immer so kommen würde.

Da ich nicht verlieren wollte, kämpfte ich mich zu meiner Waffe vor, wobei jede Bewegung eine schmerzhafte Erinnerung an meine Verletzungen war. Der **Wendigo** kam immer näher, seine mächtigen Klauen waren bereit, diesen Kampf ein für alle Mal zu beenden.

Mit einem letzten Adrenalinstoß warf ich mich nach

dem **Azurglanzmesser**. Meine Finger schlossen sich um den Griff, als sich der **Wendigo** auf mich stürzte und ein monströses Brüllen die Luft erfüllte. Ich hatte kaum Zeit, das Messer zu heben, aber es gelang mir, es in die verlängerte Klaue des **Wendigos** zu stoßen und den Knochen zu durchtrennen.

Der **Wendigo** stieß einen gequälten Schrei aus, als er zurückwich, und stieß mich zur Seite, so dass ich erneut umherwirbelte.

Ich hatte zum ersten Mal Mühe, aufzustehen.

Da wir beide verletzt waren, beäugten wir uns misstrauisch. Ich umklammerte meine Seite und versuchte, den Blutfluss zu stoppen, während der **Wendigo** zurückhumpelte und seine flammende Tatze versorgte. Der Kampf war noch lange nicht vorbei, und jetzt ging es darum, wer am längsten durchhalten konnte.

Mein Atem ging schwer und alles tat mir weh. Ich schaute an meiner Seite hinunter und stellte fest, dass die Bestie eine tiefe, grausame Wunde hinterlassen hatte. Sie war zu schwer, als dass meine **Zähe Vitalität** sie hätte überwinden können. Das Blut strömte aus mir heraus, durchtränkte meine Kleidung und sammelte sich unter mir auf dem Steinboden. Meine Sicht verschwamm, und mein Griff um das **Azurglanzmesser** entglitt und die Waffe fiel scheppernd über die Steine, weit außerhalb meiner Reichweite.

Während ich so dalag und vor Schmerzen keuchte, überkam mich ein seltsames Gefühl.

[Mitteilung über den Systemsturz]

Titel: Der Blutpakt der **Verfluchten Walküre**

Titel: Passive Fähigkeit der Waffe freigeschaltet – Entfesselter Berserker

Die **Verfluchte Walküre**, eine Klinge, die einst schlummerte, pulsiert jetzt mit unstillbarem Durst und schwingt im Takt deines Zorns. Die Klinge hat dein Blut gekostet, die Essenz deines Lebens und deinen Zorn auf dem blutigen Schlachtfeld aufgesogen. Der purpurne Lebenssaft, der die Asche der Zerstörung durchtränkt hat, dient als mächtiger Treibstoff, der die schlummernde Kraft des Schwertes verstärkt, was wiederum deine Kampfkraft steigert.

Einzelheiten zur Fähigkeit: Entfesselter Berserker ist eine passive Fähigkeit, die dir einen direkten Kampfschub im Verhältnis zum erlittenen Schaden verleiht. Als Träger der **Verfluchten Walküre** kann dein Körper verwundet und angeschlagen sein, aber deine Kampffähigkeit bleibt erhalten. Diese Fähigkeit macht sich die Energie deiner Verletzungen zunutze und wandelt den Schaden an deinem Körper in einen Kraftschub um, der deine Geschwindigkeit, Stärke und Ausdauer im Kampf steigert.

Ich gluckste ungläubig und jedes Glucksen verwandelte sich in ein schmerzhaftes Grunzen. Genau das, was ich gebraucht hatte – eine Waffe, die umso mächtiger wurde, je mehr Verletzungen ich erlitten hatte und je mehr Blut sie verzehrt hatte. Aber das **Azurglanzmesser** war jetzt zu weit weg, um es zu erreichen, und ich war nicht in der Lage, mich dorthin zu bewegen. Meine Hand wanderte kurzerhand zum Griff der anderen Waffe an meinem Körper, dem Zweihänderschwert, der **Verfluchten Walküre.**

Als ich es herauszog, sah ich, dass mein Blut auf die Klinge getropft war und sie tiefrot gefärbt hatte. Die Klinge surrte, die Kanten waren scharf und hungrig und schimmerten bedrohlich in dem schwachen Licht. Ich fühlte mich wie neugeboren, auch wenn immer mehr Blut aus meinem Körper floss.

Mit neuer, verzweifelter Entschlossenheit stemmte ich mich hoch und spürte, wie meine Verletzungen brannten. Der **Wendigo** betrachtete mich mit seinen kalten Augen, die sich warnend verengten. Auch er hatte die Veränderung in der Luft gespürt und wusste, dass sich etwas anbahnte.

Ein fast urwüchsiger Energieschub durchfuhr meine Adern, als der Schmerz meiner Verletzungen immer größer wurde. Ich spürte einen gewissen Rausch, eine Art Adrenalin, das meine Sinne auf Hochtouren laufen ließ. Meine Verletzungen waren zwar schwerwiegend, aber für den Augenblick waren sie ein Ansporn.

Ich wehrte den heftigen Angriff des **Wendigos** ab und der Aufprall jagte Schockwellen durch meinen Arm. Ich wehrte den Angriff mit einem Hieb ab, der auf seine Brust zielte. Das Schwert schnitt durch sein Fleisch, tiefer als zuvor, und der **Wendigo** brüllte vor Schmerz, als er versuchte, seine gute Hand zu schützen.

Doch er war noch lange nicht besiegt.

Wir prallten aufeinander und das Geräusch von Stahl auf Knochen folgte. Mit jedem Angriff, den ich abblockte, mit jedem Angriff, den ich ausführte, rückte der Sieg in greifbare Nähe.

Langsam, aber sicher, arbeitete ich mich an der monströsen Kreatur ab. Meine Kraft schwand, aber ich konnte sehen, wie meine Angriffe dem **Wendigo** zusetzten. Seine Bewegungen wurden langsamer, seine Angriffe unkoordinierter.

Mit dem **Entfesselten Berserker** und meiner **Zähen Vitalität** konnte ich von Glück reden, dass ich noch auf den Beinen war, aber ich war mir sicher, dass mich beides im Kampf hielt. Eine weitere Synergie zwischen den Fähigkeiten, stellte ich fest.

Der **Wendigo** stürzte sich wieder auf mich, weil er dachte, er hätte eine Chance, und versuchte, mich mit seiner verbliebenen Klaue zu packen. Ich jedoch wirbelte herum und mein Körper schrie auf, als meine Verletzungen aufflammten. Aber das Adrenalin und der Überlebenswille dämpften den Schmerz, wenn auch nur für einen Augenblick. Als die Krallen des **Wendigo** ihren Angriff verfehlten, sah ich meine Gelegenheit gekommen.

Ich sprang auf, schenkte der Tatsache keine Beachtung, dass sich die Welt für mich zu drehen und zu verdunkeln begann, und stürzte mich auf den **Wendigo**. Die **Verfluchte Walküre** war bereit. Ich zielte auf die Verletzung in der Brust des **Wendigo**, wo das **Azurglanzmesser** ihn durchbohrt hatte. Mit einem Kampfschrei stieß ich das Schwert hinein und spürte, wie es sich durch das monströse Fleisch bis ins Herz bohrte.

Dann stieß ich noch weiter zu.

Der **Wendigo** heulte auf. Ich spürte, wie er versuchte, mich abzuschütteln, aber mein Griff um das Schwert war unerschütterlich. Ich verdrehte die Klinge und öffnete die Wunde weiter. Der **Wendigo** bäumte sich auf und schleuderte mich in seinem Schmerz und seiner Wut von sich.

Ich landete auf der Straße, und mein Körper widersetzte sich dem Aufprall, aber ich hielt mein Schwert immer noch fest in der Hand. Als ich mich mühsam aufrichtete, konnte ich den **Wendigo** sehen. Er war verwundet, schwer. Seine Bewegungen waren unsicher, sein Atem ging stoßweise. Aber seine Augen, diese monströsen Augen, waren immer noch von einer schrecklichen Wut erfüllt.

Ich kämpfte mich auf die Beine und konnte kaum noch stehen.

Den Griff der **Verfluchten Walküre**, der von meinem Blut getränkt war, hielt ich fest. Das Schwert fühlte sich lebendig an, und irgendwie war ich auch noch am Leben. Dies war jetzt ein Kampf des Willens, eine Prüfung des

Durchhaltevermögens. Ich war der Einsame Überlebende, und ich würde nicht derjenige sein, der zuerst zu Boden ging.

Als der **Wendigo** meinen Zustand bemerkte, stürzte er sich erneut auf mich, diesmal verzweifelt, um den Kampf zu beenden. Ich spannte mich an und machte die **Verfluchte Walküre** in beiden Händen bereit. Als er auf mich zukam, duckte ich mich und stieß mit der scharfen Klinge der **Verfluchten Walküre** nach seinen mächtigen Beinen, sodass der **Wendigo** den Halt verlor und nach vorne stolperte. Ich nutzte die Gelegenheit und trieb die **Verfluchte Walküre** mit all meiner Kraft nach oben und zielte direkt auf den entblößten Hals des **Wendigo**.

Die Klinge gab ein raues, knirschendes Geräusch von sich, als sie auf den Knochen des Halses des **Wendigos** traf, und ließ einen kleinen Funkenregen aufsteigen, als ich sie tiefer eindrang. Einen Moment lang schien alles zu verlangsamen. Die monströse Gestalt des **Wendigo** erstarrte an Ort und Stelle, sein unheimliches Heulen blieb ihm in der Kehle stecken, als er begriff, was geschehen war.

Ihm wurde klar, dass er verloren hatte.

Die Klinge durchschlug den Hals des Monsters, und der Schwung beförderte sie und den Kopf des Monsters hoch in die verrauchte Luft. Der riesige Körper schwankte einen Moment, dann kippte er mit einem markerschütternden Knall auf die Seite, der die umliegenden Gebäude zum Beben brachte und die Glut der brennenden Stadt aufwühlte.

Der abgetrennte Kopf des **Wendigo** krachte auf das brennende Pflaster und kam ein paar Schritte von mir entfernt zum Stehen, sein leerer Blick starrte ins Nichts.

[Mitteilung über den Systemsturz]

Titel: Versteckter Endgegner Gharos, der **Wendigo** besiegt

Nach einem mühsamen Kampf hast du das furchterregende Monstrum, den Verlassenen **Wendigo** Gharos, besiegt.

Du hast eine Errungenschaft erlangt – Wendigos Bezwinger

Der Titel „Wendigos Bezwinger" verleiht dir die Fähigkeit „Verlassene Ausdauer", die es dir ermöglicht, harte Bedingungen zu ertragen, egal ob es sich um Umweltbedingungen oder körperliche Belastungen handelt. Deine Widerstandskraft gegen Kälte- und Frostmagie sowie gegen Umgebungen wird deutlich erhöht.

Ich sank auf die Knie und spürte, wie eine Welle der Erschöpfung über mich hereinbrach. Die Energie, die mir die **Verfluchte Walküre** verliehen hatte, schwand dahin und wurde durch den unbändigen Schmerz meiner Verletzungen ersetzt. Mir blieb nicht mehr viel Zeit, bis ich ohnmächtig werden würde.

Meine Sicht begann zu verschwimmen und eine seltsame Ruhe legte sich über mich. Die **Verfluchte Walküre** entglitt meinem Griff und krachte auf den Bürgersteig, als mein Bewusstsein zu schwinden begann. Das letzte, was ich hörte, bevor mich die Dunkelheit einholte, war das leise Flüstern der Überlebenden, die ich gerettet hatte, im Wind.

„Schaut nur … er… Er hat es geschafft. Er hat den Wendigo erschlagen.“

„Er hat uns gerettet …”

14. ENDSTATION

Als ich nach meinem Kampf mit dem **Wendigo** gebrochen und verletzt auf dem Asphalt der Stadt lag, kam mir ein Traum des gestrigen Tages in den Sinn. Meine Gedanken kreisten um Visionen von Rauch, Flammen und Dunkelheit. Aber das war mehr als nur ein Traum; es war die Zukunft, die ich zusammen mit den anderen Mitgliedern des **Letzten Aufgebots** hautnah erlebt hatte. Die überlebenden Spieler, die den Rang S erreicht hatten.

Die Welt war in düstere Farben getaucht. Mächtige, abscheuliche Ungetüme, die aus den abscheulichen Tiefen eldritischer Albträume stammten, durchstreiften das Dämmerlicht der Welt. Sie hoben sich wie dunkle Ungeheuer vom blutgefärbten Himmel ab. Jede ihrer Bewegungen erschütterte alles und jeden, der ihren Weg kreuzte.

Die Städte der Menschen lagen wie ausgestorben da, ersetzt durch das klagende Rauschen des Windes in den Straßen. Die Wolkenkratzer waren entblößt, ihre skelettartigen Gerüste ragten wie anklagende Denkmäler in die Höhe.

Die Erde selbst trug die Narben des Untergangs. Wo eigentlich Stein und Erde hätten sein sollen, gab es Berge von Schädeln. Ihre leeren Augen starrten in den Abgrund des Jenseits und warfen verzweifelte Bitten in die Leere.

Endlose Gräber erstreckten sich über diese trostlose Landschaft, Reihen über Reihen aus Fleisch und Knochen. Dann sah ich sie.

Die gespenstischen Gestalten des **Letzten Aufgebots** tauchten auf und verschwanden wieder aus dem Leben. Sie waren in ihren letzten, vergeblichen Kämpfen gefangen, ihre letzten Augenblicke waren in einer ewigen Schleife verstrickt, die den letzten Kampf der Menschheit wieder aufleben ließ.

Auch ich stand unter ihnen, mein zukünftiges Ich in einem endlosen Duell mit dem monströsen [Admin] und dem eldritischen Gott.

Dieser Traum war das Ende, das ich kannte. Eine Welt, die in Dunkelheit versank, in der der [Admin] herrschte und die Menschheit nur noch eine ferne Erinnerung war.

Als ich wieder aufwachte, befand ich mich wieder auf dem Bahnsteig im dritten Stock des **Versteckten Dungeons**. Ich war weit von der in Flammen stehenden Stadt entfernt, aber ich trug noch immer meine Verletzungen aus dem Kampf. Mein Körper fühlte sich schwer und antriebslos an – wund, überzogen mit blauen Flecken und Blutergüssen. Bei jedem Atemzug spürte ich einen stechenden Schmerz, der vermutlich von gebrochenen Rippen herrührte. Aus einer tiefen Schnittwunde an meiner Schulter sickerte Blut, das Fleisch um sie herum war geschwollen und entzündet.

Entlang meines Arms sah ich Schürfwunden, wo die Krallen des **Wendigos** über meine Haut hinweggefahren waren. Die Haut war zerfetzt, der Muskel darunter sichtbar. Ein röchelnder Atemzug entkam meinen Lippen, als ich mich in eine sitzende Position brachte und dann versuchte, aufzustehen. Mein Körper widersetzte sich der Bewegung, jeder Muskel schrie mich an, aber ich biss die Zähne zusammen und zwang mich, mich zu bewegen.

Meine Beine waren genauso zerschunden wie der Rest von mir, übersät mit Schnitten und Schürfwunden. Eine besonders hässliche Wunde zog sich an der Seite meines Oberschenkels entlang, aus der langsam Blut sickerte. Mein Knie war geschwollen und es tat weh, Druck darauf auszuüben.

Trotz meiner Verletzungen zwang ich mich aufzustehen.

Als ich aufgestanden war, fiel mein Blick auf die kleine Modellstadt. Sie war nicht mehr so lebendig wie zuvor. Nichts bewegte sich. Die Feuer waren nur noch Attrappen, die Gebäude und sogar die Trümmer. Die Modellstadt war stark in Mitleidenschaft gezogen worden, ein Großteil davon war zerstört worden, passend zu meinem Kampf mit dem **Wendigo**.

In der Mitte der Modellstadt, wo der Schaden am deutlichsten zu sehen war, sah ich den **Wendigo**, zumindest einen Teil von ihm. Die Gestalt des **Wendigo** lag leblos und unbeweglich wie eine Figur da, sein Kopf und eine Klaue waren vom Körper getrennt.

Da fiel mir ein flackerndes Licht auf. Es war in der Nähe des Bahnhofs, an dem ich abgesetzt worden war, und ein kleines Leuchtfeuer schien meine Aufmerksamkeit darauf zu lenken. Trotz der Schmerzen, die bei jeder Bewegung durch meinen Körper fuhren, zwang ich mich, nach der Ursache des Lichts zu suchen.

Ich schaffte es, den kleinen Abspielknopf zu drücken und es wurde eine kurze Nachricht abgespielt, eine Tonaufnahme, die ich kaum verstehen konnte. Ich musste mich so nah wie möglich heranbeugen, um etwas von den Worten zu verstehen. Es war die letzte Nachricht der kleinen Leute, die ich gerettet hatte.

„Danke, Fremder ... Du hast uns gerettet ... Wochenlang waren wir in dieser höllischen Stadt gestrandet ... Der **Wendigo** war nur das letzte von vielen Unglücken, denen wir uns stellen mussten ... Die Monster ... Wir haben schon so lange gegen Monster gekämpft. Wir sind entführt worden. Für den Beta-Test. Immer und immer wieder. Aber jetzt sind wir frei. Vielleicht ... sehen wir uns eines Tages ... wieder. Mach's gut, Fremder."

Ihre Stimmen waren erfüllt von Erleichterung und

Dankbarkeit.

Sobald die Nachricht verklungen war, erfüllte ein mechanisches Rumpeln den Raum, gefolgt vom Zischen einer Hydraulikanlage. Ich drehte meinen Kopf in Richtung des Geräusches und meine Augen weiteten sich vor Überraschung.

Am anderen Ende des Raumes kam eine verborgene Tresortür zum Vorschein, die sich von den Steinwänden des Dungeons löste. Die mächtige Metallkonstruktion ächzte unter ihrem eigenen Gewicht und gab einen unerforschten Weg vor mir frei.

Vorsichtig trat ich über die Schwelle des Gewölbes und wagte mich vorwärts. Mein Blick schweifte über die feuchten, steinernen Wände und das riesige, hallenartige Innere. Ich blinzelte und meine Augen gewöhnten sich langsam an die düstere Dunkelheit, die in jedem Winkel herrschte.

Die Steinwände, glitschig von alter Feuchtigkeit und einem Schimmer von Algen, erstreckten sich auf beiden Seiten von mir. Die Luft war dick mit dem Geruch des Vergessenen; eine Mischung aus Feuchtigkeit, Schimmel und schwachen Spuren von etwas Metallischem, wie verrostetes Eisen und Alter.

Schließlich wurde die Finsternis von schwachen, flackernden Lichtern durchbrochen, die jedoch verborgen waren. Die gewölbte Kammer verschluckte mich und gab mir das Gefühl, als würde ich mich in den Bauch eines riesigen Tieres begeben. Ich blinzelte und meine Augen gewöhnten sich langsam an die düstere Dunkelheit, die in jedem Winkel herrschte.

Nachdem sich meine Augen an das schwache Licht gewöhnt hatten, erblickte ich einen kleinen orangefarbenen Behälter inmitten der verschiedenen Trümmer, die auf dem Boden verstreut waren. Obwohl mein Körper sich dagegen wehrte, bewegte ich mich neugierig auf den Gegenstand zu.

Ich begann zu verstehen, was es mit diesem Schatz auf sich hatte. Dies war kein gewöhnlicher Dungeon, der mit uralten Relikten und mystischen Artefakten gefüllt war. Stattdessen waren die Gegenstände, die ich mir aussuchen konnte, trotz der Atmosphäre des Raumes für das moderne Zeitalter bestimmt.

In einer Ecke standen waffengraue Kisten, deren Inhalt durch angelehnte Deckel sichtbar wurde. In einer lag eine Auswahl an hochmodernen Schutzschilden in einer ordentlichen Reihe, deren transparentes, verstärktes Material eine makellose Oberfläche aufwies. Jeder Schild war mit Symbolen für Verteidigung und Schutz versehen. Eine andere Kiste enthielt eine Sammlung von Teleskopschlagstöcken, Macheten und Spezialklingen. Robust und zuverlässig, die ideale Verbindung von Angriff und Verteidigung.

In einer versteckten Nische befand sich eine Sammlung von Schutzrüstungen, dunkel und bedrohlich.

Jeder Anzug war auf größtmögliche Mobilität und Schutz ausgelegt, eine wahre Festung für denjenigen, der ihn trug. Jedes Rüstungsteil, vom Helm bis zu den Stiefeln, war mit einer Vielzahl von Symbolen versehen, die für Widerstandsfähigkeit und Überleben standen.

Auch wenn es gute Gegenstände zu sein schienen, würden sie schnell durch etwas Besseres ersetzt werden und das **Azurglanzmesser** und die **Verfluchte Walküre** waren besser als die verfügbaren Schätze.

Man konnte nur einen einzigen Gegenstand mitnehmen. Ich erinnerte mich an die Warnung aus der vorherigen Zeitleiste. Sobald eine Auswahl getroffen und berührt wurde, war Schluss. In der hintersten Ecke des Tresors erregte ein merkwürdiger Gegenstand meine Aufmerksamkeit. Ein kleiner, unscheinbarer orangefarbener Behälter. Meine Hand wanderte in Richtung des orangefarbenen Behälters und ein unerklärliches Gefühl machte sich in mir breit, als ich meine einzige Beute aus dieser modernen Waffenkammer einforderte. Dieser einzige Gegenstand schien in dieser Waffenkammer fehl am Platz zu sein, und das war auch der Grund, warum er mir ins Auge gefallen war.

Bei näherer Betrachtung erkannte ich auf der Seite die Aufschrift **„Verjüngungsmittel"**. Ich lächelte. Der Fund war wie geschaffen für meine Bedürfnisse. Ich hatte Gerüchte über diese Produkte gehört. Das waren keine gewöhnlichen Gesundheitsbooster.

Vorsichtig öffnete ich den Behälter und entdeckte dreißig Stück dieses legendären Nahrungsergänzungsmittels. Das könnte das Blatt meines verletzten Zustands im Handumdrehen wenden. Aber ich war nicht so naiv. Ich war mir der möglichen Nebenwirkungen bewusst, die ein so starkes Gebräu mit sich bringen konnte.

Mit einem gedanklichen Seufzer nahm ich den Hinweis „Keine Nachfüllungen" zur Kenntnis, der auf dem Boden des Behälters eingraviert war. Ich konnte es mir nicht leisten, davon abhängig zu werden. Doch die sofortige Erleichterung, die sie versprachen, war in meinem angeschlagenen Zustand nicht zu verachten.

Mit zittrigen Händen griff ich in den Behälter und holte eines der Präparate heraus. Als ich es hinunterschluckte, spürte ich sofort, wie ein Energieschub durch meinen Körper fuhr. Ein wärmendes Gefühl breitete sich von meinem Bauch aus und strahlte auf meine Glieder aus. Die Schädigungen an meinem Körper begannen zu verschwinden, innere und äußere Verletzungen erholten sich. Meine Schmerzen nahmen ab, während sich meine Muskeln immer schneller wieder zusammenfügten.

[Mitteilung über den Systemsturz]

Titel: Erhaltene Gegenstände

Du hast Verjüngungsmittel x29 erhalten.

Einzelheiten: Das Verjüngungsmittel steht an der Spitze der

Heilgegenstände. Entstanden aus verlorenen Künsten und vergessenem Wissen, gehört es zu den seltensten Schätzen, die man im Versteckten Dungeon zu finden hoffen kann. Es ist in der Lage, schwere Verletzungen zu lindern, die Vitalität des Benutzers in wenigen Augenblicken zu stärken und das gesamte Profil vorübergehend zu verbessern. Die Wirkung eines einzigen Mittels entspricht einer tagelangen natürlichen Heilung. Ihre unglaubliche Wirkung hat jedoch eine Einschränkung: Der Behälter fasst nur dreißig Dosen, und Nachfüllpackungen sind unmöglich zu finden. Verwende sie mit Bedacht.

Wirkung: Nach dem Verzehr eines Verjüngungsmittels wird der natürliche Heilungsprozess des Körpers beschleunigt. Gebrochene Knochen heilen, tiefe Wunden schließen sich und lähmende Müdigkeit wird durch ein neues Gefühl von Energie ersetzt. Dass der Heilungsprozess so schnell und umfassend erfolgt, kann beunruhigend sein, ist aber völlig ungefährlich.

Warnung: Ein übermäßiger Gebrauch des Verjüngungsmittels kann aufgrund der schnellen Erneuerung der Zellen zu vorübergehendem Unwohlsein im Körper führen. Es wird empfohlen, das Ergänzungsmittel sparsam und nur bei schweren Verletzungen zu verwenden.

Ein metallisches Ächzen hallte durch den riesigen Raum, als sich die Tür zu schließen begann, das Echo hallte unheilvoll nach. Gleichzeitig erbebte der Boden unter mir und plötzlich sprang eine Notluke auf und gab einen mit Wasser gefüllten Gang frei.

Ich hatte kaum Zeit zu reagieren, als aus unsichtbaren Kanälen eine Wasserexplosion in das Gewölbe strömte und den betonierten Raum mit erstaunlicher Geschwindigkeit füllte. Die Einsatzkleidung, die Waffen und die Überreste der unberührten Schätze begannen im rasch steigenden Wasser davonzutreiben.

Selbst wenn ich gewusst hätte, dass das Wasser kommen würde, war ich nicht wirklich darauf vorbereitet. Es gab keine Möglichkeit, das eindringende Wasser aufzuhalten, und die sich schließende Tresortür sorgte dafür, dass es kein Entkommen auf dem Weg gab, den ich gekommen war. Mein einziger Fluchtweg war die Luke, die in die unbekannten Tiefen führte. Der **Versteckte Dungeon** war mit mir fertig und es war an der Zeit, den Weg fortzusetzen.

15. TAG UND NACHT

Beim Eintauchen in die Notluke des Tresorraums spürte ich sofort ein eisiges Frösteln in mir. Ich erkannte nur das Gefühl von Wasser, kalt und unbarmherzig. Das Wasser war dunkel und trüb und wurde nur von schwachen roten Notlichtern erhellt, die den Weg nach vorne beleuchteten.

Hinter diesen Lichtern befand sich gähnende Leere. Ich folgte dieser Richtung.

So trieb ich immer tiefer in den mit Wasser gefüllten Tunnel. Ich wusste nicht, wie lange ich noch unterwegs war, aber ich wusste, dass ich das Ende erreichen musste, bevor meine Kräfte schwanden.

Bei jedem Schlag, jedem Tritt zogen sich meine Lungen zusammen und ich spürte, dass ich Luft brauchte. Ich drängte weiter nach vorne. Ich wusste, wenn ich auch nur einen Moment innehalten würde, wäre das eine Katastrophe für mich.

Nachdem ich in die Notluke eingetaucht war, überkam mich augenblicklich ein eisiger Schauer. Das Wasser überwältigte meine Sinne, kalt und unbarmherzig. Die Umgebung war wie ausgewechselt, und plötzlich war ich einem alles verschlingenden Abgrund ausgeliefert.

Ich konnte nicht weiter als ein paar Meter weit sehen. Sämtliche Gestalten waren bloß verschwommene Formen, deren Einzelheiten in dem verstörenden roten Licht und dem plätschernden Wasser untergingen. Die Zeit schien sich um mich herum zu verzerren, während ich schwamm, und jede Sekunde wurde durch das quälende Warten auf Luft in die Länge gezogen.

Gerade als ich meinte, meine Lungen würden platzen, öffnete sich der Tunnel zu einem größeren Raum. Ich stieg in die Höhe, mein Körper suchte unwillkürlich die Oberfläche. Mit einem Keuchen durchbrach ich das Wasser und nahm einen tiefen Atemzug und dann noch einen und noch einen.

Ich befand mich in einer Art Safe Zone, einer teilweise überfluteten Toilette. Ich konnte die Überreste von Kabinen und Waschbecken ausmachen, einige schwimmende Trümmer und einen zerbrochenen Spiegel, in dem sich das flackernde rote Notlicht spiegelte. Das war zwar nicht unbedingt optimal, aber eine Erleichterung nach dem heimtückischen Schwimmen, und ich war dankbar, dass ich mich endlich auf eine feste, wenn auch feuchte, Oberfläche retten konnte.

[Mitteilung über den Systemsturz]

Titel: Atemspender

Gut gemacht, Nick Vandal. Du hast es geschafft, den **Versteckten Dungeon** zu überwinden und aus der Schatzkammer zu fliehen. Als Zeichen des Respekts wurde eine vorübergehende Safe Zone in der versunkenen Männerumkleide eingerichtet.

In diese Safe Zone können keine Monster eindringen und alle Angriffe von Spielern werden ausgesetzt.

Denk allerdings daran, dass die Welt da draußen immer noch gefährlich ist. Werde nicht übermütig. Das Spiel ist noch lange nicht vorbei.

„Hab ich dich", murmelte ich, als die Meldung verblasste.

Erschöpft, aber lebendig, ruhte ich mich einen Augenblick aus und verschaffte mir einen Überblick über meine Situation. Das Verjüngungsmittel war zum Glück in seinem wasserdichten Behälter sicher und meine Waffen waren immer noch fest um mich geschnallt. Trotz des Schwimmens und der eisigen Kälte hatte ich überlebt und konnte mir nun einen Augenblick Zeit zum Nachdenken nehmen, bevor ich mich der nächsten Herausforderung stellte, die **Systemsturz** für mich bereithielt.

Ich überwand meine Erschöpfung und machte mich an die Arbeit. Zuerst musste ich unbedingt ein Feuer machen, um meine Kleidung zu trocknen und die drohende Unterkühlung zu verhindern. Ich mochte zwar über **Verlassene Ausdauer** verfügen, aber ich war nicht so töricht, den Unterschied zwischen Widerstandsfähigkeit und Unempfindlichkeit zu vergessen.

Obwohl die Toilette halb unter Wasser stand, gab es ein paar Gegenstände, die ich für ein Feuer gebrauchen konnte. Ein paar weggeworfene Papierfetzen, ein paar Holzsplitter, die einst zu einer Tür gehört hatten, und sogar ein alter Mopp mit einem ausgetrockneten Kopf. Die Toilettenschüssel, so seltsam es auch klingen mag, diente als ideale Feuerstelle.

Ich zog meine durchnässten Kleider aus und genoss das Gefühl des warmen Feuers. Mit einem Stück Draht, das ich erbeutet hatte, hängte ich meine Kleidung auf und befestigte sie in der Nähe des behelfsmäßigen Feuers. Die Hitze würde sie allmählich trocknen, und im Moment war ich einfach nur froh, aus den nassen Sachen herauszukommen.

Während meine behelfsmäßige Feuerstelle flackerte und ein warmes, orangefarbenes Licht in den Raum warf, richtete ich meine Aufmerksamkeit auf die Spinde, die eine Seite der Toilette säumten. Angesichts der ursprünglichen Bestimmung dieser Safe Zone schienen sie vielversprechend für mögliche Vorräte zu sein. Ich drückte die Daumen und begann, sie zu untersuchen.

Die ersten Schränke enthielten nur alltägliche Dinge: weggeworfene Toilettenartikel, ein paar kaum abgelaufene Lebensmittel, einige unverderbliche Waren und ein paar persönliche Gegenstände. Ich wollte die Hoffnung schon aufgeben, als ich in einem der Schränke auf einen plüschigen, warmen Bademantel stieß.

Ich spürte einen kleinen Funken der Erleichterung, als ich den Mantel anziehen wollte. Er war mit dem Zeichen von **SYSTEMSTURZ** bestickt und schien ein ironisches Geschenk des [Admin] zu sein, aber in meiner derzeitigen Situation war er genau das, was ich brauchte.

Während das Feuer in der Toilettenschüssel knisterte, setzte ich mich hin und schlang den Mantel fester um mich. Das flackernde Licht warf tanzende Schatten an die Wände der Toilette und sorgte für ein wenig Aufheiterung in der sonst so tristen Umgebung. Aber zum Ausruhen war jetzt keine Zeit. Ich hatte noch eine lange Reise vor mir und viele weitere Herausforderungen zu bewältigen. Doch jetzt konnte ich mir einen Augenblick gönnen, um mich zu erholen, zu essen, was ich fand, und Kraft für das zu sammeln, was vor mir lag.

Stunden später war der Aufbruch nicht so einfach, wie ich gedacht hatte. Der Aufbau des Dungeons hatte meinen Orientierungssinn getrübt und der Weg war nicht so klar aufgebaut, wie ich das gewohnt war. Vielleicht zum ersten Mal vermisste ich die Fähigkeit **„Leuchtfeuer“**.

Mit jeder Biegung und Abzweigung schien es, als würde ich mich immer weiter von der Oberfläche entfernen.

Noch schlimmer waren die Käfer. Sie griffen wieder und wieder an. Zwar waren sie nie eine ernsthafte Bedrohung oder echte Gefahr für mich, aber stattdessen waren sie ein Ärgernis, das mein Vorankommen verlangsamte. Der **Versteckte Dungeon** hat nicht einmal neue Kreaturen hervorgebracht. Die Monster, die mich angriffen, waren nur die Überbleibsel. Leider gab es aber jede Menge Überbleibsel.

Irgendwann stand ich dann vor einer Rolltreppe.

Zu meiner Überraschung funktionierte sie noch. Ihr rhythmisches Brummen, mechanisch und gleichmäßig, war seltsam beruhigend. Ich legte meine Hand auf das glatte Geländer und betrat sie, wobei ich darauf achtete, nicht an den Zähnen der Stufen hängen zu bleiben. Das gleichmäßige Vibrieren unter meinen Fingern zauberte mir ein Lächeln auf die Lippen. Selbst in dieser verkorksten Welt von **Systemsturz** schienen manche Dinge einfach weiterzugehen.

Die Rolltreppe beförderte mich nach oben. Für eine Sekunde fühlte es sich fast normal an, wie ein Besuch in einem Einkaufszentrum in den alten Tagen, vor dem Systemsturz.

Als ich oben ankam, wurde ich von einem langen, dunklen Gang empfangen. Dieser riss mich schlagartig aus meinen Gedanken. Ein flatterndes Geräusch wurde immer lauter, und im Halbdunkel leuchtende Augen starrten mich an, jedes Paar ein Teil einer **Bahnschabe**.

„Noch mehr von euch?" Genervt stürzte ich kopfüber in den dunklen Gang, mein Schwert fest im Griff.

Das Brummen der Rolltreppe war nur noch ein Hintergrundgeräusch, als ich oben ausstieg und mich direkt ins Getümmel stürzte. Mein Schwert durchschnitt die Luft und durchtrennte mühelos die Panzer der **Bahnschaben**. Der Gegensatz zwischen der Rolltreppenfahrt und dem Kampf danach brachte mich fast zum Lachen. Es war zwar kein normaler Tag, aber es war ein ganz normaler Tag in dieser schönen neuen Welt.

So setzte ich mein Gemetzel fort.

„Gutes Training, was?“, murmelte ich vor mich hin, als die letzte Kakerlake gefallen war und ihr musikalisches Klagelied verklungen war. Die Augen in der Dunkelheit waren durch ein Meer von leblosen Körpern ersetzt worden.

Ich setzte meinen Weg fort.

Während ich meine unerbittliche Reise zurück an die Oberfläche fortsetzte, begannen meine Gedanken in Richtung von Zukunftsplänen abzuschweifen. „Welche versteckte Errungenschaft soll ich als Nächstes freischalten?“, überlegte ich und ein Grinsen umspielte meine Lippen. Das Ziel, meinen Rang von F auf E zu erhöhen, schwebte immer im Hinterkopf, aber ich wusste, dass das Zeit brauchen würde, selbst wenn ich einen Haufen Feinde in meinem Kielwasser hinterlassen würde. Aber zuerst gab es Aufgaben, die schnellere Belohnungen und einfache Erfolge versprachen.

Ich blickte auf mein Schwert hinunter. Die **Verfluchte Walküre**. Die Klinge war nur noch eine verbeulte Hülle, abgenutzt vom ständigen Kampf und von den Spuren meines eigenen Blutes. Bald würde ich einen richtigen Profi brauchen, um die Klinge zu reparieren, wenn ich sie weiter benutzen wollte. Auch gute Ausrüstung musste gewartet werden.

Meine Augen schmerzten von der unerbittlichen Anstrengung der Kämpfe im Halbdunkel und ich fragte mich, ob es auf der Oberfläche eigentlich gerade Tag oder Nacht war. Ich konnte nicht sagen, wie spät es war, und ich ärgerte mich, dass ich nicht wenigstens eine Uhr besaß. In einer Welt, die von Smartphones regelrecht überschwemmt war, hatte ich jahrelang keine getragen, und jetzt stellte ich fest, wie praktisch eine Uhr gewesen wäre, obwohl der Großteil unserer Technologien laut Zagrid ausgelöscht worden war und vielleicht nur eine alte Aufziehuhr funktioniert hätte. Andererseits funktionierten manche Dinge, andere nicht. Mir war das aber nicht wichtig genug, um herauszufinden, warum das so war.

Ich marschierte weiter und erreichte die vertrauten Überreste der ersten Safe Zone.

Aus der Dunkelheit trat ich in das Licht des Ladens. Ich muss wie ein Wrack ausgesehen haben. Meine Jacke, die einst solide gewesen war, war nun ein zerfetztes Durcheinander, das die Last unzähliger Kämpfe auf sich genommen hatte. Meine Jeans war aufgeschlitzt und zerrissen, mehr eine

Ansammlung von lose zusammengehaltenen Fäden als eine Hose. Selbst meine Schuhe waren alles andere als unversehrt. Ich war überzogen mit einer grausamen Mischung aus Blut und Speichel, aber ich war am Leben. Und in diesem Spiel ging es ums Überleben.

Eine andere Gruppe war auf den **Versteckten Dungeon** gestoßen und war damit beschäftigt, den Laden in der Wand auszuräumen. Die Gruppe bestand aus sieben Personen, zwei Frauen und fünf Männern. Keiner von ihnen sah wie ein Kämpfer aus, aber sie schienen Ärger zu machen, und an der Seite, in einer Ecke, saßen zusammengekauert meine ehemaligen Gruppenmitglieder.

Als ich den gut beleuchteten Laden betrat, hielt ich inne und betrachtete die Szenerie vor mir. Der einst so behagliche Ort fühlte sich jetzt anders an, der Schutz der **Safe Zone** war nicht mehr gewährleistet. Der **Versteckte Dungeon** war abgeschlossen und damit war auch der Schutz verschwunden, den er geboten hatte.

„Na toll“, murmelte ich vor mich hin, „wenigstens konnte ich die vorübergehende Safe Zone genießen.“

Um mich herum hörte der Lärm auf. Mehrere Köpfe drehten sich in meine Richtung. Statt Sicherheit lag Spannung in der Luft.

Die Augen der neuen Gruppe funkelten mit einer unausgesprochenen Drohung, ihre Blicke waren schneidend scharf. Ich war nicht erwünscht und auch nicht willkommen. Als die Stille sich immer weiter ausdehnte, schmunzelte ich trocken: „Kümmert euch nicht um mich. Ich muss mir bloß dringend eine Uhr besorgen.“

16. LOGISCHE AUSEINANDERSETZUNGEN

Als ich im Laden war, ging ein Raunen durch die Gruppe in meine Richtung. Blicke bohrten sich in meinen Rücken.

„Wer ist dieser Eigenbrötler?“, fragte eine Stimme, der die Neugierde ins Gesicht geschrieben stand.

„Nicht viel zu erkennen, aber sein Schwert ...“, eine andere Stimme verstummte und wurde durch den hohlen Klang eines gezwungenen Lachens ersetzt.

„Ach nee – wen haben wir denn da“, meldete sich eine dritte.

Ich schenkte ihnen keine Beachtung. Stattdessen schaute ich zu meiner alten Gruppe hinüber. May, Willow und Alvin kauerten zusammen wie ein Rudel schreckhafter Tiere. Alvin hatte ein blaues Auge und eine Platzwunde über einer Wange. Ihre ängstlichen Blicke huschten zwischen mir und der Gruppe hin und her, die offenbar den Laden in Beschlag genommen hatte.

Ich schenkte den feindseligen Blicken keine Beachtung und ging auf meine ehemaligen Teamkollegen zu.

„Was ist denn hier los? Was ist hier geschehen?“, fragte ich mit heller Stimme, aber wachsamem Blick. Ich hatte so meine Vermutungen. In Zeiten wie diesen waren die Leute berechenbar.

„Wer sind denn unsere neuen Freunde?“ Ich warf Alvin einen neckischen Blick zu. „Hat dir einer von denen das Veilchen verpasst?“

Er wich zurück und murmelte irgendetwas, das ich nicht zur Kenntnis nahm.

„Klar, das war sicher bloß reiner Zufall“, murmelte ich mit skeptischem Unterton.

Als ich sie ansah, erkannte ich die missliche Lage meines alten Teams. Sie müssen auf ihrem Weg zurück an die Oberfläche auf eine größere Gruppe gestoßen sein und wahrscheinlich versucht haben, ihnen als Friedensangebot vom Laden in der Mauer zu erzählen. Sie hatten auf Zusammenarbeit gehofft und darauf, willkommen geheißen zu werden. Stattdessen sahen sie sich unterjocht und unter die Knute von jemand anderem gestellt.

Willows Augen huschten durch den Laden und ihre

Stirn legte sich besorgt in Falten. Trotz der feindseligen Blicke hatte mir noch keiner der Neuen etwas angetan, und abgesehen von Alvins blauen Flecken verhielten sie sich im Moment ganz friedfertig. Aber ich hatte schon öfter mit solchen Leuten zu tun gehabt. Das **System** brachte das Beste und das Schlimmste in den Menschen zum Vorschein, und diese Neuankömmlinge waren Aasfresser – ihr Lächeln verbarg ihre wahre Gesinnung. Alvin hatte sich wahrscheinlich selbst als Anführer der Gruppe dargestellt, um seinen Status bei den Neuankömmlingen zu erhöhen, und hatte darunter gelitten.

Alvin betrachtete mich. Wir hatten einen holprigen Start, eine leicht ablehnende Beziehung, aber das gemeinsame Kämpfen hat uns auch im **Versteckten Dungeon** zusammengeschweißt. Sein Blick war eisig, auch wenn seine Gedanken unter der Oberfläche brodelten. Ich konnte deutlich sehen, dass er die Stärke wollte, so zu handeln wie ich, er wollte die Fähigkeit, die ich besaß, um sich die Macht zu nehmen, von der er glaubte, dass ich sie innehatte. Sein blaues Auge würde für ihn die Triebfeder für zukünftiges Wachstum sein.

„Wir wollten zurückkommen und Vorräte besorgen. Aber sie haben alles an sich genommen. Sie haben uns auch nicht gehen lassen. Das habe ich ja versucht. Sie behaupten, dass wir gehen können, sobald sie alles haben, was sie wollen“, erklärte Alvin schließlich mit einem Hauch von Bitterkeit in seinen Worten.

Ein Seufzer kam mir über die Lippen. Dann ließ ich meinen Blick über die plündernden Neuankömmlinge schweifen, die sich in die Nähe des Ausgangs postiert hatten, und über mein gebeuteltes altes Team. Die unausgesprochene Drohung, die in der Luft lag, war klar: Die Neuankömmlinge hatten den Laden eingefordert und sahen mein Schwert als ihre nächste Beute an. Wir saßen in der Falle.

„Eine Lektion für die Zukunft", schlug ich vor, und zwar in einem ruhigen und leisen Ton: „Vertraut anderen nicht so schnell. Von hier an wird es nur noch tödlicher werden. Ihr könnt von Glück reden, dass ihr noch am Leben seid." Meine Worte klangen nicht verärgert, sondern ich musste die Wahrheit gelassen zur Kenntnis nehmen. Im **Systemsturz** überlebte nur der Stärkere, und wer nicht stark genug war, musste sich den Stärkeren geschlagen geben.

Ich betrachtete meine alten Teamkameraden noch einmal und ein finsterer Ausdruck huschte über mein Gesicht.

„Was hast du vor?", fragte May und blickte angespannt zwischen mir und der Gruppe hin und her, die meine Waffen eindeutig als ihre nächste Beute auserkoren hatte.

„Ich?", antwortete ich in einem leichten, fast heiteren Ton. Ein schelmisches Glitzern funkelte in meinen Augen, als ich in Richtung der gierigen Menge blickte. „Ich werde einen Kampf anzetteln."

Ein Lachen löste sich von meinen Lippen, aber es steckte kein Witz dahinter, sondern nur der kalte Stahl der bevorstehenden Tat. Ich ging auf die Neuankömmlinge zu, den Griff meines Schwertes fester umklammert. Hier ging es nicht mehr allein ums Überleben; es ging darum, einige Dinge richtig zu stellen.

Ich schnallte die **Verfluchte Walküre** ab und legte sie neben mir ab, damit die anderen sie sehen konnten.

Die angespannte Stille, die im Laden herrschte, wurde von einem hochgewachsenen, schlaksigen Kerl mit Kurzhaarschnitt und einer billigen Nachahmung von Militärkleidung unterbrochen. Mit einer Axt auf dem Rücken und Dolchen an den Oberschenkeln stapfte er auf mich zu und versuchte, mit seiner Größe und Angeberei seine Überlegenheit zum Ausdruck zu bringen. Ich kämpfte gegen den Drang an, ihm ins Gesicht zu lachen. Das hier musste unbedingt gelingen.

„Hey, Kumpel, was für ein schönes Schwert du da hast", lallte er und seine Augen funkelten vor Gier. „Ich könnte auch ein Upgrade gebrauchen. So ein Schwert braucht einen echten Krieger, der es führt. Du hast Glück. Ich nehme es dir ab, damit du dir nicht noch wehtust."

Solche Typen kannte ich. Möchtegernsoldat. Wahrscheinlich hat er sein ganzes Leben damit verbracht, sich Kriegsdokus reinzuziehen, billige Restposten zu kaufen und ein T-Shirt zu tragen, auf dem stand, dass er ein PvP-Gott sei. Dabei sah man in seinem Gesicht keine Spur von dem Kämpfergeist eines echten Soldaten.

Er versuchte, einen Arm um meine Schultern zu legen – eine klassische Taktik, um in meinen persönlichen Raum einzudringen, seine Größe zu nutzen, um mich einzuschüchtern und mir zu nehmen, was er wollte.

Mit einer schnellen, abweisenden Geste schüttelte ich ihn ab und er stolperte rückwärts. „Hau bloß ab."

„Was hast du gesagt, du kleiner Scheißer?" Er knurrte und sein freundliches Auftreten wich völlig seinem wahren Wesen.

„Ich sagte, du sollst abhauen", erwiderte ich kalt. „Hast du mich nicht gehört? Habe ich gestottert?"

„Ha!" Er richtete sich auf und stellte sich aufrecht hin. „Du versuchst wohl, vor deinen Freunden wie ein echter Macker auszusehen, was? Na gut, ich lasse dir die Wahl. Entweder du gibst mir das Ding, während ich dich höflich darum bitte, oder ich schlage dich zu Tode und nehme mir das Schwert trotzdem. Und dann nehme ich mir vielleicht noch deine Freundin da drüben vor."

Die Spannung im Laden stieg ins Unermessliche, als alle ihre Aufmerksamkeit auf uns richteten.

„Hey", begann ich und machte mir nicht die Mühe, meine Verachtung zu verbergen. „Hast du dir schon jemals gedacht, dass du so richtig Mist gebaut hast?“

„Was zur Hölle, bist du …“

Ich schnitt ihm das Wort ab und versetzte ihm einen gezielten Tritt gegen den Knöchel. Dabei knackte ein Knochen, und der Kerl verlor das Gleichgewicht und kippte um.

Ich statuierte ein Exempel an ihm.

Noch bevor er zu Boden stürzen konnte, schnappte ich ihn am Hinterkopf. Da stieß der Mann unflätige Beschimpfungen aus. Er hörte erst auf zu schreien, als ich seinen Schädel mit dem Gesicht voran auf den Boden des Ladens knallte.

„Du bist mir noch eine Antwort schuldig, sobald du aufwachst“, gluckste ich und stupste den bewusstlosen Kerl mit meinem Fuß an.

„Er kann von Glück reden, dass ich ihn am Leben gelassen habe“, rief ich der zuschauenden Menge zu und schenkte den entsetzten Gesichtern meiner alten Gruppe keine Beachtung. „Kann mal bitte jemand diesen Müll aufsammeln?“

„Nick, was soll das?“, zischte Willow, Angst und Entsetzen tanzten in ihren Augen. „Verärgere sie nicht unnötig. Du kannst dich vielleicht so benehmen, aber wir nicht, und sie denken, wir gehören zu dir.“

„Es sei denn, du hast vor, die Verantwortung zu übernehmen und dich auch um den Rest der Gruppe zu kümmern“, erwiderte Alvin und wurde schlagartig kreidebleich, als ob ihn das Gewicht seiner Worte getroffen hätte. Er fragte sich wahrscheinlich zum ersten Mal, ob ich andere Leute wohl genauso leicht töten könnte wie Monster.

„Ich kann mich entschuldigen, wenn das die Sache besser macht“, antwortete ich, wobei mir der Sarkasmus aus der Stimme tropfte.

„Um Himmels willen, wenn du nicht auf unserer Seite bist, dann mach uns wenigstens keine größeren Probleme. Sie halten dich eindeutig für eine von uns“, raunte Willow und knuffte mich leicht in den Arm.

Ich hielt inne und beobachtete May, die sich höflich mit einem Mädchen aus der anderen Gruppe unterhielt. Willow hatte nicht ganz Unrecht. Die Situation entspannte sich. Vielleicht war nicht alles nur schlimm. Noch nicht.

„Lasst es mich klarstellen, falls das noch nicht bereits geschehen ist“, rief ich, um sicherzugehen, dass mich alle hörten. „Diese Leute sind so etwas wie Freunde für mich, und wenn ihr meine Freunde fertigmacht, dann mache ich euch fertig, und das nächste Mal kommt niemand so leicht davon wie euer schlafender Freund.“

Alle erbleichten und nickten verständnisvoll.

„Das erinnert mich an etwas. Weiß irgendjemand, wie spät es ist?“, fragte ich und schlenderte lässig zu einem Haufen zusammengetragener Vorräte hinüber, wobei mein Blick über die verschiedenen Gegenstände schweifte, bis er schließlich an einer digitalen Armbanduhr hängen blieb. Ich hob sie auf und legte sie mir um das Handgelenk, wobei die LED-Anzeige in der Dunkelheit des Ladens leuchtete.

Dann blickte ich zu May, Willow und Alvin hinüber und nickte leicht. „Wenn ihr etwas essen wollt, solltet ihr das jetzt tun. Die Zeit ist fast um.“

Bei meinen Worten weiteten sich ihre Augen. Sie hatten gelernt, dass sie zuhören müssen, wenn ich ihnen etwas mitteilte. Mit einem Gefühl der Dringlichkeit stürzten sie sich auf jedes Lebensmittel, das sie finden konnten.

Ich schenkte dem ganzen Durcheinander keine Beachtung und holte mir eine Flasche Wasser aus dem Kühlschrank, drehte den Deckel ab und nahm einen langen, kräftigen Schluck. Dann holte ich ein Sandwich aus der Kühltruhe, packte es aus und biss hinein.

„Da fehlt noch Senf.“

17. ÜBERLEBEN

Als ich meine Mahlzeit verschlang, spürte ich, wie die Energie in meinen Körper zurückkehrte. Jeder Bissen des Sandwichs, jeder Schluck Wasser schien mich zu beleben und meine Laune zu verbessern.

„Wow. Da war wohl jemand hungrig?", fragte Willow und beobachtete mich, als ich mein Essen verputzte und mir die Hände abwischte.

Ich nickte mit einem Mund voller Essen. Bei meinem Kalorienverbrauch bezweifelte ich, dass ich in den nächsten Tagen überhaupt genug zu essen bekommen würde, oder dass ich die Gelegenheit dazu hätte.

Das einfache Vergnügen, das ein voller Magen mit sich brachte, war bemerkenswert. Ich fühlte mich nicht steif oder müde oder so. Ich fühlte mich einfach nur erfrischt.

Vielleicht war es der Stoffwechsel meines Körpers, der Überstunden machte, um das Essen zu verdauen und es als Treibstoff für meine Muskeln zu nutzen. Vielleicht war es aber auch eine der Errungenschaften, die ich zur Steigerung meiner Vitalität erlangt hatte, oder es war sogar die **Zähe**

Vitalität, die sich bemerkbar machte. Vielleicht war es aber auch schlicht und einfach der Genuss einer guten Mahlzeit nach einem langen Tag. Was auch immer es war, ich fühlte mich bereit für das, was vor mir lag.

„Ja, ich war ausgehungert. Aber das reicht erst mal", antwortete ich und schaute auf die Uhr. Der dritte Tag des **Systemsturzes** neigte sich dem Ende zu, und das bevorstehende Update stand kurz bevor. „Ich mache mich bereit zum Abflug."

Offiziell hieß es **Dunkelheit der Nacht**, ein unheimlicher Titel, der den Überlebenden in meinem früheren Leben unter dem bekannteren Namen „Diese verdammten Nächte" bekannt war.

Als ich aufstand, um aufzubrechen, nahm ich May wahr, die mir folgte.

„Ich möchte kein Anführer sein, nicht bei dem, was uns als Nächstes bevorsteht", stellte ich ohne Umschweife fest und machte mir nicht einmal die Mühe, innezuhalten.

Aber May lief mir weiter hinterher.

„Ich weiß." Dann antwortete sie: „Aber ich kann nicht hierbleiben und wenn ich stark genug werden möchte, um in dieser Welt zu überleben, kann ich das am besten bei dir lernen."

„Ich verlange nicht umsonst von niemandem, mich zu

begleiten, da es gefährlich sein wird.“ Dabei warf ich ihr einen kurzen Blick über meine Schulter zu.

May hielt schließlich inne und verarbeitete, was ich zu sagen versuchte. Sie wollte mit mir zusammen sein, nicht nur wegen meines Wissens über Überlebensstrategien, sondern weil ich so unfassbar ehrlich war, auch wenn es brutal war. Vielleicht sah sie etwas in mir, das das Risiko wert war.

„Aber“, fügte ich hinzu und wandte mich ihr zu, „wenn sich jemand aus freien Stücken für mich entscheidet, bereit ist, die Folgen zu tragen und seinen eigenen Beitrag zu leisten, ohne zu erwarten, dass ich seinen Dreck wegmache … nun, dann kann ich denjenigen wohl nicht aufhalten. Außerdem liegt die Entscheidung letzten Endes bei dir.“

Bei meinen Worten leuchtete ein Funken Hoffnung in Mays Augen auf. Sie hatte schon während des Essens darüber gesprochen, sich von Willow zu trennen. Es war klar, dass May sich für ihren Weg entschieden hatte. Ob dieser Weg in Sicherheit oder Gefahr führen würde, würde nur die Zeit zeigen. Aber wenn sie mit mir mithalten konnte, würde es ihr gut gehen.

„Nick hat nicht vor, bei uns zu bleiben.“ Willow hatte diese Bemerkung an Alvin gerichtet, während die beiden die sich zurückziehenden Mitglieder ihrer ehemaligen Gruppe beobachteten. „Für uns könnte er genauso gut tot sein“, spuckte Willow, die sich über die Auflösung der Gruppe ärgerte. „Aber wenn sich die Gelegenheit ergibt und wir uns wiedersehen, würde ich nicht ausschließen, wieder mit ihm gemeinsam unterwegs zu sein." Sie blickte zu Alvin auf. „Aber bis dahin sollten wir beide wohl zusammenbleiben, bis wir Jason und die anderen gefunden haben?" Alvin nickte und seufzte.

Willow hatte sich Sorgen um May gemacht. Sie waren Freunde und Schwestern in derselben Studentenverbindung gewesen, aber Willow hatte gesehen, wie sich May durch Nicks Ermutigung verändert und angepasst hatte. Außerdem war sie nicht ihr Vormund. Irgendwann musste May anfangen, die Dinge selbst in die Hand zu nehmen, und zwar ganz allein. Dieses **System** war brutal. Viele der gesellschaftlichen Normen würden bald nicht mehr gelten, und wenn Willow ehrlich zu sich selbst war, vermutete sie, dass May die erste sein würde, die daran zerbrechen würde. Jetzt ... fand Willow ein gewisses Maß an Frieden in dem Wissen, dass May sich mit Nick zusammengetan hatte, auch wenn sie ihn dafür verfluchte, dass er sie und Alvin zurückgelassen hatte.

Alvin gefiel der Gedanke zwar nicht besonders, aber er wollte sich auch nicht mit May streiten. Einfach ausgedrückt: Er hatte Gefühle für sie. Er hatte gehofft, dass May sich ohne Nick auf ihn verlassen und ihm die Möglichkeit geben würde, sich zu bewähren. Aus diesem Grund hatte er sich Nick gegenüber auch so ablehnend verhalten. Er schnaubte leise vor sich hin und erkannte, dass das eine dumme Entscheidung gewesen war. Im Nachhinein hätte er wahrscheinlich versuchen sollen, anfangs mehr mit Nick zusammenzuarbeiten, anstatt ihn als Rivalen zu sehen.

Stattdessen hatte die andere Gruppe ihn einfach überwältigt.

Aber die ständige Erwähnung von Nicks Namen während ihrer Wanderung durch den **Versteckten Dungeon** war zu viel für ihn geworden. Und wie so oft in der Vergangenheit war er übersehen worden, weil ein anderer Kerl interessanter war als er.

Als er aber nun mitansehen musste, wie May mit Nick wegging, konnte er nur frustriert die Zähne zusammenbeißen und … sich selbst Vorwürfe machen.

Der eigentliche Ärger begann jedoch, als die Sonne vollständig untergegangen war.

Der siebenköpfigen Gruppe, die sich zum Aufbruch anschickte, fiel auf, dass die Taschen, die sie für die Rückkehr an die Oberfläche vorbereitet hatten, überraschend leicht waren.

„Wo zum Teufel ist das ganze Essen?“

Zunächst herrschte Bestürzung und Verwirrung. Willow und Alvin beobachteten das sich anbahnende Durcheinander mit wachsender Besorgnis. Einer aus der Gruppe stürzte in den Laden, um etwas Anderes zu holen, und kaum war es aus einer Kiste herausgezogen, war es auch schon verschwunden.

„Mit dem Essen stimmt irgendwas nicht!“

Dann erschien eine Nachricht in allen Menüs.

[Mitteilung über den Systemsturz]

Titel: Sonderveranstaltung beginnt – Dunkelheit der Nacht

Achtung! Dunkelheit der Nacht hat begonnen. Aus diesem Grund werden alle Lebensmittel, die sich nicht in vom **Systemsturz** zugelassenen Behältern befinden oder in ausgewiesenen Safe Zones gelagert werden, vom System entfernt, sobald sie eingesammelt werden. Eine Ausnahme bilden frisches Fleisch von der Jagd und Pflanzen vom Sammeln. Es ist jetzt wichtiger denn je, sich auf die Ressourcen um euch herum und auf die Methoden des Systems zu verlassen, um zu überleben. Nehmt die Herausforderungen an, die vor euch liegen.

Es folgte Panik.

„Das waren sie!“ Anschuldigungen wurden erhoben, Finger wurden auf Willow und Alvin gedeutet. „Sie müssen irgendeine Fähigkeit haben, das Essen verschwinden zu lassen. Die wollen sich doch bloß an uns rächen.“

Willow wich instinktiv zurück und machte große Augen vor Schreck. Es war klar, dass ein vernünftiges Gespräch nicht mehr möglich war. Ohne einen weiteren Augenblick zu verschwenden, machte Willow auf den Fersen kehrt und jagte so schnell sie konnte davon. Noch länger zu bleiben, wäre zu gefährlich gewesen.

„Bitte, bitte lass mich May einholen“, murmelte Willow in einem Stoßgebet. In ihrer Angst und Eile bemerkte sie kaum, dass ihr männlicher Begleiter ihr nicht auf den Fersen war.

Anstatt zu fliehen, traf Alvin die unglückliche Entscheidung, sein Schwert zu zücken und zu versuchen, die Führung mit Gewalt zu übernehmen, anstatt einfach davonzulaufen. Innerhalb weniger Augenblicke umschlang eine faserige Substanz seine Beine und zerrte ihn zu Boden.

„Eine ganz schön praktische Fähigkeit, dieses **Spinnennetz**, findest du nicht?“, scherzte jemand.

Als Alvin seine Beine betrachtete, stellte er fest, dass sie von weißen, klebrigen Fäden umschlungen waren. Die Masse an Fäden ähnelte einem gedehnten Toffee, hatte aber die Stärke von Stahldraht. Er konnte seine Beine nicht losreißen. In einem verzweifelten Versuch hob er sein Schwert und hackte auf die Fäden ein, aber das war ein vergebliches Unterfangen.

Obwohl ein paar Fäden durchtrennt wurden, war es zu spät. Die Mitglieder der anderen Gruppe waren bereits über ihn hergefallen.

„Nicht so schnell, mein Freund. Du erklärst mir jetzt, woher ihr beide das alles gewusst habt.“

Alvin hielt seinen Kopf hoch, obwohl seine Hände um

seine Waffe zitterten. „Schon komisch, dass du mir die Schuld für deine eigene Unfähigkeit gibst." Die Stille und die Spannung wuchsen, als er eingekesselt wurde. „Ich habe doch bereits versucht, euch die Regeln für die **Safe Zone** zu erklären, aber keiner von euch hat zugehört. Ich habe euch gewarnt, dass **Zagrid** Konsequenzen angekündigt hat, wenn ihr zu gierig werdet. Lasst mich doch einfach laufen!"

Trotz ihrer atemlosen Panik und ihrer überwältigenden Schuldgefühle schaffte es Willow, May und mich schnell genug zu erreichen. Uns einzuholen, war der leichte Teil. Schwerer zu schlucken war die Tatsache, dass sie Alvin zurückgelassen hatte, allein und umgeben von einem wütenden Mob. Mein Versuch, sie zu beruhigen, war nicht besonders tröstlich. Ich hätte es May überlassen sollen, ihr zuzureden.

„Sie bringen ihn schon nicht um. Er ist eine wertvolle Informationsquelle für sie. Er kommt schon klar", meinte ich und behielt unser zügiges Tempo bei. Die Nacht brach herein, und wir hatten keine Zeit mehr zu verlieren.

„Wohin gehen wir eigentlich?", fragte May und versuchte, ihre Gedanken von Alvin abzulenken. Die Strapazen des Tages lasteten schwer auf ihr, und im Augenblick ging es ihr vor allem um ihr eigenes Überleben.

„Ich weiß nicht, von welchem 'wir' du sprichst. Was mich betrifft, so bin ich auf dem Weg zum Central Park. Scheint ein guter Ort zu sein, um etwas Essbares zu finden, oder?" Mein Magen knurrte zustimmend, aber ich unterdrückte den Drang zu essen mit reiner Willenskraft. Mein Körper war noch dabei, sich an die neue Welt anzupassen, auch wenn mein Geist bereits dort war.

„Ah, wir gehen also auf die Jagd? Im Zoo?“ Willow versuchte, unsere lose Gruppe zusammenzuhalten, obwohl ich lieber allein unterwegs gewesen wäre. Es schien immer klarer zu werden, dass ich auf ihnen sitzen bleiben würde, bis sie für sich selbst sorgen konnten.

„Ich schon. Ich kann nicht für den Rest von euch sprechen“, antwortete ich kurz und knapp.

„Aber wir sind doch direkt neben dir. Wo ist da der Unterschied?“, meldete sich May zu Wort.

„Der Unterschied? Nun, ich habe niemanden im Stich gelassen“, erwiderte ich achselzuckend.

„... Das war hart“, murmelte May nach ein paar Sekunden unangenehmer Stille.

„Er wird es überleben. Glaub mir“, sagte ich lässig.

„Und wenn nicht? Fühlst du dich dann schuldig?“, fragte Willow, ihre Stimme war kaum mehr als ein Flüstern. Schuldgefühle nagten an ihr, das war sonnenklar. „Sollen wir wieder eine Gruppe gründen?“

„Nein.“ Ich seufzte und beschloss, sie ein wenig zu trösten: „Für dich wäre es besser, wenn du aufhören würdest, dir Sorgen um Alvin zu machen, du kannst im Augenblick nichts tun."

„Und was ist mit dir passiert, nachdem du dich allein in den Dungeon gewagt hast?" Willow versuchte, das Thema zu wechseln, da ihre Neugierde geweckt worden war.

„Nun, ich bin da unten fast gestorben", antwortete ich beiläufig, „und dann bin ich geschwommen."

Hinter meinem Rücken spürte ich die erschrockenen Blicke, die die beiden Mädchen austauschten.

„Aber nachdem ich mich abgetrocknet hatte", fuhr ich fort, „habe ich mich in den zweiten Stock gekämpft und dann habe ich euch gefunden."

Unsere Wanderung ging etwa zwanzig Minuten lang schweigend weiter. Wir liefen mitten auf der verlassenen Straße entlang, eine Erfahrung, die für die Mädchen sowohl seltsam als auch befreiend war. Ohne Autos oder menschlichen Verkehr fühlten sich die Straßen breit und auf eine seltsame Weise sicherer an. Sie boten reichlich Platz zum Ausweichen im Falle eines unerwarteten Angriffs.

Plötzlich blieb ich abrupt stehen, bevor ich das Tempo wieder anzog und aus unserem gemächlichen Spaziergang ein schnelles Jogging machte.

„Warte, was ist passiert?" May beeilte sich, mich einzuholen, und ihr Atem ging unregelmäßig.

„Ich habe Hunger!", erklärte ich und grinste über ihre

verwirrten Blicke.

„Du hast sie doch nicht alle!“, schoss Willow zurück und keuchte schwer von der Anstrengung.

Die grausame Wirklichkeit unserer neuen Welt dämmerte uns – während einige weiterhin vergeblich versuchen würden, die Welt wiederherzustellen, mussten sich andere anpassen und weiterentwickeln, um in der rauen, unbarmherzigen Umgebung zu überleben.

Doch das Überleben war nichts für schwache Nerven.

Oder für schwache Mägen.

18. AHORNLADEN

Als ich mir meinen Weg durch die verworrene Welt von **Systemsturz** bahnte, verzog ich unweigerlich das Gesicht. Beim Gedanken an die kommenden Tage rumorte es in meinem Magen. Ich freute mich nicht gerade darauf, wieder so hungrig zu sein, und ich sehnte mich danach, wenn dieser beschwerliche Teil vorbei war und sich endlich **Safe Zones** unter der Führung von Gilden bilden würden.

In der Zwischenzeit musste ich eine Lösung für die Haltbarmachung von Lebensmitteln finden. Denn alles, was vorverpackt und zubereitet war, würde in der Nacht verschwinden oder, sobald jemand es aus einer aktiven Safe Zone mitnahm.

Ich hatte einmal versucht, herauszufinden, ob es ein spezielles Nahrungsmittel gibt, das gegen die Auswirkungen von [Dunkelheit der Nacht] geschützt ist. Zuerst habe ich mich gefragt, ob alle, die ihr Essen mit anderen teilten, wie James und Aria oder die gutherzigen Mitglieder der örtlichen Kirchen, einen Titel oder eine Fähigkeit für Nahrung freischalten konnten. Ähnlich wie eine Fähigkeit, die mit einer Errungenschaft verbunden ist, wie die, die ich im

Versteckten Dungeon erlangt hatte.

Ich hatte auch die Möglichkeit in Betracht gezogen, dass die Antwort in Egoismus und Gier liegen könnte, aber an beidem schien es in dieser Welt keinen Mangel zu geben, und niemand hatte eine Verbesserung der Fähigkeiten für diese beiden Verhaltensweisen erwähnt. Dann kam die Mitteilung, dass ich einen vom **Systemsturz** genehmigten Container bräuchte. Da ich keine Fähigkeit zur Nahrungsbeschaffung besaß, war das das Nächstbeste, was ich anstreben konnte. Jetzt war es an der Zeit, zu jagen.

Das war der Grund, warum ich im Park war; Willow hatte es schon vermutet.

„Der Central Zoo", murmelte ich vor mich hin und war von der Idee beeindruckt. Dort würde ich mit ein bisschen Kreativität eine Mahlzeit finden.

„Also gut, hört zu, meine Damen", verkündete ich und durchbrach die angenehme Stille, die sich über unser Trio gelegt hatte. „Wir sind auf dem Weg zum Central Zoo."

„Der Central Zoo?", antwortete May mit einem Anflug von Verwunderung auf ihren Zügen. „Aber warum?"

Mit einem wissenden Grinsen antwortete ich: „Mit etwas Glück finden wir dort jede Menge Dinge, die wir erlegen und verspeisen können. Wenn wir unsere Karten richtig ausspielen, wird das ein wahres Festmahl werden."

„Aber... wird es da nicht auch Monster geben?“, antwortete Willow mit besorgter Stimme.

„Wahrscheinlich“, bestätigte ich in einem unbefangenen Ton, „aber auch die sind lediglich bloß Abendessen.“

Mein Versuch, die Situation auf die leichte Schulter zu nehmen, schien zu fruchten, denn Willow stieß ein angespanntes Glucksen aus. May hingegen machte einen erwartungsvollen Gesichtsausdruck.

„Hat einer von euch schon mal Lamm gegessen?“, fragte ich dann, wobei ich absichtlich einen Hauch von Begeisterung in meine Stimme legte. Die Mädchen tauschten einen Blick aus und schüttelten dann den Kopf. „Habe ich auch nicht gedacht. Ich auch nicht.“

Jemand hat einmal gesagt: „Erst wenn der letzte Baum gefällt, der letzte Fisch gefangen, der letzte Fluss vergiftet ist, erst dann werden wir erkennen, dass man Geld nicht essen kann.“

An dieses Zitat wurde ich erinnert, als ich über den Zustand unserer Welt nachdachte. Was war Geld, wenn nicht ein allseits anerkanntes Stück Papier, das einen Wert hatte? Früher war es noch durch Gold oder vielleicht Öl gedeckt worden, aber heute? Heute bedeutete es gar nichts mehr.

Ich wusste nicht einmal, ob das ein Zitat von einer

berühmten Persönlichkeit war. Seine Herkunft war unklar, aber es beschrieb genau die Welt um mich herum, in der der Verkehr zum Erliegen gekommen war, Geschäfte und Restaurants geschlossen hatten und staatliche Organisationen verschwunden waren.

Die einzige echte Währung war das, was man mit seinen eigenen Händen erreichen konnte. Die eigene Willenskraft.

Leider bedeutete das, dass es auch kein Internet gab.

Inmitten des Überlebens und des Chaos, das in der Zukunft herrschen würde, neigten die Leute dazu, zu vergessen, wie der [Admin] die Welt kontrollierte. Sie nahmen es als Tatsache hin und machten einfach weiter. Aber jetzt, wo sich die Dinge noch langsam entwickeln, hatte ich keine Möglichkeit, nachzuforschen?

Nach Zagrids Warnungen war ich davon ausgegangen, dass das Internet nicht funktionierte, aber ich hatte nie die Gelegenheit gehabt, es selbst zu versuchen.

Mit einem Blick auf die beiden Mädchen, die hinter mir keuchten, May und Willow, verschob ich die Idee auf später und erinnerte mich an unser ursprüngliches Ziel.

Der Central Zoo.

Bevor wir drei unser eigentliches Ziel erreichten, oder besser gesagt, bevor ich mein Ziel erreichte, da ich die beiden anderen als Anhängsel betrachtete. Ich überlegte immer noch, warum ich auf sie aufpassen sollte.

„Weil es das Richtige ist“, murmelte ich vor mich hin. Ich selbst war noch am Leben, weil mir mal jemand geholfen hatte. Wenn ich den Gefallen erwidern und weitergeben konnte, musste ich das wohl tun.

Als wir weiterzogen, stolperten wir schließlich über den Ahornladen. Es war ein funkelnder Kasten aus Glas, der mich an ein wesentliches Problem erinnerte.

„Ich hoffe, dieses Schwert kann mithalten, wenn die Kacke am Dampfen ist“, murmelte ich und betrachtete den Laden, der größtenteils aus Glas bestand und in dem sich überraschend viele Leute tummelten. Irgendwie kam es mir komisch vor, dass sie alle diese High-End-Handys und Tablets in der Hand hielten, die ohne Empfang nutzlos waren. Das hielt die Leute aber nicht davon ab, ihre Geräte aufzuladen und sich zu schnappen, was sie in die Hände bekamen.

„Es wäre besser, ihnen aus dem Weg zu gehen“, meldete sich May zu Wort. „Ich bezweifle, dass die alle da drinnen versammelt sind, weil alle beschlossen haben, einfach nett zu sein.“

„Das glaube ich auch. Ich habe auch keine Lust, mich mit ihnen einzulassen. Ich meine, ausgerechnet in einem Ahornladen. Diese Leute sind entweder Markenschweine oder sie wollten nur ein paar überteuerte Handys ergattern“, brummte Willow. „Kannst du das glauben? Und so wie es aussieht, wollten diese Leute wahrscheinlich alle ihre Handys auf den neuesten Stand bringen. Wie kurzsichtig und idiotisch."

May, die stolze Besitzerin eines solchen Ahorngeräts, warf unweigerlich einen wehmütigen Blick in Richtung des Ladens. Es fiel mir schwer, mich daran zu erinnern, wie es sich anfühlte, ein Handy zu besitzen. Für mich war der Gedanke, jemals ein Handy besessen zu haben, sogar noch befremdlicher. Ich erinnerte mich an meine Kommilitonen an der Uni, die sich an ihre Geräte geklammert hatten, um die Zeit abzulesen oder einfach als tröstliches Überbleibsel der Welt, die es einmal gegeben hatte. Für mich waren sie nichts weiter als ein Ärgernis.

„Sie nehmen viel Platz in Anspruch, lenken ab und sind einfach überflüssig. Der größte Nutzen, den die alte Welt für diese Geräte hatte, war der Taschenrechner", brummte ich und dachte daran, dass sich diese übersehene Funktion später für die Händler und alle, die in der Welt nach dem Untergang für Ordnung sorgen wollten, als unschätzbar erweisen würde.

Wir gingen an dem geschäftigen Laden vorbei und ließen das Getöse hinter uns, als wir uns unserem Ziel näherten: Dem Central Zoo.

„Werden wir hier wirklich jagen?", fragte Willow und beäugte den Eingang des Zoos mit Argusaugen. Jeder Anschein von Ordnung – Eintrittskarten und Warteschlangen – war schon lange verschwunden.

„Das müssen wir. Sonst werden wir zu den Gejagten", antwortete ich, während meine Worte durch ein entferntes Brüllen und ein leichtes Vibrieren unter unseren Füßen unterbrochen wurden. „Stellt euch vor, wir wären wieder in der Jurazeit. Erinnert ihr euch noch an diese übergroßen Salamander und Schlangen?"

Beide Mädchen nickten, ihre Gesichter waren ernst.

„Diese Schlange war mächtiger als jeder Python. Könnte es eine Anakonda gewesen sein?", vermutete May.

Ich gluckste und schüttelte den Kopf. „Nicht ganz. Ihr Kopf sah eher aus wie der einer Klapperschlange."

Ihre fragenden Blicke machten mir klar, dass sie auf eine Erklärung warteten. „Es ist nicht nur, dass sie jetzt größer sind. Aber wenn wir hier klapperschlangenähnliche Lebewesen sehen, können wir davon ausgehen, dass die Tiere fünf- bis zehnmal so groß sind wie sie ursprünglich waren, möglicherweise mit zusätzlichen Fähigkeiten. Seht euch einfach um", erklärte ich weiter.

Im unwirklichen Schein des Mondes sah der Zoo eher wie eine überwucherte Wildnis aus als wie ein Ort, der von Menschenhand geschaffen worden war. Hohe Gräser und knorrige Bäume warfen bedrohliche Schatten, die den Eindruck erweckten, dass der Zoo seit Jahren verlassen war und nicht erst seit ein paar Tagen.

Ich holte meine Taschenlampe hervor und schaltete sie ein. Ihr schwaches Licht war nicht gerade beruhigend. Willow wandte sich mir zu, mit einer Frage in den Augen. „Warum hast du die nicht schon längst in den Dungeons benutzt?“

Die Taschenlampe flackerte und erlosch, und meine Versuche, sie wieder zum Leben zu erwecken, waren vergeblich. Entweder hatte das Wasser des Dungeons sie ruiniert, oder der [Admin] hatte sich wieder einmal eingemischt. Der letzte Gedanke jagte mir einen Schauer über den Rücken – hörte ich mich etwa schon wie ein Anhänger des **Systemsturzes** an, der jede Unannehmlichkeit auf eine allmächtige Macht schob?

Mit einem Achselzucken beschloss ich, das Thema für den Augenblick zu verdrängen. Wir wagten uns weiter in den Zoo und stießen auf einen **Wildgewordenen Pinguin**. Er war so groß wie ein kleines Kind und alles andere als ruhig, sondern griff abwechselnd an und floh dann panikartig. Während May und Willow sich zusammentaten, um ein paar Kaninchen zu fangen, nahm ich die Herausforderung des Pinguins an und versetzte ihm einen kräftigen Schlag.

[Mitteilung über den Systemsturz]

Titel: Errungenschaft freigeschaltet – Reine Punkte

Herzlichen Glückwunsch, Nick Vandal! Für den Kampf gegen einen **Wildgewordenen Pinguin** hast du dir Reine Punkte verdient.

[Erreichte Reine Punkte: 3]

Ein Reiner Punkt ist eine silberne Wertmarke, die du für einen vollen Zuwachs in einer deiner Werte einlösen kannst. Bitte wechsle ins Systemmenü, um deine neu erworbenen Reinen Punkte einzusetzen.

Denke daran, dass es beim Überleben in der Welt von **Systemsturz** nicht nur auf Stärke ankommt, sondern auch auf Anpassungsfähigkeit. Triff deine Entscheidungen mit Bedacht..

Ich grinste und steckte das Schwert weg, als ich mich zu den Mädchen gesellte. Heute Abend würden wir etwas zu essen haben. Aber noch wichtiger war, dass wir den ersten Schritt in Richtung Selbstständigkeit in dieser neuen, unüberschaubaren Welt gemacht hatten.

„Kommt schon", meinte ich und warf einen Blick auf den getöteten **Wildgewordenen Pinguin**. „Hat einer von euch schon mal ein Tier gehäutet?"

Sowohl May als auch Willow schüttelten den Kopf, ihre Gesichter waren bleich, aber entschlossen.

„Nun", zuckte ich mit den Schultern, „es gibt für alles ein erstes Mal."

Es war ein Glücksfall, Reine Punkte zu bekommen. Die waren zwar selten, aber auch ein wichtiger Bestandteil beim Aufstieg in der Rangliste. Während früher die eigenen Aktionen die Basiswerte erhöhten, konnte man mit diesen Bonuspunkten jeden beliebigen Wert mit zusätzlichen

Punkten ausstatten. Aber genau wie bei der normalen Erhöhung der Werte, bedeuteten diese kostenlosen Punkte keinen sofortigen Gewinn. Man musste sich anpassen und umstellen, bevor man ihr volles Potenzial ausschöpfen konnte.

Ich musste eine Entscheidung treffen. Entweder Stärke oder meine Beweglichkeit oder beides. Diese Reinen Punkte waren Joker, und normalerweise wäre es klüger gewesen, sie für höhere Levels aufzusparen. Aber ich musste abwägen zwischen dem, was ich zum Überleben brauchte, und dem, was ich jetzt gerade benötigte. Also traf ich eine Entscheidung. Der gesunde Menschenverstand sagte mir, dass ich etwas Wichtiges verstärken sollte, das aber weit hinter den anderen Werten zurücklag. Ich wählte: **Mana**.

Ich steckte alle meine Punkte in meinen Manawert. In meinem vorherigen Leben war dies einer der am schwersten zu steigernden Werte gewesen. Durch diese Steigerung ging plötzlich ein Ruck durch meinen Kopf. Es war, als ob alle Kämpfe mit meinem **Azurglanzmesser** und meinem **Schwert der Verfluchten Walküre** in einer Montage in meinem Kopf vorbeizogen, wobei ich besonders darauf achtete, wie ich **Mana** in meine Waffen lenkte. Dann endete das Ganze und ich nahm meine Umgebung genauer wahr. Es gab mehr zu spüren. Wo ich vorher nur das elektrische Rauschen in großen Lebewesen wahrgenommen hatte, konnte ich jetzt auch eine Art von Energie oder vielleicht Leben in den Grashalmen unter meinen Füßen spüren.

Ich holte mein **Azurglanzmesser** hervor und begann, den mutierten Pinguin rasch zu zerlegen.

„Hast du vor, ihn einfach so zu essen?“ May legte eine Hand auf ihren Mund. Sie hatten auch etwas Holz gesammelt, um ein Feuer zu machen, also mussten wir kein rohes Fleisch essen.

Ja, und ich teile auch nicht. Fast wäre ich damit herausgeplatzt, aber dann wurde mir klar, dass es vielleicht keine gute Idee war, so etwas laut zu sagen. Stattdessen schnitt ich einen winzigen Streifen des rohen, dunkelroten Fleisches ab und steckte mir einen Bissen in den Mund, während ich vorsichtig daran schnupperte. Es war zäh und schleimig, aber sehr warm, als ich darauf herumkaute und versuchte, es nicht wieder hochzuwürgen.

„Ja“, antwortete ich, als ich schluckte, und versetzte die Mädchen damit regelrecht in Angst und Schrecken. Sushi war roh und durchaus salonfähig, aber selbst das war für manche Leute zu viel. Natürlich konnte man den Koch bitten, es ein wenig anzubraten, auch wenn man dafür als Banause angesehen wurde.

Aber der Zweck des Verzehrs im rohen Zustand war es, das Nahrungsmittel auszuprobieren und herauszufinden, ob meine passive Fähigkeit darauf reagierte. Pinguine waren nicht giftig, aber äußerst reich an Vitaminen, und das konnte tödlich sein. Die Leber eines Eisbären zum Beispiel war so reich an Vitamin A, dass der Verzehr eines kleinen Stücks davon einen umbringen konnte.

„Nick“, rief May und starrte mich mit einer gewissen makabren Faszination an, „du bist wirklich der erste Typ, den ich kenne, der weiß, wie man ein Tier häutet.“ Dann besah sie sich ihr schlecht gehäutetes Kaninchen: „Ich habe Kaninchen immer als zu niedlich angesehen, um sie zu verzehren.“

Wir schlugen unser Lager in der Nähe des Eingangs auf, wo die Wahrscheinlichkeit, von Tieren überfallen zu werden, geringer war. Anstatt in einem Gebäude zu bleiben, in dem wir in die Enge getrieben oder in unserer Bewegungsfreiheit eingeschränkt werden könnten, entschieden wir uns, draußen zu bleiben. Während ich selbstbewusst meine Beute zerlegte, tauschten May und Willow Blicke aus.

„Ich nehme an, du hast schon mal gejagt?“, erkundigte sich May.

Da ich jahrelang gejagt hatte, fiel meine Antwort kurz aus: „Ja.“ Man sah mir an, dass ich die Fähigkeit besaß, Fleischstücke zu schneiden und zu zerteilen. Ich holte Salz und Gewürze aus dem Laden hervor und würzte das Fleisch. Dabei fiel mir Willows Hand auf, auf der ein Teil ihres Kaninchens lag. „Tauschst du etwas Kaninchen gegen Gewürze?“, schlug Willow vor.

„Klar.“

Wir machten ein Feuer in der Mitte unseres Lagers und

spießten die Fleischstücke auf Stöcken auf. Unsere Waffen hielten wir in der Nähe, wachsam und bereit. Das Feuer warf einen orangefarbenen Schein auf alles um uns herum. Ich blickte in den diesigen Himmel über uns und wartete darauf, dass die Dunkelheit der Nacht vorüberzog.

Die Dunkelheit der Nacht fegte wie eine Welle über das Land. So setzte das System die Welt zurück, um am nächsten Tag einen neuen Anfang zu machen. Das Ganze dauerte nur ein paar Minuten, in denen die Welt in völlige Dunkelheit getaucht wurde und der Mond und die Sterne nicht zu sehen waren. Danach leuchteten die Sterne und der Mond heller, so als wollten sie ihr Verschwinden wieder wettmachen. Mit dem Zusammenbruch der Industrie und der Massenproduktion hatte der Reset auch unsere Welt schnell verändert. Der Himmel hatte sich allmählich von dem ständigen Smog befreit, der die meisten Sterne verborgen hatte. Die Qualität der Luft hatte sich deutlich verbessert, und der Wind trug je nach Region unterschiedliche Gerüche mit sich.

Der **Systemsturz** mag für die Menschen tödlich gewesen sein, aber für Mutter Natur war er ein voller Triumph.

In weniger als einem Monat würde ich die ganze Vielfalt des Nachthimmels sehen können, frei von jeglicher Luftverschmutzung und mit geringerem Stromverbrauch. Das war einer meiner liebsten Anblicke aus meinem alten Leben, ein atemberaubendes Panorama aus Millionen von kleinen Lichtern über uns – ein Anblick, dem kein Bild oder

Film jemals gerecht werden könnte.

Nachdem ich das Essen zubereitet hatte, stürzte ich mich mit Heißhunger auf meinen Pinguin. Ich probierte alle Teile des Pinguins und nahm sogar einen kleinen Bissen von seiner Haut. „Wird das reichen, um irgendetwas zu ergattern?", überlegte ich.

„Ich frage mich, ob ich mehr jagen sollte." Das Fangen und Zubereiten von Nahrung war eine zeitaufwändige Aufgabe, die jeden Tag Stunden in Anspruch nahm. Aber es war wichtig, um unser Überleben in dieser unberechenbaren Welt zu sichern.

Ich brauchte diese Zeit, um weiterzukommen. Ich hätte gerne einen Gegenstand gehabt, mit dem ich meine Vorräte aufstocken und nach ein oder zwei Tagen auf der Jagd mit meinem Leben weitermachen konnte, aber so lief es nicht mehr.

Was die Reichen reich machte, war die Tatsache, dass sie nicht direkt für ihr eigenes Essen arbeiten mussten. Sie konnten jemanden einstellen, dafür bezahlen oder Vorräte anlegen. Sicher, in einer Generation musste jemand viel arbeiten, aber die nachfolgenden Generationen konnten darauf aufbauen.

Ich habe mal eine Geschichte gehört, dass die ursprünglichen Könige nur Räuber und Diebe gewesen waren, die Reichtümer gehortet haben und dann Regeln und Gesetze erlassen haben, um all ihren gestohlenen Reichtum zu schützen. Ich war mir allerdings nicht sicher, ob das stimmte; derjenige, der mir das erzählt hatte, war eine Art Fanatiker, jemand, der bei einer Auseinandersetzung immer geschrien hatte: „Alles Eigentum ist Diebstahl!“.

„Warum möchtest du noch mehr jagen?“, fragte Willow. „Die Dunkelheit der Nacht vernichtet ohnehin alles, was du an Nahrung zubereitest. Außerdem müssen wir mehr Gewürze finden“, meinte sie verzweifelt.

„Ich frage mich, ob das Dunkel auch die toten Körper beseitigt. Es ist wie eine Art Reinigungssystem, verstehst du?“ May überlegte: „Wenn diese Welt ein Softwareprogramm wäre, dann wären all diese Leichen nur überschüssige Daten. Und manche Leute versuchen in ihrer Verzweiflung vielleicht sogar, sie zu essen.“

Ich blinzelte. „Wir müssen wohl abwarten und das Ganze beobachten.“

Natürlich hat die Dunkelheit die Kadaver nicht beseitigt – was wäre das denn für ein Spaß? Leute in Kannibalen zu verwandeln, war für den [Admin] viel unterhaltsamer. Hatten die Leute denn schon vergessen, dass sie sich in der Gefangenschaft eines aufmerksamen Zuschauers befanden?

Ich schwor mir, das nie zu vergessen.

„Ja wen haben wir denn hier?“ Eine vertraute Stimme ertönte über das Gras. Eine Gruppe betrat den Central Zoo, mit einem bekannten, wenn auch zerschundenen Gesicht im

Schlepptau.

„Alvin …“, flüsterte Willow. Die Mädchen waren misstrauisch, aber ich ließ nicht von meiner Entscheidung ab, nicht zu teilen.

Alvin war stramm gefesselt, seine Arme an die Seiten gepresst und mit einem klebrigen Spinnenfaden auf dem Rücken eines gut gebauten Kerls festgebunden. Der Übeltäter hatte offensichtlich die Fähigkeit [Spinnennetz] benutzt. Die große Frage war: Welche Art von Netz war es? Das Netz konnte entweder klebrig oder robust sein, aber nicht beides gleichzeitig. Zumindest nicht zu diesem Zeitpunkt des Tutorials. Aber auch wenn es sich um eine großartige Fähigkeit gehandelt hatte, gab es einen entscheidenden Haken. Die Fähigkeit hing von den Eigenschaften des Anwenders ab und es gab eine Farbe, die anzeigte, welcher Spinnenfaden verwendet wurde. Blau stand für eine Stärke, die mit der von rostfreiem Stahl vergleichbar war und die sich nach dem Level des Anwenders richtete, während Gelb für eine Klebrigkeit stand, die an Honig erinnerte.

„Lass ihn los!“, forderte Willow und ihre Stimme hallte durch die angespannte Atmosphäre.

„Ihn loslassen?“, höhnte ihr selbst ernannter Anführer und trat einen Schritt vor. Sein gewelltes Haar war ordentlich in der Mitte gescheitelt, und obwohl er nicht gerade ein Hingucker war, war er alles andere als abstoßend. „Wir halten ihn nicht als Geisel fest, stimmt’s, Alvin?“

Er überragte die meisten von uns, seine hochgewachsene, schlaksige Figur erinnerte an einen Basketballspieler. In einem blauen Button-up, Jeans und einem ärmellosen schwarzen Pullover hielt ich ihn für einen begüterten Privatschüler.

Durch das enge Netz konnte Alvin kaum Luft holen und keuchte: „Wenn ich kein Gefangener bin, was bin ich dann, dein neues Haustier?"

So sehr ich mich auch aus der Sache heraushalten wollte, ich hatte das Gefühl, dass das nicht möglich sein würde. Wieder einmal hatten sie eine Grenze überschritten.

Gerade als ich die umstehenden Gesichter musterte, ertönte eine Stimme aus der Menge. „Du hast doch genug zu essen, um eine kleine Armee zu ernähren. Teilen ist heilen, nicht wahr?"

Sie deuteten auf die Überreste meines **Wildgewordenen Pinguins** und ein paar Reste des Kaninchens. In der Tat, es reichte für mehrere Portionen. Der **Wildgewordene Pinguin** allein war so groß wie eine Ziege. Ich wusste, dass bestimmte Teile schwere Krankheiten verursachen können, wenn sie in großen Mengen verzehrt wurden.

Doch trotz dieses Wissens war ich nicht bereit, Almosen zu geben, und ich hatte auch nicht das Bedürfnis, auf die möglichen Risiken hinzuweisen. Niemand würde mein Essen anrühren.

„Tut mir leid, dass ich dich enttäuschen muss“, schoss ich zurück und sah ihrem so genannten Anführer in die Augen, „aber ich halte nichts von dieser Devise. Das führt nur dazu, dass die, die sich tatsächlich abrackern, unnötig belastet werden, während der Rest sich an ihnen bereichert. Wenn ihr so viel Wert auf Selbstlosigkeit legt, warum fängt dann Spiderman Junior da drüben nicht an, Leute zu retten?“

„Ich wusste doch, dass er ein arrogantes Arschloch ist“, brummte der Militärtyp. Offenbar waren sie mir auf den Fersen und hatten den armen Alvin in ihre Machenschaften verwickelt. „Er hatte bloß Glück, als er in den Laden gekommen ist.“

„Wie wäre es, wenn wir bei der nächsten Jagd zusammenarbeiten? Hört sich das nicht vernünftig an?“, schlug der Anführer vor.

Ein zynisches Glucksen stieg in mir auf. Denen soll ich vertrauen, dass sie mir den Rücken freihalten? Mein Alleingang erwies sich als schwieriger als erwartet. „Nein, danke“, erwiderte ich.

„Hm, typisch. Aber wenn du nicht teilst, nehmen wir es uns eben mit Gewalt. Willkommen im Dschungel“, verkündete der Militärtyp und trat bedrohlich vor. Aber der blaue und silberne Schimmer ließ ihn innehalten.

Ich schleuderte ein Messer, das sich in der Mitte zwischen uns in den Boden bohrte. Mein Blick wurde eisig, meine Stimme war von kalter Entschlossenheit und tödlicher Ruhe geprägt.

„Siehst du die Linie dort? Die, die mein Messer gerade in den Boden gezeichnet hat? Sieh sie als deine Lebenslinie an. Wenn du sie überschreitest, wirst du dir noch wünschen, ich hätte dich einfach umgebracht."

19. ALLES MUSS ERLEDIGT WERDEN

Das Krächzen eines Tieres in der Ferne war das einzige Geräusch, das auf die Herausforderung folgte, die ich ausgesprochen hatte, als sich die beiden Gruppen in einer Pattsituation befanden.

Alle waren wie erstarrt, die Augen weit aufgerissen und unverwandt auf mich gerichtet, mit ungläubigen Gesichtern in verschiedenen Ausprägungen. Ich hatte es ernst gemeint, ich hatte der Gruppe bereits Gnade erwiesen, und wenn sie sich weiterhin so verhielten, wusste ich, dass sie in Zukunft ein noch größeres Problem darstellen würden und andere Leute ausnutzen würden, wenn ich nichts unternahm.

In meinem früheren Leben hatte Aria immer an Zusammenarbeit geglaubt, aber sie war auch keineswegs leichtfertig. Sie war nur dann freundlich, wenn ihre Hilfe auch erwidert wurde. Wenn man sie betrog oder verletzte, forderte sie das Dreifache, möglichst in Form von Ressourcen oder Schaden. Bei der Erinnerung daran musste ich lächeln. Von den beiden hatte sie immer zu Ersterem tendiert und manchmal auch nachgegeben, wenn der Preis gestimmt hatte.

James dagegen war äußerst konsequent gewesen und hatte immer versucht, das Beste in den Leuten zu sehen. Doch aufgrund seiner selbst empfundenen Unzulänglichkeiten verinnerlichte er jedes Missgeschick als verdiente Vergeltung des Karmas.

Ich verfolgte eher Selenes Ansatz. Sie war wesentlich zynischer, und ich konnte immer noch nicht begreifen, warum sie mich überhaupt gerettet und ausgebildet hatte, wenn ich an ihre Einstellung dachte. Doch anstatt nur immer das Beste zu sehen, blieb sie realistisch und nannte die Dinge beim Namen. Sie ließ sich nicht für dumm verkaufen und vertraute nur wenigen Leuten. Wenn sie eine Entscheidung traf, zog sie diese auch durch und wenn ihr jemand drohte, antwortete sie mit gleicher Münze. Von allen, die bis zum Ende überlebt hatten, war Selene diejenige, die am wenigsten unter dem Verrat der anderen zu leiden hatte. Und niemand, der sie verraten hatte, kam mit dem Leben davon.

Im Allgemeinen gingen Aria und James Konflikten aus dem Weg. Selene hingegen hätte nicht gezögert, einen Kampf anzufangen, wenn das ihren Interessen gedient hätte. Anderen wie Luna stand ich nie nahe genug, um ein Gefühl für ihren Stil zu bekommen.

Was mich anging? Ich wollte Kämpfe zu Ende bringen, und zwar nicht nur den, der unmittelbar vor mir stattfand. Ich wollte auch in Zukunft jeden Kampf beenden, bevor er sich zu einem echten Problem auswuchs.

Die andere Gruppe? Die waren genauso ein Problem und sie waren ganz aufgedreht und bereit, loszulegen. Ich konnte sehen, wie sie gebannt auf die Linie im Sand schauten, als hätte ich ihnen irgendwie die Erlaubnis gegeben, ihren niederträchtigsten Impulsen und Instinkten nachzugeben.

Wie ich schon sagte, ein Problem.

Die andere Gruppe schien kampfeslustig zu sein, es juckte sie fast, die von mir gezogene Linie im Sand zu überschreiten.

Und dann trat der erste von ihnen vor.

Der Mann mit der Militärkluft, dessen Nase noch von unserer letzten Begegnung krumm war, trat als Erster vor. „Du hältst dich wohl für eine große Nummer, bloß, weil du einmal Glück gehabt hast?“ Er schlängelte sich an meinem Messer vorbei und überschritt damit die Grenze, die ich gezogen hatte. In seiner Hand schwang eine glühende Axt, die seine offensichtliche Absicht widerspiegelte

„Hey, Jared, treib es nicht zu weit!“, rief einer seiner Begleiter in angespanntem Tonfall.

„Es sind doch nur er und zwei Mädels. Unmöglich, dass er mich zweimal besiegt, er muss irgendeinen Cheat verwendet haben“, wandte sich Jared mit einem arroganten Grinsen an seine Gruppe zurück. „Seht euch doch nur mal sein schickes Messer an! Der ist doch bloß ein Angeber, ein Niemand."

Angestachelt von seinen eigenen Worten bückte sich Jared und griff nach dem **Azurglanzmesser**, das ich als Grenzmarke aufgestellt hatte, ohne zu ahnen, was nun genau passieren würde.

Dann warf er es zur Seite. „So ein Schrott."

Ich lachte, ein klares und kaltes Lachen. „Na, na, sieh dich mal an. Hässlich und dumm. Hast du deine Lektion beim ersten Mal nicht gelernt?"

Er antwortete mit einem markerschütternden Schrei, sein Gesicht vor Wut und Zorn verzerrt. „Dir werde ich es zeigen. Du kannst meine neue Fähigkeit nicht besiegen!"

Plötzlich brach seine Axt in rote Flammen aus, eine mächtige Aura umgab die Waffe. Er brüllte erneut und stieß sich mit einer Geschwindigkeit nach vorne, die vermutlich von seinem Status herrührte.

Die tödliche Absicht stand ihm ins Gesicht geschrieben, als er sich auf mich stürzte. Flammen züngelten hinter ihm aus seinen Augen. Er grinste, als er die Axt über seinen Kopf erhob und dachte, er hätte es geschafft, mich zu überrumpeln.

Wenn er aufgepasst hätte, hätte er das Funkeln in meinen Augen gesehen.

„Du hast die Grenze überschritten“, erklärte ich und ein raubtierhaftes Grinsen schlich sich auf mein Gesicht, als ich meine **Verfluchte Walküre** zückte, um mich seinem Angriff zu stellen.

Die flammende Axt des Mannes sauste in einem brutalen Bogen auf meinen Kopf zu, mit der unmissverständlichen Absicht zu töten. Ich wich zur Seite aus und entging nur knapp der flammenden Waffe, die an meinem Ohr vorbeizischte; die Hitze brannte auf meiner Haut, richtete aber keinen Schaden an.

Mit der Fähigkeit, die ich in unzähligen Kämpfen erworben hatte, wich ich seinem Angriff geschickt aus. Mein erstes Ziel war sein linkes Knie. Ich riss mein Messer in einem Bogen nach oben, die scharfe Klinge schnitt durch seine Militärkleidung und biss in das darunterliegende Fleisch. Ein Schmerzensschrei folgte, als er einknickte und sein Bein nicht mehr in der Lage war, sein Gewicht zu tragen.

Bevor er sein Gleichgewicht wiedererlangen konnte und irgendjemand ihm helfen konnte, wirbelte ich herum und zielte auf sein anderes Bein. Meine Klinge sang, als sie durch die Luft und in seinen anderen Oberschenkel schnitt und eine klaffende Wunde aufriss, aus der Blut sprudelte. Ich hielt jedoch nicht inne. Er würde diesen Leuten ein Beispiel dafür sein, dass ich meine Drohungen wahrmachen würde. Ich hatte ihm bereits eine zweite Chance gegeben, und er hatte mich schon wieder angegriffen.

Ich wich zurück, als er zu Boden sank. Aber er war noch nicht fertig. Ohne auf den pochenden Schmerz in seinen Beinen zu achten, versuchte er, seine Axt nach mir zu schwingen. Ich konnte die Verbitterung in seinen Augen sehen. Aber ich war schneller. Mit tödlicher Präzision stieß ich mein Messer in seine Schulter und schnitt durch Muskeln und Sehnen bis zum Knochen. Sein Arm erschlaffte und die brennende Axt fiel mit einem dumpfen Aufprall aus seiner Hand.

Ich zog mein Messer heraus, wobei Blut auf den Boden spritzte, und stieß noch einmal zu, dieses Mal in seine andere Schulter. „Das hätte alles vermieden werden können, wenn du nur versucht hättest, ein anständiger Mensch zu sein. Oder wenigstens beim ersten Mal den Wink verstanden hättest."

Der Anblick ihres Kameraden, der blutüberströmt dalag, muss die anderen aufgeschreckt haben.

„Angriff!", brüllte eine Stimme von der Seite der anderen Gruppe, eine Mischung aus Zorn und Angst verzerrte das Gesicht des Sprechers.

Ihr Angriff war genauso unüberlegt wie eine Kneipenschlägerei. Es war nicht die geübte Zusammenarbeit einer erfahrenen Gilde, sondern ein hektischer, unorganisierter Angriff, der von dem puren Instinkt getrieben wurde, ihren gefallenen Verbündeten zu rächen. Sie fielen über mich her. Selene wäre stolz gewesen.

Ich wich aus und wehrte mich mit einem schnellen, strafenden Tritt in den Unterleib. Der Kerl jaulte auf und ihm blieb die Luft weg, als er zurückgeschleudert wurde und als menschliche Abrissbirne in seine vorrückenden Kameraden krachte.

„Stellt euch in einer Reihe auf! Lasst ihn nicht entkommen!“, befahl der Anführer der anderen Gruppe und versuchte, Ordnung in ihre chaotische Formation zu bringen.

Aber ihre Unsicherheit spielte mir in die Hände. Wie eine schemenhafte Raubkatze unter den Hirschen waren meine Bewegungen schnell und tödlich. Ein anderer versuchte, mich von der Seite anzugreifen und packte ein Stahlrohr wie einen Baseballschläger. Er schwang es und wollte mir einen Teil des Kopfes abschlagen, aber ich war schneller, wich dem Angriff dieses Dilettanten aus und konterte mit einem schnellen Stoß meines Messers.

Ein roter Strich zog sich über seine Brust und seine Überraschung spiegelte sich in einem schmerzhaften Keuchen wider, als er zurückstolperte und seine Verletzung umklammerte.

Als Nächstes stürmte ein brutaler Kerl mit wild schwingender Brechstange auf mich zu.

„Du bist tot!“, brüllte er, bevor er einen weiten Angriff startete, der aber ins Leere ging. Ein schneller

Aufwärtshaken von mir ließ ihn rückwärts auf dem Boden landen.

„Steht auf! Kämpft gegen ihn! Kämpft!", rief eine Stimme aus den Reihen der Feinde vor lauter Verzweiflung.

Der Rest von ihnen scharte sich um mich und ihre Angriffe wurden immer hektischer und unkoordinierter. Das war eine gute Gelegenheit für mich, ein Exempel zu statuieren. Sie alle würden heute Nacht eine harte Lektion lernen: Ich war kein Feind, den man auf die leichte Schulter nehmen durfte.

Viel schneller, als die andere Seite dachte, war es vorbei. Der Boden war mit Blut besudelt. Unter dem Stöhnen der Verletzten schwiegen diejenigen, die den Kampf gegen mich angezettelt hatten. Der Anführer der Gruppe stand nach dem Kampf da, sein Gesicht war totenbleich, und in seinen Augen zeichnete sich ein neues Verständnis ab: Er war schwach und er hatte mich unterschätzt.

„Worauf zum Teufel wartet ihr alle? Er ist doch bloß allein!", spuckte Jared aus und seine Stimme verriet seinen Schmerz. Sein Körper war eine blutige Trümmerlandschaft, und an manchen Stellen waren die Verletzungen so tief, dass man Sehnen sehen konnte. Keiner aus seiner Gruppe bewegte sich, um ihm zu helfen.

Ich beobachtete seine Qualen mit kalter Gleichgültigkeit.

Dann richtete sich mein Blick wieder auf ihren Anführer Anthony. „Verschwinde."

„Ich habe gesagt, du sollst verschwinden", befahl ich erneut.

Seine Gefolgsleute lagen verstreut herum, die meisten von ihnen würden weiter in der Lage sein, zu kämpfen.

„Und gebt Alvin zurück!", forderte Willow, deren Stimme weithin hörbar war.

Anthonys Grinsen verschwand nicht, selbst als er die Folgen seines gescheiterten Angriffs betrachtete. „Und warum sollten wir das tun? Jared und meine Kameraden haben dank deines dreisten Angriffs gelitten. Sollten wir nicht den gleichen Preis von Alvin fordern? Anführer sollten für die Taten ihrer Gefolgsleute zur Rechenschaft gezogen werden, nicht wahr?"

Ein zustimmendes Gemurmel ging durch die verbliebenen Gefolgsleute und einer von ihnen näherte sich Alvin mit einem bösartig schimmernden Dolch.

„Du irrst dich", wandte ich mich an Anthony und seine restlichen Anhänger. Sie hatten die falschen Annahmen über mich getroffen.

„Ich arbeite allein. Ich bin weder der Boss noch der Anführer von irgendjemandem." Ich ließ meine Worte zwischen uns hängen, eine Drohung, sonnenklar und unmissverständlich.

„Ihr habt die Grenze überschritten und ich habe euch gewarnt." Jeder Einzelne von ihnen hatte die Linie überschritten, die ich im Boden gezogen hatte.

Anthonys Grinsen verschwand schließlich und wurde durch eine Grimasse ersetzt. Seine verbliebenen Anhänger zögerten und sahen sich gegenseitig an. Das Blatt hatte sich gewendet.

„Jetzt", sagte ich, und das einzige Wort durchbrach die angespannte Stille. „Habt ihr eure Chance vertan."

Ich hatte schon früher unter viel schlimmeren Umständen gegen Menschen gekämpft. Ich war nicht unverwundbar, aber diesen Amateuren fehlte die Erfahrung eines echten Kampfes. Ich bewegte mich mit tödlicher Präzision, schnitt, hieb und schlitzte. Ich hielt mich kaum zurück.

Im Anfangstutorial hatte ich mich Horden von Untoten gelassen entgegengestellt und einen wahren Tanz aus Kraft und Eleganz vorgeführt. Später, in den Tiefen des Versteckten Dungeons, hatte ich mit ernsterer Miene gekämpft, aber selbst diese Gefechte schienen im Vergleich zu dem jetzigen Schauspiel weniger heftig.

Sie waren mir hilflos ausgeliefert.

Für jemanden, der noch nie den scharfen Stich einer

Verletzung gespürt hatte, konnte sich schon ein einziger Schnitt anfühlen, als ginge die Welt unter. Der erste Schock des Schmerzes, ein neues und erschreckendes Gefühl, war oft mehr, als die Leute ertragen konnten. Ich habe ihnen reichlich davon zugefügt. Sie waren nicht auf das außergewöhnliche Leid von zerfetzten Muskeln und durchstochenen Sehnen vorbereitet.

Sie waren nicht auf den erstickenden Staub und Dreck vorbereitet, der ihnen ins Gesicht geschleudert worden war, oder auf die Qualen einer tiefen Schnittwunde von der Schulter bis zur Hüfte. Sie waren völlig überfordert.

Schließlich verstummten ihre gequälten Schreie zu einem schwachen Wimmern. Die Nacht eroberte das Schlachtfeld zurück, und ich stand inmitten der Verheerung, durchtränkt von Blut und Schweiß.

Ich hatte diesen Streit nicht angezettelt.

Aber ich hatte ihm entschlossen ein Ende gesetzt.

Ich blickte auf das Gemetzel hinüber. „Ihr hättet bloß abhauen müssen."

Mit einer Handbewegung säuberte ich mein Schwert von den Blutresten und steckte es mit einer energischen Bewegung in die Scheide. Als ich mich wieder der Glut des Feuers zuwandte, schenkte ich Jared, der durch Schmerzen oder Blutverlust inzwischen bewusstlos geworden war, keine Beachtung. Stattdessen widmete ich mich der

Mahlzeit, die durch das Gefecht unterbrochen worden war. Der Kampf hatte meinen Hunger geweckt, und ich wollte die Gelegenheit für ein wohlverdientes Festmahl nicht verpassen.

20. VERSCHLINGER

„Wie kannst du nach so einer Scheiße einfach drauflosfuttern? Was ist los mit dir? Du bist völlig durchgeknallt, wenn du jetzt noch was essen kannst", platzte Willow heraus, das Entsetzen darüber, was passiert war, stand ihr ins Gesicht geschrieben.

„Wirklich? Du fragst, wie? Na gut. Einen Bissen nach dem anderen. So kriege ich das hin. Ich trete nicht in einen Hungerstreik oder habe ein schlechtes Gewissen, wenn ich den Müll rausbringe." Ich machte mir nicht die Mühe, weiter zu antworten oder auf ihre Antwort zu warten. Stattdessen deutete ich auf Alvin und bedeutete ihr, ihn zu befreien.

Sie verstand den Wink und befreite Alvin schnell mit ihrem **Azurglanzmesser**.

Nachdem Willow die Fesseln durchgeschnitten hatte, fiel Alvin auf die Knie und rieb sich sein Handgelenk. Sein Gesicht zeigte ein Wechselbad aus Erleichterung und Erniedrigung, und seine Augen blickten ängstlich zu jedem von uns. Ich hielt seinem Blick stand, doch mein Gesichtsausdruck war unlesbar.

„Tut mir leid“, murmelte Alvin mit heiserer Stimme. „Ich habe es vermasselt … schon wieder.“

Ich nickte nur und trat einen Schritt zurück. Sein wiederholtes Versagen war eine Belastung, aber jetzt darauf rumzureiten, würde auch nichts daran ändern.

„Alles in Ordnung?“ Meine Worte waren kurz und distanziert. Wir hatten einen Job zu erledigen und keine Zeit für Trost oder Beruhigungen.

„Ja … nur ein paar Verbrennungen vom Seil, naja, vom Netz“, versuchte Alvin zu scherzen.

„Gut“, erwiderte ich und ließ meinen Blick über unsere Umgebung schweifen. „Wir bekommen Besuch.“

Das wilde Heulen und Knurren wurde immer lauter und kam immer näher, ein Zeichen dafür, dass die ehemals eingeschlossenen Wildtiere weiter vorrückten. Als sich der Geruch von frischem Blut mit den natürlichen Gerüchen der Natur vermischte, erblassten ihre Gesichter. Das war mal ein Zoo gewesen, in dem alle Arten von Tieren gelebt hatten. Aber jetzt? Jetzt war alles anders. Er hatte sich in eine unerforschte Wildnis verwandelt, in der nichts mehr so war, wie es ursprünglich gedacht war. Ihre Regeln waren grausam und noch nicht ganz klar.

Wir konnten uns leicht fortbewegen und den Monstern ganz aus dem Weg gehen, aber der erbärmliche Zustand der Gruppe, die ich ausgeschaltet hatte, stellte ein Problem dar. Sie waren schwer verletzt und ich bezweifelte, dass irgendeiner von ihnen bereit war, sich nach unserem Kampf zu verteidigen, und ich wollte ihnen nicht die Gelegenheit geben, sich später gegen mich zu wenden. Offene Rechnungen bedeuteten selten Gutes.

„Sollten wir sie nicht einfach … loswerden?" Willows Frage war fast unhörbar, umhüllt von dem Unbehagen, das ihr neu entdeckter Pragmatismus erforderte. „Wenn sie es nicht schaffen, sollten wir sie dann nicht … erlösen? Damit die Monster sie nicht erwischen? Wir könnten das, was übrig ist, gut gebrauchen."

Ich schaute sie an und war erstaunt über die harte Haltung, die sie an den Tag legte. „Du hast deine Meinung ganz schön geändert", bemerkte ich in neutralem Ton.

„Die können sich ja nicht mal verteidigen! Geschweige denn stehen." In Alvins Stimme schwang ein Hauch von Verbitterung mit. Sein Blick traf den meinen, und in seinen Augen brannte Feuer. „Sie einfach hier zu lassen … ist dasselbe, als würden wir sie selbst abschlachten."

„Sie haben Fähigkeiten, sie haben Punkte", schoss ich zurück. „Sie finden schon einen Weg zu überleben, wenn sie unbedingt wollen. Sogar er", ich deutete auf Jared, der blutend auf dem Boden lag und Schwierigkeiten beim Atmen hatte, „könnte sich irgendwann erholen. Es muss doch irgendeinen magischen Scheiß geben, der ihnen helfen kann."

„Aber bist du dir da sicher?“, fragte Alvin und forderte mich heraus.

„Ich weiß nur, dass sie einen Ausweg finden müssen, wenn sie überleben wollen. Menschen sind unheimlich stur“, antwortete ich und deutete mit einem Nicken auf die untergegangene Gruppe. „Wenn du so besorgt bist, warum bleibst du dann nicht hier und spielst Krankenschwester? Sozusagen als Bezahlung für deine Freiheit. Außerdem“, meine Stimme verdüsterte sich. „Lasst uns nicht so tun, als ob sie nicht mit der Absicht hierhergekommen wären, mir alles zu nehmen und mir keine Möglichkeit zu geben, mich zu verteidigen. Auf diese Weise hätten sie mich mit Sicherheit getötet. Denk lieber mal daran, bevor du dich auf dein moralisches hohes Ross schwingst und mich verurteilst.“

Mit diesen Worten drehte ich mich um und ließ die Gruppe hinter mir, während ich tiefer in den Zoo vordrang. Alvin grummelte leise vor sich hin; sein Blick war auf das Messer in meiner Hand gerichtet. Als ich mich vorwärtsbewegte, schloss May hinter mir auf. Das weckte in mir eine Erinnerung an mein früheres Leben. Aber May war damals nicht bei mir gewesen und ich schob die Rührseligkeit beiseite. Wenn ich Erfolg haben wollte, konnte ich mir solch sanfte Gefühle nicht leisten.

„Alvin“, rief ich ihm zu, bevor ich mich zum Gehen wandte. Er blickte zu mir auf, seine Augen waren voller aufgewühlter Gefühle. „Sie haben dir Unrecht getan. Und das werden sie auch in Zukunft. Ich lege ihr Schicksal in deine Hände. Ob sie leben oder sterben, kannst du entscheiden." Ich zuckte mit den Schultern. „Du bist wahrscheinlich der bessere Mensch als ich. In meinen Augen stellen sie eine Bedrohung dar, und diese Welt ist schon gefährlich genug, ohne dass dir heimlich ein Messer im Rücken sitzt, während du die Monster bekämpfst."

„Das wäre vielleicht gar nicht so schlimm", überlegte Alvin und seine Stimme wurde fester. Sein Blick war immer noch auf mich gerichtet, aber jetzt schimmerte eine eisige Entschlossenheit darin. „Was sage ich da überhaupt ... Haben diese Leute ... Verdienen sie es überhaupt zu leben?"

Seine Bitterkeit wich einem kalten Pragmatismus, der Willows eigene Veränderung widerspiegelte. Ein Echo auf die harte Realität, in der wir uns jetzt befanden. Überleben war die einzige Moral, die zählte, eine Moral, die in meinem früheren Leben als Grundregel gegolten hatte. In dieser neuen Welt gab es zu viele Raubtiere, als dass ich mich bei meinen Entscheidungen von sanften Gefühlen leiten lassen konnte. Als ich Willow und jetzt auch Alvin ansah, klang in seinen Worten eine Frage mit, die sich nicht gegen mich richtete, sondern gegen ihn selbst und diese Welt, die ihm solche Überlegungen aufzwang.

Ohne seine Antwort abzuwarten, verschwand ich in der Dunkelheit des Zoos, während May hinter mir herlief. „Ich folge dir nicht", erwiderte sie trotzig, „wir gehen nur zufällig in dieselbe Richtung."

Schweren Herzens und von einem Gefühl des Verlustes erfüllt, sah Willow zu, wie May und Nick in der zunehmenden Dunkelheit verschwanden. Sie war hin- und hergerissen und ihr schwirrte der Kopf vor lauter Gedanken. May war ihre engste Freundin, doch nun folgte sie jemand anderem. Es war Mays Entscheidung, das wusste Willow. Sie hatte kein Recht, sie in Frage zu stellen. So schmerzhaft es auch war, sie musste es hinnehmen, egal wie die Sache ausgehen würde.

Dann wanderte ihr Blick zu Alvin. Zwischen ihnen beiden gab es eine gemeinsame Schuld, ein unausgesprochenes Gespräch, das geführt werden musste. Doch noch bevor sie den Mund aufmachen konnte, hielt Alvin eine Hand hoch und stoppte sie mitten im Gedanken.

„Gib mir einen Augenblick, Willow“, bat er, und seine Stimme klang angestrengt und rau. „Geh einfach ohne mich weiter. Ich brauche etwas Zeit.“

Sie fühlte einen Stich der Überraschung, einen Stich der Einsamkeit. So hatte sie sich den Verlauf der Dinge nicht vorgestellt. Sie war plötzlich allein, gefangen in einer unheimlichen Stille, nur das ferne Knurren und Brüllen unsichtbarer Monster leistete ihr Gesellschaft. Die Welt fühlte sich groß und leer an. Und Willow fühlte sich nun kleiner als je zuvor.

Steif nickend respektierte sie Alvins Wunsch. Sie drehte ihm den Rücken zu und ging in die Richtung, in die May und ich verschwunden waren. Mit jedem Schritt spürte sie das Gewicht dessen, was zurückgeblieben war, größer werden. Die unterlegene Gruppe, die bewusstlos dalag, Alvin, der allein mit seinen Gedanken war, und die Stille, die in der Luft hing.

Alvins Blick blieb auf die Gruppe gerichtet, die besinnungslos und schutzlos vor ihm verstreut lag. Ein Anflug von Schuldgefühlen durchzuckte ihn, wurde aber schnell von einem Ansturm von selbstgerechtem Zorn überschattet. Diese Leute hatten ihm Unrecht getan, ihn ausgenutzt, und nun waren sie ihm ausgeliefert.

Sein Griff um das Entermesser wurde fester, als er an das dachte, was ich gesagt hatte. Die Entscheidung lag bei ihm. Er war jetzt der Richter, die Geschworenen und der Henker in Personalunion. Er ertappte sich dabei, wie er ihre Sünden, den Betrug und die Demütigung, die sie ihm angetan hatten, gegen ihre ohnmächtigen Gestalten abwog.

„Sie sind eine Bedrohung", murmelte er und wiederholte meine Worte. „Und mit Bedrohungen sollte man angemessen umgehen." Seine Finger fuhren über den Griff des Entermessers, der kalt und fest unter seiner Berührung zu spüren war. Sein eigenes Spiegelbild starrte ihn aus dem polierten Stahl an – ganz anders als der Mann, der noch vor kurzem gefesselt worden war.

Sein Herz pochte gegen seine Rippen, ein gleichmäßiger Rhythmus, der ihn in seiner Entschlossenheit bestärkte. „Sie haben ihre Entscheidungen getroffen, und jetzt ist es an der Zeit, dass sie den Folgen ins Auge sehen", sagte er zu sich selbst, und jedes Wort bekräftigte seine Entschlossenheit, auch wenn seine Hand zunächst zitterte.

Ein seltsames Gefühl durchflutete ihn, eine Mischung aus Angst, Aufregung und dem Durst nach Vergeltung. Er hob sein Entermesser, dessen scharfe Schneide im Mondlicht bedrohlich glitzerte. Seine Stimme hallte noch einmal in der stillen Nacht wider, erfüllt von kalter Entschlossenheit. „Das ist Gerechtigkeit. Das ist Vergeltung. Und es ist nur angemessen, dass ich derjenige bin, der sie ausführt." Am liebsten hätte er darüber gelacht, wie kitschig und dumm er sich anhörte. Aber das Lachen schnürte ihm die Kehle zu. Sein Körper spannte sich an, sein Herz hämmerte gegen seine Brust und sein Griff um das Entermesser war unnachgiebig. Er war nur einen einzigen Hieb davon entfernt, ihnen die Gerechtigkeit zukommen zu lassen, die sie verdienten.

Als ich tiefer in dieses Durcheinander eintauchte, das einst ein friedlicher Zoo gewesen war, verwandelten sich die Käfige in Jagdgebiete für alle möglichen albtraumhaften Bestien. Doch selbst in diesem schaurigen Szenario erwies sich May als hervorragende Begleiterin. Ihre Fähigkeiten waren so scharf wie ihre Zwillingsklingen, deren Glanz durch das Zwielicht schnitt, als sie kleinere Monster mit erschreckender Geschwindigkeit erledigte. Bei einer solchen Gelegenheit sah ich, wie sie ihre Waffen geschickt einsetzte, um den Angriff eines monströs mutierten Tigers abzuwehren.

In der Zwischenzeit kämpfte ich gegen eine Kreatur mit einem merkwürdigen Namen: einen **Nacktbären**. Er war eine unheimliche Karikatur dessen, was ein Bär sein sollte, bizarr entblößt und äußerst verstörend. Doch ich blieb standhaft und hackte mit einer schnellen Bewegung ein Stück seiner Pranke ab.

Zu meiner großen Überraschung reagierte die Kreatur, indem sie an dem blutigen Stumpf nagte. Dampf stieg auf, als das Tier seinen Heilungsprozess beschleunigte. „Faszinierend“, murmelte ich vor mich hin und beobachtete aufmerksam seine Fähigkeit, sich zu erholen. Aber ich hatte nicht vor, ihm einen fairen Kampf zu bieten. Schnell stürmte ich nach vorne und riss ihm die Beine unter den Füßen weg, gefolgt von einem kräftigen Schwung nach unten, der den Kopf vom Körper trennte. Ein schneller Tritt sorgte dafür, dass der Kopf wegrollte, sodass er nicht mehr auf wundersame Weise ins Leben zurückkehren konnte.

Eine mörderische Neugierde blühte in mir auf und ein Grinsen umspielte meine Lippen. Meine Messer tanzten, als ich ein paar Streifen Fleisch von der besiegten Kreatur abschnitt und mir so eine kulinarische Trophäe verdiente.

Ich warf einen Blick zu May hinüber, die immer noch in einen heftigen Kampf mit dem übergroßen Tiger verwickelt war. Als ich sah, dass sie in der Klemme steckte, machte ich mich auf den Weg zu dem Tier und bewegte mich so leise wie ein Raubtier in der Nacht. Im Nu grub sich mein Messer tief in seine Seite und riss eine mächtige Wunde auf.

Der Tiger brüllte und versuchte, nach mir zu schnappen, aber ich war schon weg. Er reagierte immer langsamer, während sein Lebensblut ausströmte, und taumelte erst, als die Schwere seiner Verletzung ihn einholte. Das war die ideale Gelegenheit für May, um zuzuschlagen, und sie stürzte sich auf ihn, wie es ihre Art war. Ihre Klingen bohrten sich tief in den Nacken des Tigers. Obwohl das Tier noch lebte, war es gelähmt und seine Wirbelsäule hoffnungslos geschädigt.

Jetzt ging es nur noch darum, die Sache zu beenden. Ich steckte das Fleisch des Tigers zu meiner wachsenden Sammlung und wich Mays fragenden Blicken beiläufig aus. Während ich mich mit dieser grimmigen Ernte beschäftigte, tauchte eine Nachricht in meinem Blickfeld auf. „Wurde aber auch Zeit", murmelte ich und spürte endlich den Nervenkitzel der Jagd.

Mit jeder Begegnung tauchten wir tiefer in den Leib der Bestie ein – den Zoo. Der Ort war eine unheimliche Küche voller fremdartiger und verstörender Zutaten. Urtümlicher als der moderne Mensch es gewohnt war, aber es war eine Fundgrube, wenn man wusste, wonach man suchte. Es war eine seltsame Befriedigung, diese monströsen Kreaturen zu besiegen und sie zum bloßen Nahrungsmittel zu reduzieren.

„Ich lade dich heute Abend zum Essen ein, May", erklärte ich fröhlich, eine Handvoll Fleisch von einer furchterregend großen Anakonda in der Hand, „Schlangensteak vom Grill gefällig?"

May schüttelte den Kopf und kicherte über meinen armseligen Versuch, inmitten unserer grausamen Tätigkeit Spaß zu machen: „Du kannst kochen?" Dann legte sie den Kopf schief und warf mir einen schelmischen Blick zu: „Wenn ich eine Lebensmittelvergiftung bekomme, schuldest du mir was, klar?"

Ich erhob meine Hände in die Höhe: „Ich bin quasi ein Meisterkoch", zwinkerte ich. „Glaub mir, du wirst nicht enttäuscht sein."

Und so wurde aus unserer gefährlichen Expedition ein exotisches Picknick, bei dem wir ein monströses Mahl nach dem anderen zu uns nahmen.

[Mitteilung über den Systemsturz]

Systembenachrichtigung

Überlebenskünstler Feinspitz

Herzlichen Glückwunsch! Als erster Benutzer, der die kulinarische Vielfalt von **Systemsturz** während der Tutorialphase erkundet hat, wurde deine einzigartige Neugierde gebührend zur Kenntnis genommen und belohnt. Aufgrund deiner Leistung hat das System eine besondere

Belohnung für dich freigeschaltet: Die Möglichkeit, **Vakuum-Tupperware** herzustellen und zu erwerben. Dieses vom **Systemsturz** unterstützte Produkt ist ein unverzichtbares Hilfsmittel für die Aufbewahrung deiner Lebensmittel.

Handwerksrezept: **Vakuum-Tupperware**

Benötigte Materialien:

Plastikteile (10 Einheiten)

Vakuumstein (1 Einheit)

Formgebungskristall (2 Einheiten)

21.

ZWISCHENTRAINING

Das Handwerksrezept für einen Gegenstand freizuschalten oder ihn als käuflich erwerben zu können, war nicht dasselbe wie ihn zu erhalten, aber es war immerhin ein Anfang, und jetzt hatte ich ein konkretes Ziel. Die nötigen Materialien zu finden, um meine eigene **Vakuum-Tupperware** herzustellen. Das war absolut notwendig, um in Zukunft zu überleben. Abgesehen davon, dass sie die Lebensmittel vor dem Verderben bewahrte, war sie das einzige Produkt, das es ermöglichte, alle Nahrungsmittel nach jedem nächtlichen Reset zu behalten. Der Nachteil war jedoch, dass alle gekochten Lebensmittel ihren Geschmack verloren, sobald sie darin gelagert wurden. Ich hatte herausgefunden, dass der Trick darin bestand, frisches Fleisch, Gemüse, Obst und alles Essbare in seinem natürlichen Zustand in der **Vakuum-Tupperware** aufzubewahren und es dann für die Zubereitung einer Mahlzeit aus dem Behälter zu nehmen. Dadurch verlor es zwar immer noch viel von seinem Geschmack, aber es blieb genug übrig, um einen daran zu erinnern, wie es eigentlich schmecken sollte.

Ich hatte schon Schlimmeres als geschmackloses Essen gegessen.

Ich würde es überleben.

Außerdem gab es einen einfachen Trick, um geschmackloses Essen zu vermeiden, und da die **Vakuum-Tupperware** nur begrenzten Stauraum hatte, war mir dieser Trick am liebsten. Ich brauchte lediglich die legendäre Flasche mit der grünen Soße. Tabasco.

Die hatte sich Selene schon früh besorgt, aber wie sie sie bekommen hatte, hat sie mir nie erzählt. Niemand wusste, wie sie das meiste von dem, was sie besaß, bekommen hatte, und ich war anfangs auch nicht so neugierig gewesen, sie zu fragen. Ich nahm an, sie hätte es mir gesagt, wenn sie gewollt hätte. Es war nicht wichtig, aber manchmal waren es die kleinen Dinge, die den Tag eines Menschen verschönerten.

Ich sah, dass es schon fast Mitternacht war und die nächste Phase des Tutorials anstand. Dass **Systemsturz** nicht den Tag, sondern die Nacht als Startpunkt festgelegt hatte, hielt ich nicht für einen Zufall.

„Es geht los“, murmelte ich vor mich hin.

Das **Fortgeschrittene Tutorial** würde bald beginnen.

Ich lehnte mich an die raue Rinde eines Baumstamms und überblickte die Zone, die wir im Central Zoo freigeräumt hatten. May lag ausgestreckt neben mir im Gras und ihre Brust hob und senkte sich rhythmisch im Schlummer. Wir hatten diesen Ort in eine monsterfreie Zone verwandelt. Die Biester hielten sich von uns fern, denn unser Amoklauf hatte dazu geführt, dass sie uns als die Alphatiere ansahen und dies war unser Revier.

Bevor sie eingeschlafen war, hatte May ihre Selbstzweifel geäußert und erklärt, dass sie das Gefühl hatte, dass ihre Bemühungen erfolglos waren und eher ein Hindernis darstellten. Ihre Worte hallten noch immer in meinem Kopf wider, während unser Feuer knisterte: „Ich bin nicht stark genug. Wenn du nicht hier wärst, Nick, wäre ich jetzt schon zehnmal so tot. Das weiß ich, und auch wenn du nichts dazu gesagt hast, habe ich versprochen, kein Klotz am Bein zu sein.“ Sie ballte ihre Fäuste und fuhr fort: „Ich weiß, dass du für etwas kämpfst. Niemand kämpft so hart wie du, wenn er nicht ein Ziel vor Augen hätte ... oder Dämonen bezwingen müsste. Wenn du mich zurücklassen musst, dann kann ich das verstehen und bin dir nicht böse. Du hast mich gewarnt und ich bin dankbar, dass du mir so lange geholfen hast.“

Ich hatte jedes Mal versucht, sie zu beruhigen: „Du irrst dich, May. Sicherlich hätte ich das alles hier auch alleine überleben und sogar bewältigen können. Aber ein bisschen Hilfe kann einem die Last sehr erleichtern. Du bist stärker, als du denkst, und allein dass du da bist, macht schon einen Unterschied.“

Solospieler zu sein bedeutete nicht, sich von der Menschheit abzukapseln, es bedeutete nur, nicht mit dem Finger auf andere zu deuten und von ihnen zu erwarten, dass sie den Tag retten, wenn die Kacke am Dampfen ist. Solospieler zu sein bedeutete, für meine eigenen Handlungen, Entscheidungen und deren Folgen verantwortlich zu sein. Ich war nicht so bescheuert oder überheblich, zu glauben, dass man keine Mitstreiter brauchte. Irgendwann musste sich jeder mal ausruhen, und wenn das der Fall war, brauchte man Kameraden, die einem den Rücken freihielten.

In der Zwischenzeit hielt ich Wache, während May ihre dringend benötigte Ruhepause nachholte. Aus der Ferne hörte man ein Knurren und Rascheln von Blättern und ab und zu eine beunruhigende Stille. Trotz dieser Geräusche schien May friedlich zu schlafen.

Mein Gedankengang wurde abrupt unterbrochen, als die Uhr zwölf schlug. Ein weiterer Tag in dieser turbulenten Welt war zu Ende, und das **Fortgeschrittene Tutorial** rückte immer näher. Es war an der Zeit, uns auf die bevorstehende Herausforderung vorzubereiten.

[Mitteilung über den Systemsturz]

Titel: Nächste Stufe des Tutorials beginnt bald

Gut gemacht, Nick Vandal.

Es scheint, als hättest du das Durcheinander unseres Anfängertutorials gut überstanden, das ist schon eine

Leistung. Aber mach es dir nicht zu bequem, denn die eigentliche Herausforderung steht erst noch bevor.

Kehre deshalb innerhalb der nächsten 60 Minuten zu deinem Ausgangspunkt zurück, um mit dem **Zwischentraining** zu beginnen. Komm nicht zu spät, denn die Auswirkungen von Unpünktlichkeit sind … gelinde gesagt, ungünstig.

Mach dich darauf gefasst, dass die kommende Prüfung nicht so nachsichtig sein wird wie die letzte. Vergiss nicht: In dieser schönen neuen Welt, die wir dir geschenkt haben, wird einem das Überleben nicht geschenkt, man muss es sich verdienen.

Wir freuen uns auf deine baldige Rückkehr. Viel Glück, du wirst es sicher brauchen.

Ich fragte mich, ob Alvin und Willow mit der anderen Gruppe fertig geworden waren und meine Vorschläge befolgt hatten. Es war nicht meine Aufgabe, Urteile zu fällen oder die Moralkeule zu schwingen, aber in dieser Situation hoffte ich, dass sie erkennen würden, dass es ein wahres Verbrechen wäre, solchen Abschaum zurückzulassen. Meine Gedanken waren viel einfacher: Jeder sollte sein Schicksal selbst in die Hand nehmen. Ich konnte mir einfach nicht den Luxus leisten, etwas Anderes zu tun.

Unser Weg führte uns vom Central Zoo weg, zurück zu unserem Ausgangspunkt. Leichen lagen kreuz und quer über die Straßen verstreut oder lagen unberührt in Gebäuden, wo wir sie durch zerbrochenes Glas sehen konnten. Die unheimliche Stille wurde nur durch das gelegentliche Krächzen einer entfernten Krähe unterbrochen, was die bedrückende Stimmung noch verstärkte.

May atmete schwer aus, ihr Atem bildete in der kalten Luft feine Nebelschwaden, als sie die schaurige Szene auf sich wirken ließ. „Das System lässt sie also einfach verwesen, hm?“ Sie schüttelte angewidert den Kopf: „Wie kann das System unser Essen zurücksetzen, aber nicht die Leichen?“ Dann seufzte sie und schürzte ihre Lippen. „Wir müssen uns überlegen, wie wir diese Leichen loswerden. Wenn wir das nicht tun, riskieren wir Krankheiten oder sogar eine Seuche.“

Mein Blick schweifte über die gefrorenen Leichen, die überall in der Gegend verstreut lagen, und landete dann bei May. „Vielleicht solltest du dir in Zukunft die Fähigkeit des Feuers aneignen“, schlug ich in einem sachlichen Tonfall vor. „Das hilft gegen bestimmte Feinde und könnte unser Problem lösen, die Verstorbenen zu entsorgen.“

Mays Blick wurde kühl, ein klares Zeichen dafür, dass sie meine praktische und zugleich makabre Lösung nicht zu schätzen wusste. Unbeeindruckt begegnete ich ihrem frostigen Blick mit einem entschlossenen Ausdruck. „Das ist die harte Wahrheit“, fügte ich hinzu, wobei meine Stimme sanfter wurde. „Wir haben nicht die Zeit, sie alle zu begraben.“

Schweigend setzten wir unseren Weg fort. May sagte nichts mehr. Unser Ziel, unser ursprünglicher Startpunkt, lag vor uns. Was einst eine unzusammenhängende Masse von verwirrten und verängstigten Gesichtern gewesen war, war zu einer kleinen Versammlung von abgehärteten

Überlebenden geworden. Ihr leises Gemurmel verstummte, als wir uns näherten, und ihre Blicke richteten sich misstrauisch auf uns, um uns stumm zu begutachten.

Schnell zählte ich die Zahl der Leute – etwa hundert Überlebende, deutlich mehr als in meinem früheren Leben. Der Anblick war zugleich tröstlich und beunruhigend. Es war zwar eine Erleichterung, mehr Überlebende zu sehen, aber der Gedanke an den zunehmenden Wettbewerb und die mögliche Einmischung des [Admin], um die Zahl der Überlebenden zu verringern, gab Anlass zur Sorge.

In der Mitte der versammelten Überlebenden zog ein mächtiger Stahlkäfig die Aufmerksamkeit auf sich. Ein dunkles Abbild eines MMA-Oktagons, dessen Inneres in undurchdringliche Schwärze gehüllt war. Seine glänzende Oberfläche reflektierte unsere verzerrten Figuren und warf unheimliche Schatten auf den Boden. Eine unwillkommene Zugabe zu unserer neuen Wirklichkeit.

Im Gegensatz zu den verfallenen, ausgeweideten Gebäuden, die allmählich von der Apokalypse heimgesucht wurden, war dieser beeindruckende Bau in perfektem Zustand. Das Gebäude wies keinerlei Anzeichen von Abnutzung oder Beschädigung auf, als wäre es erst vor wenigen Augenblicken erschaffen worden. Seine glänzende, tiefschwarze Oberfläche war wie ein Spiegel und reflektierte das schwache Licht, das durch die Düsternis drang, und zeichnete ein unheimlich wahrhaftiges Bild unserer kaputten Welt.

Mehr noch als seine gigantische Größe war es die Form des Gebäudes, die ein seltsames Gefühl der Vertrautheit hervorrief. Seine Kanten waren scharf, jede Ebene traf in einem sorgfältig austarierten Winkel aufeinander. Die strenge Geometrie war ein eigenartiger Anblick inmitten des Durcheinanders in der apokalyptischen Landschaft. Das stählerne MMA-Gebäude war bereit für die dunklen Prüfungen, die vor ihm lagen. Es erinnerte uns auf erschreckende Weise an den tiefgreifenden Wandel, den unsere Welt durchgemacht hatte.

Als wir den Anblick des gigantischen achteckigen Gebäudes, das das Stadtbild beherrschte, auf uns wirken ließen, brach ich das Schweigen: „Wenn wir es nicht besser wüssten, würde ich sagen, dass wir für eine Art Preiskampf vorbereitet werden. Meinst du, die hätten wenigstens den Anstand, uns ein paar Boxhandschuhe zur Verfügung zu stellen?“

Mays Augen verengten sich leicht und sie runzelte nachdenklich die Stirn. Einen Augenblick lang war sie ganz still, dann entkam ihr ein trockenes Lachen. „Vielleicht ist der Preis ja, dass wir noch einen weiteren Tag erleben“, antwortete sie mit einem Hauch von grimmiger Ernüchterung in der Stimme.

Der starke Gegensatz zwischen dem unversehrten Gebäude und unserer Umgebung berührte einen Teil meines Unterbewusstseins, der eine verstörende Mischung von Gefühlen hervorrief, die ich nur schwer in Worte fassen konnte. Ich vermutete, dass das Gebäude dazu gedacht war, unterschwellig Minderwertigkeitsgefühle bei uns allen auszulösen. Und als ich mich in der versammelten Menge umsah, wusste ich, dass das auch klappte.

„Ich frage mich, ob das Innere des Gebäudes genauso glänzt wie das Äußere", überlegte ich und versuchte, etwas Leichtigkeit in unsere düstere Unterhaltung zu bringen. Mein Versuch wurde mit einem weiteren trockenen Kichern von May belohnt.

„Wahrscheinlich schon, so wie es bisher um unser Glück bestellt ist", antwortete sie. Ihre Mundwinkel zuckten eher grimmig nach unten, als dass sie lächelte, aber es war trotzdem eine Reaktion. „Bist du bereit für den Schritt ins Unbekannte?"

„Wie viel schlimmer kann es nach dem **Versteckten Dungeon** schon sein?", erwiderte ich, wobei mein Tonfall ihren trockenen Humor widerspiegelte, während wir uns darauf vorbereiteten, was uns in dem stählernen Ungetüm vor uns erwartete.

Danach wandten wir uns wieder dem Rest der Überlebenden zu. Was auch immer passieren würde, es würde bald geschehen.

Wie ein Phantom tauchte Zagrids körperlose Gestalt aus dem Boden auf, ein Grinsen auf dem digitalen Gesicht. **„[Seid gegrüßt, ihr alle!]"** Seine Stimme klang voller böser Freude. **„[Wie ich sehe, sind wir ein wenig unterbesetzt, wenn man**

bedenkt, mit wie vielen von euch wir angefangen haben. Und was seid ihr dann alle? Das stolze oberste eine Prozent? Willkommen im Leben eines Kalifornischen Kondors, Leute. An der Spitze ist es einsam.]“

Er deutete mit dem Kopf auf das hoch aufragende Gebäude, das den Platz beherrschte. **„[Jetzt fragt ihr euch sicher, was dieses hübsche Monstrum in der Mitte eurer Wiedersehensfeier wohl zu suchen hat!]**“ Zagrid schwebte um das achteckige Gebäude herum und sein digitales Gesicht leuchtete mit einem zwinkernden Emoji auf.

Wie ein Schattenspiel auf einer Papierwand erhellte ein plötzlicher Ausbruch von weißem Licht das Innere des Gebäudes und bildete einen scharfen Kontrast zu der dunklen, massigen Gestalt, die darin gefangen war. Die Spiegelung der dunklen Paneele verschwamm und wir bekamen endlich zu sehen, was sich darin verbarg. Auf einem Sockel im griechischen Stil war eine albtraumhafte Bestie festgeschnallt, eine monströse Gestalt, die wie ein aufgemotzter Minotaurus aussah.

Die Figur war in ein düsteres Schwarz getaucht, die Muskeln waren scharf umrissen und jeder einzelne schien aus reinem Obsidian gemeißelt zu sein. Sein Stierschädel glitzerte bedrohlich im grellen Licht des Käfigs und verstärkte das ohnehin schon überwältigende Gefühl des Grauens.

Eine Welle der Angst ging durch die Menge der Überlebenden, als sich die Bestie gegen ihre Fesseln stemmte.

Allein ihre Größe war schon bedrohlich: Sie war leicht vier Meter groß und ihre Muskeln zeichneten sich unter ihrer Haut ab, als sie sich gegen das Metall stemmte.

„**[Darf ich vorstellen: euer neuer Partygast!]**", meldete sich Zagrid zu Wort und freute sich sichtlich. „**[Dieses Ungetüm hier ist ein Ein-Mann- oder besser ein Ein-Tier-Abrisskommando. Wenn ich Arme hätte, würde ich gegen das Dach dieses Käfigs knallen, nur um das zu betonen. Dieser böse Junge trägt so viel Gewalt in sich.]**" Sein digitales Lachen hallte unheimlich um uns herum.

„**[In vielleicht einer Stunde, vielleicht auch mehr, vielleicht auch weniger, werden die Fesseln, die unseren Freund hier halten, reißen. Oder sie werden einfach verschwinden, wer weiß? Auf jeden Fall wird er kommen und gehen können, wohin er möchte.]**" Der Bot zuckte mit den Schultern, ein fast schon komischer Gegensatz zu der drohenden Gefahr. „**[Und unser Freund da drüben? Oh, der ist ganz heiß auf eine ordentliche Keilerei.]**"

Mit der Geschicklichkeit eines erfahrenen Schaustellers ließ Zagrid seine Worte einen Moment lang in der Luft hängen, bevor er die Pointe verkündete. „**[Und jetzt kommt der spaßige Teil, Leute. Wählt euren Champion.]**" Der Satz schien unheilvoll in der Windstille nachzuhallen. „**[Wenn ihr unseren Freund hier bei Laune haltet, erlebt ihr alle den nächsten Sonnenaufgang. Natürlich nicht im wörtlichen Sinne. Wir sind nicht ganz so großzügig.]**"

Zagrid entkam ein kühles Glucksen, das wie ein

bedrohliches Gespenst in der kalten Luft hing. **„[Aber, wenn euer Champion am Ende in eine rote Pfütze verwandelt wird ... Nun, sagen wir einfach, dann hat er dem Rest von euch ein paar Minuten mehr Zeit verschafft, die ihr euch leihen könnt. Jeder Moment zählt. Carpe Diem, stimmt's, Leute?]"**

Mit einem Flackern verwandelte sich sein digitales Gesicht in ein nachdenkliches Emoji, als würde er sich über das Wetter unterhalten, anstatt einen Kampf ums Überleben auszurichten. **„[Es ist ganz einfach. Versucht einfach zu überleben. Einen Fuß vor den anderen setzen, ein Opferlamm ... Ich meine, ein tapferer Champion nach dem anderen.]"**

Sein digitales Gesicht verwandelte sich in ein ängstliches Emoji und seine Stimme klang bösartig. **„[Versucht, auf dem Weg zur Arena nicht zu stolpern, Leute. Jedes Leben ist wichtig. Oder zumindest ist jedes Leben eine weitere Gelegenheit für das nächste Mal. Kommt eben immer darauf an, wie man es betrachtet.]"**

Sein Lachen hallte wie ein grausamer Spott durch den stillen Raum. **„[Willkommen, meine Damen und Herren, zum Zwischentraining. Der Spaß fängt gerade erst an.]"**

Die Menge der Überlebenden schaute sich gegenseitig an und blickte zu dem Monster in der Arena. Fast jede Stimme flüsterte untereinander: „Wie entscheiden wir uns?"

Dann durchbrach seine Stimme erneut die Stille,

erfüllt von grausamer Freude. „**[Schaut nicht so grimmig, Leute. Wenigstens seid ihr nicht diejenigen, die im Käfig eingesperrt sind. Noch nicht.]**“

Sein grausames Lachen hallte über den Platz und ließ mir die Haare im Nacken zu Berge stehen. „**[Also los, zurück zu euren Fragen. Wer wird es sein? Wer ist bereit, sich dem großen bösen Minotaurus zu stellen? Es gibt keine Eile. Lasst euch Zeit. Na ja, eigentlich eilt es schon. Also beeilt euch.]**“

Der Bot warf einen Blick auf die tickende Uhr oben am Käfig, die ihren Countdown begonnen hatte. „**[Denkt daran, jede Sekunde zählt, im wahrsten Sinne des Wortes.]**“ Zagrid deutete auf das bedrohliche Tier, das sich in dem Stahlkäfig wand. „**[Seht ihn euch nur an. Er kann es kaum erwarten, euch alle kennenzulernen. Wir wollen ihn doch nicht warten lassen, oder?]**“

Die Menge schien noch weiter zurückzuschrecken, wenn das überhaupt möglich war, und starrte verängstigt auf die riesige Gestalt, die sich in dem Käfig gegen ihre Fesseln wehrte. Zagrid hatte in einem Punkt recht: Die Bestie sah ungeduldig aus und wurde von Minute zu Minute unruhiger.

Gerade als ich gedacht hatte, dass der Bot fertig wäre und ich meinen Zug machen könnte, wurde Zagrids Stimme leiser. „**[Ihr wollt nicht sehen, was passiert, wenn ihm langweilig wird. Glaubt mir. Ich schlage also vor, dass ihr euren Champion bald kürt. Viel Glück, meine lieben**

Kandidaten. Ihr werdet es brauchen.]“

Die Menge brach in einen Tumult aus, als Zagrids Worte so richtig ankamen. Es war, als hätte jemand einen Bienenstock aufgerissen. Alle begannen gleichzeitig ihre Meinung zu äußern, eine Stimme lauter und aufgeregter als die andere.

„Die Schwächsten unter uns sollten zuerst reingehen! Sie können uns helfen, die Schwachstellen zu finden, und dann können wir eine Strategie ausarbeiten!“, schlug ein entschlossener Kerl vor, bevor er dem Blick einer Frau begegnete, die einen Kopf größer war als er und mit zwei Katanas bewaffnet. Unter ihrem eisigen Blick geriet sein Mut ins Wanken und er wandte sich schnell ab, als ihm klar wurde, dass er mit seinen Worten sein eigenes Todesurteil unterschrieben hatte.

Die Frau, die anfangs die Idee in Frage gestellt hatte, einen Champion zu wählen, lächelte über sein Unbehagen. „Wenn du dich nicht selbst vorschlägst, hast du dann eine andere gute Idee?“, fragte sie spöttisch. Der Mann hatte darauf keine Antwort.

Trotz des Gerangels und der Angst sah Zagrid zufrieden aus und zuckte mit den Schultern. **„[Ihr werdet es schon herausfinden. Wie ihr zu eurer Entscheidung kommt, spielt keine Rolle. Demokratie, Stein-Papier-Schere, ein Kochwettbewerb. Entscheidet euch einfach.]“** Und damit flitzte Zagrid in Richtung Käfig und ließ uns alle in fassungslosem Schweigen zurück. Alle zuckten zusammen, als er sich dem Käfig näherte, aber der Bot schob sich einfach durch ihn hindurch und verschwand.

[Mitteilung über den Systemsturz]

Titel: Besonderes Ereignis – Begegnung mit dem Endgegner: **Duskhoof, der verfluchte Minotaurenkönig**

Hauptziel: Töte **Duskhoof, den verfluchten Minotaurenkönig**

Seid gegrüßt, Überlebende,

Im **Zwischentraining** musst ihr euch einem Überlebenskampf gegen **Duskhoof, den verfluchten Minotaurenkönig,** stellen. Dieser furchterregende Gegner ist in der Arena in der Mitte des Oktagons eingesperrt, und sein einziges Ziel ist es, euch in einen Kampf zu verwickeln.

Duskhoof ist kein gewöhnlicher Gegner. Mit einer beeindruckenden Mischung aus Stärke, Schnelligkeit und Intelligenz ist er ein tödliches Raubtier mit einem einzigen Ziel: zu jagen und zu zerstören. Bei dieser Herausforderung geht es nicht nur um rohe Kraft, sondern auch um Ausdauer, Strategie und Zusammenarbeit.

Unterschätzt nicht die Bedeutung eurer Mission. Solltet ihr es nicht schaffen, **Duskhoof** innerhalb der Arena anzugreifen, ändern sich die Regeln für den Kampf.

[Sonderbestimmung:]

Wenn ihr nicht in den Kampf mit **Duskhoof** eingreift, führt das zu einer verhängnisvollen Strafe. Der verfluchte Minotaurenkönig wird aus seiner Arena freigelassen und kann zehn von euch nach Herzenslust jagen und abschlachten, bevor er gezwungen wird, in seinen Käfig zurückzukehren.

Eure Mission beginnt jetzt. Wagt euch in das Oktagon,

bahnt euch euren Weg zur Arena und besiegt **Duskhoof, den verfluchten Minotaurenkönig,** um die nächste Etappe eurer Reise zum Überleben zu erreichen. Die Uhr tickt, Überlebende. Trefft eure Wahl.

Dann, nachdem der Bot verschwunden war, erschien über uns ein Timer, der lautlos von **[71:59:58]** herunterzählte. Als die erste Sekunde verstrichen war, verwandelten sich die Gespräche um mich herum in verzweifelte Debatten und wilde Mutmaßungen.

Während die Menge diskutierte, suchte ich mir eine ruhige Ecke und lehnte mich gegen einen Laternenpfahl, um mir das Schauspiel anzuschauen. Dies war eine schöne neue Welt, in der körperliche Stärke nicht gleichbedeutend mit Überleben war. Dieses neue System hatte die Machtverhältnisse völlig verändert. Status, Fähigkeiten, Fertigkeiten. Das waren die neuen Währungen der Macht.

Gespräche über die Bildung einer Gruppe zum Kampf gegen den Minotaurus kamen auf, wurden aber schnell wieder verworfen, da die Leute zögerten, ihre Fähigkeiten preiszugeben. Vertrauen, so schien es, war ein knappes Gut in dieser neuen Welt. Die Wahl eines Anführers stellte eine weitere Herausforderung dar. Wer würde mutig und intelligent genug sein, um eine Gruppe von Fremden gegen einen unbekannten und mächtigen Feind anzuführen? Und, was noch wichtiger war, wer konnte sich genug Respekt verschaffen, um die Gruppe zusammenzuhalten?

Systemsturz hat zwar viele der Regeln der Welt neu

geschrieben, aber die Welt war kein Spiel geworden, in dem man einfach Rollen zuweisen und darauf vertrauen konnte, dass das Spielsystem Beschuss durch eigene Leute verhindern würde. Es war eine harte und brutale Realität.

Ein paar Leute versuchten in ihrer Panik zu fliehen, stießen aber prompt auf die unsichtbaren Grenzen der Arena und wurden schnell wieder in die Mitte des Platzes zurückgedrängt.

[Mitteilung über den Systemsturz]

Titel: Fluchtversuch

Einzelheiten: Dieser Bereich wurde abgeriegelt und ihr dürft den Bereich nicht verlassen, bis das aktuelle Ereignis beendet ist.

Bitte beachtet, dass sich bei jedem Fluchtversuch die Grenzen des Gebiets weiter zusammenziehen. Versucht also nicht, das Gebiet zu verlassen.

„Ich hoffe, dass sie sich bald mit der Fluchtklausel abfinden, sonst werden wir noch vor Ablauf einer Stunde alle ins Zentrum getrieben“, murmelte ich. Selbst wenn man versuchte, an den Rändern Zuflucht zu suchen, würden die unbarmherzigen, vorrückenden Mauern unweigerlich alle in das Herz des Platzes zwingen.

Da erhob sich plötzlich jemand aus dem Getümmel und bot eine reichlich blauäugige Lösung an: „Der Roboter hatte nicht ganz unrecht. Wir sind hier in Amerika, wir sollten abstimmen, wenn sich niemand freiwillig meldet, oder wir sollten Lose ziehen wie bei der Wehrpflicht."

„Toll, ich richte ein Wahllokal ein, sobald ich den Laden gefunden habe, in dem du deine Wahnvorstellungen gekauft hast", schoss ein anderer zurück. Ich musste über den beißenden Sarkasmus schmunzeln. Die Spannungen entfachten hitzige Wortgefechte und drohten in Gewalt umzuschlagen, wobei mir nicht entging, dass sie eher bereit waren, gegeneinander zu kämpfen als gegen den Minotaurus.

„Du scheinst von all dem bemerkenswert unbeeindruckt zu sein", stellte May fest und richtete ihren Blick auf mich. „Hast du denn schon irgendeine Idee, wie wir das Monster zur Strecke bringen können?"

„Der einzige todsichere Weg", antwortete ich und musterte die Menge, „ist, deutlich stärker zu werden und Titel zu gewinnen."

Alle, die nicht stark genug waren, zeigten sich am besorgtesten. Sie erwarteten, zu Opfern gemacht zu werden. In dem Meer von Gesichtern erkannte ich David, den Mann mittleren Alters, der anfangs Interesse an einer Zusammenarbeit gezeigt hatte. Er hatte sein Brecheisen gegen einen Speer getauscht und sich wie der Rest von uns angepasst.

„Warum machen wir uns überhaupt die Mühe einer Veranstaltung wie dieser? Sind wir nichts weiter als Unterhaltung?", fragte May mit bitterer Stimme.

Ich wollte ihre Befürchtungen bestätigen, aber stattdessen deutete ich auf den drohenden Käfig: „Wir können wählen, ob wir Unterhaltung sind, die überlebt, oder Unterhaltung, die untergeht. Heb dir also die Bitterkeit für später auf, sobald wir das hier überstanden haben."

„Am Ende läuft es also darauf hinaus, wie wir überleben wollen? Ist es das?", antwortete May.

„Was wäre denn die Alternative?" Ich warf einen Blick auf den Minotaurus, der ein donnerndes Gebrüll von sich gab: „Selbst, wenn wir den Endgegner in Schach halten können, wird es hier mit dem Schild, der uns einschließt, schwierig werden, und die Leute werden sich gegeneinander wenden, sobald der erste Tropfen Blut fällt."

May schwieg und blickte den Minotaurus mit unleserlichem Blick an.

„Was wir hier haben", überlegte ich und meine Stimme drang durch die angespannte Atmosphäre, „ist die ideale Grundlage für eine Katastrophe." Meine Augen suchten die eingeschlossene Menge ab, die ihrer Grundbedürfnisse beraubt war und deren Überleben nun davon abhing, ob sie über einen furchtbaren Feind triumphierte oder die Schwächsten unter uns opferte.

„Genug!" Eine Stimme durchbrach den Lärm und forderte die Aufmerksamkeit aller. Es war Jason, sein Blick war scharf und seine Augen funkelten vor Entschlossenheit.

Mays Gesicht erhellte sich bei seinem Anblick und dem ihrer anderen Kameraden.

„Also, wie lautet dein großer Plan?“, schoss die Frau mit den Katanas zurück und verschränkte die Arme, um sich in dem Chaos Gehör zu verschaffen.

Jason hielt einen Moment inne, bevor er antwortete: „Wir wissen alle, dass früher oder später irgendjemand gegen diesen Minotaurus kämpfen muss. Eines unserer Teammitglieder verfügt über eine Fähigkeit, die das Ziel in einen traumähnlichen Zustand versetzt, eine Illusion von Gelassenheit, die auch jeden Schmerz auslöscht. Ich bezweifle zwar, dass das Tier sich davon beeindrucken lässt, aber wir könnten zumindest dafür sorgen, dass jeder, der das Pech hat, in den Kampf gehen zu müssen, ein schmerzloses Ende findet.“

„Keine Schmerzen? Und dafür würdest du bürgen?“, schnaubte der Skeptiker von vorhin spöttisch.

Daraufhin hielt Jason seinen Arm hoch, der inzwischen notdürftig bandagiert war: „Ich hätte heute fast diesen Arm verloren. Wir hatten Glück, dass wir einen Arzt gefunden haben, der eine Notoperation durchgeführt hat. Es hat zwar keine Narkose gegeben, aber dank des Traumzustands hat alles geklappt. Ich habe nichts gespürt.“

Plötzlich bekam die düstere Aussicht, dem Minotaurus gegenübertreten zu müssen, einen ironischen Beigeschmack von Barmherzigkeit. Einige in der Menge schnaubten über das, worauf wir hier reduziert wurden. Die Verurteilten würden in den Ring steigen, eingehüllt in selige Unwissenheit.

Der Haken an der Sache war natürlich das Übliche. Wir waren alle damit einverstanden, dass jemand anderes die Last des Wohlstands trug, solange er im Gegenzug großzügig zu uns war. Aber wenn man die Möglichkeit hatte, diese Last selbst zu übernehmen? Da ließ die Begeisterung schlagartig nach.

„Wir sollten uns besser bald entscheiden“, unterbrach Jason die unbehagliche Stille. Dann wanderte sein Blick zu mir und durchdrang die Menge: „Was ist mit dir, Nick? Was hältst du von der Sache?“

22. KOSTEN DES ÜBERLEBENS

„Nick? Das ist Nick Vandal?"

Jasons Frage hallte durch die Menge und verstärkte die Spannung, die in der Luft lag. Alle Blicke richteten sich schnell auf mich. Ich konnte hören, wie das Gemurmel des Erkennens durch die Menge ging.

„Ist das nicht er? Derselbe Typ vom ..."

„Ja, der, der die Zombies am Times Square erledigt hat ..."

„Ich habe ihn und die Frau neben ihm gesehen, wie sie im Zoo gegen die Monster gekämpft haben ..."

Ihre Erinnerungen hingen schwer in der Luft, als sie ein lebhaftes Bild meiner vergangenen Leistungen malten. Am liebsten hätte ich laut aufgeschnaubt. Diese Gruppe verzweifelter Leute brauchte eindeutig einen Sündenbock. Den verzweifelten Blicken in meine Richtung nach zu urteilen, konnte die Sache hier sehr schnell hässlich werden. Der verdammte Jason hatte die Aufmerksamkeit der Menge auf mich gelenkt.

„Ich habe ihn schon mal in Aktion gesehen. Er ist wirklich klasse. Hast du dir schon einen Plan zurechtgelegt?“, fragte eine attraktive Frau, die mich mit ihrem Blick fixierte. Sie trug einen Geschäftsanzug, dessen Falten und Flecken von ihren jüngsten Strapazen zeugten, aber ihre Stimme strahlte einen warmen Unterton aus.

Ich musste mir gut überlegen, wie ich den nächsten Teil angehen wollte. Zagrid würde mich bestimmt beobachten. Es war schon lange her, aber vielleicht war es an der Zeit, den eingebildeten, arroganten Zwanzigjährigen zu spielen. Mit falscher Angeberei und Draufgängertum. „Ich habe mir eine Möglichkeit ausgedacht, bei der keiner von uns den Märtyrer gegen dieses Monster spielen muss“, antwortete ich.

May legte ihren Kopf schief. Sie war verwundert über mein verändertes Verhalten und meinen Tonfall. Rasch blickte sie sich um und stellte fest, dass alle Gesichter in unsere Richtung blickten, bevor sie ihren Blick senkte und ihren Gesichtsausdruck wieder entspannte. Dann hob sie den Kopf, wir musterten uns gegenseitig und sie lächelte, als sie endlich begriff, dass das alles nur Show war. Wie ich schon vorher beobachtet hatte, lernte sie schnell.

Das hektische Gemurmel in der Menge verstummte augenblicklich. Alle Augen richteten sich auf mich. Gut, es war besser, die Menge zu beruhigen und die Situation in den

Griff zu bekommen, bevor sie aus dem Ruder lief. Ich hatte nur gehofft, dass jemand anderes dieser Aufgabe gewachsen sein würde.

Am ersten Tag des **Systemsturzes** hatte ich mir einen Namen gemacht, indem ich mich immer wieder kopfüber in die Gefahr gestürzt hatte. Ohne Angst und mit schnellen, wirkungsvollen Bewegungen, um sicherzustellen, dass ich auf der anderen Seite als Sieger hervorging. Viele waren Zeugen meiner Fähigkeiten geworden, und ich hatte schon einige vor den Zombies gerettet, obwohl es zu diesem Zeitpunkt eher um die einfache Erfahrung ging, die man mit Zombies sammeln konnte, als darum, wirklich jemanden zu retten. Aber das brauchten sie ja nicht zu erfahren. Ihr Glaube an meine Selbstlosigkeit war fehl am Platz, aber nicht an meine Fähigkeit, ein Monster zu erledigen.

„Wirklich? Obwohl einige von uns gesehen haben, wie du kämpfen kannst, denkst du wirklich, dass du dieses Ungetüm im Alleingang bezwingen kannst?“ Die Frau sprach wieder und ein spielerisches Grinsen umspielte ihre Lippen.

„Würdest du denn?“ Jasons Frage klang ernsthaft und unmissverständlich. „Wenn er es ist, würde es mich nicht wundern, wenn er versucht, das alleine durchzuziehen.“

„Auf jeden Fall“, bestätigte ich, wobei ich das „a“ in Fall absichtlich verspielt in die Länge zog.

„Warte, du machst keine Witze?“ Die Frau schaute ungläubig zwischen Jason und mir hin und her. „Du nimmst den sicheren Tod in Kauf?“

Ich lächelte, ein eingebildetes Grinsen auf dem Gesicht, und meine Wangen schmerzten bei dem ungewohnten Ausdruck, den ich trug. Ich fühlte mich wie ein Trottel und diese Show ging mir jetzt schon auf die Nerven, ich war kurz davor, aus der Rolle zu fallen. „Wenn ich auch nur den geringsten Zweifel an meinem Sieg hätte, wäre ich nicht nach vorne getreten“, versicherte ich ihr.

„Und wenn du dich ins Getümmel stürzt und innerhalb weniger Augenblicke fällst, was passiert dann mit uns?“, fragte der Mann, mit dem sie sich zuvor gestritten hatte.

„Dich würde das gleiche Schicksal ereilen, denn wenn ich das Ding nicht bezwingen kann, kann das keiner von uns.“ In der Menge gab es ein Murren über diese Aussage. Ich streckte meine Hände in die Höhe, um die Menge zum Schweigen zu bringen, während ich meine Stimme erhob. „Aber keine Sorge, meine Strategie ist zuverlässig“, antwortete ich mit festem Ton. „Sie erfordert lediglich eine kleine Investition von allen.“

„Was willst du damit sagen?“, fragte jemand anderes, in dessen Stimme ein Hauch von Feindseligkeit mitschwang.

Ich schenkte der Ablehnung keine Beachtung. Stattdessen räusperte ich mich, um die Menge zu beruhigen, bevor ich mich klar ausdrückte. „Das heißt, ich biete meine Dienste als Profi an. Im Gegenzug erwarte ich von allen hier einen gemeinsamen Beitrag. Das hier ist keine

Wohltätigkeitsveranstaltung. Ich verlange, dass jeder seinen Beitrag leistet, bevor ich ins Oktagon steige." Sie warteten darauf, dass ich fortfuhr.

„Ich spreche von der Bezahlung für meine Dienste." Mein unverhohlenes Eingeständnis löste einen heftigen Aufruhr in der Menge aus.

Es schien, als hätte May einen Blick für den sich entfaltenden Tumult gehabt und verstanden, dass die festgefahrene Lage keinen nützlichen Fortschritt mit sich brachte. Aufgrund unserer gemeinsamen Erfahrungen wusste sie, dass ich nicht der Typ war, der ohne guten Grund in ein Hornissennest stach. Aber wenn der Schwarm bereits ausgebrochen war, war ich derjenige, der eingriff und sich um die Sache kümmerte. Für mich war der Kampf so natürlich wie das Atmen.

Sogar während unserer gemeinsamen Aktion im Zoo hatte ich unsere Gespräche unterbrochen, um eine Auseinandersetzung zu beenden, ein Tier zu fangen oder einen Angriff abzuwehren, nur um dann unser Gespräch fortzusetzen, als wäre nichts geschehen. Es hatte keinen Sinn, darauf zu warten, dass jemand anderes den Mut aufbrachte, das zu tun, was ich ohnehin erledigen konnte. Außerdem wollte ich die Belohnungen und den Titel für den Alleingang im Kampf gegen den Endgegner.

„Alles hat seinen Preis. Das ist uns schon klar. Was genau verlangst du also von uns?", fragte May, die entschlossen inmitten der unruhigen Menge stand.

Die Frau im Geschäftsanzug warf May einen mitleidigen Blick zu. „Bist du nicht seine Partnerin? Meinst du, du bist von seinen Forderungen ausgenommen?"

„Wir gehören nicht zusammen, wir haben uns nur für ein Vorhaben zusammengetan", entgegnete May. Die Reaktion der Menge war eine Mischung aus Gekicher und verzogenen Gesichtern. „Außerdem", fügte May mutig hinzu, während sie die grinsenden Leute anschaute, „scheint Nick der Einzige zu sein, der bereit ist, gegen den Minotaurus zu kämpfen. Das ist mehr, als ich von allen anderen hier sagen kann. Wenn er also eine Bezahlung verlangt, dann bekommt er sie auch von mir."

Ich räusperte mich, einerseits geschmeichelt von Mays Zustimmung, andererseits errötete ich angesichts der unbeabsichtigten Anspielung, die die Menge gemacht hatte.

„Um deine Frage zu beantworten", hob ich eine Hand, um die Menge zum Schweigen zu bringen, und fuchtelte mit meiner Klinge herum, um meine Macht zu unterstreichen. „Ich brauche Punkte. Nicht übermäßig viele, aber gerade genug, um mich auf ein Level zu bringen, auf dem ich es mit dem Minotaurus aufnehmen kann, und zwar auf Augenhöhe. Ich gebe mich mit einem Punkt pro Person zufrieden, und wenn jemand nicht so viel beisteuern kann, würde ich sogar einen halben Punkt in Betracht ziehen.

„Aber nicht jeder von uns kann so viel beitragen!" Eine Welle des Widerspruchs schwappte durch die Menge.

„Dann findet eine Möglichkeit, ihn euch zu verdienen. Oder fordert das Biest selbst heraus“, schoss ich zurück. Es war nicht meine Aufgabe, Freikarten zu verkaufen.

„Wenn jeder einen Punkt abgibt, würden wir nur eine Bedrohung durch eine andere ersetzen. Was ist, wenn du feststellst, dass Punkte nicht mehr ausreichen? Hätte dann überhaupt irgendjemand eine Chance gegen dich?“, rief ein Mann aus der Menge, der versuchte, die Risiken und Vorteile abzuwägen. „Versetz dich doch mal in unsere Lage.“

Ich schüttelte den Kopf und ein trockenes Lachen entwich mir. „Diese Kreatur wird euch alle abschlachten, und keiner von euch kann ihr etwas entgegensetzen. Das sind die kalten, knallharten Fakten“, erwiderte ich und deutete erneut mit meiner Klinge.

„Täuscht euch nicht, wenn ich wollte, könnte ich euch jetzt alle Punkte wegnehmen. Ich verfüge über die Mittel. Aber das ist nicht mein Stil. Dieses Abkommen ist nicht verhandelbar. Jeder packt mit an.“ Ich war nicht nur wegen des Kampfes gegen den Minotaurus besorgt. Ich machte mir auch Sorgen um die Zeit danach, wenn ich am schwächsten sein würde. Der Kampf würde sicher seinen Tribut fordern, und ich zweifelte nicht daran, dass jemand die Gelegenheit nutzen würde, um mir einen wertvollen Gegenstand oder eine angemessene Belohnung zu entreißen.

In meinem vorherigen Leben hatte ich es geschafft, dem tobenden Minotaurus zu entkommen, indem ich gewartet hatte, bis der Countdown bei Null angekommen war. Das war ziemlich brutal gewesen und nur wenige waren übriggeblieben. Aria und James hatten eine ähnliche Strategie gewählt. Selene hingegen hatte sich entschieden, das Monster in ihrem Zwischentraining zu bekämpfen. Dabei war sie nur knapp mit dem Leben davongekommen. Andere wiederum hatten sich für noch härtere Kämpfe entschieden, um etwas Zeit zu gewinnen.

Doch es gab eine Person, die das geschafft hat, wovon niemand sonst zu träumen wagte.

Ein Gerücht über diesen Menschen, der das scheinbar Unmögliche geschafft hatte, machte die Runde. Alle nannten ihn den „Berserker". Zu dieser Zeit war er eine Legende unter uns. Eine Naturgewalt, die selbst ich, dem Schlachten nicht fremd waren, mit Ehrfurcht an der Front miterleben durfte.

Zu Beginn ging es darum, sich an diese neue Welt zu gewöhnen und den Grundstein für größere Veränderungen zu legen. Das Zwischentraining hingegen trennte die möglichen Helden von den gewöhnlichen Menschen. Als ob man die Spreu vom Weizen trennen würde.

Der Berserker, ein ehemaliger Marine fundiertem Vorwissen in gemischten Kampfsportarten, war einer dieser möglichen Helden. Er war ein Musterbeispiel für schnelle Anpassung, als der **Systemsturz** stattfand. Seine Fähigkeit, sich anzupassen und weiterzuentwickeln, war mehr als nur beeindruckend – sie war geradezu überwältigend. Er passte sich an, wurde schneller und stärker als alle anderen vor ihm.

Doch trotz seines furchteinflößenden Rufs und seiner Stärke gab er sich bescheiden und kameradschaftlich. Sein typisches Lächeln und seine ermutigenden Worte klangen immer noch in meinem Kopf nach: „Tu so, als ob du es schaffen könntest, denn irgendjemand muss es ja tun." Auch wenn das abgedroschen klang, hat es mich doch geprägt. Sein Geist, sein Durchsetzungswille, war ebenso ansteckend wie sein breites, selbstbewusstes Lächeln.

Während des Getöses fragte ein sanftmütiges Mädchen, kaum laut genug, um das Stimmengewirr der Menge zu übertönen: „Können wir denn auch etwas anderes als einen Punkt anbieten?"

Ich hielt inne und dachte über ihren Vorschlag nach. „Na gut, ich bin offen für Tauschgeschäfte. Hat irgendjemand etwas Nützliches, das mir helfen könnte, diese Bestie da drinnen zu besiegen? Blendgranaten, Einmalartikel, Tränke? Irgendetwas?", fragte ich mit ernster Miene. „Ich habe zwar nach Punkten gefragt, aber wenn ihr etwas Anderes habt, das mir helfen könnte, nehme ich auch das."

Plötzlich ging eine Welle der Hoffnung durch die Menge, ein Funke der Einigkeit flammte auf. Ein Mann eilte zu mir und bot mir einen einzigen Stärkepunkt an. Er war zwar gerade mal im Rang F, aber ich nahm sein großzügiges Angebot dankend an.

Ich war nicht hier, um die Situation an mich zu reißen

oder alle ihre Punkte und ihre Kraft zu verbrauchen, auch wenn das für die Schaulustigen so aussehen mochte, aber ich wollte auch nicht, dass man auf mir herumtrampelte. Ein paar entschlossene Teenager brachen durch die Menge und machten ihre eigenen Angebote.

„Du möchtest doch gewinnen, oder? Wir wollen auch unseren Teil dazu beitragen. Vielleicht brauchen wir ja dann beim nächsten Mal gar niemanden mehr", meinten sie voller jugendlicher Hoffnung und Entschlossenheit.

Ich wollte ihre Großzügigkeit schon ablehnen, aber irgendetwas in ihren Blicken hielt mich davon ab. Es war ein Ausdruck des Hinnehmens, der Einsicht in die Ernsthaftigkeit der Situation, aber auch ein Blick, der einen Funken Hoffnung in sich trug. Der Bruder bot einen Punkt für Beweglichkeit an, die Schwester einen für Stärke, und ihre Gesichter leuchteten vor Entschlossenheit.

Dieser Anblick löste in mir ein Gefühl der Zufriedenheit aus. Ich konnte nicht anders, als zu denken: Diese Kids haben das Zeug dazu, es in dieser Welt zu schaffen. Sie haben sich ein bisschen Hilfe verdient.

„Wenn ich fertig bin, können wir uns unterhalten", kündigte ich ihnen an. Sie nickten und zogen sich leise zurück, ihre Schritte waren kaum zu vernehmen.

Als ich ihre Geschicklichkeit und Anmut beobachtete, merkte ich, dass in ihnen Talente schlummerten, die nur darauf warteten, zum Vorschein zu kommen. Ich war gespannt, wie sie sich entwickeln würden. Wenn jemand für meine Pläne tauglich sein könnte, dann diese beiden, dachte ich bei mir.

Nach dieser kurzen Unterbrechung richtete ich meine Aufmerksamkeit wieder auf die Menge. Ich sammelte unbehelligt einen Punkt nach dem anderen, bis ich auf die unmittelbar drohende Befreiung des Monsters hinwies. Das rief heftigen Widerstand hervor.

Jason, der eine Gruppe von Spielern mit höheren Punktzahlen anführte, kam mit einem Angebot auf mich zu. Er hielt mir einen rot-blau gestreiften Kaugummistreifen hin, einen Gegenstand mit begrenzter Haltbarkeit, den ich sofort erkannte.

„Den haben wir aufgelesen“, erklärte Jason. „Er passt zwar nicht zu unserem Kampfstil, aber das ist alles, was du von unserer Gruppe bekommst.“

Ich konterte: „Wie wäre es mit einem Streifen pro Person?“ Der Kaugummi war eine Packung **[Heiß-Kalt-Atem]**. Je nachdem, wie viel **Mana** man verbraucht hat, konnte man einen Flammenstoß oder einen eiskalten Luftzug ausatmen. Der Nachteil? Man konnte den Streifen höchstens dreimal benutzen und nicht dieselbe Art von Atem nacheinander wiederholen. Ein äußerst schlagkräftiges Werkzeug.

Jasons Gesicht verfinsterte sich vor Unbehagen. „Wir haben bloß …“

Ich unterbrach ihn und riss ihm das Päckchen aus der Hand. Nur zwei Streifen. Die Zeit tickte und das Getöse des Monsters wurde lauter. Es hatte es geschafft, fast alles außer seinem Hals und seinen Gliedmaßen von den Stahldrähten zu befreien. „Sieht aus, als wäre hier genug drin. Ich weiß gar nicht, worüber du dich so aufregst."

Jason zögerte und überlegte, ob er sein Angebot noch erweitern sollte. Er schien seinen Versuch zu bereuen, mich zu übervorteilen. Ich war zwar für kleinere Tauschgeschäfte zu haben, aber nicht für eine ganze Gruppe.

Ehrlich gesagt, war ich bereit, das Ganze zu Ende zu bringen. Eine so große Gruppe zu bändigen, damit sie das Richtige tat und ihren Beitrag leistete, war ermüdend und stumpfsinnig.

Nachdem Jason seinen Standpunkt dargelegt hatte, zog er sich zurück. Ich drehte mich wieder zu der Menge um. Nachdem ich von jedem etwas erhalten hatte, überprüfte ich ihre Gesichter auf Anzeichen von verstecktem Ärger oder Groll, um mögliche zukünftige Bedrohungen zu erkennen. Da kam May auf mich zu und tippte mir auf die Schulter.

„Ich kann dir Unterstützung anbieten. Ich schärfe alle Waffen, die während deines Kampfes stumpf geworden sind, und ich tue mein Bestes, um alle Schäden zu reparieren. Selbst wenn ich nur das Blut von ihnen abwischen kann. Reicht das?"

Ich nickte zustimmend. „Das reicht. Los, Zeit zu gehen."

Ich nahm mir einen Augenblick Zeit, um einen Blick auf meine Werte und Fähigkeiten zu werfen. Immer noch besaß ich Reine Punkte. Doch die rührte ich nicht an. Ich hatte das Gefühl, dass ich sie brauchen würde, um die Grenze von 100 Punkten zu durchbrechen.

STATUS	
Name	Nick Vandal
Gesamtwertung	E
Klasse	Einsamer Überlebender – Die Launen des Schicksals haben dich begünstigt. Du hast die klassenspezifischen Fähigkeiten „Unbeugsamer Wille" (mildert die Auswirkungen von Stress und anderen geistigen Zuständen) und „Zähe Vitalität" (ermöglicht schnelle Heilung und Erholung von Müdigkeit) erworben. Diese Fähigkeiten werden nicht auf deine Gesamtzahl an Fähigkeiten angerechnet.
Titel	[keiner]
WERTE	
Stärke	E (21.3)
Beweglichkeit	E (22.9)

Ausdauer	E (28.3)
Mana	F (11.20)
Gesamt	83.7
FREIGESCHALTETE FÄHIGKEITEN (0/7)	
1. [Widerstand gegen Magie]	9.87%
2. [Leer]	
3. [Leer]	
4. [Leer]	
5. [Leer]	
6. [Leer]	
7. [Leer]	
AUSRÜSTUNG	[Derzeit keine Sets]
Verfluchte Walküre	Blutpakt – Entfesselter Berserker Diese Fähigkeit macht sich die Energie deiner Verletzungen zunutze und wandelt den Schaden an deinem Körper in eine gewaltige Kraftwelle um, die deine Geschwindigkeit, Stärke und Ausdauer im Kampf erhöht.
Azurglanzmesser	Manaverstärkte Klinge für besseres Schneiden.
Zerschlissene Stiefel	[Leer]

Zerfetzte Jeans	[Leer]
Zerrissene Jacke	[Leer]
Blutverschmiertes Hemd	[Leer]
Verjüngungsmittel	27 übrig. Stellt Gesundheit und Vitalität rasch wieder her und erhöht vorübergehend die Kraft.
QUESTS	
1. Bezwinge den Administrator	
Rang	SSS+
Ziel	Besiege den [Admin], der die absolute Kontrolle über **Systemsturz** ausübt. Um das zu schaffen, musst du seine ungeheure Macht überwinden, dir die nötigen Fähigkeiten aneignen und dich mit eldritischen Wesen, niederen Göttern und ihren Fähigkeiten auseinandersetzen, die die Wirklichkeit verändern.
2. Die zweite Täuschung durch den [Admin]	Besiege den **verfluchten Minotaurenkönig** in der Kampfarena. Dieser Feind übertrifft alles, was du bisher erlebt hast, und wird dir abverlangen, deine Grenzen zu überschreiten.
Rang	E

Ziel	
3. Die erste Täuschung durch den [Admin]	ABGESCHLOSSEN
Rang	F
Ziel	Besiege die Horde der Untoten im Startgebiet des Tutorial.
ERRUNGENSCHAFTEN:	
1. [Essenzlehrling] Deine Vitalität wurde auf unmerkliche Weise gesteigert, was dir eine höhere Widerstandsfähigkeit und Ausdauer verleiht. 2. [Höllischer Kammerjäger] Verstärkt die Wirkung deines ersten Feuerangriffs auf einen beliebigen Feind. 3. [Wendigos Bezwinger] Verleiht dir die Fähigkeit „Verlassene Ausdauer". Die Widerstandskraft gegen Kälte- und Frostmagie sowie gegen Umgebungen wird deutlich erhöht. 4. [Leer] 5. [Leer]	
Rezeptliste	Molotow-Cocktail – 1 Flasche, brennbare Flüssigkeit, Stoffstreifen, Zündquelle Azurglanzmesser – Azurglanzlösung, 1 beliebiges Messer, 1 Wetzstein Vakuum-Tupperware – 10 Plastikteile, 1 Vakuumstein, 2 Formgebungskristalle

AKTUELLER STANDORT	Ruinen von Manhattan – Startgebiet – vor dem Oktagon
ZUGEHÖRIGKEITEN	Alleine

Wie erwartet, war das Aufsteigen eine mühsame Angelegenheit. Ich hätte es lieber gesehen, wenn mein **Mana** Rang E erreicht hätte, aber optimale Bedingungen waren nur selten gegeben, wenn ich schwierige Aufgaben anpackte. Sobald ich das geschafft hatte, nutzte ich einige der Gegenstände, die ich bekommen hatte und die meine Grundwerte vorübergehend erhöhen konnten, wie beispielsweise einen Energydrink, der die Grundausdauer um 5% steigerte, und andere ähnliche Gegenstände. Hätten wir noch ein normales Wirtschaftssystem gehabt, wäre ich allein durch den Wert der Edelsteine, die mir ausgehändigt worden waren, steinreich geworden. Ich verschwendete keine Zeit damit, zu erklären, wie man diese Edelsteine zum Verzaubern von Gegenständen verwenden konnte.

Ich fühlte mich ausgeruht und satt und war bestens vorbereitet.

„In Ordnung, ich bin bereit. Die Sache mit dem Zwischentraining wäre geklärt“, verkündete ich und machte mich auf den Weg zur Arena und ihrem Oktagon.

Das grelle Licht und die düsteren Eingänge in der MMA-Arena stellten eine weitere Herausforderung dar. Die Idee, das Oktagon zu betreten, um den Minotaurus zu besiegen, war nie als machbare Lösung beabsichtigt. Die Arena war so angelegt, dass sie jeden, der sich hineinwagte, verwirrte und verunsicherte.

Sollte die Bestie durchdrehen, würden dieselben Lichter die Spieler anstrahlen, wenn sie versuchen, wegzulaufen oder sich zu verstecken. Und wenn man nicht schnell genug war, um seine Augen vor dem grellen Licht zu schützen, konnte man durch die intensive Helligkeit leicht geblendet werden.

Ich hatte keineswegs vor, die Gerissenheit des [Admin] zu unterschätzen. Vielleicht steckte ja eine gewisse Symbolik dahinter, eine mythische Todeskreatur in ein Gebäude zu sperren, das einer kultischen Arena glich. Aber blieb wirklich Zeit, darüber nachzudenken, wenn man es mit einer solchen Herausforderung zu tun hatte?

Als ich mich der Arena näherte, flüsterten die Umstehenden untereinander.

„Will er das wirklich durchziehen?“

„Er bringt sich doch bloß selbst um …“

„Ruhig! Was, wenn er uns hört?“

„Ich kann euch gut hören“, erwiderte ich und blickte zu ihnen zurück. „Aber danke für die Manaspende.“

Ich kannte niemanden von ihnen. Ich konnte mir nicht vorstellen, dass sie es in meinem früheren Leben so weit gebracht hatten. Nur eine Handvoll hatte das Blutbad beim ersten Versuch überlebt. Ich hatte den Verdacht, dass ich, als ich am ersten Tag die meisten Zombies getötet hatte, das Schicksal einiger Leute in der Menge beeinflusst hatte.

Als ich mich der MMA-Arena näherte, bot die Verwüstung meiner Umgebung einen starken Gegensatz dazu. Die Arena war ein verzaubertes Bauwerk, das lediglich dazu diente, den Durst des [Admin] nach Blut und Spektakel zu stillen. Doch im Inneren der Arena erwarteten mich strahlende Lichter und blank polierte Böden.

Als ich eintrat, wurde ich sofort von blendenden Scheinwerfern angestrahlt. Vor mir hörte die minotaurusähnliche Bestie auf sich zu wehren, und ihre ehemals leeren Augen waren nun starr auf mich gerichtet. Dunkle Pupillen bohrten sich voller Bosheit in mich. Hinter diesen Augen brannte eine berechnende Intelligenz; es war nicht nur eine hirnlose Bestie, die vom **Systemsturz** erschaffen worden war.

„Du besitzt also doch einen eigenen Willen“, murmelte ich leise. In meinem früheren Leben war das ein gewöhnliches Monster gewesen, das den Himmel anbrüllte, alles in seinem Umfeld in Schutt und Asche legte und jeden zerfleischte. Ich versuchte, mir diese Erinnerungen ins Gedächtnis zu rufen, in der Hoffnung, mich an seine Angriffsmuster zu erinnern, aber es war zu viel Zeit vergangen, sodass die Mühe vergeblich war.

Also setzte ich einen Fuß vor den anderen.

[Mitteilung über den Systemsturz]

Titel: Du betrittst den **Schmerzschrank**

Diese Arena ist eine Schöpfung des [Admins] und soll dich verwirren und verunsichern. Sie lebt vom Glanz des Unerwarteten und ist weit mehr, als sie zu sein scheint.

23. INNERER KAMPF

Die **Kampfarena,** an die ich mich aus meinem früheren Leben erinnerte, war ein herkömmliches Mixed-Martial-Arts-Gelände, das von hohen Käfigwänden umgeben war. Hier befand ich mich nicht am selben Ort. Da war ein Brummen, als ob eine elektrische Ladung durch die Kabel liefe, und ich hatte immer den Verdacht, dass es sich um Folgen im Fernsehen handelte, die von einem Live-Publikum verfolgt wurden. Ich konnte meine Theorie nie belegen, aber es lag eine Aura über dem ganzen Ort. Eine blutrünstige Stimmung mit dem Gefühl, dass man beobachtet wurde. Ein Meer von unsichtbaren Zuschauern, die das Blut und den Schrecken von uns einfachen Menschen sehen wollten.

Ich hatte mir über die Jahre angewöhnt, inmitten des Drucks und der Aufregung die Konzentration zu bewahren. Aber das System hatte geschummelt. Es hatte die Arena absichtlich mit einer Art Aura versehen, die den Geist der Menschen beeinflussen sollte. Möglicherweise Angst und Verwirrung hervorrufen sollte. Was auch immer es war, die

Aura machte es fast unmöglich, ruhig zu bleiben und echte Bedrohungen von Illusionen zu unterscheiden. Ich vermute, dass ich unter dieser Aura zusammengebrochen wäre, wenn ich nicht den Unbeugsamen Willen besessen hätte.

Als ich mich darauf vorbereitete, die Arena zu betreten, schob ich alle meine bisherigen Vermutungen über den bevorstehenden Kampf beiseite. Warum hatte sich der Name geändert? War das eine Folge meiner vergangenen Taten? Das klang zwar einleuchtend, aber ohne handfeste Beweise dafür, dass ich direkt vom [Admin] beobachtet wurde, konnte ich nur Vermutungen darüber anstellen, warum sich die Dinge geändert hatten.

So wie bestimmte Gegenstände und Fähigkeiten je nach meiner Leistung freigeschaltet wurden, würden sich vielleicht auch die Phasen des Tutorials und die zukünftigen Missionen je nach meinen Handlungen verändern und anpassen. Wahrscheinlich steckte eine tiefere Bedeutung hinter dem neuen Namen **„Der Schmerzschrank“**, aber die erschloss sich mir im Augenblick nicht. Als ich den Raum betrat, blieb mein Blick an dem mächtigen Monster hängen, dem **obsidianfarbenen Minotaurus**, der in der Manege auf mich wartete und jede meiner Bewegungen wie ein Raubtier beäugte, das seine Beute genauestens abschätzte. Jetzt gab es kein Zurück mehr.

Ich verdrängte alle anderen Gedanken und konzentrierte mich nur noch auf den Kampf, den ich vor mir hatte. Da fielen hinter mir die Türen ins Schloss.

Ohne zu zögern, ging ich weiter.

Der unheimliche Druck wurde stärker, je weiter ich vordrang. Die Luft wurde immer dichter, drückte auf meinen Körper und dämpfte meine Sinne, als hätte man mir Watte in die Ohren gestopft. Ich schaute dorthin, wo der Gegner für das Zwischentraining sein sollte, aber da war nichts – keine Spur, kein Zeichen, als hätte es ihn nie gegeben.

Als ich mich umdrehte, bot sich mir ein bedrohlicher Anblick. Die Metalltür war zu einer tiefschwarzen Wand verschmolzen. Es war, als ob die Welt jenseits der Arena in dieser Leere verschwunden wäre.

Dann spürte ich, wie etwas meinen Unterarm berührte. Ich streckte die Hand aus, um die tintenschwarze Wand zu berühren, und ein Schauer durchlief mich.

„Was ist das?“, murmelte ich.

Plötzlich verschob sich der gesamte Dungeon und die Illusion des schnurgeraden Weges zum Minotaurus zerbrach. Die metallenen Käfigwände, die mich umgaben, flackerten und enthüllten eine endlose Weite, die in grelles weißes Licht getaucht war. Ich warf einen Blick hinter den Vorhang der Illusionen. Es war ein riesiger Innenraum, viel größer als das, was das Äußere vermuten ließ. Plötzlich tauchten die Wände des Metallkäfigs in einer anderen Formation auf. Es war, als wäre ich in ein Labyrinth geworfen worden, in eine Reihe von verschlungenen und endlosen Pfaden.

Da wurde mir klar, dass der Kampf gegen den Minotaurus kein einfaches Duell sein würde, sondern eine zermürbende Wanderung durch ein trügerisches Labyrinth, ein Kampf gegen Illusionen und die Wirklichkeit selbst. Die wahre Herausforderung hatte gerade erst begonnen.

„Scheiße", murmelte ich.

Enttäuschung machte sich breit, als ich versuchte, die Tür, die sich in eine Wand verwandelt hatte, hinter mir zu durchstoßen. Sie widersetzte sich meinen Bemühungen, sie mit meiner Klinge aufzustemmen, und blieb hartnäckig unbeweglich. Ein verärgerter Seufzer kam mir über die Lippen. „Das war wohl ziemlich bescheuert." Ich schloss meine Augen; diese Aura störte meine Wahrnehmungsfähigkeit. Ich spürte, wie sie an den Ausläufern meiner Gefühle fraß. „Ich habe keine andere Wahl, als vorwärts zu gehen, was?"

Ein paar Schritte weiter änderte sich die Welt erneut. Ich war von den vier Wänden einer gewaltigen Arena umgeben, die so groß war wie eine mächtige Lagerhalle. In der Mitte befand sich der Mittelpunkt des Geschehens, ein mächtiger achteckiger Käfig. Der Weg dorthin wurde von grellen, künstlichen Lichtern erhellt. Doch trotz der Helligkeit hüllte mich ein Nebel der Ungewissheit ein, und es dauerte noch eine Weile, bis ich ihn beiseiteschieben konnte. Ich streckte meine rechte Hand aus und fuhr mit den Fingern über die kalte, metallische Begrenzung der Käfigwand, während ich weiterging.

Als ich einen Weg zwischen den Käfigen entlangging, berührte meine Hand nichts als Luft. Meine linke Hand hingegen traf immer noch auf die vertraute Festigkeit der Käfigwand. Da dämmerte mir eine Erkenntnis: Ich befand mich an einer L-förmigen Biegung des Weges. „Na, wenn das keine Überraschung ist!“, murmelte ich und drehte mich um neunzig Grad. Dabei tauchte so plötzlich ein kleines Podest am Ende des neu entdeckten Ganges auf, dass ich mich fragte, ob es sich um eine weitere Illusion handelte. Darauf lag ein Paar abgenutzte Lederboxhandschuhe.

Als ich beschloss, meine Schritte zurückzuverfolgen, waren die Handschuhe auf mysteriöse Weise verschwunden. Ich musste schmunzeln. „Ich hätte die Handschuhe sehen müssen, wenn dieser Ort den Gesetzen der Physik folgen würde“, murmelte ich vor mich hin. Es war klar, dass alles, was durch eine durchsichtige Barriere verdeckt war, sichtbar bleiben sollte, aber die Handschuhe waren nur zu sehen, wenn meine Sicht frei von Hindernissen war.

Die Stille in der Arena war überwältigend. „Es ist wirklich unglaublich still“, stellte ich fest und sah mich in dem leeren Raum um. Das Echo meiner Worte war nicht zu hören, was die Stille noch deutlicher machte. Ich fühlte mich wie eine Ratte in einem Labyrinth, in dem der Käse – oder besser gesagt, der Minotaurus – nirgends zu finden war. Als ich das Podest erreichte, nahm ich die Handschuhe hoch und begutachtete sie. Sie waren unauffällig und wiesen keine besonderen Merkmale auf. Mein Weg zweigte nach links und rechts ab und führte mich tiefer in das rätselhafte Labyrinth hinein.

Plötzlich kam mir eine Idee. „Die Tür", dachte ich. Sie könnte ein Hinweis sein. Ich konnte nichts sehen, was sich hinter den Käfigwänden verbarg. Die beunruhigende Stille und das auffällige Fehlen des Minotaurus ließen mich meinen nächsten Schritt in Frage stellen. Ich betrachtete den Weg vor mir und überlegte, was ich tun sollte.

„Wo zum Teufel bist du?", schrie ich und meine Stimme hallte durch die Stille. Es kam keine Antwort, nur mein eigenes Echo, das von den Wänden zurückgeworfen wurde. Die Handschuhe in meiner Hand fühlten sich seltsam schwer an, und nach kurzem Zögern schleuderte ich sie beiseite. Sie prallten gegen eine unsichtbare Wand, bevor sie zurückgeworfen wurden.

Verblüfft und neugierig bewegte ich mich auf die Stelle zu, an der die Handschuhe aufgeschlagen waren, und die Welt veränderte sich abermals: Ich befand mich in einer eingezäunten Arena. Wie aufs Stichwort öffnete sich knarrend eine Käfigtür, aus der der **obsidianfarbene Minotaurus** hervorbrach und sich über mir aufbaute, wobei seine rot glühenden Augen den unheimlichen Glanz seiner muskulösen Gestalt widerspiegelten. Mein Herz pochte in meiner Brust und ein grimmiges Lächeln umspielte meine Lippen: „Da bist du also."

Es gelang mir gerade noch, der scharfen **Glefe** des Minotaurus auszuweichen. Mit einem schnellen Schritt nach hinten konnte ich mich um Haaresbreite vor dem darauffolgenden Tumult retten, als die Waffe der Kreatur gegen die Käfigwand schleuderte und Metallsplitter umherflogen. Ich war schnell auf den Beinen und konterte mit einem schnellen Hieb auf seine Unterschenkel, während ich mich duckte und abtauchte, um dem Angriff seiner wuchtigen Fäuste und dem brutalen Bogen der Glefe auszuweichen. Mein **Verfluchtes Walkürenschwert** prallte gegen den steinernen Körper der Bestie und verursachte nicht viel mehr als einen Funkenregen. Als ich die Vergeblichkeit meiner Bemühungen erkannte, murmelte ich: „Das klappt so nicht."

Ich ging ein kalkuliertes Risiko ein und zog mich schnell durch die Arena zurück, um einen großen Abstand zwischen dem Minotaurus und mir zu schaffen. Während ich davonlief, griff ich in mein Arsenal, zog ein **Azurglanzmesser** heraus und schleuderte es auf das Ungeheuer. Das Messer bohrte sich in den kräftigen Brustmuskel des Ungeheuers, hinterließ aber kaum einen Kratzer in seiner felsenartigen Haut.

„Er ist schneller, als ich dachte", hauchte ich und meine Augen weiteten sich, als der Minotaurus schnell nähergekommen war. Seine Bewegungen wurden unberechenbar, ein Wirbelwind aus Schlägen, herumschwingenden **Glefen** und verzweifelten Versuchen, mich in die Enge zu treiben.

Die Erfahrung hatte mich eines gelehrt: Die beste

Verteidigung ist, gar nicht da zu sein. Daran erinnerte ich mich und blieb auf Abstand, wobei ich manchmal die Käfigwände als Puffer nutzte, um einem tödlichen Schlag auszuweichen. „Lieber ein paar blaue Flecken, als zerquetscht zu werden“, murmelte ich vor mich hin, während ich geschickt durch die funkensprühende Luft segelte, als die **Glefe** der Bestie auf den Metallkäfig traf.

Während die Enttäuschung an mir nagte, blickte ich auf mein Schwert hinunter. Ein Gefühl der Erkenntnis dämmerte mir. „Was mache ich hier eigentlich?“, schimpfte ich leise vor mich hin. Je mehr Schaden ich nahm, desto stärker wurde mein Schwert. „Warum vergisst du das Offensichtliche?“ Dann wich ich einem weiteren Schlag aus. „Das muss die verdammte Aura sein.“

Als ich kurz innehielt, entdeckte ich zu meiner Linken eine Vase mit zwei Rosen. Der Minotaurus verharrte, als würde er meinem Blick folgen. Ich nutzte die kurzzeitige Ablenkung des Tieres und bereitete mich auf einen weiteren Angriff vor. Doch donnernde Schritte erfüllten meine Ohren, als der Minotaurus erneut aufschloss. „Er hat gerade an Fahrt aufgenommen, was?“, murmelte ich und wappnete mich für seinen Angriff.

Mit einem schnellen Hieb schlug ich nach der Bestie und ihr dunkles Blut prasselte gegen die Käfigwand. Ich spannte mich an und wartete auf den nächsten Angriff der Kreatur. „Nur noch ein bisschen länger“, murmelte ich und sprang im letzten Moment zur Seite, als die **Glefe** des Minotaurus an der Stelle durch die Luft schnitt, an der ich gerade gestanden hatte.

Aber trotz meiner besten Vorsätze lief nicht alles nach Plan.

24. STANDBY

Jasons Blick verengte sich, als er Nick beobachtete, wie er das seltsam geformte Gebäude betrat. Er zweifelte an der Klugheit ihrer Entscheidung. Ihm fiel auf, dass sich einige Leute wohlweislich zurückgehalten hatten und Nick keine Unterstützung in Form von Punkten oder Gegenständen zukommen hatten lassen. Doch trotz ihrer Zurückhaltung hatte Nick es geschafft, sich ein beeindruckendes Arsenal zuzulegen.

Er stand neben seinen Kommilitonen Keith, Rosa und Harley – einer Gruppe, die sich in das erste Level des **Versteckten Dungeons** an der Ecke 42. Straße und Penn gewagt hatte und von ihrer grausamen Erfahrung berichten konnte. Alle vier hielten ihre **Schwerter aus dem 18. Jahrhundert** in der Hand, die deutliche Kampfspuren aufwiesen und deren Kanten mit getrocknetem Blut befleckt waren. Ohne Rosas zufällige Erlangung der Fähigkeit des **Klingenschärfers** wären ihre Waffen schon viel früher verschlissen gewesen.

Zum Glück konnte sie ihre Schwerter mit ein paar Strichen auf dem Schleifstein wieder in Schuss bringen.

Ohne Vorwarnung erstrahlte jede Seite des Gebäudes in einem leuchtenden Licht. An den Wänden erschienen gewaltige Bildschirme, die aus unzähligen kleinen, sich bewegenden Lichtern bestanden. Die Überlebenden sahen alle gemeinsam zu, wie der Bildschirm aufflackerte und eine Liveübertragung von Nick im Gebäude zeigte. Der Mann bewegte sich zielstrebig durch den Eingangsbereich auf die Arena zu. Er blickte entschlossen und hatte sein Schwert fest im Griff. Jede seiner Bewegungen wurde auf dem riesigen Bildschirm vergrößert und zog die Zuschauer in den Bann des gefährlichen Kampfes, der ihm bevorstand.

Dann erschien in einer Ecke des Bildschirms ein kleineres Bild-im-Bild, das die hoch aufragende Gestalt des **obsidianfarbenen Minotaurus** in genau der Arena zeigte, auf die Nick zuging. Sein bedrohlicher Blick schien sich regelrecht durch den Bildschirm zu bohren, und jeder seiner Muskeln spannte sich an vor roher Kraft.

„Meinst du, er hat eine Chance gegen dieses Ungeheuer?“, fragte Keith, in dessen Stimme ein Hauch von Unsicherheit mitschwang.

Jason zuckte mit den Schultern; sein Blick war immer noch auf Nick gerichtet. „Ich würde ja gerne glauben, dass er es schafft, aber ich kann dieses Monster auch nicht einfach so abtun. Lass uns also abwarten und weiter zusehen. Ich weiß es einfach nicht.“

Ehrlich gesagt war sich Jason bei dem Mann nicht sicher,

Nick war für ihn ein Rätsel, das ihn verunsicherte. Alles an ihm entsprach nicht der Norm, von seiner unnachgiebigen Art bis zu seinen beeindruckenden Fähigkeiten im Kampf. Anfangs kam Nick ihm gar nicht so vor, als wäre er Mitglied einer berüchtigten Bande oder gar ein Kampfsportler, doch seine Handlungen stellten diese Wahrnehmung immer wieder in Frage.

Wenn er sich daran erinnerte, wie Nick den **Versteckten Dungeon** freigelegt hatte, wie er mit einer furchtlosen Gelassenheit gegen die **Bahnschaben** gekämpft hatte, die allen Berufssoldaten, denen Jason je begegnet war, zur Ehre gereicht hätte, und wie der Mann unerbittlich vorwärts gedrängt war, wünschte sich ein Teil von Jason, er wäre weiter mit ihm unterwegs gewesen. Doch trotz all der Gefahren, die Nick ständig auf sich zu ziehen schien, strahlte er auch eine eigene Gefahr aus.

Während der Rest der versammelten Überlebenden über Strategien nachdachte, wie sie das **Zwischentraining** überleben konnten, blieb Jasons Blick auf Nick Vandal gerichtet, während die Schritte des Mannes auf einen Bildschirm projiziert wurden. Seine Augen flackerten regelmäßig auf, als ob er ständig nach möglichen Bedrohungen Ausschau halten würde. Seine Waffe, ein furchterregendes Schwert, trug zu seiner einschüchternden Ausstrahlung bei.

Aber es war nicht nur das Schwert. Viele um sie herum trugen allerlei mittelalterliche Waffen – Schwerter,

Speere, Bögen und Pfeile. Was Nick jedoch von den anderen unterschied, war seine Ausstrahlung von Kampferfahrung, die den Eindruck vermittelte, dass er mit jeder Waffe, die er in die Hand nahm, umgehen konnte. Zumindest glaubte Jason das.

„Du weichst der Frage aus, Kumpel", schimpfte Keith und ein leises Lachen entfuhr ihm. „Aber ich kann weder Willow noch Alvin irgendwo entdecken."

Da meldete sich Rosa zu Wort, „May?" Ihre einst sanftmütige Kommilitonin stand nun alleine da und strahlte ein neues Selbstbewusstsein aus. Ihre Zwillingsschwerter hingen bedrohlich an ihrem Rücken. „Sie hat sich ganz schön verändert."

„Im Ernst?", murmelte Jason, mehr zu sich selbst als zu seinen Kameraden. „Sie wirkt jetzt selbstbewusster, was ich für einen Schritt in die richtige Richtung halte. Ich hoffe nur, dass Willow und Alvin noch am Leben sind. Es wäre schrecklich, wenn sie es nicht bis hierher geschafft hätten, denn ich habe sie nicht gesehen, als Zagrid aufgetaucht ist. Ich hätte nicht gedacht, dass man diesen Teil hier überspringen kann."

Bevor jemand widersprechen konnte, entschied sich Rosa für den direkten Weg. „Warum fragen wir sie nicht einfach?" Sie winkte May freundlich zu, was die Aufmerksamkeit einiger Schaulustiger auf sich zog. Es gelang ihr jedoch, Mays Aufmerksamkeit zu erregen.

May antwortete mit einem warmen Lächeln: „Natürlich, das erzähle ich euch gerne. Es war ein recht ereignisreicher Trip.“

Ein Grinsen umspielte Keiths Lippen. „Und jetzt raus mit der Sprache.“

„Ich erzähle euch meine Geschichte, wenn ihr mir auch eure erzählt“, bot May an und hielt einen Augenblick inne, um sich einen Überblick über die Lage zu verschaffen. Sie kannte die beiden Gesichter zwar, aber sie hatte eine engere Verbindung zu den Mädchen.

„Einverstanden“, erwiderte Jason und lächelte zur Beruhigung.

So begann May ihre Geschichte und berichtete in groben Zügen von ihren Erlebnissen. Die Einzelheiten der Trennung von Willow und Alvin ließ sie geflissentlich aus und streifte lediglich Willows plötzlichen Abgang und das Zurücklassen Alvins. Als sie von der Begegnung mit der anderen Gruppe erzählte und davon, wie feindselig sie gewesen waren und wie unbarmherzig Nick darauf reagiert hatte, herrschte Schweigen unter den Zuhörern

„Dieser Nick steckt wirklich voller Überraschungen, was?“, bemerkte Keith, dessen Tonfall voller Neugierde war. „Glaubst du, er steht auf Videospiele oder so? Diese neue Wirklichkeit könnte sein wahr gewordener Traum sein, mit Monstern und Bösewichten zu kämpfen und Selbstjustiz zu üben, ohne dass die Polizei ihm das Handwerk legt, wenn er zum 'Dunklen Rächer' wird und Morddrohungen ausstößt?"

„Ich würde nicht sagen, dass ich stolz darauf bin", erwiderte May mit einem Hauch von Trotz in ihrer Stimme. „Aber ich muss dich schon fragen, ob du in dieser Situation anders gehandelt hättest?"

Die Frage blieb in der Luft hängen und es herrschte betretenes Schweigen. Ihre anfängliche Vorstellung, sie wären kultivierte Menschen, die in der Lage waren, Konflikte durch Gespräche und Verhandlungen zu lösen, war durch viele ihrer Begegnungen seit Beginn des **Systemsturzes** erschüttert worden. Die traurige Wahrheit hatte einen sauren Geschmack in ihrem Mund hinterlassen.

Jason brach schließlich das Schweigen, seine Stimme war kaum lauter als ein Flüstern. „Wir können nur anhand dessen, was wir erlebt haben, über uns selbst urteilen. Solange wir nicht in der Haut von Nick gesteckt sind, werden wir sein Handeln wohl nie richtig verstehen können."

Seine Worte trafen genau die Stimmung der Gruppe und lösten eine nachdenkliche Stille aus, während sie weiter auf die Bildschirme der Arena blickten, mit einer Mischung aus Angst, Vorfreude und einem neu erwachten Respekt vor dem Mann, den sie gerade auf dem Monitor sahen.

„Du bist dran", rief Jason und stupste Keith mit seinem Ellbogen an. „Komm schon, Mann, beantworte ihre Frage."

Keith runzelte die Stirn, als er versuchte, die richtigen Worte zu finden. „Ich wollte nicht urteilen, es ist bloß … Es ist eben schwer zu glauben, weißt du? Selbst jetzt, bei allem, was er tut. Ich habe seinen Forderungen zugestimmt, weil es so ausgesehen hat, als ob er sich der Sache vorbehaltlos stellen würde, egal ob wir uns ihm nun angeschlossen hätten oder nicht."

Jason nickte zustimmend. „Genau. Aber es geht nicht nur um Nicks Tapferkeit. Wir müssen auch die Möglichkeit in Betracht ziehen, dass die Kreatur stärker werden könnte, je mehr Leute sie im Kampf besiegt. Unabhängig davon, ob wir sie bekämpfen oder andere schicken, um sie herauszufordern, wird es ein Kampf ums Überleben sein."

Panik machte sich unter den Anwesenden breit und lenkte ihre Aufmerksamkeit zurück auf die Arena. Alle drehten sich zum Bildschirm um und sahen, dass die minotaurusähnliche Kreatur aus ihrem Käfig verschwunden war und auch Nick war plötzlich nicht mehr da, gefolgt von einer Meldung auf dem Bildschirm: „Standby".

„Oh Gott", murmelte May und ihre Sorge war deutlich zu spüren. „Ich hoffe wirklich, dass es Nick gut geht."

25. DES RÄTSELS LÖSUNG

Wieder fuhr die **Glefe** herab und krachte auf die Matte der Arena. Ein Teil des Bodens brach um ihn herum zusammen, und ich stürzte nach vorne, um den Minotaurus anzugreifen. Dieser zog die Klinge schnell zurück und wich in einen der Metallkäfige aus.

Ich hatte es schwerer, als ich gedacht hatte.

In der vorherigen Zeitlinie, während des Zwischentrainings, hatte es ein Gerücht gegeben, dass die [Kampfarena] Käfige im Inneren hatte. Ich hatte während meines Kampfes schon viele Käfige gesehen, und die Arena selbst war in ein Labyrinth aus Käfigen unterteilt. Es ging jedoch das Gerücht um, dass der obsidianfarbene Minotaurus neben seinen Kampffähigkeiten eine weitere Fähigkeit besaß, mit der er sich von Käfig zu Käfig teleportieren konnte.

Ich kannte die Einzelheiten nicht; ich gehörte nicht zu der Gruppe, die ihn besiegen wollte, und die wenigen, die

Bescheid wussten, hatten die Sache für sich behalten.

Ich war mir nicht einmal sicher, ob es sich bei dem Monster, das sie bekämpft hatten, um dasselbe handelte, dem ich nun gegenüberstand, oder um eine andere Sorte.

Ich hatte keine Ahnung, was für andere Arten es da draußen gab, aber ich war mir ziemlich sicher, dass es sich nicht um diese Art von Unsinn handelte.

Ich verfolgte den **obsidianfarbenen Minotaurus** und lief dem schwachen Schimmer nach, den er hinterließ, als er sich portierte.

Eigentlich hatte ich erwartet, in einen neuen Bereich des verwirrenden Labyrinths zu gelangen, als der Minotaurus und ich gemeinsam durch das Käfigportal traten. Das Problem war nur, dass das Monster auf der anderen Seite nirgends zu sehen war.

Von dort, wo ich stand, konnte ich fast das gesamte Innere des Komplexes sehen. Ich sah Stapel von Käfigen, die das innere Oktagon umgaben. Soweit ich das beurteilen konnte, befand ich mich im zweiten Stock des Gebäudes. Ich sprang aus dem Käfig und landete auf einer Plattform darunter.

Ich war ein bisschen angeschlagen, aber sonst ging es mir gut. Nach ein paar tiefen Atemzügen stand ich auf. Rechts von mir, einige Schritte entfernt, lag ein Paar Boxhandschuhe, an denen ein einzelner Schlüssel hing.

Ich näherte mich ihm vorsichtig und hielt meine Klinge griffbereit.

Da kam mir eine weitere Eingebung in den Sinn.

Wenn es jemand anderes gewesen wäre oder eine Gruppe, die hier durchgekommen wäre, wären sie dann noch zusammen? Oder wären sie durch dieses Labyrinth im Dungeon getrennt worden?

Die Antwort war ganz einfach. Ich ballte meine Hände zu Fäusten und merkte, wie der Zorn in mir aufstieg. Ein Blick auf das sich ausbreitende Labyrinth um die Arena herum ließ mich genau wissen, wie die Antwort lautete. Herausforderer spielten keine Rolle. Es war nie darum gegangen, sich dem Monster zu stellen. Es handelte sich um ein Gemetzel, und dieses Labyrinth hätte es dem **obsidianfarbenen Minotaurus** leichtgemacht, die Gruppen aufzuspalten und die einzelnen Kämpfer nacheinander zur Strecke zu bringen.

„Am Ende sind dem [Admin] sogar die Regeln dieses Spiels egal. Er will bloß, dass die Leute leiden."

Es ging nicht darum, dass ich eine Art Verbündeter der Gerechtigkeit war.

Ich hatte es einfach satt, verarscht zu werden.

Als ich die Boxhandschuhe erreichte, hob ich sie auf und überlegte, in welche Richtung ich gehen sollte. Das Labyrinth der Käfige stellte mich vor die Frage, ob es überhaupt mein Ziel war, den **obsidianfarbenen Minotaurus** zu besiegen, oder welchen Zweck die Handschuhe hatten. Ich hatte keinerlei Hinweise erhalten, die mir geholfen hätten, mich zu orientieren, und die meisten von Zagrids Anweisungen deuteten darauf hin, dass ich die Zeit abwarten sollte.

Doch es war unmöglich, dem Minotaurus so lange auszuweichen und ihn zu jagen. Erschöpfung und Dehydrierung würden mich eher dahinraffen als alles andere; und selbst wenn es mir gelänge, mich vor ihm zu verstecken, gäbe es keine Garantie, dass er mich nicht finden würde, wenn ich versuchen würde, mich auszuruhen.

Ich musste es einfach schaffen.

Also schnappte ich mir die Handschuhe.

Sofort schienen die Käfige um mich herum lebendig zu werden, leibhaftiger, und sie waren nicht mehr aus dunklem, glänzendem Metall, sondern schimmerten in einem stumpfen Grau. Der **obsidianfarbene Minotaurus** sprang mit einem Todesstoß seiner **Glefe** aus einem der neu entstandenen Käfige und zielte direkt auf meinen Kopf.

Ich wich zur Seite aus und das Monster setzte mit einem weiteren Schlag mit einem muskulösen Arm nach. Der Hieb traf mich in den Magen, und ich wurde mit einem Stöhnen nach hinten geschleudert. Das Monster senkte seinen Kopf und richtete seine Hörner auf mich, um mich zu zerfleischen.

Ich hielt meine Seite und kroch in einen unversehrten, dunklen Metallkäfig, in dem ich mich verbarg.

Solange das Monster sich frei zwischen dem Labyrinth und den Käfigen bewegen konnte, würde ich es schwer haben. Und genauso wie ich abgehauen war, um mich zu heilen, konnte die Bestie das Gleiche tun, falls es mir gelingen sollte, sie zu verwunden. Ich musste mir im Voraus überlegen, was ich tun wollte.

Die Lösung hatte mit den Handschuhen und der Mitte des Labyrinths zu tun. Da war ich mir sicher. Das war der Sinn eines jeden Spiels, es musste eine Möglichkeit geben, zu gewinnen, auch wenn die Aussichten fast unmöglich waren. Auch wenn der [Admin] rücksichtslos war und sich am menschlichen Leid erfreute, musste ich neidlos anerkennen, dass es für jede Spielsituation auch einen Ausweg gab.

Ich schritt ein wenig umher und erstellte in meinem Kopf eine gedankliche Landkarte des Käfiglabyrinths, während ich versuchte, mich seinem Zentrum zu nähern und ein weiteres Paar Boxhandschuhe zu finden. Damit könnte ich ein weiteres der Käfigportale schließen.

Doch obwohl ich nach Kräften versuchte, weitere Handschuhe zu finden, stieß ich auf kein weiteres Paar. Als ich das Oktagon erreichte, stellte ich fest, dass es sich in meiner Abwesenheit selbst repariert hatte und alle Spuren des vorangegangenen Kampfes verschwunden waren. Ich warf das Paar Handschuhe, das ich hatte, in die Mitte der

Arena, woraufhin die Käfige um mich herum ergrauten. Sofort tauchte der obsidianfarbene Minotaurus mit einem kräftigen Abwärtshieb auf. Ich wich aus. Die Arena erzitterte unter dem Schlag, aber ich war bereit und wirbelte mit erhobener Waffe herum, bereit zum Kampf.

Die Bestie starrte mich wortlos an, bevor sie angriff. Als ich mein Schwert hob, begann unser Kampf von neuem. Das Tier war außer sich vor Wut, weil es keinen Fluchtweg mehr sah, und ich hatte ordentlich zu kämpfen. Ich konnte die mächtige Kreatur nicht überlisten, und ihre Kampfkraft war der meinen ebenbürtig. Meine einzige Fähigkeit war **Widerstand gegen Magie**, was in einem Nahkampf nicht besonders nützlich war. Ich verließ mich auf meine Erfahrung und meinen Körper, aber mein Körper hatte Grenzen, über die ich nicht hinausgehen konnte.

So kamen immer mehr Verletzungen hinzu. Jeder Teil meines Körpers war mit winzigen, oberflächlichen Schnitten übersät. Ich wich aus, so gut ich konnte, aber jedes Mal, wenn ich versuchte, einen Treffer zu landen, probierte das Monster, mir einen zu verpassen. Keiner davon hatte ernsthafte Auswirkungen, aber die Schläge häuften sich und meine **Zähe Vitalität** erwachte.

Ich nutzte die Gelegenheit, um mit meinem Schwert Blutstropfen aufzusammeln und aktivierte die Fähigkeit **Entfesselter Berserker**, während der Kampf weiterging. Die Klinge begann zu glühen und dürstete nach mehr.

Plötzlich kam mir eine Idee.

Ich stieß mich im Zickzack von den Käfigwänden ab und wich einem Hieb des Minotaurus aus, als ich hoch über seinem Kopf schwebte. Dann sprang ich in die Luft und drehte meinen Körper, um meinen Schwung und den Schwung meines Schwertes zu verstärken, während ich zu einem Überkopfhieb überging.

Mein Schwert bohrte sich in die Schulter des Minotaurus und ich nutzte die Schwerkraft zu meinem Vorteil, um es über den breiten Rumpf, den Bauch und die Hüften des Ungeheuers zu ziehen, bevor es mich mit einem mächtigen Schlag seines Knies nach hinten schleuderte. Daraufhin blitzte ein roter Energieimpuls auf und ich sah zu, wie sich seine Verletzungen langsam wieder erholten.

Mein Rücken prallte gegen den Käfig und ich keuchte, meine Augen loderten vor Hass auf das Monster. Bei dem Sturz hatte ich mir in die Wange gebissen, und jetzt schmeckte mein Mund metallisch, als wäre er voller Münzen gewesen. Ich spuckte einen Klumpen rot gefärbten Speichels aus, rappelte mich auf und nahm etwas in meinem Augenwinkel wahr.

Da war ein weiteres Paar Boxhandschuhe, das vorher nicht da gewesen war, als ich diese Stelle erkundet hatte. In meinem Kopf begann sich ein mögliches Muster zu entwickeln, ein Hinweis darauf, wie das Labyrinthrätsel funktionierte.

„Vielleicht taucht das nächste Set erst auf, wenn ich es

mir geschnappt habe?“ Es gab nur eine Möglichkeit, meine Theorie zu bestätigen.

Mit einem Energieschub stürzte ich mich auf die Handschuhe und schnappte sie mir, ohne Rücksicht auf das unerbittliche Monster, das mir auf den Fersen war. Die Käfige in der Nähe färbten sich grau, und ich lief weiter und schlängelte mich durch einen Korridor zwischen den stillgelegten Käfigportalen. Dann sah ich es.

Ich war in einer Sackgasse gefangen.

Mit einem Satz wirbelte ich herum.

Der **obsidianfarbene Minotaurus** stand mir im Weg, seine Augen glühten bedrohlich.

Einen Augenblick lang begann ich an meiner Entscheidung zu zweifeln, alleine loszuziehen. Aber nur einen kurzen Augenblick lang. Schließlich war ich der Einsame Überlebende.

Ich stürmte auf das Tier zu, das daraufhin ein Gebrüll ausstieß und mir mit der **Glefe** den Weg abschnitt. Ich wich aus, stieß mich von den Käfigwänden ab und jagte an ihm vorbei. Diesmal fand ich ein anderes Paar Handschuhe und folgte einem Seitenpfad.

Diesmal folgte mir der Minotaurus jedoch nicht.

Ich keuchte, war völlig erschöpft. Nachdem ich in meine kleine Feldflasche aus meiner Jacke gekramt hatte, schraubte ich den Deckel ab und nahm ein paar Schlucke Wasser. Ich hatte es aus einem Wasserhahn abgefüllt und war froh, dass Wasser aus Versorgungsbetrieben nicht den gleichen Einschränkungen unterlag wie normales Trinkwasser. Das war allerdings ein Versäumnis und keine besondere Vorkehrung.

Es fühlte sich an, als wäre ich auf halbem Weg durch das Labyrinth gewesen, denn der letzte Kampf schien bloß noch eine Mischung aus Reaktion und Instinkt zu sein.

Könnte da ein anderes Rätsel am Werk sein?

Als ich das Paar Handschuhe erhalten hatte, tauchte der **obsidianfarbene Minotaurus** wieder auf. Nachdem ich zwei bekommen hatte, verfolgte er mich unerbittlich. Als ich das dritte Paar erhielt, hielt er an, und ich war wieder allein. In meinem Kopf bildete sich eine undurchsichtige Theorie und ich fing an, laut vor mich hin zu murmeln, um mich zu zwingen, mich durch den Dunst der Erschöpfung zu kämpfen. Mein **Unbeugsamer Wille** setzte ein und half mir, meine Gedanken zu beruhigen, aber ich war immer noch körperlich erschöpft.

26. ANSTEHENDE MISSION

Draußen schritt die Zeit unaufhaltsam voran. Im Schatten des gewaltigen Gebäudes drängten sich die Leute in Gruppen zusammen und verwandelten die Zone spontan in einen Zeltplatz. Sie machten es sich auf den Bürgersteigen bequem, lehnten sich an Gebäude oder beanspruchten Autos als Sitzplätze, die sie sorgfältig von Trümmern oder Glasscherben befreit hatten, und beobachteten die Szene auf dem Monitor, während sie auf ein Update warteten.

Seit Nicks waghalsigem Eindringen in das Gebäude war fast eine Stunde vergangen, und als der mächtige Minotaurus verschwunden war und die Monitore sich verdunkelten, wurde die Spannung draußen immer größer und viele dachten, Nick sei getötet worden.

Eine Handvoll mutigerer Zuschauer wagte sich näher an die unheilvolle Fassade des Gebäudes heran und traute sich, die Oberfläche zu berühren oder sogar hineinzugehen. Keiner war jedoch mutig genug, die Absperrung zu überschreiten.

Inmitten der düsteren Atmosphäre, in der alle gespannt darauf warteten, herauszufinden, ob Nick es geschafft hatte, das Ding zu erledigen, oder ob er selbst umgekommen war, schlenderten Willow und Alvin durch die Straßen des Times Square und wechselten nur gelegentlich ein paar Worte. Trotz allem, was passiert war, hoffte Willow, dass sie wieder mit May und Nick zusammenfinden würden.

Obwohl sie zu spät gekommen waren, war Alvin gegen Nicks Plan, den er scherzhaft als „Erpressungsaktion" bezeichnet hatte, aber er hatte nichts dagegen, May und Nick wiederzusehen, als Willow Jason und die anderen entdeckte.

„Alvin", stupste Willow ihn an, „es gibt doch keinen Grund, warum wir uns nicht mit ihnen unterhalten sollten, oder?"

Alvin zuckte mit den Schultern und ein schmales Lächeln umspielte seine Lippen. „Da kann ich nicht widersprechen. Du weißt, dass ich mit niemandem dort ein Problem habe."

„Und Nick?" Willow zögerte und warf Alvin einen fragenden Blick zu.

„Nick?" Alvins Lächeln wurde zu einem breiten Grinsen. „Ah, dieser Typ. Der ist echt ein harter Brocken. Aber ich achte ihn. Er hat Mumm und weiß, was er tut. Sicherlich sind wir nicht in allen Punkten einer Meinung, aber ich würde nie bestreiten, dass wir auch wegen ihm so weit gekommen sind. Also, ja, ich bin dabei, Willow. Lass uns zu unseren Kameraden aufschließen."

Alvin hatte sich um die Leute „gekümmert", die Nick für ihn zurückgelassen hatte, indem er den praktischen Rat seines Weggefährten befolgt hatte. Er wusste nicht, wer diese Leute waren, aber das war nun mal die traurige Wahrheit in dieser neuen Welt. Das Beängstigende daran war, wie ... einfach es war, sie zu beseitigen, ja sogar sein Handeln zu rechtfertigen. Manchmal überkamen ihn Gewissensbisse, aber er fühlte sich eher schuldig, weil ihm das Ganze nicht so nahegegangen war, wie er dachte, dass es eigentlich sollte. Der Vorteil, den er aus dieser Aktion gezogen hatte, war gering, aber er lernte, jeden Vorteil zu schätzen, den er bekommen konnte.

Die Beute, die er erhalten hatte, war nicht unbedingt so, wie er sie sich vorgestellt hatte. Aber Mitmenschen anzugreifen war eine bittere Notwendigkeit, keine besonders ausgefeilte Strategie. Jede gestohlene Ausrüstung hätte bei Willow zu viele Fragen aufgeworfen. Noch während ihm diese Gedanken durch den Kopf spukten, nahm er Willows immer bestimmtere Versuche wahr, ihn wieder mit den anderen zusammenzubringen. Ahnte sie etwas von seinem Handeln?

Der seelische Blutzoll der Geschehnisse begann auf Alvin zu lasten. Er kämpfte wieder einmal gegen die Gewissensbisse an, die ihn zu verzehren drohten. Stattdessen besann er sich auf die kleinen Siege, die er errungen hatte, atmete tief durch und schritt voran.

Einer dieser Siege war die Fähigkeit **Spinnennetz**. Genau die Fähigkeit, die ihn einst gefangen gehalten hatte. Er war gespannt, wie sie ihm helfen würde und freute sich schon darauf, sie auszuprobieren.

„Alvin, es geht nicht nur darum, was ich möchte", widersprach Willow mit eindringlichem Ton. „Ich möchte doch bloß, dass wir unsere alten Freunde wiedersehen. Um zu sehen, wie es ihnen geht. Sogar May ist bei ihnen."

Ah, May. Allein ihr Name weckte in ihm Wehmut und Bedauern. Er hatte sie verehrt, seit sie einander begegnet waren, und war auch in sie verknallt gewesen, aber das Mädchen, das er einst gekannt hatte, war schon lange nicht mehr da. Alvin konnte ihr jedoch keinen Vorwurf machen. Diese neue Welt verlangte ein gewisses Maß an Zähigkeit. Nick hatte ihr geholfen, diese zu erlangen, und Alvin musste neidlos anerkennen, dass er seine Sache gut gemacht hatte.

Nick hatte sich als fähiger Anführer erwiesen, der sich durch seine Gerissenheit und sein Wissen einen Vorteil verschafft hatte. Trotz seiner anfänglichen Bedenken zollte Alvin dem Mann Respekt. Er hatte eine gewisse Anziehungskraft, die Leute in ihren Bann schlug. May war dagegen nicht gefeit. So sehr ihn das auch schmerzte, Alvin wusste, dass er sich von seiner Verliebtheit in sie lösen musste.

„Dieser gerissene Kerl", dachte Alvin und ein bittersüßes

Grinsen breitete sich auf seinem Gesicht aus. „Er hat sich wahrscheinlich für diese Herausforderung entschieden, weil er eine Möglichkeit gefunden hat, sie zu meistern. Und alle anderen folgen ihm einfach und vertrauen auf sein Urteilsvermögen."

So sehr sich Alvin auch über Nick ärgern wollte, er konnte ihm nicht absprechen, dass er ein hervorragender Anführer und Stratege war. Nick übernahm die Kontrolle und überließ diejenigen, die nicht zum Kampf bereit waren, anderen, während er die gefährlicheren Kämpfe selbst übernahm.

„May hat die richtige Entscheidung getroffen", gab Alvin schweren Herzens zu. Ihm war bewusst, dass er noch nicht bereit war, ihr gegenüberzutreten, nicht bevor er seinen eigenen Platz in dieser Welt gefunden hatte. Tief in seinem Inneren hoffte er, dass Nick mit dem Zwischentraining Erfolg haben würde. Um seinetwillen und um ihretwillen.

„Nun, Alvin, ich schätze, ich war lange genug geduldig", sprach Willow, in deren Tonfall eine Mischung aus Verdruss und Ratlosigkeit mitschwang. Sie hatte ihm aus Verantwortungsgefühl beigestanden, aber sie begann, die Grenzen ihrer eigenen Geduld zu erkennen. Sie war sich nicht sicher, ob er ihre Bemühungen wirklich zu schätzen wusste, aber sie wollte auch nicht hinnehmen, dass seine Miesepetrigkeit den ganzen Abend überschattete. „Sobald du dich dazu entschlossen hast, dich wie ein Erwachsener zu verhalten, weißt du, wo du uns findest."

Alvin brummte nur und lehnte ihre Einladung weder ab noch bekräftigte er sie.

Seufzend machte Willow auf dem Absatz kehrt und verschwand. Auf dem Weg zu ihrer gewohnten Gruppe von Kommilitonen warf sie einen letzten Blick auf das aufragende Glasgebäude und den Bildschirm mit der Aufschrift „Standby“. Das Gebäude, in dem Nick gegen den **obsidianfarbenen Minotaurus** kämpfte. Da erinnerte sich Willow an ihre Vorlesungen in klassischer Mythologie. War dies eine Anspielung auf Asterion und das Labyrinth, in dem König Minos ihn gefangen gehalten hatte? Vielleicht eine Art Verweis auf die Legende und Geschichte der Kreatur?

Sie konnte darüber nur mutmaßen. Sicher war nur, dass sie sich im Stillen wünschte, dass Nick siegen würde. Ungeachtet seiner Härte hoffte sie, dass er sich voll und ganz seiner Aufgabe widmete und die nötigen Erfolge erzielte.

Alvin beobachtete einen Augenblick lang, wie Willow den Rückzug antrat, bevor er den Kopf schüttelte und vor sich hingrinste. Ihre leidenschaftliche Entschlossenheit gehörte zu den vielen Dingen, die er an ihr schätzte, auch wenn er sich dadurch öfters ihre harschen Worte anhören musste.

„Also gut, Willow“, erwiderte Alvin und holte sie mit ein paar Schritten ein, wobei sein Tonfall deutlich freundlicher wurde. „Du weißt genau, dass ich deinen Überredungskünsten nicht widerstehen kann. Komm, wir schließen uns den anderen an."

Willow hielt inne und sah ihn mit hochgezogenen Augenbrauen an. „Wirklich? So einfach?"

Er zuckte mit den Schultern und lächelte verlegen. „Was soll ich sagen? Du bist wirklich sehr wortgewandt. Außerdem ist es ja nicht so, dass ich irgendwas gegen Nick habe. Der Kerl hat Mumm, das muss ich ihm lassen. Ich vermute, er weiß etwas, was wir nicht wissen. Und selbst wenn nicht, könnten wir eine Menge von ihm lernen."

Willow nickte und freute sich über sein ehrliches Eingeständnis. „Er ist zwar ziemlich unberechenbar, aber er ist auf jeden Fall einfallsreich. Ich bin mir sicher, dass er da drin sein Bestes gibt."

Als sie gemeinsam zu ihren Kommilitonen spazierten, unterhielten sie sich in aller Ruhe über Nicks derzeitige Herausforderung. Sie stellten Mutmaßungen darüber an, was in dem Gebäude vor sich ging, erörterten den möglichen Aufbau des Innenraums und die zu erwartenden Hindernisse, mit denen Nick zu kämpfen haben könnte.

„Vielleicht ist es eine Art Labyrinth, wie in den griechischen Mythen über das Labyrinth und den Minotaurus?", vermutete Willow. „Dann könnte er versuchen, sich einen Weg durch das Labyrinth zu bahnen und gleichzeitig mit dem Minotaurus fertig zu werden."

„Guter Punkt", räumte Alvin ein und fuhr sich mit der

Hand durch die Haare, während er nachdachte. „Aber es ist auch möglich, dass sich die Struktur des Gebäudes verändert oder verschiebt. Es ist ja nicht so, dass in dieser Welt alles den Regeln der Logik folgt."

„Trotzdem", antwortete Willow, „können wir nicht einfach tatenlos zusehen. Vielleicht können wir einen Weg finden, ihm zu helfen?"

„Du hast Recht, Willow. Im Augenblick können wir lediglich dafür sorgen, dass er in Sicherheit ist, wenn er herauskommt. Er wird zur Zielscheibe werden und wir müssen dafür sorgen, dass niemand irgendwelche Dummheiten versucht", schlug Alvin vor.

Willow sah ihn an und runzelte nachdenklich die Augenbrauen. „Und wie sollen wir das deiner Meinung nach hinkriegen?"

Alvin sah sich die verschiedenen Gruppen auf dem Times Square an, wobei sein Blick auf einigen Leuten hängen blieb, die fähiger und gefährlicher zu sein schienen als andere. „Nun, zuerst müssen wir herausfinden, wer eine Bedrohung darstellen könnte. Behalten wir die im Auge, die sich zu sehr für das Gebäude zu interessieren scheinen. Wir müssen wachsam sein, wenn Nick auftaucht."

„Genau. Wir müssen unbedingt alle zusammentrommeln, denen wir vertrauen können. Schließlich ist es in unser aller Interesse, für Ordnung zu sorgen. Und wir können versuchen, auch andere zur

Mitarbeit zu bewegen“, fügte Willow mit entschlossener Miene hinzu. „Er geht zum Wohle aller ein großes Risiko ein. Das Mindeste, was wir jetzt tun können, ist, für seine Sicherheit zu sorgen.“

Alvin nickte zustimmend. Gemeinsam machten sich die beiden an ihre neue Aufgabe, besprachen Strategien und suchten nach möglichen Verbündeten unter ihren Bekannten und den anderen Gruppen. Sie wussten, dass es nicht einfach war, in dem ganzen Durcheinander die Ordnung aufrechtzuerhalten, aber das war das Mindeste, was sie für ihren Freund tun konnten, der den Großteil der Gefahr allein auf sich genommen hatte. Sie mussten darauf vertrauen, dass Nick die Herausforderung meistern würde und bereit sein, ihn zu verteidigen, sobald er auftauchte.

27.

ZERBROCHENER OBSIDIAN

Die Sieben galt gemeinhin als Glückszahl, und das traf auch auf mich zu.

Ich hatte mit meiner Vermutung recht gehabt. Sogar die Unterbrechungen endeten damit, dass ich den Minotaurus abwehren musste, bis ich einen Weg fand, ihm zu entkommen, und bei jeder weiteren Unterbrechung wurde ein Portal in einem der Käfige aktiviert, während andere ausgeschaltet wurden.

Ich brauchte eine weitere Stunde, um mich durch das Labyrinth der Metallkäfige in der Lagerhalle um das Oktagon herum zu bewegen, bevor ich endlich fand, wonach ich gesucht hatte. Ein siebtes Paar Handschuhe.

Es war eine zermürbende Tortur gewesen. Ich hatte gekämpft und immer weitergekämpft. Jetzt war ich total ausgelaugt. Einzig die Erfahrung aus meinem früheren Leben und meine schiere Willenskraft hielten mich am Leben und ich weigerte mich, einfach aufzugeben oder mich zurückfallen zu lassen, nur, weil ich müde war.

Doch genauso wie ich, wurde auch der **obsidianfarbene Minotaurus** müde. Das Monster stürmte immer noch wie ein tollwütiges Tier auf mich zu, aber seine Bewegungen wurden langsamer und die Kreatur zeigte einen Anflug von Intelligenz, der darauf hindeutete, dass sie müde wurde.

Nachdem ich das letzte Paar Handschuhe aufgelesen hatte, öffnete sich ein Spind, kein Käfig, und darin befand sich ein kleines Paket. So erleichtert ich auch war, mit der Suche fertig zu sein, betrachtete ich das kleine schwarze Päckchen grimmig.

„Das bedeutet doch nur, dass das, was als Nächstes kommt, noch viel schwieriger wird", murmelte ich und weigerte mich zu glauben, dass der [Admin] mich dafür belohnte, dass ich so weit gekommen war. Es wäre nicht gut für den [Admin], wenn ich gleich zu Beginn der nächsten Herausforderung sterben würde. Vermutlich gefiel es ihm, uns kämpfen zu sehen.

Ich hatte mehrere Schnitte an meiner Ausrüstung, durch die sich die **Glefe** gebohrt hatte. An einigen Stellen war eine Blutspur zu sehen, wo ich nur knapp einer Katastrophe entgangen war. Die Erschöpfung hatte mich gepackt, und ich spürte sie tief in meinen Knochen. Ich war schweißüberströmt, mein Shirt war ganz steif und mit

Salzflecken übersät. Gleichzeitig hatte das Kämpfen dazu beigetragen, meinen Körper abzuhärten und das Potenzial meines jüngeren Ichs noch weiter auszuloten.

Ich hatte herausgefunden, dass ich dem Schwert nicht unbedingt mein Blut geben musste, um es zu aktivieren. Es reichte, wenn ich blutete. Ich kannte andere, die schon einmal auf solche Gegenstände gestoßen waren. Sie hatten die Erfahrung gemacht, dass Gegenstände, die den Benutzer stärker machten, ihre Wirkung verloren, sobald der Benutzer wieder gesund war. Das bezeichnete man auch als [Jägereffekt].

Ich besann mich auf die Gegenwart und widerstand meinem Wunsch, ein heißes Bad zu nehmen und mich umzuziehen. Stattdessen öffnete ich den Beutel, den ich gefunden hatte.

Darin fand ich lediglich eine Plastikflasche mit Orangensaft und drei Hotdogs, die in einer Plastikbox verpackt waren.

Ich fluchte. Und zwar bitterlich.

Dann sah ich genauer hin. Irgendetwas musste an diesen Sachen dran sein, aber soweit ich das beurteilen konnte, waren das keine besonderen [Gegenstände]. Ich hatte gehofft, dass es sich zumindest um versteckte Schätze handelte, aber die Sachen schienen genau das zu sein, wonach sie aussahen. Bloß … eine Flasche Orangensaft und ein paar kalte Hotdogs in einer Schachtel.

Ich hieb gegen die Wand.

Daraufhin begannen die Tüte und der Saft zu leuchten.

Ich verzog das Gesicht und wusste nicht, ob ich nun sauer oder neugierig auf das leuchtende Essen sein sollte. Der Hunger setzte sich jedoch durch. Ich war hungriger als je zuvor. Also gab ich meinen niederen Instinkten nach, öffnete die Schachtel und nahm einen Bissen. Die Hotdogs waren kalt, der Ketchup und der Senf nichts Besonderes, und das Brot war noch weich. Ehe ich mich versah, hatte ich alles verschlungen und die Flasche Orangensaft in einem Zug hinuntergekippt.

[Mitteilung über den Systemsturz]

Titel: Kostbare Nahrung

Überlebender, du hast dich durch die tückischen Tiefen des Trügerischen Labyrinths gekämpft und bist auf der anderen Seite aufgetaucht. Doch der Sieg liegt noch vor dir.

Als kleine Belohnung wird dein Gaumen mit dem **GLÜCKSMENÜ** verwöhnt. Jeder Bissen heilt deinen geschundenen Körper und erfrischt deinen müden Geist. So gestärkt kannst du dich wieder in das unerbittliche Spiel des Überlebens stürzen und dich voll auspowern. Genieße diese kurze Verschnaufpause, denn die nächste Prüfung deiner Reise wartet schon auf dich

Überraschenderweise hat die Mahlzeit gehalten, was sie versprochen hat. Ich fühlte mich erholt. Mein Körper tat nicht mehr weh. Meine Haut verheilte, und meine Müdigkeit war einfach wie weggeblasen.

Und dann wurde alles weiß. Ich fand mich in der Mitte der achteckigen MMA-Arena wieder.

Diesmal dienten keine zusätzlichen Käfige als Wände, sondern die Arena war dieselbe, die ich bereits bei meiner ersten Ankunft erwartet hatte. In der Mitte befand sich eine Säule, an der das Monster angekettet war. Es war ein riesiger Marmorsockel, der den römischen Säulen des Pantheons nachempfunden war, sodass ich mich recken musste, um seine Spitze zu sehen.

Der **obsidianfarbene Minotaurus** stand davor und blickte in meine Richtung. Er wies keinerlei Spuren unseres Kampfes auf, und ich fragte mich, ob ich gegen einen Schergen gekämpft hatte oder ob es sich um eine Illusion oder ein anderes Gedankengebilde handelte.

Jetzt konnte ich die dunklen Metallwände um mich herum sehen, in denen sich das schwache Licht von oben spiegelte. Die Umzäunung wies keine Löcher auf und ließ keinen Raum zur Flucht. Es gab nur mich und den Minotaurus in dieser geschlossenen Kampfarena.

Ich warf einen Blick auf die Umzäunung, weil ich wusste, dass es keinen Ausweg gab, aber ich war neugierig, ob es geheime Verstecke oder Hinweise entlang der reflektierenden Platten gab. Da ich nichts entdecken konnte, ging ich davon aus, dass dies ein einfacher Kampf werden würde. Deshalb trat ich einen Schritt zurück und erhob meine Waffen.

„Los geht's", rief ich und ließ mein Schwert auf die Kette niedersausen, die mir am nächsten war, um sie zu durchtrennen. Ich war selbst überrascht, dass das klappte, nachdem der Minotaurus sich so abgemüht hatte, sie zu zerschlagen. Andererseits hätten sich die Zuschauer gelangweilt, wenn ich mich damit abgemüht hätte, sie auch nur zu verbeulen, geschweige denn zu durchtrennen.

Der Minotaurus wandte sich um und sah mich an. Dann bäumte er sich auf und brüllte, während seine Hufe gegen den Metallboden schlugen. Er schnaubte und scharrte mit den Füßen über den Boden, als ob er etwas in der Nähe seiner Hufe gesucht hätte und vorgab, das Interesse an mir verloren zu haben.

Ich aber wusste es besser. Ich wollte meine Deckung nicht aufgeben, und das Monster neigte den Kopf nach vorne, die Hörner in meine Richtung gerichtet, und fegte mit den Füßen über den Boden, bevor es zum Angriff überging.

Ich wich einen Schritt nach rechts aus und drückte mich mit dem Rücken gegen die Säule, um den Minotaurus im Blick zu behalten. Das Tier passte seine Bewegung an und ließ mich mit seinen glänzenden Augen nicht aus dem Blick.

Aber so groß die Gefahr auch gewesen sein mochte, ich wusste, dass dies auch eine Gelegenheit war. Ich konnte mein Mana in mir spüren, wie einen Ball aus Elektrizität, und ich wollte, dass es sich in meinem Körper ausbreitete und einen

Kraftstoß in meine Gliedmaßen schickte. Schon immer war ich ein auf Beweglichkeit ausgerichteter Kämpfer gewesen, und zu spüren, wie das Mana, auch wenn es noch so schwach war, durch meinen Körper rauschte, war, als würde ich wieder einmal einem alten Freund begegnen.

Ich grinste, das Adrenalin pumpte in meinen Adern und versetzte mich in einen Kampfrausch.

„Komm schon!“, brüllte ich. Dann grinste ich. Mein Herz pochte. Ich war am Leben.

Das Einzige, was es noch gab, waren ich, der Minotaurus und der Kampf.

„Heute ist der Tag, an dem du krepierst“, spottete ich.

Der **obsidianfarbene Minotaurus** ließ sich die Herausforderung nicht entgehen. Mit einem Gebrüll stürmte er auf mich zu, seine mächtige Gestalt füllte mein Blickfeld aus.

Als der Minotaurus nicht von vorne, sondern von links auf mich zukam, jagte das Donnern seiner Schritte jähe Schockwellen durch meine Beine. Ich hielt dagegen, spannte meinen Körper an und stürzte nach vorne und unter ihm hindurch.

[Hrrrnnnnnnn!]

Ein erschrockenes Geräusch drang aus der Kehle des Tieres, als ich mich auf die Fersen drehte und einen kräftigen Seitenhieb ausführte. Das Tier hatte erwartet, dass ich wieder auf seine Schulter zielen würde, aber stattdessen schlug ich auf seine muskulösen Beine ein.

Meine Klinge traf seine linke Achillessehne und durchtrennte sie, während mein Tritt die Seite seines rechten Knies traf. Ich hörte ein furchtbares Knirschen, bevor ich auch dieses Bein durchschlug. Das Monster brach unter seinem eigenen Gewicht zusammen. Sein Schwung hat einen Großteil der Arbeit für mich erledigt. Ich nutzte die Zeit, um weiter auf ihn einzuschlagen und den Schaden noch zu vergrößern. Der **obsidianfarbene Minotaurus** brüllte und sackte auf den Rücken. Aber er blieb nicht lange so liegen, denn seine Regeneration lief auf Hochtouren und mein Zeitfenster für schnelle Treffer war vorbei, als er wieder auf die Beine kam. Für eine so riesige Kreatur war das Tier richtig wendig.

„Gar nicht so einfach, was, du Rindvieh?“, spuckte ich und hob erneut mein Schwert.

Auch an meinem Körper veränderte sich etwas, besonders an meinen Händen. Diese glühten inzwischen leicht rot und strotzten vor Mana. Irgendwie muss mein Mana während meiner Zeit in der Arena einen Wert von 20 überschritten haben. Das war die einzige Erklärung dafür, dass ich in der Lage war, Mana durch meinen Körper zu leiten, um ihn zu verstärken.

Ich hatte richtig viel Spaß. Das war fast so wie der Adrenalinstoß, den eine Achterbahnfahrt in einem

Vergnügungspark auslöste – nur, dass die Gefahr und der Nervenkitzel von einer tobenden Bestie ausging, die unerbittlich angriff. Kraftvolle Schläge und verheerende Kniestöße prasselten aus verschiedenen Richtungen auf mich ein. In der vorangegangenen Phase schien der **obsidianfarbene Minotaurus** den Käfig völlig unter Kontrolle gehabt zu haben und hatte mir keinen Hinweis auf seinen nächsten Schritt geliefert, während er versucht hatte, mich in die Knie zu zwingen. Ich war nur froh, dass er seine **Glefe** nicht mehr besaß. Dieses Mal hatte ich jedenfalls weitaus mehr Vertrauen in meine Fähigkeit, länger zu überleben. Ich musste mir um weniger Umstände Gedanken machen.

Der Minotaurus war unerbittlich in seinen Angriffen, ich weigerte mich, nachzugeben, und ich vermutete, dass er spürte, dass ich ihm nicht mehr länger unterlegen war. Doch auch wenn das Ungeheuer seine **Glefe** abgelegt haben mochte, war es alles andere als harmlos. Allerdings kämpfte ich im Angesicht des Unheils mit aller Kraft, mit jeder Faser meines Seins.

Mana durchströmte mich, ein Schwall von Macht erfüllte meinen Körper und stärkte meine Widerstandskraft gegen die harten Schläge. Meine Fähigkeit **„Zähe Vitalität“** schaltete sich ein und ermöglichte es meiner Ausdauer und meinem Durchhaltevermögen, mehr von den Schlägen des Minotaurus abzufangen.

Dann erwachte mein Schwert, die **Verfluchte Walküre,**

wie durch meinen hartnäckigen Widerstand und meine wachsende Verzweiflung zum Leben. Seine einzigartige Fähigkeit, der **Entfesselte Berserker,** wurde ausgelöst und verstärkte meinen Schaden in direktem Verhältnis zu dem, den ich erlitten hatte. Das Schwert pulsierte mit einem fast wilden Hunger und zeugte von meinem Willen, zu widerstehen und zu siegen.

Ermutigt ließ ich absichtlich ein paar Hiebe der Bestie zu und verwandelte Verletzungen in Angriffsmöglichkeiten. Jedes Mal, wenn ich einen Treffer einsteckte, schnitt der Gegenschlag, den ich ausführte, tiefer in das steinerne Fleisch des Minotaurus. Die Arena glich nun einem Schlachtfeld, übersät mit meinem Schweiß und Blut, aber auch mit Scherben der schwarzen Haut des **obsidianfarbenen Minotaurus** und ein paar seiner Gliedmaßen. Mein Gegner konnte sich nicht mehr so schnell wie zuvor regenerieren.

Mein Fehler war jedoch, dass ich versuchte, den Kampf zu schnell zu beenden. Meine Klinge verfing sich im Griff des Minotaurus und er nutzte die Gelegenheit, um mit seiner Hand meine linke Schulter zu packen und zuzudrücken. Es knallte. Schnappte. Darauf folgten knirschende Geräusche. Meine Schulter wurde geradezu pulverisiert. Ich schrie vor Wut und trat mit einem freien Bein vom Minotaurus weg und landete einen Schlag direkt zwischen seinen Augen.

Mit einem Stöhnen landete ich auf dem Rücken, während mein verletzter Arm ruckartig verschoben wurde.

Ich stöhnte, während ich mich rasch wieder aufrichtete. Mein linker Arm hing schlaff an meiner Seite. Es war nicht das erste Mal, dass ich schwere Verletzungen erlitten hatte, aber ein nutzloser Körperteil war bloß eine tödliche Ablenkung. Er war mir im Weg.

Schnell und mit großer Anstrengung brachte ich meinen linken Arm so in Position, dass er an meiner Seite anlag, und benutzte einen Teil meiner Ausrüstung, um die Gliedmaße zu befestigen. Ich nahm eine andere Kampfhaltung ein und bereitete mich darauf vor, nur mit meiner rechten Hand zuzuschlagen, die Klinge der **Verfluchten Walküre** rotglühend in meiner Hand.

Aber ich war nicht der Einzige, der sich abmühte. Auch die Bewegungen des **obsidianfarbenen Minotaurus** waren träge geworden, und bei näherer Betrachtung stellte ich fest, dass ich tiefe Rillen und Kerben in seiner Haut hinterlassen hatte. Der Schaden war beträchtlich. Ich wusste, dass das nächste Mal, wenn wir aufeinandertrafen, es für uns beide das letzte Mal sein würde.

Keiner von uns wollte zuschlagen, aber als die Käfige um mich herum immer näher kamen, wurde mir klar, dass ich keine andere Wahl hatte. Im eigentlichen Oktagon der magischen MMA-Arena bereitete sich der Minotaurus auf seinen letzten Angriff vor. Als ausgewiesener Kampfsportfanatiker konnte ich nicht anders, als vor Aufregung mitzufiebern. Die Bestie konnte sich nicht mehr länger erholen. Mit nur einem funktionsfähigen Arm und

Bein war sie in die Knie gezwungen und stützte sich mit ihrem verbleibenden Arm ab, während ihre Hörner auf mich gerichtet waren.

„Los geht's!“, rief ich und spornte mich an. Der Minotaurus brüllte als Antwort und zu meiner Überraschung sprangen vier Phantome hinter ihm hervor, jedes mit einer tödlichen **Glefe** bewaffnet, und zielten auf mich. Ich wirbelte im Kreis herum und mein Schwert prallte auf die **Glefen** von drei der Trugbilder, die bei der Berührung mit meinem aufgeladenen Schwert in blaue Splitter zerbarsten.

Nur der echte Minotaurus blieb übrig. Mit einem mächtigen einhändigen Stoß stürmte er vorwärts.

Ich witterte meine Gelegenheit. Mit voller Wucht ließ ich mich auf den Boden fallen, direkt auf das Oktagon. Mein Rücken schlug auf dem Boden auf, und Teile des **obsidianfarbenen Minotaurus** stießen gegen meine Schulterblätter, was mich schmerzhaft an meine Verletzungen erinnerte. Aber der Schmerz konnte meine Aufregung nicht dämpfen. Die Bestie selbst segelte über mich hinweg, und ich stieß mein Schwert senkrecht nach oben und zurück, wobei die Spitze durch den Hals des Minotaurus drang und durch seinen Schädel wieder austrat.

Einen Moment lang dachte ich, sein schwerer Körper würde auf mich stürzen, aber dann zersprang er in kleine Teile, genau wie seine Phantome, und überzog den Boden der Arena mit schwarzem Gestein. Ich bedeckte mein Gesicht mit meinem Arm, um zu verhindern, dass die Trümmer in meine Augen und meinen Mund gelangten.

Als ich aufstand, merkte ich, dass der Körper des Monsters schwächer wurde und die Splitter, die sich in meine Kleidung und Haut gebohrt hatten, zu Staub zerfielen. Ich hatte gehofft, ein paar davon für die Zukunft zu sammeln und vielleicht mit ihnen zu handeln. Obsidian war ein wertvolles Material für Waffen.

[Mitteilung über den Systemsturz]

Titel: Endgegner besiegt – Duskhoof, der verfluchte Minotaurenkönig

Gut gemacht, Nick Vandal! Deine Stärke und dein Mut haben 'Duskhoof, den verfluchten Minotaurenkönig' zu Fall gebracht. Diese grausame Bestie hätte eine Menge Menschen abgeschlachtet, wenn du nicht so mutig gewesen wärst.

[Freigegebene Errungenschaft: „Das Unzerbrechliche brechen"]

Beschreibung der Errungenschaft: Du hast einen übermächtigen Feind besiegt und die Ketten gesprengt, die ihn gefesselt hatten. Dein Name erklingt als Sinnbild für den Geist des Widerstands. Anerkennung und Bewunderung begleiten dich in den Herzen von Verbündeten und Feinden gleichermaßen.

[Passive Fähigkeit freigeschaltet: „Kraft, die nicht in Ketten gelegt werden kann"]

Beschreibung der Fähigkeit: Du verkörperst den Inbegriff ungezügelter Stärke, und jetzt kann dich keine Kette mehr halten. Alle Fesseln, die dir angelegt worden sind, verlieren nach und nach ihre Kraft, bis sie sich ganz auflösen. Deine

Unverwüstlichkeit wird zu einem Leuchtfeuer der Hoffnung und zu einem Zeugnis für deinen unbeugsamen Geist.

„[Wow, ich kann gar nicht glauben, dass du es wirklich geschafft hast!]“ Zagrids plötzliches Auftauchen war für meine sich erholenden Verletzungen fast verheerend, und mein Körper bereitete sich unwillkürlich auf einen Schlag vor. **„[Du verrückter Mistkerl, du hast es geschafft! Du hast es wirklich geschafft!]“**

„Hätte ich das denn nicht sollen?“, fragte ich und versuchte, mein rasendes Herz zu zügeln.

„[Oh nein, weit gefehlt! Du hättest da drin grausam zugerichtet verrecken sollen!]“, antwortete Zagrid und seine übermütigen Worte hallten fast in der stillen Arena wider. **„[Das ist wirklich unglaublich! Stell dir vor, es ist jemandem tatsächlich gelungen, ein Ziel vom Rang D niederzustrecken. Das ist fast unerhört! Du, mein Freund, bist eindeutig geschaffen für Rang A.]“**

Ich runzelte die Stirn: „Rang A? Soll das ein Kompliment sein?“

„[Natürlich! Rang A ist die höchste Stufe, die die meisten von euch Menschen erreichen]“, schoss Zagrid zurück, der vor Aufregung platzte. **„[Es kommt nicht jeden Tag vor, dass ein Teilnehmer am Tutorial ein solches Talent zeigt. Ich bin gespannt, wie du die Herausforderungen meisterst, die noch vor dir liegen. Aber lassen wir das erst einmal beiseite. Das war eine richtig gute Show, eine**

unglaublich tolle Vorstellung!]“

In seiner Begeisterung begann Zagrid auf und ab zu hüpfen und glich einem hyperaktiven Basketball. Ich schaute ihm verwundert zu, aber mein Körper entspannte sich allmählich.

„[Also gut, kommen wir zur Sache]“, sagte Zagrid schließlich und beruhigte sich. **„[Es ist Zeit, dass du deine Belohnungen bekommst. Apropos, fast hätte ich es vergessen, ich wollte dir vorhin noch etwas übergeben, aber die Erklärung des Tutorials für die anderen Spieler hat mich abgelenkt.]“**

Kaum hatte er zu Ende gesprochen, tauchte vor mir ein Essensbehälter auf. Er hatte die Größe eines Buches, bestand aus einem dichten weißen Material und hatte einen farblich abgesetzten blauen Deckel. Er leuchtete leicht.

[Mitteilung über den Systemsturz]

Titel: Gegenstand erlangt!

Du hast Vakuum-Tupperware erhalten.

Alle Lebensmittel, die du in der Vakuum-Tupperware aufbewahrst, bleiben ab dem Zeitpunkt der Einlagerung 72 Stunden lang so erhalten, wie sie sind. Sobald ein Lebensmittel eingelagert ist, verliert es bei der Entnahme seinen Geschmack. Alles, was länger als 72 Stunden gelagert wird, verschwindet von der Bildfläche.

Endlich war die alte Belohnung geliefert worden, und ich fand ein Raster mit neun Fächern darin.

Ich überflog schnell den Rest und stellte fest, dass ich eine Mahlzeit pro Fach aufbewahren konnte. Allerdings hatte sich die Beschreibung im Vergleich zu meiner ursprünglichen Zeitlinie leicht verändert, und das bereitete mir Sorgen. Ich musste testen, ob das Ding der Dunkelheit der Nacht standhalten würde. Nichts in der Beschreibung schien darauf hinzudeuten, und dieser Gegenstand war ein wichtiger Wendepunkt für mich.

„[Das gefällt dir wohl]“, warf Zagrid ein, **„[Deine Belohnungen für das Bestehen des Zwischentrainings bekommst du in diesem Raum, sobald sie angekündigt werden. Bis später, Nick Vandal!]“**

Der Bot kreiste hinter dem Sockel und tauchte nicht wieder auf. Dann gab es ein Zittern und der Boden bewegte sich. Die weiße Säule vor mir begann sich zu senken, drehte sich und fuhr wie eine Schraube in den Boden, der sich kreisförmig geöffnet hatte, um sie aufzunehmen.

Die Anspannung und das Adrenalin des Kampfes waren abgeklungen, und jetzt spürte ich alle meine Verletzungen, vor allem den Schmerz in meiner Schulter, als ich auf das Podest zuging. Darauf befand sich eine schwarze Schatztruhe, die an die aus Videospielen erinnerte, und in der Spitze der Schatztruhe steckte ein Schwert.

„Erst der Minotaurus und jetzt auch noch eine Anspielung auf das Schwert im Stein. Habe ich das alles beim letzten Mal verpasst?“, lachte ich vor mich hin.

Ich schob die **Verfluchte Walküre** in ihre behelfsmäßige Scheide an meinem Gürtel und legte meine Hand auf das andere Schwert. „Mal sehen, ob ich dessen würdig bin." Das kalte Metall fühlte sich fest und beruhigend an, als ich es aus seiner Halterung zog.

Zagrids Ankündigung, dass Nick das Tutorial abgeschlossen hatte, versetzte die Anwesenden in helle Aufregung. Als die Bildschirme an den Wänden des Gebäudes wieder ansprangen, lief vor ihren Augen ein Zusammenschnitt von Nicks legendärem Kampf gegen den **obsidianfarbenen Minotaurus** ab. Die Aufnahmen zeigten seine Beweglichkeit, mit der er den mächtigen Schlägen des Ungeheuers geschickt auswich und gleichzeitig mit kühler Umsicht zurückschlug.

Es gab sogar kurze Augenblicke, in denen Nick eine Pause einlegte und seltsam aussehendes Essen verzehrte, das an Hotdogs erinnerte. Die Montage gipfelte in Szenen aus dem finalen Showdown, in denen sein planvolles Vorgehen gezeigt wurde, als er die Beine des Monsters ausschaltete und ihm einen tödlichen Schlag durch die Kehle versetzte, um den furchterregenden obsidianfarbenen Minotaurus schließlich zu besiegen.

„Ich kann dort oben überhaupt nichts erkennen. Anscheinend seht ihr euch alle irgendeine Show an", flüsterte Willow und beugte sich zu May.

„Warum kannst du nichts sehen? Was unterscheidet

dich von allen anderen hier?“, flüsterte May zurück, die neugierig geworden war.

Die Anspannung in Willows Haltung verriet, dass sie durchschaut hatte, was hier gespielt wurde. „Das kann ich dir schon sagen, wenn du mir sagst, was hier los ist“, bot sie an, wobei in ihrer Stimme eine Mischung aus Enttäuschung und Ratlosigkeit mitschwang. May nickte schnell. Willow seufzte und bedeutete May, sie zu begleiten, wobei sie einen Sicherheitsabstand zu ihrer Gruppe einhielt, um ihre Privatsphäre zu wahren.

Als sie außer Hörweite waren, begann Willow, die ganze Wahrheit zu enthüllen. „Alvin und ich haben Nick nichts dafür angeboten, dafür, dass er den Dungeon betritt. Wir sind nicht rechtzeitig zurückgekehrt und haben uns hinten hingesetzt, als wir erkannt haben, was passiert ist“, gestand sie mit einem Hauch von Bedauern in der Stimme. „Ich habe das Gefühl, dass diese Bildschirme nur jenen Leuten etwas zeigen, die ihm auf irgendeine Weise geholfen haben.“

May wurde klar, was das zu bedeuten hatte. „Oh“, murmelte sie und sah zu Boden. „Ich schätze, du hast recht, es hat auch ein paar andere Leute gegeben, die nichts angeboten haben, und mir ist aufgefallen, dass sie auch alle gefragt haben, was wir uns da ansehen.“

„Ich wollte ja mithelfen, wirklich. Aber die Sache ist kompliziert“, gab Willow zu und warf ihr einen abwesenden Blick zu. May konnte die Aufregung in ihrer Freundin spüren.

May nahm es Willow nicht übel, dass sie ihr die Sache verschwiegen hatte, und sie konnte sich auch nicht in die Meinungsverschiedenheiten zwischen Willow und Alvin einmischen. Stattdessen versuchte sie, Willow zu unterstützen. „Schon gut. Ich erzähle dir alles, was drinnen passiert ist …“

28. LEGENDE

Mit einer Mischung aus Verzweiflung und Entschlossenheit zerrte ich das Schwert aus seinem verzierten Behälter. Der stechende Schmerz in meiner linken Körperhälfte erinnerte mich daran, wie ich einmal versucht hatte, ein Möbelstück zusammenzubauen, ohne die Anleitung zu lesen, und wie es über mir zusammengebrochen war. James' ironische Bemerkungen über die neue Ära des „Selbermachens" nach dem **Systemsturz** hallten in meinem Kopf wider und erinnerten mich auf komische Weise an meine derzeitige Lage.

Ich legte die Waffe beiseite und öffnete die Truhe mit einem kräftigen Tritt. Nichts sprang mir entgegen, aber ich merkte, dass mein Schmerz mein Urteilsvermögen vernebelt hatte. Was, wenn etwas zum Vorschein gekommen wäre, wie ein **gefleckter Wichtel** oder ein **tränkespeiender Kobold**?

In der Truhe befanden sich zwei kleine Flaschen, die wie Miniaturausgaben von Jack Radcliffe, einer beliebten Whiskeymarke, aussahen. Die Flüssigkeiten darin waren unterschiedlich – eine war leuchtend rot, während die andere in einem beruhigenden Blau schimmerte. Es war eine Szene wie aus einem Videospiel, ein klassischer Gesundheitstrank und ein Manatrank.

Auch ohne meine Erfahrung aus meinem früheren Leben brauchte ich keine Gebrauchsanweisung, um zu wissen, wozu sie dienten. Diese Regel war jedem, der jemals ein Videospiel gespielt hatte, in Fleisch und Blut übergegangen. Rote Tränke waren das Mittel der Wahl, um die Gesundheit wiederherzustellen, während blaue Tränke den Schlüssel zum Auffüllen des Manas darstellten.

Meine Aufmerksamkeit wurde sofort von der roten Flasche angezogen, denn ihre Farbe stand für Vitalität und Verjüngung.

[Mitteilung über den Systemsturz]

Titel: Gegenstand erlangt

Herzlichen Glückwunsch, Nick Vandal, du hast einen Heiltrank Typ I erhalten.

Beschreibung: Heiltrank Typ I ist ein begehrtes Gut im **Systemsturz**. Er ist ein medizinisches Wunderwerk, das die Heilung von Verletzungen beschleunigt. Diese magische rote Flüssigkeit, die ein wenig nach Kirschen schmeckt, bietet eine bahnbrechende Lösung für kranke Überlebende. Einmal getrunken, wirkt Heiltrank Typ I nach dem Top-Down-Prinzip, das heißt, die schwersten Verletzungen werden als Erstes geheilt. Die verbleibende Wirkung des Trankes wird dann zur Heilung kleinerer Verletzungen verwendet.

Diese Tränke waren die hochgelobten Wunder des

Systemsturzes. Bevor es sie gegeben hat, konnte die Heilung selbst einer einzigen Verletzung Monate dauern, aber mit diesen Tränken zapfte das System eine Quelle der Verjüngung an, ohne die Nährstoffe in unserem Körper aufzubrauchen, um uns zu heilen. Selbst mit einer eigenen Gruppe an Heilmagiern war die Behandlung von Verletzungen in dieser frühen Phase des **Systemsturzes** nicht so wirkungsvoll und umfassend wie mit einem Heiltrank.

Heiltränke waren seltene Schätze, die nur bei den schwersten Verletzungen eingesetzt wurden. Ich hatte nicht damit gerechnet, dass einer auftauchen würde, aber ich wollte mein Glück nicht in Frage stellen. Schließlich war der obsidianfarbene Minotaurus ein äußerst gefährlicher Gegner gewesen.

Es war zwar nur ein Heiltrank der Güteklasse I, aber er war mehr als stark genug, um meine Verletzungen vollständig zu heilen, also entkorkte ich ihn mit den Zähnen und leerte ihn in einem Schluck. Der Geschmack, eine Mischung aus Kirschen und Hustensirup, war gewöhnungsbedürftig und für viele ungenießbar. Aber mir schmeckte das Getränk so gut, dass ich es wie Limonade runtergekippt hätte, wenn das nicht so eine Verschwendung gewesen wäre. Für mich war jeder Geschmack eine willkommene Abwechslung. Leider musste eine volle Dosis verbraucht werden, damit die magische Wirkung eintrat. Das System machte den restlichen Trank für jeden nutzlos, der versuchte, sparsam damit umzugehen.

Als ich die Flasche leerte, spürte ich die vertrauten Anzeichen einer heilenden Wärme, die mich durchströmte. Wogen von Hitze liefen meine Wirbelsäule hinunter, als die Magie des Trankes ihre Wunder wirkte und mich leicht benommen und gefühllos machte. Ich konnte förmlich spüren, wie sich die Knochen wieder zusammensetzten, die Organe sich verschlossen und die Haut sich zusammenzog.

Vorsichtig bewegte ich meine linke Schulter und stellte fest, dass der Schmerz deutlich nachgelassen hatte. Er war zwar noch nicht vollständig verschwunden, aber meine Knochen und Muskeln hatten sich auf wundersame Weise wieder zusammengefügt. Ohne die Möglichkeit eines Röntgenbildes stellte ich meine Heilung mit ein paar vorsichtigen Boxhieben auf die Probe, die aber lediglich ein leichtes Stechen verursachten.

Ich würde mich darauf einstellen, bis der Schmerz verschwunden war. All meine anderen kleinen Verletzungen waren vollständig verschwunden. Meine Wunden waren jetzt verschorft, ein Beweis für ihren Heilungsprozess. Ich war bereit, mich den kommenden Herausforderungen zu stellen. Dann wandte ich meine Aufmerksamkeit dem Behälter mit der blauen Flüssigkeit zu, dessen Eigenschaften ich bereits kannte.

[Mitteilung über den Systemsturz]

Titel: Gegenstand erlangt

Glückwunsch, Nick Vandal, du hast Manaelixier Typ I

erhalten

Beschreibung: In einer kleinen, saphirfarbenen Phiole befindet sich das begehrte Manaelixier Typ I aus dem **Systemsturz**. Dieses magische Gebräu ist bekannt für seine erstaunliche Fähigkeit, Mana wiederherzustellen und die Manareserven aufzufüllen. Das Elixier stellt schnell einen Großteil des verbrauchten Manas wieder her und hilft dem Verwender dabei, seine magischen Fähigkeiten langsam wiederzuerlangen.

Mit vorsichtigem Blick überprüfte ich den Abstand zwischen mir und dem Ausgang der Halle. Die mächtige Arena, die wie ein Labyrinth aus MMA-Käfigen aufgebaut war, war unheimlich ruhig und versprach einen schnelleren Ausgang als die Zeit, die ich brauchte, um das labyrinthische Innere zu durchdringen.

Als ich mich der Mitte der Hauptkammer näherte, entdeckte ich ein Paar Boxhandschuhe und ein Schwert – Belohnungen, die ich beim **Zwischentraining** gewonnen hatte.

Die Handschuhe fielen durch ihre Einfachheit ins Auge – ein schlichter silberner Farbton, die Ränder in glänzendem Obsidianschwarz gehalten und mit einem passenden Ledergriff versehen. Als ich sie in die Hand nahm, fühlten sie sich unerwartet leicht an. Sie trugen den Namen **Meisterschlag**, aber es gab keine Beschreibung dazu. Ich versuchte, sie anzuziehen.

In dem Augenblick, in dem ich die Handschuhe

Meisterschlag anzog, erfuhren sie eine unglaubliche Verwandlung und erinnerten mich an die schützenden fingerlosen Handschuhe, die Kraftsportler bei ihren harten Trainingseinheiten trugen. Die Handschuhe passten sich hervorragend den Konturen meiner Hände an, sie gaben mir Halt, saßen fest und bequem und ich fühlte mich richtig wohl.

[Mitteilung über den Systemsturz]

Titel: Gegenstand erlangt

Glückwunsch, Nick Vandal, du hast die Handschuhe Meisterschlag erhalten.

Beschreibung: Ein Paar einzigartige Handschuhe, die als Belohnung des Systemsturzes hergestellt wurden. Ihr schlichtes Erscheinungsbild täuscht über ihre außergewöhnliche Beschaffenheit hinweg. Sie sind in der Lage, sich den jeweiligen Erfordernissen ihres Trägers anzupassen und bieten einen unvergleichlichen Schutz für die Hände. Einmal angezogen, bieten diese Handschuhe ein Höchstmaß an Bequemlichkeit, Funktionsvielfalt und eine passive Verstärkung der Verteidigung.

Passive Fähigkeit: „Kann nicht geschnitten oder abgetrennt werden" – Diese Fähigkeit sorgt dafür, dass die Hände des Trägers praktisch unverwundbar gegen Schnitte oder Durchtrennungen sind, wenn er diese Handschuhe trägt – ein unschätzbarer Vorteil in der Hitze des Gefechts.

Als nächstes richtete sich meine Aufmerksamkeit auf das Schwert. Es war eine prächtige Waffe namens **Legende**, eine Klinge im Claymorestil, die wie verzaubert leuchtete und Macht ausstrahlte. Das Schwert besaß eine silbern und schwarz schimmernde Klinge, die einen Meter lang war, und eine schlanke Parierstange. Die Kanten waren mit demselben Obsidianschwarz eingefasst wie die Handschuhe. Der Griff war mit einem farblich abgestimmten Leder überzogen, das für einen sicheren Halt sorgte und der Waffe einen Hauch von schlichter Eleganz verlieh.

Als sich meine Finger um den Griff legten, war ich von seiner Leichtigkeit überrascht. Trotz seines imponierenden Aussehens fühlte sich **Legende** in meinem Griff ausgewogen und leichtgängig an. Die dezenten Spitzen am Ende der Parierstange verliehen dem Schwert eine zusätzliche, elegante Note.

Ich legte das Schwert an der Seite der **Verfluchten Walküre** an, nahm mir vor, auch dafür eine Scheide anzufertigen und machte mich auf den Weg.

[Mitteilung über den Systemsturz]

Titel: Gegenstände erlangt

Glückwunsch, Nick Vandal, du hast das Schwert Legende erlangt

Einzelheiten: Der Legender ist eine Waffe vom Typ Wachstum. Sie entwickelt sich mit ihrem Träger und wird mit jedem Gebrauch mächtiger. Aber das Wachstum von Legende geht über die bloße Erhöhung seiner Stärke hinaus – sie passt sich deiner Geschichte an und lässt deine Erfahrungen in ihren Kern einfließen.

Mit Legende schwingst du nicht nur eine Klinge, sondern sie dient auch als Ausdruck deines Willens im **Systemsturz**. Sie nimmt deinen Weg auf und spiegelt deine Siege, Kämpfe und deine Widerstandsfähigkeit wider. So wie du dir deinen Weg bahnst, so stärkst du auch dieses Schwert.

29. ABMARSCH

„[Endlich sind alle versammelt!]“, verkündete Zagrid, als ich aus dem Gebäude trat, in dem ich gegen den obsidianfarbenen Minotaurus gekämpft hatte. Alvin und Willow rannten herbei und schienen eine Art Schutztrupp um mich zu bilden, aber ich machte eine abwinkende Handbewegung.

„Ich hatte einen Trank. Mir geht es gut.“ Sie nickten und schienen erleichtert zu sein.

„[Erlaubt mir, die nächste Phase von Systemsturz einzuleiten, ein einzigartiges Schauspiel, wie ihr es noch nie erlebt habt. Wir brauchen für diese Aktivität Gruppen von zehn Personen. Das Ganze ist so ähnlich wie eure früheren Escape Spiele. Ihr werdet es lieben.]“

Die Leute um mich herum musterten mich mit großer Spannung. Obwohl ich beim Kampf mit dem Minotaurus so großspurig aufgetreten war, fühlte ich mich bei dieser Art von Aufmerksamkeit unwohl. Ich hörte Geflüster und nahm verstohlene Blicke wahr, sobald ich auftauchte. Mehrere Leute kamen auf mich zu, aber ich warf ihnen einen finsteren

Blick zu und ging in die Richtung, in der ich May zuletzt gesehen hatte.

Das Gespräch unter den Überlebenden drehte sich nicht mehr länger um mich, sondern um die Bildung von Zehnergruppen und wie man das am besten anstellen sollte. Zagrid unterbrach sie jedoch mit einem leisen Husten.

„[Die Gruppen werden nach dem Zufallsprinzip eingeteilt. Keiner der Leute hier kommt gemeinsam in eine Gruppe. Ihr wisst doch alle, wie das läuft; immerhin seid ihr keine Neulinge mehr. Ihr seid praktisch schon Veteranen von Systemsturz!]“ Zagrid schwankte von einer Seite zur anderen. Sein digitales Emoji verhöhnte alle, die sich über die Enthüllung beschwerten.

Als ich mich durch die Menge bewegte, entdeckte ich die Zwillinge, die mir schon vor dem Kampf aufgefallen waren. Ich nahm Blickkontakt mit ihnen auf und nickte. Ich hatte ihnen versprochen, ihnen in Zukunft zu helfen, und diese Zukunft war jetzt.

Die beiden Geschwister waren gleich groß, besaßen die gleichen blonden Haare und grüne Augen. Der Junge trug einen roten Kapuzenpulli mit blauer Umrandung, während das Mädchen einen blauen mit roter Umrandung anhatte. Der Junge führte einen einfachen Speer mit sich, und das Mädchen trug ein Katana an ihrer Seite.

Sie wirkte unbeeindruckt, aber ich wusste aus Erfahrung, dass ihr Schwert nicht lange standhalten würde.

Sie würde etwas Widerstandsfähigeres brauchen, um zu überleben. Als ich an den beiden vorbeikam, zog ich die Verfluchte Walküre hervor und bot sie ihr an.

„Wie heißt ihr?“, fragte ich.

„Ich bin Alex, und er ist Gray“, stellte das Mädchen die beiden vor. Sie betrachtete die **Verfluchte Walküre** zögernd. Ich warf ihr das Schwert zu, welches sie instinktiv auffing, wobei sich ihre Augen vor Überraschung weiteten.

„Ich habe jetzt ein besseres Schwert, das hier brauche ich nicht mehr“, erklärte ich. „Das Schwert hat eine Fähigkeit, die **Entfesselter Berserker** heißt. Dazu musst du die Klinge mit Blut bespritzen. Je mehr du blutest, desto mehr Schaden fügst du deinen Feinden zu. Die Fähigkeit wird einmal pro Kampf aktiviert, und das Schwert bestimmt, wann diese Aktivierung stattfindet. Normalerweise ist das der Fall, wenn du eine kritische Phase im Kampf erreicht hast. Also, überlebe und dann sehen wir uns wieder.“

„Warte“, rief der Junge, als ich mich von den beiden abwandte. „Wie heißt du?“

„Nick. Nick Vandal.“

„Danke, Nick“, antwortete Alex. „Aber … Warum wir? Du hast dir sogar die Zeit genommen, nach uns zu sehen und uns Hilfe für die Zukunft anzubieten? Ich bin bestimmt nicht so bescheuert, das Angebot abzulehnen, wenn wir uns wiedersehen, aber nachdem ich gesehen habe, wie du dieses Monster im Alleingang besiegt hast", meinte sie achselzuckend. „Ich würde gerne wissen, was für dich dabei rausspringt. Außerdem ...", sie hob die **Verfluchte Walküre** hoch, „warum gibst du mir das Schwert und nicht meinem Bruder?"

Ich musste zugeben, dass sie klüger war, als sie aussah.

Dann betrachtete ich ihr Katana. „Ich möchte, dass einer von euch beiden das Schwert meistert, und es sieht ganz so aus, als hättest du bereits damit begonnen, eine Schwertkämpferin zu werden." Dann wandte ich mich an ihren Bruder. Ich stellte fest, wie er sich einen Schritt vor sie stellte und seinen Körper zum Schutz anwinkelte. Das wirkte wie eine unbewusste Handlung von ihm. Aber es war auf jeden Fall bezeichnend. Ich beschloss, ehrlich mit meiner Einschätzung zu sein.

„Dein Bruder kommt mir vor, als würde er dich beschützen und eher bereit sein, sich zu opfern, um dein Überleben zu sichern." Grays Augen starrten mich unverwandt an, bevor er unmerklich nickte. „Mir geht es vor allem um langfristige Überlegungen." Dann drehte ich mich um und blickte wieder zu Alex. „Was für mich dabei rausspringt, hängt ganz davon ab, wie nützlich ihr beide euch machen könnt. Sieh dich doch mal um."

Ich wies auf die Menge. „Glaubst du, dass sie alle das Zeug dazu haben, weiterzumarschieren, koste es, was es wolle, und jedes Hindernis zu überwinden, das sich ihnen in den Weg stellt?" Ich schnaubte. „Das glauben sie doch nicht mal selbst. Der Grund, warum ich euch helfe, ist nicht, dass ich an euch glaube. Das wäre zu kurz gegriffen. Nein, ich helfe euch, weil ihr an euch selbst glaubt. Ihr seid der Inbegriff dessen, was es bedeutet, Überlebende zu sein."

Ich hatte weder die Geduld noch das Naturell, ungeschliffene Talente zu fördern, wie Aria oder James das vermochten. Mir fehlte es an der sozialen Fähigkeit, Menschen zu gegenseitigen Absprachen zu überreden und zu beeinflussen, so wie Selene. Schließlich war es Selene, die mich überzeugt hatte, mich den letzten Überlebenden in der letzten Schlacht anzuschließen.

Ich wollte bloß entschlossene Kämpfer, eine Elitetruppe, die in der Lage sein würde, jede Herausforderung mit möglichst geringen Verlusten zu bewältigen. In gewisser Weise wünschte ich mir, dass das bei meinem früheren Team der Fall gewesen wäre, aber dafür waren wir zu uneins gewesen. Am Ende hatten wir uns auf zu viele verschiedene Gesichtspunkte konzentriert, um ein zusammenhängendes Ganzes zu bilden.

Ich brauchte fähige Leute für die ferne Zukunft, und wenn ich am Anfang schon nach ihnen Ausschau hielt, würden sie mich hoffentlich in einem guten Licht sehen.

Ich verzog meine Lippen zu einem schwachen Lächeln. „Ihr hättet nicht so lange durchgehalten, wenn ihr allen vertraut hättet. Unsere Welt ist gefährlich, und der **Systemsturz** hat sie noch gefährlicher gemacht. Aber ein paar Ratschläge: Sucht euch gleichgesinnte Leute, die den gleichen Ehrgeiz haben wie ihr, wählt eure Fähigkeiten gezielt aus und treibt jede Fähigkeit, die ihr erlernt, bis an ihre Grenzen. Seit kreativ und überlegt euch, ob nicht auch andere Fähigkeiten gut zueinander passen könnten."

„Vielen Dank und viel Glück", meinte Gray.

Im Hintergrund fuhr Zagrid mit seinen Erklärungen fort.

„[Wie schon gesagt, nicht nur ihr habt es geschafft, sondern viele andere auch. Es war ein brutaler Kampf, und mehrere Millionen von euch sind noch am Leben. Aber die Menschen können das Ausmaß dessen, was geschehen ist, nicht wirklich begreifen.]" Zagrid wirbelte herum und der Bot zitterte vor Aufregung über die bevorstehende Ankündigung. **„[Ihr werdet jetzt alle an einen neuen Ort geschickt. Ich hoffe, ihr habt euren Freunden Glück gewünscht und euch von euren Liebsten verabschiedet!]"**

In einem Augenblick löste sich Zagrid im Äther auf und wurde von einer unheimlichen Stille abgelöst. Ich spürte, wie sich ein unheimliches Gefühl in meiner Magengrube aufbaute, auch wenn ich das alles schon einmal erlebt hatte. Der **Systemsturz** war zu unberechenbar, als dass ich jemals den Fehler hätte machen dürfen, mich in Sicherheit zu wähnen. Außerdem hatte es beim zweiten Mal zu viele Änderungen gegeben, als dass ich darauf vertrauen konnte, dass alles genau so sein würde wie in meiner vorherigen Zeitlinie. Das **Zwischentraining** neigte sich dem Ende zu. Gerade als die Anspannung die Nerven der Menschen um mich herum zu zerreißen drohte, durchbrach das ferne Geräusch von Motoren die Stille.

Am Horizont rumpelte eine Flotte von Bussen vorwärts, die an alte Viehwaggons erinnerten. Jeder von ihnen war stattlich, ihre stumpfen, kastenförmigen Formen warfen lange, einschüchternde Schatten.

Hinter dem Steuer eines jeden Fahrzeugs saß kein Mensch, sondern eine digitale Nachbildung von Zagrid. Sein Gesicht, das nur aus Pixeln bestand, die ein breites, starres Lächeln formten, leuchtete von einem Bildschirm auf jedem Roboterfahrer.

„Was zum Teufel ist das?", murmelte ich leise vor mich hin und schaute mich um, um die Reaktionen der anderen Überlebenden abzuschätzen. Das war anders als erwartet; das war nicht das, was ich bisher erlebt hatte.

Ein leises Gemurmel ging durch die Menge, als wir die Busse herankommen sahen. In den Augen der Leute um mich herum mischte sich Angst mit Neugierde.

„[Das Tutorial war erst der Anfang, Leute]", rief Zagrids Stimme aus unsichtbaren Lautsprechern. **„[Bereitet euch auf die nächste Phase eurer Reise vor. Steigt in die Viehtransporter ein. Haltet euch an den Ehrenkodex! Lasst euch mit niemandem ein, den ihr schon kennt. Denn was dann passiert, würde euch nicht gefallen.]"**

Die Bustüren öffneten sich mit einem Zischen und

an jeder Tür leuchtete ein Licht auf, auf dem stand: „Jetzt einsteigen". Zögernd schlurften wir vorwärts, und das angespannte Geplapper verstummte, als jeder von uns sein Fahrzeug fand. Die Atmosphäre war von Ungewissheit geprägt; alle Augen waren auf die gleiche Frage gerichtet: Was kommt jetzt?

Im Bus angekommen, fand ich mich auf einem Sitz neben einer älteren Frau wieder, die ihre Augen vor Angst und Neugierde weit aufgerissen hatte. Sie wandte sich mir zu, in ihrer Stimme lag eine Mischung aus Angst und Hoffnung. „Meinst du, Zagrid sagt uns, was hier los ist?"

Ich zuckte mit den Schultern, während sich mein Magen verkrampfte. „Ich habe überhaupt keine Ahnung. Aber was auch immer es ist, ich habe das Gefühl, dass es nicht einfach sein wird. Ich will versuchen, dir zu helfen, wenn ich kann."

Sie nickte mir dankend zu.

Als die letzten von uns eingestiegen waren, schlossen sich die Schiebetüren des Busses mit einem lauten Knall. Das Innere des Busses war genauso wenig einladend wie sein Äußeres: kalte, metallene Wände und kleine Gitterfenster, die Luft und Licht in den Wagen ließen. Das Ganze erinnerte wirklich an einen Viehtransport.

„[Willkommen an Bord, Menschen!]" Zagrids Stimme dröhnte über die Sprechanlage, ihr Tonfall war unnatürlich fröhlich. **„[Ich hoffe, ihr genießt die Fahrt.]"**

Ein leises Grummeln erfüllte den Bus und wir tauschten angespannte Blicke aus. Die Roboterfahrer, auf deren Bildschirmen Zagrids verpixeltes Gesicht zu sehen war, starrten mit unerschütterlichem Blick nach vorne.

Mit der unheimlichen Zuverlässigkeit, die nur eine Maschine erreichen kann, verriegelten die Roboter die Türen und die Busflotte setzte sich in Bewegung. Der Sonne nach zu urteilen, brachte mich der Bus, in dem ich saß, nach Westen und tiefer ins Unbekannte.

„[Was ihr bisher gesehen habt … ist nichts im Vergleich zu dem, was noch kommt.]“ Zagrids Stimme hallte noch einmal wider, die Fröhlichkeit war mit einem Hauch von Bosheit verbunden. **„[Macht euch bereit, denn es wird immer schwieriger. Es ist fast sicher, dass wir viele von euch verlieren.]“**

Ich blickte zu der älteren Frau hinüber: „Alles in Ordnung?“

Sie blickte mich an; ihre Stimme war voller Ratlosigkeit. „Ich habe gelernt, dass man in diesem Spiel niemandem trauen darf. Halt dich einfach gut fest und sei auf alles gefasst.“

30. TU NICHTS BÖSES

Die Busse fuhren weiter und das Gebiet, das für mich der Startpunkt gewesen war, verschwand aus dem Blickfeld und machte den Wolkenkratzern Platz, als wir tiefer in die Stadt vordrangen. Jeder Bus nahm eine andere Route und trennte uns Überlebende von der anfänglichen Gruppe, während ein Bus nach dem anderen in andere Straßen abbog und andere Wege einschlug.

Wir waren nicht nur Fahrgäste, sondern Figuren auf einem Spielbrett, die auf verschiedene Felder desselben Spiels zusteuerten.

Als ich aus dem Fenster schaute, richtete sich mein Blick auf die Stadt. Monster durchstreiften die mit Trümmern übersäten Straßen, ihre Augen waren von einer Mischung aus Angst und Ehrfurcht erfüllt, während sie dem Bus aus dem Weg gingen. Selbst sie schienen Zagrid zu erkennen und wagten es nicht, den Bot und die Autorität, die der [Admin] ihm verliehen hatte, herauszufordern.

Abgesehen von den Kreaturen waren viele der Gebäude in der Nachbarschaft, durch die wir fuhren, bereits zu Ruinen verfallen. Die Gebäude standen als skelettartige Überreste da, bröckelnd und verkohlt. Rauch wogte von den anhaltenden Bränden in den Himmel. Inmitten der Ruinen konnte ich verstreute Leichen sehen, von denen einige von Monstern verschlungen wurden, während andere als Untote umherwanderten.

Ab und zu kam der Bus zum Stehen und weitere Überlebende stiegen zu. Ihre müden Gesichter verrieten mir alles, was ich über das wissen musste, was sie bisher durchgemacht hatten. Wir sprachen nicht miteinander und es war ganz ruhig im Bus.

Schließlich veränderte sich unsere Umgebung. In der Ferne, vor der relativ unberührten Skyline der Wolkenkratzer, stand ein makelloses Krankenhaus, dessen glänzendes Äußeres einen scharfen Kontrast zu den umliegenden Verwüstungen bildete.

Der Bus kam allmählich zum Stehen und die Türen öffneten sich zischend, als Zagrids digitale Stimme aus den Lautsprechern des Fahrzeugs ertönte. **„[Achtung, Überlebende. Wir sind an eurem nächsten Ziel angekommen. Bitte verlasst den Bus geordnet und begebt euch ins Krankenhaus.]“**

Ich stand auf, aber viele der anderen sahen sich ratlos um, als hätten sie keine Ahnung, was sie tun sollten.

Die Türen des Busses zischten heftig und öffneten sich.

„[Los, los, los! Nur du nicht, Nick, du gehst als Letzter.]“ Zagrids digitale Stimme dröhnte vom Fahrersitz aus, verstärkt und hallend durch die Enge des Busses.

Kaum einen Augenblick Zeit, sich darauf einzustellen, wurden alle mit maschinenartiger Gründlichkeit aus dem Bus gedrängt. Zagrids Roboteravatar behielt sein lächelndes Emoji bei, unbeeindruckt von der Orientierungslosigkeit und der aufkommenden Panik, die sich unter den anderen ausbreitete. Als sie den Bus verließen, tauchten weitere Zagrid-Bots auf und geleiteten die anderen mit unerschütterlicher Energie und einem ständigen Lächeln zum Eingang des Krankenhauses.

„[Ich muss schon sagen, ich bin fasziniert von deinem Durchhaltevermögen, Nick Vandal. Unter diesem erbärmlichen Haufen stichst du hervor. Ich bezweifle, dass ich außer dir noch irgendjemanden von ihnen wiedersehen werde. Für einen einfachen Menschen bist du ziemlich bemerkenswert.]“, meinte Zagrid und deutete auf die Tür, um mir zu zeigen, dass ich an der Reihe war, den Bus zu verlassen. **„[Versuche dein Bestes, um zu überleben. Ich möchte, dass du die nächste Runde erreichst, denn das ist das Level, das ich unter Kontrolle habe.]“**

Ich machte mich auf den Weg zum Krankenhaus und folgte der Reihe von Zagrid-Bots, die wie die Lichter einer Landebahn direkt auf das Krankenhaus zuführten. Ich hetzte praktisch den Weg entlang.

Als ich das Krankenhaus betrat, stellte ich fest, dass Zagrid nirgends zu finden war und auch keiner der Bots. Stattdessen schloss sich der Eingang des Krankenhauses und versiegelte sich hinter mir zu einer Mauer aus Ziegelsteinen, die jeden daran hinderte, das Krankenhaus zu verlassen. Eine unheimliche Stille umhüllte mich. Vor mir erstreckten sich sterile Gänge, die von grünen Lichtern beleuchtet wurden, die mir den Weg wiesen.

Als ich dem Weg folgte, fand ich mich schließlich in einem Raum wieder, der einem Wartebereich in einem Krankenhaus ähnelte. Helles weißes LED-Licht fiel auf einen glänzenden gefliesten Boden. An den beiden Längswänden des rechteckigen Raums befanden sich Bänke, einzelne Stühle, die zusammengeschweißt und mit Schaumstoffpolstern versehen waren. Rechts von mir verlief eine kahle Wand, während sich links von mir eine Tür befand.

In dem Raum erkannte ich mehrere Gesichter aus dem Bus. Als ich mir die Sitzordnung ansah, bemerkte ich, dass die Stühle gleichmäßig auf jeder Seite verteilt waren und eine ausgewogene Anordnung bildeten. Ohne viel Aufmerksamkeit zu erregen, wählte ich einen Platz in der Ecke und suchte einen Augenblick der Einsamkeit inmitten der Gruppe.

Da keine Fenster in Sicht waren, fühlte sich der Raum wie ein Container an, der uns von der Außenwelt abschirmte.

Ich war mir nicht einmal sicher, ob wir uns überhaupt noch in der Welt befanden oder ob das Krankenhaus ein eigener Dungeon war. Einer der Männer in der Gruppe versuchte, die Tür zu öffnen, aber seine Bemühungen waren vergeblich, was ein Mädchen in der Nähe zu einem amüsierten Schnauben veranlasste.

„Das hat schon so ziemlich jeder versucht, du Genie. Aber klar, vielleicht bist du ja der Zauberer, der die Tür endlich öffnet“, erwiderte sie sarkastisch. Ihre neonpinken Haare und ihre auffällige Kleidung mit den Nieten und den Kampfstiefeln erregten meine Aufmerksamkeit. Es schien, als hätte sie ihren unverwechselbaren Stil absichtlich gewählt, im Gegensatz zu einigen von uns, deren Kleidung von Kämpfen schon ganz zerschlissen war.

Unsere Blicke trafen sich, und sie warf mir einen abschätzenden Blick zu, bevor sie ihren Daumen nach oben streckte. „Du bist in Ordnung“, verkündete sie und wirkte dabei selbstbewusst und zugleich fesselnd. Sie hatte etwas an sich, das mich an eine jüngere Version von mir selbst erinnerte, wenn die Umstände anders gewesen wären. Es war, als ob sie unter ihrem unversehrten Äußeren eine verborgene Stärke besäße.

Ich erwiderte ihre Geste mit einem Nicken und schätzte ihre Direktheit. Sie schien fähig zu sein und fähig bedeutete verlässlich. In dieser neuen Welt schien es sinnlos, sich auf Glück zu verlassen. Die Herausforderungen, mit denen wir zu kämpfen hatten, waren sorgfältig durchdacht, um uns auf die Probe zu stellen und alle Vorteile, die uns unser gesellschaftlicher Status verschafft hatte, aufzuheben. Stattdessen wurden wir regelrecht zerlegt, und nur die Stärksten wurden wieder auf die Beine gestellt.

Gerade als die Atmosphäre immer angespannter wurde, schwang die Tür unerwartet auf. „Unglaublich, das hat tatsächlich geklappt", erklärte das kantige Mädchen mit einer Mischung aus Überraschung und Sarkasmus in ihrer Stimme. Ein weiterer schwebender Bot betrat den Raum, bei dem es sich eindeutig nicht um Zagrid oder einen seiner Avatare handelte. Stattdessen sah der Bot aus wie ein seufzender Emoji, und seine Hülle war grau.

Die Ankunft des Bots bedeutete die nächste Runde für **Systemsturz**. Der Raum war zwar begrenzt, aber die Möglichkeiten, die hinter den Türen lagen, waren grenzenlos. Mit einem gemeinsamen Gefühl der Entschlossenheit wappneten wir uns für die Herausforderungen, die uns erwarteten, vereint in unserer Unverwüstlichkeit und dem Willen zu überleben.

„**[Seid gegrüßt! Ich bin Zagren, weil …]**", seufzte der Bot. „**[Ich bin nicht Zagrid. Unsere Namen sind einander aber sehr ähnlich. Jetzt stelle ich euch vor eure erste Herausforderung. In diesem Krankenhaus müsst ihr lernen, wie man eine Triage vornimmt. Wer in der Triage ausgewählt wird, erhält die Aussicht darauf, möglicherweise zu überleben. Heute, in diesem Krankenhaus, seid ihr die Ärzte. Ihr könnt diesen**

Raum nur verlassen, wenn ihr entscheidet, wer diese Überlebenschance bekommt und wer sterben muss. Es sollten nur zehn Leute pro Gruppe hier sein, deshalb müssen diejenigen von euch, die zu elft sind, jemanden ausscheiden. Falls ihr euch nicht entscheidet, müssen alle sterben, denn ich werde mich für niemanden entscheiden.]“ Das Seufzen ging weiter und rief den Unmut fast aller Anwesenden hervor.

„Was zum Teufel soll dieser Unsinn?“

Zagren fuhr fort: **„[Das ist die Triage. Wenn die Mittel knapp sind und das Überleben am seidenen Faden hängt, wird dieses herzlose Verfahren angewandt, um die Menschen nach der Schwere ihrer Verletzungen oder Gebrechen zu kategorisieren. Das eigentliche Ziel? Die begrenzten Ressourcen so gut wie möglich an diejenigen zu vergeben, die es am meisten wert sind, zu überleben. Die Schwachen sind einer rücksichtslosen Hierarchie der Prioritäten ausgeliefert.]“**

„Warum benutzt du nicht einfach unsere gespeicherten Werte, um den Schwächsten auszusortieren?“

„Es ist doch nicht unsere Schuld, dass elf von uns hier gelandet sind, du Idiot!“

Die Proteste wurden lauter, doch niemand wagte es, den Bot anzugreifen. Nachdem sie ihrer Wut Luft gemacht hatten, ergriff Zagren das Wort.

„[Es liegt in eurer Verantwortung, zu wählen. Aber ihr habt Recht. Warum sollen ausgerechnet die leiden, die zufällig in einem Raum mit elf Leuten gelandet sind? Sagen wir, neun Leute pro Gruppe. Alle Gruppen müssen leiden.]" Nach einer kurzen Pause, in der ein Mikrofon angetippt wurde, ertönte Zagrens Stimme wie aus einem Lautsprecher. **„[Achtung an alle Gruppen! Mir ist aufgefallen, dass es höchst unfair ist, dass Leute, die in Räumen mit elf Personen gelandet sind, als einzige Gruppe einen von ihnen eliminieren müssen, bevor sie weitermachen können. Deshalb wurde die Anzahl der Leute pro Gruppe, die weitermachen dürfen, auf neun reduziert. Bitte stellt sicher, dass ihr nur die zugewiesene Anzahl an Leuten pro Gruppe habt, sonst wird die gesamte Gruppe ausgelöscht.]"**

Der Raum wurde von einer Welle des Entsetzens und Unglaubens über Zagrens Ankündigung überrollt. Ein Gefühl der Verzweiflung lag in der Luft, als die Überlebenden sich mit der schrecklichen Erkenntnis auseinandersetzten, dass sie die Herausforderungen für alle Anwesenden unwissentlich vergrößert hatten. Enttäuschung und Verwirrung machten sich im Raum breit und mischten sich mit verzweifelten Rufen.

„Aber … das wollten wir doch gar nicht", stammelte ein Mann, dessen Stimme vor einer Mischung aus Angst und Bedauern zitterte.

„[Ach ja, das hätte ich fast vergessen.]", verkündete Zagrid. **„[Ihr müsst die Leute selbst ausschalten, denn es**

liegt ja auch in eurer Verantwortung zu entscheiden, wer überlebt.]“

Das Gewicht von Schuld, Untätigkeit und Angst lastete auf der Gruppe. Die Spannung war mit Händen zu greifen. Ich sagte und tat nichts. Das hatte ich schon einmal erlebt und ich wusste, dass dies weder der richtige Ort noch der richtige Zeitpunkt war, um einzugreifen, und dass es auch keinen Unterschied machen würde. Die Gemüter kochten hoch. In diesem Augenblick der Verzweiflung zerfiel die Entschlossenheit eines Mannes und wich einer rücksichtslosen Wut.

Mit einem verzweifelten Schrei schwang der Mann einen Vorschlaghammer und stürmte auf Zagren zu, getrieben von dem verzweifelten Wunsch, seiner Frustration Luft zu machen. Doch der bösartige Bot, der kaum die Größe eines Basketballs besaß, wich dem Schlag mühelos aus und verpasste dem Mann einen kräftigen Hieb ins Gesicht. Blut floss aus seiner gebrochenen Nase und hinterließ eine purpurne Spur auf dem Boden.

„[Bitte greife mich nicht an, während ich bloß versuche, meine Arbeit zu erledigen]“, seufzte Zagren, dessen Stimme nun nicht mehr für alle zu hören war. Er sprach mit einer gleichgültigen Miene, ohne Mitgefühl oder Sorge. **„[Ich entschuldige mich für die Unannehmlichkeiten. Bitte klärt das unter euch. Solange ihr das nicht tut, können wir nicht weitermachen. Nehmt euch Zeit, aber übertreibt es nicht. Ich lasse euch dann mal**

allein.]"

Nachdem Zagren den Raum verlassen hatte, schnappte die Tür hinter ihm zu und versiegelte die Überlebenden erneut in dem Zimmer. Ich schüttelte leicht den Kopf, als mir ein ähnlicher Vorfall aus meinem früheren Leben in den Sinn kam.

Homer, einer derjenigen, der unsere Erlebnisse aufgezeichnet hatte, hatte uns von einer Theorie berichtet. Ihm zufolge hat der [Admin] all diese Herausforderungen inszeniert, in denen er die Menschen wie Gladiatoren gegeneinander ausspielte und versuchte, unsere Existenz auszulöschen. Diese gesamte Welt war geschaffen worden, um unsere Entschlossenheit, unseren menschlichen Geist und damit unsere Grenzen auf die Probe zu stellen – nur zur Unterhaltung des [Admin]. Das war zwar nur eine Vermutung, aber die logischste, wenn man bedenkt, dass im Laufe der Jahrzehnte Milliarden von Menschenleben ausgelöscht wurden.

Mein Blick verweilte auf dem Mann, der immer noch auf dem Boden kniete und dessen Gesicht blutverschmiert war. Ich konnte nicht anders, als mich zu fragen, ob es unter uns jemanden gab, der die Fähigkeit zu heilen besaß. Wenn ja, würde er sich zu erkennen geben? An einem Ort wie diesem, an dem das Überleben auf dem Spiel stand, waren Heilungsfähigkeiten von großem Wert. Aber sie brachten auch ihre eigenen Voraussetzungen und Auswirkungen mit sich, vor allem für alle, die der Eigenschaft **[Tu nichts Böses]** verpflichtet waren.

Wenn ich Glück hatte, würde sich ein **Heiler** zu erkennen geben, und ich wüsste, wen ich zuerst in meine Gruppe aufnehmen und notfalls vor den anderen schützen müsste.

Bevor ich tiefer in meine Gedanken eintauchen konnte, durchbrach das Geräusch von klatschenden Händen die Stille.

„Nun", begann das kantige Mädchen, und in ihrer Stimme schwang der spöttische Tonfall von vorhin mit. „Wie wär's, wenn wir uns alle mal eine Beruhigungspille einwerfen und uns vorstellen?"

In ihren nächsten Worten lag eine bittere Einsicht, eine Erkenntnis, dass wir den grausamen Entscheidungen, die wir treffen mussten, nicht entkommen konnten. Mir fiel auf, wie sehr ihre Worte die Menge um sie herum beeinflussten, und das beunruhigte mich. Ich fragte mich, welche **Fähigkeiten** sie wohl verbarg. „Wenn wir jemanden auswählen müssen, der geopfert werden soll, nun ja …" Sie zuckte mit den Schultern: „Wie in der Beschreibung der Triage angegeben, entscheiden wir und ich schlage vor, dass der Schwächste von uns nominiert wird." Dabei wanderte ihr Blick zu dem Mann mit dem verletzten und immer noch blutenden Gesicht.

31. ABSTIMMUNG UMS ÜBERLEBEN

Ich saß allein in der Ecke und beobachtete die Szenerie, die sich vor mir im Warteraum des Krankenhauses abspielte. Schweigen lag in der Luft, als der Verwundete unbeachtet auf dem Boden lag und seine gequälten Hilfeschreie auf taube Ohren stießen. Die Gruppe schien mehr an dem Gespräch interessiert zu sein, als daran, Hilfe zu leisten.

Für mich war das eine erschreckende Erinnerung an die dunkle Seite der menschlichen Natur oder welche Behandlung Obdachlose erfuhren und wie die Leute gegenüber den Bedürftigen die Augen verschlossen. Während sich die Anwesenden vorstellten, wich die gesamte Gruppe von dem verletzten Mann zurück. Fast so, als ob sie befürchteten, dass ihre Verbindung mit ihm dazu führen könnte, dass auch sie abgewählt werden. Schnell begaben sie sich zu einem nahe gelegenen Tresen und übertönten seine Bitten mit ihren Gesprächen.

[Mitteilung über den Systemsturz]

Titel: Medizinisches Durcheinander

Es ist an der Zeit, dass **Systemsturz** dazu beiträgt, eure Wertvorstellungen neu zu gestalten.

Hier, in den Mauern dieses Krankenhauses, habt ihr die Wahl, voranzukommen oder keine Entscheidung zu treffen und alle zu Grunde zu richten. Wählt zwei unglückliche Seelen aus eurer Gruppe aus, die durch eure Hand ihr Ende finden müssen. Das Überleben des Stärkeren in seiner schönsten Form, nicht wahr? Erkennt die Schwachen, die Schwächlinge, die, die kaum etwas beitragen, und gewährt ihnen einen frühen Abgang. Diese Entscheidung liegt bei euch und zwar nur bei euch. Schließlich seid ihr am besten in der Lage zu entscheiden, wer von euch wirklich würdig ist, aufzusteigen.

Zagrens Stimme durchbrach die Stille, seine Stimme war schwer vor Erschöpfung. „**[Ihr könnt euch wirklich nicht erlauben, zu verzagen. Genau das zeichnet unser Spiel ja so aus. Euer Glaube aneinander, eure Verbundenheit … alles reduziert auf bloße Werte. Ich frage mich, was euer Leben euren Kameraden wohl wert ist?]**“

„Der Roboter hat Recht. Wir haben keine Zeit zum Zaudern, und jetzt, wo wir miteinander reden können,“ meldete sich ein ruhiger Mann mittleren Alters zu Wort, in dessen Stimme eine gewisse Gelassenheit mitschwang, „lasst uns das gemeinsam als vernünftige Leute angehen. Wahllose Aggressionen schüren nur Misstrauen. Wie können wir jemandem vertrauen, der zu Gewalt greift, ohne sich das vorher gut überlegt zu haben?“

„Ja, das hört sich vernünftig an, wir müssen uns das gut überlegen. Wir müssen die beste Entscheidung treffen“, meldete sich eine Frau mit spitzen Fingerknöcheln zu Wort, deren Bürokleidung im Widerspruch zu ihrem kämpferischen Auftreten stand. „Wenn wir abstimmen müssen, müssen wir uns darüber unterhalten und entscheiden, wer am besten geeignet ist, zu bleiben.“

Ihre Unterhaltung, so höflich und konstruktiv sie auch sein mochte, wirkte distanziert oder vielleicht sogar realitätsfremd. Fast so, als ob sie der Meinung gewesen wären, dass keiner von ihnen auch nur im Entferntesten ausgewählt werden würde, wenn sie nur oft genug und lange genug redeten. Sie waren sich einig, dass Stärke und Fähigkeiten die wichtigsten Voraussetzungen waren, und das Tutorial zu Beginn hatte das auch allen eindringlich eingebläut. Genau das war auch eine meiner Triebfedern. Das Bedürfnis, stärker zu werden und mich zu fordern. Ich verkörperte diese Aussage, indem ich rücksichtslos und pragmatisch mit allen um mich herum umging. Diese „Persönlichkeit“ wollten Zagrid und der [Admin] unter den verbleibenden Überlebenden fördern und deshalb hatte ich mein neues Leben bereits mit genau diesem Verhalten begonnen.

Der [Admin] neigte dazu, einen links liegen zu lassen, wenn man sich so „benahm“, wie sie uns zu nahelegten. Diese so genannten „Helden“ oder einfühlsamen Leute waren die ersten, die in dieser neuen Welt zur Zielscheibe wurden. Sie waren die ersten, denen ihre Ideale Stück für Stück entrissen wurden, bis viele von ihnen daran zerbrachen. Doch in Augenblicken wie diesen, in denen ich sah, wie die Leute um mich herum mehr und mehr ihre Menschlichkeit verloren, wurden die Risse in meiner eigenen Persönlichkeit sichtbar. Genau mit solchen Spielen hatte ich immer zu kämpfen gehabt. Ich konnte genauso rücksichtslos sein wie die besten von ihnen. Ich hatte bereits getötet und würde das auch wieder tun. Einer meiner Auslöser war der Verrat, und es gab Leute, die es bereuten, mich verraten zu haben. Das war eine der wichtigsten Lektionen, die Selene mir beigebracht hatte, deshalb ließ ich nie einen Feind in meinem Rücken.

Für mich war wichtig, dass die Leute, mit denen ich mich in Zukunft umgab, Einfühlungsvermögen oder zumindest ihre Menschlichkeit zeigten. Das war auch einer der Gründe, warum ich versuchte, während des Tutorials nicht zu viele Freundschaften zu schließen. Ich wusste, was auf mich zukommen würde, und in meiner vorherigen Zeitlinie hatte mich diese Phase auch fast gebrochen. Also beobachtete, überwachte und beschützte ich alle, denen ich glaubte, vertrauen zu können. Ich war selbst stark genug, und die meisten Leute, die es bis hierhergeschafft hatten, verfügten auch über das Potenzial, über ihre Grenzen hinauszugehen. Ich wollte mir nur nicht zu viele Gedanken über Verrat machen. Ein Messer im Rücken konnte einen genauso leicht umbringen wie ein Messer in den Rippen. Ein anderer Teil von mir behielt den Verletzten im Auge. Die Blutung hatte aufgehört, und obwohl er ein blaues Auge und starke Blutergüsse haben würde, würde er überleben … vorerst. Wenn er echte Anzeichen von Kampfgeist oder Entschlossenheit zeigte, würde ich ihn mit den Vorräten, die ich noch besaß, heilen, aber diese Phase hatte gerade erst begonnen, und es sollte noch mehr kommen.

Während sie um die Frage kreisten, wer leben und wer sterben sollte, empfand ich ein allgemeines Unbehagen gegenüber der Einseitigkeit der Gruppe. Sie blendeten die größere Frage aus, wen sie als Gruppe zu opfern bereit waren. Das erinnerte mich an eine Geschichte, die ich einmal über Erschießungskommandos gelesen hatte, denen gesagt wurde, dass bis auf ein Gewehr alle mit Platzpatronen schossen, sodass jedes Mitglied glauben konnte, es hätte kein Leben genommen. Sie machten weiter, frei von Schuldgefühlen und überzeugt, dass ihre Kugel harmlos war. Genauso wie auch diese Gruppe hier glaubte, dass ihre Worte harmlos waren.

Ähnlich wie bei den Erschießungskommandos schien keiner von ihnen die Verantwortung für den Tod eines anderen zu tragen. Sie versuchten, ihre Hände frei von Schuld zu halten, während sie alle mitschuldig waren. Ich fand mich in diesem moralischen Dilemma genauso gefangen wie die anderen. Ich konnte mich weder dem [Admin] noch einem der Begleiter widersetzen, und es gab keine Möglichkeit, das unausweichliche Ergebnis zu vermeiden. Genau wie die anderen suchte ich nach jemandem, der geopfert werden sollte, damit ich mein eigenes Überleben sichern konnte. Wie auch schon in meinem früheren Leben brannten die Schuldgefühle wie glühende Kohlen in meiner Brust. Ich war so ein verdammter Heuchler.

Während sich alle vorstellten, beobachtete ich weiter und dachte über die Entscheidungen nach, die sie zu treffen hatten. Ich war bereit, die Sache selbst in die Hand zu nehmen, wenn ihre Auswahl meinen Interessen zuwiderlief.

„Ich bin Kenny. Ich habe früher auf dem Bau gearbeitet“, begann ein Kerl. „Meine wichtigste Waffe ist ein Kriegshammer, und ich bin gut darin, Essen und sauberes Wasser zu finden. Ich bin eine Art Überlebenskünstler und das hat mir und allen, mit denen ich bisher zusammengearbeitet habe, geholfen zu überleben.“

Jemand anderes fügte hinzu: „Ich habe früher in einem Büro gearbeitet. Ich kann kochen und rechnen und ich weiß, wie man das Krankenhaus nach Vorräten durchforstet. Ich kann euch allen etwas beibringen.“

Nachdem die erste Vorstellungsrunde begonnen hatte, erzählte einer nach dem anderen von seinen früheren Berufen. Während ich zuhörte, regte sich in mir ein Anflug von Eifersucht. Während ihr altes Leben erst vor kurzem zu Ende gegangen war, war meins schon vor Jahren ausgelöscht worden und hatte mir nichts als Erinnerungen an hart geführte Kämpfe und teuer errungene Siege hinterlassen.

In der Gruppe waren Büroangestellte, Baristas, Musiker und viele andere Berufsgruppen. Jeder von ihnen klammerte sich an die Hoffnung, dass sie in dieser Welt eine neue Aufgabe finden könnten. Aber ich wusste, dass nur der stärkste Wille und die Entschlossenheit, mehr zu sein, sich durchsetzen würden. Wer einen schwächeren Überlebenswillen hatte oder einfach nur Pech, wurde auf seinem Weg aussortiert. Für einige würde dieses Krankenhaus zu ihrer letzten Ruhestätte werden, es sei denn, sie schafften es, sich in etwas Anderes zu verwandeln: eine neue Identität als Abenteurer, Gildenanführer, Handwerker, Tank, Magier, Monsterjäger, Heiler oder unerschrockener Frontkämpfer. Das war die Gelegenheit für eine Wiedergeburt. Eine Zeit, in der sie ihre eigene Macht erlangen und den unvorhersehbaren Weg, der sie erwartete, einschlagen konnten. Eine unserer größten Stärken als Menschheit war unser Einfallsreichtum und der menschliche Verstand.

Während jeder nach vorne trat, um sich vorzustellen und zu begründen, warum er es verdient hatte, weiterzuleben und für sein Recht auf Überleben zu kämpfen, betrachtete ich sie genau. Ich nahm ihre Ausrüstung unter die Lupe, ihren Körperbau und – was für mich am wichtigsten war – das Licht, das in ihren Augen brannte. Ich stellte gedankliche Berechnungen und Vorhersagen an und malte mir die möglichen Klassen und Rollen aus, die sie innerhalb des Systems einnehmen könnten. Wer von ihnen verfügte über den nötigen Biss, die Redlichkeit und die unbeugsame Willenskraft, um die bevorstehenden Prüfungen zu bestehen? Die Antwort würde sich unabhängig vom Ergebnis der Entscheidung der Gruppe offenbaren.

„Der eine könnte ein Schmied sein, der andere ein Bogenschütze, diese andere vielleicht eine Alchemistin, wenn sie gerne nach Zutaten suchte. Das kantige Mädchen … vielleicht eine Diebin oder eine Assassine …", dachte ich bei mir und hakte einen nach dem anderen ab. Dann wandte ich meine Aufmerksamkeit wieder dem Mann auf dem Boden zu, der sich nicht bewegt hatte. Ich hatte das starke Gefühl, dass dies das Ende seines Weges war. Sein Kampfeswille war erloschen. In seinen Augen war kein Leuchten mehr zu sehen. Ich hatte diesen Blick schon bei zu vielen Leuten beobachtet, um ihn nicht zu erkennen. Am liebsten hätte ich ihn aufgerüttelt, um ihm klarzumachen, dass es noch mehr gab, wenn er nur den nächsten Schritt machte. Stattdessen schloss ich meine Augen und atmete tief ein. Es war an der Zeit, meine Maske wieder aufzusetzen und mich abzuschotten.

Vielleicht hatte ihn die Tortur, zwei Leute zum Sterben auszusuchen, bis an seine Belastungsgrenze getrieben. Oder vielleicht trug er schwerere Lasten als der Rest von uns, wie etwa eine Familie. Ich hatte keine Geschwister und meine Eltern waren schon lange nicht mehr auf der Welt, aber etwas an diesem Mann gab mir das Gefühl, dass er ein Familienmensch war.

Das Stöhnen des Mannes hörte endlich auf und es wurde ganz still im Raum. Ich merkte, dass ich an der Reihe war, nach vorne zu treten und mich vorzustellen. Ohne Umschweife erklärte ich: „Ich kann gut mit dem Schwert umgehen und arbeite am liebsten allein."

Im Gegensatz zu allen anderen, die sich ein oder zwei Minuten Zeit genommen hatten, um über ihre Stärken und Schwächen zu sprechen und sogar einige ihrer [Fähigkeiten] zu erwähnen, abgesehen von ein oder zwei Trümpfen, die sie besser im Ärmel behalten hätten, hielt ich mich bei meiner Vorstellung kurz.

„Das war's?", fragte das kantige Mädchen, das sich selbst noch nicht vorgestellt hatte, mit einem zweifelnden Blick. „Freundchen, ich bin mir nicht sicher, ob du dich im Moment besonders gut verkaufst. Deine Präsentation lässt ziemlich zu wünschen übrig."

„Ich hoffe, da steckt noch mehr dahinter. Besitzt du zufällig irgendwelche Fähigkeiten, die uns weiterhelfen könnten? Das Leben von Menschen ist in Gefahr, das muss gut überlegt sein, zum Wohle aller", erkundigte sich der Typ mittleren Alters, den ich nun als Kenny kannte.

Ich antwortete mit einem gleichgültigen Schulterzucken, das nahtlos in das Ziehen meines neuen Schwertes überging. „Ich kann gut mit einer Klinge umgehen. Von den anderen habe ich nicht gehört, dass ihr gut kämpfen könnt. Kommt zu mir, wenn ihr das unbedingt wollt. Und zwar ihr alle. Ich bin der Einzige, der von sich behauptet, gut kämpfen zu können."

Ich packte **Legende** fest in meiner Hand und die Spannung im Raum wuchs. Ich wusste, dass ich wie ein eingebildetes Arschloch rüberkam, aber meine Botschaft war klar und unmissverständlich. Wenn sie ihre Entscheidung treffen würden, würde mein Name nicht auf der Liste stehen.

Die anderen traten vom Tresen zurück und machten Platz für mich. Ich war derjenige, vor dem sich alle in diesem Raum in Acht nehmen mussten, und sie hatten einen guten Grund dafür. Aber mein Wahnsinn hatte Methode. Es gab zwei Arten von Leuten, die sich mir am ehesten nähern würden. Solche, die Schutz suchten, und solche, die mich ausnutzen wollten. Ich würde von Fall zu Fall entscheiden, wer für mich von Nutzen sein würde, aber wenn ich ihre Motive verstand, konnte ich herausfinden, wer vertrauenswürdig war.

Ich wollte sie nicht gegen mich aufbringen, aber ich wollte auch nicht, dass jemand die Gruppe an sich riss. Sie verfügten über keine besonders ausgeprägten Fähigkeiten oder Charakterzüge, aber sie hatten das Zeug dazu, sich zu mehr zu entwickeln. Kenny, der Bauarbeiter, besaß eine Fähigkeit namens [Nachahmer]. Damit konnte er vorübergehend bestimmte Eigenschaften einer anderen Person übernehmen. Allerdings war es keine perfekte Kopie und wie sie eingesetzt werden konnte, hing von der Entwicklung der Fähigkeit ab. In seinem Fall konnte er fünfmal pro Stunde eine Fähigkeit nachahmen.

Ein dünner, schüchtern aussehender Kerl hatte das Zeug dazu, eines Tages mit seiner Technik [Körpernaht] ein Heiler zu werden. Sie war begrenzt, da man damit lediglich einen sterilisierten Faden aus dem Nichts erschaffen konnte.

Anfangs waren alle Fähigkeiten auf diese Weise begrenzt. Die Bürodame konnte mit einem Fingerschnippen ein Feuer entfachen, was sehr nützlich war, wenn jemand ein Feuer brauchte, aber kein Feuerzeug hatte oder nicht wusste, wie man eins macht. Außerdem konnte diese Fähigkeit im Laufe ihrer Entwicklung zu etwas Nützlichem wie [Höllenfeuer] oder [Heiliges Feuer] werden, je nachdem, wie sie es schaffte, sie weiterzuentwickeln.

Kenny räusperte sich und machte einen Schritt nach vorne. „Wenn wir mit der Abstimmung beginnen, bedenkt bitte die Fähigkeiten, die jede Person mitbringt", schlug er vor, wobei seine Stimme eine Mischung aus Pragmatismus und Einfühlungsvermögen enthielt. „Wir müssen sicherstellen, dass unsere Gruppe vielseitig und für alles gerüstet ist, was auf uns zukommt, sobald wir diesen Warteraum verlassen. Wir sollten vorrangig die auswählen, die den größten Nutzen bringen und die größten Aufstiegschancen haben, und alle, die die Schwächen im Team ausgleichen können."

„Tja, das war's dann wohl", schloss das kesse Mädchen und tippte auf den Tresen. „Lasst uns das hier zu Ende bringen."

Ich warf ihr einen fragenden Blick zu.

„Hast du nicht jemanden vergessen?", fragte die Bürodame vorsichtig.

„Oh, richtig! Diesen Kerl." Das Mädchen beugte sich über den blutenden Mann und klopfte ihm auf die Schulter. „Ist da jemand? Irgendjemand zu Hause? Welche Fähigkeiten hast du?"

Er rührte sich, bewegte sich aber nicht wirklich. Er hatte wirklich aufgegeben. In gewisser Weise war sein Schicksal bereits besiegelt gewesen, als er Zagren angegriffen hatte.

„Nun, dann werde ich mich wohl mal vorstellen." Das kantige Mädchen ergriff das Wort: „Ich bin Lydia, die letzten Tage waren für mich die Hölle. Und ich bin mir sicher, dass es für euch alle genauso war. Bei mir steht die Stärke im Vordergrund und ich habe früher als ambulante Krankenschwester gearbeitet, vielleicht habe ich deshalb diesen Gegenstand aufgespürt."

Sie zeigte einen Dolch, den ich sofort erkannte.

Doch diese Erkenntnis behielt ich für mich.

„Der Grund, warum ich vorgeschlagen habe, dass wir uns vorstellen, ist, dass mein Dolch **„Letzter Kuss"** heißt und eine schmerzlindernde Wirkung hat. Ziemlich barmherzig."

Ich vermutete, dass die meisten Leute den schmalen Grat zwischen schmerzlindernd und schmerzfrei einfach übersehen würden.

Die Leute würden einfach das glauben, was ihnen am besten in den Kram passte.

Da mischte sich der Heiler ein: „Wirkt das Ding denn wirklich so, wie du behauptest?

Lydia senkte den Kopf, wobei ihr Haar für einen Augenblick ihre Gesichtszüge verdeckte. Dann hob sie den Kopf und dieses zuversichtliche, leicht spöttische Lächeln tauchte wieder auf. Ich bezweifle, dass irgendjemand sonst diese unmerkliche Veränderung in ihrem Verhalten bemerkt hat. Ich hätte das auch nicht, wenn ich sie nicht so genau beobachtet hätte.

„Erlaubt mir eine Vorführung, denn unser Freund am Boden wird es offensichtlich nicht aus diesem Raum schaffen“, stellte Lydia ruhig fest, während sie den schwarzen, verzierten Dolch umklammerte. Bevor irgendjemand ihr Einhalt gebieten konnte, stieß sie ihn nach unten in die Brust des armen Mannes. Er wehrte sich nicht, schlug nicht um sich und schrie nicht. Dennoch begann das Blut den Boden in einer großen Pfütze zu überziehen, die einen deutlichen Gegensatz zu den weißen Fliesen bildete. „Seht ihr? Sanft. Barmherzig. Er war schon auf dem Weg nach draußen.“

„Oh, verdammt“, murmelte ich leise, als sich ein Verdacht bestätigte.

Sie war eine von ihnen.

Dieser Dolch war berüchtigt, und sobald sein Besitz bekannt geworden war, würde er bei allen Überlebenden zu

Recht Besorgnis hervorrufen.

32. WEN AUCH IMMER ES BETREFFEN MAG

Lydia war eine Spielerkillerin. Der Dolch, den sie trug und der als **„Letzter Kuss"** bekannt war, hatte eine Bedeutung, die weit über die einer normalen Waffe hinausging. Er gehörte zu einer einzigartigen Serie von Dolchen, die nur denjenigen verliehen worden waren, die während des Anfangstutorials das Leben von mehr als zehn anderen Spielern eingefordert hatten.

Die wahre Macht des **Letzten Kusses** lag in seiner Fähigkeit. Mit einem einzigen tödlichen Schlag konnte sein Träger die Fähigkeiten und einen Teil des Status seines unglücklichen Opfers an sich reißen. Diese Klinge war von rücksichtsloser Wirksamkeit und bot ihrem Besitzer eine einzigartige Möglichkeit, stärker zu werden. Ihre wahre Natur blieb jedoch hinter einer trügerischen Fassade verborgen. Der wahre Name der Klinge wurde erst dann offenbart, wenn der Besitzer zum ersten Mal auf sein Opfer einstach, um seine Fähigkeit auszulösen.

Auch **Letzter Kuss** war eine vergiftete Klinge und enthielt ein schnell wirkendes, lähmendes Gift. Es lähmte nur denjenigen, der von ihm getroffen wurde, aber nichts daran war schmerzfrei.

Selene hatte einen dieser Dolche besessen. In einem der wenigen raren offenen Momente hatte sie mir seine wahre Natur anvertraut. Ich hatte sie nie gefragt, wie sie ihn verdient hatte, und auch keine Rechtfertigung verlangt. Sie hatte mir bei vielen Gelegenheiten das Leben gerettet, und das war alles, was ich wissen musste, um zu wissen, was für eine Person sie war.

Lydia war ganz anders als Selene, denn ihre Handlungen verrieten eine Kaltblütigkeit, die Selene nie besessen hatte. Sie hatte ihren Plan sauber ausgeführt und in aller Öffentlichkeit einen Mord begangen – alles unter dem Vorwand, barmherzig zu sein. Aber nur ich kannte die wahre Natur ihres Dolches **„Letzter Kuss“**, und ich konnte nicht riskieren, die Aufmerksamkeit des furchterregenden [Admin] auf mich zu ziehen. Zumindest noch nicht.

„Wir müssen also dafür sorgen, dass der Auserwählte einen sauberen Tod stirbt“, murmelte Kenny und fuhr sich missmutig mit der Hand durch die Haare. „Die Herausforderung besteht darin, zu entscheiden, wer letztlich ausgeschieden werden soll.“

Kennys Blick wanderte zu mir, und bald folgten ihm die

anderen. Ich spürte das Gewicht ihrer Aufmerksamkeit und verstärkte meinen Griff um **Legende**, um meine Bereitschaft zu bekräftigen. „Wenn mein Name gewählt wird, müsst ihr euch auf einen Kampf mit mir einstellen. Ich kann euch versichern, dass keiner von euch ungeschoren davonkommt. Ihr könnt denken, was ihr wollt, aber wenn ihr die Schwerter mit mir kreuzt, ist das euer Untergang."

„Ja, Nick hat Recht. Er ist geschickt, so viel ist klar", mischte sich Lydia ein und wandte sich von mir ab. Die anderen fingen an, miteinander zu debattieren und warfen ab und zu misstrauische Blicke in meine Richtung. Nach kurzer Überlegung stand ihre Entscheidung fest.

„Wir sollten Annie wählen", schlug eines der Gruppenmitglieder vor. „Sie ist die Älteste unter uns, und es ist nur angemessen, dass sie die Richtige ist."

Die anderen nickten zustimmend. „Ja, das Alter sollte ausschlaggebend sein", meldete sich ein anderer zu Wort.

„Dann ist es beschlossen. Annie ist es also", schloss Kenny und seine Stimme hatte etwas Endgültiges an sich.

Annies Schicksal schien besiegelt zu sein, als die Gruppe sich auf das Alter geeinigt hatte. Der Vorschlag, dass sie aufgrund ihres höheren Alters ausgewählt werden sollte, wurde mit zustimmendem Nicken aufgenommen und ging durch den Raum.

Ein paar Leute konnten jedoch nicht umhin,

ihre Bedenken zu äußern. „Wartet mal eine Sekunde", widersprach einer von ihnen. „Es ist doch ungerecht, nur nach dem Alter auszuwählen. Wir sollten auch andere Umstände berücksichtigen, wie Fähigkeiten oder den Nutzen."

Da meldete sich eine weitere Person zu Wort, die ebenfalls nicht einverstanden war. „Ich finde es nicht richtig, jemanden einfach nur deshalb beiseitezuschieben, weil er älter ist. Wir sollten die Erfahrungen und die Weisheit, die sie mitbringen, zu würdigen wissen."

Bevor die Gegenstimmen lauter werden konnten, unterbrach Lydia sie mit einer scharfen Erwiderung. „Wäre es dir denn lieber, wenn du es wärst? Wir haben alle das gleiche Schicksal vor uns und müssen eine Entscheidung treffen. Annie ist die naheliegende Wahl. Lasst uns keine Zeit mehr mit Diskussionen verschwenden."

Mit diesen Worten brachte Lydia die Einwände zum Schweigen. Die Gruppe nahm Annie widerwillig als die Auserwählte hin, wobei einige sich nicht trauten, Annie in die Augen zu sehen.

Nachdem die Entscheidung gefallen war, meldete sich Kenny noch einmal zu Wort, dessen großspuriges Auftreten ich bereits satthatte. „Es ist also beschlossen. Annie ist es."

Annie kam auf mich zu und zeigte dabei eine bemerkenswerte Gelassenheit. Ihr schulterlanges braunes Haar, das an den Wurzeln mit grauen Strähnen durchzogen war, umrahmte ihre Stirn. Bekleidet mit einem verblassten rosa Mantel, einer schwarzen Hose und abgenutzten braunen Halbschuhen, zeigte sie keine sichtbaren Anzeichen von Verzweiflung über ihr Schicksal.

„Ich möchte mich noch ein letztes Mal mit diesem Mann unterhalten", verkündete Annie, woraufhin alle neugierig die Augenbrauen hochzogen. Sie kam auf mich zu, tippte leicht an ihre Schläfe und aktivierte ihren [Status]. Mit leiser, fast geheimnisvoller Stimme sprach sie: „Da du nicht für mich gestimmt hast, kann ich dir das auch gleich übergeben. Schließlich brauche ich es nicht mehr."

[Mitteilung über den Systemsturz]

Titel: Einseitige Abmachung

Die Spielerin Annie hat einen Handel mit dir eingeleitet:

Einzelheiten:

Spieler Annie bietet die Fähigkeit [Augen des Vermächtnisses] an.

Spielerin Annie verlangt im Gegenzug [Nichts].

Zusätzliche Informationen:

Zusätzliche Punkte, die du durch diesen Handel erhältst:

Beweglichkeit: 1,9

Stärke: 1.3

Ausdauer: 1,1

Mana: 0,7

Bitte bestätige, ob du dieses Angebot annehmen oder ablehnen möchtest..

„... Warum?“, fragte ich, den Blick auf das Tauschangebot vor mir gerichtet.

Annie sah mir in die Augen, und ihre blauen Augen leuchteten entschlossen und standhaft. „Lass sie nicht ungestraft davonkommen.“

Ich zögerte einen Augenblick und betrachtete ihren ruhigen und bedächtigen Blick. Schließlich aber achtete ich ihre Entschlossenheit und nahm den Handel an. Annie nickte, wandte sich um und ging mit entschlossenen Schritten davon.

Lydia folgte ihr und verschwand im nächsten Raum. Die beiden hatten ein gemeinsames Ziel und ich wusste, dass Annie nicht mehr lange auf der Welt sein würde.

Tief durchatmend öffnete ich mein Menü und wählte die neu erworbene Fähigkeit **„Augen des Vermächtnisses“.** Ich hatte noch nie von dieser Fähigkeit gehört, und ich hatte auch nicht vor, sie zu diesem Zeitpunkt zu erlernen, aber sie versprach Vorteile, die mich fesselten.

Das Level der Fähigkeit **„Augen des Vermächtnisses“** begann nicht wie üblich bei 1,00, sondern bei erstaunlichen 22,10, was dem Level entsprach, auf dem Annie die Fähigkeit besessen hatte. Neugierig, aber vorsichtig, aktivierte ich die Fähigkeit. Als ich den Raum abtastete, fielen meine Augen auf winzige Cursor, die als kleine grüne Rauten über den Köpfen der anderen schwebten. Aber es waren die dunklen Cursors über Lydia und dem Mann, der möglicherweise der Heiler war, die meine Aufmerksamkeit erregten. Konzentriert tauchte ich tiefer in ihr Wesen ein und zu meiner Überraschung überflutete eine Fülle von Informationen meine Wahrnehmung.

Die Dinge, die ich aus ihren Cursors erfuhr, deuteten auf ihre finstere und skrupellose Natur hin, auf ihr wahres Wesen, das sich hinter ihren Alltagsmasken verbarg. Da ich die mit diesem Wissen einhergehenden Gefahren erkannte, deaktivierte ich die Fähigkeit und unterbrach ihren aufdringlichen Blick. Passive Wahrnehmungsfähigkeiten hatten zwar ihre Vorteile, aber sie führten oft auch zu spürbaren Nebenwirkungen, und ich konnte nicht riskieren, glühende, jenseitige Augen zu zeigen, die zweifellos unerwünschte Aufmerksamkeit auf sich ziehen würden. Mein kurzer Einsatz der Fähigkeit hatte bereits eine wertvolle Information zutage gefördert – ich stellte fest, dass Annie einen Brief sicher in ihrer Manteltasche verstaut hatte.

Gerade als ich diese Offenbarung verdaute, schwang die Tür zum Warteraum auf und Zagren, die rätselhafte Gestalt, trat ein. Seine Anwesenheit veränderte die Atmosphäre auf unmerkliche Weise und ich machte mich innerlich auf das gefasst, was kommen würde.

„[Ich gratuliere euch zu dieser schwierigen Entscheidung. Ich verstehe, dass der Abschied von einer Gefährtin oder einem Gefährten schwer gewesen sein muss. Bitte nehmt mein Beileid an. Aber wir müssen

jetzt weitermachen. Bitte verlasst den Warteraum. Um die Aufräumarbeiten kümmern wir uns.]“ In der Stimme des Roboters fehlte jeder Anflug von echtem Mitgefühl, seine Worte waren frei von jeglicher Gefühlsregung. Die Nüchternheit, mit der er seine Botschaft überbrachte, war fast beängstigend.

Nachdem der Bot den Raum verlassen hatte, blieb die Seitentür offen und lud uns ein, ebenfalls hinauszugehen. Der Rest der Gruppe verließ eifrig den Raum, und man spürte ihren Drang, ihm zu entkommen. Nur Lydia und ich blieben zurück und verweilten in der ernsten Atmosphäre, die unsere gemeinsame Entscheidung hinterlassen hatte.

Lydia warf mir einen Blick zu, in ihren Augen lag eine Mischung aus Neugier und einem Hauch von Schalk. „Willst du nicht auch los? Ich möchte noch ein bisschen hierbleiben. Nachdenken“, meinte sie und ihre Stimme verriet einen Hauch von gespielter Trauer. Es war klar, dass ihre wahre Absicht darin bestand, die Leichen nach Wertgegenständen zu durchsuchen.

Ich unterdrückte ein Seufzen und begegnete ihrem Blick, fest entschlossen, ihr keine Schwäche zu zeigen. Ihr Spiel kannte ich nur zu gut. Hinter ihrer Fassade aus Trauer und Beileidsbekundungen steckten Gier und Geschäftssinn. „Du scheinst das ziemlich gut zu können. Es ist fast so, als würde dir das Töten leichtfallen“, erinnerte ich sie dezent an ihr wahres Wesen.

Lydias Antwort kam schnell, ihr beleidigter Tonfall war

mit einem Hauch von Abwehrhaltung verbunden.

„Was hast du vor, Nick?" Doch ihre Augen verrieten das Aufflackern von Wut in ihr. Unsere Blicke trafen sich, ein stiller Kampf des Willens entbrannte zwischen uns. Sie hatte keine Ahnung von meinem wahren Level oder dem Wissen, das ich besaß. Außerdem wusste sie nichts von Annies Abschiedsgeschenk, was den unausweichlichen Kampf zwischen mir und ihr noch verstärkte.

„Du weißt genau, was ich meine", antwortete ich mit einem Hauch von Verärgerung in meiner Stimme. Dann kam mir plötzlich eine Idee. „Annie hat erwähnt, dass sie etwas für mich hat, aber sie hat gesagt, dass ich es erst aus ihrer Tasche nehmen kann, wenn du mit ihr fertig bist."

Lydia verschränkte die Arme und ihr rosa Pony verdeckte teilweise eines ihrer Augen. „Tatsächlich? Sie scheint verabsäumt zu haben, den Rest von uns zu informieren."

„Wenn du nicht ihre nächste Angehörige bist, sehe ich nicht ein, warum sie dir davon erzählen sollte", erwiderte ich, wobei sich ein Hauch von Verärgerung in meinen Tonfall mischte. „Schließlich warst du es, der ihr Leben beendet hat. Ich bezweifle, dass sie wollte, dass du noch mehr Nutzen aus ihrem Tod ziehst." Ich hatte wohl mehr angedeutet, als ich beabsichtigt hatte, und das leichte Weiten ihrer Augen verriet mir, dass sie sich fragte, ob ich auch von ihrem Messer wusste. „Also, trittst du nun zur Seite oder nicht?" Ich ließ mein Schwert gezückt, die schimmernde Klinge fing das Licht von oben ein, eine stumme Warnung, sich zurückzuziehen.

„Na gut", räumte Lydia ein, in ihrer Stimme schwang eine Mischung aus Enttäuschung und Verärgerung mit. „Aber das hier ist noch nicht vorbei", flüsterte sie, als sie sich entfernte, kaum hörbar. Ich hätte am liebsten aufgeschnaubt. Sie hörte sich an wie ein kleiner Bösewicht in einem schlechten Film.

Als ich die **Augen des Vermächtnisses** erneut aktivierte, überflutete eine Flut von Eindrücken meine Sinne, mit denen ich mich unter normalen Umständen nicht auseinandergesetzt hätte. Ich konnte die genaue Stelle von Lydias tödlicher Stichwunde erkennen, den Riss im Stoff, den der Dolch verursacht hatte, und die Blässe ihrer Lippen und ihres Teints, die allesamt an das Leben erinnerten, das gerade ausgelöscht worden war. Ich fühlte mich wie ein Detektiv, der die Szene mit neuer Klarheit untersuchte.

Aber was ich wirklich wollte, war der kleine weiße Umschlag, der unauffällig im Innenfutter von Annies rosafarbenem Mantel steckte. Vorsichtig holte ich ihn heraus. Auf den ersten Blick war weder ein Siegel noch ein Brief zu erkennen. Als ich das weiße Papier aufklappte, sah es für das bloße Auge leer aus, aber unter den **Augen des Vermächtnisses** erstrahlte es.

Es war offensichtlich, dass Annie das alles geplant hatte. Schließlich war die Fähigkeit, die Annie mir verliehen hatte, der Schlüssel, um diesen Code zu knacken. Der

Brief war in einem verwirrenden Kauderwelsch verfasst. Jedes Wort folgte einer eigenen Chiffre, wobei Wörter mit gerader Anzahl von Buchstaben nach vorne und Wörter mit ungerader Anzahl von Buchstaben nach hinten verschoben wurden. Außerdem hatte jedes Wort einen eigenen Schlüssel, der sich nach seiner Position im Satz richtete. Die Tiefe und der Grad der Wahrnehmung dieser Fähigkeit übertrafen alles, wovon ich in meinem bisherigen Leben je gehört hatte. Es war erstaunlich, und ich versprach Annie, dass ich sie nicht ungestraft davonkommen lassen würde, wobei ich mich fragte, ob ihre Warnung eine tiefere Bedeutung hatte, wenn man bedachte, wie vielschichtig diese Fähigkeit war.

Um die Sache noch interessanter zu machen, ähnelte das entschlüsselte Ergebnis keiner bekannten Sprache. Mit der Fähigkeit verarbeitete ich die Informationen in einem Höllentempo, aber was noch wichtiger war: Es gab eine Verbindung zum System selbst, als ob die Fähigkeit die Verarbeitungsleistung des **Systemsturzes** nutzte, um meinem eigenen Gehirn zu helfen, mitzuhalten. Die schiere Geschwindigkeit, mit der mein Gehirn zu Werke ging, und die Genauigkeit meiner Entschlüsselung fühlten sich an, als würden sie in den Rang S gehören. Doch die größte Überraschung kam, als ich entdeckte, dass die Nachricht in Gemeinsprache geschrieben war. Soweit ich wusste, würde es diese Sprache erst in fünf Jahren geben.

In einer Zukunft, in der die überlebenden Spieler aus verschiedenen Kulturen und Sprachen stammten, war der

Bedarf nach einem einheitlichen Kommunikationsmittel entstanden. Mit der Schaffung der Gemeinsprache wurde dieser Notwendigkeit Rechnung getragen. Es wurde eine einheitliche Sprache geschaffen, mit der sich Menschen unterschiedlicher Herkunft unterhalten konnten. Allerdings war es nicht für alle verpflichtend, sie zu lernen. Als Grenzgängerin, die daran gewohnt war, in unterschiedlichen Umgebungen zu arbeiten, war das Beherrschen der Gemeinsprache für mich zu einer Voraussetzung geworden.

In meinem Kopf schwirrten mehr Fragen herum, als ich Antworten parat hatte. Mit einer Mischung aus Vorfreude und Beklemmung begann ich, die rätselhafte Nachricht zu lesen:

„An den Leser dieser Nachricht, wen auch immer es betreffen mag …“

33. FURCHTBARER SCHLUND

[Mitteilung über den Systemsturz]

Titel: Versteckte Nachricht

An den Erben,

Bitte vernichte diese Nachricht sofort nach dem Lesen. Dir wurden die **Augen des Vermächtnisses** verliehen. Diese einzigartige **Fähigkeit** lässt dich verschlüsselte Nachrichten dekodieren, hinter den Schleier sehen und das Unsichtbare erahnen.

Im Laufe der Zeit und mit etwas Übung kann sich diese Fähigkeit weiterentwickeln und dir neben dem bloßen **[Betrachten]** auch die Macht des **[Bearbeitens]** verleihen. Mit dieser Erweiterung deiner Fähigkeiten kannst du nicht nur beobachten, sondern auch verändern und so die Struktur deiner Wirklichkeit beeinflussen.

Versuche, die Grenzen der [Sandbox] zu überwinden, denn dein Talent ist nicht dazu bestimmt, von diesen künstlichen Grenzen eingeschränkt zu werden. Es gibt Mächte jenseits des [Admin], höhere Mächte, die über ihm und seinen Untergebenen stehen. Nimm dich vor allem vor dem [Admin] in Acht; sein Blick ist nicht wohlwollend.

Dein Überleben ist nicht nur wichtig, es ist zwingend

notwendig. Du trägst ein Erbe in dir; bewahre es, pflege es und nutze es weise, um den tückischen Weg zu meistern, der vor dir liegt.

Denke daran, dass diese Welt nicht das ist, was sie zu sein scheint, und auch ihre Herrscher nicht. Suche nach der Wahrheit und denke immer daran, dass es höhere Himmel und tiefere Höllen gibt.

Ich prägte mir die kryptische Botschaft ein und vernichtete die Beweise, indem ich das Papier in meinen Mund steckte und es zu einer breiigen Masse zermahlte. Das war zwar recht plump, aber unter den gegebenen Umständen durchaus wirksam. Meine Gedanken überschlugen sich mit Fragen und Vermutungen.

Innerhalb von Sekunden richtete ich meinen Blick auf einen schweren Vorhang, der an einem Fenster hing. Mit einem schnellen Ruck zog ich ihn herunter und der dicke Stoff entfaltete sich mit einem dumpfen Geräusch. Ich trat zu Annies Leiche hinüber und bettete sanft den Vorhang über sie. Ihr Leben war durch eine Gewalttat beendet worden, aber im Tod hatte sie ein gewisses Maß an Würde verdient. Ich sah sie ein letztes Mal an, der schwere Vorhang war wie ein Leichentuch. Mein Blick verweilte noch einen Augenblick länger.

Ich hatte Fragen, unzählige Fragen, die der Brief und Annies letzte Tat in mir aufgeworfen hatten. Aber die Zeit war nicht gerade auf meiner Seite, und ich musste schnell den Rest der Gruppe einholen.

Ich trat durch die Tür, die Zagren geöffnet hatte und ließ den Warteraum hinter mir.

[Mitteilung über den Systemsturz]

Titel: Aufs Dach gehen

Einzelheiten: Du hast nun den Dungeon des **Krankenhauses** betreten. Um aus dem Dungeon zu entkommen, musst du dich durch die Gänge und Flure bewegen, um den Weg zum Treppenhaus zu finden, das zum Dach führt. Erst dann kannst du die nächste Herausforderung angehen. Sei auf der Hut, denn wer zu lange verweilt, wird nicht überleben.

Ich fand mich in einem verwinkelten Krankenhausflur wieder. An den kalten, sterilen weißen Wänden hingen Aushänge und Infografiken über alle möglichen Krankheiten und Gesundheitsthemen. Der schmale Korridor war durch eine Reihe von gleichartigen Türen auf beiden Seiten des Ganges gekennzeichnet, die den Eindruck von scheinbar unendlich vielen Krankenhauszimmern vermittelten.

Je weiter der Flur sich ausdehnte, desto mehr wichen die klinischen Leuchtstoffröhren über dem Kopf den Schatten, die immer näherkamen. Alle meine Sinne waren hellwach, als ich den dunklen Flur hinunterblickte. So hatte ich mir das zwar nicht vorgestellt, aber ich wusste, was ich in dieser Situation zu erwarten hatte. Die Dunkelheit war keine Leere, und die anschließenden Geräusche waren ein weiterer Beweis dafür.

Das Echo von Klauenfüßen, die sich in das Linoleum

gruben, und das grollende Knurren unsichtbarer Monster folgten, als ich begann, mich durch die verwinkelten Gänge des Krankenhauses zu bewegen.

Ich wusste, welche Art von Monstern ich zu erwarten hatte. **Ghule** und **Unholde** lauerten in den schwach beleuchteten Gängen; ihre fratzenhaften Formen waren in der Düsternis kaum zu erkennen. Ihre verstörende Anwesenheit war ein Vorzeichen für die bevorstehenden Kämpfe, ein Gedanke, der meine Entschlossenheit nur noch verstärkte.

Die **Ghule des Krankenhauses** waren abscheuliche Kreaturen, skelettartig und grässlich. Ihre grünlich-gelbe Haut hing lose an ihrem Körper, und ihre langen, scharfen Finger glichen Klauen. Die **Verdorbenen Unholde** hingegen waren bizarr aufgedunsen, ihre Körper verfärbt und mit eiternden Wunden übersät. Sie schlurften mit einer unbeholfenen, torkelnden Bewegung – rote Augen, die aus der Dunkelheit hervorlugten, und Münder mit gezackten, fauligen Zähnen. Ihr Anblick war schrecklich, aber in Anbetracht der Monster des **Systemsturzes** waren sie ziemlich berechenbar und leicht zu handhaben.

Der erste **Ghul** sprang aus seinem Versteck unter einer Krankentrage hervor und stürzte sich mit seinen krallenbewehrten Händen auf mich. Wie aus einem Instinkt heraus schwang ich **Legende**, und die Klinge glühte, als sie durch die Luft sauste. Mit einem dumpfen Aufprall schlug der Kopf des Ghuls auf dem Boden auf, gefolgt vom Rest seines leblosen Körpers.

Hinter mir folgte dem Geräusch des fallenden Kopfes ein verzerrtes Heulen, und ich drehte mich gerade noch rechtzeitig um, um zu sehen, wie ein **Verdorbener Unhold** auf mich zustolperte. Sein aufgequollener Körper bewegte sich unbeholfen, aber er war erstaunlich schnell. Ich wich zur Seite aus und entging seinem Angriff. Das Monster passte sich jedoch an und wandte sich um, wobei ein Sabberfaden aus seinem entstellten Maul hing.

Ich erhob meine Klinge und stürzte mich auf den **Verdorbenen Unhold**, um **Legende** in seinen aufgeblähten Bauch zu stoßen. Der Verdorbene heulte auf, als sein Körper durch den Druck nach außen platzte.

„Ekelhaft", murmelte ich und wünschte mir eine Regenjacke.

Trotz des Schlamassels ließ ich mich nicht unterkriegen.

Weitere **Ghule** und **Verdorbene** kamen aus den Patientenzimmern auf den Fluren. Ich bewegte mich weiter. Jede Drehung und Wendung brachte mehr Feinde, die ich vernichten musste. Ich duckte mich und wich aus, mein Schwert schimmerte silbern in der Dunkelheit. Jedes Monster, das sich auf mich stürzte, wurde schnell abgewehrt, gekontert oder beim Angriff niedergestreckt. Ihre Angriffsmuster waren leicht zu erkennen.

Ich blieb in Bewegung, auch als immer mehr Monster von überall her auftauchten. Ich beschleunigte mein Tempo, bis ich schließlich die Eingangshalle verließ und mich im Rehazentrum befand. Ich nahm mir einen Augenblick Zeit, um einen Besenstiel durch die Doppeltüren zu schieben und mich so vom Gang abzuschotten, damit ich mich mehr auf das konzentrieren konnte, was vor mir lag, und nicht auf die Feinde in meinem Rücken, die mir folgten.

Gerade als ich glaubte, Zeit gewonnen zu haben, begannen die Wände um mich herum zu erbeben und ich hörte ein dröhnendes Geräusch von hinten. Dann wandte ich mich um und sah die Zornesmauer.

[Mitteilung über den Systemsturz]

Titel: Besonderer Feind gespawnt – **Furchtbarer Schlund**, die Zornesmauer

Einzelheiten: Eine furchterregende Erscheinung des unerbittlichen Hungers und des Grauens. Dieses abscheuliche Gebilde erstreckt sich über die gesamte Breite der Gänge und erscheint als eine sich bewegende Wand aus vermodernder Materie, Dunkelheit und einem unendlichen Schlund. Mit unersättlichem Appetit verzehrt es alles, was sich ihm in den Weg stellt, ob lebendig oder tot, belebt oder unbelebt. Sein Hunger ist wahllos und unersättlich. Mit seinen langen, skelettartigen Armen stößt es sich vorwärts und krallt und nagt sich durch alles, was es in seinem Versteck gefunden hat. Angesichts dieser schrecklichen Bestie ist schnelles Ausweichen die einzige Überlebensstrategie.

Es war eine mächtige Wand aus Dunkelheit, Fleisch und etwas Anderem, das ich nicht benennen konnte. Sie füllte den Gang von oben bis unten aus und beäugte mich mit einem Hunger, der geradezu greifbar war. Das Ding bewegte sich schneller, als es sollte, denn winzige Arme stemmten sich gegen den Boden und schoben sie vorwärts, während andere Arme nach allem griffen, was sie berührten, und es verschlangen. Das Einzige, was die Zerstörung verhinderte, waren die Wände.

Die Ankunft des Ungeheuers brachte einen unerwarteten Vorteil mit sich. Die **Ghule des Krankenhauses** und die **Verdorbenen Unholde**, die sich zuvor an meine Fersen geheftet hatten, wurden zu Häppchen für den **Furchtbaren Schlund**.

Ich wartete jedoch nicht darauf, dass der immer näher an mich heranrückte. Ich bewegte mich weiter und fand mich in einem anderen Gang wieder, während die Zornesmauer mir dicht auf den Fersen war und die Tür, durch die ich gekommen war, auseinanderriss.

Weitere Feinde kamen aus den Nebenräumen, ich wich ihnen aus und rannte weiter.

Selbst als ich weglief, hörte der **Furchtbare Schlund** nicht auf, sich zu nähern. Seine knorrigen Skelettarme waren ausgestreckt und bewegten sich mit einer Kraft, Geschwindigkeit und Beweglichkeit, gegen die die meisten nur schwer ankommen würden. Die Skeletthände krallten sich an den **Ghulen** und den **Verdorbenen Unholden** fest, die in meinem Kielwasser herumhuschten.

Einer dieser **Ghule**, der das Unheil, das mich verfolgte, nicht wahrhaben wollte, stürzte sich auf mich, als ich an ihm vorbeischoss. Da packten Skelettarme aus dem Schlund des Grauens die Kreatur mitten im Sprung. Es blieb keine Zeit, sich zu wehren, denn der Ghul verschwand in dem gähnenden Abgrund des **Furchtbaren Schlunds**.

Unter dem unerbittlichen Druck zersplitterten die Knochen. Ich hatte gesehen, wie die Zornesmauer Metall genauso leicht verschlang wie Fleisch, also war ich nicht überrascht, dass der Ghul dem nicht gewachsen war. Seine grünlich-gelbe Haut riss unter der Belastung auf und der **Furchtbare Schlund** zerfetzte ihn. Ein nasses Platschen zeugte von den dunklen Eingeweiden in seinem Inneren, während seine Skeletthände noch mehr in seinen Mund schaufelten.

„Na, das erspart mir einiges an Ärger“, murmelte ich lächelnd. „Sieht ganz so aus, als hätte ich einen Staubsauger bekommen.“

Der **Furchtbare Schlund** war zweifellos ein einzigartiges Hindernis, aber er war auch ein unerwarteter Verbündeter. Ich eilte weiter, mein Tempo war gleichmäßig und zügig. Hinter mir konnte ich hören, dass der **Furchtbare Schlund** unaufhörlich weiterfraß. Das war aber eher eine Motivation als ein Grund zur Panik.

„Mal sehen, wie weit wir kommen“, sagte ich zu mir selbst und meine Stimme klang vergnügt. Ich bahnte mir einen Weg durch das verwinkelte Krankenhaus, wobei meine Schritte von den sterilen Wänden widerhallten. Der **Furchtbare Schlund** setzte seinen Marsch hinter mir fort, sein unstillbarer Hunger verschlang alles und ließ nur leere Gänge zurück.

Schließlich hatte ich den Rest der Gruppe eingeholt. Ich bezweifelte, dass sie überhaupt mitbekommen hatten, wie ich mich ihnen genähert hatte. Sie waren alle auf Lydia konzentriert und versuchten, die Welle von Monstern abzuwehren, die über sie hereinbrach, und konzentrierten sich auf Verteidigungsstrategien.

Der **Furchtbare Schlund** würde sich um all das nicht kümmern und er war mir dicht auf den Fersen.

„Aus dem Weg“, rief ich, „und bewegt euch. Ihr wollt doch nicht, dass das Ding euch erwischt.“

Aufregung machte sich breit, und die Klügeren folgten meinem Beispiel und sprinteten los, als sie sahen, dass ich dasselbe tat. Mein Ziel war das Schild vor mir, auf dem „Zugang zum Dach“ stand.

Als der **Furchtbare Schlund** fast mit meiner Geschwindigkeit mithalten konnte und einen Arm nach vorne schleuderte, hackte ich ihn mit **Legende** ab. Der Arm schlug mit einem klackenden Geräusch zu Boden, wurde von der Zornesmauer verschluckt und mit ihrem schattenhaften Körper wiedervereinigt. Das war die einzige Ermutigung, die die anderen noch gebraucht hatten, um den Kampf niederzulegen und loszusprinten, auch Lydia.

Das grelle Licht eines Neonschildes am Ausgang tauchte den polierten Linoleumboden in ein unheimliches Grün und wies uns den Weg nach vorne.

Der **Furchtbare Schlund** folgte mir nicht, als ich am Neonschild vorbei auf das Dach ging. Ich trat einen Schritt zur Seite, um die anderen hinter mir auf das Dach zu lassen, und sie verteilten sich hinter mir. Meine Aufmerksamkeit war auf den atemberaubenden Anblick vor uns gerichtet. Einen Anblick, den ich in meiner vorherigen Zeitlinie nur aus der Ferne gesehen hatte. Eine mächtige, durchsichtige Glastreppe erstreckte sich nach oben; jede Stufe schien in der Luft zu schweben. Sie hing hoch über uns in der Luft. Draußen erstreckte sich ein stürmischer, düsterer Himmel über den Überresten des ehemaligen Manhattans.

„Wow …“, hauchte jemand aus der Gruppe und blickte hinaus.

Weit unter uns ragten die skelettartigen Gerüste von stählernen und eisernen Türmen aus der Erde und erstreckten sich bis zum Horizont. Ihre Silhouetten wurden durch das trübe Licht, das durch die dichten Wolken drang, beleuchtet und warfen einen unwirklichen Schein auf die Ruinen. Der Anblick war schwindelerregend, unwirklich und gespenstisch schön zugleich.

Als ich das erste Mal hierhergebracht worden war, hatte die undurchdringliche Wolkenschicht ein Gefühl der Ehrfurcht in mir hervorgerufen. Vom Boden aus blieb das wahre Ausmaß der Stadt unter den Wolken ein Geheimnis. Aber hier oben, näher an der undurchdringlichen Wolkendecke, war der Anblick geradezu ehrfurchtgebietend. Es war, als hätte man die Weite des Meeres von der Spitze eines gewaltigen Berges aus gesehen, und angesichts der schwindelerregenden Größe des Ganzen kam man sich völlig unbedeutend vor.

Das Dach war riesig und umfasste die gesamte Spannweite des Krankenhauses unter ihm. In der Mitte befand sich ein großer Hubschrauberlandeplatz mit einem verblassten „H“, der Anzeichen von Vernachlässigung aufwies und von Rissen durchzogen war.

Zu meiner Überraschung hatte sich eine kleine Gruppe von **Ghulen** auf dem Dach verschanzt und scheute das trübe Sonnenlicht, das die Wolkendecke durchbrach. Als wir ankamen, erhoben sie sich. Ihre glühenden Augen richteten sich auf uns, und ein gemeinschaftliches Heulen hallte über das Dach.

Ohne zu zögern, erhob ich **Legende**. Der Rest der Gruppe folgte mir.

„Seid ihr bereit für einen Kampf auf dem Dach, Leute?“, fragte ich und klang dabei ganz aufgekratzt.

34. BRÜCKEN AUF DEM DACH

Nach dem Weg durch das Krankenhaus und der Flucht vor dem **Furchtbaren Schlund** waren die **Ghule** auf dem Dach des Krankenhauses kaum lästig, geschweige denn ein Problem. Lydia machte sich mit ihrer Gruppe schnell an die Arbeit, und ich konnte sehen, dass der ältere Mann Kenny zu kämpfen hatte, nachdem er seine vermeintliche Vormachtstellung eingebüßt hatte.

„Wir haben deine Hilfe gar nicht benötigt, Nick, wir hatten alles im Griff", erklärte Lydia, nachdem auch der letzte **Ghul des Krankenhauses** gefallen war.

Ich zuckte mit den Schultern. Ich wusste, was für ein Mensch Lydia wirklich war. Nur weil sie sich so freundlich geben wollte, konnte ich mir nicht erlauben, unvorsichtig zu sein.

Kenny hustete. „Also ... hat jetzt irgendjemand eine Idee? Ich sehe einen Hubschrauberlandeplatz? Werden wir evakuiert?"

Ich lachte.

„Ich bezweifle, dass das hier so abläuft“, antwortete ich, während der Rest der Gruppe das Gesicht verzog. Ich konnte sehen, dass sie gehofft hatten, fast am Ende zu sein. Sie taten mir leid. Sie hatten ja keine Ahnung, dass dieser Albtraum erst mit dem [Admin] enden würde.

Plötzlich, aber nur für die, die nicht aufgepasst hatten, überraschend, ertönte ein zischendes Motorengeräusch, fast wie von einem Hubschrauber.

Ich verzog das Gesicht. Ich wusste ja, dass es das nicht war. Der Rest der Gruppe, mit Ausnahme von Lydia, schöpfte Hoffnung.

Aus dem bedeckten Himmel tauchten Zagrenbots auf. Obwohl sie klein waren, trugen sie das mächtige Gewicht von metallenen Brücken, die an Seilen hingen. Mit der Zuverlässigkeit von gut geölten Maschinen sausten sie über die Stadt und errichteten ein dichtes Netz von Brücken, das die Wolkenkratzer von Manhattan miteinander verband.

Direkt vor uns ließen sie eine Brücke herunter, die sich vom Rand des Daches, auf dem wir uns befanden, in die Ferne zu einer Reihe miteinander verbundener Dächer erstreckte. Die anderen Dächer waren durch den Dunst schwach zu erkennen, was darauf hindeutet, dass die Zagrenbots gerade ein weitläufiges Netzwerk aufgebaut hatten.

Ich trat an die Kante und spähte hinunter. Der Boden war durch den Wolkenschleier nicht zu sehen. Aber das hatte ich ohnehin bezweifelt.

Die Brücke, die zum nächsten Dach führte, wurde von Eisenträgern und Stahlseilen gestützt, die durch das Metallgitter sichtbar waren. In einer anderen Zeit wäre sie vielleicht als die gewagteste Überführung der Welt gefeiert worden.

Sie schwankte beunruhigend im Wind.

Die Brücken erstreckten sich bis zum Horizont und wurden von dem fernen Dunst verschluckt.

Da meldete sich die Geschäftsfrau von vorhin wieder zu Wort. „Wir können unmöglich all diese Brücken überqueren."

„Das wissen wir erst, nachdem wir es versucht haben", brummte Kenny.

„Meldest du dich freiwillig, um als Erster zu gehen?", erwiderte Lydia, ihre Stimme so kalt wie ihr Blick.

Ich richtete mich auf und deutete mit einer Geste auf die erste Brücke, die von unserem Dach wegführte. „Es gibt nur einen Weg nach vorne, ich gehe zuerst", antwortete ich.

Lydia antwortete mit einem knappen Nicken.

Gerade als wir die erste Brücke betreten wollten, schreckte uns ein unerwartetes Geräusch auf. Eine Gegensprechanlage im Treppenhaus summte auf und die statische Stimme meldete sich mit lauter Stimme.

[Mitteilung über den Systemsturz]

Titel: Himmelsbrücken

Gut gemacht, du hast dich bis zum Ende des **Tutorials für Fortgeschrittene** durchgekämpft. Jetzt ist es an der Zeit für die erste richtige Bewährungsprobe. Willkommen in der Skyline von Manhattan – deiner ersten wahren Prüfung. Überlebe das von Zagren errichtete Labyrinth aus verrosteten Metallbrücken, die sich wie Spinnennetze über die vergessenen Dächer ziehen. Gehe vorsichtig vor. Du bist auf dich allein gestellt.

Sobald du das Ende des **Tutorials für Fortgeschrittene** erreicht hast, werden die Überlebenden zu ihrer ersten **praktischen Übung** geführt.

„**[Willkommen in der Skyline von Manhattan]**“, ertönte Zagrids Stimme aus einer Sprechanlage in der Nähe der Tür zum Krankenhausdach. „**[Die Menschheit hat schon immer nach Neuem, dem Abenteuer und dem größtmöglichen Luxus gestrebt und versucht, ein Paradies auf Erden zu schaffen. Diese hoch aufragenden Dächer, die von Wolken umhüllt sind, sind ein Beweis dafür, was mit eurer Technologie möglich gewesen wäre. Dies ist euer Tutorial für Fortgeschrittene. Das Ende dieser Dächer.]**“

„Die Tutorials laufen also immer noch“, murmelte Lydia

und schüttelte den Kopf. „Warum überrascht mich das bloß nicht?“

Das statische Seufzen über die Sprechanlage riss uns alle aus unseren Gedanken, ein fremdes Geräusch inmitten unserer brenzligen Situation.

„**[Beschwere dich nicht bei mir, ich erfülle hier nur meine Pflicht]**“, antwortete Zagren über die Sprechanlage. „**[Wenn ich noch einen letzten Ratschlag geben darf – heult weniger und handelt mehr. Diese Dächer sind nicht unbegrenzt zugänglich; sie bröckeln ab und stürzen unter bestimmten Bedingungen ein, entweder nachdem eine bestimmte Anzahl von Leuten sie betreten hat oder nachdem eine gewisse Zeit vergangen ist. Eure Gruppe ist nicht die einzige Gruppe, die die Himmelsbrücken überquert. Dies ist gewissermaßen ein Wettbewerb. Seid also vorsichtig.]**“

„Könnte es noch schlimmer werden?“ Die Stimme eines jüngeren Mannes namens Colt bebte, während er die Hände auf den Oberschenkeln abstützte. „Das ist einfach unbarmherzig, eine Herausforderung nach der anderen. Können wir uns nicht mal eine Pause gönnen? Das ist doch Wahnsinn, wir sind gerade erst durch das Krankenhaus gejagt, als diese Wand versucht hat, uns aufzufressen.“

In diesem Augenblick wirkte er wie ein unbedarfter Teenager und als ich seiner Klage zuhörte, stellte ich fest, wie die älteren Mitglieder unserer Gruppe merklich milder wurden. Aber ich wusste es besser.

Es waren immer die scheinbar Unschuldigen, vor denen man sich in Acht nehmen musste. Oder auf die man aufpassen musste.

„Nun, dann bleibt uns wohl nichts Anderes übrig, als es zu tun.“ Lydia machte den ersten Schritt auf die Brücke und der leise Aufschlag ihrer Stiefel hallte von dem rostigen Stahl wider. Die Brücke schwankte etwas, hielt aber ansonsten stand.

Einer nach dem anderen rückten wir weiter vor. Ich verharrte an der Tür und warf einen Blick auf mein Spiegelbild im Stahl. Als ich **[Augen des Vermächtnisses]** aktivierte, sah ich ein leichtes Flackern in meiner Iris, aber der blaue Schimmer verblasste fast augenblicklich. Bei Tageslicht würde er unbemerkt bleiben, aber sonst könnte er ein deutliches Zeichen sein.

Da ich mir über die möglichen Nebenwirkungen nicht sicher war, schaltete ich die Fähigkeit wieder aus. Es brachte nichts, jetzt ein Risiko einzugehen oder mich während einer Herausforderung zusätzlich zu belasten.

Als wir alle auf der Brücke waren, ächzte sie bedrohlich, während wir sie mit schnellen Schritten überquerten, den Blick stets nach vorne gerichtet. Der rostige Stahl unter unseren Füßen machte mich misstrauisch und erinnerte mich an das **Zwischentraining** und daran, wie die Arena zu einem eigenen Dungeon umgestaltet worden war. Die verrosteten Stützen und die wackelige Konstruktion verstärkten das Unbehagen noch.

Über uns hingen Wolken, und unter uns ebenfalls, sodass kein Sonnenlicht zu uns durchdrang. Wir wussten nicht mit Sicherheit, ob die Brücke nicht eine Art Todesfalle war. Wieder schaltete ich **[Augen des Vermächtnisses]** ein und stellte fest, dass mir diese Fähigkeit half, meinen Weg zu finden.

Was für ein Hilfsmittel wäre das für mich gewesen, als ich gegen den ***obsidianfarbenen Minotaurus*** *angetreten war!*, grummelte ich vor mich hin.

Noch bevor wir das nächste Bauwerk betreten konnten, ereignete sich schon der erste Unfall. Das letzte Stück der Brücke war nicht mit Stahl oder Eisen verstärkt, wie wir das gewohnt waren, und so entstand eine unvorhergesehene Falle.

Da Colt es für selbstverständlich hielt, in Sicherheit zu sein, passte er nicht auf und achtete nicht auf seinen Tritt. Sobald rostiges Eisen durch morsches Holz ersetzt wurde, machte er einen Schritt nach vorne und stürzte direkt in die Tiefe, bevor ihm jemand helfen konnte.

Seine Schreie verstummten, als die Schwerkraft ihn einforderte und ihn auf den unbarmherzigen Beton weit unten zog. Diesen Sturz konnte er auf keinen Fall überleben. Kurz darauf folgte ein lauter Aufprall, aber was darunter geschah, konnte niemand von uns durch die Wolken sehen.

„Oh, lieber Gott“, keuchte Kenny und griff sich mit der Hand an die Brust. „Möge seine Seele Frieden finden. Seid bitte alle vorsichtig!“

Das düstere Ende unseres Gruppenkameraden ließ uns alle verständlicherweise vorsichtiger werden. Hände klammerten sich unwillkürlich am Geländer fest und wir setzten unseren Weg gemessenen Schrittes fort, um die letzten Meter der Brücke bis zur relativen Sicherheit des nächsten Daches zu überwinden.

Doch dieses Dach begrüßte uns mit einer Überraschung. Es war nämlich nicht etwa leer, sondern beherbergte stattdessen ein großes, weitläufiges Gewächshaus. Ein Haufen Pflanzen überwucherte den Ort und das wirkte hell und frisch im Vergleich zum Betondschungel der Stadt. Aber es fühlte sich trotzdem seltsam an. Überall hingen Lampen, die die Pflanzen in ein helles weißes Licht tauchten. Dadurch fühlte sich der Ort eher wie ein Labor als wie ein Garten an, mit Metallstäben um uns herum.

Kenny, normalerweise ein fröhlicher älterer Kerl, sah jetzt ziemlich besorgt aus. Seine Augen zeigten, wie aufgewühlt er von dem war, was mit Colt passiert war. Er räusperte sich und sprach dann mit bebender Stimme: „Was wir da gerade gesehen haben … war grausam. Colts Ende … soll uns eine Lehre sein. Wir beschreiten hier einen gefährlichen Weg. Den dürfen wir nicht auf die leichte Schulter nehmen. Wir müssen wachsam bleiben und uns stets unserer Umgebung bewusst sein.“

Nachdem er zu Ende gesprochen hatte, meldete sich Lydia zu Wort. Ihr Tonfall war schärfer und deutlicher. „Danke für die aufmunternden Worte, Kenny“, stellte sie mit einem Nicken fest. „Alle anderen, hört zu. Sterbt nicht da draußen. Schon gar nicht auf eine dämliche Art.“

Innerlich konnte ich nicht anders, als die Augen zu verdrehen. „Wie rücksichtsvoll“, dachte ich. Lydia gibt denselben Leuten Überlebenstipps, die sie umbringen möchte, sobald wir am Ende angekommen waren.

35. ABWEICHENDE PFADE

Der Blick auf das riesige, weitläufige Dach vor mir war unwirklich. Es war ein fast überwältigendes Gefühl. All die Endgegner, die ich bisher besiegt hatte, die Herausforderungen, die ich bewältigt hatte, und sogar die Feinde, die ich erschlagen hatte, hatten mir nicht dasselbe Gefühl vermittelt wie diese endlose Weite aus weißen Wolken und Wolkenkratzern.

Irgendetwas führte in mir zu der Annahme, dass ich eine zweite Chance bekommen hatte und den [Admin] vielleicht tatsächlich überwinden konnte.

Das Dach nach dem Krankenhaus war nicht nur ein weitläufiger Garten in voller Blüte. Es war praktisch ein Wald, mit ein paar Bäumen und einem dichten grünen Blätterdach, das vermutlich durch das System verbessert worden war. Und als wäre dieser Anblick nicht schon großartig genug gewesen, befand sich inmitten dieser grünen Weite auch noch ein eindrucksvolles Gewächshaus, das den Eindruck erweckte, dass das Dach selbst viel größer war, als es das Gebäude hätte fassen können.

Sobald ich meinen Blick abwandte, entdeckte ich ein Netz aus wackeligen, behelfsmäßigen Brücken, die das Dach des Gartens mit den benachbarten Gebäuden verbanden. Die Brücken, von denen eine baufälliger aussah als die andere, überbrückten die kurzen und manchmal auch großen Entfernungen zwischen den anderen Hochhäusern.

Der Rest der Gruppe machte einen ähnlichen Gesichtsausdruck, obwohl Lydia fast finster dreinschaute und Kenny noch grimmiger wirkte. Unsere neunköpfige Gruppe war bereits auf acht Personen geschrumpft, nachdem Colt in den Tod gestürzt war. Ich hatte jedoch nicht die Absicht, bei den anderen zu bleiben. Lydia war eine fähige Anführerin, um den Rest der Gruppe durchzubringen, aber ich wollte mich in keine möglicherweise verwundbare Position begeben, in der die Spielermörderin leichtes Spiel mit mir haben könnte. So gerne ich sie auch mitgenommen hätte, die anderen wären mir ohnehin nicht gefolgt, wenn ihr etwas zugestoßen wäre. Außerdem ging das, was Annie mir angeboten hatte, weit über Lydia hinaus. Die Fähigkeiten der alten Frau und die Nachricht, die sie mir hinterlassen hatte, waren der erste echte Beweis dafür, dass der [Admin] tatsächlich zu Fall gebracht werden konnte.

Am besten war es, allein loszuziehen. Ich verfolgte meine eigenen Ziele, während ich hier war. Etwas, das ich beim ersten Mal verpasst hatte, weil ich zu sehr damit beschäftigt gewesen war, mit allem klarzukommen.

Nachdem ich die Brücken gesehen hatte und die damit verbundenen Risiken kannte, musste ich mich schnellstens auf den Weg machen.

„Was glaubst du, wohin du gehst, Nick?“, ertönte Kennys Stimme von hinter mir. Sie hallte auf dem Dach wider und hatte etwas Scharfes an sich. „Du sollst doch der Gruppe helfen, schon vergessen? Deshalb bist du überhaupt noch am Leben.“

„Ich habe überlebt, weil keiner von euch mich zu Fall bringen konnte. Ich habe noch was zu erledigen, Kenny“, antwortete ich und drehte mich um, um den Blicken der anderen Gruppenmitglieder zu begegnen. „Nur damit das klar ist: Ich bin nicht euer Aufpasser. Wenn ihr irgendwas braucht und ich es zufällig habe und umgekehrt, können wir vielleicht einen Deal aushandeln. Aber eins sollt ihr wissen: Ich bin nicht gerade jemand, der gerne teilt, und ich spiele auch nicht den Helden. Und falls ihr es noch nicht bemerkt habt: Helden sind die ersten, die in dieser neuen Welt sterben.“

Nachdem ich geendet hatte, breitete sich Stille zwischen uns aus. Kennys Gesicht verdüsterte sich, aber bevor er etwas erwidern konnte, trat Lydia vor. Sie sprach mich mit einem verschmitzten Funkeln in den Augen an: „Für jemand, der seine eigenen Leute im Stich gelassen hat, bist du ziemlich selbstbewusst, Nick. Diese Leute haben alle auf dich gezählt. Genauso wie ich.”

Ich warf ihr einen gleichgültigen Blick zu. „Selbstbewusst, ja. Töricht, nein. Ich weiß, wann es Zeit ist, sich von einer Gruppe zu trennen. Manche würden das als Überlebensinstinkt bezeichnen." Dann sah ich Kenny an: „Ich bin mir sicher, dass du an was Ähnliches gedacht hast."

Kennys Lippen verzogen sich. Er ärgerte sich immer noch darüber, dass er als Anführer der Gruppe von Lydia verdrängt worden war.

„Willst du damit sagen, dass ich an mein Überleben denken muss?", fragte er mit harter Stimme. Ich nahm es nicht persönlich, denn die Schärfe in seiner Stimme war nicht nur für mich bestimmt.

„Ich stelle bloß klar, wo meine Schwerpunkte liegen", erklärte ich und ließ die Andeutung zwischen uns in der Luft hängen. „Stärker zu werden, am Leben zu bleiben und diese Herausforderungen zu meistern."

Lydias Grinsen wurde breiter, als würde sie sich über meine Direktheit ergötzen. „Na, wenn das nicht mal interessant ist! Ich schätze, wir haben wohl alle unsere eigenen Ziele", antwortete sie geheimnisvoll.

Dann wandte sie sich wieder dem Rest der Gruppe zu und wirbelte dabei ihr Haar herum. „Lasst uns weiterziehen. Wir müssen immer noch über dieses Dach gehen, um zur nächsten Brücke zu gelangen."

Sie liefen in die eine Richtung zum Gewächshaus und ich in die andere, tiefer in den undurchdringlichen Wald auf dem Dach.

Kennys Miene verfinsterte sich. Trotzdem nickte er. Sein Schweigen verriet, dass er verstanden hatte. Als ich meinen Weg fortsetzte, spürte ich seine Blicke auf mir, die meine Bewegungen verfolgten, während ich loslief. Ich nahm an, dass er herausfinden wollte, ob ich wirklich das Zeug dazu hatte, allein zu überleben, oder bloß dahergeredet hatte. Wahrscheinlich grübelte er aber auch darüber nach, was sein eigenes Schicksal für ihn bereithielt.

Während sie weiterstapften, näherte ich mich den Brücken und ließ meinen Blick über ihre wackeligen Konstruktionen schweifen. Lydia, die getarnte Spielermörderin, war clever. Sie hatte sich als Anführerin in Stellung gebracht und sich damit zur wichtigsten Person in ihrer Gruppe für das gemeinsame Überleben erhoben. Es würde einige Zeit dauern, bis die Gruppe ihre wahre Identität aufdecken würde. Was Kenny anging, so war es offensichtlich, dass er sich immer noch an seine Herabstufung in der Gruppe gewöhnen musste. Die Spannung zwischen den beiden war greifbar.

Ich schüttelte den Kopf und zog weiter. Sie hatten ihre eigenen Probleme und ich musste meinen Weg zu einem **Versteckten Dungeon** finden, solange ich noch konnte. Dazu musste ich mir erst einmal einen Weg durch den Wald auf den Dächern bahnen.

Der Wald war nicht einfach zu durchqueren, aber nicht, weil er so riesig gewesen wäre, sondern wegen des dichten Laubs, abseits der Wege, die der **Systemsturz** als mögliche Pfade darzustellen versuchte. Ich hatte ein schlechtes Gewissen, aber ich holte **Legende** heraus und die leuchtende Klinge bahnte mir mit Leichtigkeit einen Weg durch die verschlungenen Ranken und das Efeu.

Es dauerte nicht lange, bis eines meiner Lieblingsmonster zu meinem Weg vorgestoßen war. Es war eine **Aasranke**, eine Art zumindest teilweise empfindungsfähige Pflanze, die Fleisch fraß. Ich mochte sie nicht besonders. Nicht wegen der Gefahr, die von ihnen ausging, sondern wegen des Geruchs. In einem anderen Leben, als ich noch nicht über meine Fähigkeit zur **Abwehr von Magie** verfügt hatte, wäre das etwas Anderes gewesen, aber im Augenblick konnte mir keine ihrer Fähigkeiten wirklich etwas anhaben.

Da schnappte eine Ranke nach vorne und peitschte nach mir.

„Das musst du schon besser machen“, rief ich und holte **Legende** hervor, um die Ranke zu durchtrennen.

Als ich das erste Mal über die Dächer gelaufen war, war ich über ein Monster gestolpert, das wir **Dachratten** genannt hatten. Der Begriff war nicht sehr treffend, wenn man sich vor Augen führte, was sie eigentlich waren. Eine Verschmelzung von Rattenkörpern mit fast menschlichen

Zügen. Sie huschten auf den Dächern herum. Eine von ihnen schoss aus dem Laub hervor und rannte an mir vorbei, woraufhin eine weitere **Aasranke** ausbrach und die **Dachratte** entlang ihres Rückgrats aufschlitzte, bevor eine weitere Ranke ausbrach und dasselbe tat.

Dann griffen sie mich an.

Mit einem schnellen Seitwärtstritt wich ich dem Schlag der **Aasranke** aus und ließ **Legende** in einem schnellen Bogen zu Boden stürzen. Die Ranke fiel auf den Boden, wo ich sie durchtrennt hatte, und das andere Ende zog sich schnell zurück.

Noch bevor sie sich zurückgezogen hatte, brach eine neue **Aasranke** aus dem Unterholz hervor, deren dornige Ausläufer hungrig um sich schlugen. Diesen Urtrieb konnte ich zu meinem Vorteil nutzen, während ich mich vorwärtsbewegte und mir einen Weg durch den Pfad und hoffentlich eine weitere Brücke bahnte.

Ich nahm eine Abwehrhaltung ein und **Legende** begann zu leuchten. Die Ranken schlugen wieder zu, eine, zwei, drei, alle auf einmal, aber mit meinem verbesserten Körper konnte ich mit ihnen mithalten. Ich bezwang sie und machte weiter.

Beim Überleben ging es nicht nur um pure Kraft, sondern auch um Instinkte und Reflexe, die messerscharf geschliffen waren. Es ging darum, den entscheidenden Schlag zu landen, immer und immer wieder. Dazu gehörte auch, die Kampfmuster meiner Feinde zu verstehen und diese Erkenntnisse auszunutzen, um jeden Gegner zu vernichten. Die Augen des Vermächtnisses brachten diese Fähigkeit auf ein ganz neues Level.

Ich konnte es sehen – das leichte Schaudern der Reben, als die **Aasranken** mich als ihre nächste Mahlzeit auswählten. Ihre tödlichen Stacheln, die normalerweise in den sehnigen Ranken verborgen sind, griffen nicht auf einmal an. Eine nahe gelegene Ranke schlug zuerst zu, gefolgt von ihrem Gegenstück. Dieser Bruchteil einer Verzögerung war alles, was ich brauchte, eine entscheidende Lücke, die ich ausnutzen konnte. Ich begann, Muster in den sich windenden Stängeln zu erkennen und ihre Angriffswinkel vorherzusagen. Es entbehrte zwar jeder Logik, wie man einer Pflanze ohne Muskeln ansehen konnte, in welche Richtung sie sich bewegen würde. Aber in dieser Welt galten die Gesetze der Logik nicht.

Der Einsatz von **Augen des Vermächtnisses** verschaffte mir einen Vorteil, das Wissen über den genauen Punkt, an dem ich zuschlagen musste. Wie ein Cheatcode, der die Schwächen des Gegners aufzeigte. Der sich nähernde Gegner und die sich verändernde Umgebung waren als einfache Vektoren dargestellt, deren Ergebnisse und der beste Weg nach vorne bereits geplant und ausgeführt waren. Ich stürzte mich in den gefährlichen Dachgarten und kam dem nächsten Schlag zuvor, indem ich mit meiner Klinge die erwartete Flugbahn durchschlug. Der Garten antwortete mit einer Flut von Ranken, die alle mitten im Angriff abgeschnitten wurden.

Bald hatte ich den Rest der Pflanzen beseitigt und kam auf der anderen Seite wieder heraus, wo ich die Umrisse des Daches erkennen konnte, aber vor allem eine weitere Brücke vorfand.

„Gute Arbeit, **Legende**“, murmelte ich vor mich hin und schaute auf meine Klinge. **Legende** hatte durch die dicken Stämme der **Aasranken** geschnitten wie durch Butter. Sogar ihr ätzender Saft hatte der Klinge nichts anhaben können. Die Waffe war großartig, und ich hatte es mir zur Gewohnheit gemacht, sie nach dem Gebrauch zu reinigen.

Ich legte zuerst eine Hand auf die baufällige Brücke, dann die andere und begann, mir meinen Weg auf die andere Seite zu bahnen. Dabei achtete ich auf meine Schritte und nahm nichts als selbstverständlich hin.

Während ich mich bewegte, hörte ich den verzweifelten Schrei einer Frau und sah, dass der Rest der Gruppe das Gewächshaus verlassen hatte und gerade an den Rand des Daches kam. Sie sahen erschöpft aus.

„Kommt schon! Wir müssen uns beeilen. Ihr habt es doch auch gesehen, oder? Das Krankenhaus löst sich auf! Die Brücke ebenfalls!“, rief die Frau in der Bürokluft, während sie nach hinten auf etwas schaute, das ich nicht sehen konnte.

Ich bemerkte, wie Kenny auf sie zukam. Seine Stimme klang ruhig gegen den bröckelnden Beton. „Es wird alles wieder gut ..."

Sein Blick war auf die Trümmer aus Beton und Eisen gerichtet, die sich in das aufgewühlte Wolkenmeer unter ihm stürzten. „Sie hat allerdings recht, Lydia. Wir müssen los."

Lydia hinter ihnen schwieg, stattdessen blickte sie mit einem kalten Lächeln zu mir auf die Brücke hinüber und begann, die Gruppe hinüberzugeleiten.

Die Brücke unter meinen Füßen war eine Meisterleistung der Ingenieurskunst des Systems. Sie war aus einer seltsamen Mischung aus Holzbrettern und Metallplatten gebaut. Jedes Holzsegment war rau und uneben, sodass es eine Herausforderung war, sich auf ihr zurechtzufinden.

Bei jedem meiner Schritte knarrten die Bretter besorgt und drohten, unter meinem Gewicht nachzugeben. Holzsplitter lugten aus den Brettern hervor und erinnerten mich an alle, die weniger vorsichtig gewesen waren.

Obwohl der Wind mir entgegenblies und die Brücke leicht schwankte, gab es keine Handläufe, an denen ich mich hätte abstützen können. Ich hatte nur die Wahl, vorwärts zu gehen oder zu fallen. Vor allem, weil die Gebäude hinter mir bereits einzustürzen begannen. Ich musste meinen Weg mit allen Mitteln fortsetzen.

36. DACHWESPEN

Ein schlechtes Gewissen plagte mich, als ich die Mitte der Brücke auf dem Weg zum nächsten Dach erreichte. Ich hielt inne und warf einen Blick zurück auf die Gruppe, die ich zurückgelassen hatte. Ihre Gestalten waren nun weit entfernt, aber immer noch nicht so weit, dass ich sie nicht mehr hätte erkennen können. Selbst aus dieser Entfernung konnte ich noch immer sehen, dass sie sich abmühten.

Lydia hatte wie immer die Führung übernommen und versuchte, die Gruppe bis zum nächsten Hindernis zu führen, indem sie Befehle herausbrüllte.

Als ich ihre Gesichter sah, wurde mir etwas klar. Ich konnte sie nicht einfach ihrem Schicksal überlassen. Trotz meines gesunden Menschenverstandes und meines Selbsterhaltungstriebes kehrte ich um und begab mich zurück in Richtung der Gefahr, die ich gerade überwunden hatte.

„Ich kann alleine überleben, sicher", murmelte ich leise, während mein Blick auf den zurückweichenden Gruppenmitgliedern verweilte. „Aber das heißt nicht, dass ich sehen möchte, wie irgendeiner von ihnen fällt.“ Meine eigenen Worte hallten in meinen Ohren wider. Schnell berichtigte ich mich. „Jedenfalls die meisten von ihnen.“

Auf dem Rückweg über das Dach des Gartens entschied ich mich dafür, mich dicht am Rand des Gebäudes zu halten und an der erhöhten Außenmauer entlangzulaufen. Dieser Weg war schneller und barg keine zusätzlichen Hindernisse.

Trotz des Ernstes der Lage wurde ich nicht abgewiesen, als ich mich näherte. Kenny und Lydia waren eifrig damit beschäftigt, die anderen zum Aufbruch zu drängen. „Los, los, los, rüber!“ Sie wiederholten sich gegenseitig, ihre Stimmen waren von einer von Angst getriebenen Dringlichkeit erfüllt. Ich war der Einzige, der auf der anderen Seite stand, denn die wackelige Brücke war das Einzige, was mich mit ihnen verband.

Von meiner Warte aus erkannte ich, wie sich das Gebäude zusehends auflöste. Die Bäume und die Bepflanzung fielen wie Dominosteine in sich zusammen. Dies war kein Kampf gegen monströse Ranken oder eine heimtückische Flora. Es war ein Kampf gegen die Zeit und die Schwerkraft, und wir waren auf der Verliererseite.

Kenny sah mich von der anderen Seite an und legte eine kurze Pause in seinen Ermahnungen ein. „Ich weiß, dass wir nicht einer Meinung sind“, rief er mit angespannter Stimme, „aber danke, dass du zurückgekommen bist. Ich sorge dafür, dass du das hier heil überstehst. Vergiss nicht, es ist in Ordnung, sich zurückzuziehen, wenn es manchmal zu hart wird."

Seine Worte hingen in der Luft. Ich konnte mir ein schmales Lächeln nicht verkneifen. Kenny dachte, ich sei zurückgekommen, weil ich mich überfordert gefühlt hatte, und ihre Hilfe brauchte, um zu überleben. Er hat meine Beweggründe völlig verkannt, aber das spielte jetzt auch keine Rolle mehr. Die Hauptsache war, dass wir alle lebend vom Dach kamen, und genau das würden wir auch.

Nachdem ich mich vergewissert hatte, dass die anderen in Sicherheit waren und dass sie es alle geschafft hatten, spurtete ich ohne einen weiteren Blick über die Brücke. Ich hatte nicht so viel Zeit, aber die **Augen des Vermächtnisses** zeigten mir den Weg, den ich nehmen musste. Die Brücke knarrte unter meinem Gewicht, als ich sie überquerte und mich mit der Hand am Führungsseil festhielt, um das Gleichgewicht zu halten. Mein Atem passte zu dem Echo, das die alten Holzplanken unter meinen Füßen auslösten.

Als ich mich der anderen Seite näherte, hörte ich das Brummen von Flügeln und den Ruf zur Schlacht. Die Gruppe kämpfte bereits. Überall sah ich **Dachwespen**. Sie schwärmten in einer rasenden Wolke aus und stürzten sich auf die Gruppe.

Lydia rief mit angestrengter Stimme Befehle inmitten des surrenden Gewirrs. „Verteilt euch! Drängt euch nicht so zusammen! So können sie uns leichter erwischen!"

Ihre Warnung ertönte deutlich inmitten des Chaos.

Ich runzelte die Stirn und beobachtete sie aus den Augenwinkeln, während ich mich in den Kampf stürzte. Machte sie sich wirklich Sorgen um die Gruppe oder wollte sie sie nur als Köder benutzen, um die Wespen anzulocken, während sie sie erledigte? Wie auch immer, ich war jetzt auch dabei.

Mit einem entschlossenen Blick stürzte ich mich ins Getümmel und schlug mit **Legende** schnell auf die Wespen ein, die es wagten, in meine Richtung zu stoßen. Ich zweifelte zwar an Lydias Motiven, aber für den Augenblick schienen wir auf der gleichen Seite zu stehen. Und das bedeutete, dass wir an ihrer Seite gegen den Ansturm der Wespen kämpfen mussten.

Mitten im Getümmel stand Kenny und wehrte die unerbittlichen Insekten mit seinem robusten Vorschlaghammer ab. Trotz der Kraft seiner Schwünge blieben die gepanzerten Exoskelette der Wespen standhaft und schepperten nur unter seinen Schlägen.

Lydia, die zwei Dolche in der Hand hielt, darunter den **Letzten Kuss**, stellte einige ihrer Fähigkeiten unter Beweis. Sie wirbelte herum und sprang, ihre Klingen schnitten durch die Luft und sie versuchte verzweifelt, ihre Angreifer abzuwehren. Doch trotz ihrer Bemühungen konnte ich sehen, dass sie das Unvermeidliche bloß hinauszögerte.

Von unserer achtköpfigen Gruppe waren lediglich vier in den Kampf verwickelt. Unser Heiler und zwei junge, schweigsame Mädchen standen abseits des

Kampfgeschehens. Lydias Blicke in ihre Richtung verhießen Unheilvolles. Kenny setzte unterdessen seinen Angriff fort, indem er mit seinem Vorschlaghammer eine Wespe zertrümmerte und sie in eine andere stieß, was nur eine neue Angriffswelle des Schwarms auslöste. Seine Angriffe waren langsam und er würde bald überwältigt werden.

Als der Schwarm bedrohlich um uns herumschwirrte, fasste ich einen festen Entschluss. Die Klasse Einsamer Überlebender war darauf ausgelegt, unter Druck und inmitten von Herausforderungen zu wachsen und dazuzulernen. Wenn ich allein gewesen wäre, hätte ich diese Feinde leicht bezwingen können. Aber jetzt musste ich gleichzeitig auf andere aufpassen und sie beschützen, während ich versuchte, die Gegner auszuschalten. Mit einer schnellen, flüssigen Bewegung stürzte ich mich ins Getümmel und durchtrennte zwei der monströsen Insekten auf einen Schlag. Ihre zerfetzten Körper fielen auf das Dach und wurden von meiner Klinge zerteilt.

„Entschuldigt die Störung, das wisst ihr sicher schon“, verkündete ich beiläufig, während ich mich weiter in das Durcheinander hineinbewegte und Wespenschleim von meiner Klinge tropfte. „Aber ihr solltet vielleicht mal nach euren Knöcheln sehen.“ Mein Handeln und der Speichel ihrer Toten hatten die Aufmerksamkeit des Schwarms erregt, und sie richten ihren Zorn nun auf mich.

Als Kenny meinen Rat befolgte, blickte er nach unten und sah, dass ein giftiger Stachel in seinem Fleisch steckte.

Die Hitze des Kampfes hatte seine Sinne für den Schmerz abgestumpft, aber je schneller die Verletzung behandelt wurde, desto besser. Kenny besaß die Fähigkeit [Widerstand gegen Gift], mit der er eventuelle Gifte neutralisieren konnte, aber der körperliche Schaden musste behandelt werden.

„Heiler, ich könnte hier Hilfe gebrauchen", rief Kenny und verzog das Gesicht, als er auf seine Verletzung deutete. „Das sieht aus, als müsste es genäht werden."

Der Heiler antwortete schlicht: „Ich kann es mir ansehen … für einen gewissen Preis, versteht sich."

Ich umklammerte mein Schwert fester, als ein Anflug von Ärger in mir aufflammte, doch dann beruhigte er sich wieder. Stattdessen schüttelte ich den Kopf. Ich hatte mich doch genauso verhalten wie dieser Heiler. Der einzige Unterschied war, dass ich während eines Kampfes nie eine Bezahlung verlangt hatte und auch nicht mehr, als man sich wirklich leisten konnte. Aber dieser jung Heiler, der während unseres verzweifelten Kampfes untätig geblieben war, besaß die Dreistigkeit, eine Bezahlung dafür zu verlangen, dass sie denen half, die ihr Leben für ihn aufs Spiel setzten. Diese Unverfrorenheit war erstaunlich. Das hier war kein Spiel; es ging um unser Überleben und er verringerte unser aller Erfolgsaussichten, indem er uns seine Fähigkeiten vorenthielt. Außerdem war er neben Lydia der Zweite, der den schwarzen Cursor über seinem Kopf hatte.

„Was um Himmels willen ist hier los?", murmelte ich vor mich hin; meine Stimme war kaum über das Dröhnen der

Wespen zu hören.

Kennys Aufmerksamkeit richtete sich von seiner misslichen Lage mit dem Heiler auf meinen Kampf. Ich lief los und sprang von einer Kiste, um eine Wespe auf dem Dach zu erwischen, die gerade außer Reichweite war. Dabei traf ich mehr als nur die eine, auf die ich gezielt hatte. Mein Schwert pfiff, als es drei der Biester durchtrennte, bevor sie mich erreichen konnten.

„Stark", flüsterte der Heiler.

Trotz seiner eigenen Kämpfe stimmte Kenny widerwillig zu.

Ich verfiel in eine Art Schlachtmodus. Ich sah jeden neuen Angriff der Monster voraus, berechnete ihn und wich ihm aus. Der feindliche Schwarm breitete sich über das Dach des Manhattan Skyrise aus. In jeder meiner Bewegungen spiegelte sich meine jahrzehntelange Erfahrung als Schwertkämpfer wider. Meine Waffe, **Legende**, wirbelte zwischen den Kreaturen in der Luft umher, durchschlug Gliedmaßen, zerschnitt Flügel und trennte nicht selten Köpfe ab. Die gefallenen Körper sammelten sich um mich herum, und obwohl meine Aktionen für das unerfahrene Auge eine trügerische Leichtigkeit darstellten, stieß ich an meine Grenzen. Aber genau das brauchte meine Klasse, um zu wachsen, also nahm ich diesen Umstand einfach hin und trieb mich weiter an.

Soweit ich sehen konnte, ähnelten die **Dachwespen** eher

Honigbienen als Hornissen, aber mein Wissen über dieses Thema war spärlich. Ich grinste, als noch mehr von ihnen auf mich zukamen.

„Ich muss höher hinauf, wenn ich den Schwarm erledigen will." Also sah ich mich um, um höher hinaufzukommen, und fing an, mich an Stahldrähten, Rohren und Balken festzuhalten. Ich kletterte auf einen Wasserturm und stieß mich vom Stahl ab, um sie in der Luft anzugreifen.

Unter normalen Umständen wäre das eine waghalsige Aktion gewesen, die Standfestigkeit des Bodens aufzugeben und in die Luft zu springen, wo die Erdanziehung der unangefochtene Alleinherrscher war. Aber mit den Augen des Vermächtnisses verfügte ich über eine völlig neue Art zu kämpfen, und das veränderte das gesamte Schlachtfeld.

Kurz bevor ich mich in die Lüfte erhob, erfasste ich die Umgebung mit einem Panoramablick. In wenigen Augenblicken gelang es mir mit Hilfe von **Augen des Vermächtnisses**, die möglichen Flugbahnen jedes Insekts zu berechnen – wohin ich springen musste – und mich dann so auszurichten, dass ich jedem einzelnen der berechneten Gegner den größtmöglichen Schaden zufügen konnte. Doch dann kamen neue Einflussfaktoren ins Spiel und meine Berechnungen waren hinfällig.

'Verdammt', murmelte ich. Mein Glücksgefühl war nur von kurzer Dauer. Die **Dachwespen** änderten ihre Taktik. Sie feuerten ihre Stacheln ab. Instinktiv wich ich aus und erhob mein Schwert defensiv, um diese neue Bedrohung im Auge zu behalten. Die Stacheln waren orangefarbene, nadelförmige Geschosse, die in einen roten Nebel gehüllt waren. Sie drehten sich in der Luft und kamen zurück wie Lenkraketen. Wie nutzen diese Dinger bloß **Mana**?!

Ich richtete meine Aufmerksamkeit neu aus und schwang mein Schwert, um die ankommenden Geschosse abzufangen und die Stacheln zu zerschlagen. Schwer keuchend landete ich auf dem Boden, und der Schweiß rann mir über das Gesicht auf den Asphalt.

„Was ist hier los?“, murmelte ich und war verwirrt.

„Du hast mich schon verstanden“, antwortete der Heiler und ein heimtückisches Grinsen umspielte seine Lippen. „Das wird dich etwas kosten. Ein paar Punkte für Stärke oder Beweglichkeit im Voraus. Für einen reinen Punkt setze ich meine Fähigkeit zweimal für dich ein. Einmal jetzt und einmal später, wenn du sie wahrscheinlich wieder brauchen wirst.“

Es war sonnenklar: Der Heiler tauschte seine Fähigkeiten gegen die unbezahlbare Währung der Punkte in dieser verzerrten neuen Wirklichkeit, in der wir gefangen waren.

Das brachte Kenny in eine schwierige Lage. Wenn er einen Streit mit dem Heiler vom Zaun bricht, könnte ihn das jede zukünftige Hilfe kosten. Sollten sich die Fähigkeiten des Heilers zu etwas Stärkerem entwickeln, wäre der Verlust dieser Unterstützung verheerend. Ich hatte in meinem früheren Leben schon einmal erlebt, wie ein einfacher Heiler eine vergleichsweise einfache Fähigkeit zur Linderung von Schmerzen in einen mächtigen, stärkenden Schlummer verwandelte, der fast jedes Leiden heilte.

Aber dieser Heiler spielte nach seinen eigenen Regeln. Ihm fehlte jeglicher Anschein von gutem Willen. Die Erwartung, die in seinen Augen glitzerte, war fast schon sadistisch und verunsicherte Kenny. Ich benutzte erneut **Augen des Vermächtnisses,** um meinen Verdacht zu bestätigen. Eindeutig ein schwarzer Diamantencursor über dem Heiler. Nur ein Idiot würde ihm trauen, er war ein zukünftiger Gegner. Wenn Aria oder James hier gewesen wären, hätten sie versucht, den Heiler zu überzeugen. Wäre Selene hier gewesen, hätte sie ihn vom Gebäude gestoßen. Solche Heiler hatte sie stets verachtet, selbst wenn sie selbst noch so pragmatisch und zielorientiert war.

Aber es galt, eine Schlacht zu gewinnen, und ich konnte mir keine Ablenkung leisten. Der Schwarm der **Dachwespen** versuchte, mich zu verschlingen. Ich knurrte leise vor mich hin und fragte mich, warum sie nicht die anderen angriffen. Dann dämmerte mir die Erkenntnis. Sie sahen in mir die größte Bedrohung. Die Haufen ihrer toten Brüder waren der beste Beweis dafür, und das hatte sie aufgeschreckt.

Nachdem ich den Stachel eines weiteren giftigen Angreifers abgewehrt hatte, setzte ich meinen Ansturm auf den Schwarm fort und verschaffte Kenny, Lydia und den anderen ungewollt eine Pause von den unerbittlichen Vorstößen.

„Wow“, hauchte Lydia, deren Stimme durch den Wind getragen wurde, während sie selbst eine Wespe erlegte. „Er hat nicht gelogen, als er behauptet hat, dass er mit einem Schwert kämpfen kann.“

37. DER BAUER UND DIE VIPER

Wieder einmal wich ich aus und bahnte mir meinen Weg durch den Schwarm der **Dachwespen**. **Legende** war nur noch ein verschwommener Fleck, als die Klinge gegen die Mandibeln schlug und sich in die Körper der Monster fraß.

Dank der neuen Berechnungen für die Stacheln der Wespen war ich äußerst zielsicher.

Noch wichtiger war, dass jeder Schlag so berechnet wurde, dass er den größtmöglichen Schaden anrichtete und gleichzeitig so wenig Energie und Ausdauer wie möglich verbrauchte. Der Schwung eines letzten Hiebs ging in die Eröffnungssalve des nächsten über. Trotz der scheinbaren Leichtigkeit, mit der ich die Kreaturen erledigte, spürte ich, wie mich die ständigen Herausforderungen belasteten. Ich deaktivierte **Augen des Vermächtnisses**. Es war geistig anstrengend, sie derart häufig in Betrieb zu nehmen.

Ich konnte die Erleichterung der anderen in der Gruppe spüren, als ich den Druck von Kenny nahm. Sein schweißnasses Gesicht zeigte Anzeichen von Erschöpfung, während er seinen Vorschlaghammer gegen den unerbittlichen Ansturm schwang. Da die **Dachwespen** durch mein Eingreifen vorübergehend abgelenkt worden waren, hatte er eine kurze Verschnaufpause, um zu Atem zu kommen.

Die **Dachwespen** schwirrten umher und ihre Bewegungen wurden immer unberechenbarer, während ich ihre Zahl weiter verringerte. Sie griffen aus verschiedenen Winkeln an und versuchten, mich mit ihrer schieren Anzahl zu überwältigen. Aber dank meiner jahrelangen Erfahrung als Schwertkämpfer konnte ich ihre Bewegungen vorhersehen und schnell reagieren, sodass ich ihnen immer einen Schritt voraus war.

Während ich mir einen Weg durch den Schwarm der **Dachwespen** auf meinem Teil des Daches bahnte, betrachtete ich Lydia mit etwas mehr Respekt. Auch sie stellte sich den **Dachwespen** direkt entgegen, während sie in der einen Hand den **Letzten Kuss** und in der anderen ein gewöhnliches Messer hielt. Jeder Schlag war fast so verheerend wie meiner, und unter ihren Klingen fielen die **Dachwespen** in Scharen.

Obwohl es so aussah, als ob wir zusammengearbeitet hätten, schwelte eine unterschwellige, unausgesprochene Spannung zwischen uns. Eine Art von Waffenstillstand. Wir waren uns einig, dass unser Bündnis nur vorübergehend und bedingt war und dass keiner von uns dem anderen vertraute.

Lydias Angriffe wurden mit jedem getöteten Monster immer zielsicherer. Das sah ich daran, wie flüssig ihre Bewegungen geworden waren. Die Schläge mit dem Dolch des **Letzten Kusses** waren verheerend für die **Dachwespen** und trugen somit dazu bei, dass der Kampf zunehmend unübersichtlicher wurde. Aber immer mehr Wespen wurden von den anderen weggelockt und kamen auf mich zu, während sich um mich herum die Leichen der Monster erhoben.

In diesen Phasen musste ich am vorsichtigsten sein. Mitten im Kampf hatte Lydia sicherlich die Fähigkeit, mich anzugreifen, während ich mit dem Angriff auf die Wespen beschäftigt war. Sie hätte nur warten müssen, bis ich völlig erschöpft war, bevor sie ihren Zug machte. Ich behielt jeden ihrer Schritte im Auge. Unser Bündnis mochte für den Augenblick notwendig sein, aber ich wusste, dass sich unsere Wege irgendwann trennen würden. Ich musste auf diese Situation vorbereitet sein und mit dem Schlimmsten rechnen. Ich wusste, dass, während ich verfolgte, was sie tun konnte, sie dasselbe mit mir tat.

Selbst als sich die gefallenen Körper der Bestien um mich herum anhäuften, wurde mir klar, dass der Kampf noch lange nicht vorbei war. Der Schwarm schien endlos zu sein, sein unerbittlicher Ansturm deutete auf ein für diese Kreaturen ungewöhnliches Maß an Koordination hin. Es wurde deutlich, dass hier mehr im Spiel war als nur ein einfacher Monsterschwarm. Wahrscheinlich irgendein Mist von [Admin].

Ich warf einen kurzen Blick auf Kenny, der für einen Augenblick seine Aufmerksamkeit von seinem eigenen Kampf abgewandt hatte, um mich zu beobachten. Mit einem kurzen Nicken würdigte er meine Stärke und dankte mir für die Atempause, die ich ihm verschafft hatte.

Der Schwarm rückte weiter gegen mich vor. Mein Verstand bewegte sich auf einem schmalen Grat. Ich war kurz davor, die **Zähe Vitalität** zu aktivieren, aber die Fähigkeit würde nicht daran glauben, dass es hier um Leben und Tod ging oder meinen, dass die Feinde, denen ich gegenüberstand, nicht stark genug waren, um sie auszulösen. Das sagte mir nur, dass ich mich noch mehr anstrengen und jedes Quäntchen Energie und Können in meinen Schwertkampf stecken musste.

Aber all diese Kämpfe halfen auch dabei, mich mit meinem Schwert, **Legende**, vertraut zu machen. Es bewegte sich durch die Luft wie eine Verlängerung meiner selbst, als ob ich es schon seit Jahren besessen hätte. Es tanzte durch die Luft und hinterließ eine Spur der Verwüstung. Gliedmaßen wurden abgetrennt, Flügel wurden abgeschnitten und Köpfe rollten, während ich unnachgiebig weitermachte. Jeder Schlag, jede Parade und jedes Ausweichen war ein Widerhall der Fähigkeiten, die ich in meinem ersten Leben besessen hatte.

Wir waren am Gewinnen.

Trotzdem wurde ich das Gefühl nicht los, dass diese **Dachwespen** etwas Besonderes an sich hatten, etwas, das über ihre bloße Anzahl und ihr Schwärmen hinausging. Vielleicht ein Teil des Rätsels, um diese Pattsituation zu beenden.

Ich nahm mir vor, die Lage zu untersuchen und zu analysieren, sobald der Kampf nachgelassen hatte. Die Erschöpfung nagte an meinem Verstand. Es musste einen Grund für dieses plötzliche Ansteigen der Angriffslust und der Zusammenarbeit zwischen diesen Kreaturen geben. Möglicherweise wurden sie von einer größeren Macht gesteuert, oder es gab eine tiefer liegende Ursache.

Aber für den Augenblick konzentrierte ich mich auf den laufenden Kampf. Der Schwarm ließ nicht nach und noch mehr Monster krochen durch die Lüftungsschächte auf den Dächern, um sich ihren Verwandten anzuschließen, fast so, als wäre das Gebäude unter uns eine Art Bienenstock …

Da schrie Kenny so laut, wie er konnte. „Weg da! Geht alle aus dem Weg!“, brüllte er, wich einer Wespe aus und schwang seinen Vorschlaghammer mit tödlicher Treffsicherheit. „Aber hört nicht auf zu kämpfen!“

Lydia wiederholte seine Worte: „Nick zieht die meisten von ihnen zu sich!“, rief sie und forderte den Rest der Gruppe auf, sich in eine günstigere Lage zu bringen, aber trotzdem weiterzukämpfen.

Ich erhob mich in die Luft und aktivierte meine **Augen des Vermächtnisses**. Dank meiner verbesserten Sicht und meines Durchblicks konnte ich die Bewegungen der Wespen auf dem Dach vorausahnen. Ich stürzte vorwärts, schlug zu, wich aus und stach erneut zu.

Dann sprang ich abermals in die Luft, diesmal von einer bröckelnden, verzierten Mauerhälfte. Die Wand brach unter der Wucht meines Sprungs zusammen. Als ich den Schwarm ins Visier nahm, verschwamm die Welt um mich herum. Eine **Dachwespe** stürzte sich auf mich, ihr Maul klaffte auf, ihre Augen waren schwarz vor urzeitlichem Instinkt. Mit einem raschen, geschmeidigen Manöver hielt ich dagegen.

Meine Klinge traf den Hals der Wespe, durchtrennte ihn und ließ einen grünen Gifthauch auf mich herabregnen. Das Gift zischte und dampfte, als es sich dem Rest des bereits überall verteilten Gels anschloss. Durch die vielen Toten und Sterbenden in meiner Nähe bildete das ätzende Zeug immer größere Pfützen. Es wurde teilweise so schlimm, dass wir die Überreste von der Seite des Gebäudes runterschieben mussten.

Ich wirbelte in der Luft herum und schaffte es, auf einer nahegelegenen Klimaanlage zu landen. Von diesem neuen Standort aus sahen die restlichen Wespen wie ein dunkler Vorhang aus, und mit erhobener **Legende** stellte ich mich auf den Ansturm ein.

Sie kamen in Scharen. Ihre Stacheln prallten gegen

die Schneide von **Legende**; jeder abgewehrte Angriff durchschnitt die dunklen Spitzen. Mit jedem Schwung meines Schwertes ergoss sich ein Schauer aus säurehaltigem Blut über die Gebäude und hinterließ ätzende Spuren, wo es hinspritzte.

Eine **Dachwespe** zielte auf meinen Rücken, aber meine **Augen des Vermächtnisses** warnten mich vor ihrem bevorstehenden Angriff. Im Bruchteil einer Sekunde wirbelte ich herum und spaltete die Kreatur in der Luft in zwei Hälften. In dem Gemetzel lag nicht nur die Befriedigung des Überlebens, es machte auch noch Spaß. Endlich war die **Zähe Vitalität** ausgelöst worden.

„Führt eigentlich irgendwer Buch über die Anzahl der Tötungen?“, rief ich aus.

Meine Begeisterung wurde jedoch jäh unterbunden, als **Augen des Vermächtnisses** mich warnte, dass die **Dachwespen** wieder einmal ihre Kampftaktik geändert hatten. Anstatt mich anzugreifen und auf mich loszugehen, bereiteten sie sich darauf vor, ein Sperrfeuer von Stacheln in einem Hagel von Geschossen zu entfesseln, wie ein Pfeilregen neigten sie ihre Stacheln zum Himmel und verwandelten das Schlachtfeld erneut. Ich hatte nur Sekunden, um einen Gegenangriff zu planen.

Bei einem Gegner, der aus der Ferne angriff, gab es zwei Möglichkeiten, die ich in meinem früheren Leben genutzt hatte: wegrennen oder näher heranrücken, aber ich wollte nicht davonlaufen. Stattdessen schloss ich zu den Biestern auf und sprintete so schnell ich konnte auf den Schwarm zu, um ihn zu zwingen, eine Abwehrhaltung einzunehmen und mir zu begegnen. Einige stürzten sich sofort auf mich und verdeckten die hintere Reihe der Wespen vor mir, während die vordere Reihe schnell zur Seite wich, als ich sie direkt aus der Luft holen wollte. Dann öffnete ich entsetzt die Augen und starrte auf die hintere Reihe, die nur ein paar Schritte von mir entfernt war. Hinter mir drehte sich die vordere Reihe um und zielte ebenfalls auf mich.

Vor mir begannen die Stacheln der **Dachwespen** mit einer roten Aura der Macht zu leuchten und nahmen mich ins Visier. Sie hatten meinen Gegenangriff mit einem eigenen gekontert. Sie hatten mich überlistet.

Zum zweiten Mal war ich fassungslos über das, was ich sah.

Diese Kreaturen nutzten nicht nur das Mana und machten sich dessen Kraft zunutze, um ihre Angriffe zu verstärken. Sie verfolgten auch eine aktive Strategie. Allein die Verwendung von Mana für ihre Angriffsfähigkeiten war schon tödlich, aber irgendetwas oder irgendjemand lenkte diese Wespen, und das war der gefährlichste Feind von allen. Es war ein Taktiker.

Ich steckte mehr von meinem eigenen Mana in **Augen des Vermächtnisses**. Die Zeit schien sich zu verlangsamen und die Stacheln bewegten sich viel langsamer. Ich versuchte, keine Sekunde zu vergeuden. Geschickt schwang ich mein Schwert nach einem Muster, das sich eher wie ein Tanz anfühlte. Ich drehte mich, duckte mich und wich aus, während meine Klinge die ankommenden Geschosse abfing. Einige lenkte ich ab, wobei ich darauf achtete, dass sie an Schwung verloren, wenn sie hart genug getroffen wurden. Andere kamen zurück, wenn ich mich geduckt hatte, um ihnen auszuweichen. Während ich all diese Eindrücke zusammentrug, schossen mir Berechnungen durch den Kopf, und aus dem Durcheinander um mich herum entwickelte sich ein Muster. Ich löste meinen Unbezwingbaren Willen aus und machte mich mit der vollen Konzentration eines ehemaligen Kämpfers auf Rang S an die Arbeit.

Schließlich, nachdem ein Großteil des Stachelvorhangs abgelenkt worden war, sank ich zu Boden, mein Herz raste und mein Atem ging schwer. Der Schweiß rann mir über das Gesicht und vermischte sich mit dem Staub und dem Dreck des Asphalts. Diese Begegnung hatte mich an meine Grenzen getrieben, und mir wurde klar, dass ich meine Strategie überdenken musste.

Als ich wieder zu Atem kam, suchte ich das Schlachtfeld ab und verschaffte mir einen Überblick über die Lage. Der Schwarm der **Dachwespen** war nach wie vor unerbittlich. Es war klar, dass ich meine Herangehensweise anpassen und eine Möglichkeit finden musste, ihren mit Mana verstärkten Fähigkeiten etwas entgegenzusetzen.

Während ich über meinen nächsten Schritt nachdachte, musste ich herausfinden, aus welchem Grund diese

Monster aufgetaucht waren, die Mana nutzten. Es musste doch eine Erklärung dafür geben, warum sie mit diesen Fähigkeiten vor der erwarteten Phase des **Systemsturzes** aufgetaucht waren. Die Wahrheit hinter dieser Auffälligkeit herauszufinden, war genauso wichtig wie die unmittelbare Bedrohung zu überwinden.

Ich grübelte über die Tragweite dieser Entdeckung nach. Es war eine Sache, dass Kreaturen durch die Einwirkung von Mana in ungesäuberten Zonen mutierten und dadurch grässliche Monstrositäten entstanden. Aber dass sie Mana in ihre Angriffe und Verteidigungsmaßnahmen einbauten, war eine ganz andere Sache.

Mana ließ sich in seiner ursprünglichen Form in ein vielschichtiges Farbenspektrum unterteilen. Es erstreckte sich von Rang G, Rot, bis hin zum legendären Rang S, Violett. Jeder Rang bedeutet eine Steigerung der Intensität des Manas und spiegelte damit den unglaublichen Zuwachs an Kraft wider, den jede Stufe mit sich brachte. Aufgrund meiner bisherigen Erfahrungen hatte ich immer angenommen, dass es etwas gab, das über den Rang SSS hinausging, obwohl dies Neuland war, ein bislang noch nicht erklommener Gipfel.

Außerdem war es mein Ziel, zuerst einmal Rang SSS zu erreichen. Ich würde mir erst dann Gedanken darüber machen, was nach diesem Rang kam, sobald ich herausgefunden hatte, wie ich das erreichen konnte, was wir Spieler Rang SSS nannten – den Prismenrang.

Unter uns Spielern hieß es, dass der Prismenrang mit einem Farbspektrum gleichzusetzen sei, was auf sein riesiges Potenzial und seine vielfältigen Fähigkeiten hindeutete. Diese unerreichbare Errungenschaft war zu meiner persönlichen Quest geworden und trieb mich an, die unentdeckten Tiefen des Potenzials von Mana zu erforschen.

Das plötzliche Auftauchen dieser das Mana nutzenden Gegner stellte einen wichtigen Wendepunkt auf meiner Reise dar. Es war ein Zeichen dafür, dass sich die Spielregeln veränderten und weiterentwickelten und dass neue und größere Herausforderungen am Horizont auftauchten. Ich musste unbedingt die Mechanismen hinter dieser plötzlichen Verbesserung der Nutzung von Mana entschlüsseln. Das war nicht nur für mein eigenes Überleben wichtig, sondern würde auch die verborgenen Geheimnisse des **Systemsturzes** lüften.

Kenny, unbeeindruckt von der Masse der **Dachwespen**, kramte plötzlich in seiner Tasche. Mit siegessicherer Miene holte er mehrere Brandbomben und ein paar selbstgemachte Molotowcocktails heraus.

„Lenkt sie ab!“, rief er und reichte einige der Brandbomben an andere in unserer Gruppe weiter. Ich vermutete, dass der Rest der Gruppe endlich begriffen hatte, in welch misslicher Lage wir uns befanden, denn Kennys Anweisungen veranlassten die anderen, sofort zu handeln.

Mit einem knappen Nicken von Kenny machten sich

alle bereit. Feuerbomben und Molotowcocktails wurden zeitgleich durch die Luft geschleudert und auf das Herz des Schwarms abgefeuert. Einen Augenblick lang schien sich alles zu verlangsamen.

Ich zog mich so schnell ich konnte zurück. Denn ich hatte eine ziemlich gute Vorstellung davon, was gleich passieren würde.

Dann brach die Welt in einem Ausbruch tosender Flammen zusammen. Feuerbomben explodierten in der Luft und entzündeten die Molotowcocktails in einer Feuersbrunst, die den Himmel in Rot- und Orangetönen erhellte. Die **Dachwespen** waren nicht in der Lage, dem irgendetwas entgegenzusetzen. Die Feuerbomben und die Molotowcocktails bildeten eine tödliche Einheit und hielten die Monster in einer feurigen Apokalypse gefangen. Ihre schrillen Schreie wurden von den dröhnenden Explosionen und dem Knistern der erbarmungslosen Flammen übertönt.

Der einst so mächtige Schwarm lichtete sich, und ihre feurigen Körper lösten sich einer nach dem anderen auf. Der Geruch war schrecklich und doch … äußerst zufriedenstellend.

Wir standen schweigend inmitten der knisternden Flammen und sahen zu, wie die Überreste der Wespen auf dem Boden verglühten. Kenny durchbrach die Stille, seine Stimme war ein leises Flüstern im Hintergrund des sterbenden Feuers.

„Wir haben überlebt“, murmelte er und sah jeden von uns abwechselnd an. „Wir haben das gemeinsam durchgestanden. Erinnert euch an diesen Augenblick, wenn ihr das nächste Mal denkt, dass keiner von uns es wert ist, dabei zu sein.“

„Du bist ja viel stärker, als ich gedacht habe“, meinte Lydia, als sie auf mich zukam und mich mit ihren dunklen Augen musterte. Das übliche Grinsen und der spöttische Ton waren verschwunden. Es war durch etwas ganz Anderes ersetzt worden. Etwas, das ich nicht genau benennen konnte.

„Nick“, begann sie, während die Flammen der Überreste der Wespen flackernde Schatten auf ihr Gesicht warfen. „Ich … Ich sage das nicht oft. Danke.“

Ich nickte und nahm ihre Worte zur Kenntnis, ohne etwas Eigenes hinzuzufügen. Wir waren zwei Seiten derselben Medaille: beide Überlebende, beide mit einem Geheimnis, von dem keiner von uns zugab, dass der andere es kannte.

„Aber“, fuhr sie fort, und der Hauch eines Grinsens kehrte auf ihre Lippen zurück, „glaube nicht, dass wir dadurch Freunde werden, du Held.“

Ich musste lächeln: „Ich vergesse nie die Geschichte vom Bauern und der Viper, Lydia.“

Kenny, dessen Gesicht mit ein paar kleinen Schnitten

und blauen Flecken übersät war, schaltete sich in das Gespräch ein. Er war Zeuge meines Kampfes gewesen und hatte seine eigenen Schwierigkeiten mit dem Heiler gehabt.

„In der Tat“, meldete sich Kenny zu Wort und erkannte meine Leistung neidlos an. „Du hast dich da draußen behauptet. Deine Stärke ist beeindruckend, auch wenn es mich schmerzt, dies zuzugeben.“

Ich musste schmunzeln, denn ich wusste, dass Kennys widerwillige Komplimente seine Bewunderung zum Ausdruck brachten. „Danke, Kenny. Das ist ein großes Lob, wenn es von dir kommt. Aber wir sollten uns nicht zu lange damit aufhalten. Wir haben noch eine Menge weiterer Monster zu bewältigen.“

38. EIN WORT

Die Dinge änderten sich. Ich war einigermaßen verblüfft.

Zuvor, während des Zwischentrainings und jetzt im Tutorial für Fortgeschrittene, war ich nicht so sehr darauf bedacht gewesen, die Zeitlinie, die ich kannte, zu bewahren. Ich war eher darauf aus, mein Vorwissen voll auszuschöpfen, aber jetzt war ich mir da nicht mehr ganz so sicher. Der Einsatz von **Mana** durch die **Dachwespen** war eine Steigerung der Schwierigkeit, von der ich sicher war, dass sie direkt mit meinen bisherigen Erfolgen zusammenhing.

Das System reagierte auf mich. Nicht der [Admin] oder einer seiner Zonenmanager.

Jeder Vorteil, den ich in Bezug auf Status, Fähigkeiten, **[Fertigkeiten]** und Gegenstände erlangt hatte, war durch die Erhöhung der Schwierigkeit zunichtegemacht worden. Wenn irgendjemand, vor allem die immer argwöhnischen Bots, herausfinden würde, dass meine Anwesenheit der Grund dafür ist, dass das System die Herausforderung des **Systemsturzes** erhöht hat …

Das würde mir das Leben zur Hölle machen.

Aber auch das war nicht so schlimm wie ein Heiler, der versuchte, Profit aus der Gruppe zu schlagen. Ich hielt mich zurück und beobachtete, was passierte.

Kenny ging auf den Heiler zu, und da der Kampf vorbei war, war mir klar, dass er unglaublich aufgebracht war.

„Ich habe dir was zu sagen, und das wird nicht gerade angenehm sein“, begann Kenny mit fester Stimme.

Der Heiler begegnete seinem Blick und ein müder Seufzer entrang sich ihm. Mit einem leicht genervten Gesichtsausdruck lehnte er sich an die Seite des halb zusammengeschmolzenen Geländers auf dem Dach. „Was hast du auf dem Herzen, Kenny?“

„Nachdem wir alle unser Leben für dich aufs Spiel gesetzt haben“, erklärte Kenny unverblümt, „verlangst du tatsächlich eine Bezahlung.“

Der Heiler zuckte mit den Schultern, offenbar unbeeindruckt von Kennys Anschuldigung. „Ja, und? Du würdest doch auch nicht einfach in ein Krankenhaus gehen und einen Arzt um Hilfe bitten, ohne eine Rechnung zu erwarten, oder?“

„Sowas spielt keine Rolle mehr! Das hier ist kein Krankenhaus und du bist kein Arzt“, erwiderte Kenny und seine Wut flammte auf. „Wir kämpfen um unser Leben, nicht um unsere Taschen zu füllen!"

„Aber ich muss auch einen Weg finden, um stärker zu werden", erwiderte der Heiler, dessen Stimme trotz der hitzigen Auseinandersetzung ruhig blieb. „Wir sitzen alle im selben Boot, Kenny. Jeder von uns versucht, auf seine eigene Weise zurechtzukommen. Ja, ich bin ein Heiler, aber das bedeutet nicht, dass meine Dienste nichts kosten dürfen."

„Das sollte aber nicht zu Lasten der Leute gehen, die dich am Leben erhalten!", widersprach Kenny und seine Stimme hallte von den zerstörten Gebäuden wider.

Der Heiler schwieg einen Augenblick, bevor er antwortete: „Vielleicht hast du recht, Kenny. Aber bis die Welt wieder so ist, wie sie war, müssen wir alle unangenehme Entscheidungen treffen."

Kenny starrte den Heiler an, sein Blick war eisig, seine Lippen zu einer grimmigen Linie zusammengepresst. „Du hast Recht", antwortete er, seine Stimme war frei von jeglicher Wärme. „Wir müssen alle manchmal unangenehme Entscheidungen treffen."

Aus den Augenwinkeln sah ich, wie einige Mitglieder unserer Gruppe einen Schritt nach vorne machten, ihre Absichten waren klar. Lydia war unter ihnen, ihre Hand am Griff ihrer Waffe, ihr Körper angespannt und bereit, einzugreifen. Aber das war Kennys Kampf, nicht ihrer.

„Bleibt, wo ihr seid", befahl ich mit strenger Stimme.

„Das ist Kennys Sache."

Meine Worte schienen ihr Ziel erreicht zu haben, denn sie zögerten und zogen sich dann langsam zurück. Doch ihre besorgten Blicke blieben auf das Duo gerichtet.

Ohne ein weiteres Wort schnellte Kennys Faust hervor und traf mit voller Wucht das Kinn des Heilers. Die Wucht des Aufpralls ließ den Heiler zu Boden gehen. Kenny war im Nu auf ihm und ließ seine Schläge auf den Mann unter ihm niederprasseln.

Der Heiler stöhnte und versuchte, sich zu wehren, aber Kenny war unerbittlich und sein Zorn zeigte sich in jedem Schlag, den er ausführte. Das war zwar kein angenehmer Anblick, aber er war notwendig. In dieser neuen Welt hatten Taten Folgen, und der Heiler war gerade dabei, dies am eigenen Leib zu erfahren.

Als Kenny sich schließlich zurückzog, stand er auf und ließ den Heiler auf dem Boden liegen, wo er sich um seine Verletzungen kümmerte. Er wandte sich zu uns und ließ seinen Blick über unsere Gesichter schweifen. „Das soll uns allen eine Lehre sein", sprach er mit schneidender Stimme. „In dieser Welt kämpfen wir füreinander. Wir beschützen uns gegenseitig. Und wenn jemand denkt, er könne aus dem Unglück anderer Profit schlagen, wird er sich vor mir verantworten müssen."

Ich ging auf den gestürzten Heiler zu und reichte ihm meine Hand, um ihm aufzuhelfen. Er ergriff sie zögernd und schaute misstrauisch zwischen mir und Kenny hin und her.

Dann beugte ich mich zu ihm und flüsterte ihm ins Ohr, mein Ton war so kalt wie die Nacht, die uns umgab. „Wenn du jemals wieder versuchst, deine Gruppe zu verarschen, bringe ich dich um."

Ich spürte, wie er sich bei meinen Worten versteifte und seine Augen sich vor Schreck weiteten. Das war mein Versprechen, und ich hatte vor, es zu halten. Ich musste ihn unbedingt daran erinnern, welche Folgen es haben würde, wenn er seine Teamkameraden noch einmal ausnutzen wollte.

Nachdem ich mich zurückgezogen hatte, erhob ich meine Stimme und wandte mich an die Gruppe, wobei ein Hauch von Autorität in der stillen Nacht zu vernehmen war. „Unser Freund hier möchte sich entschuldigen. Er wird uns jetzt alle kostenlos heilen, und dabei wird es auch bleiben. Richtig?"

Ich wandte meinen Blick wieder zu dem Heiler, der sich noch immer von Kennys Angriff erholte. Sein Gesicht war zerschrammt, ein geschwollenes Auge war kaum noch zu sehen und Blut sickerte aus seiner Nase. Dennoch nickte er leicht und bestätigte damit meine Aussage.

Der Heiler gehorchte schnell. Während ich zusah, begann er, die verschiedenen Verletzungen zu versorgen, die unser Team während des Kampfes erlitten hatte. Meine **Augen des Vermächtnisses** schalteten sich ein und ermöglichten es mir, seinen Heilungsprozess genauer zu beobachten.

Seine Hände bewegten sich in einem genauen Rhythmus und zeichneten verschlungene Muster in die Luft, die wie unsichtbare Nähte aussahen. Jeder Schnitt und jede Schürfwunde, über die sie fuhren, wurde nicht nur versiegelt, sondern auch sichtbar geheilt, und die Haut zog sich zusammen, als würde sich die Zeit umkehren. Um seine Finger herum flackerte ein zartes grünes Leuchten, wie es für Heilzauber typisch ist. Als ich jedoch meine **Augen des Vermächtnisses** ausschaltete, verschwand dieses Schauspiel und zurück blieben die gewöhnlichen Bewegungen des Heilers.

Während ich das sah, fragte ich mich, warum Annie mir diese Fähigkeit verliehen hatte. Hatte sie etwas in mir wahrgenommen, das selbst mir nicht bewusst gewesen war? Kam sie aus der gleichen zerstörten Zukunft, aus der ich stammte?

Da begann das Dach unter unseren Füßen bedrohlich zu zittern, ein klares Zeichen dafür, dass das Gebäude gleich einstürzen würde.

„Das wird langsam lächerlich“, brummte Lydia verärgert.

Ihre Bemerkung entlockte mir ein Lachen. Sie war zweifelsohne eine Kämpferin, aber wenn sie das hier für anstrengend hielt, musste sie sich eines Besseren belehren lassen. Die Prüfungen, die uns in den bevorstehenden Kapiteln des **Systemsturzes** erwarten würden: Rasende Stürme, unerwartete Risse, regelrechte Minenfelder und der Turm – um nur einige zu nennen – würden unsere gegenwärtigen Herausforderungen wie einen Kindergeburtstag erscheinen lassen.

„Wir müssen weiter", warf Kenny ein, dessen Blick auf den verkohlten Überresten der **Dachwespen** verweilte.

„Einverstanden", antwortete Lydia knapp und führte die Gruppe zu unserem nächsten Ziel. Ich folgte ihr, als die Gruppe die nächste Brücke überquerte, eine stabilere Konstruktion als die letzte. Sie bestand aus Stahlgeflecht und Eisenbohlen und wies weniger Verschleißerscheinungen auf als ihre Vorgängerin.

Auf der anderen Seite erwartete uns ein willkommener Anblick: ein Tisch mit Wasserflaschen, Essen und einer kleinen Schachtel mit Feuchttüchern. Als wir uns näherten, ertönte die Gegensprechanlage.

„[Ich hoffe, ihr erwartet kein Haubenmenü!]" **Zagrens Stimme ertönte aus einem rostigen Lautsprecher, der in der Nähe angebracht war. Sein Tonfall war spöttisch, aber es war auch ein Hauch von echter Sorge darin zu hören. Ich wusste nicht, was ich davon halten sollte.** „[Aber wir sorgen uns um euer Wohlergehen hier. Es ist überaus beachtlich, dass ihr so lange überlebt habt. Als Zeichen unserer 'Dankbarkeit' gibt es Wasser und, ich glaube, das sind Sandwiches. Aber nicht trödeln, die Uhr tickt noch.

Legt eine kurze Verschnaufpause ein und bleibt bei Kräften, verstanden?]“

[Mitteilung über den Systemsturz]

Titel: Gegenstand erlangt – Überlebensausrüstung

Einzelheiten: Glückwunsch! Für deine Ausdauer und deine Überlebenskünste wirst du mit einem Überlebenskit belohnt.

Bitte beachte, dass diese Gegenstände nur einmal verwendet werden können. Das Überlebenspaket enthält das Hydratationselixier, das sofort 40% deiner Gesundheit wiederherstellt, und das Verjüngungssandwich, das deine Gesundheit und dein Mana wiederherstellt. Reinigende Tücher entfernen kleinere Schwächungen und verbessern deine geistige Klarheit.

Verwende die Sachen mit Bedacht, denn sie können nicht einfach wiederbeschafft werden.

39. HOHER EINSATZ, HOHE BELOHNUNG

Während ich aß, dachte ich an die Vergangenheit und daran, was ich über die Manhattan Rooftops wusste. Meinem Wissen nach sollte es dort einen **Versteckten Dungeon** geben. Nicht derselbe, den ich früher schon einmal aufgesucht hatte, aber ein Ort, an dem man gegen einen bestimmten Gegner antreten konnte. Dieser Gegner war zwar nicht so furchterregend wie der **obsidianfarbene Minotaurus** im **Zwischentraining**, aber dennoch ein lohnendes Ziel für Beute und Belohnungen. In Anbetracht des Themas des Tutorials und der Gegner, auf die ich bisher gestoßen war, vermutete ich, dass es sich wahrscheinlich um ein Insekt handelte. Ich hoffte nur, dass es nicht so etwas wie ein Tausendfüßler oder eine Kakerlake war.

Ich hatte genug von Käfern, wenn man die umgehen konnte.

Während ich das letzte Proviant aus dem **Überlebenspaket** verzehrte, sah ich mich um und erkundete die Gegend. Das gegenwärtige Dach war noch überladener als das letzte, mit Müllhaufen, die sich an den Zäunen stapelten. Gelegentlich aktivierte ich meine **Augen des Vermächtnisses.**

Das Gebäude, aus dem wir gerade gekommen waren, begann zu erzittern und stürzte dann ein.

Von dem Gebäude hinter uns war nur noch eine Wand übrig. Der Rest war zu einem Haufen zusammengefallen, während Wasser wie ein Sturzbach aus gebrochenen Rohren geströmt war, die an der Seite des Gebäudes herunterliefen.

Rohre …

Endlich hatte ich einen Anhaltspunkt gefunden.

Als ich mich umblickte, sah ich ein langes, dickes Rohr, das vom Dach zu einem nahegelegenen Gebäude führte, das nicht so wie die anderen Gebäude miteinander verbunden war.

Unter normalen Umständen wäre mir das gar nicht aufgefallen, aber so, wie die Dächer aufgebaut waren, verbanden nur die Brücken, die Zagren angebracht hatte, die Dächer miteinander, aber dieses hier war mit einem Rohr verbunden und das Rohr war die einzige Möglichkeit, auf die andere Seite zu gelangen.

Diese Vorgehensweise erforderte Kletterfähigkeiten. Aber auf diese Weise konnte ich einen **Versteckten Dungeon** erreichen, der sonst unmöglich zugänglich war.

Also machte ich mich auf den Weg.

Aus unerfindlichen Gründen beschloss der Rest der Gruppe, mir zu folgen.

Ich seufzte und wünschte mir, ich wäre unauffälliger gewesen, als ich mich auf den Weg gemacht hatte.

„Was ist los, Nick? Was machst du da?“, rief Kenny, der seinen Vorschlaghammer in der Hand hielt, als er sich umsah, um herauszufinden, was mich so in Aufruhr versetzt hatte.

„Nur eine Spur, kein Grund zur Sorge“, antwortete ich und hoffte, dass er den Wink beherzigen und mich in Ruhe lassen würde.

Nachdem ich das Gebäude umrundet hatte, ließ ich die Kabelbrücken aus Eisen und Stahl, die sich durch die Skyline schlängelten, unbeachtet. Ich interessierte mich vielmehr für ein vorstehendes Rohr, das das Gebäude, in dem ich mich befand, mit der Feuerleiter eines anderen Gebäudes verband. Es passte zwar nicht optimal, aber es sollte doch ausreichen.

Ich griff nach dem Rohr, um zu prüfen, ob es mein Gewicht tragen konnte, schlang meine Beine darum und begann, mich hinüberzuhangeln. Das kalte Metall des Rohrs war stark genug und die dichten Wolken unter mir beachtete ich kaum. Am anderen Ende angekommen, ließ ich mich auf die metallene Feuerleiter fallen und begann, die Stufen hinaufzusteigen.

Oben angekommen, erblickte ich ein Dach mit einem eingezäunten Basketballplatz. Es war nicht derselbe wie der andere **Versteckte Dungeon**, aber das war auch gar nicht nötig. Dieser Dungeon gehörte zur **Kategorie Kampf**. Die Umzäunung des Basketballplatzes glühte so ähnlich wie die, die zu Beginn alle am Times Square gefangen gehalten hatte.

Zum Glück war diese Arena nicht für diese Art von Herausforderung ausgelegt. Als ich mich weiter auf das Dach wagte, war die dichte Konzentration von **Mana** viel deutlicher zu spüren und die Spannung um mich herum stieg.

Irgendetwas war da. Eine gewaltige Macht, die nicht zu unterschätzen war.

„Sind wir uns sicher, dass das der richtige Ort ist, Nick?“, rief Kenny mir zu, als er zögernd das Rohr betrachtete. Er griff danach, um es unter die Lupe zu nehmen, während einige der anderen aus der Gruppe erbleichten. „Scheint ein bisschen abseits der ausgetretenen Pfade zu liegen.“

[Mitteilung über den Systemsturz]

Titel: Versteckter Dungeon entdeckt – Kategorie Kampf

Glückwunsch! Du bist auf einen Versteckten Dungeon der Kategorie Kampf gestoßen. Dieser Dungeon bietet eine einzigartige Herausforderung und die Möglichkeit, wertvolle Belohnungen zu erhalten. Aber sei gewarnt: Hier lauert ein furchterregender Endgegner, der es auf jeden abgesehen hat, der mutig oder töricht genug ist, sich ihm entgegenzustellen.

Dies ist eine besondere und freiwillige Herausforderung, die für gut vorbereitete Teams oder einzelne Abenteurer mit umfangreicher Kampferfahrung bestimmt ist. Sei dir bewusst, dass dein normaler Schutz im **Systemsturz** in dieser Umgebung möglicherweise nicht vollständig zum Tragen kommt. Betrachte dies als eine Warnung – Rückzug kann durchaus eine gute Strategie sein.

„Ich kann ja nicht für uns alle sprechen“, antwortete ich und dehnte meinen Nacken mit einem zufriedenen Grinsen, „aber nach der Benachrichtigung zu urteilen, die ich erhalten habe, ist dies der richtige Ort. Außerdem gehe ich, wohin ich möchte. Wenn ihr mitkommen wollt, ist das eure Sache.“

Schweigen brach über die Gruppe herein. Sie hatten keine Antwort, wie immer. Ein Windstoß peitschte über das Dach, und das Rohr schwankte ein wenig. Kenny war der erste, der versuchte, mir zu folgen.

Mit einem tiefen Seufzer schwang er sich auf das Rohr, wobei er die Beine fest um das Rohr schlang. Mit angespannten Muskeln und verkrampften Händen hangelte sich Kenny über das Rohr. Trotz der Höhe und des Ächzens des Rohrs schaffte er es ohne Probleme und landete mit einem leisen, triumphierenden Lachen sicher auf der

Feuerleiter.

„Na gut, gar nicht so schlecht!“, rief er zurück und winkte hinüber. Lydia war überraschenderweise die nächste, die ihm folgte. Sie zögerte an der Kante; ihre Augen verengten sich, als sie das Risiko abschätzte. Spöttisch murmelte sie etwas vor sich hin – ich bekam nur die Worte „nutzloser Scheiß“ mit –, bevor sie das Rohr ergriff.

Im Gegensatz zu Kenny ging Lydia viel planvoller, fast wissenschaftlich vor. Sie bewegte sich beständig, ohne sich zu beeilen, jede ihrer Handlungen war wohlüberlegt und bedacht. Als sie endlich auf der anderen Seite angekommen war, bürstete sie sich lediglich den Dreck von den Händen, ihre kühle Haltung war ungebrochen.

Durch ihren Erfolg ermutigt, entschlossen sich auch einige andere aus der Gruppe, die Überquerung zu wagen. Einige schafften es mit Leichtigkeit, andere mit zitternden Gliedern und gespensterblassen Gesichtern, aber schließlich schafften sie es alle. Sie arbeiteten sich über die Feuerleiter zu mir vor. Aus einer Richtung schwang eine seltsame Energie mit, die meine Aufmerksamkeit erregte. Ich spürte Augen auf mir, eine Erscheinung, die mich aus den Schatten heraus beäugte. Unbeeindruckt schritt ich vorwärts und nahm eine Abwehrhaltung ein.

„Was tust du da?“, fragte Kenny mit einem Hauch von Aufregung in seiner Stimme. „Ich habe gerade die Benachrichtigung gesehen. Du hast sie auch bekommen, stimmt’s? Wir müssen von hier verschwinden.“

Ich schenkte ihm keine Beachtung und ging weiter, jeder Schritt wurde von einem Gefühl der Ungeduld begleitet, bis ich ein leises, metaphysisches Knacken spürte. Der Wind rauschte und riss alten Müll, totes Ungeziefer und Schutt mit sich und sammelte sie in einem wirbelnden Strudel in der Mitte des Daches. Alles verschmolz miteinander und es entstand eine stattliche Gestalt.

Die Kreatur war eine ungewöhnliche Mischung aus einer Heuschrecke und einer Gottesanbeterin und war bedrohliche fünfzehn Fuß groß. Ihr Körper war eine Masse aus Blättern, vergilbtem Papier und Dosen, die von **Mana** zusammengehalten wurde, und ihr bedrohlicher Kopf, der eher einer Heuschrecke als einer Gottesanbeterin glich, trug vier leuchtend grüne Augen, die in einer V-Form angeordnet und alle auf mich gerichtet waren.

[Mitteilung über den Systemsturz]

Titel: Versteckter Endgegner – Die Trümmerschrecke, Anaxyrus

Titel: Neue Herausforderung – Dachkampf

Aus den Trümmern der Metropole erhebt sich ein bedrohliches Wesen, das riesig ist und vor spürbarer Energie vibriert. Die Trümmerschrecke mit dem Namen Anaxyrus ist ein Geschöpf des städtischen Verfalls, das aus dem weggeworfenen Müll der Stadt erschaffen worden ist. Sie ist ein Monster von eigentümlicher Unbefangenheit, das bedrohlich vor der heruntergekommenen Dachlandschaft leuchtet. Während die Spieler die Dächer überqueren, bleibt Anaxyrus eine schlafende Herausforderung. Sie lauert auf das Überschreiten einer unsichtbaren Grenze und hält ihre Kräfte in Schach, bis der richtige Auslöser betätigt wird. Dies ist keine verpflichtende Begegnung, sondern eine optionale Herausforderung für alle, die sich trauen.

„Ich schätze, es ist höchste Zeit, dass wir abhauen", empfahl Lydia, und ihre übliche Arroganz war echter Angst gewichen. Sie wandte sich an die anderen. „Das war ein Fehler. Ich kann nicht für unseren schwertschwingenden Freund hier sprechen, aber ich habe nicht die Absicht, gegen dieses Monster zu kämpfen."

„Es steht dir frei zu gehen", schoss ich über meine Schulter zurück, wobei die Aufregung noch immer in meiner Stimme zu hören war. „Ich halte meinen Platz frei. Aber gib mir nicht die Schuld, wenn unser neuer Freund hier die Geduld verliert und eure Unentschlossenheit nicht länger hinnimmt."

Alle außer Kenny und dem ramponierten Heiler zogen sich vorsichtig zurück. Kenny sah mich mit einer Mischung aus Mitleid und Verwirrung an und verstand offensichtlich nicht, dass ich gegen das Ding kämpfen wollte.

„Warum schließt du dich uns nicht an, Junge?", flehte er. „Als Gruppe kommen wir besser voran, und in der Gruppe sind wir sicherer. Die medizinische Hilfe des Heilers ist zwar nicht umsonst, aber sie ist es wert. Und wenn die Nacht hereinbricht, brauchst du doch jemanden, der dir den Rücken freihält. Denk mal drüber nach, Nick."

Trotz der Frage wusste ich, dass mein Weg vorgezeichnet war. Die Trümmerschrecke lag vor mir, und ich war bereit für den Kampf, der mich erwartete.

„Er hat nicht ganz Unrecht. Wenn wir **Systemsturz** erobern und [Admin] stürzen wollen, müssen wir zusammenhalten“, meldete sich der Heiler zu Wort, seine Stimme verhallte und klang irgendwie anders als in meiner Erinnerung. „Du hast doch sicher ein Ziel vor Augen, oder? Warum wählst du nicht einen langsameren, sichereren Weg dorthin? Nicht jedes Risiko wird belohnt. Manchmal ist ein Rückzug der klügste Schritt. Niemand hat eine makellose Erfolgsquote. Nicht mal du, Nick Vandal.“

Ich hielt inne und drehte mich auf halbem Weg zu ihnen um. Der Heiler war der erste, der [Admin] erwähnt hatte, was meine Aufmerksamkeit erregte und mich aufhorchen ließ, denn ich war mir nicht sicher, ob der Heiler wirklich war, wer er vorgab zu sein. „Ich weiß deine Besorgnis ja zu schätzen“, erwiderte ich aufrichtig, „aber ich habe meinen Weg bereits gewählt. Es ist einfach nicht mein Stil, mich mit einer Gruppe mit unterschiedlich ausgeprägten Fähigkeiten zu verbünden, die von anderen erwartet, dass sie ihre Kämpfe austragen. Ob es nun Schicksal, Zufall oder pure Fügung war, die mich zu euch geführt hat, das bedeutet noch lange nicht, dass ich mich mit jemandem zusammentun kann, der seinen eigenen Beitrag nicht leisten kann.“

Die Trümmerschrecke wartete und bewegte sich nicht.

Sie war noch nicht aktiviert worden, und mir ging langsam die Geduld aus.

„Die harte Wahrheit in dieser Welt ist, dass nur die, die alles riskieren, auch die Früchte ernten. Hast du dich jemals gefragt, warum diese Kreatur hier lauert? Glaubst du wirklich, dass sie nur schläft und schlummert, bis sie gestört wird?", fragte ich.

„Was soll das heißen? Weißt du irgendwas?" Kennys Neugierde war geweckt und spiegelte sich in seinen Augen wider.

„Ich weiß nur, dass wenn man in dieser Welt Probleme nicht beachtet, sie sich erst recht hinterrücks anschleichen." Ich wandte mich ab und kündigte damit das Ende unserer Unterhaltung an. Der Heiler wollte einen Schritt nach vorne machen und die Hand ausstrecken, aber Kenny hielt seinen Arm fest und schüttelte mit einem niedergeschlagenen Seufzer den Kopf.

„Wir sollten verschwinden. Er hat seine Entscheidung getroffen." Trotz seiner Verärgerung über meine vermeintliche Arroganz wusste Kenny, wann eine Sache verloren war. Er vermisste die Tage echter Zusammenarbeit und Teamgeist.

„Pass auf dich auf, Junge. Lass mich nicht bereuen, dass ich dich hier allein zurückgelassen habe." Mit diesen Worten verschwanden sie in den Großstadtdschungel und ließen mich allein auf dem Dach zurück.

Ich aktivierte **Augen des Vermächtnisses** und stellte fest, dass die Kreatur einen eigenen Cursor hatte, eine flache Rautenform, die sich träge über ihrem Kopf drehte.

Seltsam. Ich hatte angenommen, nur Menschen hätten sowas.

Der Cursor der Kreatur leuchtete rot, im Gegensatz zu den schwarzen Cursors, die ich bei Lydia und dem Heiler gesehen hatte. Durch die **Augen des Vermächtnisses** konnte ich schwache rote Ranken wahrnehmen, die aus der **Trümmerschrecke** quollen. Es handelte sich um einen Feind mit höherem Rang.

„Hoher Einsatz, hohe Belohnung", murmelte ich vor mich hin. Das Dach, das jetzt mein Schlachtfeld war, erwartete mich. „Los geht's."

40. AUSKUNDSCHAFTEN

Am Rande des Daches, wo die Fluchtstiege mit dem Gebäude verbunden war, strichen Burns Finger über die rauen Kanten einer Betonmauer und rostiges Eisen. Er musste auf alles gefasst sein, wenn der **Versteckte Dungeon** so nah war.

Er trug das Gesicht eines anderen, nachdem er unauffällig die Gestalt des Heilers der Gruppe angenommen hatte, und folgte Nick und Kenny in Richtung **Versteckter Dungeon**.

Seine einzigartige Fähigkeit des **Nachahmens**, die er erlangt hatte, nachdem er während eines frühen Trainings einen Höllenhund besiegt und dessen Essenz in sich aufgenommen hatte, war ideal zum Sammeln von Informationen. Aber diese Fähigkeit hatte einen Haken. Er konnte immer nur bis zu fünf Fähigkeiten gleichzeitig übernehmen. Wenn er eine sechste erlernte, wurde die erste gelöscht und ersetzt, und wenn er das Bild einer Zielperson nachahmte, zählte dies als eine **Fähigkeit**.

Nachdem er Nick und Kenny beobachtet hatte, versuchte er, aus dem Verborgenen so viel wie möglich von ihren Kämpfen zu sehen.

Burns war überrascht, dass der Heiler zu ihm übergelaufen war, aber nachdem Kenny ihm ein blaues Auge verpasst hatte, war der Heiler ein wenig zu sich gekommen. Burns überlegte, ob er die Fähigkeit „Körpernaht" einsetzen sollte, entschied sich aber dagegen. Er musste über andere Dinge nachdenken und war sich sicher, dass es bessere Fähigkeiten geben würde, diese Slots zu füllen.

Kenny hielt sich an der Feuerleiter fest und zögerte, als er zu Nick zurückblickte. Burns bedeckte sein rechtes Ohr mit der Hand, schloss die Augen und wartete darauf, dass die mentale Verbindung aktiviert wurde.

Burns wahrer Partner besaß die Fähigkeit der Zellularpathie, die es ihnen ermöglichte, über weite Entfernungen hinweg nur mit ihren Gedanken zu kommunizieren, und zwar schnell und einfach. Das war ihre raffinierte Art, in Verbindung zu bleiben, nachdem sie herausgefunden hatten, dass sie nach dem Zwischentraining getrennt werden würden. Burns stellte die Verbindung her und das alte Geräusch eines anklopfenden Anrufs ertönte, bis abgenommen wurde.

„[Burns, hast du schon jemand Nützliches aufgetrieben?]" Die Stimme war weit weg, aber gut zu hören.

„[Ich habe zwei mögliche Kandidaten ausfindig gemacht, einen, bei dem ich mir nicht sicher bin, und einen interessanten Kerl, den wir uns näher ansehen sollten. Der eine ist ein junger Mann, der ein paar einfache Heilmethoden beherrscht und Stiche aus dem Nichts zaubern kann. Außerdem gibt es einen netten älteren Mann, der verlässlich, aber nicht der Stärkste zu sein scheint. Ich hätte gedacht, die Anführerin der Gruppe, eine junge Frau, wäre eine gute Wahl, aber irgendwas stimmt mit ihr nicht und der letzte Typ … der ist stark. Und zwar richtig stark. Zudem scheint er über irgendeine Art von Sehkraft zu verfügen. Wenn ich früher getauscht hätte, hätte er von mir erfahren, schätze ich.]“

Burns hielt inne, sagte nichts weiter und wartete darauf, dass sein Partner nachhakte. Da machte Kenny gerade den ersten Schritt auf der Feuerleiter nach unten.

„[Was meinst du mit stark? Ich brauche Einzelheiten, keine Allgemeinplätze.]“

„[Er ist ein ziemlicher Einzelgänger. Nicht unbedingt freundlich, aber er verschreckt auch niemanden. Er kann hervorragend mit einem Schwert umgehen und ist verdammt schnell. Es scheint, als würde er alles, was er hat, nutzen, um schneller zu werden und seine zusätzlichen Stat-Punkte in die Beweglichkeit stecken. Zumindest vermute ich das. Damit spielt er in einer ganz eigenen Liga.]“

„[Ich habe da ein Gerücht gehört. Es heißt, dass irgendso

ein Kerl einen der Endgegner des Zwischentrainings ganz allein zu Fall gebracht hat. Aber niemand hat ihn bislang zu Gesicht bekommen. Könnte er das sein? Der Typ, von dem du sprichst?]“

„[Schon möglich]“, antwortete Burns und richtete seinen Blick wieder auf die Gruppe unten. „[Ich bin schon eine Weile dabei. Sein Name ist Nick. Er bringt die richtigen Fähigkeiten und die richtige Einstellung für unsere Gruppe mit. Aber wir sollten vorsichtig sein und uns ganz sicher sein.]“

Burns’ andere Hand ballte sich zu einer Faust. Seine Gedanken drehten sich um das Monster aus dem Zwischentraining.

„War es überhaupt möglich, diese Dinger umzubringen?“, dachte er bei sich.

Das Monster, auf das seine Gruppe gestoßen war, hatte im **Zwischentraining** unzählige Leute niedergemetzelt. Das Monster wurde **Glaspuppe** genannt und war furchtbar. Eine hüpfende, grässliche Puppe, die herumsprang und hüpfte, gelegentlich beim Aufprall zerbrach, um sich dann völlig unversehrt wieder aufzurichten.

Die Glassplitter zerfetzten alles, was sich ihnen in den Weg stellte, während sie zum Rumpf des Monsters zurückkehrten. Die Scherben waren wie Schrapnelle und hatten viele der Überlebenden verstümmelt zurückgelassen.

„Wie ist es überhaupt möglich, so ein Ding im Alleingang zu töten?“, fragte er, während sich tiefer Respekt in seine Gedanken einschlich.

Sein Boss antwortete nicht.

Beide wussten nicht, was passiert war, als Nick und seine Kameraden sich in den Versteckten Dungeon gewagt hatten. Burns hat es einfach nicht gesehen. Es stimmte zwar, dass er mitbekommen hatte, wie Nick mit einem Schwarm **Dachwespen** fertig geworden war, aber diese Schergen waren weit entfernt von einem Endgegner aus dem Tutorial.

Nick konnte unmöglich ein solches Biest erschlagen haben.

„[Wenn das wirklich möglich ist, muss der Typ in einer ganz eigenen Liga spielen]“, kam die Antwort von der anderen Seite.

Trotz Burns eigener Zweifel musste er zugeben, dass Nick Zuversicht ausstrahlte und diese auch unter Beweis gestellt hatte. Wenn Burns darüber nachdachte, fragte er sich, ob der Mann tatsächlich in der Lage war, einen Endgegner zu besiegen.

Burns warf einen Blick hinüber und sah, dass Nick sich gerade auf ein anderes Monster vorbereitete. Seine Augen suchten das Monster vor ihm ab, um die beste Möglichkeit zu finden, es zu Fall zu bringen.

„[Ja, auf keinen Fall.]“ Burns lachte und verwarf den Gedanken. „[Ehrlich gesagt, würde ich nicht darauf wetten. Er ist sicherlich fähig, aber einen Endgegner zu besiegen ist eine ganz andere Nummer. Er ist fähig, aber wenn er nicht gerade unglaublich starke Gegenstände bei sich versteckt, habe ich nicht genug gesehen, um zu glauben, dass er auf dem Level ist, sowas zu schaffen.]“

Diese Gedanken schwirrten ihm im Kopf herum, bevor er beobachtete, wie Nick sich auf die Schrecke zubewegte.

Plötzlich rief Kenny ihm zu: „Wir müssen uns über dieses Rohr beeilen. Nick schafft das schon, mach dir keine Sorgen um ihn, er holt uns schon ein.“

Burns nickte und lächelte innerlich. Kenny hatte immer noch keine Ahnung.

Dann drehte er sich um und betrachtete ein letztes Mal das andere Dach. Nick stand gegenüber der lebendigen Masse von Müll auf dem Dach. Ein kleiner Schatten im Gegensatz zu einem riesigen Koloss.

„Wenn sich unsere Wege noch einmal kreuzen, glaube ich, dass es da draußen jemanden gibt, der einen Endgegner besiegen kann – vielleicht sogar jemanden wie dich“, murmelte Burns und richtete seinen Blick auf den Kampf auf dem Dach gegen die Trümmerschrecke.

*****

Meine neuesten Verbündeten hatten mich bereits zurückgelassen. Kenny war der letzte, der auf dem Rohr zurück in Richtung relativer Sicherheit kroch. Ich war enttäuscht, aber nicht überrascht. Nicht jeder kämpfte gerne an vorderster Front, und einen Feind zu besiegen, dessen Stärke man nicht gut genug einschätzen konnte, um sicher zu gehen, dass man davonkam, wäre für die meisten Leute Wahnsinn gewesen.

Aber ich war nicht wie die meisten Leute.

Mein Gegner war eine **Trümmerschrecke**, eine gewaltige Kreatur, die aus dem Müll der Stadt zusammengebaut wurde – aus toten Käfern, Blättern, Ziegelsteinen und Betonsplittern. Andere hatten Angst vor ihr, wurden von ihr eingeschüchtert, aber ich nicht. Ich spürte einen Adrenalinstoß, ein Gefühl der Aufregung. Es war eine Herausforderung, und da es ein Endgegner war, wusste ich, dass das Monster Beute hatte.

Plötzlich stürzte sich die **Trümmerschrecke** mit voller Wucht auf mich. Trotz ihrer Größe war sie erstaunlich schnell. Aber ich war bereit. Ich wich dem Angriff der krallenbewehrten Faust aus Beton mühelos aus.

Mit **Legende** in meinem Griff schlug ich nach den Beinen der **Trümmerschrecke**. Das Schwert hatte seinen Wert bereits mehrfach unter Beweis gestellt.

Jeder Schlag war sorgfältig gesetzt, meine Klinge schnitt

durch das zähe, aus Müll bestehende Äußere, und wenn Teile abgetrennt wurden, lösten sie sich in Luft auf, anstatt auf das Dach zu fallen, wo sie von dem Monster wieder aufgenommen werden konnten.

Dieses Vorgehen hatte einen Sinn. Hatte System. Da gab die Trümmerschrecke ein Geräusch von sich, ein knirschendes Geräusch, bei dem sich ihre Teile gegeneinander bewegten.

Kurz sah ich, wie einige meiner Gruppe versuchten, einen Blick vom anderen Dach aus zu erhaschen, einige kletterten über Lüftungsschächte und andere auf Kisten und Tische, um besser sehen zu können. Mit jedem Angriff wurde ihnen klar, wie groß der Abstand zwischen uns war.

Doch meine Aufmerksamkeit blieb auf den Kampf vor mir gerichtet. Schlag um Schlag. Treffer um Treffer.

Jedes Mal, wenn mein Schwert die **Trümmerschrecke** traf, schossen Funken aus ihr heraus, als die Klinge den Beton durchschlug. Die Kreatur hätte stärker sein müssen, oder vielleicht war ich auch nur stärker geworden. Ich war mir nicht sicher, aber **Legende** peitschte gerade noch rechtzeitig über meinen Körper, um eine Klaue aus Betonstahl abzuwehren, bevor ich zum Gegenangriff überging.

Ich nahm diese riesige Kreatur Stück für Stück auseinander. Ein toller Kampf war das. Ich war zufrieden.

Schlag für Schlag erledigte ich das Biest. Stücke und

Brocken von Beton und Müll lösten sich in der Luft in Staub auf. Das Monster war kaum noch eine Bedrohung, auch wenn es humpelte. Als die **Trümmerschrecke** schließlich nur noch halb so groß war wie vorher, war es Zeit für mich, die Sache zu beenden. Verglichen mit dem **Wendigo** oder dem **obsidianfarbenen Minotaurus** war die Schrecke kaum ein Problem.

Da ein Großteil ihres Panzers zerstört war, konnte ich tief in ihrem Inneren einen wirbelnden Manakern sehen. Also stieß ich mein Schwert in den Körper der **Trümmerschrecke**, direkt in den Kern. Es folgten das Geräusch eines Todesstoßes und das Zerspringen des Kerns. Das Monster gab einen letzten Laut von sich, bevor es zu einem Trümmerhaufen zerfiel.

Und ich stand da, siegreich, mein Schwert immer noch in der Hand. Anders als bei anderen Gelegenheiten erhielt ich keine Benachrichtigung, dass ich gewonnen hatte.

Ich warf einen Blick hinüber, aber meine Gruppe war weg. Sie waren schon weitergezogen. Ich war mir nicht sicher, ob sie dachten, dass ich sie einholen würde, oder ob sie der Meinung waren, dass ich besiegt worden war.

In diesem Augenblick zuckte ein Licht auf und eine silberne Münze fiel auf den Boden. Ich fluchte, als ich sah, was es war.

„Hast du denn nicht gewusst, dass man die Dinger aufschließen kann?!“, dachte ich mit einer Mischung aus

Verärgerung und Überraschung. Es schien, als müsste ich in meinem neuen Leben noch viel lernen.

41. OHNE RÜCKSICHT AUF VERLUSTE

Ich bahnte mir meinen Weg durch eine Reihe von Brücken über Dächer und bewegte mich schnell und ohne große Probleme über ein Dach nach dem anderen, um mich wieder der Gruppe anzuschließen. Ich folgte der Spur und den Spuren von Kämpfen. Nur einmal warf ich einen Blick zurück auf den Weg, den ich gekommen war, und stellte fest, dass zahlreiche weitere Gebäude verschwunden waren.

Wahrscheinlich waren weitere Dächer von Manhattan eingestürzt, während ich mit der **Trümmerschrecke** gekämpft hatte.

Endlich hatte ich es geschafft, den Abstand zwischen ihnen und mir zu verringern. Ich sah drei bekannte Gesichter warten, aber der Heiler war weg. Stattdessen erblickte ich Kenny, Nirma und das jüngere Mädchen, das ich zuvor in der Nähe des Heilers gesehen hatte. Mir fiel auf, dass das

Mädchen und Nirma dicht beieinanderstanden, so als wollte Nirma sie beschützen. Ich nahm an, dass sie in irgendeiner Beziehung zueinander standen.

Kenny seufzte erleichtert, als er mich sah.

Ich brach das Schweigen zuerst. „Haben die anderen eine andere Route genommen? Was führt euch drei denn hierher?“

Nirma rückte nervös ihre Bluse zurecht, als sie antwortete: „Der andere Weg schien gefährlicher zu sein, und na ja ...“

„Lydia hat ein höheres Level erreicht“, mischte sich Kenny mit missmutigem Blick ein. „Das hat alles verändert. Ihr Wort war Gesetz und nur noch ihre Meinung war von Bedeutung. Anscheinend ist der Heiler abgehauen und hat uns zurückgelassen. Sie scheint ihn um den Finger gewickelt zu haben, das heißt, sie kontrolliert die Heilung. Und der Heiler ...“

„... wird ein böses Erwachen erleben, wenn er glaubt, er könne meine Tochter zu seinem Vorteil nutzen“, schloss Nirma und ihre Augen brannten vor Entschlossenheit.

Ich nahm mir einen Augenblick Zeit, um darüber nachzudenken. „Einen Heiler, auf den du dich nicht verlassen kannst, kann man nicht gebrauchen. Wenn er dir nicht den Rücken stärkt, wenn du mit dem Rücken zur Wand stehst, wer dann? Ohne ihn bist du besser dran.“

Ich richtete meine Aufmerksamkeit wieder auf Kenny: „Ich kann ja verstehen, dass du Lydia nicht folgen willst, aber was ist mit Nirma und ihrer Tochter?“ Ich deutete mit einer vagen Geste in Richtung der Tochter, ohne mich an ihren Namen zu erinnern. „Das hört sich nach langjähriger Verbundenheit an oder nach jemandem, den du für wichtig hältst. Aber keine der beiden war während unserer Kämpfe eine große Hilfe.“

Ihre Blicke verrieten mir, dass ich näher an der Wahrheit war, als ich erwartet hatte. Die Frauen sahen erschrocken aus, während Kennys Gesichtsausdruck eher beschämt war. „Vor all dem hier waren wir äh ... Nachbarn. Ich habe mich um sie gekümmert.“

Nirma murmelte etwas in Richtung Kenny und der Mann biss sich auf die Lippe.

„Wir kennen ihn nicht. Er ist bloß ein Einzelgänger, er braucht nichts von unseren Angelegenheiten zu erfahren.“

Ich hörte es trotzdem, und es war ja nicht ganz falsch. Ich ließ ihre persönlichen Geschichten nicht an mich heran. Ich hatte in meinem früheren Leben schon genug gesehen und gehört.

Kenny versuchte, Nirma eines Besseren zu belehren, indem er erwähnte, dass ich gerne Handel trieb und mich eher als Söldner bezeichnete. Nirmas Erwiderung war scharf, aber sie trug nicht dazu bei, die Spannung zwischen den beiden zu lösen. Das Mädchen sah mit einem besorgten Blick zu. Es war mir klar, dass Nirma und Kenny mehr als nur Nachbarn waren.

Ich lenkte das Gespräch wieder auf die eigentliche Frage: „Also, wie lautet der Plan?"

„Wir dachten, wir folgen diesem Weg", erklärte Kenny und deutete auf die Dächer vor uns, die mit kurzen Brücken verbunden waren. „So sollten wir vorankommen. Hast du auf dem Weg hierher andere Routen gesehen? Vorzugsweise solche, die weniger gefährlich sind?"

„Nein", antwortete ich auf Kennys Frage, bevor ich mich wieder auf den Weg machte. Nach ein paar Schritten warf ich einen Blick über meine Schulter. Kenny begegnete meinem Blick und seine Augen waren voller Unsicherheit.

„Heißt das, du führst uns an?", fragte er.

„Ich führe niemanden an", erwiderte ich, „aber ich halte auch niemanden davon ab, mich zu begleiten. Wir gehen alle unsere eigenen Risiken ein." Ich drehte mich zu dem Mädchen um und begegnete ihrem Blick mit einer strengen Miene. „Und das gilt auch für dich. Du musst deinen eigenen Beitrag leisten, wenn du überleben möchtest."

Kenny sah ein wenig trotzig drein, als ich das Mädchen ansprach, aber er widersprach mir nicht. Ich schätze, er wusste, dass ich Recht hatte.

Der Weg, den wir einschlugen, führte nicht zu dem Gebiet zurück, aus dem ich gerade gekommen war. Stattdessen verlief er geradeaus, gesäumt von hoch aufragenden Gebäuden auf beiden Seiten. Diese Gebäude erinnerten mich an die Arena, in der ich gegen die **Trümmerschrecke** gekämpft hatte. Trümmerteile fielen vor uns zu Boden, wie kleinere Ausgaben der Bestie, die ich besiegt hatte.

Der **Betonfresser** war etwa zwei Meter groß, mächtig, aus gehärteten Zement- und Schuttbrocken geformt und ähnelte einer humanoiden Gestalt. Sein Körper war eine Mischung aus Kieselsteinen, zerschlagenen Ziegelsteinen, Glasscherben und zersplitterten Stahlstangen, die sich zu einem zusammenhängenden Ganzen zusammengefügt hatten.

Wo die Augen des Monsters hätten sein sollen, befanden sich zwei hohle Augenhöhlen, die in einem unheimlichen Blau schimmerten. Es war ein kalter, durchdringender Blick, umgeben von einem leeren, gesichtslosen Gesicht. Seine Gliedmaßen waren dick und grob, ähnlich wie die Wände der Wolkenkratzer, die wie Wächter um uns herum aufragten. Sie endeten in schweren, grob geformten Fäusten, die Stein und Metall gleichermaßen zermalmen konnten.

Ich hob mein Schwert, aber ich hatte keine Angst.

Betonfresser waren nicht so eine Herausforderung wie die **Trümmerschrecke** und würden wahrscheinlich auch keine wertvolle Belohnung bringen. Ich kümmerte mich schnell um diejenigen, die es wagten, sich mir zu nähern, und überließ die anderen sich selbst.

Die anderen waren noch nicht soweit.

„Nick“, brachte Kenny mit vor Entsetzen erstickter Stimme hervor, „wir brauchen dich“.

Ich stürzte mich ins Getümmel. Meine Bewegungen wurden immer schneller und zielsicherer. Sie waren zwar immer noch nicht auf dem Niveau meines früheren Körpers. Aber meine Reaktionszeit und Ausdauer übertrafen ihn manchmal. Vernichtend. Mit einem schnellen, entschlossenen Schlag durchtrennte ich den **Betonfresser** und spaltete ihn in zwei Teile. Seine beiden Hälften prallten mit einem lauten Knall auf das Dach. Die brutale Schlichtheit dieser Tat hallte tief in mir nach.

Das plötzliche Auftauchen der **Betonfresser** war eine Überraschung. Dann wurde mir klar, dass, wenn ich es nicht selbst mit der **Trümmerschrecke** aufgenommen hätte, diese schwächeren Kreaturen an ihrer Stelle aufgetaucht wären. Wenn der **Systemsturz** es für nötig hielt, gab es wohl keinen Ausweg aus dem Kampf. Kenny und die anderen würden so oder so gezwungen sein, sich zur Wehr zu setzen.

Ein weiterer **Betonfresser** zog sich an der Seite des Gebäudes hoch und ich erledigte ihn schnell und ohne zu zögern.

Nachdem ich einen weiteren **Betonfresser** besiegt hatte, schienen die anderen einen großen Bogen um mich zu machen. Sie strahlten kein **Mana** aus, was sie eher lästig als gefährlich machte. Also ließ ich sie in Ruhe und ging weiter den Weg entlang. Sollte sich doch jemand anderes um sie kümmern.

Die nächste Brücke führte uns schließlich zu einem ausgebauten Dach mit einem Schwimmbecken, das fast die gesamte Dachfläche einnahm. Das Becken schien eines dieser Infinity-Pools zu sein, bei denen das Wasser von der Seite herabfiel, um dann in geheimen, unauffälligen Kammern aufgefangen und zurück in das System gefiltert zu werden. Entlang des Randes versammelten sich andere Spieler in Gruppen. Das Sonnenlicht spiegelt sich auf der Oberfläche.

Bisher hatte ich angenommen, dass diese Schwimmbecken auf den Dächern Todesfallen waren. Aber als ich die Gegend überblickte, sah ich Plakate mit Karten von verschiedenen Stadtteilen. Aus Neugierde benutzte ich meine Fähigkeit **„Augen des Vermächtnisses“**, um eines abzutasten, und stellte fest, dass es sich nur um eine normale Reklametafel handelte.

„Meinst du, wir finden hier ein Hotel?“, fragte einer der anderen Spieler laut und mit einem Hauch von Spott in der Stimme.

„Vergiss das Hotel, ich sehne mich nach einem der Läden aus dem Anfängertutorial“, meldete sich ein anderer zu

Wort.

„Es gibt einen Ort namens Gewerbegebiet, sollen wir dort mal hingehen?“, schlug der Dritte vor. Trotz der düsteren Lage, in der wir uns befanden, waren sie gut gelaunt.

Ich schenkte ihnen keine Beachtung, und meine Gruppe machte ähnliche Vorschläge. Kenny schien sich mehr für das Hotel als für das Geschäftsviertel zu interessieren.

Doch bevor wir eine Entscheidung treffen konnten, erklomm eine Gruppe von **Betonfressern** die Seite des Gebäudes und versuchte, uns anzugreifen. Ohne auch nur einen Augenblick zu zögern, stürzte ich mich nach vorne, **Legende** fest umklammert in meiner Hand. Einer der Betonfresser war schneller, als es den Anschein hatte, und stürzte sich mit gezackten Stücken von Betonstahl auf mich. Mit einem geschickten Ausweichmanöver entging ich dem Angriff und schlug mit einem gezielten Hieb nach dem mit Ziegelsteinen übersäten Bein der Kreatur.

Der Betonfresser war zwar stärker als die anderen, aber nicht stark genug, denn mein Schwert war ein Gegenstand, der mitwuchs. Es hatte sich mit mir weiterentwickelt. Die Kreatur gab ein raues, mahlendes Geräusch von sich, als würden Beton und Betonstahl auf eine Schleifmaschine treffen. Sie schlug erneut nach mir, aber ich war bereit. Diesmal wich ich dem Angriff aus und schlug mit meiner Klinge hart auf den Zementtorso ein.

Betonbrocken flogen davon und verteilten sich auf dem Dach. Der Betonfresser taumelte, aber er fiel nicht. Ich konnte sehen, wie die anderen gespannt zusahen, während ich mich um die Kreatur herumbewegte.

Mit einem letzten kräftigen Schwung mit **Legende** erwischte ich das Zentrum des Monsters. Es gab ein lautes Scheppern, als die Kreatur schließlich auseinanderfiel, nachdem ich es geschafft hatte, ihren Kern zu zertrümmern, und ihre Teile über das Betondach verstreut wurden. Ich beugte mich triumphierend über ihre Überreste.

Dann streifte ich mir den Staub von der Kleidung. Ich hatte eine Entscheidung getroffen. Ich brauchte kein Hotel.

Dann wandte ich mich wieder an die Gruppe. Ihre Gesichter strahlten eine Mischung aus Erleichterung und Bewunderung aus. „Also, das Geschäftsviertel?"

Einige Zeit später blickte ich auf das sich ausbreitende Labyrinth des Geschäftsviertels von Manhattan mit seinen hoch aufragenden Gebäuden aus glänzendem Glas und Stahl. Das Viertel war von rücksichtslosen Beutegreifern heimgesucht. Ein flüchtiger Gedanke, meine Gruppe zu warnen, kam mir in den Sinn, aber ich verwarf ihn schnell wieder. Sie wollten sich in dieses Chaos stürzen? Dieser Ort war die optimale Umgebung, um sie in den notwendigen Fähigkeiten des Überlebens zu unterrichten und zu trainieren. Ich wollte sie nicht verhätscheln. Sie mussten lernen, und zwar schnell.

In meinem früheren Leben waren die Kameraden, die ich kennengelernt hatte, aus ganz unterschiedlichen Bezirken gekommen, und ihre Geschichten waren so unterschiedlich gewesen wie ihre Herkunft. Doch als ich mich erst einmal an die verschlungenen Pfade dieser seltsamen Stadtlandschaft gewöhnt hatte, sprachen mich nur noch eine Handvoll Geschichten wirklich an.

„Ich könnte eine gute Erklärung dafür gebrauchen, warum ich in der Zeit zurückgeworfen werde", murmelte ich und unterstrich meine Worte mit einem tiefen Seufzer. Ein Gefühl des Bedauerns durchzuckte meinen Verstand, das trotz der Gnade dieser zweiten Chance, die mir gewährt worden war, immer noch anhielt.

Die Systemnachricht, die mich hierher geführt hat …

Plötzlich brach ich in ein selbstgefälliges Glucksen aus. Wie hatte ich die eindeutigen Hinweise bloß übersehen können?

Der Zettel, den Annie mir hinterlassen und der in Gemeinsprache verfasst war.

Die Nachricht, die mir die Möglichkeit eröffnet hatte, mich zurückzusetzen, war ebenfalls in Gemeinsprache verfasst gewesen. Als gebürtiger Engländer war ich nie gezwungen gewesen, mein persönliches Menü in Gemeinsprache umzustellen, obwohl [Admin] diese Funktion ein Jahr, nachdem die Sprache so beliebt geworden war, eingeführt hatte.

Versuche, die Grenzen der [Sandbox] zu überwinden.

War Annie auch eine Zeitreisende? Ist das System gefährdet?

Das Geheimnis um den **Systemsturz** war eine Büchse der Pandora, in der es von unzähligen Vermutungen nur so wimmelte. Handelte es sich um eine Art Matrix, und war unsere ursprüngliche Welt nur eine künstliche Illusion? Oder war dies ein kompliziertes, sadistisches Spiel, das von einem geistesgestörten [Admin] inszeniert worden war? Ich hatte mich selten auf solche Spekulationen eingelassen, aber jetzt wünschte ich, ich hätte das getan.

Mir war klar, dass der **Systemsturz** wie eine komplexe Software funktionierte, in der es von Bots wimmelte, die sich in Entwicklerjargon miteinander unterhielten. Aber da sich die Hackversuche anderer, technisch versierterer Menschen als erfolglos erwiesen hatten, hatte ich dieses Wissen als belanglos abgetan.

Aber eine [Sandbox] … War das ein Begriff aus der Programmiersprache oder eine Anspielung auf die sandigen Weiten der Wüstenphase? Ich erinnerte mich vage daran, dass eine Sandbox eine digitale Umgebung bezeichnete, die von außen beeinflusst werden konnte. **Systemsturz** könnte tatsächlich diese [Sandbox] sein, die der [Admin] von jenseits des Schleiers aus steuerte.

War es möglich, dass ich mit den **Augen des Vermächtnisses** meine Rache vorantreiben konnte? Ich aktivierte meine Fähigkeit und füllte mein gesamtes **Mana** in mein Sehvermögen, wobei ich den Himmel, den See und die mit Laub bedeckten Dächer in der Ferne kritisch untersuchte.

Nichts.

Gerade als ich meine Untersuchung aufgeben wollte, fiel mein Blick auf die Karte der Dächer von Manhattan, die nun unbeobachtet von neugierigen Blicken war.

„Hmm, ist das nicht merkwürdig …“, murmelte ich nachdenklich.

42. BITTERE GNADE

Ich stand auf einem der letzten Dächer Manhattans und betrachtete die Karten der Umgebung vor mir. Eine von ihnen schimmerte in einem merkwürdigen Blauton und zeigte kurzzeitig eine Oberfläche, die meinem Spielermenü ähnelte. Ein heftiges Brennen flammte direkt hinter meinen Augen auf, und bevor ich begreifen konnte, was los war, wurde meine Fähigkeit **„Augen des Vermächtnisses“** gewaltsam ausgeschaltet.

Als ich versuchte, sie wieder in Gang zu setzen, wurde ich blockiert.

[Augen des Vermächtnisses – Strafzeit zum Abklingen 04:54]

Eine Abklingzeit von vollen fünf Minuten. Dass die Fähigkeit beendet worden war, überraschte mich zwar, aber das hätte es eigentlich nicht. Mächtige Fähigkeiten haben bekanntlich ihre Grenzen, und die Tatsache, dass diese Fähigkeit eine Strafzeit hatte, sollte ich lieber sofort als später begreifen. Ich verstand nur nicht, warum ich nicht vorher einen erklärenden Text bekommen hatte, sondern nur den Timer. Was hatte sich geändert? Der Timer tickte herunter und ein pulsierender Kopfschmerz folgte ihm.

Ich dachte kurz darüber nach, wie ich diese Fähigkeit überhaupt erhalten hatte.

„Sie war mir geschenkt worden. Vielleicht war sie nur teilweise entwickelt gewesen und musste noch wachsen?“, fragte ich mich. Vielleicht war die Pop-up-Meldung bei Annie erschienen, als sie die Fähigkeit zum ersten Mal erworben hatte, und da ihr die Informationen bereits gezeigt worden waren, erschienen sie nicht erneut. Ehrlich gesagt, war ich mir nicht sicher, wie das überhaupt funktionierte, wenn eine Fähigkeit einen Vorbesitzer hatte. Darüber war nicht so viel bekannt; in meinem früheren Leben war das nicht so häufig vorgekommen.

Meine Gedanken wirbelten durcheinander, sprangen in verschiedene Richtungen und für einen Augenblick breitete sich in meinem Kopf ein hartnäckiger Druck in pulsierenden Wellen aus. Ich drückte meine Finger in die Schläfen, um die wachsende Spannung zu lindern, aber das half nicht. Das Pochen würde so lange anhalten, bis die Abkühlung nachgelassen hatte. Ich biss die Zähne zusammen und ertrug es.

Trotzdem …

Ich kannte noch einen anderen möglichen Grund für

die Abklingzeit meiner Fähigkeit, und der hatte es in sich … Manchmal, wenn eine Fähigkeit auf Abklingzeit gesetzt wurde, bestand die Möglichkeit, dass sie sich zu etwas Neuem entwickelte, anstatt einfach nur die Grenzen der Leistungsfähigkeit erreicht zu haben. Dieser Gedanke half mir zumindest ein wenig über mein Unbehagen hinweg.

In diesem Augenblick holte der Rest der Gruppe, mit der ich unterwegs gewesen war, auf. Kenny war sichtlich erschöpft und hatte Schweißränder unter seinen Achseln. Nirma folgte ihm, und das Mädchen blieb zurück. Sie schienen Kenny die ganze Arbeit machen zu lassen.

„Du hättest mit anpacken können, Nick, du hättest uns nicht zurücklassen müssen“, murmelte Kenny verärgert und blickte mich an.

Ich lächelte ihn an.

„Hast denn nicht *du mich* davor gewarnt, mich in jeden vermeidbaren Streit zu stürzen?“, erwiderte ich und erinnerte mich daran, wie Kenny versucht hatte, mich vom Kampf gegen die **Trümmerschrecke** abzubringen und mich auf dem Dach allein gelassen hatte. Sein verächtlicher Blick fühlte sich ungerechtfertigt an.

Plötzlich tauchte Zagren über uns auf und das Sonnenlicht schimmerte auf seiner metallischen, von Emojis inspirierten Form.

„[10, 15, 50, 65 …]“, zählte Zagren. **„[Ah, ausgezeichnet.**

Mehr als genug von euch haben es geschafft, aber nicht zu viele. Ich bewundere eure Ausdauer, dass ihr bis hierher durchgehalten habt mit einer so beeindruckenden Zahl. Es ist also gar nicht mehr notwendig, euch so grausam auszumerzen wie zu Beginn dieses fortgeschrittenen Tutorials.]"

Überall murrten und fluchten die überlebenden Spieler, denn sie ahnten, dass etwas Schlimmes passieren würde, nachdem Zagren aufgetaucht war.

„[Wie ihr vielleicht gemerkt habt, sollte dieses Tutorial eure Abenteuerlust auf die Probe stellen. Wer sich beim Überleben auf andere verlässt, hält es nicht lange durch. Von nun an werden die Überlebenden der Menschheit einen gewissen Einfluss auf den Entscheidungsprozess haben. Ich rate euch, euch die Karten genauer anzusehen, vorausgesetzt, ihr seid nicht so bescheuert, sie übersehen zu haben.]"

Obwohl Zagrens Worte einen sarkastischen Unterton hatten, war seine Stimme von der Unbekümmertheit eines erfahrenen Mentors geprägt. Im Gegensatz zu seinem Kollegen klang sein Ton tiefer und erinnerte eher an einen Teenager als an ein kleines Kind. Meistens klang er müde.

„[Stellt euch Aufzüge vor, die euch innerhalb dieser Stadt an jeden beliebigen Ort bringen können, vorausgesetzt, es handelt sich um ein gültiges Ziel, das auf der Karte eingezeichnet ist. Wenn man einen Ort auswählt, der nicht auf der Karte verzeichnet ist, aber den es im

fortgeschrittenen Tutorial gibt, kann es sein, dass man in einem Gebiet landet, das über dem eigenen Rang liegt. In solchen Fällen gibt es keine Sicherheitsvorkehrungen.]"

Das überraschte mich. Ich runzelte verblüfft die Augenbrauen. Das kam unerwartet. Früher waren die Aufzüge nur auf bestimmte Punkte auf der Karte beschränkt. Es war nicht möglich, über die Grenzen des Tutorials hinauszugehen.

Meine Gedanken schweiften ab, und die Antwort schien offensichtlich zu sein.

Ich war der lebende Beweis dafür, dass etwas jenseits der Grenzen des [Admin] und des **Systemsturzes** am Werk war. Oder zumindest manipulierte ein Wesen mit einer gewissen Macht die Dinge.

„Sandbox ... Jemand wirft Steine von außerhalb der [Sandbox]", murmelte ich vor mich hin und dachte noch einmal über Annies Notiz nach. Ich hätte gerne einen Blick auf Zagren mit meinen **Augen des Vermächtnisses** geworfen, aber die Fähigkeit war immer noch auf Abklingzeit.

„Also, wie bedienen wir diese Aufzüge?", fragte ein Mädchen aus einer Gruppe, die ich nicht kannte.

„[Um diese Aufzüge für einen sicheren Transport zu benutzen, hat jeder von euch eine [Silbermünze] erhalten]", antwortete der Bot, als wäre das das Dümmste, was er je gehört hatte.

[Du hast 1 Silbermünze erhalten.]

Die Benachrichtigung tauchte vor allen Anwesenden auf, während Zagren seine Anweisung fortsetzte.

„**[Man braucht drei Jetons, um einen Aufzug zu aktivieren, und jeder Aufzug kann nur maximal drei Leute befördern. Ihr könnt selbst nachzählen, wie viele Aufzüge es gibt. Ein praktischer Zufall]**“, verkündete Zagren stolz. „**[Ich schlage vor, ihr beeilt euch mit euren Vorbereitungen, denn das Dach, auf dem ihr euch gerade befindet, bricht zusammen mit dem Rest der Stadt in sich zusammen, wenn ihr zu lange zögert. Oh, und …]**“ Als wäre es nur eine beiläufige Bemerkung und nicht etwa das sprichwörtliche Messer, das sich in unsere Eingeweide bohrte, verkündete er noch etwas. „**[Ein einziger Token bringt euch an einen zufälligen Ort. Wenn ihr ein bestimmtes Ziel bevorzugt, braucht ihr dafür zwei Jetons pro Person.]**“

In Anbetracht des Tokens, den ich gerade erhalten hatte, und des Tokens, den ich nach dem Sieg über die **Trümmerschrecke** erhalten hatte, schien es, als hätte ich alles, was ich für mein nächstes Vorhaben brauchte. Doch die Anweisungen des Bots blieben undeutlich, sodass ich ihm nicht ganz trauen konnte.

Was wäre, wenn zwei Leute verschiedene Orte aufsuchen wollten? Würde der Aufzug sie entsprechend voneinander trennen? Würde der Aufzug abfahren, wenn jemand drei Jetons gesammelt hatte, und zwei Personen auf der Strecke zurücklassen? Könnte jemand, der zwei Tokens besaß, zwei andere, die jeweils nur einen Token hatten, zu einem bevorzugten Ort bringen?

Als Kenny den Tumult sah, änderte er seinen Ton mir gegenüber.

„Nick. Ich habe nie gefragt, wie lange du eigentlich durchgehalten hast, bevor du vor diesem Ding fliehen hast müssen? Du erwartest doch nicht etwa, dass ich glaube, dass du es umgebracht hast, oder?"

„Wenn es das ist, was du glauben möchtest?", konterte ich und verzog meine Lippen zu einem schiefen Grinsen.

„Ich verstehe schon." Er seufzte nervös. „Was glaubst du, wie sich die Sache entwickeln wird?", fragte Kenny. „Angenommen, ich besitze zwei Jetons und die Damen haben je einen, könnte ich dann einen sichereren Ort für sie wählen?"

„Falls das System fair wäre, würde ich sagen, vielleicht ... Falls das System fair wäre", wagte ich und täuschte Unsicherheit vor. „Ansonsten denk mal daran, wie es war, als wir hier angekommen sind. Einer aus jeder Gruppe musste ein Mitglied opfern, nur um gleiche Verhältnisse zu schaffen."

Bei dieser Vorstellung wurde Kenny merklich mulmig zumute. „Du glaubst also, dass man nicht vorhersagen kann, wie es laufen wird?“

„Nicht mal ein bisschen“, antwortete ich. „Du musst dich einfach darauf vorbereiten und das Beste daraus machen.“

„Übrigens habe ich zufällig eine weitere Silbermünze als Beute erhalten“, verriet mir Kenny mit leiser Stimme. „Und es ist nicht unwahrscheinlich, dass du auch eine versteckt hast, also wie wäre es, wenn wir uns verbünden? Ich habe eine Gruppe, die auf mich wartet, und wir spielen mit dem Gedanken, eine offizielle Fraktion zu gründen, in der alle Mitglieder ihren Beitrag leisten können und dafür fair belohnt werden.“

Während er sprach, enthüllte Kenny eine Perlenkette, die er trug, und auf einer der Erkennungsmarken prangte das Emblem einer Flamme, die kurz aufleuchtete, als er sie berührte.

Alle Zünfte haben mal ganz bescheiden angefangen. Ich war bei meinem ersten Durchgang Teil einer so kleinen Gruppe gewesen. Das bedauerte ich ein wenig. Da ich vorhatte, alleine zu spielen, hatte ich auch nicht vor, mich mit einer Gilde zusammenzuschließen.

Ich war immer noch neugierig auf seinen Vorschlag und wollte mehr wissen. „Was war das?“, auch wenn ich wusste, dass ich sein Angebot ablehnen würde.

„Das ist das Wappen unserer Gilde, der Saubermänner“,

erklärte Kenny. „Unser Anführer ist Weiss. Wir wollen das alles klären und dieses Chaos überstehen, um den Weg für die Rückkehr der Zivilisation zu ebnen. Wir wollen uns auf der Mittelinsel treffen. Melde dich bei mir, wenn du dich uns anschließen willst."

Sogar das Symbol auf der Karte war einladend. „Falls ich mich jemals dazu entschließe", antwortete ich und ließ die Aussage nachklingen. Kenny begriff die Andeutung und setzte seinen Weg fort.

„Hey!", ertönte ein Schrei, gefolgt von einem kleineren Wortwechsel. Ich marschierte auf den Rand der Skyline von Manhattan zu und lehnte mich an einen Aufzug, als die kleine Auseinandersetzung zu einer ausgewachsenen Schlägerei um den Besitz von Jetons eskalierte.

Eine Frau stieß einen siegreichen Schrei aus und umklammerte drei Silbermünzen, bevor sie einen Aufzug bestieg. „Zum Central Park!", erklärte sie.

Die Person, von der sie die Münzen erhalten hatte, verfolgte sie jedoch und hielt den Aufzug an. „Was zum Teufel?", bellte die Frau, bevor sie ihn mit ihrem Schwert niederstach und seine Leiche im Aufzug entsorgte. Der Aufzug nahm seine Fahrt wieder auf und beschleunigte, bevor sich irgendjemand anschließen konnte.

Panik brach aus. Bei 69 anwesenden Leuten hätten alle mit den verfügbaren Aufzügen den endgültigen Zusammenbruch verhindern können. Aber die Dinge hatten sich bereits geändert. Ein Mann ohne jegliche Perspektive beäugte seine Mitstreiter wie ein ausgehungertes Raubtier. Dann stürzte er sich auf Nirma, aber Kenny schritt blitzschnell ein und schlug ihn zurück. Der Kriegshammer des älteren Mannes hinterließ mit einem lauten Knall eine bösartige Delle in der Stirn des Angreifers.

Während dieser Ablenkung beobachtete ich, wie ein anderes Mädchen Nirma einen Spielstein entriss. Ich war nicht der Einzige, der es gesehen hat.

Ich verzog das Gesicht. Selbst wenn sie es schafften, das hier zu überleben, deutete das Versagen beim Schutz überlebenswichtiger Gegenstände auf eine düstere Zukunft hin. Aber ich blieb nicht hier, um mir dieses verstörende Schauspiel anzusehen, bei dem normale Leute zu Wilden gemacht wurden. Nachdem meine Abklingzeit abgelaufen war, aktivierte ich **Augen des Vermächtnisses**, um Zagren näher unter die Lupe zu nehmen.

Jeder Bot schien eine eigene Persönlichkeit und Stimme zu haben, die an eine intelligente KI erinnerte. Was auch immer sie waren, sie waren quasi kleine Kobolde oder Gremlins.

Meine Vermutung, dass es sich um eine KI handelte, wurde noch verstärkt, als mir die Menüfenster auffielen, die neben Zagren schwebten. Ich konnte die Zeichen nicht entziffern, aber ihre ameisenartigen Bewegungen ließen auf einen ununterbrochenen Informationsfluss schließen. Ein blauer Cursor schwebte über seinem Kopf.

„Schwarz oder grün für Menschen, schwarz für regelwidrige Persönlichkeiten, rot für den Endgegner, den ich besiegt habe, und blau für diese Bots." Teile davon spiegelten das Spektrum von **Mana** wider. Zagren begann, sich mir zuzuwenden. Aus Vorsicht schaltete ich meine **Augen des Vermächtnisses** aus. So blieb die Aufmerksamkeit des Bots nicht an mir haften.

Als ich einen Schritt zurücktrat, dachte ich darüber nach, ob ich Zagren weiterhin als KI betrachten sollte, oder ob der Titel Dungeonmaster vielleicht doch passender wäre.

Allmählich leerten sich die Dächer Manhattans, und die Aufzüge brachten all die Leute fort, die entkommen wollten. Der einst überfüllte Raum wurde mit jeder Sekunde leerer.

Plötzlich spürte ich, wie jemand auf mich zueilte. Als ich mich umdrehte, sah ich Kenny, der seine Begleiterin Nirma mit sich zog.

„Nick!" Kennys Stimme hallte auf dem Beton wider. „Beschützt du Nirma?"

Ich begegnete seinen flehenden Augen mit kühlem Blick. „Was ist mit dir? Oder dem Mädchen?", fragte ich in gleichgültigem Ton.

„Es lässt sich nicht ändern", gestand Kenny, seine Stimme war nur knapp über einem Flüstern. Dann reichte er Nirma eine silberne Münze, und ihre großen Augen spiegelten meine eigene Überraschung wider.

Ich seufzte und schüttelte den Kopf. „Sie muss lernen, allein zu überleben. Wenn sie mitkommt, macht das meinen Weg nur noch schwieriger und ich habe schon genug Probleme. Nein, ich nehme sie nicht mit."

Kenny begann zu toben, seine Stimme war ein donnerndes Brüllen in der ruhigen Kulisse der Stadt. „Ist das die Welt, die du möchtest? Einen Ort, an dem wir uns gegenseitig im Stich lassen?"

Ich begegnete seinem Wutausbruch mit frostigem Blick. Diese Qualen und Schmerzen hatte ich schon hinter mir. Ich hatte viele meiner persönlichen Moralvorstellungen über Bord werfen müssen, um dieses Szenario, das sich vor mir abspielte, zu überleben. Ich hatte schon zu viele Leute sterben sehen, die versucht hatten, mich wegen meines Besitzes umzubringen, um mich von seinen Worten beeinflussen zu lassen. Auch wenn ich ein schlechtes Gewissen hatte, weil der verdammte alte moralische Kompass in meiner Brust noch immer ratterte, zwang ich die Worte trotzdem heraus. Erinnerungen an eine vergangene Zeitspanne überschatteten meine Gedanken. „Die Welt war schon immer so", antwortete ich und meine Stimme hallte von den Wolkenkratzern um uns herum wider.

Ich verdrängte alle Gefühle tief in mir. Jahrelang hatte ich meine Fähigkeit, mich abzuschotten, vervollkommnet und mit meiner Klasse des Einsamen Überlebenden besaß ich auch die Fähigkeit, meine wahren Gefühle im Zaum zu halten.

Kaum hatte ich mich von den beiden losgerissen, stürzte sich der Rest der Menge auf sie und versuchte verzweifelt, jeden Vorteil für sich einzuheimsen. Kenny und Nirma wurden regelrecht überrannt. Kenny versuchte noch kurz, sich zur Wehr zu setzen, aber er war darauf bedacht, Nirma in Sicherheit zu bringen, nicht sich selbst. Und das war keine besonders erfolgreiche Strategie. Ich sah zu, wie sie fielen, und dieser Anblick sprengte fast die Ketten, die ich der brennenden Wut in mir verpasst hatte. Dieses Durcheinander, diese Verzweiflung, das war alles das Werk von [Admin]. Es war dazu gedacht, die niedersten Gefühle der Menschen hervorzulocken, und das gelang auch.

„Bitte … bring mich um", hörte ich Riley, das Mädchen, das bei Nirma gewesen war, mit brüchiger, zitternder Stimme rufen. „Ich kann so nicht sterben. Ich will nicht von hier abstürzen." Ein leeres Holster an ihrem Oberschenkel war alles, was sie noch besaß. Ohne eine Waffe oder ein Token war sie so gut wie tot.

„Das kann ich nicht", antwortete ich mit fester Stimme.

Sie war außer sich vor Zorn. „Warum? Ich habe doch alles verloren! Tu nicht so, als ob du über all dem stehen würdest!" Sie war nahezu hysterisch.

Doch ich schenkte ihr keine Beachtung.

„Tolle Aussicht, nicht wahr?", stellte ich fest, während

sich die Erinnerungen an mein früheres Leben über die Szene legten. Ich hatte an einer Stelle ganz in der Nähe gestanden und genau auf diese Szenerie hinübergeschaut. Meine Worte waren leise, wehmütig und verzweifelt.

Gerade als die Worte meine Lippen verließen, bohrte sich ein Pfeil in Rileys Seite. Blut quoll hervor und befleckte ihre Kleidung in einem tiefen, unheilvollen Rot. Sie stürzte, stieß einen Schrei aus und ihr Körper schlug auf dem nassen Dach auf. Das letzte Kettenglied, das meine Wut im Zaum gehalten hatte, riss. Als ich meinen Blick zur Seite richtete, entdeckte ich einen Fremden mit einer Armbrust, der bereits einen weiteren Pfeil lud.

Meine in unzähligen Kämpfen geschärften Reflexe kamen nun zum Tragen. Bevor der Fremde seinen zweiten Pfeil abschießen konnte, war **Legende** schon zur Stelle und hatte den Pfeil in der Luft abgefangen, wobei er nicht nur den Pfeil in zwei Teile zerschnitt, sondern auch die Arme des Fremden abtrennte. Die Teile des Pfeils waren noch nicht einmal auf dem Boden aufgeschlagen, als ich mich wieder in Bewegung setzte und meine Wut wie ein heftiger Orkan in mir tobte.

Etwa ein Dutzend Überlebende waren noch übrig, und Lydia, die ihre verzauberten Dolche schwang, vernichtete die Überlebenden mit rücksichtsloser Behändigkeit. Jedes Opfer brachte sie einen Schritt näher an die Bedrohung heran, mit der ich in Zukunft zu tun haben würde.

Dann hörte ich ein geflüstertes Flehen. „Bitte … bring

es zu Ende“, rief Riley von hinten. Ihre Augen waren voller Schmerz, als sie von Lydia zu mir blickte. „Bitte.“

Ich atmete tief ein und kämpfte mit einem Wirbel von Gefühlen, der mich zu überwältigen drohte. Der Einsame Überlebende gab mir den nötigen Halt, damit ich nicht in sinnlose Wut verfiel. Ich war hin- und hergerissen zwischen Mitgefühl und kühler Vernunft. Lydias Aufstieg an die Macht war eine Tatsache, der ich mich stellen musste, aber gab es einen anderen Weg?

In meinem Kopf hallten die Stimmen von Aria und James wieder, ihre Bitten klangen wie geisterhafte Schreie in den Tiefen meines Bewusstseins. Aber ich musste die Kontrolle über die Situation übernehmen und einen anderen Weg finden. **Legende** in meiner Hand war nicht gerade ein Werkzeug der Barmherzigkeit. Ich brauchte etwas Anderes.

Ein kurzer Blick auf die Umgebung und ich fand, was ich brauchte. Ein abgerissenes Stahlseil von einer nahegelegenen Brücke, schwer und robust. Ich rannte darauf zu und schnappte es mir. Mit einer schnellen Bewegung wirbelte ich es herum und schwang es gekonnt nach Riley, wobei ich auf ihren Hinterkopf zielte. Das Kabel traf sie mit einem dumpfen Schlag und Riley stürzte auf das Dach.

„Lydia!“, rief ich und meine Stimme hallte inmitten der hohen Gebäude wider. Sie hielt an, um auf einen kauernden Überlebenden zuzugehen, und blickte in meine Richtung. „Eher eine bittere Gnade, nicht wahr?“

43. ROT SEHEN

Die Kraft in Lydia brodelte, der Puls in ihren Adern verstärkte sich mit jedem Opfer, das sie erschlug, während sie sich auf die versammelten Überlebenden stürzte, die von ihren Anhängern zusammengetrieben worden waren. Die vertraute Skyline von Manhattan umgab sie, beraubt von allen, die ihr einst lieb und teuer gewesen waren. Sie befand sich inmitten eines gigantischen Buffets von Machtpunkten. Das Gefühl war berauschend und belebend. Mit jedem Kill wurde sie stärker. Doch nach ihrem Aufstieg begann der Rausch zu verblassen. Der Tod von fünf weiteren Seelen trug kaum noch zu einem Anstieg ihrer Werte bei.

Sie war hungrig nach mehr. Der **Letzte Kuss,** ihre Waffe, hatte ihr eine tödliche Sucht eingeimpft, vergleichbar mit der Besessenheit eines Börsenmaklers, Reichtümer anzuhäufen. Ihr ursprüngliches Ziel war verdreht und verzerrt worden. Es ging nicht mehr um gemeinsame Ziele oder Vorstellungen.

Sie hatte schnell festgestellt, dass nicht alle erworbenen Fähigkeiten von Vorteil waren. Sobald sie von ihren Opfern übernommen worden waren, versagten sie den Dienst und konnten sich nicht weiterentwickeln. Das war der Nachteil, wenn man eine so mächtige Waffe führte. Deshalb war es wichtig, dass sie sich mit Menschen umgab, die ihr Level selbständig steigern konnten.

Lydia fand sich inmitten einer Gruppe wieder, die von der einzigartigen Eigenschaft von Last Kiss nichts wusste. Der erste Mann, den sie erledigte, brachte zwar eine Menge Erfahrungspunkte, aber er besaß lediglich eine kleine telekinetische Fähigkeit. Nützlich für alltägliche Angelegenheiten, aber im Kampf weitgehend unwirksam.

Und dann war da noch Annie, die unermüdliche Nervensäge. Bevor sie gestorben war, hatte sie alles an Nick verschenkt und nichts für Lydia übriggelassen. Ein unnützes Blatt Papier.

Jetzt saß sie auf den Dächern von Manhattan, die durch Kabelbrücken aus Stahl und Eisen miteinander verbunden waren, und verfügte über eine Vielzahl von Fähigkeiten, die sie sich zunutze machen konnte. Dazu brauchte sie bloß etwas Geduld. Sie musste nur den richtigen Zeitpunkt abwarten, an dem ein Kämpfer tödlich verwundet war, und dann zuschlagen, um sich seine Fähigkeiten und Punkte zu schnappen.

Ihr Desinteresse an den Silbermünzen, um die sich die Leute rücksichtslos gegenseitig abschlachteten, verschaffte ihr eine gewisse Ruhe. Da die stärkeren Spieler weg waren, gab es keinen Grund, sich zu verstellen. Jeder, der noch übrig war, würde ohnehin sterben. Sie waren nicht stark genug, um zu überleben.

Warum also diese wertvollen Punkte verschwenden?

Mit dieser Strategie war Rang D zum Greifen nah.

„Lydia!“, rief eine vertraute Stimme, und riss sie aus ihren Gedanken. „Eher eine bittere Gnade, nicht wahr?“, spöttelte Nick.

Ein Anflug von Verärgerung durchzuckte sie. Lydia stand nun vor der wenig beneidenswerten Aufgabe, den Lokalmatador zu erledigen. Und der konnte wirklich gut mit Worten umgehen.

*****

Ich kannte nicht das ganze Ausmaß von Lydias Fähigkeiten, aber das war nicht weiter wichtig. Meine Fähigkeiten beschränkten sich nicht nur auf das, was das System mir gegeben hatte; ich wusste auch, wie man richtig kämpfte.

„Die sterben so oder so, entweder später oder wenn die Stadt fällt“, hatte sie mit einem abschätzigen Achselzucken festgestellt. Es waren noch etwa neun Leute vor der Skyline von Manhattan, deren Blicke hilflos zwischen uns beiden hin und her wanderten.

Ich erwiderte: „Du magst Recht haben, was das Unvermeidliche angeht, aber Kenny hatte mit einer Sache Recht. Wenn sich der Staub gelegt hat, willst du dann wirklich, dass gefühllose Arschlöcher diese Welt regieren?"

Sie schnaubte und lachte. „Sei doch nicht so blauäugig. Diese Welt interessiert sich nur für die Starken. Alles andere würde einen doch bloß umbringen … Genau wie Kenny."

Ich antwortete laut: „Wie wäre es, wenn wir uns zusammentun? Ich habe eine Gruppe, die unten auf mich wartet. Sie haben sich bei mir gemeldet und würden jemanden deines Formats sicher zu schätzen wissen."

Lydia sah nicht gerade angetan aus. Sie warf lässig ihren rosa Pony aus den Augen. „Nein, du bist der geeignete Kandidat, den wir suchen, als Opfer für unseren 'Gott'." Sie deutete auf die übrigen Leute: „Und das sind meine Schergen."

Ich zögerte, dann warf ich einen Blick in die Runde der restlichen Leute um uns herum. „Möchte irgendjemand hier leben?", fragte ich und spürte, wie meine Verärgerung angesichts ihrer niedergeschlagenen Mienen überkochte.

Es kam keine Antwort. Entnervt schwang ich mein Schwert, **Legende**. „Du bist ein Monster, aber du hast auch deinen Nutzen. Ist ein Kampf auf Leben und Tod das Einzige, was du in Kauf nehmen würdest, um dich aufzuhalten?"

„Wo liegt der Unterschied?", warf Lydia ein. „Wir sind doch dazu bestimmt, früher oder später zu sterben. Nur Wahnsinnige wie du oder ich können das überleben", lachte sie, bevor sie fortfuhr, „aber ich möchte auf keinen Fall untergehen. Da gehe ich lieber das Risiko ein und klaue mir deine Verjüngungsmittel."

Bevor ich irgendetwas erwidern konnte, bildeten Lydias Unterstützer eine menschliche Mauer um mich herum. Ihre Gesichter zeigten eine Mischung aus Verzweiflung und Entschlossenheit, angeheizt durch die Lügen, die Lydia ihnen aufgetischt hatte. Sie stürmten mit allen möglichen behelfsmäßigen Waffen auf mich zu, ihre Bewegungen waren ebenso wirr wie gefährlich und unberechenbar.

„Tötet ihn!" Lydias Befehl hallte durch die Luft und wurde von den Stahlkonstruktionen, die die Dächer von Manhattan miteinander verbanden, zurückgeworfen. Der Klang ihrer Stimme schien ihre Anhänger zu beflügeln und verlieh ihrem verzweifelten Angriff eine besondere Dringlichkeit.

Aber ich war bereit. Ich war für den Umgang mit weitaus tödlicheren Feinden ausgebildet worden. Ich wollte mich nicht von einem Mob, der von Angst und Verzweiflung getrieben war, zu Fall bringen lassen. Als sie auf mich zustürmten, stürzte ich mich in den Kampf, bewaffnet mit nichts als **Legende** und meinem Verstand.

Mit einer schnellen Bewegung warf ich mich nach vorne und hieb mit meinem Schwert in einem Bogen gegen jede Waffe, die sie besaßen. Jeder Schwung meiner Klinge fand sein Ziel und schnitt durch die behelfsmäßigen Waffen, als wären sie aus Papier. Alle, die das Pech hatten, sich in meiner Reichweite aufzuhalten, stürzten auf das Dach und ihre

Köpfe wurden mit einem schnellen, entschlossenen Schlag vom Körper getrennt. Bald war das Dach mit Toten übersät und ihre leblosen Augen starrten zu den hoch aufragenden Wolkenkratzern um uns herum hinauf.

Ich wollte nie der idealistische Held sein, der sich danach sehnte, eine gerechte Gesellschaft zu errichten. Das waren Aria und James. Doch der moralische Kompass, der mir noch geblieben war, sträubte sich beim Anblick der Starken, die die Schwachen ausnutzten, um die Leiter der Macht zu erklimmen. Meine Handlungen beruhten nicht auf Nächstenliebe, sondern auf meiner Abscheu, das Böse gedeihen zu sehen.

Ich setzte meinen Angriff fort, jeder Schlag meines Schwertes war ein Vergeltungsschlag, bis nur noch einer von denen übrig war, die Lydia gefolgt waren – der Teenager in der Schuluniform, der zuvor seine bedauernswerte Niedergeschlagenheit zum Ausdruck gebracht hatte.

„Willst du immer noch sterben, oder entscheidest du dich jetzt endlich, etwas zu unternehmen?“, fragte ich ihn und deutete auf die Leichen, die um uns herum verstreut dalagen. „Oder möchtest du dein Glück auf die Probe stellen?“ Meine Frage hing in der Luft und forderte die letzten Reste seines Überlebenswillens heraus.

Als Antwort darauf durchsuchte der Junge hektisch die Taschen der Verstorbenen.

Nur Lydia und ich waren jetzt noch auf dem Dach und

musterten einander.

„Als ich dich zum ersten Mal gesehen habe, war mir sofort klar, dass du anders bist. Du tötest genauso leicht wie ich. Nein, du bist vielleicht sogar noch skrupelloser. Du hast es einfach nicht ertragen, dass ich von dieser Situation profitiere, nicht wahr?“, fragte sie und betrachtete den **Letzten Kuss** im Sonnenlicht. „Kommt dir diese Klinge bekannt vor? Nach den Andeutungen vorhin habe ich mich gefragt, ob du sie vielleicht wiedererkennst.“

Ich atmete langsam aus und ein kleines Vibrieren ging von meiner Kehle aus, als ich lachte. „Ich habe einfach etwas in dir erkannt, das ist alles.“

„Also, was war das vorhin?“ Sie deutete mit einem Nicken auf den Jungen, der gerade die Leichen durchsuchte. „War das alles nur Gerede?“, erkundigte sich Lydia und hob fragend eine Augenbraue.

„Vielleicht reift er in Zukunft zu einem wertvollen Mitstreiter heran“, bemerkte ich und ließ meinen Blick auf den Jungen sinken, der gerade einen Token entdeckt hatte. Er fing an, die Leichen schneller zu durchstöbern und trug eine Sammlung von Waffen und sogar Kleidungsstücken zusammen. Ab und zu warf er uns angespannte Blicke zu, als ob er befürchtete, dass wir seine Plünderungsversuche untergraben könnten.

Dann huschte der Junge davon, und Lydia schwang ihre Waffe, den **Letzten Kuss**, während ich mein treues Schwert, die **Legende**, umklammerte, wobei unsere stählernen Blicke einander nicht aus den Augen ließen.

Lydia schlug zuerst zu, ihre Klinge schnitt mit tödlicher Eleganz durch die Luft. Ich reagierte schnell, jeder Schwung von **Legende** wirkte wie ein Konter, ein Tanz von Funken flammte bei jedem Aufeinandertreffen von Metall auf. Meine überlegene Stärke verschaffte mir einen Vorteil, aber Lydias Beweglichkeit hielt sie im Kampf.

Unsere Klingen lieferten sich einen erbitterten Zweikampf. Zwischen dem Kreischen von Metall auf Metall sprach Lydia, ihre Stimme war ein leises Murmeln, das kaum zu hören war.

„Hast du dich jemals gefragt, Nick, warum wir eigentlich ständig kämpfen müssen?“, fragte sie, wobei ihr durchdringender Blick mein Gesicht nicht verließ.

Ihre Frage traf mich unerwartet inmitten dieses Kampfes, in dem wir uns befanden.

„Ich habe immer gewusst, dass es ums Überleben geht, Lydia“, antwortete ich und behielt sie dabei im Auge, denn ich wusste, dass jedes Wort eine mögliche Ablenkung sein konnte. „Um das Überleben jetzt und in der Zukunft.“

„Ja, Überleben ...“, wiederholte sie und sie stockte, während ihr Blick nachdenklich wurde, selbst inmitten unserer gefährlichen Schlacht. „Doch mein Gott hat von einem größeren Plan geflüstert, einem komplizierten

Schicksalsreigen, den wir Sterblichen nicht begreifen können."

Ich klappte die Kinnlade hoch und runzelte die Stirn. Ihre Worte waren rätselhaft, ihr Blick entrückt. Und doch irritierte sie mich.

„Was soll das heißen?", drängte ich und versuchte, ihre unverständlichen Worte zu entschlüsseln, während ich auf jede plötzliche Bewegung achtete.

Sie ließ ein kleines, rätselhaftes Lächeln um ihre Mundwinkel spielen. „Nur ein paar Gedanken für einen schlechten Tag, Vandal. Du solltest immer auf die Götter hören, wenn sie dich rufen."

Mit dieser verblüffenden Aussage löste sie sich aus unserem Patt, entkorkte schnell ein kleines Fläschchen und leerte den Inhalt. Ein geisterhafter Schimmer überzog ihre Gestalt und machte sie unsichtbar. Ich konnte nur zusehen, wie ihre geisterhafte Gestalt mit dem Wind verschmolz und mich auf dem Dach inmitten eines Netzes aus rätselhaften Worten und dem leisen Echo eines abgebrochenen Kampfes zurückließ. Danach machte sie sich auf den Weg zum nächstgelegenen Aufzug und verschwand.

Es gab mehr Fahrstühle als Überlebende, also hatte ich es nicht eilig, mich in Bewegung zu setzen. Ich verweilte noch kurz.

„Hey, Zagren?" Ich winkte dem Bot zu, der geduldig auf

mich gewartet hatte.

„[**Ja, Mensch?**]“, antwortete er mit seinem typischen Seufzer. „[**Wenn du bitte weitermachen würdest, könnte ich mich wieder meinen eigenen Aufgaben widmen. Ich habe schließlich noch andere Pflichten zu erfüllen.**]“

„Wäre es zu viel verlangt, wenn ich ein paar Minuten länger bräuchte?“ Ich lehnte mich mit dem Rücken gegen die Metallwand des Aufzugs, um die Verspannung in meinem Rücken zu lösen. „Könntest du bitte die Abfahrt des Aufzugs zur Zentralinsel bis zum letzten Augenblick hinauszögern?“

„[**... das ist sicherlich eine ungewöhnliche Bitte. Aber da ich mich über Lydias Verhalten amüsiert habe, als du sie beim Plündern gestört hast, kann ich deiner Bitte wohl nachkommen.**]“

Durch die **Augen des Vermächtnisses** sah ich, wie ein weiteres Fenster kurz neben Zagren erschien und sich dann schnell wieder schloss. „[**Erledigt. Ich überlasse dich deiner Einsamkeit, aber du kannst sicher sein, dass der Aufzug dich an dein gewünschtes Ziel bringen wird.**]“

„Das weiß ich sehr zu schätzen“, bedankte ich mich leise und richtete dann meinen Blick auf die einstürzende Landschaft der Stadt. Als sich die Dächer hinter mir langsam auflösten, überkam mich ein seltsames Gefühl der Zufriedenheit. Ich beobachtete, wie jedes Stückchen Beton und Stahl in den Abgrund stürzte, während der Aufzug allmählich an Schwung gewann.

Dann schwenkte der Aufzug zur Seite, und ich ließ die zerstörte Stadt hinter mir.

AFTERWORD

"Wir würden uns sehr über eine Bewertung oder Rezension von Ihnen freuen! Wenn Sie unsere Geschichte besonders geliebt haben, vielleicht sind ja 5 Sterne drin? Vielen Dank für Ihre Unterstützung!"

Printed in Poland
by Amazon Fulfillment
Poland Sp. z o.o., Wrocław

28485635R00340